KB094442

코드네임 베스티아

2

조례진 장편소설
CAUTION
2
코드네임
베스티아
위즈덤하우스

Contents

11
새기다

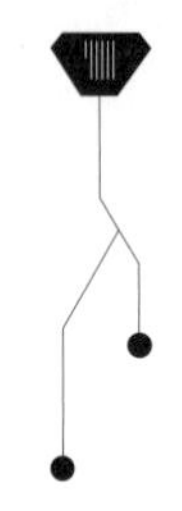

토라는 침대에 누워서 양손을 머리 뒤에 받치고 천장을 바라보고 있었다. TV조차 틀지 않아 방은 조용했다.

그러다가 갑자기 일어나 밖으로 나갔다. 1층 거실로 가자 전면창 너머로 정원 테이블에 앉아 있는 라토가 보였다.

라토는 드디어 감시 상태에서 벗어났다. 정확하게 '강도 높은 감시 상태'에서는. 둘이 지낼 수 있도록 배정받은 관사에도 헌병들이 주둔하고 있었고, 어디를 갈 때는 늘 그들을 데리고 다녀야 했지만 가택 연금 상태는 아니었다.

그런데 지금 라토는 아무것도 가져다놓지 않고 그저 앉아만 있었다. 그래서 토라는 정원으로 통하는 문을 열고 물었다.

"뭐해?"

라토는 돌아보더니 대답했다.

"그냥, 생각."

그러더니 나갈 차림을 한 토라를 보고 물었다.

"어디 가려고?"

"잠깐 밖에."

"다녀와."

"몸은 괜찮아?"

"괜찮아."

토라는 라토에게 더 말을 붙여볼까 하다가 그가 대화하고 싶어 하는 느낌이 아니라서 그냥 집을 나왔다. 그리고 관사 마을을 나와 기지에 있는 타오 대위의 사무실로 찾아갔다.

SAU에서 파견 나온 타오 대위는 C-2동에 세 들어 지내고 있었는데, 같은 SAU 대원인 자인도 거기에 자리가 있었다. 자리라고 해봤자 책상 하나 덜렁 있는 정도였지만 어차피 대체로 현장에서 뛰니까 사실 그마저도 큰 필요는 없었다. 여전히 자인의 임무는 토라 곁에 있는 일이었기 때문에-보호, 감시, 관찰 겸- 그가 기지에 있는 요즘에나 밀려 있는 사무 작업도 할 겸 이쪽으로 출근하는 모양이었다.

"대장님."

사무실로 들어가자 종이 파일을 들고 자리로 돌아가던 타오 대위가 먼저 알은체했다. 토라는 가타부타할 것 없이 물었다.

"이투하에 대한 제재는 언제 풀리는 겁니까?"

타오 대위는 바퀴 달린 의자를 앉아 끌어당기며 대답했다.

"안 그래도 조금만 기다려주세요. 거의 결론이 났다는 거 같으니까요."

"뭘 더 이야기할 게 있어서?"

"프로세스죠, 뭐."

토라는 눈을 굴렸다. 하여간 그놈의 프로세스, 프로세스. 실체가 있다면 걷어차서 부숴버리고 싶었다.

그런데 요즘 자인이 쓰는 책상을 보니 비어 있기에 물었다.

"서머 중위는 뭐합니까?"

"오프요."

"그래요?"

분명히 오늘 일이 있다고 했던 거 같은데.

그런데 둘 사이의 미묘한 공기를 모르는 타오 대위가 속없이 떠들었다.

"소개팅 한다는 거 같더라고요."

"네?"

토라가 놀라 되묻자 타오 대위는 오히려 놀라서 물었다.

"네?"

"아, 그런 이야기를 할 정도로 둘이 막역했나 싶어서."

대놓고 놀랐던 것 같아 어물쩍 말을 흐렸다. 그러자 타오 대위는 '설마요.'라는 글자가 쓰여 있는 얼굴로 말했다.

"건너 들었죠. 서머 중위랑 소개팅이라니, 어느 간 큰 남자가……."

"가보겠습니다."

토라는 타오 대위의 말이 끝나기도 전에 뒤돌아 나왔다. 복도를 걸어가는 내내 왠지 모르게 가슴이 답답했다.

아마 인간 남자를 만나겠지. 어디 쭉정이 같은 놈을. 제아무리 잘생겨봐야 그보다 나을 리 있겠는가?

토라는 의기양양하게 생각했다. 하지만 한 번 결혼했던 전적도 없을 거고, 삼백 살이 넘은 뱀파이어도 아닐 거고, 온갖 다른 여자들과 붙어먹는 모습을 보여준 적도 없을 것이다.

별안간, 토라는 제 머리를 쥐어뜯듯이 흐트러뜨렸다.

'에마와 그러는 모습만 안 보였어도.'

잠깐, 그 정보상 이름이 델마였나? 기억이 나지 않았다.

아니, 진정하자. 그는 자인에게 좋은 친구로 남자고 결심했다. 자인이 소개팅하든 결혼식을 하든 웃으며 축하해줄 생각이었다. 웃으며…….

망할. 자인이 다른 남자와 결혼하는 모습을 상상하고 말았다.

왜 이렇게 화가 나는지 모를 노릇이었다. 어차피 그 철옹성 같은 성격에 상대 남자를 사랑스럽게 보거나 애정을 표현하지도 않을 텐데……. 하지만 만약 그런다면? 그로서는 상상조차 할 수 없었던 모습을 그 남자에겐 당연한 듯이 보여준다면?

어쩐지 심장이 아프기 시작했다.

"저…… 괜찮으세요?"

토라가 심각한 표정으로 서 있자 한 여자가 넌지시 말을 걸었다. 그를 대할 때 여자들이 항상 그러듯이 기대감, 설렘, 열기가 섞인 얼굴로. 정장을 입고 있는 걸 보니 기지의 행정직인 모양인데, 죄 없는 여자에겐 미안하지만 지금은 여자를 보니 오히려 기분이 나빠지려고 했다. 그래서 토라는 대답도 하지 않고 지나갔다.

◇◇◇

"소개팅은 어땠어?"

다음 날 출근하자마자, 자기 자리에 앉아 있는 타오 대위가 물었다. 막 제 책상에 숄더백을 내려놓은 자인은 의아해하는 표정을 감추지 못했다.

"대위님이 그건 어떻게 아십니까?"

타오 대위는 모니터에서 시선을 돌리지 않고 심상하게 대답했다.

"우리 SAU 아냐?"

즉, 정보활동에 있어서는 전문가라는 의미였다.

자인은 한숨을 내쉬었다.

"사라한테 입조심 좀 하라고 해야겠네요."

사라는 다른 SAU 대원이었다. 지금 이 기지에 있는 SAU 대원은 몇 없으니 타오 대위와의 친분을 생각해보면 범인은 한 사람뿐이었다. 타오는 물었다.

"그래서 어땠어? 나중에 평범한 군인이 아니라 SAU라는 사실이 밝혀져도 받아들여줄 거 같은 사람이야?"

아무래도 SAU 대원들에게는 그게 가장 중요한 조건이었기 때문이다. 하지만 자인은 회의적으로 말했다.

"한 번 만났을 뿐인데 이미 결혼식장이라도 잡은 거 같네요."

"안 그래도 이투하 대장님도 놀라더라."

이 맥락에서 등장하는 '이투하 대장'이 이쪽과 거의 교류가 없었던 라토를 의미하진 않으리라.

자인은 토라가 제 소개팅 소식을 들었다는 데 속으로 움찔했지만 무심한 어투를 가장하고 물었다.

"제 소개팅이 뭐라고 토라 대장님한테까지 말을 하셨습니까?"

"같이 네 뒷담화나 해볼까 했지. 근데 생긴 거에 비해서 사람이 별로 그런 건 안 즐기더라고. 유쾌해서 같이 술자리 하면 재밌을 타입 같았는데 그건 여자들한테만 한정된 이야기였나 봐."

이 좋은 사람인지 나쁜 사람인지 알 수 없는 타오 대위 특유의 화법이 낯설지는 않았지만, 이번만큼은 자인도 회의감에 차 말했다.

"그쪽이나 저나 좀 내버려두세요."

하지만 타오는 눈 하나 깜짝하지 않고 제 할 일을 하며 말했다.

"직업병이야, 남들 사정을 캐보지 않고 못 견디는 건."

"관음증을 잘도 포장하시네요."

"관음증이야말로 SAU 대원의 올바른 재질이지."

하여간 말이나 못 하면.

"그러니까 SAU 마크를 양복점•으로 바꾸라는 소리를 듣는 거라고요."

말하면서 자인은 사무실을 나왔다. 하지만 몇 걸음 가지 못해 걸음을 멈추었다.

왜 석연치 못한 걸까, 마음이. 자신이 바람을 피운 것도 아닌데.

"안녕, 자인."

그때 어딜 가는 길인지 가말이 지나가며 인사했다. 여담이지

• 알몸으로 행진하는 레이디 고다이버를 훔쳐본 유일한 사람 톰은 양복점 직원이었다.

만 가말도 자인을 계급 따위로 부르진 않았다.

"안녕하세요."

자인은 돌아보고 인사했다. 그런데 갑자기 가말이 멈칫하더니 돌아보고 대뜸 물었다.

"소개팅이 뭐야?"

"네?"

자인은 놀랐다.

"그런 걸 왜 갑자기……."

설마 가말까지 제 소개팅 이야기를 들은 건가 싶었다. SAU의 비밀 유지력이 이 정도로 떨어진단 말인가?

"누가 소개팅을 한다는데 소개팅이 뭔지 모르겠어."

가말은 천진한 태도로 말했다. 질문하는 타이밍이 공교롭긴 했지만 가말이 다 알면서 이렇게 자연스럽게 변명하는 사람은 아니라고 믿었다. 그래서 자인은 최대한 어떻게 설명할까 고민하다가 말했다.

"음, 남자와 여자가 만나는 거예요. 근데 그런 이야기는 누가……."

묻고 있는데 가말이 지나가는 한 남자 군인을 붙잡고 물었다.

"우리 소개팅하는 거야?"

"네?"

군인은 당황해서 되물었다. 그러자 가말은 서로를 번갈아 가리키고 말했다.

"우리 만났으니까."

"아무것도 아닙니다."

자인은 얼른 군인에게 말하고 가말을 끌어당겼다.

"그런 식으로 만나는 게 아니에요."

가말은 고개를 갸웃했다.

"그럼 어떤 식으로 만나는 건데?"

"앞으로 계속 만나는 걸 전제하고…… 랄까요."

"자인."

그러더니 가말은 꼭 어린 조카에게 조언하는 숙모처럼 이랬다.

"자연스러운 게 좋은 거야, 자연스러운 게."

자인은 황당했다. 그때 가말이 주머니에서 난데없이 뭔가를 꺼내 건네주었다.

"이거 받아."

"이게 뭔데요?"

"일단 받아."

"대장님."

기지 내 술집에 들어가자 모여 앉아 있는 이투하 대원들이 토라를 반겼다. 토라는 알은체하고 자리에 앉았다. 그리고 같이 술을 마시며 근황을 듣다가 물었다.

"요즘 분위기는 좀 어때?"

대장 중 한 명인 라토가 감시 아래 있는 상황이라 이투하 대원들을 대하는 시선과 태도에도 어느 정도 변화가 있을 수밖에 없었기 때문이다. 한 이투하가 대답했다.

"편견 어린 시선들이 좀 있긴 하지만 괜찮아요."

토라는 그를 물끄러미 보았다.

"이겼어?"

당연히 싸움이 붙었을 테니 물었다. 그러자 이투하 대원은 여부가 있겠냐는 듯 고개를 끄덕였다.

"이겼죠."

토라는 잘했다는 듯 그와 주먹을 부딪쳤다. 그리고 간만에 즐겁게 술을 마시고 있는데 손목 밴드가 울렸다.

〈토라, D-3동 A-1호로 와줘.〉

발신자는 가말이었다. 뭔가 부탁할 일이 있는 모양이었다.

"마티야. 좀 다녀올게."

토라가 말하며 일어나자 이투하들이 물었다.

"다시 오십니까?"

"아마. 아직 할 일도 없잖아."

그러고는 토라는 가게를 나와 가말이 오라는 곳으로 갔다.

A-1호는 강의실 같은 곳이었다. 오늘은 쓰지 않는지 비어 있었다.

"마티?"

부르며 들어서는데, 강의실에서 돌아보는 사람은 가말이 아니었다.

"토라?"

자인이었다. 생각지도 못한 인물의 등장에 토라는 잠깐 넋을 놓고 있다가, 뒤에서 나는 인기척에 돌아보려는 순간이었다.

쾅! 문이 닫혔다. 둘은 놀라서 문을 쳐다보았다. 밖에서 쇳덩이가 차르르 끌리는 소리가 나는 걸 보니 문을 잠그는 것 같았다. 토라가 자인을 보고 물었다.

"혹시 여기 마티가 불러서 왔어?"

"네. 아까 쪽지를 주셔서……."

그러면서 자인은 종이 메모를 보여주었다.

- D-3동 A-1호

딱 그것만 쓰여 있었지만 가말이 준 거라 별다른 의심을 하지 않은 모양이었다. 토라는 돌아서 문을 두드렸다.

"마티, 문 열어."

문 너머에서는 아무런 대답이 없었다. 토라는 다시 말했다.

"마티, 장난하지 말고. 자인은 지금 일하는 중이야."

역시 조용했다. 토라는 한숨을 내쉬고 자인을 돌아보았다.

"부수면 나갈 수는 있겠지만 좀 소란스러워질 거 같은데."

"괜찮아요. 설마 내일까지 여기 가둬두진 않으시겠죠."

그러고는 자인은 문을 보고 말했다.

"드페르 소령님이 가말 씨를 보면서 가끔 '와, 저 또라이'라고 하던데 그 이유를 좀 알 거 같다고 하면 실례일지 모르겠네요."

"우리 마티지만 부정할 수가 없네."

그 말을 끝내고나자 어색한 침묵이 흘렀다. 분위기를 환기시키기 위해 토라는 의자를 가리키며 물었다.

"좀 앉을까?"

"좋아요."

그렇게 둘은 강의실 책상에 나란히 앉게 되었다.

토라는 소개팅 이야기를 물어보고 싶었다. 하지만 그가 무슨 자격으로?

그래도 친구 하기로 했으니까. 친구 사이에 어땠느냐고 지나가는 이야기로 물어볼 수는 있지 않은가?

"저희 아버지요."

그런데 자인이 먼저 말했다.

"당신 같았어요."

"나?"

토라가 묻자 자인이 고개를 끄덕였다.

"여자들이 아주 좋아했죠. 잠깐 스쳐간 여자들까지 합치면 자기를 엄마로 부르라고 하던 여자들이 몇 명이었는지 다 기억도 안 나요."

아동학대범 주제에 또 얼굴은 그럴듯했던 모양이다. 자인이 생긴 걸 보고 짐작은 했지만.

자인은 계속 말했다.

"제 꿈은 평범하게 사는 거예요. 남편 될 사람은 요리를 잘했으면 좋겠어요. 딱히 일을 안 해도 상관없어요. 제가 자주 옮겨 다녀야 하니까 사실 고정된 직장이 없는 편이 좋죠. 아이를 좋아하고 다정한 사람이었으면 좋겠어요. 여름에는 같이 수영장에 가고,

겨울에는 스키장에 가고, 바비큐 파티를 하고…….”

그 이야기를 듣고 있으니 자인이 항상 꿔왔던 꿈이 눈앞에 그려지는 것 같았다.

“내가 출근한 사이에 옆집 여자가 그 사람한테 무슨 짓을 할지 걱정되지 않는 그런 사람이요.”

지나가기만 해도 여자들이 벌 떼처럼 달려드는, 섹시한 삼백 살짜리 뱀파이어는 정말 해당 사항이 없었다.

레기온 캠프에서 구사일생으로 탈출해온 날 이후로, 무언가 변했다. 그걸 자인은 알았고, 토라도 안다는 걸 알았다. 두 사람 사이에 흐르는 미묘한 기류를 깨닫지 못할 정도로 둘 다 눈치가 없는 사람은 아니니까.

자인은 조치를 취해야 한다고 생각했다, 더 늦기 전에.

“소개팅 했어요.”

그래서 말했다.

“좋은 사람이었어요. 어머니가 군인이셨대요. 예레반에 투입된 지상군으로 참전하셨다가 순직하셨는데, 그런 어머니가 자랑스럽다고 꼭 어머니 같은 여자를 만나고 싶다고 생각해왔대요.”

소개팅 상대는 어머니를 존경한다는 말이 거짓말은 아닌지 자인을 보는 눈이 반짝거렸다. 그런 만큼 그녀의 일도 이해해줄 만반의 준비가 되어 있는 사람이었다. 주선자에게 이야기를 들었을 때부터 지나치게 꿈에 그린 조건이라 오히려 있을 수 없는 일이라고, 분명히 함정이 있을 거라고 생각했다. 하지만 함정 같은 건 없었다. 소개팅 상태는 정말로 좋은 사람이었고, 그녀가 바라던

조건을 모두 가지고 있었다.

"IT 회사에서 일해요. 재택근무도 할 수 있어서 스케줄이 자유로운 편이죠. 여행을 다니는 것도 좋아하고."

"잘됐네."

토라는 평범한 투로 말했다. 약간은 제 이야기를 구구절절 떠드는 친구의 말이 좀 지겨워진 투로. 그에 자인은 피식 웃었다.

"제 이야기만 했네요. 잘 지냈어요?"

토라는 고개를 돌려 자인을 보았다.

"아니."

그는 웃지 않고 말했다. 그게 전부였다. 그런데 왠지 모르게 자인은 떼로 몰려오는 적들을 마주했을 때보다도 도망가고 싶다는 생각을 했다.

"시간이 많이 지났네요."

천연덕스럽게 말하고 자인은 자리에서 일어나 문가로 다가가 잠긴 문을 다시 한번 확인하고 전화를 걸었다.

"문이 고장 난 거 같습니다. 좀 열어주실 수 있을까요?"

바로 문을 열 방법이 있었는데도 그러지 않았다는 건, 일부러 소개팅 이야기를 할 시간을 만들었다는 의미였다. 토라는 그걸 깨달았다.

얼마 지나지 않아 밖에서 기척이 느껴지고 문이 열렸다. 그리고 작업자들이 의아한 듯 물었다.

"여기가 왜 쇠사슬로 묶여 있는 겁니까?"

"누가 착각했나 봐요."

같이 다닐 때부터 알았지만 SAU의 스킬 중 하나인지 자인은 변명 하나는 정말 천연덕스럽게 할 줄 알았다.

그리고 자인은 토라를 돌아보고 말했다.

"가볼게요."

그러고는 문밖으로 사라졌다.

토라도 이게 가말이 일부러 만들어준 자리라는 걸 알았다. 니카 때는 알아서 해결해야 한다고 내버려뒀던 게 잘못돼서 신경이 쓰였는지. 그럼에도 평범하게 살고 싶어 하는 자인을 차마 붙잡을 수 없었다. 그가 자인에게 뭘 줄 수 있단 말인가? 평범한 일상? 아이? 같이 늙어가는 즐거움?

일단 그도 꽃을 먹고 사니까 나이를 먹긴 하겠지만 아마 가말처럼 몇천 년이 지나야 몇 살쯤 더 먹어 보이는 정도일 것이다.

토라는 처음으로 뱀파이어가 된 걸 후회했다. 뱀파이어가 되지 않았다면 자인을 만날 수 없었겠지만 인간으로 그녀를 만났더라면. 니카도, 그 어떤 여자도 모르는 순진한 몸과 마음으로…….

정말로 쓸데없는 생각이지만 말이다. 뱀파이어도 시간을 되돌리는 일은 하지 못했고, 후회되는 일이 있다면 곱씹으며 살아갈 수밖에 없었다.

도영은 현관문 옆에 놓아둔 더플백을 메고 돌아보았다. 가말은 눈도 제대로 뜨지 못한 채 비몽사몽간에 서 있었다.

"더 자도 된다니까."

도영이 말하자 가말은 눈을 겨우 떴다.

"도영 일 가. 안녕해줘야 돼."

"타운 반상회 반장인 클로에 씨가 오후에 데리러올 거야. 모임에 나가 봐."

그 말에 가말은 갑자기 잠이 깬 얼굴이 되었다.

"그래도 돼?"

도영은 고개를 끄덕였다.

"타운에 맥코이 하사를 포함해서 루아스 대원이 둘 더 있어. 둘 다 아내는 인간이지만 루아스가 익숙하니까. 네 사정도 다 설명해뒀으니 배려해줄 거야."

"응. 알았어."

가말은 인간들이 많은 곳에 가자니 좀 긴장됐지만 고개를 끄덕였다. 그러자 도영이 그녀의 머리를 쓰다듬고 말했다.

"다녀올게."

"다녀와."

배웅하는 말에 도영은 웃고는 가말에게 입 맞추었다. 가말은 마냥 행복한 기분이 되었다. 그러다가 마침 눈높이가 같아서 도영의 목에 있는 흉터를 보았다.

가말이 움찔하는 걸 느끼고 도영은 벽에 붙어 있는 거울을 보았다. 군용 라운드 티셔츠를 입고 있어 흉터가 그대로 보였다.

"보기 싫어?"

도영이 묻자 가말은 고개를 절레절레 젓고 무슨 생사가 걸린 거짓말을 하는 양 필사적으로 말했다.

"아냐. 멋있어."

안 그래도 틈이 날 때마다 가말은 흉터를 핥았다. 그런다고 낫는 것도 아닌데 열심히 핥다보면 상처가 사라지기라도 할 것처럼. 그게 더 그의 욕정에 불을 지핀다는 건 모르는 것 같았지만.

"다녀올게."

일단 도영은 말했다.

"응. 다녀와."

집을 나와 차에 오른 도영은 백미러로 자신을 보았다.

자신이야 눈에 보이지 않으니까 거울을 볼 때를 제외하면 목에 흉터가 있다는 사실도 잊고 지냈다. 하지만 아무래도 다른 사람에게는 그렇게 존재감이 희미하지 않은 모양이었다. 특히 가말에게는. 볼 때마다 이게 왜 생겼는지 떠올리지 않을 수 없을 테니까.

생각해보면 잠입과 특수임무를 수행하는 특수부대원으로서 이 정도로 눈에 띄는 특징이 있는 것도 그리 좋지는 않았다. '목에 큰 흉터가 있는 대원'이라고 하면 바로 그를 의미하는지 알 테니.

우선 도영은 출근하기 위해 차를 출발시켰다.

"저……."

열어놓은 문가에 한 중년 여자가 나타났다.

"가말 씨?"

"응. 안녕."

가말은 말했다. 당당한 반말에 여자는 당황했다가 가말의 나이가 외모와 같지 않다는 사실을 상기하고 자신을 소개했다.

"클로에 마틴이라고 해요."

"가말이야."

"반가워요. 그런데 여기서 뭐 하세요?"

가말은 현관문이 정면으로 보이는, 2층으로 통하는 계단의 가장 아래 자리에 앉아 있었다.

"도영 기다려."

"출근한 지 얼마 안 되지 않았어요?"

"다른 할 일도 없어."

TV를 틀어봤지만 어떤 프로그램이든 무슨 말인지 잘 알 수 없었고, 책은 하도 읽다보니 오히려 좀 쉬고 싶었다. 그래서 그냥 도영이나 기다리자 싶어 이 자리에 앉았다. 멍하니 시간을 보내는 건 그녀가 가장 잘하는 일 중 하나였기 때문에 보기보다 지겹거나 힘들거나 하진 않았다.

하지만 클로에는 내내 문 앞에서 주인을 기다리는 강아지를 보는 양 안쓰러워하는 표정을 숨기지 못했다.

"가실래요? 반상회가 있다고 소령님께 이야기는 들으셨죠?"

가말은 고개를 끄덕이고 일어났다. 그리고 같이 한 블록을 내려가는데, 클로에가 계속 그녀를 힐끔거렸다.

"왜?"

뭔가 이상하게 여기는 건가 싶어서 가말은 경계하며 물었다. 그러자 클로에는 정신을 차린 듯이 말했다.

"아, 미안해요. 너무 예뻐서."

그런 거라면 상관없었다.
“마음껏 봐.”
클로에는 난감해하는 웃음을 지었다.
“캐릭터가 확실하시네요.”
가말은 의아해졌다.
“캐릭터가 뭐야?”
“아…… 음, 성격이 확실하다고 할까?”
“성격이 확실해? 어떻게?”
“개성이 있다는 말이에요.”
“개성은 뭐야?”
끊이지 않는 질문에 클로에는 당황했다. 이제 도영은 표정도 변하지 않고 다 대답해주는데, 클로에는 막 그들이 도착한 집을 가리키며 말을 돌렸다.
“들어갈까요?”
그리고 안으로 들어갔다.
“클로에, 어서 와요.”
이 집의 주인으로 보이는 백인 여자가 웃으며 인사했다. 그리고 클로에 뒤를 따라 들어오는 가말을 보더니 탄성을 내었다.
“가말 씨? 진짜 엄청 미인이시네요.”
“응.”
가말이 당당하게 대답하자 여자는 웃음을 터뜨리고 말했다.
“들어오세요. 막 차를 마시려던 참이에요.”
안으로 들어가자 미리 와있는 사람들이 소파를 중심으로 모여 앉아 있었다. 그리고 가말을 보고 하나둘 인사했다. 클로에가 말했다.

"여기 앉으세요. 무슨 차로 드릴까요? 요즘 플로스가 함유된 차가 나오던데 그걸로 드릴까요?"

가말은 고개를 끄덕였다.

이런 분위기는 처음이었다. 그녀가 뱀파이어인 걸 알면서도 평범한 사람과 대화하듯이 아무렇지 않아 하다니……. 그렇다고 부족에서처럼 신으로 대하는 것도 아니고 말이다.

소파에 앉아 있는 젊은 흑인 여자가 웃으며 말했다.

"저희 남편도 맛이 나쁘지 않다고 하더라고요."

그녀가 루아스 대원의 아내인 모양이었다.

"여기요."

클로에가 가말에게 찻잔을 건네주고는 자리에 앉으며 말했다.

"그나저나 드페르 소령님이 큰일을 겪으셨어요. 임무 중에 루아스한테 물려서 감염됐다면서요?"

이들은 타실 프로젝트에 대해 모르는 모양이었다. 하긴, 기밀 프로젝트라고 했으니까.

다른 여자가 말했다.

"꽤 안 좋은 케이스였나 봐요. 거의 죽었다 살아나셨다면서요. 루아스가 되면 상처는 치료가 된다고 하던데 목에 흉터가 남을 정도였으니까요."

그 말을 들은 가말은 눈에 띌 만큼 침울해졌다. 하지만 그 이유를 알 리 없는 여자들은 계속 웃으며 대화했다.

◇◇◇

자인은 간만에 굉장히 즐거운 저녁을 보내는 느낌이었다.

오늘로 두 번째 만나는 소개팅 상대 에이든은 오랫동안 주짓수를 해서 일반인치고 몸도 좋은 편이었다. 그리고 유머러스하면서 이쪽이 모르는 분야의 이야기도 지루하지 않게 하는 재주가 있었다. 그래서 에이든이 재밌는 에피소드를 이야기해줄 때 자인은 크게 소리 내어 웃었고, 간만에 어떤 스트레스도 없는 시간을 보냈다.

"정말 재밌네요."

"그렇죠?"

에이든은 제 이야기가 재밌는 걸 알고 자신만만하게, 그러나 밉지 않게 대답하고는 와인을 마셨다. 자인도 와인을 마셨다.

그러면서 속으로 한숨을 삼켰다. 문제는, 이게 친구와 보내는 저녁 같다는 점이었다. 진짜 '친구' 말이다.

맞은편에 앉아 있는 에이든을 보면 볼수록 더 이해가 되지 않았다. 이런 남자를 보면서도 설레지 않다니, 상식에서 벗어나는 존재와 오래 다닌 탓인지 제 상식도 맛이 가버린 모양이었다.

"내가 정말 깊이 생각해봤는데."

느닷없이 뒤에서 낯익은 목소리가 들렸다. 자인은 흠칫해 돌아보았다. 바로 뒤에 토라가 서 있었다. 그리고 오히려 그쪽이 기가 질린다는 듯이 테이블 쪽을 가리키며 말했다.

"갑자기 나타났다고 나이프부터 집는 건 너무하지 않아?"

그제야 자인은 기척을 느끼자마자 자기도 모르게 스테이크용 나이프를 움켜잡았다는 사실을 깨달았다. 적이라면 바로 찔러버릴 수 있게. 그리고 자인이 그러는 줄도 몰랐던 에이든은 정말 그녀가 나이프를 쥐고 있는 걸 보고 간담이 서늘해진 얼굴이었다. 자인은 머쓱해서 나이프를 내려놓고 물어보려고 했다.

"여긴 왜……."

"억울해."

하지만 토라는 말을 끊고 제 말을 했다.

"내가 평범하지 않을 건 또 뭐야?"

자인은 기가 찼다.

"지금 그걸 말이라고 해요?"

일단 지금만 해도 식당에 있는 손님들이 전부 토라를 쳐다보고 있었다. 갑작스러운 등장과 주변을 의식하지 않는 태도, 그리고 더 말할 것도 없이 눈에 띄는 외모에.

"이제 남 생각은 그만하려고."

그러고는 토라는 의자에 놓여 있는 자인의 핸드백과 손을 잡고 끌어당겼다.

"이봐요!"

에이든이 분연히 외쳤다. 그러자 토라는 붉은 눈으로 쳐다봤을 뿐이다.

요즘엔 패션으로 붉은 컬러렌즈를 하고 다니는 사람이 많아서 당연히 토라도 그런 거라고 생각했다. 하지만 붉은 눈을 정면으로 마주하자, 실제로 오래 산 뱀파이어의 붉은 눈을 본 적이 없는 에이든도 그게 컬러렌즈 따위가 아니라는 걸 알 수 있었다.

"뱀……!"

에이든이 화들짝 놀라 물러서다가 의자를 쳐서 덜컹거리는 소리가 났다. 그러자 토라는 무시하고 다시 자인을 끌고 나가기 시작했다.

"토……!"

자인은 외치려다가 아무래도 둘이 사라져주는 게 이 레스토랑의 평화를 위해서 좋겠다는 생각이 들어 마음을 바꾸었다. 그래서 에이든을 돌아보고 말했다.

"죄송합니다. 연락드릴게요."

그런데 아무래도 자인이 반쯤 납치당하는 모양새여서 그런지 사람들이 웅성거리며 말려야 하나 고민하는 기색이었다. 그에 자인은 끌려 나가며 마주치는 사람들에게 일일이 변명했다.

"감사합니다. 신경 쓰지 마세요. 아는 루아스예요. 괜찮아요. 아는 사이에요."

마침내 둘은 밖으로 나왔다.

"토라!"

레스토랑 건물의 모퉁이를 돌아갈 때 자인이 팔을 당기며 외쳤지만 여전히 토라는 그녀를 놓아주지 않았다. 그에 자인은 화가 난 목소리로 말했다.

"총 꺼내게 하지 말아요."

그러지 토라는 돌아보고 난데없이 말했다.

"나 요리 잘해."

“네? 무슨…….”

“직장 없고, 애 좋아해. 내가 키운 부족 애들이 몇 명인 줄 알아? 그리고 이게 궤변처럼 들릴진 모르겠지만 바람피운 적은 없어.”

자인은 미간을 찌푸렸다.

“맞아요. 궤변이에요. 그거야 당신이 누구와도 깊은 관계를 가진 적 없이 몸만 탐했기 때문이죠.”

“니카가 그렇게 죽고 다시 누군가를 사랑할 자신이 없었어.”

그때 자인은 토라가 아직 자신의 백을 들고 있다는 사실을 깨달았다. 하는 이야기는 진지한데, 그 모습이 우스꽝스러워서 꼭 이 이상한 상황을 대변해주는 것 같았다.

자인은 슬퍼 보이는 눈으로 토라를 보았다.

“하지만 여기서 살 수 있어요? 이 도시에서.”

토라가 도시 체질이 아니라는 사실은 MCTC와 계약을 맺고 이투하 활동을 하면서도 최대한 섬에서 나오지 않았다는 걸 봐도 잘 알 수 있었다. 대외적인 일을 하는 건 대체로 라토의 몫이었다.

“살 수 있어.”

하지만 토라는 흔들리지 않는 눈으로 말했다.

“섬에서 잘 나오지 않았던 건 그럴 이유가 없었기 때문이야. 바깥세계를 싫어했던 건 아니었어. 오히려 재밌는 게 많다고 생각했지.”

사실 토라는 기계를 꽤 좋아했고 자신이 모르는 현상이나 개념에 관심을 보였다. 라토는 생존을 위해 노력해서 새로운 개념을 받아들이는 느낌이라면 토라는 오히려 순수한 호기심에 가까웠다.

자인은 고개를 저었다.

"난 금방 늙어버릴 거예요. 눈 깜짝할 사이에 지금 당신이 보고 있는 모습이 아닐 거라고요."

"놀랍네."

"뭐가요?"

"자인도 여자라는 게. 겉모습 걱정부터 하는 거 보니까."

자인은 울컥했다.

"난 그저……."

그 말을 끊고 토라는 차분하게 말했다.

"내가 사랑하는 사람이 모습이 좀 변한다고 마음도 변할 거라고는 생각하지 않아. 아니면 애초에 인간은 쳐다보지도 않았어."

이 나이 먹고 깨달은 사실이지만, 토라는 여자의 아름답거나 귀엽거나 나긋나긋한 점에 끌리는 게 아니었다. 니카가 귀엽고 나긋나긋한 스타일이었기 때문에 착각했으나, 다시 생각해보면 그는 니카를 처음 만났을 때 그녀의 심지 굳고 강단 있는 모습에 끌렸다. 그리고 자인은 니카보다 몇 배는 더 심지 굳고, 강단 있고, 바르고, 올곧고, 아무튼 좋은 면모는 다 가진 여자였다.

자인은 입을 열다가, 토라 곁을 지나가는 한 여자가 그를 힐끔거리는 걸 보았다. 그제야 지나가는 여자들이 하나같이 토라를 돌아보고 있다는 사실을 깨달았다. 그 덕분에 자인은 자신을 다잡을 수 있었다.

"불안해하고 싶지 않아요."

"불안해하지 마."

토라가 살짝 자인의 손끝을 잡았다. 허락을 구하듯.

"내가 지금까지 많은 여자들을 쳐다봤던 건 쳐다볼 특정한 대상이 없기 때문이었어. 하지만 쳐다볼 대상이 있으면 뭐 하러 다른 데를 봐? 어쨌든 예전에 태도가 좋지 않았던 건……."

그 부분에서 단어를 고르며 제 목덜미를 쓰다듬었다.

"후회하고 있어. 그렇게 살다가는, 진짜 좋아하는 사람이 나타났을 때 당당할 수 없다는 생각을 못 했어."

하지만 자인은 시선을 떨군 채 아무 말이 없었다.

토라가 본 그녀는 어떤 상황에서도 두려워하거나 주저하지 않았다. 상대해야 할 적이 그였든 테러리스트였든. 그런 자인이 지금은 두려워하고 있었다.

그런데 갑자기, 토라가 손을 잡고 있는 대로 내버려두었던 자인이 그의 손을 맞잡았다. 손안에 말려드는 온기에 토라는 가슴이 뻐근해졌다.

하지만 다음 순간 자인이 그의 손에서 백을 가져갔다.

"미안해요. 일과는 별개로 내가 원하는 인생은 하나였어요. 평범한 거. 평범한 남편과 아이가 있고, 평범한 일상과 휴일이 있는 거요."

토라는 슬퍼졌다. 그는 절대 그런 걸 줄 수 없는 존재라고 생각하는 것 같아서.

"하지만 당신과 있으면 그런 게 불가능해요."

자인은 역시 그렇게 말했다.

"내 안에 이런 격렬한 감정이 있는지 몰랐어요. 여자들이 당신을 쳐다보면 다 죽여버리고 싶어요."

토라는 조금 고개를 들었다. 뭔가 생각지 못한 말을 들은 것 같은데……. 그사이에 자인이 거칠게 말했다.

"니카 씨가 라토 대장님을 봤던 감정이 이런 거겠죠."

그러고는 토라가 뭐라고 하기 전에 손을 들고 덧붙였다.

"미안해요. 상처인 일을 멋대로 언급해서. 다만 사실대로 말하는 거예요. 내 마음이 그 정도로……."

토라는 물끄러미 보다가 물었다.

"이거 고백이야?"

"아니에요."

확실히 고백을 한다고는 볼 수 없는 사나운 어조로 자인은 단언했다.

"그날 감옥에서, 당신이 내 피를 마실 때. 이대로 당신한테 피를 빨려 죽어도 좋다고 생각했어요. 아니, 그러고 싶다고 생각했어요. 당신과 있으면 난 내가 아니게 되는 거 같아요."

"아무리 봐도 고백인데."

자인은 그를 노려보았다.

"내 말을 전혀 이해하지 못하고 있잖아요."

"아니, 이해하고 있어."

그러고는 토라는 자인의 얼굴을 감싸 쥐었다.

"자인이 머리가 이상해질 정도로 날 좋아한다는 거."

자인의 눈 깊은 곳에 떨림이 일었다. 토라는 숨을 내쉬며 속삭였다.

"미칠 거 같아. 기뻐서."

자인은 들리지도 않을 만큼 작은, 떨리는 목소리로 웅얼거렸다.

"기뻐할 게 아니에요."

언젠가 자인이 자기가 좋아하는 남자 앞에서는 어떻게 행동하는지 보고 싶다고 생각한 적이 있었다. 그 모습을 목격한 지금 토라는 미칠 것 같았다. 사랑스러운 행동이라고는 안 해도 이 여자가 사랑스러워서.

이건 키스하지 말란 게 더 무리였다.

토라는 손을 잡아당기며 키스했다. 놀랍게도 자인은 거부하지 않았다. 밀려드는 그를 더 적극적으로 받아들였다. 둘이 맞닿은 부분에서 화학반응이라도 일어나는 것 같았다. 아니, 이건 단순한 몸의 화학반응이 아니라 영혼이 맞닿는 느낌에 가까웠다. 떨리는 눈썹과 숨결, 머리카락 한 올까지 전부 사랑스러운 느낌…….

자인은 애써 정신을 차리듯 입술을 떼고 고개를 돌렸다.

"당신과 이러고 있으면 제대로 생각을 할 수가 없어요."

"생각하지 마."

토라는 다시 얼굴을 감싸고 입술을 겹치며 말했다.

"그냥 하고 싶은 대로 해."

입안으로 말이 사라졌다. 본의는 아니었지만 자인에게 더 가까이 가려고 하다 보니 어느새 그녀를 건물의 외벽에 밀어붙이고 있었다. 자인도 손으로 갈퀴를 긁듯이 양팔로 그를 단단하게 끌어안았다.

"오, 열렬한데."

행인 중 약간 불량한 친구들이 휘파람을 불며 지나갔지만 둘은 그 소리도 듣지 못했다.

자인이 놀라울 정도로 열정적이어서, 토라는 강렬한 허기를 느꼈다. 하지만 별안간 자인이 힘껏 그를 밀어냈다. '힘껏'이라고 해도 그녀가 발휘할 수 있는 힘에 비하면 살짝 미는 것에 불과했지만, 애써 그를 밀어내려는 몸짓이 느껴졌다.

"그거 알아요?"

그리고 자인은 숨을 몰아쉬며 말했다.

"그래도 이성은 안 된다고 말하는 기분."

"자인……."

자인은 토라를 밀어낸 팔에 힘을 주었다. 더 다가오지 말라고 말하듯.

정적이 감돌았다. 토라는 조금 더 기다려봤지만 자인은 생각을 바꿀 마음이 없어 보였다. 아무래도 오늘은 밀어붙여봤자 더 반발하기만 할 것 같아서 일단 말했다.

"집에 데려다줄게."

자인은 고개를 저었다.

"아뇨. 혼자 갈게요."

그리고 가다가 돌아보았다. 조명이 빛나는 밤거리에 자인은 부드럽게 빛나는 것 같았다.

"토라, 당신도 잘 생각해봐요. 당신의 인생에서 난 그저 잠깐의 지나침일 뿐이에요."

토라로서도 왜 이미 그렇게 생각해보려고 하지 않았겠는가? 하지만 그는 이미 삼백 년을 살았다. 그 삼백 년간, 지금은 자랑삼아 말할 건 아니지만 수많은 여자를 만났다. 개중에 진짜로 사랑하게 된 건 자인뿐이었다. 인간이었을 때 뭣 모르고 니카를 좋아했던 걸 빼면.

토라는 말했다.

"하지만 백 년 동안은 누구보다 행복할 거야. 그리고 행복한 백 년의 기억은 아무나 가질 수 있는 게 아니잖아."

자인은 약간 기가 찬다는 얼굴을 했다.

"백 년은 너무 길지 않아요?"

지금부터 계산해도 정말 길어야 팔십 년일 거라고 생각했다. 그것도 인간 나이로 아흔이 넘어가면 몸의 많은 부분이 제대로 기능을 하지 않는다는 점에서 완전히 누릴 수 있는 팔십 년도 아니었다. 하지만 토라는 대수롭잖게 어깨를 으쓱였다.

"과학은 계속 발전하고 있잖아. 왜, 그런 이야기도 있잖아. 유전자의 끝에 있는 텔로미어를 유지하는 방법을 찾아내면 인간도 늙지 않을 수 있다고. 혹시 알아. 진짜 텔로미어가 돌파구가 돼줄지도. 인간인 상태로 영원히 사는 거지."

자인은 웃었지만 슬픈 얼굴을 지우지 못했다. 그런 낙관적인 기대만으로는 위안이 되지 않았기 때문이다.

"가볼게요."

그리고 자인은 걸어갔다. 자인이 보이지 않게 된 후로도 토라는 한동안 그 자리에서 떠나지 못했다. 그녀의 향기가 근처에 계속 맴돌았기 때문이다.

◇◇◇

토라는 집 앞에서 기다리고 있었다. 정확하게는 지금 그녀가 묵고 있는, 기지 근처 숙소 앞에서.

막 집에서 나온 자인은 불편한 얼굴을 하고는 그를 무시하고 주차장을 향해 걸어갔다.

"자인."

뒤에서 토라가 부르는 소리가 들렸지만 돌아보지 않았다. 그러자 커다란 것이 느긋하게 따라오는 소리가 들렸다.

어젯밤 일에 대해 에이든에게는 전화로 사과했다. 그러면서 절대 양다리 같은 건 아니었다고 하려다가, 굳이 아니었을 건 뭔가 싶어서 변명하지 않았다. 다른 남자를 마음에 두고 억지로 만나려고 했던 거였으니. 못된 년이라는 소리를 들어도 쌌다. 그러나 에이든은 욕을 하기는커녕 '그래도 데이트는 즐거웠다'고 말했다.

에이든과 함께라면 꿈에 그린 듯한 삶을 살 수 있었을 텐데, 왜 잡고 싶다는 생각이 들지 않는지 알 수 없었다.

결국 자인은 돌아보고 말했다.

"스토킹 당해본 적 있냐면서요?"

"배고파."

토라는 딴소리를 했다. 자인은 기가 찼다.

"대충 뭉개면 될 거라고 생각해요?"

"우리 친구잖아."

친구는 무슨. 그 소리를 들었을 때부터 개소리라고 생각하긴 했지만 괜히 빌미만 만들어준 것 같았다.

"무슨 개소리냐는 얼굴이네."

토라는 눈치챘는지 말했다.

"맞아요."

그렇게 키스하는 친구가 어디 있단 말인가? 그런데 토라는 갑자기 진지한 얼굴을 하더니 말했다.

"하지만 생각해봤어. 자인 말도 맞는 거 같아. 그러니까 자인 하고 싶은 대로 해. 내가 내 감정만 강요할 수는 없는 거니까."

토라는 작전을 바꾸었다. 누군가를 진심으로 좋아하는 일 자체가 하도 낯설어서 잊고 있었는데, 그가 가장 잘하는 일이 무엇인가? 바로 여자를 유혹하는 거였다. 물론 자인은 단순한 '여자'와는 성격도, 의미도 다르지만 좀 더 간단하게 생각해보기로 했다.

자인이 밀어낸다면 유혹하면 그만이었다. 특히 이 경우에 그가 유리한 건, 자인도 진심으로 밀어내는 게 아니라는 점이었으니까. 그러니 자인을 유혹해서 넘어오게만 만들면, 만사형통이었다.

그때 자인은 뭔가 느낀 것처럼 눈을 가늘게 떴다.

"왠지 갑자기 불안해지네요."

토라는 싱긋 웃었다.

"기분 탓 아닐까?"

그러고는 심상하게 물었다.

"그래서 밥 먹으러 가?"

자인은 한숨을 내쉬었다.

배가 고프다고 하는 데는 장사가 없어서, 결국 같이 밥을 먹으러 오고 말았다. 그리고 정말 배가 고팠는지 바로 햄버거 포장을 까는 토라를 보며 자인은 말했다.

"저번부터 느꼈는데 햄버거를 좋아하네요."

"가장 바깥 세계스러운 음식이라서. 그리고 칼로리가 높잖아."

루아스는 플로스 외에도 상당히 많은 칼로리를 섭취해야 했기 때문이다.

약간 가성비가 떨어지는 편이라고 할까. 피는 고양이의 타우린처럼 필수적으로 섭취해야 하는 요소일 뿐, 충분한 에너지원이 되어주진 못했다. 그래서 루아스들은 생각보다 식비에 많은 돈을 써야 했다.

토라는 햄버거를 한입 크게 베어 물고는 물었다.

"다른 거 먹고 싶었어?"

"딱히요. 햄버거란 미국인의 소울 푸드죠."

그 말을 들으니 생각나는 게 있어서 토라는 물었다.

"그러고 보니 어머니 쪽이 동양계였어?"

"할머니가 대만 분이었어요. 할아버지는 아일랜드계 미국인이었고."

"그런 거치고 동양 핏줄이 두드러지게 나타났네."

안 그래도 자인은 쿼터가 아니라 하프라고 해도 믿을 정도로 동양계에 가까운 얼굴이었다.

"그런 편 같아요."

토라는 좀 더 자인을 뜯어보았다. 오늘 자인은 위아래로 검은 옷을 입고 있었다. 원래도 사회가 통념적으로 생각하는 '여성스러운' 차림은 하지 않았지만 오늘따라 유난히 더 시크해 보이는 차림이었다.

그렇다고 그녀가 여성스러워 보이지 않는다는 말은 아니었다. 자인은 그녀만의 독특한 여성성을 내뿜었다. 어쩐지 '언니'라고 부르고 싶어지는, 강하고 단단해 오히려 우아한 느낌이 있는 카리스마 같은.

"키스하고 싶어."

저도 모르게 툭 말이 나왔다. 그에 자인은 놀란 얼굴이 되었다.

"뭐……."

제 실수를 깨달은 토라는 손으로 제 정수리를 덮으며 고개를 숙였다.

"진짜."

유혹이란 모름지기 좀 더 은밀하고 은근해야 했지만, 자인을 상대로 그게 말처럼 쉽지가 않았다.

차라리 농담을 하거나 타박이라도 하면 좋을 텐데, 자인은 말이 없었다. 그때였다.

"중위님?"

지나가던 여군들이 알은체했다.

"아."

자인은 정신이 든 것처럼 그녀들을 보았다. 이곳은 기지 안에 있는 가게여서 충분히 아는 얼굴들을 마주칠 수 있었다.

여군들은 토라를 힐끔거리며 말했다.

"데이트 중이신가 보네요."

"아니야. 지나가던 유기견한테 밥 주는 거야."

자인은 흡사 누가 버튼이라도 누른 듯이 대답했고, 토라는 황당함을 숨길 수 없었다.

"내가 개야?"

여군들이 전부 토라를 돌아보았다. 개라기엔…….

"그럼 합석해도 괜찮을까요?"

여군들이 반은 자인을 놀리고 싶어 하는, 반은 사심이 있는 얼굴로 물었다. 그에 자인은 흘긋 토라를 보았다. 역시 단둘이 있는 건 위험했다.

"그래."

자인이 허락하자 여군들은 잽싸게 자리에 앉았다. 자리가 그리 넓지 않은 데다가 토라의 몸집 때문에 꽤 꽉 끼게 앉게 된 모양새였다.

"이투하 대장님이시죠?"

한 여군이 물었다.

기지에서 토라와 라토는 제법 유명했다. 이유는 말하지 않아도 알 거라고 생각했다. 여군들은 토라에게 이것저것 질문을 퍼부었다. 그러자 토라는 쓸데없이 성실하게 대답해주었다. 그 모습을 보며 자인은 기가 막혔다.

이제 다른 여자는 쳐다보지 않는다며?

사실 토라는 전혀 특별하지 않은 눈, 오히려 길가의 돌멩이를 보는 데에 가까운 눈이었지만 시선의 방향으로만 봤을 때는 분명히 다른 여자를 보고 있었다. 정말 기가 막혔다. 그런 시선조차 싫어지는 자신한테. 지금도 이런데 토라와 사귀기라도 한다면……. 제 직업이 총기 소지가 가능하다는 게 더 위험했다.

그런 생각을 하고 있는데, 한 여군이 토라에게 넌지시 물었다.

"혹시 연락처 물어봐도 될까요?"

토라는 싱긋 웃었다. 자인은 속으로 한숨을 내쉬었다. 그래, 저 여자를 유혹하는 웃음이…….

"안 돼. 난 서머를 좋아하니까."

그 말이 떨어지자마자 다들 깜짝 놀라 자인을 보았다. 자인도 놀라긴 마찬가지여서 외쳤다.

"토라!"

하지만 토라는 오히려 어리둥절해했다.

"왜?"

"그런 이야기는…… 하지 말아요."

"왜? 사실대로 말한 건데."

토라는 굽히지 않았다.

"어머……."

여군들은 자인처럼 통상적인 '여성스러움'과는 거리가 먼 사람들이었지만 저도 모르게 소녀 같은 반응을 보였다. 자인은 간만에 등줄기에 땀이 흐르는 느낌이었다. 큰일이었다. 오늘 내로 전 기지에 소문이 날 게 분명했다. 이투하의 대장이 SAU 대원을 좋아한다고 했다고. 개중 한 여군이 감탄하며 말했다.

"서머라니, 중위님 성을 부르는 건데 꼭 애칭 같네요."

어조가 하도 달콤해서 그렇게 들리는 것 같았다. 그러자 토라는 기다렸다는 듯이 말했다.

"서머는 성도 예쁘니까."

여군들은 또 소녀처럼 반응했다. 자인은 진짜 이를 깍 깨물고 '흐즈 므르.'라고 말하고 싶은 심정이었다.

"중위 성공했네."

갑자기 목소리가 끼어들었다. 지나가다가 말한 사람은 자인과 사이가 좋지 않은 동기였다. 일적으로 맞지 않는다면 성향의 차이라고 인정하겠지만 이 경우에는 예전에 동기가 좋아하던 장교가 자인에게 데이트 신청을 한 일이 있어서였기 때문에 자인 역시 그녀를 그리 좋게 보지 않았다.

"서머 중위, 이투하에 꽂혀서 공부 엄청 열심히 했잖아. 그래서 이투하 같은 사람들이 취향인 줄 알았지."

동기는 들으란 듯이 빈정거렸다.

"그럼 이투하면 다 괜찮았던 건가."

토라가 중얼거리자 분위기가 묘해졌다. 여군들은 흘긋 자인의 눈치를 보았다. 좋을 대로 생각하게 두는 편이 낫기 때문에 자인은 아무런 말하지 않았다.

그때 토라가 양팔을 탁자에 대고 몸을 앞으로 기울이면서, 정말 궁금한 걸 묻듯이 물었다.

"근데 내가 이투하를 만든 사람인데 왜 나는 안 되는 거야?"

자인은 지그시 미간을 짚었다. 머리가…… 아팠다. 급격하게 밀려오는 피로에 쌍꺼풀 선이 진해지도록 눈꺼풀을 밀어 올리고 여군들에게 말했다.

"나 좀 먼저 일어나도 될까."

"아, 네."

자인이 일어나 나오자 토라는 당연하게 따라왔다. 그에 자인은 수상한 사람을 보듯이 그를 위아래로 보며 물었다.

"왜 따라와요?"

"그럼 저기 그대로 있어?"

할 말이 없어졌다.

"일 없어요?"

"이투하는 아직 행동 금지 상태야."

하느님, 맙소사.

자인은 피곤했다. 천둥벌거숭이 같은 야생 상태의 토라를 데리고 단둘이 바깥을 헤매고 다닐 때보다 더.

요 며칠 토라는 그녀를 쫓아다녔다. 졸졸졸. 이제는 소문이 나다 못해 다들 이 모습을 당연하게 여길 정도였다. 하지만 모두 사무실 앞을 지나갈 때 한 번씩 들여다보고 가는 건, 자인 뒤에 휴가라도 온 듯이 앉아서 잡지를 보고 있는 이투하 대장의 존재가 적잖이 신기해 보이기 때문일 터.

자인은 한숨을 삼키고 토라를 돌아보았다.

"아무리 행동 금지 상태여도 부대는 좀 들여다봐야 하지 않아요?"

그러자 토라는 잡지에서 시선을 떼고 대답했다.
“이투하는 원래 독립적으로 활동할 수 있도록 조직됐어. 행동 대장도 다 별도로 있고.”
그게 토라가 섬에 있을 때도 이투하가 활동할 수 있는 비결이었지만 지금 자인에게는 매우 애석한 일이었다.
“이를 테면 난 그런 거지. 얼굴 마담.”
토라가 하는 말에 헛웃음이 났다.
“바지 사장이란 말도 있잖아요?”
“얼굴 마담 어감이 더 예쁘지 않아?”
하여간 능글거리는데 실소가 났다. 누가 이 남자를 진심으로 미워할 수 있을까?
“웃었네.”
토라는 미스터리한 일이라도 본 것처럼 말하더니 뒷말을 하려고 했다.
“예뻐…….”
“말하지 마요.”
자인은 당장 그 말을 막았다. 이쪽은 보이지 않는 척하고 있던 타오 대위는 마시던 커피를 뿜을 뻔했다.
토라는 기막혀했다.
“말하는 건 내 자유 아냐?”
“듣지 않을 자유도 있잖아요.”
“커흠.”
타오 대위가 자신도 이 자리에 있다는 듯이 헛기침을 크게 했지만, 토라는 신경 쓰지 않았다.

"그렇지."

의외로 순순히 동의하더니, 눈웃음을 지으며 입 모양으로만 이랬다.

'예뻐.'

"토라."

자인이 노려보았으나 토라는 천연덕스럽게 말했다.

"나 아무 말 안 했는데."

자인은 그냥 고개를 돌려버렸다.

"저기요."

결국 참다못한 타오 대위가 끼어들었다.

"여기 자신의 직무에 최선을 다하는 사람도 있습니다만? 연애는 나가서 해주시겠습니까?"

그 타이밍에 자인이 일어나자 타오 대위는 기가 차서 물었다.

"진짜 나가는 거야? 연애하러?"

자인은 세상에서 제일 한심한 인간을 보는 눈으로 타오를 보았다.

"그러겠습니까?"

그러고는 칼같이 나가버렸다. 그런 자인의 뒤를 토라는 당연히 좇아오며 말했다.

"타오 대위가 조금만 더 섬세했으면 울겠어."

"그 정도로 섬세한 사람은 못 되니 걱정할 필요 없겠네요."

자인은 무심히 말했다.

"그건 그렇지."

"차라리 그만큼 섬세했으면 전반적으로 제 일도 쉬웠겠죠."

"그러게. 사람이 은근히 무신경해. 아, 밤새 타오 대위만 씹으라고 해도 씹을 수 있을 거 같네."

더 동의할 수 없어서 자인은 피식 웃었다. 자기도 모르게 그러고 나서야 '아, 웃으면 안 되는데.' 생각했지만 이미 토라가 지그시 그녀를 보고 있었다. 그러다가 그녀 뒤쪽으로 뭔가를 발견한 듯 보더니 말했다.

"라토."

라토 뒤에는 헌병 둘이 따르고 있었다. 라토는 그들을 보고 물었다.

"뭐해?"

토라와 톤은 같은데 한 귀에도 차이점이 느껴질 만큼 느낌이 다른 목소리였다. 이렇게 비슷한 목소리로 이만큼 다른 느낌을 주는 게 신기할 정도로.

"이쪽 기억하지?"

토라가 자인을 가리키며 말하자 라토가 그녀를 보고 말했다.

"자인 서머 중위였죠."

"네, 기억하시는군요."

그러면서 둘은 악수를 나누었다.

"저희를 구해주신 분이니까요."

라토가 말하고 살짝 묵례했다.

"나중에 뵙겠습니다."

"네, 안녕히 가세요."

인사하자 라토는 별 미련 없이 돌아서서 갔다.

자인은 사라지는 라토를 흘긋 보았다. 토라와 같은 얼굴인데도 분위기가 참 달랐다. 토라는 늘 웃는 얼굴이어서 다가가기 쉬운 분위기인데 반면 라토는 신전에 모셔놔야 할 것 같은 느낌이었다. 서늘하고 범접할 수 없는 분위기가.

갑자기 토라가 자인의 얼굴을 붙잡아 돌렸다.

"어딜 봐?"

훅 가까워진 거리에 자인은 깜짝 놀랐다. 그래서 짐짓 토라를 밀어내며 말했다.

"어차피 똑같은 얼굴이잖아요. 어느 쪽을 보든……."

"내 얼굴이라고?"

토라가 말을 채갔다.

"이러나저러나 내 얼굴로 생각하고 보는 거니까. 그렇지?"

자인은 말문이 막혔다. 그 말대로, 라토를 쳐다본 건 순전히 토라와 같은 얼굴을 하고 있어서 저도 모르게 시선이 멈췄던 것이다.

"무슨 소리예요?"

하지만 자인은 반사적으로 부정하고 걸어갔다. 왜인지 토라가 쫓아오지 않아 신경 쓰였지만 굳이 멈춰서 돌아보지는 않았다.

퇴근 시간이 되도록 토라는 모습을 보이지 않았다. 퇴근하고 건물 밖으로 나왔을 때도 마찬가지였다.

"없네?"

담배를 피우러 뒤따라 나온 타오 대위가 말했다.

"화장실 갔나 보네."

당연한 듯이 말하는 게, 요즘 토라가 그녀를 기다리는 모습이 하도 자연스러워서 그가 기다리고 있지 않을 거라는 선택지는 아예 머릿속에 없는 모양이었다.

"담배 좀 끊으세요. 루아스들도 안 피우는 담배를 피워서 안 그래도 짧은 수명을 더 깎아 먹을 셈이에요?"

자인은 괜히 말하고 갔다. 그 뒤에서 타오 대위는 황당하다는 투로 중얼거렸다.

"왜 시비야?"

자인은 생각에 빠진 채 주차장으로 걸어갔다.

자신이 토라를 사랑하고 있다는 건 오래전에 이미 확실해졌다. 이게 의미도 없는 저항이라는 걸 누가 모를까?

참 아이러니하다 싶었다. 한 번도 누군가를 이렇게 사랑한 적이 없는데 정작 사랑하게 되자 제 맘대로 할 수가 없었다. 아니면 오히려 그래서 제 맘대로 할 수 없는 건지.

밤거리에 조명 빛이 흩어지는 모습을 보고 있자니 한숨이 나왔다. 이 와중에 토라가 보고 싶어져서.

지금 그녀를 향한 토라의 마음이 진심이 아니라고 생각하진 않았다. 하지만 이쪽이 받아주지 않으면 점차 지쳐갈 것이다. 그리고 토라라면 천 리 길이라도 달려올 여자는 차고 넘치니까 개중 괜찮은 여자를 만나면 사랑하게 되겠지.

하지만 만약 괜찮은 여자가 아니라면?

토라는 그래 봬도 순진한 구석이 있으니까, 그가 사랑하게 된다고 해서 그를 상처 주지 않을 괜찮은 여자라는 보장이 없었다. 그래서 또 그가 상처 입는다면…….

니카에게 입은 상처를 삼백 년간 극복하지 못한 사람이었다.

자인은 한숨을 내쉬었다. 곰도 맨손으로 때려잡을 수 있는 그 뱀파이어를 보호해줘야 한다는 생각이 드는 게 제 직업병 때문인지 알 수 없었다.

운전해서 현재 묵고 있는 타운 하우스 근처에 왔는데, 차창 너머로 토라가 길가에 서 있는 모습이 보였다.

자인은 안도감이 밀려들면서, 여기 와 있었나 싶었다.

"토라……."

지나치게 기뻐하는 기색은 보이지 않아야 하는데 저도 모르게 반색하며 부르려고 했을 때였다. 토라 옆으로 젊은 여자가 나타났다.

자인은 멈칫했다. 그때 토라가 여자의 어깨를 감쌌다. 그 모습을 보다 저도 모르게, 자인은 운전대를 꽉 잡고 차의 머리를 돌렸다.

목적도 없이 다시 도로에 들어서서 운전하는 동안 뭘 기대했던 건가 싶어 실소가 나왔다. 동시에 그래도 조금은 기대했나 싶어서 허탈해졌다. 정말 자기에게는 진심일지도 모른다고…….

아마 토라 앞에서 모든 여자가 그렇게 생각했을 텐데.

'결국 나도 여자였군.'

인상을 쓰며 한쪽 손으로 머리를 쓸어 올렸다.

'어차피 이렇게 될 거라고 알고 있었던 거, 새삼 상처받을 필요도 없잖아.'

늦은 시간이어서 옆으로 인적이 드문 거리에 가로등들이 어슴푸레하게 빛났다.

하지만 토라에게도 자기 입으로 변명할 자격은 있었다.

생각하며, 자인은 운전대를 돌렸다.

그냥 자신이 오해했기를 바라는 미련한 여심이라고 해도 좋았다. 토라가 여자 문제에 관해서는 신뢰도가 바닥이긴 해도 거짓말을 하거나 누군가를 속이는 사람은 아니었으니까. 자기가 한 말에 대해서는 누구보다 강한 책임감을 가지고 있으니 최소한 이야기라도 들어볼 수는 있었다. 그리고 판단은 그때 해도 늦지 않았다. 그게 적어도, 토라에 대한 최소한의 예의라고 생각했다.

아까 토라를 봤던 자리로 돌아가니 여자는 없고 그는 어디론가 전화를 하고 있었다. 자인은 가볼까 말까 주저하다가, 여기까지 와서 겁먹지 말자고 스스로를 다스리고 차에서 내려서 다가가며 불렀다.

"토라."

그러자 토라가 그녀를 돌아보았다.

"자인."

그녀가 갑자기 나타나 의외라는 표정이었을 뿐, 놀라거나 당혹 하는 기색은 없었다. 찰나 자인은 안도했다.

"아까 여성분은……."

묻다가 자인은 멈칫했다. 토라가 서 있는 골목길 안쪽에, 불량배들 보이는 남자들이 늘어져 있었다. 그 모습을 보며 기가 차 물었다.

"당신이 한 거예요?"

토라는 어깨를 으쓱였다.

"빨리 끝내줬으니까 내 얼굴은 못 봤을 거야."

"으……."

그때 한 불량배가 일어나려는 듯 신음을 내며 꿈틀거렸다.

"이리 와요."

자인은 얼른 토라를 잡아끌었다. 그리고 사람들이 간간이 다니는 큰길로 나와서야 돌아보고 물었다.

"오늘 한동안 안 보이던데 어디 갔었어요?"

토라는 대수롭지 않게 대답했다.

"네가 곤란해하는 거 같아서 집 앞에서 기다리려고 먼저 나왔지."

자인은 그들이 막 나온 골목 쪽으로 고갯짓했다.

"저기 널브러져 있는 사람들은요?"

"놀이터에서 기다리고 있는데 아까 여자한테 집적대는 게 보여서."

자인이 입을 다물자 토라가 물었다.

"왜?"

자인은 한숨을 내쉬고 솔직히 대답했다.

"당신이 그새 엄한 여자라도 하나 꼬셨나 했죠."

"왜? 질투했어?"

토라가 넌지시 물었다.

"그럴 리가요."

반사적으로 부정하고 아직 손을 잡고 있다는 걸 깨닫고 얼른 손을 놓는데, 토라가 다시 손을 잡아왔다.

"생각했어."

그러고는 말했다.

"자인에게도 자인의 사정이 있겠지, 그러니까 내 감정만 강요하지 말자고. 근데 그렇게 날 좋아하는 티를 내면 참을 수가 없잖아."

"뭐……."

자인은 기가 막혀서 말문이 막혔다. 그러자 토라는 당당하게 말했다.

"그만 인정해. 날 좋아하잖아."

"세상 모든 여자가 자기를 좋아할 거라는 그 자만심은 언제쯤……."

한창 말하는데 토라가 몸을 기울여와 자인은 주춤했다. 그녀가 어디서 위압되고 그러는 사람이 아닌데 왜 이러는지 알 수 없었다. 아마 토라의 눈빛 때문이었을 것이다. 파랗게 빛나는 것 같은.

"세상 모든 여자가 날 좋아하지 않아도 자인은 날 좋아할걸. 자인은 내 얼굴이 아니라 나란 사람을 좋아하는 거니까."

"착각이 지나치네요. 얼굴을 좋아하는 건데요."

그가 한 말을 부정하기 위해서 말한 건데, 토라는 오히려 웃었다.

"드디어 인정했네. 나 좋아한다고."

순간 당황했지만 자인은 임기응변을 발휘해서 말했다.

"그러니까 얼굴만 좋아한다고요."

"좋아. 내 뭐라도 네 사랑을 받을 수 있다면."

그러면서 토라가 손을 잡아 손을 뺄 새도 없이 그 위에 키스했다. 입술이 와 닿는 감촉에 자인은 충격을 받은 듯이 움직일 수 없었다.

토라는 똑바로 그녀를 보고 속삭였다.

"사랑해. 어떻게 이렇게까지 될 수 있나 신기할 만큼."

무너졌다, 속절없이. 제 마음속에 벽이 있었는지조차 흐릿해질 만큼.

"내게 자격이 충분하지 않다는 건 알고 있지만 한 번만 기회를 줘. 널 사랑할 수 있는 기회를."

토라가 그녀의 손을 끌어당겼다. 자인은 이게 그를 뿌리칠 마지막 기회라는 걸 알았다. 그래서 입을 열었다. 그런데 마치 그걸 눈치챈 것처럼 갑자기 토라가 손을 잡아당겨 끌려가는 순간 입술이 닿았다. 그러나 자인은 그를 밀어내지 않았다.

이런 게 아마도 자신은, 비겁한 거겠지.

눈을 감자 천천히 비벼지는 입술이 황홀했다.

마침내 떨어지는 입술 사이로 나직한 숨결이 새어 나왔다. 자인은 감고 있던 눈을 천천히 떴다. 내리깐 속눈썹 아래로 토라의 도톰한 입술이 보였다. 자인은 그대로 물었다.

"각오한 거죠? 바람피울 때는 총 맞을 각오."

토라가 양 볼을 감싸듯이 그녀의 얼굴을 들어 자신을 마주 보게 했다. 그의 표정은 부드러우면서도 진지했다.

"아니, 안 했어. 그런 일은 없을 거니까."

"잘난 척하기는."

자신만만한 게 왠지 얄미워서 자인이 노려보는데 오히려 토라는 희미하게 웃었다.

"내 인생에서 이만큼 확신이 드는 일은 또 없었거든."

니카를 그렇게 잃고, 또 누군가를 사랑하게 돼도 그 여자가 라토나 다른 남자를 더 사랑하게 될지도 모른다는 두려움이 없었다면 거짓말이었다.

그는 자신감이 있는 편이었기 때문에 그 생각에 집착하진 않았지만 드문드문 올라오는 건 어쩔 수 없었다. 하지만 자인을 상대로는 이상할 만큼 전혀 그런 생각이 들지 않았다. 자인이 그를, 토라 사타디라는 사람을 제대로 알고 있다는 확신이 있기 때문이었다. 이 얼굴 껍질 너머.

지금도, 얼굴을 본다기보다 그의 눈을 깊이 들여다보는 올곧고 똑바른 시선을 마주하면 그런 걱정 따위는 그대로 녹아버렸다.

맞닿는 둘의 입술 사이로 빛이 흩어져 사라졌다.

두 사람은 손을 잡고 그대로 걸어서 집까지 갔다. 별다른 대화는 없었지만 맞잡은 손에서 감정이 오갔다.

집 앞에서 자인은 돌아보고 물었다.

"늦었는데 어떻게 돌아가려고요?"

토라는 살짝 어깨를 으쓱였다.

"두 발이 없어서 못 돌아가겠어?"

"가다가 또 불량배들 패지 말고요."

"걱정 마. 쓸데없이 눈에 띄는 짓은 안 하니까."

자인은 확연하게 깊어진 눈빛으로 토라를 보았다.

"잘 가요."

"잘 자."

토라는 돌아섰다. 여자와 첫 만남에서 자지 않은 건 정말 오랜만이었다. 하지만 어느 때보다 행복한 기분이 들었다.

"그래서 자인이……."

토라는 한창 신나서 말하다가 앞을 보고 못마땅한 투로 물었다.

"반응이 뭐 그래?"

맞은편에 앉아 있는 도영은 눈가를 한 번 문질렀다.

"토라, 지금은 새벽 6시야."

세 사람은 부엌의 테이블에 앉아 있었고, 가말은 도영 옆에서 아예 대놓고 자고 있었다. 토라는 제가 직접 끓여다 놓은 차를 마시며 말했다.

"섬에서는 6시면 다 일어났을 시간이야. 밤에 잠은 안 자고 딴 짓을 하니까 아직까지 정신을 못 차리는 거지."

"지금 사랑의 신께서 말씀하시는 거냐?"

도영은 수면 부족 때문에 평소보다 더 시니컬하게 말했다. 다 마신 찻산을 싱크대에 넣은 토라는 고개를 저었다.

"진정한 사랑은 몸과는 관계없는 거야."

그러고는 가는 토라를 보며, 도영은 그가 자신의 뒤통수라도 후려치고 간 듯이 중얼거렸다.

"미쳤어, 저거?"

워낙 충격적인 말이라 잠이 다 깼는지 어느새 눈을 뜨고 있는 가말도 중얼거렸다.

"그런 거 같아."

토라가 집으로 들어가자 오늘 라토는 거실에 앉아 있었다. 여전히 특별한 무언가를 하지 않은 채. 그러고는 들어오는 토라를 보고 물었다.

"어디 다녀와?"

"아, 마티네."

옛날이었다면 이렇게 미주알고주알 떠들어댈 상대는 라토였지만 요즘 그는 유난히 과묵했다. 계속 생각에 잠겨 있었다.

사실 라토가 겪은 일도 겪은 일이고, 아무리 제 좋을 대로 사는 토라도 그런 라토에게 여자와 데이트한 이야기를 떠들어댈 정도로 속이 없진 않았다. 그래서 라토가 알아서 그에게 오기 전까지는 내버려두는 중이었다.

토라는 방으로 가려다가 돌아섰다.

"라토. 괜찮아?"

"뭐가?"

라토는 오히려 질문이 이해되지 않는다는 투였다. 토라는 단도직입적으로 말했다.

"너도 속은 거였잖아."

"얼간이처럼 말이야."

"라토."

토라가 부르자 라토는 걱정 말라는 듯 고개를 저었다.

"걱정 마. 자기혐오에만 빠져 있는 건 아니니까. 그냥 시간이 좀 필요할 뿐이야."

제 세계가 뚜렷한 라토의 성격상 밀어붙여봐야 나올 게 없다는 건 토라가 제일 잘 알았다. 그래서 그냥 이렇게 말했다.

"도움이 필요하면 말해, 언제든지. 알지?"

라토는 웃었다.

"물론, 시지."

"아직 아무것도 안 했다고?"

커피를 내리던 도영은 지금 자신이 뭘 들었는지 의심스러워하는 얼굴로 되물었다. 토라와 자인이 데이트를 시작한 지 이 주는 됐는데 말이다. 그것도 현재 둘 다 급한 일이 없는 상태여서 꽤 자주 만나는 것 같았고.

테이블에 앉아 있는 토라는 목덜미를 쓰다듬었다.

"긴장돼. 뭘 어떡해야 할지 모르겠어."

도영은 싱크대에 기대서 커피 잔을 들고 팔짱을 꼈다. 그리고 매우 흥미롭다는 얼굴을 했다.

토라를 알아온 이래, 사실 그렇게까지 오래되진 않았지만, 일단 여자에 관한 한 제 말대로 신에 가까운 녀석이었다. 그런데 지금 토라는 처음 사귄 여자 친구와 어떻게 손을 잡아야 할지 모르겠다고 고민 상담하는 십 대 같은 얼굴로 말했다.

"게다가 예전에 보여줬던 게 있어서 좀 켕긴다고 해야 하나……. 설마 자인과 이렇게 될 거라고는 생각지도 못했고."

"코너를 돌았을 때 뭐가 기다리고 있을지 모른다는 점에서 인생은 항상 흥미로운 거란다, 아들아."

토라는 기가 찬다는 얼굴을 했다.

"내가 타와라고 부를 때는 당연하다고 생각했는데 아들 소리를 들으니 기분이 이상하네."

도영은 어깨를 으쓱였다. 토라는 숨을 길게 내쉬었다.

"하지만 행복해. 뭔가 이대로라도 좋다는 느낌이야."

"사랑이네."

"그런 거 같아."

그때 가말이 부엌으로 들어왔다.

"토라 요즘 도영한테만 말해."

그러면서 정작 그쪽이야말로 토라의 이야기에 별 관심 없는 듯이 도영의 허리를 끌어안고 말했다.

"오늘 클로에 집에 가기로 했어. 괜찮아?"

"다녀와."

가말은 도영의 입에 살짝 뽀뽀하고 부엌을 나갔다. 토라는 그 뒷모습을 보며 물었다.

"요즘 마티 괜찮아?"

"뭐가?"

도영이 토라를 돌아보고 묻자 그는 어깨를 으쓱였다.

"그냥 별다른 건 없나 싶어서."

도영은 가말이 사라진 방향을 한 번 보았다.

"어제만 젤리 세 통을 끝장내긴 했지. 왜? 뭐가 신경 쓰여?"

"아니. 오히려 너무 신경이 안 쓰여서. 그런 일이 있었는데."

그러면서 토라는 도영의 목에 있는 흉터를 가리켰다. 도영은 싱크대에 커피 잔을 내려놓았다.

"안 그래도 말인데."

도영은 간판을 올려다보았다.

〈Altamira〉

자동문을 넘어 가게로 들어섰다. 흑백의 모던한 인테리어였고, 병원처럼 깔끔하게 청소되어 있었다. 한쪽 벽면을 꽉 채울 정도로 커다란, 피카소의 황소 연작 그림이 인상적이었다.

'피 냄새.'

생각보다 쾌적했지만 피 냄새를 잉크 냄새가 덮고 있었다.

벨 소리를 듣고 안에서 검은 옷을 입은 화려한 여자가 나왔다. 머리는 무지개색에 파란 컬러렌즈를 했고, 민소매를 입은 양쪽 팔에 총천연색의 문신이 있었다. 화장도 진하고 화려했지만 그런

게 다 어울릴 정도로 꽤 미인이었다.

타투이스트는 도영을 위아래로 훑고는 바로 물었다.

"어디에 할 거예요?"

그가 이곳에 온 목적이 호기심이나 견학이 아니라는 걸 아는 것 같았다. 도영이 말없이 폴라 티셔츠의 목을 끌어내리자 타투이스트는 말을 잃은 얼굴로 보다가 말했다.

"이건 또…… 강렬한 흉터네."

원래 도영은 그 흔한 문신 하나 없는 몸이었다. 동료들 중 누군가는 도화지보다 더 제 몸에 그림을 그리길 즐겨했지만 그는 그럴 시간도 없었고 별로 이런 쪽에는 취미가 없었다. 하지만 아무리 생각해도 이 흉터를 가릴 방법은 이것뿐이었다.

"앉아요."

타투이스트 리타는 타투 의자로 고갯짓했다.

"특별히 원하는 이미지 있어요?"

도영은 손목밴드를 눌러서 이미지를 전송했다.

"흥미롭네요."

이미지를 본 리타는 말했다. 그리고 검은 라텍스 장갑을 끼면서 도영의 목 흉터를 고갯짓하고 물었다.

"목이라도 잘렸었어요?"

그러고는 대답할 틈도 주지 않고 말했다.

"그럴 린 없겠지만. 루아스도 목이 잘리고는 살 수 없으니까."

이런 세상이라도 일반인이 뱀파이어를 볼 일은 많지 않을 텐데, 눈앞에 있는 존재가 뱀파이어라는 걸 알아도 별로 무서워하지 않는 것 같았다. 하긴, 인간과 피부가 달라서 기술이 필요하다는 루아스 타투가 가능한 기술자니까 루아스야 숱하게 보겠지만 말이다.

"루아스인지 한눈에 알아보는군요."

"피부만 만져봐도 알 수 있죠."

리타는 도영의 흉터를 확인하며 말했다.

"루아스의 피부는 뭐랄까…… 탄성 소재 같거든요."

그러면서 피부를 꾹 눌렀다.

"부드러운 바위에 새기는 느낌이랄까. 루아스 피부에 문신을 새기고 있으면 꼭 내가 알타미라 동굴 벽에 그림을 그리는 주술사가 된 느낌이 들어요."

알타미라 동굴의 동물 벽화가 주술적인 의미를 지니고 있지 않다는 학설도 있다는 이야기는 굳이 하지 않았다. 그녀에게 그게 중요한 건 아닐 테니.

리타는 싱긋 웃었다.

"인간의 피부는 늙고 늘어지지만 루아스 피부에 새긴 내 작품은 영원히 남아 있을 테니까."

도영은 바깥쪽으로 고갯짓했다.

"가게 이름은 그래서?"

"그렇죠."

그러고는 리타는 타투 머신에 전원을 넣고 발로 패들을 밟으며 말했다.

"보통 루아스는 어지간히 큰 이미지가 아니면 한 번에 끝내는 편이에요. 참을 수 있겠어요?"

"시작하죠."

도영은 가타부타 말하지 않았다.

리타는 웃었다.

"루아스들은 터프해서 좋다니까."

작업이 끝나고 마지막으로 리타는 천으로 피를 닦아내며 말했다.

"하루 정도 샤워는 하지 말아요."

도영은 거울을 확인했다. 문신이 단순히 흉터를 가린 게 아니라 흉터 모양을 따라 섬세하게 그림을 그려서 오히려 처음부터 이런 문신을 새기려고 계획한 듯이 보였다. 누구도 이 아래 흉터가 있다고는 생각할 수 없을 것 같았다.

"실력이 좋군요."

"리터치는 평생 무료예요."

리타가 한 말에 도영은 보통 그러나 싶어 돌아보았다.

"평생?"

"술 한잔할래요?"

그러자마자 리타는 단도직입적으로 물었다.

옛날이었다면 도영도 그런 적극적인 태도가 마음에 들었을 것이다. 자신만의 개성이 있는 화려한 스타일이나 쿨한 성격도.

"술을 안 마셔서."

나이가 들수록 뛰는 게 조금씩 힘들어지는 걸 느끼고 끊었기 때문이다. 루아스가 되고 다시 마시기 시작했지만, 리타가 그것까지 알 필요는 없었다.

“물이라도 좋아요.”

리타는 말했다.

“내가 원래 손님한테는 절대 이러지 않는데, 그쪽은 정말 놓치기가 아까워서.”

“제가 이 문신을 왜 새기는 것 같습니까?”

그러자 리타는 빤히 도영을 보더니 한숨을 내쉬었다.

“여자 친구가 힘들어하는구나.”

잘 아는 것 같으니 도영은 대답하지 않았다. 리타는 정말 실망한 듯이 중얼거렸다.

“보기와 다르게 다정한 타입이었구나. 나쁜 남자인 줄 알았는데.”

“끝났으면 가봐도 됩니까?”

그러며 도영은 일어나 옷걸이에서 재킷을 꺼내 입었다. 리타는 문 앞까지 나와 배웅하는 미용실 직원 같은 행동은 하지 않았다. 그저 그 자리에 그대로 앉아서 의자에 두 팔을 걸치고 말했다.

“혹시라도 생각 바뀌면 연락해요. 연락처는 알 테니까.”

도영은 문 앞에서 돌아보고 말했다.

“안 바뀔 겁니다.”

그러고 가게를 나섰다. 그 뒤에 리타는 중얼거렸다.

“정말 아깝네.”

도영이 집으로 들어서자 안에서 웃음소리가 들렸다. 소리를 따라 부엌으로 가보니 테이블에 가말과 토라, 라토, 셋이 둘러 앉아 있었다.

"도영, 왔어?"

가말이 도영을 발견하고 물었다.

"오셨습니까?"

토라도 물었다. 그 옆에 앉아 있는 라토는 살짝 묵례했다. 도영은 복잡한 심정으로 눈앞의 풍경을 보았다. 이 셋이 유난히 사이가 좋은 파트로네스, 클리엔테스인 건 알지만 제 여자가 잘생긴 쌍둥이에게 둘러싸여 있는 모습이 그리 유쾌하진 않았다. 토라 하나만 있을 때는 그나마 효과가 덜했는데, 둘이 되니 왠지 가말을 둬선 안 될 곳에 놔둔 느낌이었다.

갑자기 가말이 얼굴을 굳히더니 의자를 밀치고 일어섰다.

"도영, 왜 피 냄새가 나? 다쳤어?"

설마 그랬을까 싶어 가말은 순식간에 얼굴이 파랗게 질렸다. 그러다가 아침까지만 해도 없었던, 도영의 목에 생긴 문신을 보고는 멈칫했다.

그때 토라가 차를 마시며 말했다.

"잘 됐네요."

라토도 한마디 보탰다.

"멋지군요."

가말은 쌍둥이를 봤다가 다시 도영의 목에 있는 문신을 뜯어보았다. 목을 따라 둘러진 기하학적인 검은 문신은 사타디 부족의 트라이벌 문양이었다.

"밑그림, 토라가 그려줬어?"

묻자 도영은 고개를 끄덕였다.

토라는 사타디 부족의 전통 문신 기술을 배웠기 때문이다. 그리고 가말은 제 목에 뭐가 있는지도 잊고 살던 도영이 굳이 문신을 새기고 온 이유를 알았다. 자신이 흉터를 신경 쓰는 걸 눈치챘기 때문에. 내색하지 않으려고 했지만 도영을 볼 때마다 뻔히 보이는 흉터가 꼭 그녀를 채찍질하는 것 같았다. 이 흉측한 흉터가 왜 생겼는지, 도영이 얼마나 죽음에 가까이 갔었는지 일깨우면서.

가말은 흔들리는 눈으로 도영을 올려다보았다.

"문신…… 아파?"

그러자 도영이 그녀 쪽으로 몸을 기울였다.

"아파. 핥아줘."

"문신도 상처라 함부로 핥으면 덧납니다."

토라가 뒤로 지나가며 말했다. 도영은 어깨 너머로 서늘한 시선을 던졌다.

"좀 가라."

"갈 겁니다. 마티, 안녕."

"토라, 라토, 잘 가."

가말은 현관으로 가는 쌍둥이에게 인사했다. 토라는 손을 흔들고 라토는 살짝 고갯짓만 하고 집을 나섰다. 그런 둘을 보며 도영이 물었다.

"라토 저 친구랑은 괜찮아?"

토라는 쇼윈도를 들여다보는 것처럼 속이 투명했지만 라토 쪽은 아직 거리감이 있었다. 일단 태도는 정중하지만 말이 별로 없는 편인 데다 자신을 어떻게 생각하는지 잘 알 수 없었다.

하여간 이 나이에 커다란 양아들이-심지어 그보다 나이도 몇 배는 많은- 이쪽을 인정하는지 안 하는지 고민을 하게 될 줄이야…….

그런데 대답은 하지 않고 가말이 이리저리 킁킁대며 제 냄새를 맡고 있었다.

"뭐해?"

도영은 하도 기가 차 물었다. 가말은 미간을 찌푸렸다.

"여자 냄새나."

도영은 '아아' 소리를 냈다. 향수 냄새를 말하는 모양이었다. 리타는 화려한 스타일만큼 향수도 강했으니까.

"타투이스트가 여자였어."

"문신을 새기는 건 신성한 일이야. 여자가 하면 안 돼."

"무슨 고대 유물 같은 소릴…… 아, 고대 유물 맞지."

도영은 말하다가 깨달았다. 그때 가말이 말했다.

"남자한테 가."

그에 도영은 가말을 물끄러미 보았다.

"질투야?"

하지만 가말은 고개를 내젓고 했던 말을 반복했다.

"여자 냄새나."

"실력이 좋아."

밀어붙이면 뭔가 나올 것 같아 일부러 말하자 가말은 얼굴이 불퉁해지더니 머리카락을 휘날리며 돌아섰다.

"도영은 여자를 좋아하니까."

"좋아하지."

그 말에 가말은 바로 울컥하는 표정이 되었다. 도영은 그 타이밍을 노리고 덧붙였다.

"그러지 않으면 널 좋아할 수 없잖아."

"말장난 재미없어."

그러면서 가말은 도영을 흘겨보았다. 흘겨보다니, 그건 처음 보여주는 모습이라 신선했다.

그러고는 가말이 그를 무시하고 지나가려고 해, 그 모습을 보며 도영이 말했다.

"새침한 척도 하네."

"척 아냐."

가말은 호랑이가 제 으르렁거림을 고양이의 가르랑거림으로 취급받은 듯이 화를 냈다. 오히려 고양이가 털을 세운 모습을 보듯이 도영은 심장이 아플 지경이었지만 애써 무표정을 유지했다.

마침 문이 열리고 클로에의 목소리가 들려왔다.

"가말 씨, 이거 만들었는데 맛 좀……."

그때 가말이 도영의 등을 세게 떠밀었다.

"도영은 여자를 좋아해."

도영은 클로에가 들어오는 소리에 문 쪽을 보고 있었던 데다가 가말이 자신을 밀 거라고 예상하지 못했기 때문에 거의 클로에와 부딪칠 뻔했다.

"네?"

훅 다가온 도영에 놀라서 클로에는 눈을 휘둥그렇게 떴다. 도영은 얼른 몸을 돌려, 가려는 가말의 허리를 안아서 붙잡았다. 그러자 가말은 벗어나기 위해 버둥거렸다.

"놔! 여자 좋아하잖아!"

"갑자기 그러면 클로에 씨가 당황하잖아."

그러면서 도영은 빙긋이 웃고는 클로에에게 정중하게 사과했다.

"미안합니다."

클로에는 얼굴이 붉어졌다. 그에게 감정이 있어서라기보다 잘생긴 남자에 대한 반사적인 반응이었을 테지만 가말은 더 기가 막혔다.

"둘이 잘……!"

외치려고 하자 도영이 손으로 가말의 입을 막았다. 그리고 클로에에게 말했다.

"지금 좀 야생 상태라 이따 찾아가라고 하겠습니다."

"아, 네. 그, 그럼."

클로에는 뒤도 돌아보지 않고 얼른 나가버렸다. 그러자 도영은 가말에게 키스했다. 물론 가말은 도리질치며 벗어나려고 했다.

"사랑해."

도영이 말한 순간 가말은 모든 동작을 멈추었다. 잠깐 숨 쉬는 것도.

이내 그녀의 눈에 눈물이 차올랐다.

"처음 사랑한다고 해줬어."

울먹이는 목소리에 도영은 나직이 웃고 가말을 돌려세웠다. 가말은 눈에 꾹 힘을 주고 눈물을 참고 있었다.

"이런 반응을 보일 정도야? 그럼 더 자주 말해줘야겠네."

말하며 그녀를 응시하는 시선이 다정했다.

"하지만 너무 자주 말하면 가치가 낮아지는 거 같잖아."

그 말에 가말은 도영의 목에 팔을 감으며 말했다.

"아니. 할수록 빛나는 거야. 그래서 더 좋은 거야."

"근데 쌍둥이를 어떻게 키웠어?"

나란히 누워있다가 도영이 물었다.

"육아를 해본 적도 없었으면서."

그러자 엎드리고 있는 가말은 발을 흔들며 말했다.

"숲에 왔을 때 다섯 살이었어. 둘 다 가릴 건 가렸어."

"가릴……."

별로 안 좋은 그림을 상상할 뻔했다. 그때야 아이들이었겠지만 지금 장대 같은 모습을 보면 오히려 어린 모습이 상상되지 않았다.

"둘 다 어른 같아서 나 많이 도와줬어. 토라와 라토를 키우는 동안엔 외롭지 않았어. 둘이 결혼하고 마을로 가고 나서는 외로웠어."

그 말을 하는 가말의 눈빛이 깊어졌다.

"니카가 죽었을 때…… 결혼시키지 말 걸 생각했어. 나 때문에 라토가 뱀파이어가 된 거야. 토라도."

또 이상한 데서 제 탓을 하고 있다 싶어 도영이 말하려고 했을 때였다. 가말이 먼저 덧붙였다.

"근데 라토와 토라가 뱀파이어가 됐을 때 조금 기뻤어. 알아. 나쁜 생각인 거. 하지만 한동안 그만 살고 싶었는데, 둘이 날 살게 했어."

도영은 셋 사이를 질투했던 자신을 반성했다. 오랜 세월 쫓기며 허무한 삶을 살아온 가말에게 쌍둥이는 더 이상 지속해야 할 이유를 알 수 없는 삶을 살아낼 원동력이 되어주었을 것이다.

가말이 자유가 없는 삼천 년이란 세월을 살아낼 수 있었던 이유는 첫 번째로 자유로운 미래에 대한 낙관이었고, 두 번째는 어느 날 제게 찾아온 인연들 때문이었다. 그런 점에서 도영은 토라와 라토에게 빚을 지고 있다고 할 수 있었다. 그들 덕분에 가말이 오늘까지 살아왔으니까.

그때 가말이 도영을 돌아보고 웃었다.

"둘 다 다 컸어. 이젠 기뻐."

"다 크기만 했을까."

도영은 시니컬하게 말했다. 쌍둥이에게 고마운 건 고마운 거고, 훈훈하게 말할 수만은 없는 건 성격이었다.

"토라는 귀여운 여자 친구도 생겼어."

"서머 중위가 귀엽다고? 그건 동의할 수 없는데."

도영의 말에 가말은 오히려 동의할 수 없다는 얼굴을 했다.

"자인 귀여워서 머리 쓰다듬어줬어. 좋아했어."

"기가 차서 반응할 타이밍을 놓친 거겠지."

자인이 기막혀하는 표정이 보이는 것 같았다. 아마 그녀의 부모님도 머리를 쓰다듬진 않았을 것 같은데.

도영은 가말을 끌어당겨 안고는 베개에 머리를 묻고 누웠다.

"자자."

이렇게 한 침대에 누워 도란도란 이야기하는 것도 좋았지만 내일도 출근을 해야 하니 이제 잘 시간이었다. 가말은 품에 안겨 속삭였다.

"잘 자, 도영."

도영은 대답 대신 어서 자라는 듯 등을 두드렸다. 그러자 가말은 눈을 감았다.

가말은 침대에 앉아, 달빛 아래 잠들어 있는 도영을 물끄러미 보았다. 베개 아래 두 손을 넣고 있는 자세에 따라 근육이 불거져 있었다. 이완되어 있는 목을 따라 난 문신에 살짝 손을 댔다. 그리고 손끝으로 흉터와 그 위를 덮은 섬세한 문양을 따라갔다.

꼭 문신이 말을 하는 것 같았다. 이걸 새긴 도영의 마음을.

간지러웠는지 도영이 뒤척거리며 돌아누웠다.

"응…… 가말."

이내 중얼거리고 다시 잠들었다. 그 평온한 모습을 보며 가말은 속으로 말했다.

'도영은 살아.'

그리고 생각했다.

'난 죽어.'

가말은 이제야 깨달았다.

'내가 죽어야 끝나.'

시간이 지나면 무언가 변할 거라고 믿었다. 세월이 잘못된 걸 바로 잡아주거나, 어떤 방법이든 생길 거라고. 하지만 아무리 세월이 지나도 그런 일은 일어나지 않았고, 시간 따위에 기대고 있었던 자신이 얼마나 안일했는지 분명해질 뿐이었다.

토라와 라토는 이제 자신이 없어도 살 수 있었다. 짝을 찾지 못한 라토가 마음에 걸리긴 했지만 토라가 있으니까 괜찮을 거라고 믿었다. 토라가 라토를 혼자 둘 리는 없을 테니까. 게다가 쌍둥이가 이투하를 만든 이유는 순전히 자신 때문이었으니 자신이 없어지면 굳이 이투하로서 MCTC나 어떤 단체에 메여 있을 필요가 없었다. 이제 두 사람도 자유로워질 때였다.

가말은 창문을 돌아보았다. 달빛이 아름다웠다. 그게 참 슬펐다.

12
Desire

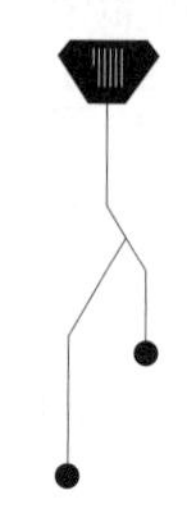

오늘도 데이트를 끝내고 토라는 자인을 집까지 바래다주었다.

"즐거웠어."

그리고 그녀의 볼에 살짝 굿나잇 키스를 했다. 그마저도 할까 말까 고민하느라 다소 어색한 몸짓이었다.

"잘 자."

토라가 말하고 돌아서려고 하자, 자인이 손을 잡았다.

"토라, 차 마시고 가."

"차?"

뜻밖의 제안에 토라는 저도 모르게 되물었다. 자인은 고개를 끄덕였다.

"응."

"아…… 그래."

토라는 어색하게 대답하고 자인을 따라 집 안으로 들어갔다.

"앉아."

자인은 거실 소파를 가리키며 말했다.

"마실 거 줄까?"

"아무거나 줘."

그러자 자인은 부엌으로 갔다. 그동안 토라는 왠지 처음 여자 집에 초대받아온 소년처럼 긴장돼서 소파에 어색하게 앉았다. 조금 이따 자인이 돌아와 차를 건네주었다.

"여기."

"고마워."

그리고 자인은 옆에 앉았다. 토라는 속으로 움찔했다.

정적이 감돌았다. 이 분위기는 분명히……. 요즘 그가 세상에 둘도 없는 숙맥 상태였지만 분위기를 읽지 못할 정도는 아니었다.

그때 자인이 움직이는 기척이 났다. 잔을 테이블에 내려놓나 싶더니, 니트를 벗어 올렸다. 토라는 깜짝 놀랐다.

처음 본 건 아니지만 자인은 생각보다 볼륨이 있었다. 몸은 탄탄해서 복근이 보였고 어디 하나 군살이 없었다.

자인이 소파를 짚으며 몸을 기울여왔다. 옷을 벗느라 머리카락이 흐트러져 있었는데 그게 상당히 섹시…….

토라는 정신을 차리고 주춤하면서 물었다.

"왜……?"

"무슨 소리야?"

자인은 오히려 되물었다. 토라는 찻잔을 가리키고는 말했다.

"차 마시고 가라고……."

"당연히 집에 들어오라고 한 말이지."

자인은 기가 찬 듯이 말했다. 설마 진짜 구실에 불과한 말이었다고 생각하지 못했던 토라가 꿀 먹은 벙어리가 되자 자인은 그를 빤히 보면서 물었다.

"이건 무슨 코스프레야?"

"아니야, 그런 거."

토라는 투덜거렸다. 예전에 한 행동들이 있으니 뭐라고 할 순 없지만, 꼭 그런 식으로 봐야 하느냔 말이다.

"아니면 나랑은 그럴 마음이 없는 거야? 미안하네."

그러고는 자인은 니트를 입고 일어나려고 했다. 토라는 바로 그녀의 손목을 붙잡았다.

"그런 게 아니란 거 알잖아."

"그럼?"

돌아보는 자인의 얼굴이 처음 만났을 때처럼 차가웠다. 결국 토라는 솔직하게 털어놓았다.

"잘 모르겠어. 뭘 어떡해야 할지."

자인은 미간을 찌푸렸다.

"뭐야, 처음도 아니고……."

"꼭 그런 기분이야. 이상하게 널 상대로는 그래."

그 말을 들은 자인은 다시 옆에 앉았다.

"토라, 네 선택을 후회해?"

"뭐? 고작 너랑 자지 않는다는 거 때문에?"

자신이 이런 말을 하게 되는 날이 오리라고는 상상도 못 했지만 정말로 그랬다. 고작 그런 것 때문에 그의 마음을 의심하다니? 토라는 정색하고 말했다.

"너와 대화만 해도 시간 가는 줄 모르겠고 같이 있기만 해도 행복해서 그랬을 뿐이야."

그런데 자인은 한숨을 내쉬었다.

"내가 이렇게 질투심이 많은지 몰랐어. 길가다가 여자들이 널 쳐다보기만 해도 화가 나."

"그럼 이마에 문신이라도 할까? 네 거라고."

"내가 정말 그러라면 어쩌려고?"

사실 자인이라면 그럴 수도 있겠다 싶었지만 토라는 어깨를 으쓱였다.

"하지, 뭐. 잘 그리면 힙해 보이고 좋잖아."

그 말에 자인은 기막혀하는 표정을 지었다가 실소를 지었다.

"미안. 나도 조급했던 거 같아."

"그럴 필요 없어. 나한텐 너밖에 안 보여. 물론 내가 처음에 좀…… 처신을 잘못했지만 방황하는 중이었다고 생각해줘."

토라가 진심으로 한 말에 산통을 깨고 싶진 않았지만 자인은 말하지 않을 수 없었다.

"그냥 방황하는 중이었다고 하기엔 지나치게 즐기는 거 같던데."

"어떡하면 잊어줄래?"

"어떤 건 절대 잊히지 않지."

"내 잘못이지."

그러면서 토라는 허벅지에 팔꿈치를 대고 제 머리를 문질렀다. 자인은 그 모습을 보다가 그의 머리에 손을 얹었다.

조급해졌던 건 사실이었다. 토라가 전혀 성적인 시그널을 보내지 않아서. 그래서 그의 진심을 알고 믿기로 했으면서도 꼭 마음이 떠나가는 남자를 몸으로라도 잡아두려는 여자처럼 굴었다.

천천히 해가야겠다는 생각이 들었다. 토라에게도 이런 관계는 처음이니까.

그때 토라가 쳐다봐서, 둘의 시선이 마주쳤다. 갑자기 그의 눈에 결심하는 빛이 어리더니 조심스럽게 물었다.

"키스…… 해도 돼?"

그러고서는 소파를 짚고 몸을 기울여왔다. 자인은 대답하는 대신 눈을 감았다.

첫키스를 하는 십 대들처럼 살짝 입술이 맞닿았다.

자인은 생각했다. 혹시 니카 옆에 다른 부족 소녀가 있지 않았을까? 토라를 몰래 좋아하는. 자신은 그 소녀였을 것이다. 그리고 토라가 자신을 봐 주길 애타게 바랐을 터였다. 아마 형제는 한 여자와 결혼해야 하는 부족의 전통을 저주하면서.

얼굴을 감싸 쥐고 있던 손이 천천히 목을 쓰는 느낌이 오싹했다. 하지만 두 사람은 뭘 더 해야 할지 모르는 사람들처럼 천천히 떨어졌다. 그리고 나란히 앉아 있는 동안 어색한 공기가 감돌았다.

심장이 쿵쿵 뛰었다. 옆에 있는 열기가 인식되어 다른 건 신경 쓸 겨를도 없는 게, 진짜로 첫 데이트를 나온 십 대가 된 기분이었다.

자인은 흘긋 토라를 보았다. 마침 그때 토라도 그녀의 기색을 살피고 있어 눈이 마주쳤다.

그 순간 번개라도 친 것 같았다. 둘은 와락 서로를 안으며 거칠게 키스했다.

천천히? 그게 무슨 개소리인가? 자인은 일 초도 더 참을 수 없었다.

토라가 끌어당기는 동시에 자인은 그의 무릎 위로 올라갔다. 그리고 누가 먼저랄 것도 없이 토라는 자인의, 자인은 토라의 티셔츠를 벗겨 올려 소파 뒤로 던졌다. 자인은 걸 크러쉬를 일으키는 모습으로 아래로 내려가며 말했다.

"어떡해야 할지 모르겠으면 내가 할게. 넌 가만히 있어."

그러면서 자인은 열매의 씨앗처럼 단단해진 젖꼭지를 빨았다. 가슴을 세게 움켜쥐어봐도 단단한 근육은 여자의 가슴과 달리 거의 솟아오르지 않았지만 최대한 모아 쥐고 깊이 빨았다. 토라는 쥐어짜는 것 같은 신음을 내뱉었다.

이어서 젖꼭지 아래쪽을 세게 빨았다. 보통 인간이었으면 상처가 날 정도로 거칠게 빨아도 키스마크는 생기지 않았지만 토라는 거칠게 신음을 삼켰다.

"자인……."

자인은 거침없이, 우툴두툴한 복부를 타고 내려가 토라의 바지 버클을 거의 잡아 뜯어 이미 잔뜩 서 있는 것을 끄집어냈다. 제 모습을 드러낸 것은 그 위용에 남자의 것을 처음 본 처녀도 아닌데 저도 모르게 아연해 쳐다보고 있자 토라는 숨을 내쉬고 말했다.

"나중에 얼마든지 보게 해줄 테니까 지금은 뭐라도 해줘."

자인은 성이 나있는 것을 쥐고 입에 물었다. 토라는 미간을 찌푸리고 신음을 참았다.

잔뜩 하면서, 손으로 쥐고 핥으며 속삭였다.

"아름다워, 토라."

토라는 이를 악물었다.

"할 거 같아."

여자가 없는 밤이 적었던 그로서는 너무 오랜만이라 오래 버틸 수가 없었다.

"안 돼."

그런데 자인은 토라의 것을 힘주어 잡았다.

"조금만 참아."

하지 못하게 하려는 듯 아플 정도로 꽉 쥐며 액이 몽글하게 배어나는 끝을 핥았다. 토라는 악다문 잇새로 억눌린 소리를 흘렸다. 자인은 핥아도 핥아도 액이 계속 스며 나오는 끝을 더욱 꼼꼼하게 핥았다.

"자인……."

토라는 숨을 헐떡였다. 자인은 멈추지 않았다. 이제 손등을 타고 흐르는 것까지 핥으며 다시 끝을 입안에 머금었다.

숨을 몰아쉬며 그 모습을 보던 토라가 갑자기 그녀를 당겨 무릎 위로 끌어안았다.

"하아, 자인……."

사향 냄새를 뿜는 듯한 숨결이 피부 위에 흩어졌다.

촉감으로 작품을 감상하듯이 잘록한 허리를 타고 내려간 손이 골반을 쓸며 바지를 끌어내렸다. 손끝이 살짝 떨려왔다. 자인은 그가 흥분하지 않기 위해 얼마나 노력하고 있는지 알 것 같았다. 루아스인 그가 흥분해버리면 인간은 다칠 수밖에 없기 때문이다.

"못 참고 거칠게 해버릴 거 같아."

토라는 그의 것이 아닌 것처럼 거칠어진 목소리로 중얼거렸다.

인간 여자가 얼마나 연약한 존재인지는 잘 알았다. 이제 그들이 아파하지 않는 정도로 하는 건 숨 쉬는 것처럼 익숙한데, 지금은 제대로 정신을 차릴 수가 없었다.

그때 자인이 토라를 밀어 소파에 눕게 했다.

"움직이지 마."

그리고 자신을 그에게 맞추고 천천히 내려앉았다. 여성을 벌리며 밀려드는 물건에 골반이 뻐근해질 정도였다.

"아……."

자인은 허벅지에 힘을 주어 조금씩 움직이기 시작했다. 틈 하나 없이 꽉 들어차 있는 것이 내벽에 쩍 달라붙어 있어 그녀가 일어나자 쓸려나가며 내벽을 몽땅 끌어가는 것 같았다. 다시 밀려드는 내벽을 느끼며 자인은 좀 더 깊이 내려앉았다.

"앗, 아……."

자인은 부르르 떨었다.

"너무…… 커. 왜 이렇게 쓸데없이……."

토라는 허리를 쓰다듬으며 말했다.

"미안해. 좀…… 줄여볼게. 다시 움직여."

"무슨 소리야. 루아스도 그런 건 못하잖아……."

그러면서 자인은 애써 다시 일어났다가 앉았다. 물이 배어나며 조금씩 편해지는 느낌이었다. 토라는 힘을 너무 주고 있어서 복부에 팬 자국이 더 깊어질 정도였다.

줄여보려고 노력한다는 말을 믿은 건 아니지만 토라는 점차 커지는 것 같았다. 그런데 그런 게 제 안에 들어가 있다니 자인은 다시 한번 인체의 신비에 대해서 생각해보지 않을 수 없었다.

"자인……."

토라는 숨을 헐떡였다. 아까 사정하기 직전에 제지당했기 때문에 그가 벌써 끝에 다다랐다는 걸 자인은 눈치챘다.

"참아."

자인은 멈추지 않고 말했다. 토라는 손으로 소파의 등받이를 꽉 쥐었다.

"자인, 제발……."

자인은 토라의 가슴에 손을 짚고 부드럽게 쓰다듬으며 움직였다. 마치 말을 타듯이.

"착하지."

토라는 믿을 수가 없었다. 그를 이렇게 조련하는 여자는 처음이었다. 하지만 그의 것이 그녀 안에 인질로 붙잡혀 있는 이상 아무것도 할 수가 없었다. 이 끔찍하게 황홀한 고문을 버티고 있는 수밖에.

콰직……. 토라가 붙잡고 있는 소파 등받이에서 파열음이 들려왔다. 자신이 언젠가 여기서 루아스와 섹스할 거라고 생각지도 못한 자인은 괜히 더 비싼 루아스용 소파를 살 생각을 하지 못했다. 하지만 지금은 소파 따위 신경 쓸 상태가 아니었다.

갑자기 토라가 일어나 자인을 뒤로 눕히고 거칠게 움직이기 시작했다.

"아……!"

자신이 움직이는 것과는 비교가 안 되는 쾌락이 자인의 전신을 휘감아왔다. 토라가 귓가에 나지막하게 속삭였다.

"자인…… 좋아?"

그러고는 토라는 아직 그녀가 그대로 입고 있는 속옷을 끌어내리고 유방을 깨물었다. 자인은 황홀감이 섞인 날카로운 소리를 터뜨렸다.

토라는 가슴 끝을 빨며 불분명한 발음으로 말했다.

"자인, 유두가…… 분홍색이야. 안 어울리게 귀여워……."

"안 어울린다는 건…… 앗……."

"너무 귀여워."

게다가 옷 너머로 봐도 그런 줄 알았지만 꽤 볼륨이 있어서 그가 밀어붙일 때마다 가슴이 출렁거리며 흔들렸다.

토라는 자인의 두 다리를 들고 움직이며 물었다.

"평소엔 여기도 분홍색이야? 지금은 엄청 빨갛지만."

"모, 몰라……."

"다음엔 평소 색깔 보여줘. 엄청 귀여울 거 같아."

"변……태처럼 어딜 보겠다는 거……."

토라는 더 이상 말하지 않았다. 그저 흥분한 맹수가 되어 거세게 밀어붙이기 시작했다. 끝도 없이 밀려드는 것 같았다. 자인이 본능적으로 다리를 빼보려고 했지만 그가 붙잡고 있는 다리는 꿈쩍도 하지 않았다. 그가 퍽퍽 짓이기듯 밀고 들어오는 곳도 고정이 되어 있어 거의 무기력하게 받아들이고 있는 수밖에 없었다.

"토라, 제발…… 제발……."

자인은 흐느끼며 애원했다. 그만해달라고, 혹은 멈추지 말아달라고. 어느 쪽인지는 그녀도 알 수 없었다.

토라는 자세를 바꿀 생각조차 못할 정도로 몰입해있었다. 그리고 끝이 다가온 순간 깊이 허리를 밀어붙였다. 악다문 잇새로 짐승 같은 소리가 샜다. 기다렸던 시간만큼 역시 끝도 없이 터져 나오는 것 같았다. 자인은 그가 자신을 터트릴 듯이 채우는 느낌에 절정에 올랐다.

모든 것이 끝나고, 귓가에 윙- 하고 이명이 울렸다.

"읏, 하아…… 읏."

비처럼 쏟아지는 땀이 온몸을 타고 흘렀다. 자인은 숨을 가쁘게 몰아쉬었다. 숨이 오랫동안 원래대로 돌아오지 않았다.

"토라……."

말하려는데 토라가 조금씩 움직이기 시작했다.

"읏……. 뭐하는……."

다 발기하지 않은 것을 안에서 문질러서 세우고 있었다. 숨을 죽이고 있던 것이 마찰을 반복할 때마다 안에서 무럭무럭 자라났다.

"토라, 잠깐……."

안에서 풍선에 공기를 넣은 듯이 빵빵하게 느껴지는 것이 아랫배를 쿡쿡 찔러왔다.

"앗, 아…… 아……!"

"자인, 좋아. 너무……."

토라는 홀린 듯이 중얼거리더니 빠져나갔다. 어찌 됐든 겨우 숨이나 고를까 싶은데, 그가 갑자기 뒷머리를 감싸왔다.

"입으로 해줘."

안 그래도 아까 안에 잔뜩 내보내고 제 것과 자신의 분비물로 엉망이 된 것을 들이밀며 입으로 해달라는 것이다. 자인이 기가 막혀 쳐다보자 제 것을 가져다대었다.

"네 입으로 가게 해줘."

버릇을 잘못 들이는 거라고 생각하면서도 자인은 입을 벌렸다. 숨이 막히도록 거대한 물건이 밀려들었다. 온 힘을 다해 빨자 토라는 정말 황홀해하는 신음을 터뜨렸다.

"자인, 좋아."

순간 토라의 것이 팽창하는 느낌이 나더니 팍 터졌다. 자인이 깜짝 놀라 입을 떼려고 했지만 뒤통수를 붙잡고 그녀의 입안에 전부 내보냈다.

"황홀해. 미칠 거 같아."

"토라, 너……."

콜록거리며 말하고 있는데 토라가 팔뚝을 붙잡고 일으켰다. 그리고 자인을 소파에 엎드리게 하고 참아온 분을 토하듯이 밀어붙였다.

"응……! 아……!"

그리고 또 안에 가득 토해냈다.

자인은 소파 위에 늘어졌다. 땀이 주르륵 흘러내려 소파에 스며드는 것 같았다. 꽤 넓은 거실이 사우나가 된 듯이 습하고 답답하게 느껴졌다. 계속해서 거칠게 숨을 몰아쉬느라 입안이 바짝 마르는 느낌이었다.

자신이 깨어 있는지 기절해있는지 확신이 서지 않았다. 온몸을 타고 내리는 땀과 욱신거리는 느낌은 분명히 현실인데, 마리화나라도 한 듯이 몽롱한 느낌이 있었기 때문이다.

"잠깐…… 물 좀……."

자인은 토라를 밀어내고 비척대며 일어나 부엌 쪽으로 갔다. 그러다가 어느새 앞에 서 있는 인기척에 멈칫하고 앞을 보았다.

거실을 나가는, 문이 없는 아치 아래 토라가 서 있었다. 거실에 켜져 있는 스탠드 빛을 받은 남체가 땀에 젖어 기름을 바른 것처럼 윤기가 흘렀다.

붉은 눈동자는 불어난 것처럼 타오르고 있었다.

"안 돼. 아직."

토라는 옆벽을 짚었다 떼며 다가와 허리를 끌어안고 키스하며 그대로 카펫 위로 무너졌다.

"참았어, 엄청 많이."

자인은 뭔가 잘못 건드렸다는 생각이 들었다. 먹이를 제 굴에 잡아온 맹수처럼 토라는 그녀를 이리 굴리고 저리 굴리며 도통 놓아주질 않았다.

"잠깐……."

자인은 저도 모르게 기어서 도망가려고 했다. 하지만 토라가 간단하게 발목을 잡아 끌어내려 카펫 위로 주르르 끌려 내려갔다.

"잠……."

그리고 더 말할 새도 없이 엉덩이를 잡아 벌리며 물건을 밀어 넣었다.

"흣……."

아무리 풀어져 있다고 해도 커다란 것이 단번에 밀려드는 압박감에 자인은 신음을 토해내며 카펫을 긁었다. 토라는 귓가에 만족하는 신음을 토해냈다.

"너무 좋아."

정말로, 맹수의 식사같이 게걸스러운 섹스였다.

자인은 눈을 떴다. 굵직한 갈색 팔이 그녀를 안고 있었다. 눈앞에 보이는 토라는 규칙적으로 숨을 쉬며 자고 있는 모습이 모든 욕구를 만족시키고 단잠에 빠진 동물 같았다.

직업군인의 버릇 때문에 자인은 침대에서 미적거리지 않는 편이었다. 보통 눈을 뜨면 바로 일어나는데, 오늘은 그녀를 감싸고 있는 커다란 품에서 벗어나고 싶지 않았다. 어지간한 근육통은 느낄 수 없게 된 몸에 오랜만에 통증이 느껴진다는 건 둘째 치고.

살짝 팔을 감싸 안자 토라가 깼는지 자인을 더 깊이 안으며 잠긴 목소리로 물었다.

"깼어?"

"배 안 고파?"

"고파."

그렇게 말은 하면서 일어날 생각은 없어 보였다. 그래서 자인은 자신을 안고 있는 토라의 손등에 불거진 뼈를 따라 그리며 기다렸다. 그러자 토라는 중얼거렸다.

"기분 좋아. 머리도 쓰다듬어줘."

부들거리는 머리카락에 손을 넣어 두피를 살짝 긁으며 쓰다듬었다. 토라는 정말 곧 그릉거리는 소리라도 낼 것 같았다.

평온한 기분이 드는데, 잠이 깼는지 토라가 고개를 들고 말했다.

"아침 해줄까?"

"네가?"

"요리 잘한다고 했잖아."

토라는 입술에 쪽 뽀뽀하고 일어났다.

"씻고 내려와."

그러고는 티셔츠만 주워 입고 방을 나섰다. 자인은 침대에 폭 고개를 묻고 누웠다. 이렇게 좋을 수 있을까 싶을 정도로, 좋았다.

토라는 부엌에서 콧노래를 흥얼거리며 요리를 마무리했다.

"맛있는 냄새 난다."

그때 자인이 부엌으로 들어오며 말했다.

"접시 내갈까?"

그리고 옆으로 와 찬장에서 그릇을 꺼내 갔다.

그런 자인은 품이 큰 검은 티셔츠에 허벅지 중간까지 오는 반바지를 입은 상태였다. 그녀를 본 이래 제일 편해 보이는 차림이었다. 평소에도 화장은 하지 않았지만 집에 있을 때 특유의 부담 없는 느낌이 오히려 섹시했다. 빈틈없는 군인의 가장 내밀한 모습을 보는 느낌이라고 할까.

토라는 시선으로 그녀를 따라갔다.

특히 자인이 처음 만났을 때 그를 거의 혐오하다시피 해서-물론 제 잘못이 컸지만- 더 철벽을 치고 거리를 뒀던 걸 생각하면, 지금 이런 모습을 보여주는 건 기적에 가까웠다. 그렇게 생각하니…….

토라는 눈을 내려, 접시를 내려놓고 있는 자인의 가슴을 보았다. 게다가 빈틈없는 중위님의 유두가 핑크색…….

그사이 자인은 군인다운 각에 맞춰 그릇을 세팅했다. 그리고 몸을 돌리려는데, 느닷없이 토라가 뒤에서 와락 끌어안았다. 자인은 깜짝 놀랐다.

"못 참겠어."

그러며 토라가 밀어붙인 하반신이 단단했다. 그녀를 끌어안은 몸도 뜨거웠고, 자인으로서는 이해되지 않을 정도로 흥분한 상태였다.

"뭘……."

물어보려고 했지만 그전에 토라가 자인이 입고 있는 티셔츠를 쑥 끌어올리더니 속옷을 내리고는 가슴을 꺼내 와락 쥐었다. 자인은 흠칫했다.

"토……."

말하려는 입에는 혀가 쑥 밀고 들어왔다. 그 와중에도 토라는 욕심 많은 아이처럼 젖가슴을 양손으로 붙잡고 젖꼭지를 주물거렸다. 바로 여성을 공격하는 짜릿한 자극에 자인은 저도 모르게 더듬거리며 테이블을 짚었다.

"토라, 잠깐. 왜 갑자기 이렇게 흥분……."

토라는 자인의 뒷목에 키스하며 뜨거운 숨을 끼얹었다. 그러면서 흥분한 제 것을 그녀의 엉덩이에 문질렀다.

"네 젖꼭지가 너무 귀여운 탓이야."

"뭐?"

자인은 저도 모르게, 남자의 손이 붙잡고 있는 제 가슴을 내려다보았다. 옛 남자친구들 중에 제 젖꼭지가 핑크색이라는 사실을 언급한 경우는 있었지만 이것 때문에 이렇게 흥분하는 남자는 처음이었다. 토라는 애무하는 손가락은 멈추지 않은 채 그녀의 귀 뒤를 입술로 문지르며 말했다.

"공용 샤워실에서 샤워하지 마. 레즈비언이 섞여 있다면 노릴 수도 있어."

"누가 날…… 앗……."

토라는 귀를 잘근거렸다.

"자인은 은근히 주변 시선에 무심하니까 몰랐겠지만, 멋진 중위님한테 이런 귀여운 포인트가 있는 데에는 반하지 않을 수가 없잖아."

그러면서 손가락을 튕겨 유두를 쳤다. 자인은 흠칫했다.

"누군지는 몰라도 상상했을지도 몰라. 군살 하나 없이 탄탄한 중위님의 몸을 타고 내리는 물방울을 보면서……."

손끝으로 배를 타고 내려가서 바지춤으로 파고들었다.

"이상한 상상하지 마……."

자인이 바르르 떨며 말했지만 토라는 듣고 있지 않은 것 같았다. 이미 축축하게 젖어 있는 여성으로 손가락을 밀어 넣으며 말했다.

"이 안은 어떤 느낌일까……. 여기를 만지면."

돌기를 문질렀다.

"응……!"

"어떤 소리를 낼까 그런 거."

토라는 자인을 들어 테이블 위에 올려놓고는, 입술이 내려가는 대로 티셔츠를 휴지 조각이라도 찢듯이 찢어냈다. 그러며 분을 토하듯이 말했다.

"하지만 자인은 내 거야. 나만 만질 수 있어."

"상상의 인물한테 질투하지…… 앗……."

그때 토라가 젖가슴 위쪽을 빨아 자국을 냈다.

"토라, 자국은 안 돼…… 훈련을 해야……."

아무리 토라가 상상의 레즈비언을 만들어내 질투해도 훈련은 해야 했고 그러면 공용 샤워실을 쓰지 않을 수 없었다. 하지만 토라는 듣지 않았다. 자인의 가슴 밑, 명치, 배에까지 자국을 내며 내려갔다. 어제는 그렇게 흥분한 상태로도 전혀 자국을 남기지 않았는데 지금은 작정한 것 같았다.

이제 토라는 자인의 바지를 한 번의 손짓으로 벗어던지고 허벅지로 내려갔다.

"토라, 이젠 정말 못해…… 거기가 아파……."

자인이 떨면서 말했지만 토라는 허벅지를 혀로 핥고 입술로 훑으며 집요할 정도로 진득하게 애무했다. 그리고 근육의 결을 따라 핥으며 자국을 내고, 계속 애무하느라 제 눈만큼이나 붉어진 입으로 속삭였다.

"정말?"

예전에 토라를 보고 그런 생각을 한 적이 있었다. 백 년간 수행을 쌓은 비구니도 앉은 자리를 박차고 뛰어나오게 할 목소리라고.

"정말 더 할 수 없어?"

이번에는 천 년간 수행하고 내일이면 승천하는 이무기도 자리를 박차고 뛰어나오게 할 목소리였다. 자인은 토라를 당겨 끌어안으며 거칠게 뇌까렸다.

"넌 여자 근처에도 가지 마. 다 쏴버릴 수도 있으니까."

그리고 키스했다. 토라의 입매가 웃는 것 같았지만 확실히는 알 수 없었다.

◇◇◇

냉장고 문을 연 라토는 거실 소파에 앉아 전화 통화 중인 토라를 보았다. 두 시간 전과 똑같은 모습이, 꼭 처음 남자 친구가 생긴 십 대 소녀 같았다.

"네가 먼저 끊어."

토라는 말하고 가만히 있다가 웃으며 물었다.

"왜 안 끊어?"

그걸 몇 번이나 반복한 후에야 겨우 전화를 끊었다. 그제야 라토는 냉장고에서 플로스를 꺼내며 물었다.

"서머 중위가 그렇게 좋아?"

"최고야. 같이 사냥할 수 있을 거 같은 여자는 처음이야."

신이 난 모습을 빤히 보다가, 라토가 물었다.

"만약 나도 중위가 좋다고 하면?"

토라가 멈칫했지만 라토는 시선을 돌리지 않고 재차 물었다.

"난 너의 시지잖아. 더 이상 나랑 모든 걸 공유하지 않는 거야?"

둘이 쳐다본 채 침묵이 흘렀다.

사실 라토는 형제는 한 여자와 결혼한다는 부족의 전통만 없었더라면 니카와 결혼하지 않았으리란 걸, 토라는 알고 있었다. 당시 라토로서는 니카에 대한 마음도 확실하지 않았고, 태생적으로 아내를 공유한다는 개념을 좋아하지 않았기 때문이다. 하지만 라토가 반대하면 토라도 니카와 결혼할 수 없었기 때문에 양보한 것이었다. 그러니까 라토가 이렇게 묻는 건 괜히 이쪽의 마음을 떠보기 위해서라는 것도 알고 있었다.

"문제는 사회주의야."

토라는 소파에서 일어나며 뜬금없이 말했다.

"뭐?"

라토가 황당해서 되묻고, 토라는 그 옆으로 지나가며 희극적으로 어깨를 으쓱였다.

"애초에 사회주의라는 것 자체가 말이 안 되지. 사람은 아주 개인적이고 이기적인 동물이거든. 뭔가를 독점하는 걸 좋아하지. 그러니까 지금 사회주의가 남아 있는 나라가 없는 거야."

"빠져나가는 방법도 참 가지가지다."

라토는 기가 찬다는 얼굴을 숨기지 않았다.

"자인은 안 돼."

토라는 똑똑히 말했다.

"내 거야."

그러고는 라토가 잡을세라 얼른 집을 나섰다. 그리고 길을 내려가다가 막 나온 집 쪽을 돌아보고 생각했다.

'그래도 슬슬 마음이 정리되고 있나 보네.'

자인은 제 것이라고 한 말은 진심이지만 점차 라토가 제 모습을 되찾고 있는 것 같아 다행이었다.

그때 자기 집 정원에 앉아서 동네 고양이와 놀고 있는 가말을 발견하고 다가갔다.

"고마워, 마티."

"응, 나도. 근데 뭐가?"

토라를 올려다본 가말은 버릇처럼 대답하고 되물었다. 그는 말했다.

"저번에 문 잠가준 거."

"무슨 문?"

"왜, 자인하고."

그렇게 말해도 가말은 영문을 모르겠다는 얼굴이었다. 그에 토라는 미간을 찌푸렸다.

"마티가 한 거 아냐?"

"뭘?"

"자인한테 쪽지도 줬잖아."

가말은 어리둥절해하며 말했다.

"그거 누가 전해주라고 한 건데."

토라는 황당했다.

"누가?"

"모르는 사람."

토라는 가말을 쳐다보다, 아무래도 문을 잠가준 사람은 그녀가 아니었던 것 같아서 말했다.

"아냐, 아무것도. 나 갈게."

그리고 다시 길을 걸어가는데, 문득 자신과 라토가 머무르고 있는 집 쪽을 쳐다보았다.

'혹시…….'

설마 싶어 기가 막히다가 피식 웃음이 나왔다.

확실히, 이제 라토는 괜찮은 것 같았다. 제 연애 사정에 신경을 쓸 정도면.

◇◇◇

"심경의 변화는 없습니까?"

제 사무실 책상에 앉아 있는 의사가 물었다.

"'변했다'라고 스스로 인지할 만한 부분은 없습니다."

건너편에 앉은 도영은 의자 팔걸이에 두 팔을 걸치고 가볍게 깍지를 낀 채로 대답했다. 의사는 새차 물었다.

"변화한 자신의 몸이나 식생활에 대한 불안감이나 거부감은

요? 솔직하게 말씀해주시면 됩니다."

"인간일 때부터 루아스 동료들을 봐와서 그런지 특별히 낯설게 느껴진 부분은 없습니다. 그리고 감염이 성공했을 때를 대비해서 충분히 마음의 준비를 해놨기 때문에 괜찮았던 거 같습니다."

"주변 사람들의 태도나 반응은요? 혹시 주변 사람들에게서 적대감을 느끼십니까?"

질문에 도영은 고개를 저었다.

"오히려 가끔은 제가 루아스가 된 게 맞나 싶을 정도입니다. 그 정도로 변화가 없습니다."

이어서 의사는 모니터에 떠있는 카르테를 보고 말했다.

"입으신 부상이 상당히 심각했었군요. 목으로 무언가 다가오는 게 거북스럽거나…… 하진 않으신 거 같고."

목의 문신을 보고 말을 바꾸었다. 그리고 의사는 한동안 카르테를 보더니 마침내 시선을 돌리고 말했다.

"다시 임무에 투입되어도 좋을 거 같습니다."

"감사합니다."

도영은 진심으로 말했다. 루아스가 되고 관찰 기간 동안 임무에 나가는 일이 금지되어 있어서 몸이 근질근질했다. 그로서도 관찰 기간의 필요성은 느끼지만 심리적으로 크게 변화를 인지하지 못하는 상황이었기 때문에 더욱 그랬다.

의사는 말했다.

"전문의 감정서는 알아서 전송될 겁니다. 가보셔도 됩니다."

"수고하셨습니다."

도영은 자리에서 일어나 문으로 다가갔다. 그때 의사가 생각났다는 듯이 말했다.

"문신 멋있군요."

"감사합니다."

도영이 방을 나서고 의사는 서류를 정리해 전송한 후에 밖으로 나갔다. 그리고 점심을 먹고 나오는데 MCTC 측 타실 프로젝트 담당자인 대령과 마주쳤다. 대령은 그에게 말했다.

"제 사무실에서 좀 보시죠."

여전히 타실 프로젝트는 기밀이었기 때문에 둘은 대령의 사무실로 갔다. 그리고 자리에 앉자마자 대령이 물었다.

"드페르 소령 면담은 하셨습니까?"

의사는 고개를 끄덕였다.

"아침에 끝났습니다. 임무에 투입돼도 되겠더군요. 확실히 효율적이긴 한 거 같군요, 원래 대원을 루아스로 만든다는 게."

대령도 동의한다는 듯 말했다.

"태어난 시대마저 다 달라서 천차만별의 개성을 가진 루아스들을 군대라는 한 틀 안에 녹여내는 건 상당히 골치 아픈 작업이죠. 하지만 원래 대원이 루아스가 되면 바로 임무에 투입할 수 있으니까요."

도영을 보면 생각보다 관찰 기간도 길 필요가 없어 보였다.

"정부로서는 이래저래 가성비가 좋은 일이군요."

이제야 대령은 긴장이 풀린 듯 길게 숨을 내쉬고 말했다.

"겨우 첫 번째 성공 케이스가 나왔지만 미래는 밝아 보입니다."

한 중사는 입을 떡 벌렸다.

"와 씨, 소령님, 어마무시하게 강해 보이네요. 밤에 생각나서 오줌 지리겠어요."

흉터를 가리기 위해서라지만 목에 기하학적인 문신을 감고 나타난 도영은 그야말로 고대 부족의 전사 같았다. 적 따위는 한입에 씹어 삼킬 듯한 아우라를 뿜는.

도영은 인간일 때부터 생긴 것에 비해 몸을 치장하는 일에는 별로 관심이 없었다. 그래서 문신은 말할 것도 없고 피어싱이나 액세서리도 잘 하지 않았다. 그런데 갑자기 목처럼 눈에 띄는 곳에, 그것도 이 정도로 큰 문신을 하고 온 이유라면 알 만했다. 그래서 한 중사는 물었다.

"가말 씨가 보기 힘들어해서요?"

"아뇨."

그런데 도영은 의외의 대답을 했다.

"그럼요?"

"저한테 집중하지 않고 흉터에 정신이 팔려 있는 거 같아서요."

"네?"

한 중사는 저도 모르게 되묻고, 무심히 옆을 지나가 사물함을 여는 도영을 돌아보았다. 그가 저런 말을 하는 사람이었던가 싶었기 때문이다.

그사이 도영은 옷을 다 갈아입고 전투복의 지퍼를 올리고 사물함의 문을 닫고 몸을 돌렸다. 그런데 왜인지 사람들이 그를 쳐다보고 있어서 도영은 의아해졌다.

"뭡니까?"

"아뇨……."

옆에 있는 대원이 애매하게 말을 끌며 시선을 돌렸다.

이상하게 도영이 전신을 다 가렸는데도 무시무시한 느낌이 들었다. 안쪽에 기능성 목폴라 티셔츠를 입어서 문신은 끄트머리밖에 보이지 않았지만 확실히 눈매라든가, 풍기는 느낌이 변했다. 특히 눈 깊은 곳에 자리한, 정면으로 마주치면 인간으로서는 흠칫 굳을 수밖에 없는 동물적인 느낌이.

도영은 별 기색 없이 헬멧을 집어 들었다.

"가죠."

도영은 모퉁이 너머로 신중하게 사방을 살폈다. 옆에서 한 중사가 속삭였다.

"역시 경비가 삼엄하군요."

그때였다. 저편에서 총을 겨눈 적이 나타났다. 그게 이상할 정도로 도영의 눈에 느린 그림처럼 보였다. 하지만 팀원들 쪽을 돌아보자 아직 아무도 눈치채지 못하고 있어서, 더 생각할 겨를이 없었다.

탕, 탕탕!

총성이 연달아 울렸다. 팀원들이 기함해 외쳤다.

"일곱!"

티링. 도영의 몸에서 튕겨 나온 탄환이 떨어져 굴렀다. 이제 제 몸으로 탄환쯤은 막을 수 있다는 사실을 인지하고 움직인 건 아니었다. 그저 본능적인 행동이었다.

도영은 유리가 파손되어 앞이 보이지 않는 헬멧의 아래쪽을 잡아 벗겨 올렸다.

이상했다. 지금껏 느껴보지 못한 힘이 전신에 넘실거렸다. 훈련할 때는 이런 기분이 들지 않았는데, 적을 마주하자 혈관의 피가 들끓는 느낌이었다.

퉁.

헬멧이 바닥에 반동을 일으키며 떨어졌다. 그리고 푸른 잿빛 눈이 붉은 윤광을 발하는 것처럼 번쩍거렸다. 낮게 내쉬는 숨이 검게 보일 것만 같았다.

테러리스트는 으르렁거리는 호랑이를 마주친 사람처럼 얼어 있다가 급히 정신을 차리고 외쳤다.

"리더 놈이 루아스……!"

테러리스트는 말을 끝맺지 못하고 뒤로 튕겨나갔다. 심상치 않은 퍽 소리가 났다.

"일곱!"

아까와는 조금 다른 의미로 팀원들이 경악해 외쳤다.

와장창. 그 옆으로 테러리스트가 공처럼 날아가 유리를 뚫고 나갔다. 팀원들은 그 모습을 아연하게 보았다.

"흥분하셨군요."

담당관이 말했다. 그 앞에 도영은 팔짱을 끼고 입가를 가리고

서 있었다. 작전이고 팀워크고 뭐고 다 내팽개치고 현장을 쑥대밭으로 만든 사람으로서 할 말이 있을 리 없었다.

사실 이런 상황을 처음 보는 건 아니었다. 하지만 지금까지 도영은 대체로 혼자 날뛴 루키들을 혼내는 입장이었다. 그래도 그때 그는 그들을 꽤 융통성 있게 대했다고 생각했다. 적어도 이 사회성 부족해 보이는 담당관보다는.

"워낙 오래 팀 생활을 하셨고 임무 수행 능력도 뛰어난 분이어서 괜찮을 거라고 생각했는데, 역시 루아스 적응 프로그램을 이수하셔야 할 거 같습니다."

도영은 좀 봐달라는 듯이 눈을 굴렸다.

"계급을 들고 흔들 생각은 없지만 제가 소령입니다. 신병들과 같이 프로그램을 이수하라는 건 너무하다고 생각하지 않으십니까?"

하지만 담당관은 사무적인 태도를 잃지 않았다.

"장교 전용 적응 프로그램은 현재 개설 예정이 없습니다. 현직 장교 상태에서 루아스가 된 분이 거의 없어서요."

도영은 머리가 아파 이마를 한 번 문지른 다음 말을 꺼냈다.

"부탁드리죠. 테라피를 성실하게 들을 테니……."

하지만 침대도 아니고 흔들림이라고는 없는 담당관은 말했다.

"이수 확인증은 꼭 끊어오십시오."

강의실 번호가 적힌 팻말을 본 도영은 한숨을 내쉬었다. 하여간 군인이란 위에서 까라고 하면 까야 하는 슬픈 종족이었다.

한숨을 내쉬고 문으로 다가가자 자동문이 열렸다. 그러자 강의실 군데군데 앉아 있는, 다섯 명 정도 되는 사람들이 돌아보았다. 전부 루아스여서 다 남자였지만 여자도 한 명 있었다. 그보다 테스토스테론이 더 많이 나올 것 같아 잠깐 헷갈렸지만 가슴이 있었다.

비어 있는 자리에 가 앉은 도영은 다시 한숨이 나오려는 걸 애써 참았다.

"어느 쪽이야?"

그때 목소리가 들렸다. 돌아보자 깍두기 머리를 한 건달 같은 남자가 두 칸 너머 자리에 앉아 있었다. 이름표에 '톰슨'이라고 적혀 있었다.

강의실 분위기를 생각해 계급장은 떼고 오라는 소리를 들어서, 지금 도영의 군복에는 계급장이 달려 있지 않은 상태였다. 그러니까 모르는 사람의 눈에 지금 그는 똑같은 훈련병일 뿐이었다.

"어느 쪽?"

도영은 뜬금없는 말을 이해하지 못하고 물었다. 그러자 톰슨은 한심한 놈을 보는 눈을 하고 손을 꼽았다.

"모병 담당자의 사탕발림에 넘어간 얼간이, 감방에 들어가는 대신 입대하기로 한 전과자, 갈 곳 없어 들어온 길바닥 양아치. 어느 쪽이냐고. 첫 번째에 건다만."

자고로 신병들이란 셋 중 하나이기 마련이었기 때문이다. 하지만 도영은 상대하고 싶지 않아 무시하고 고개를 돌렸다. 그러자 톰슨은 팔짱을 풀고 책상에 한쪽 팔을 걸쳤다.

"내가 입대는 지금 했어도 나이가 좀 있어서 말이야. 그쪽은 피부에 갓 감염된 윤기도 다 가시지 않은 걸 보니 기껏해야 몇 주 전에 루아스가 된 거 같은데? 연장자를 존경하는 태도를 흉내는 내야 하지 않을까 싶네."

루아스로서 나이가 좀 있는데 지금 입대했다면 입대를 피해 도망 다니다가 잡혀왔을 가능성이 높았다. 요즘 모병 담당부가 괜히 '지옥에서 온 헌터'라고 불리는 게 아니었다. 군복무를 피해 도망 다니는 루아스들을 하도 잡으러 다녀서.

그런 놈이 하는 말이 하도 당당해서 도영은 코웃음을 치고 무시했다. 그러자 톰슨이 발끈했지만 그때 담당관이 들어왔다.

"다 오신 거 같군요."

강의실을 훑던 시선이 잠깐 도영에게 멈추었다. 담당관은 그가 누구인지 알고 있을 테니까.

"그럼 시작하겠습니다."

한 훈련병이 고개를 기울이고 옆에 있는 훈련병에게 속삭였다.

"저 자식은 왜 갑자기 존댓말이야?"

그러자마자 역시 루아스인 담당관이 말했다.

"다 들립니다. 상사에 대한 무례로 벌점입니다."

훈련병은 혀를 내차고 고개를 원위치시켰다.

톰슨은 계속 시비를 걸었지만 도영은 무시로 일관했다. 이런 놈들은 한 번 상대해주면 더 끝을 모르기 때문이었다.

"귀가 막혔어, 신입?"

톰슨은 웃으며 빈정거렸다. 아무래도 오늘 도영을 '찍은' 모양이었다.

보통 군대에서라면 병사와 영관급(소령, 중령, 대령) 장교가 같은 프로그램을 이수하는 일은 없었다. 하지만 MCTC는 루아스가 일한다는 특수성이 있는 군대였고, 계급이 아니라 종으로 분류한 덕분에 훈련병이 소령을 괴롭히는 기막히는 풍경이 펼쳐지고 있었다.

이대로는 끝이 날 것 같지 않아, 도영은 한숨을 삼키고 물었다.

"원하는 게 뭡니까?"

"원하는 게 뭡니까~"

톰슨은 도영의 말투를 과장해 따라하며 비아냥거렸다. 팀원들에게도 반말로 윽박지르는 일은 없는 그의 점잖은 말투가 제 딴에는 같잖지 않게 들렸던 모양이다.

역시 무시하는 게 나았다. 도영은 그냥 고개를 돌리다가, 기척과 함께 뒤에서 날아오는 손을 확 잡았다.

"꽤 하는데?"

머리를 잡으려는 듯이 손을 뻗은 톰슨은 기가 차 웃었다.

"다음에 일어날 일은 각오했겠지?"

그러더니 갑자기 웃음을 거두고 주먹을 날렸다. 길바닥에서 힘깨나 썼는지 꽤 날카로운 주먹이었다. 하지만 다음 순간 역시 도영의 손에 잡혀 있었다.

"어쭈? 막았냐?"

여기까지만 해도 될 일이었다. 그런데 이상한 일이지만, 도영은 화가 났다.

그는 군인 아버지 아래서 자랐고 본인도 어렸을 때 입대해 인생의 대부분을 이 바닥에서 살았다. 다시 말해 이런 놈들을 하루 이틀 본 것도 아니고 새삼 화날 이유가 없었다. 그래서 그 흔한 술집 싸움 한 번 해보지 않았는데, 지금은 어쩐지 성질을 참을 수가 없었다.

도영은 순식간에 톰슨의 멱살을 휘어잡아 책상에 내리쳤다.

쾅! 굉음이 울렸다.

제대로 얻어맞은 톰슨은 얼굴을 감싸 쥐고 아픈 소리를 터뜨렸다. 그에 도영은 저도 모르게 비틀린 웃음이 올라왔다.

"사내새끼는 관심 없으니까 앵앵거리지 말고 안아줄 남자는 다른 데 가서 찾아."

톰슨은 그야말로 얼굴이 흉포해졌다.

"이 개새끼가……!"

그러면서 일어나는 동시에 주먹을 휘둘러 도영의 얼굴을 쳤다. 빽 소리가 났다. 다른 루아스들이 '오오' 소리를 냈다.

"제대로 먹혔는데!"

그런데 솥뚜껑만 한 주먹 아래 도영의 눈이 번뜩거렸다.

"이게 다야?"

이번에는 도영이 주먹을 휘둘렀다. 뭐가 부러져도 부러진 소리가 나며 톰슨은 책상에 부딪쳐 무거운 대강의실용 책상이 주르르 밀려날 정도로 밀려났다.

"으윽!"

톰슨은 얼굴을 감싸 쥐며 고개를 숙였다. 그러다가 겨우 손을 떼자 코에서 주륵 코피가 흘렀다. 피를 보자 톰슨은 성난 황소처럼 날뛰기 시작했다.

"여길 두 발로 걸어나갈 생각은 버려, 이 기생오라비야!"

하지만 도영은 고개를 젖혀 주먹을 피했다.

"피해?!"

톰슨은 근접 전투에 자신이 있는지 꽤 능숙한 폼으로 다리를 올려 찼지만 도영은 손으로 무릎을 막았다.

"덤벼!"

다른 루아스들도 그 타이밍만 기다리고 있었던 것 같았다. 그야말로 개싸움이 시작되었다. 담당자는 기겁해서 재차 외쳤다.

"소령님! 소령……!"

누가 소령이라는 건지 그 소리를 들은 몇몇이 주변을 둘러보았다. 하지만 주변에 도저히 소령 같아 보이는 사람이 없자 다시 얽혀서 주먹을 날리기 시작했다.

난장판이 따로 없었다.

쾅. 그때 문이 열리며 고함이 울렸다.

"드페르! 네가 무슨 이병이야?"

옆으로 중령이 지나갔다.

"루아스가 되니까 다시 태어난 거 같지? 입대 다시 한 거 같고?"

도영은 등 뒤에 뒷짐을 지고 바닥에 머리를 박고 있었다. 장교로 입대했기 때문에 얼차려를 받은 기억은 손에 꼽았는데, 정말로 훈련병이 된 느낌이었다.

"파릇파릇한 훈련병들하고 한 공간에 앉아 있으니 있지도 않았던 훈련병 시절이 그립던가?"

작전 현장에서 혼자 날뛰고, 그 벌로 이수하게 된 프로그램에서 훈련병들하고 주먹다짐을 한 장교가 무슨 말을 할 수 있을까. 도영은 그냥 입을 다물고 있었다.

중령은 의자에 앉더니 말했다.

"일어나."

그제야 도영은 한 손을 내려 바닥을 짚고 몸을 일으켰다. 중령은 못마땅한 눈으로 그를 위아래로 훑었다.

"땀도 안 흘리니까 얼차려 주는 재미가 없구먼. 땀으로 푹 젖어서 후들거리며 기어나가는 모습 보는 게 제일 큰 재미인데."

안 그래도 인간이었다면 제대로 서기도 힘들었을 것이다. 하지만 지금은 뻐근하다는 느낌만 있을 뿐이었다.

중령은 투덜거렸다.

"하여간 이 루아스 놈들은 벌주기도 힘들어서 문제야. 하늘에서 떨어뜨리든가 해야지."

"그럼 죽습니다."

"무슨 일이 있었던 거야? 너답지 않게."

도영은 조금 생각하다가 말했다.

"성격이 난폭해진 느낌입니다. 아까도 옛날이었으면 참았겠죠. 하지만 상대가 시비를 거는 순간 오히려 즐거워지면서 '싸울 수 있겠다'고 생각했습니다."

"본래 성격이 아무리 온화해도 누구나 마음속에 어느 정도 난폭성은 감추고 있지. 특히 루아스는 사냥을 하고 살아야 했던 종적인 특성이 난폭하니까."

소동을 일으킨 데에 얼차려를 주긴 했어도 중령은 처음부터 도영이 왜 그러는지 알고 있었던 투였다.

"시간이 지나면 좀 나아질 거야. 지금은 처음이라 제어가 힘든 거지. 뭔가 다른 배출구를 찾아봐. 운동이나……."

중령은 도영은 훑었다. 운동량은 충분하다 못해 넘칠 지경일 테니…….

"꽃꽂이를 한다거나?"

도영이 기가 막히다는 듯이 쳐다보았지만 중령은 태연한 얼굴로 덧붙였다.

"의외로 그런 게 효과가 있다더군."

"가말, 나 왔어."

말하면서 백을 문 옆에 내려놓는데 음식 냄새가 났다. 그리고 뛰어나오는 발소리가 들렸다.

"도영, 왔어?"

막 나타난 가말은 꽃무늬 앞치마를 하고 있었다. 머리는 포니테일로 올려 묶고 앞치마를 걸친 모습이 하도 깜찍해서 잠깐 멍해졌다. 그러다가 도영은 정신을 차리고 물었다.

"요리해?"

"응. 클로에가 알려줬어. 아, 잠시만. 끓어."

그러고는 가말은 부엌으로 돌아갔다. 따라가보자 그녀는 가스레인지에 올려놓은, 사람도 끓일 수 있을 커다란 냄비에 뭔가를 끓이고 있었다. 도영은 그 뒤로 다가가 물었다.

"뭔데?"

"스튜. 제대로 한 건진 몰라."

제대로 하긴 했는데, 단지 허기에 시달리는 중공군 한 부대도 먹일 수 있는 양이라는 게 문제였다. 루아스여서 그런지 일 인분 산정 방식이 영 제 기준이었다.

문득 도영은 가말을 보았다. 머리를 한 갈래로 올려 묶고 있어 목덜미에 검은 머리카락 몇 갈래가 흩어져 있었다. 점이나 얼룩 하나 없어서 눈이 부시도록 하얗고 깨끗했다. 그가 뱀파이어라면, 아니 뱀파이어가 맞긴 하지만, 정말 물어볼 만한 목덜미였다.

부엌 테이블에는 신문지가 깔려 있고 여러 종류의 꽃들이 널려 있었다. 도영이 그쪽을 보는 걸 알았는지 가말이 돌아보고 말했다.

"오늘 모임에서 했어. 도영도 해볼래?"

"나?"

가말은 도영의 손을 잡고 이끌었다. 얼결에 테이블에 앉자 가말이 꽃을 몇 송이 집어 건네주었다.

"자. 도영이 원하는 대로 만들어."

그러고는 자기도 만들던 걸 계속 만들기 시작했다. 앞치마를 하고 꽃꽂이를 하는 모습이 꽤 자연스러워서 일찍 시집간 어린 새댁처럼 보였다.

부엌에는 음식이 끓고 햇빛이 테이블을 비추었다. 왠지 마음이 평온해지는 느낌이었다. 안 그래도 꽃꽂이를 해보라더니…….

도영은 중얼거렸다.

"효과가 있는 거 같기도 하네."

그러면서 꽃을 기울여 냄새를 맡았다.

꽃 냄새.

희미한 애액의 냄새.

꽃향기 사이로 암컷 냄새가 났다. 도영은 눈을 들었다. 그러자 그를 보고 있었던 가말은 아무렇지 않게 시선을 돌리고 일어났다.

"다 됐나 봐."

그러고는 가스레인지 앞으로 가서 냄비를 확인했다. 도영은 천천히 일어나, 가말 옆으로 다가가 싱크대에 손을 짚었다. 하지만 가말은 아무 말하지 않았다. 그래서 도영이 먼저 말했다.

"맛있어 보이네."

"그래? 다행이야."

가말은 도영을 보지 않고 말하고 계속 냄비를 저었다. 도영은 한동안 유심히 스튜를 지켜보다가 물었다.

"다 된 거 아냐?"

"응. 조금 더하면."

여전히 가말은 도영을 돌아보지 않았다.

무엇이 스위치를 켰는지 모르겠지만 가말에게서 흥분한 암컷 냄새가 났다. 암컷이라고 하면 심한 말처럼 들리겠지만 정말 그런 단어밖에 생각나지 않는 냄새였다. 인간이었을 때는 평생 맡아보지 못했는데, 항상 이런 냄새를 맡으면서 그 정도로밖에 방만하지 않은 토라가 새삼 대단하게 느껴질 정도였다.

가말의 몸이 그를 유혹하고 있었지만 가말은 그런 자신이 낯설어 애써 숨기려고 하고 있었다. 도영의 가슴속에서 적을 대할 때와 다른 종류의 사냥 본능이 움틀었다.

도영은 태연히 물었다.

"파슬리를 좀 더 넣어야 하지 않아?"

"파슬리가 뭐야?"

그에 도영은 가말 옆으로 선반에 달려 있는 양념통을 향해 손을 뻗었다. 몸이 거의 닿을 것 같자 가말은 숨길 새도 없이 흠칫했다. 그리고 얼른 먼저 손을 뻗어 양념통을 꺼냈다.

"내가 넣을게."

도영은 옆에 가만히 서 있었다. 마침내 가말은 신경 쓰지 않는 척 신경 쓰는 걸 그만두고 그를 흘긋 보았다.

"왜 거기 서 있어?"

"혹시 그거 알아?"

그제야 도영은 본론을 꺼냈다.

"뭐?"

"그거 강황 가루야."

가말은 놀라 스튜를 보았다. 노란색으로 물든 스튜가 지옥의 유황탕처럼 부글부글 끓고 있었다. 그에 당황하던 가말은 흠칫했다.

"읏, 도영……."

도영이 어느새 뒷목을 핥고 있었기 때문이다. 그러고는 마사지하듯 가슴을 부드럽게 주물렀다. 앞치마 사이로 들어간 손이 티셔츠 아래서 꿈틀거렸다.

가말은 파르르 떨면서 지탱할 곳을 찾아 조리대를 짚었다.

"도영, 음식이……."

도영은 자연스럽게 인덕션을 끄고는 가말의 허리를 잡아 조리대에 올려놓았다. 그리고 목이 넓게 파인 티셔츠를 앞치마 끈과 함께 끌어내렸다. 꼿꼿한 젖꼭지가 톡 튀어나왔다.

"잠……."

가말이 흠칫하며 티셔츠를 붙잡으려고 했지만, 도영이 키스하며 젖꼭지를 부드럽게 꼬집었다.

가말은 혀가 붙잡힌 채로 떨고 있을 수밖에 없었다.

도영이 인간이었을 때는 그를 만지는 게 즐거웠고 어느 정도 자극하면서 즐기기도 했지만 루아스가 된 이후로는 감히 건드릴 수가 없었다. 무슨 짓을 당할지 몰라서. 지금도 한 번 관계를 맺으면 하도 운동을 해 복근이 갈라질 정도인데 섣불리 자극했다가는 며칠이 사라질지도 몰랐다.

그때 도영의 어깨 너머로, 뒤 유리문에 제 다리 사이에 있는 그의 뒷모습이 비쳤다. 티셔츠 아래로 근육의 윤곽이 드러나는 등에 깊숙이 팬 등줄기가 단단한 엉덩이로 이어졌다. 어느 순간부터인지, 유리문에 비치는 제 손이 홀린 듯이 그의 등을 쓸어 올리고 있었다.

도영이 입술을 떼고 그녀의 눈을 마주 보았다. 그 상태로 홈 AI에게 말했다.

"블라인드를 닫아줘."

그러자 자동으로 천천히 블라인드가 닫혔다. 하지만 워낙 햇빛이 강한 상태여서 흰 블라인드 너머로 투과되어 들어와, 온 거실이 아이보리색 햇빛으로 가득했다.

가말은 작게 숨을 몰아쉬었다. 그들 사이를 채운 성적인 긴장감이 물처럼 넘실거렸다.

앞치마 아래로 손이 속옷 속으로 스며들어, 손가락이 푹 젖어 있는 깊은 곳을 가르고 들어왔다. 그곳은 조개가 진주로 빚을 이물질을 품듯이 손가락을 통통한 살로 휘감았다. 가말은 자신의 그곳이 이토록 유연하며 촉촉하다는 사실을 처음 알았다.

인간일 때 도영은 감히 도전해볼 엄두도 내지 못하던 난공불락의 성이 지금은 꽃이 흐드러진 평지의 꽃밭처럼 활짝 열려 그를 환영했다.

"도영, 그만……."

쾌락을 이기지 못해 눈물을 글썽이는 모습이 그를 더 자극했다.

도영은 가말의 허리를 안아 들고 그대로 뒤에 있는 의자에 앉았다. 그리고 가말의 원피스를 들쳐 허리 부근에 우그러뜨리며 허리를 붙잡아 그녀를 내려 앉혔다.

제 무게에 더해져 그가 깊이 들어오는 느낌에 가말은 짧게 경련하듯 몸을 떨었다.

"흣……!"

커다란 것이 내부를 가르는 느낌에 입이 다물어지지 않았다. 혀를 내밀고 있는 개처럼 학학거리는 소리가 새며 입안에 침이 고였다.

가말은 도영의 어깨에 제 이마를 문지르며 제 안에 넘실거리는 쾌락을 어쩔 줄 몰라 하듯이 더듬거렸다.

"도영, 도영……."

도영이 그녀의 뒷머리를 쓰다듬으며 속삭였다.

"네가 움직여 봐."

그 말에 가말은 명령어라도 입력된 듯이 천천히 움직이기 시작했다.

그런 그녀는 마치 황금색 물속을 헤엄치는 것 같았다. 주름이 조밀한 붉은 젖꼭지가 마치 보석처럼 옅은 윤기를 발했다.

도영은 황금색 달빛을 받은 흰 모래 언덕 같은 젖가슴을 올려 쥐고 끝을 깨물었다. 땀 탓인지 시큼하고도 달콤한 살갗의 맛이 입안에 터졌다. 온 욕심을 다해 거칠게 빨자 그를 품은 가말의 안쪽이 강하게 조여들었다.

"가슴 그만……해. 기분이 이상……."

"갈 거 같아?"

가말은 뭔가 할 말이 있는 것처럼 주저했다.

"왜 그래?"

도영은 가말이 자신을 보게 하며 물었다. 가말은 얼굴을 붉게 물들이고 시선을 피했다.

"도영이 너무…… 참을 수 없게 해……."

사실 그녀는 최근 도영만 보면 몸이 뜨거워져서 곤란했다.

도영은 멋있었다. 인간이었을 때도 멋있었지만, 예전에는 소년 같은 해맑은 느낌이 있었다면 지금은 좀 더 짙고 어두운, 낮이 밤이 된 느낌이었다. 안 그래도 타운의 여자들이 넋 놓고 도영을 보는 걸 보았다. 여자들은 '인간에서 루아스가 된 사람들을 몇 보았지만 이렇게 분위기가 멋있게 변한 사람은 처음 본다.'고 했다.

꽉 조여 있지만 내재된 힘이 느껴지는 매끄러운 몸, 짓궂은 빛이 섞여 있는 낮은 눈빛……. 그리고 흉터를 덮기 위해서였지만 결과적으로 목을 휘감은 문신은 범의 무늬처럼 경외의 감정을 불러일으켰다. 요즘에는 같이 있지 않을 때도 도영 생각을 하면 멍해지고, 종종 소름이 올라왔다.

그때 도영이 가말의 목덜미에서 귓불까지 핥으며 속삭였다.

"네 피를 빨고 싶어."

이 보들거리는 피부 아래 달콤한 수액이 흐른다는 사실을 알아, 피부 너머 그 흐름을 쫓아 가슴골을 지나 목을 타고 귀 뒤까지 수맥을 따라 길게 핥아 올렸다.

가말은 정신을 차리려고 애쓰며 더듬더듬 말했다.

"안 돼. 감염원이 달라서……."

"알아."

속삭이며 도영은 배에서 명치까지 길게 핥아 내렸다. 가말의 심장이 거세게 뛰는 소리가 들렸다.

"하지만 널 전부 내 안으로 마셔버리고 싶어."

흡혈귀가 된다는 건 의지로 제어할 수 없는 폭발적인 충동에 시달린다는 의미였다. 도영은 참지 못하고 이를 세웠다. 그러자 저항이 느껴지는, 단단하면서도 여린 귓불을 뚫고 첨단이 밀려들어갔다.

귓불을 깨물린 가말은 크게 몸을 떨었다. 그녀가 고통스러워하는 게 분명했지만 도영은 개의치 않고 피를 빨았다.

"도영……!"

가말은 다급하게 도영에게 키스해 피를 삼켰다. 그러고도 혹시 남아 있을까 혀로 입안을 샅샅이 훑었다. 그사이에 입술이 몇 번이고 부딪혀 키스를 하는 건지 피를 핥아가는 건지 알 수 없었다.

츱, 츠읍. 빨아대는 소리가 들릴 정도로 계속해서 피를 핥다가 입을 떼고 그를 마주 보았다. 잿빛이 섞인 푸른 눈동자가 휘몰아쳤다.

가말은 입안이 타오르는 것 같았다. 흥분으로, 충동으로, 욕망으로. 충동을 토하듯이 도영에게 키스했다. 그 찰나에 도영이 거칠게 움직이기 시작했다. 폭풍이 치는 것 같았다. 가말은 도영을 끌어안으며 배 깊은 곳에서 치받혀 오르는 본능의 소리를 터뜨렸다.

"더, 더 해줘……!"

전에 없이 흥분한 목소리였다.

"더어…… 앗……!"

그러더니 제 가슴을 쥐고 전에 하지 않았던 요구를 했다.

"깨…… 깨물어줘……."

도영은 가말의 가슴 끝을 깨물고 피를 빨 듯이 강하게 빨았다. 가말은 거의 그를 쥐어짜듯이 여성을 조이며 절정에 올랐다. 도영은 그사이에도 멈추지 않고 들이쳤다.

"아, 아아……! 도영! 도……!"

가말은 비명을 질렀다. 첫 번째 절정이 끝나지도 않았는데 더 높은 절정이 그녀를 덮쳐왔다. 그 타이밍에 도영도 끝에 다다라 낮게 신음하며 몸을 굳혔다.

얼마간 시간이 지나고 가말은 멈추고 있던 숨을 내쉬었다. 도영은 땀이 배인 가말을 끌어안은 그대로 중얼거렸다.

“그러게. 꽃꽂이가 확실히 효과가 있네.”

“그래……?”

가말은 몽롱해서 도영이 무슨 말을 하는지도 모르고 기계적으로 되물었다.

“좀 더 자주 해야겠어.”

진짜 의미를 알면 기겁할 만한 말이었지만 그걸 알 리 없는 가말은 그냥 숨만 몰아쉬고 있을 뿐이었다.

도영은 송곳니 구멍이 난 귓불을 핥았다.

“아파?”

가말은 고개를 저었다.

“뭔가…… 짜릿했어.”

도영은 짓궂은 웃음을 지었다.

“음란해졌어.”

“음란이 뭐야? 좋은 거야?”

가말은 순진한 얼굴로 물었다.

하긴, 누가 그런 단어를 가말 앞에서 썼겠는가? 도영은 가말의 볼에 뽀뽀하고 말했다.

“좋은 거야.”

다음 날, 식당은 분주하고 웅성거렸다. 그 사이에서 도영과 팀원들 몇은 같이 식사를 하고 있었다.

그때 맥코이 하사에게 전화가 왔다.

“응.”

맥코이 하사는 전화를 받았다. 그리고 상대편이 하는 말을 듣는가 싶더니 날숨을 들이켜 쉬었다. 하지만 다들 밥을 먹느라 그가 그러는 걸 몰랐다. 그러자 맥코이 하사가 전화를 끊고 말했다.

“소령님, 가말 씨한테 뭐라고 한 겁니까?”

도영을 포함해 모두 무슨 일인가 싶어 맥코이 하사를 쳐다보았다. 맥코이 하사는 기가 찬다는 얼굴을 숨기지 않았다.

“가말 씨가 아까 반상회에서 뭐라고 한 줄 아십니까?”

“도영이 나한테 음란해졌대.”

가말은 뿌듯하게 말했다. 정말 더 뿌듯할 수 없게. 모여 있는 사람들은 모두 그녀를 쳐다본 채로 얼어 있었다.

쨍그랑. 누군가가 놓친 찻잔이 바닥에 떨어져 깨졌다.

“쿨럭…….”

한 중사는 사레가 들려 다급하게 숨을 삼켰다. 맥코이 하사는 기가 차단 듯이 말했다.

“사람들이 다 뒤집어졌답니다.”

하지만 예상과 달리 도영은 당황하지 않았다. 디저트로 나온 과자를 집어 먹더니만 입매를 늘어뜨리며 웃었다.

"가말은 참 귀여워요. 그죠?"

그러고는 일어나서 갔다. 모두 그 뒷모습을 쳐다보았다. 그러다가 맥코이 하사가 어이없어하며 말했다.

"소령님 이미지가 좀 달라지지 않았습니까? 뭐예요, 저 '나쁘지만 섹시해' 남자 느낌은?"

한 중사는 손을 저었다.

"저러는 건 원래 그랬어요. 툴툴거리는 게 사라져서 그렇지."

"으응…… 도영……."

가말은 칭얼거렸다. 도영은 그녀의 목 뒤를 입술로 훑어 내려가며 말했다.

"모임에서 많이 음란해졌다고 자랑했다며?"

"안 그래도 도영이…… 거짓말해서……. 좋은 게, 아니었잖아."

"좋은 거야. 나한테는."

그러고는 도영은 가말 안으로 재차 들이쳤다.

"또 오, 오자마자……."

가말은 부르르 떨며 더듬거렸다. 그렇게 말은 하지만 착실하게 허리를 움직이고 있었다. 시린 빛이 흐를 정도로 희고 가느다란 허리가 떨리는 모양새가 꼭 꽃줄기가 바람에 떨리는 것 같았다.

"꽂꽂이 중이야."

"꽂……꽂이?"

가말이 되묻는 말에 도영은 상체를 일으키고 대답했다.

"응. 여기가 꽃 같아."

그러면서 그가 서로 연결되어 있는 부분을 보고 있다는 걸 깨닫고 가말은 허리를 뒤틀었다.

"그, 그런 덴 보는 게 아냐……."

"좋은 건 계속 봐야지."

말하고 도영은 그녀의 허리를 붙잡고 움직였다.

"앗, 아……."

가말은 정신을 차리지 못할 만큼 흔들렸다.

정말 가끔은, 도영이 다시 인간이 되었으면 좋겠다 싶은 생각이 들었다. 사실 반추해보면 인간일 때도 어느 면으로나 그렇게 정력적인 사람이었는데 왜 루아스가 되면 더 하면 더 했지 덜하진 않을 거라는 생각을 못 했을까?

그때 도영이 그녀를 정면으로 돌려 키스하며 치고 들어오기 시작했다.

"응, 응……!"

가말은 혀가 붙잡힌 채로 그를 받아들였다. 마침내 도영이 끝내자 팔다리를 풀고는 축 늘어졌다.

"가말, 자지 마."

도영이 팔을 끌어당겼지만 가말은 젖은 빨래처럼 늘어져서 힘없이 끌려왔다. 어쩔 수 없이 도영은 가말을 안아 올려 옆에 있는 소파에 누웠다. 몸속에 넘실거리는 난폭성이 이제야 좀 잠잠해지는 느낌이었다.

도영은 완전히 힘을 풀고 제게 기대고 있는 가말을 내려다보고 물었다.

"가말, 뭐 하고 싶은 게 있어?"

"하고 싶은 거……?"

가말은 이미 잠에 취해 웅얼거렸다. 도영은 그녀의 흐트러진 머리카락을 쓸어 귀 뒤로 넘겨주며 말했다.

"일이나 취미 같은 거."

"잘 모르겠어."

"천천히 찾아봐. 시간은 많으니까."

"응……."

그대로 가말의 몸이 천천히 이완되었다. 도영도 발끝에서부터 잠이 밀려와서, 그대로 잠들었다.

그리고 얼핏 정신이 들자 얼마나 잤는지 둘은 소파에 푹 잠겨 있었다. 가말은 그대로 도영 위에 엎드린 채였다. 몸 위에 올려놓은, 따듯한 물을 넣은 물렁한 찜질팩처럼 그의 몸에 딱 맞는 모양으로 얹어져 있었다. 가말의 가슴과 다리 사이의 도톰한 부분이 느껴져 슬그머니 욕망이 올라왔지만 완전히 이완되어 있는 모습을 보니 깨우고 싶진 않았다.

밖에는 추적거리며 비가 오고 있었다. 안락한 느낌이 들어, 도영은 가말의 서늘한 머리카락을 쓰다듬어 내렸다.

아기처럼 새근대며 자는 모습이 사랑스럽고, 지켜주고 싶었다. 평온하다는 느낌을 얼마 만에 느껴보는지, 사람들이 이래서 결혼을 하는 것 같았다. 둘이 존재하는 이 공간을 지키고 싶어서.

"응……."

갑자기 가말이 미간을 찌푸렸다. 그러더니 사타디어로 도영으로서는 알아들을 수 없는 말을 중얼거리기 시작했다.

「안 돼, 그만…….」

악몽을 꾸는 것 같았다. 깨울까 싶었는데 바로 깨우면 놀랄까 봐 도영은 가말의 등에 손을 얹었다. 그 순간 가말이 흠칫하고 일어나, 둘의 눈이 마주쳤다.

"난 가야 돼."

그리고 가말은 밑도 끝도 없이 일어나 뛰어나가려고 했다. 도영은 얼떨떨했지만 얼른 일어나 그녀의 팔을 잡았다.

"가말. 왜 그러……."

"가야 돼!"

가말은 이해되지 않을 정도로 날카로운 소리를 내지르고 도영을 뿌리치고 현관문을 박차고 나갔다. 도저히 영문을 알 수 없어 도영은 혀를 내차고 가말을 쫓아나갔다.

"가말!"

도영은 막 거리로 나간 가말을 붙잡아 돌렸다.

"대체 어딜 간다는 거……."

"난 널 죽게 해. 언젠가."

가말이 발작적으로 말했다. 도영은 멈칫했다. 가말은 도영에게 잡힌 팔을 잡아당기며 울 듯이 말했다.

"난 섬에서 나오면 안 돼. 섬으로 돌아갈 거야. 다시는 누구도 만나지 않아."

도영은 미간에 심각한 빛이 흘렀다.

"이제 대공은 네가 섬에 숨어 있었다는 걸 알아. 어떤 섬에 숨어도 금방 찾아낼걸."

"내가 죽으면 끝나. 처음부터 알고 있었어. 하지만 무서웠어, 죽는다는 게. 어떤 건지 알 수가 없었어. 난 도망쳐왔던 거야, 죽음으로부터."

그러더니 가말은 도영을 밀쳤다.

"놔줘, 제발……!"

하지만 도영은 놓아주지 않았다. 오히려 가말의 팔을 잡아끌어 집 안으로 들어갔다. 가말은 끌려가지 않기 위해 힘을 주었지만 도영을 떨쳐낼 정도로 강한 힘은 아니었고, 그렇지 않았어도 그의 힘이 세서 쉽게 떨칠 수 없었을 것이다.

가말은 목줄에 메인 개처럼 뒤로 버티며 끌려갔다.

"도영……!"

집으로 들어간 도영은 아까 누워있던 소파의 쿠션 아래에 손을 넣어 권총을 꺼냈다. 가말은 도영이 권총을 제 관자놀이에 겨누자마자 방아쇠를 당기는 걸 보았다.

타앙.

찰나에 가말이 겨우 총구의 방향을 틀어 탄환은 반대편 위쪽 벽을 때렸다.

"왜…… 왜……!"

가말은 파랗게 질려서 말도 다 하지 못하고 더듬거렸다.

알 수 있었다. 도영은 정말로 자기를 쏠 셈이었다. 허세나 경고 같은 게 아니었다.

"내가 죽지 않는다는 걸 어떻게 더 증명할까?"

도영은 차분한 얼굴로 물었다. 가말은 무너져 울음 같은 목소리를 토해냈다.

"하지만 쿠니스가 네게 무슨 짓을 할지……!"

느닷없이, 도영이 가말의 아래 얼굴을 다 감싸다시피 입을 막았다.

"그 자식 이름을 입에 담지 마. 화가 나려고 하니까."

그대로 가말의 손을 끌어 제 목의 흉터를 짚게 했다.

"목의 반이 잘리고도 살아 돌아왔어."

이제 문신 때문에 흉터는 보이지 않았지만 점자처럼 우툴두툴한 부분을 쓰다듬는 손끝이 떨려왔다.

"난 죽지 않아."

도영은 확언했음에도 가말은 무너졌다. 울음 같은 말이 터져나왔다.

"널 잃고 싶지 않아."

"날 포기하는 건 날 잃는 거야."

가말은 세차게 고개를 저었다.

"네가 살았으면 좋겠어."

"살 거야."

도영은 가말의 얼굴을 감싸 쥐고 그를 바라보게 했다.

"너랑 같이."

발작적으로 가말은 도영을 끌어안고 치받혀 오르는 말을 토해냈다.

"도영, 사랑해. 사랑해……."

도영은 가말을 꽉 끌어안았다. 단단한 양팔로 다시는 놓지 않겠다 약속하듯이.

둘은 몰랐지만, 그때 열린 현관문 너머에는 대원들이 저마다 총을 들고 외벽에 붙어서 내부의 기색을 살피고 있었다. 총성을 듣자마자 모두 부리나케 달려왔기 때문이다.

내부에서 들려오는 소리에 한 중사가 돌아가라는 수신호를 보내자 다들 각자 총을 거두고 돌아섰다. 고개를 절레절레 저으면서.

"저분들은 왜 이렇게 연애도 요란하게 하는 거랍니까?"

반면 가말은 정신이 돌아왔다. 이래선 안 됐다. 이렇게 얼렁뚱땅 넘어가봤자 아무것도 해결되지 않기 때문이었다. 그래서 도영을 밀치고 일어났다.

"안 돼. 난……."

도영은 군말할 것 없이 가말을 잡아 끌어당겼다. 그리고 그녀를 훽 들더니만 제 어깨에 걸쳐 멨다. 가말은 깜짝 놀랐다.

"도영!"

가말이 도영의 등을 짚고 일어나려고 하며 버둥거렸지만 그는 놓아주지 않았다. 그대로 들쳐업은 채 위층으로 올라갔다.

"도영, 놔줘!"

가말은 다리를 휘저으며 반항했다. 하지만 도영은 욕실로 들어가서야 욕조에 그녀를 내려놓았다. 그리고 여전히 바동거리는 가말의 손목을 잡아, 언제 어디서 가져왔는지 알 수 없는 수갑을 꺼내 욕조의 손잡이에 연결했다. 가말은 또 한 번 깜짝 놀라 외쳤다.

"도영! 뭐 하는……!"

그 타이밍에 도영이 키스했다. 맞닿는 입술에 가말은 순간 조용해졌다.

이내 도영은 입술을 떼고 일어섰다.

탕탕. 탕. 가말이 손목을 흔들 때마다 철제 손잡이에 수갑이 부딪쳐 소리가 났다.

"이러지 마. 풀어줘."

도영은 가말을 내려다보고 서서 말했다.

"섬에선 네가 날 잡아뒀지만 이젠 내 차례야. 아무 데도 가지 않는다고 약속하면 풀어줄게. 말만 해."

가말은 기가 막혀 입을 열었다가 고집스럽게 입을 다물었다.

"좋아."

말하고 도영은 변기 뚜껑을 닫고 위에 앉더니, 뒤쪽 턱에 올려져 있는 책을 집어 펼쳤다.

"누가 이기나 보자고."

"이제 좀 말할 생각이 들어?"

도영은 가말을 보고 물었다. 하지만 가말은 이제 화가 나 도영을 노려보고는 고집스럽게 말했다.

"풀어줘."

도영은 대답하지도 않고 책으로 다시 시선을 내렸다. 팔락 종잇장이 넘어갔다.

어떤 작전에서는 몇 시간씩 스탠바이를 하고 있어야 할 때도 있으니 이건 그에게 유리한 게임이었다. 마냥 기다리기는 가말의 전문분야일지도 모르지만 연속된 시간을 참고 기다리는 건 이쪽이 좀 더 잘할 거라고 믿었다.

"도영……."

그때 가말이 꼼지락거렸다.

"나 화장실 가고 싶어."

사실 일어나자마자 그 난리를 펴서 화장실을 간 지 오래된 상태였다.

"지금 우리가 어디에 있다고 생각하는데?"

도영은 책에서 시선을 떼지 않고 무심히 말했다. 가말은 황당했다.

"도영 있잖아. 볼일 볼 수 없어."

"난 별로 신경 안 써."

그러면서 도영은 여전히 책을 읽었고, 가말은 말문이 막혔다.

"난 신경 써."

"수갑이 풀리는 마법의 주문은 네가 알고 있잖아."

다시 침묵이 감돌았다. 시간이 지날수록 가말은 조금씩 숨이 가빠지기 시작했다. 결국 가말은 애원하다시피 했다.

"도영…… 나 정말……."

그러며 점차 한계에 다다른 것처럼 다리를 조금씩 꼼지락거렸다. 한 번 비에 젖었던 데다가 땀이 나서 척척해진 옷이 몸에 들러붙어 열이 오른 피부를 내보였다. 도영은 어느새 책을 보던 것도 잊고 가말을 뚫어져라 쳐다보았다. 어느 종류로도 이상성벽은 없다고 생각했는데 불가피한 것을 참고 있는 모습을 보고 있으려니 묘하게…….

"선택은 네가 해."

도영이 물끄러미 보며 말하자 가말은 입술을 깨물었다.

"제발……."

도영은 이제 대답하지 않았다. 가말은 손잡이를 꽉 움켜쥐었다.

"도영……."

눈에 눈물이 그렁거렸다. 굴욕감을 느끼는 얼굴이 자극적이었다.

"너무해."

가말의 웅얼거림에 도영은 탁 책을 닫았다.

"정말 고집 하나는 인정해줄게."

그러니까 몇천 년을 그저 섬에서 숨어 지냈겠지만 말이다. 앉은 자리에 대못이 박혀 있다는 사실을 깨닫고도 일어날 생각을 하지 않는 정도의 바보 같은 고집이 아니고서야 그러진 못했을 것이다.

도영이 샤워기를 틀자 물줄기가 머리 위로 쏟아졌다. 물이 머리를 때리는 순간 가말을 눈을 감았다가 머리를 흔들며 눈을 떴다. 그때 이미 도영은 티셔츠를 머리 위로 벗어 올리고 있었다. 티셔츠를 뒤로 던지는 동작을 따라 세밀하게 조각된 근육이 꿈틀거렸다.

바지까지 벗고 드로어즈 차림이 된 도영은 욕조 안으로 들어와서 가말의 옷을 벗겨냈다.

"하지 마."

그러자 가말은 몸을 웅크리며 어떻게든 피해보려는 쓸데없는 노력을 했다.

"더러워진 옷을 계속 입고 있을 거야?"

그제야 가말이 주춤거리며 가만히 있자 도영은 옷을 전부 벗긴 후 가말을 씻기고 나서 허리를 끌어당겨 세웠다.

"결국 내가 네 고집을 꺾는 방법은 한 가지뿐이네."

그리고 뒤에서 쑥 밀고 들어갔다.

"……!"

가말은 입을 벌리며 손잡이를 꽉 쥐었다. 아프다기보다, 바로 느껴져서.

"오늘은 내 마음대로 할 거야."

가말은 휘둥그레 뜬 눈으로 쳐다보았다. 여태까진 마음대로 한 게 아니었다는 말이었냐는 듯이.

가말은 침대에 축 늘어졌다. 손가락 하나 꼼짝할 힘도 남아 있지 않았다. 도영은 그녀의 손을 들어 손가락에 키스하고 말했다.

"사랑해, 가말."

가말은 어렴풋이 눈을 떴다.

"거짓말."

도영은 웃어버렸다.

"하여간 입은 살아서."

그러고는 도영은 속삭였다.

"날 떠나지 마. 네가 있어서 난 감염을 이기고 일어났어. 네가 기다리고 있다는 걸 알았으니까."

그를 보다가 가말은 말했다.

"그럼 약속해. 절대로 죽지 않는다고."

"약속해."

도영은 두 번 생각할 것도 없이 대답했다.

조용히 달빛이 내려앉는 모습을 가말은 하염없이 바라보았다. 어째서 그녀는 그를 만났는가. 포기해야 할 때에 포기할 수 없어지도록…….

도영과 눈이 마주치자 가말은 자신 안에 폭풍우가 치는 '살고자 하는 욕망'을 깨달았다. 아니, 사실 그녀는 한순간도 죽고 싶지 않았다. 사랑하는 사람이 생겼고, 소중한 사람들이 있는데, 도저히 죽어야 할 이유를 알 수 없었다. 비록 그것이 제 형제의 죄 때문이라고 하더라도.

그녀는 살 것이다. 삼천 년 만에 처음으로.

그때 갑자기 도영이 짓궂은 얼굴을 했다.

"너 좀 즐겼지?"

가말은 살짝 볼을 붉히며 시선을 피했다.

13
폭풍의 언덕

한 중사는 털썩 의자에 앉았다.

"으아, 죽겠다."

그 옆으로 팀원인 크루즈 중사가 근육으로 찬 엉덩이를 밀어 넣었다.

"옆으로 가."

이어서 팀원들이 차곡차곡 앉았다. 노란 M자가 빛나는 패스트푸드 레스토랑의 플라스틱 의자에 한 덩치 하는 대원 일곱 명이 꽉 차게 앉아 있는 모습은 꽤나 진풍경이었다.

"소령님, 햄버거 드십니까?"

한 중사가 맞은편에 앉은 도영을 보고 물었다.

"입맛 자체는 별로 안 변했습니다."

"그럼 예전에 드시던 걸로 주문하겠습니다. 어이, 막내님. 다녀와."

가장 가장자리에 앉아 있는 맥코이 하사한테 말하자 그는 고개를 젓고 주문하러 갔다. 루아스인 맥코이 하사가 실제 나이는 더 많지만 군대 짬으로는 한 중사에게 한참 밀리기 때문이었다.

주문한 음식들이 도착하자, 한창 훈련 때는 하루에 만 칼로리 이상 때려 넣을 수 있는 눈부신 먹성을 가진 대원들은 임무에 임하듯이 덤벼들어 먹기 시작했다. 각자 햄버거를 집어가고 프렌치프라이를 붓고 집어먹는 얽히고설키는 손들 사이로 한 중사가 물었다.

"그래서 그 적응 프로그램은 결국 다 이수하셨습니까?"

도영은 진절머리 난다는 듯 고개를 저었다.

"말도 마십시오."

훈련병들끼리 치고 박은 그 난리 후에도 끝까지 다 이수해야 했던 것이다.

그가 소령이라는 걸 알게 된 톰슨은 내내 떨떠름한 얼굴로 멀찍이 피해 다녔다. 특히 도영이 인간이었을 때부터 MCTC의 장교였던 걸 알고 그가 쉽게 군을 떠날 사람이 아니라는 판단이 섰는지 더 밉보이지 않으려는 것 같았다. 어디선가 상사로 만날 걸 짐작이라도 한 듯이.

하지만 이쪽도 좀 과하게 반응했던 면이 있으니 나중에 만나더라도 불이익을 줄 생각은 없었다. 군대에 그런 놈들이 한둘도 아니고.

"참, 결혼식은 언제 하십니까?"

맥코이 하사가 물었다.

"시청에서 간단히 할 거라서 한 달 안에 할 겁니다."

도영은 프렌치프라이를 집어 먹으며 대답했다. 그러자 크루즈 중사가 '크으' 소리를 냈다.

"우리 소령님 임관하신 게 엊그제 같은데 결혼을 하신다니, 눈물이 다 나려고 합니다."

도영은 의아했다.

"저 임관할 때 몰랐잖아요?"

장교들은 정기적으로 근무지가 바뀌기 때문에 크루즈 중사와는 이번 TF-퍼시픽 1팀에 와서야 만났다. 하지만 크루즈 중사는 말 잘했다는 듯이 이미 두 개째 포장지를 벗기고 있는 햄버거를 들어 보였다.

"어쨌든 엊그제처럼 느껴질 수도 있잖아요?"

도영은 고개를 저었다.

"아무튼 제 결혼식에서는 울지 마세요."

근육으로 꽉 찬 가슴 안에 그 큰 감수성이 들어갈 자리가 남아 있었는지 크루즈 중사는 팀원들 결혼식에서 울기로 악명이 높았다.

"노력은 하겠지만……."

웅얼거리는 게 본인도 자신은 없는 모양이었다.

"여태 우리 소령님 고생한 거 생각하면 저도 눈물이 날 거 같은데요."

맥코이 하사가 말하자 햄버거를 우물거리며 한 중사가 거들었다.

"진짜 스크린에 인생사라도 띄워야 할 판이라니까요."

"결혼식이지 장례식이 아니……."

도영은 기가 차 말하다가, 타다닥! 누군가가 가게로 달려 들어오는 소리를 듣고 눈을 들었다. 그때였다.

"전부 꼼짝 마!"•

팀원들은 멈칫하고, 입에 햄버거를 문 채로 뒤를 돌아보았다. 입구에 발라클라바(눈, 코, 입만 뚫려 있는 안면 마스크)를 쓴 두 남자가 총을 겨누고 있었다. 이른 아침 시간이라 매장에는 사람이 몇 없었지만 그나마 있는 사람들이 혼비백산했다.

한 강도가 카운터로 가서 직원을 총으로 위협하며 소리쳤다.

"당장 돈 넣어!"

그리고 나머지 강도는 사람들에게 총을 겨누었다. 그 모습을 본 팀원들 중 하나가 움찔하자 한 중사는 움직이지 말라는 표시로 손가락만 살짝 들었다.

도영은 턱을 괸 자세 그대로 눈도 깜빡이지 않고 강도들을 따라 눈동자만 미끄러지듯이 움직였다. 팀원들은 어쩐지 그게 더 무섭다고 생각했다. 먹잇감을 노리는 맹수 같아서. 하지만 고작 동네 무장 강도 둘에 루아스 특수부대원을 갖다댔다가는 과실치사가 분명했다.

아침까지 계속된 훈련을 겨우 끝내고 귀가하는 길에 간단하게 패스트푸드를 먹으러왔다가 무장 강도를 맞닥뜨린 그들이 불쌍한지, 아니면 마침 식사 중인 특수부대원 일곱 명-루아스 둘 포

• 해당 에피소드, "2인조 강도, 맥도날드 털려고 들어갔는데……", YTN, 게재일 2016년 06월 09일, https://www.ytn.co.kr/_ln/0104_201606091400067882, 검색일 2020년 08월 06일, 기사 참조

함-을 마주친 강도 둘이 더 불쌍한지는 좀 깊이 생각을 해봐야 할 것 같았다.

한 중사가 작게 중얼거렸다.

"저희가 처리하겠습니다."

그리고 일을 마친 강도들이 돌아서서 나가려는 순간이었다. 한 중사가 손짓하는 동시에, 도영과 맥코이 하사를-즉 루아스들-제외한 팀원들이 전부 뛰어나가 강도들을 덮쳐들었다.

"뭐……!"

강도들이 깜짝 놀라는 소리에 이어 우당탕 구르는 소리가 시끄러웠다. 그 와중에 맥코이 하사는 혹시 몰라 앉은 채로 대기하고, 도영만 태연하게 햄버거를 먹었다.

"이 새끼들이!"

강도 하나가 악에 받쳐 총을 꺼내들자 한 중사가 그걸 재빨리 뺏었다. 그야말로 그냥 가져오듯이. 분명히 보면서도 반응할 수 없는 속도였기에 강도는 자신이 뭘 본 건지 얼이 빠진 얼굴이었다.

한 중사는 웃으며 슬라이드를 당겼다.

"무력화시키려면 어쩔 수 없어서 말이야. 안 아프게 쏴줄게."

그러고는 바로 강도의 허벅지에 총을 쐈다.

탕! 강도는 바닥에 구르며 돼지 멱을 따는 것 같은 비명을 내질렀다. 그리고 안 아프게 쏴준다는 말에 배신당한 사람 같은 얼굴로 한 중사를 보았다.

"아, 아프……!"

한 중사는 코웃음을 쳤다.

"이거 웃긴 놈일세. 아무리 내가 그렇게 말했기로서니 총 맞고 아예 안 아플 리가 있냐?"

거의 정리된 분위기에 도영은 다 먹고 난 햄버거 포장지를 구겨 트레이에 던졌다. 그리고 일어나 트레이를 정리하기 시작했다.

"저……."

그때 뒤에서 들려 온 작은 소리에 고개를 돌렸다.

"감사합니다."

말을 한 건 뒤쪽 의자에 앉아 있는 여자들 셋이었다.

"덕분에 살았어요."

여자들은 강도들이 제압된 모습을 보더니 슬그머니 의자에서 일어나 말했다. 그러자 강도 하나를 무릎으로 내리누르고 있는 크루즈 중사가 어리둥절해하며 옆에 있는 한 중사에게 물었다.

"제압한 건 우리인데 왜 인사는 소령님한테 하는 거야?"

"거울을 보면 알게 될 거야."

상당한 현실주의자인 한 중사는 다른 강도가 입고 있는 옷으로 그의 팔을 묶으며 무심한 투로 말했다. 그동안 도영은 여자들에게 대답했다.

"아닙니다. 다치지 않으셨다면 다행이군요."

그러자 여자들은 서로 시선을 교환하더니 물었다.

"악수 한번 해주실 수 있을까요?"

"네?"

자신이 연예인도 아닌데 웬 악수 타령인가 싶어 도영은 반문했다. 반면 크루즈 중사는 여전히 이해되지 않아 말했다.

"아니, 그러니까 왜 아무것도 하지 않은 소령님한테……."

"돌머리야. 구실이라는 단어는 아냐?"

한 중사는 한심하다는 어조를 아끼지 않았다.

"그게 무슨 소리……."

크루즈 중사가 반문하려고 했을 때였다. 도영이 홱 창밖을 돌아보고 비호같이 옆에 있는 테이블을 잡아 뽑았다. 바닥에 단단히 고정된 테이블을.

다른 사람들은 미처 무슨 일이 일어나고 있는지도 몰랐다.

처음에는 아무 소리도 나지 않는 것 같았다. 천지를 울리는 총소리가 틈도 없이 이어져 귀가 미처 인식하지 못한 듯이.

다음 순간 창이 산산조각 나 무너지며 도영이 들고 있는 테이블이 충격을 받아 흔들거렸다. 여자들은 제 머리를 감싸며 비명을 내질렀다.

깨진 유리 파편으로 엉망이 된 창 밖에 평범한 캐주얼 복장을 한 남자 둘이 소총을 들고 서 있었다. 그리고 그들 사이로, 다른 남자가 나타났다. 어깨에 RPG(휴대용 대전차 유탄 발사기)를 짊어진 채로.

"소령님!"

한 중사가 경악해 돌아보며 외쳤다. 그 뒤로 남자가 RPG를 쏘았다. 탄두는 굉음과 불꽃을 뿜으며 날아오기 시작했다. 도영은 들고 있는 테이블을 집어던졌다. 테이블이 바닥에 떨어져 구르는 소리가 시끄러울 법했지만, RPG 탄두가 날아오는 소리에 묻혀 아무것도 들리지 않았다.

그런데 도영은 RPG 탄두가 정면으로 날아오는 자리에서 피하지 않았다. 그가 피하면 이 자리에 남게 되는 건 적어도 살아 있는 종류는 아니었기 때문이다.

팀원들이 모두 경악해 외치는 모습이 보였다. 역시 소리는 들리지 않았지만.

도영은 불꽃 꼬리를 폭발시키며 날아오는 RPG 탄두를 잡았다. 손으로.

"아무리 루아스라도 손바닥 살갗이 벗겨지죠."

군의관은 가차 없이 말했다.

"당연하죠. RPG 탄두를 손으로 잡았으니까요. RPG의 이름이 왜 '휴대용 대전차 유탄 발사기'인지 아십니까? 대전차용이란 말입니다."

군의관 앞에 앉은 도영은 떨떠름한 얼굴을 하고 있었다.

손바닥이 다 벌겋게 타버렸다. 인간이었을 때 이 정도 화상을 입었다면 손바닥 살갗 이식 수술을 몇 번이나 받아야 했다. 그나마도 탄두가 폭발하기 전에 다른 방향으로 집어 던진다고 거의 후려치는 느낌으로 받아서 그렇지, 정통으로 받았더라면 루아스의 손이라고 해도 남아나는 게 없었을 것이다.

어쨌거나 도영은 두통이 오는 표정으로 말했다.

"예전에 제가 잔소리할 때 강연하 소위의 기분이 이랬겠군요. 될 거 같았는데 좀 부족했던 걸 어쩌겠습니까?"

"루아스 대원들의 사망 원인 1위가 뭔지 아십니까?"

"모르면 안 됩니까?"

안 되는 모양이었다. 군의관은 무시하고 말했다.

"무리한 임무 수행으로 인한 부상입니다. 그것도 몸이 튼튼한 만큼 한번에는 안 죽고 돌아와서 시름시름 앓다가 죽죠. 목이 잘리고도 겨우 살아나서 임무 중에 입은 부상 때문에 병든 닭처럼 앓다가 죽고 싶으신 건 아니죠?"

도영은 정말로 머리가 아파왔다.

"일 절만 하죠."

"도영!"

갑자기 가말이 외치는 소리와 동시에 자동문이 쾅 소리를 내며 열렸다. 즉, 부서졌다. 도영은 눈을 굴렸다.

"너한테 말하지 말라고 했는……."

그리고 돌아보다 말고 멈칫했다. 입구에 나타난 가말은 섬세한 레이스가 달려 사랑스러워 보이는 흰 원피스를 입고 있었다. 웨딩드레스도 최대한 간편한 걸로 입기로 했는데 마침 고르고 있었던 모양이다.

"도영, 상처는……."

얼마나 뛰어왔는지 가말은 숨을 헐떡이며 물어보려고 했다. 하지만 도영은 가말을 위아래로 보며 말했다.

"드레스 입어보고 있었어? 예쁘네."

"뭐가 어떻게 된……."

"넌 마음에 들어?"

서로 계속 말이 엇갈리자 가말은 멈칫했다. 그리고 그녀가 재롱부리는 아이라도 되는 것처럼 마냥 따듯한 눈으로 보는 도영을 올려다보다가, 원피스를 잡아 단번에 머리 위로 벗어던졌다. 흰 브래지어와 팬티만 걸친 매끄러운 몸이 드러나자, 예상치 못한 행동에 다들 눈을 휘둥그레 떴다. 반면 도영은 난폭하게 인상을 구겼다.

"가말, 무슨 짓을……."

"내가 끝낼 거야."

갑작스러운 말에 도영은 미간을 찌푸렸다.

"뭘?"

가말은 속옷 차림으로 똑바로 선 채 당당하게 말했다.

"쿠니스는 내 상대가 되지 않아."

여태 가말이 쿠니스를 상대할 수 없었던 건 그가 '집단'을 다룰 줄 알기 때문이었다. 하지만 개인적인 힘으로는 자신이 밀린다고 생각하지 않았다. 무협지에서처럼 초야에 은둔해 무술을 갈고 닦아온 건 이쪽이었기 때문이다. 일대일로 상대한다면 쿠니스를 이길 수 있었다.

"가말."

그런데 도영의 목소리 톤이 너무 낮아져서 가말은 움찔했다. 그는 기분이 좋지 않아 보였다, 매우.

"내가 이름에 대해 뭐라고 했어?"

그 이름을 입에 담지 말라던 말이 그 당시에만 한정된 이야기는 아니었던 모양이다.

"하지만……."

가말은 발작적으로 말하려고 했다.

"가말."

도영은 팔짱을 끼고 단호하게 말했다. 흡사 병사에게 명령하는 조교 같은 투였다. 가말은 말문이 막혀 그를 쳐다보다가 고개를 떨궜다.

"옷 입어."

가말이 파르르 입술을 떨었지만 도영은 흔들리지 않았다.

"셋 센다."

그러자 가말은 홱 고개를 들더니 외치고 뛰쳐나갔다.

"도영 미워!"

뒤에서 군의관은 고개를 젓고 중얼거렸다.

"섬세하지 못하시군요."

"가말."

도영은 집으로 들어가며 가말을 불렀다. 하지만 대답이 없었다. 분명 집으로 들어가는 걸 봤다고 했는데, 집 안에서 인기척이 느껴지지 않았다.

"가말."

부르면서 집 안을 둘러보았지만 여전히 가말은 보이지 않았다. 그래서 거실에 미간을 찌푸리고 서 있다가, 유리 너머 정원 한 편에 있는 통나무집을 보았다. 전에 이 관사를 쓴 사람들이 가족이었는지 정원에 아이들이 쓰던 작은 통나무집이 있었다.

혹시 싶어 도영은 정원으로 나가 통나무집을 열고 들어갔다. 그 안에 가말은 삐친 아이처럼 반대편 벽에 붙어서 다리를 무릎으로 감싸고 뒤돌아 앉아 있었다.

"가말."

불렀지만 가말은 대답하지 않았다. 도영은 문을 닫고 들어가 그 뒤에 섰다. 하지만 가말은 고집스럽게 뒤돌아보지 않았다.

별안간 도영은 한쪽 무릎을 꿇고 앉고는, 제 허리춤에서 글록을 꺼내 슬라이드를 당기고 가말에게 쥐여주었다. 그리고 그녀의 손을 감싸 잡아 제 가슴 쪽으로 겨누었다. 가말은 흠칫하며 글록을 빼려고 했다.

"도영, 또……."

하지만 도영은 가말의 손을 고정시키며 말했다.

"만약 지금 네 앞에 있는 게 그 자식이라면, 방아쇠를 당길 수 있겠어?"

"난……."

도영은 진지한 눈으로 다시 물었다.

"당길 수 있어?"

가말은 꾹 어금니를 물었다.

"있어. 쿠……는 사람들을 죽게 했어."

대공의 이름을 입에 담지 말라는 말 때문에 이름을 흐리는 모습이 쓰러지게 귀여워서 도영은 본래 의도도 잊어버릴 뻔했다. 하지만 다행히 가말이 이어 말해서 본래 의도를 잊지 않을 수 있었다.

"날 괴롭히는 건 괜찮아. 하지만 다른 사람들을 괴롭혔어. 도영을 죽일 뻔했어. 그건 안 돼."

"가말."

도영은 조용히 말했다.

"괜찮아. 누구나 방아쇠를 당길 순 없어. 그건 네 일이 아니야."

가말은 말문이 막혔다. 방아쇠를 당기는 게 그녀의 일이 아니라니……. 그런 식으로 생각해본 적은 없었다.

뱀파이어가 된 순간부터 살생은 제 몸에 새겨진 주홍글씨였다. 뱀파이어로서는 사냥을 해야만 살 수 있으니까. 하지만 이제는 더는 그러지 않아도 되는 세상이 온 것이다, 정말로.

도영은 가말의 손을 잡은 손에 살짝 힘을 주었다.

"그래서 우리 같은 사람들이 있는 거야. 강하다는 거랑 냉정하다는 건 같은 말이 아니야. 자신을 죽도록 괴롭힌 사람이라고 해도 보통 죽일 생각은 못하는 게 당연해. 죽어버리길 바랄 순 있어도."

그리고 가말을 똑바로 보았다.

"사람들을 흡혈하기 싫었던 거지? 그러니까 넌 꽃을 발견할 수 있었던 거야."

가말은 제 손을 감싸 쥐고 있는 도영의 손을 가만히 보고 있었다. 그녀가 자신이 말하려던 걸 이해한 것 같아서, 도영은 글록의 슬라이드를 풀어 다시 허리춤에 넣었다.

그때 가말이 도영의 양손을 펼쳐 잡았다. 붕대로 싸인 손을 보는 눈동자가 일렁거렸다.

"도영이 다쳤어. 가슴이 아파."

가말이 옷을 대충 주워 입은 상태여서 가슴골이 들여다보여 도영은 배 아래쪽에 열기가 모였다. '이런 사내놈' 하고 돌을 던진다고 해도 솔직히 아까 드레스 입은 모습을 봤을 때부터 안고 싶었다. 아니, 365일 가말을 안고 싶었다. 인간이었을 때 가말과 하지 못했던 한이 서렸는지 그로서도 좀 과하다 싶긴 했지만 실제로 그런 걸 어쩌겠는가?

도영은 살짝 고개를 기울이고 속삭였다.

"그럼 안 아프게 해줘."

가말은 간절한 눈으로 도영을 보았다.

"어떻게?"

도영은 빙긋이 웃었다.

"알잖아. 제대로 하는 거."

순간 가말은 이해하는 표정이더니, 갑자기 고개를 저었다.

"안 돼."

가말이 이렇게 단호하게 거절하는 건 처음이라 도영은 의외로웠다. 그런데 가말이 바로 덧붙였다.

"도영 손 다쳤어. 쓰면 안 돼."

"그럼 네가 하면 되잖아."

"내가?"

가말은 반사적으로 도영의 하반신을 보고는 뭔가 이상하다 싶었는지 말했다.

"근데 다친 건 손이잖아. 왜 여기를……."

꽤 논리적이 됐다 싶지만 아직 그를 상대하기에는 역부족이었다.

"네가 만져주면 난 행복하니까. 아픈 건 다 잊을 수 있어."

사실 마취제를 맞아서 손은 그리 아프진 않았지만 도영은 이 좋은 기회를 써먹지 않을 수가 없었다. 안 그래도 그 말에 가말은 납득한 얼굴이 되었다. 그녀가 순진한 점을 이용하는 게 좀 미안하긴 했지만 어쨌든 서로 좋은 게 좋은 거니까.

가말은 천천히 몸을 숙여서 아래로 내려갔다. 도영은 그녀가 군복 바지의 버클을 끄르는 모습을 즐거워하는 눈으로 보았다.

가말이 더 허리를 숙이자 긴 머리카락이 검은 물처럼 그의 허벅지와 바닥 위로 늘어졌다. 그리고 헐렁하게 걸치고 있는 드레스가 흘러내리며 가슴이 훤히 들여다보였다. 더 좋은 점은 가말이 그 사실을 모른다는 거였다.

순결해 보이는 하얀 드레스와 빨갛게 드러나는 조그만 혀의 조합이 대비되어 더 선정적으로 보였다.

정성을 다해 샅샅이 핥는 모습이 지나치게 귀여워서 도영은 등골이 오싹거렸다. 가말이 뭘 한들 귀엽지 않겠냐마는, 이건 좀 감당하기 힘들 정도였다.

그도 가말을 만지고 싶어서 부들거리는 볼을 쓰다듬자 가말이 단호하게 손을 치우며 말했다.

"손은 안 돼. 아파."

그러고는 자신이 하겠다는 듯이 다시 그를 애무했다.

은근히 고집이 센 데다가 그를 어미 새처럼 보호하려는 본능이 강해서 쉽게 넘어갈 것 같지 않았다. 하지만 일단 한번 시작하자 누구보다 열심히 하는 모습을 보니 더는 참을 수가 없었다.

"가말, 일어나."

그 말에 가말이 일어나자 도영은 그녀가 걸치고 있는 드레스를 끌어 내렸다.

"도영, 손……."

가말은 허리를 뒤틀며 저항하려고 했다. 도영은 그 허리를 팔로 휘감아 끌어당겼다.

"손 안 써. 입을 쓰지."

그 말대로 도영은 공기 중에 드러난 하얀 가슴 끝의 정점을 깨물었다.

"응……."

가말은 움찔하며 작게 신음을 흘렸다.

정말이지 가말의 가슴은 꼭 먹어도 먹어도 줄어들지 않는 과육 같았다. 이렇게 부들거리고 달콤해서 내내 씹고 핥아도 줄어들지 않았다.

"도, 도영……."

몰입해서 지나치게 애무한 탓인지 가말은 거의 덜덜 떨었다.

도영은 가말을 양반다리를 하고 있는 제 다리 위에 제 가슴과 그녀의 등이 만나도록 앉히고 말했다.

"네가 해봐."

"내가……?"

"난 손을 짚으면 안 되잖아."

이 말은 거의 가말을 움직이게 만드는 마법의 주문이었다. 가말은 꼭 해삼을 처음 먹어보는 사람처럼 주춤거리며 어색하게나마 움직이기 시작했다.

"이거 이상……."

가말이 고개를 숙이고 있어 양옆으로 흘러내린 머리카락 사이로 흰 목 뒷덜미가 보였다. 사슴을 본 사자처럼 입에 침이 돌았다.

하얗고 여린 등에서 척추를 타고 허리로, 사이에 그를 품은 봉긋한 엉덩이까지 이어지는 라인에 머리가 아찔해질 정도였다.

"도영……."

어깨 너머로 그를 보는 젖은 눈은 빨리 자신을 어떡해달라고 채근하는 것에 다름없었다.

"앗……!"

도영은 그대로 가말을 앞으로 밀어 엎드리게 하고 뒤에서 파고들기 시작했다.

"통나무집에 있으니까, 꼭 섬에 있는 거 같네."

그때라면 이렇게 가말과 하는 건 상상도 할 수 없었지만 말이다. 그러고 보면 정말 먼 길을 왔다 싶어서 감개무량할 정도였다.

"도영, 손……."

가말은 앞뒤로 거칠게 흔들리면서도 끝까지 손 타령을 잊지 않았다.

"손 안 써."

여전히 손은 허리를 잡고 있을 뿐이었다.

"이, 이건 지, 짐승들이 하는 자세……."

가말은 흔들리며 더듬거렸다. 하지만 도영이 그녀를 앞으로 뺐다가 다시 당기면서 깊이 들어왔다.

"맞아. 흥분되지 않아?"

"아, 아니……."

말은 그렇게 하지만 가말은 점차 흥분하고 있었다. 그가 빠져나갈 때마다 여성이 안달을 내며 그를 붙잡으려고 했다. 안쪽이 너무 젖어 있어 미끄덩거려 여의치 않자 본능적으로 엉덩이를 뒤로 빼서 그를 따라왔다. 도영은 위험한 줄도 모르고 덜컥 달려드는 엉덩이를 붙잡아 거칠게 움직였다.

가말을 안는 느낌을 평생 알지 못하고 죽을 모든 남자들이 불쌍할 지경이었다. 하지만 가말은 이제 그의 아내였고, 다른 남자가 그 느낌을 알 수 있는 방법은 없었다, 영원히.

절정이 찾아온 순간 도영은 깊숙이 밀어 넣고 모두 풀어놓았다.

단번에 빠르게 몰아친 덕에 가말은 숨을 가쁘게 몰아쉬었다. 도영은 천천히 그녀에게서 빠져나왔다. 둥그런 엉덩이 사이로 그의 체액이 따라 흘러내렸다.

배 부근의 티셔츠를 걷어 올리며 사정의 기운이 감도는 배를 쓸어 올렸다. 사정은 했지만 욕망은 충족되지 않았다.

"그거 하지 마."

그 모습을 가말이 보고는 갑자기 말했다.

"섹시한 거."

도영은 짧게 웃음을 터뜨렸다.

"어떻게 하지 않으면 되는데?"

"몰라. 그냥 하지 마. 도영이 그러면……."

"그러면?"

도영은 다가오는 가말을 잡아주며 물었다. 가말은 그의 얼굴을 감쌌다.

"못 참겠어."

그거야말로, 도영이 바라는 바 아니겠는가?

◇◇◇

도영은 사람들 가운데 서 있었다. 사람들은 모두 웃고 있었다. 축제 같았다. 남자들이 춤을 추고, 여자들이 박수를 쳤다. 주변에 그에겐 들리지 않는 음악이 울리고 있는 것 같았다.

그때 사람들 사이에 있는 한 여자가 도영을 돌아보았다. 상당한 미인이었다. 푸른빛이 돌 정도로 짙은 검은 머리에 웃음을 머금은 검은 눈. 나이는 사십 대쯤, 차고 있는 액세서리가 화려해서 꽤 높은 신분이라는 사실을 알 수 있었다.

웃고 있는 여자가 입은 흰 옷자락이 느리게 흩날렸다.

여전히 웃음을 짓고 있는 여자가 왠지 모르게 낯익었다.

'어디선가…….'

선뜻 기억이 나지 않는데, 여자 옆에 있는 남자가 돌아보자 도영은 깨달았다. 두 사람은 가말의 부모님이었다. 본 적이 없어도 알 수 있었다. 아버지도 남자답고 다부진 인상을 지닌 미남이었다.

가말의 부모님이 웃으며 도영을 사람들 사이로 잡아 이끌어 얼결에 끌려갔다. 사람들이 그를 에워싸고 춤추었다. 북소리가 울리고 하늘 높이 솟은 깃발이 흔들렸다.

그때 도영은 눈을 떴다. 익숙한 방이 보이고, 옆에 가말이 잠들어 있었다. 드리운 커튼 너머로 언뜻 달빛이 비치는 걸 보니 아직 새벽 같았다.

"가말."

"응……?"

도영이 작게 부르자 가말은 잠결에 대답했다. 도영은 아직까지도 신비로운 기분에 휩싸여 중얼거렸다.

"네 고향을 본 거 같아."

"고향을……?"

가말은 잠에 취해 진지하게 받아들이지 않고 웅얼거렸다.

"마티와 타와는…… 잘 있어?"

"잘 계셔. 마티와 타와가 널 잘 부탁한다고 했어."

그제야 가말은 눈을 뜨더니 잠기운이 가득한 몽롱한 눈으로 웃었다.

"마티와 타와에게 말해주고 싶어. 가말은 행복해요."

그러고는 다시 눈을 감았다. 잠결에 한 말이었는지 금세 규칙적인 숨소리가 들려왔다. 도영은 가말의 볼을 쓰다듬었다.

꿈을 꿨는지, 아니면 정말 초현실적인 경험 같은 걸 했는지 확신할 수는 없었다. 그건 꿈이라기엔 지나치게 생생하고, 실제로 그곳에 있는 느낌이 들었기 때문이다. 냄새까지도 묘사할 수 있었다.

하지만 아무래도 좋았다. 꼭 평생 만날 일 없는 장인, 장모에게 허락을 받은 느낌이었으니까. 그들의 딸을 행복하게 해달라고.

그러나 가말은 완전히 행복하지 않을 것이다. 대공이 있는 한.

도영은 자기 형제가 수백 명을 죽일 폭탄의 기폭제를 들고 있다면 주저하지 않고 형제를 죽일 수 있었다. 물론 쉬운 일은 아니지만, 제 형제가 악의를 가지고 무고한 사람들을 희생시키려고 한다면 해야 할 일은 하나뿐이었기 때문이다.

그러므로 남의 형제는 두 번 생각할 것도 없었다. 특히 그게 사람들을 몰살하고, 가말을 불행하게 만드는 형제라면.

"대공을 끝내야겠습니다."

알렉스 야크트훈트 소장은 말했다.

"이번에야말로."

스크린 너머 MCTC 마크 앞에 앉아 있는 수뇌부의 장성들과 고위 임원들은 심사숙고하는 얼굴이었다. 그 가운데 있는 총장이 깍지를 쥐고 비로소 말했다.

[사살 작전을 허가합니다.]

렉스는 고개를 살짝 끄덕였을 뿐이다. 오랫동안 주장했으나 반려되길 반복했던 작전이 드디어 승인되었지만 기뻐하기보다 신중해 보이는 얼굴이었다.

"코드네임 '대공(ANTIAIRCRAFT)'에 대한 사살 작전, 작전명 '폭풍의 언덕', UTC(협정 세계시) 9월 9일 1321시부로 발동되었습니다."

그 소식을 들은 대원들도 선불리 반응하지 않았지만 흥분이 일렁이는 얼굴이었다. 그들이 조용한 얼굴로 뿜어내는 기운이 주변에 넘실거렸다.

팔짱을 끼고 있는 도영 옆에서 한 중사가 말했다.

"소령님은 신혼여행도 못 가고 바로 작전에 투입되겠군요."

신혼여행은 고사하고 당장 시작될 모의 훈련을 생각하면 매일 밤 집에 갈 수 있을지도 불분명했다.

그때 다가온 렉스가 말했다.

"이번 일이 끝나면 아일이라도 빌려줄 테니 한 한 달간 푹 쉬다가 오십시오."

아일은 이바노프 클랜이 소유하고 있는 섬이었다. 한때는 이바노프 클랜이 모두 모여 살았던 곳으로 꽤 번성했었지만, 지금은 무인도였다. 그래서 오히려 둘만의 시간을 갖기엔 더할 나위 없었다. 하지만…….

도영은 고개를 저었다.

"됐습니다. 섬은 지긋지긋하거든요."

드디어 결전의 날이었다.

활주로에 서 있는 렉스의 머리카락이 멀리서부터 불어오는 바람에 흩날렸다. 날씨는 맑고 공기는 서늘해서 작전을 실행하기에 좋은 날이었다. 그때 뒤로 발소리가 다가왔다.

"렉스."

프릴이 달린 쉬폰 원피스를 입고 있는 가말이었다.

가말은 렉스 옆에 와 물었다.

"내가 도울 수 있는 일 없어?"

렉스는 고개를 저었다.

"드페르 소령이 허락하지 않을 겁니다."

그 말에 가말은 렉스를 빤히 보았다.

"난 강해."

"소령이 그걸 몰라서 허락하지 않는 게 아닙니다."

"그럼?"

"당신을 보호해주고 싶으니까요."

"나도 도영을 보호하고 싶어."

그에 렉스는 단호한 눈으로 말했다.

"그렇다면 더 소령을 혼자 보내주세요. 당신이 현장에 있다면 소령은 당신이 신경 쓰여서 아무 일도 하지 못할 테니까요."

가말은 전투기가 출항 준비 중인 활주로를 돌아보았다. 햇빛이 내려 전투기 표면이 광을 발했다.

"가끔 꿈을 꿔."

그 모습을 보며 중얼거렸다.

"섬에 도영이 오지 않은 꿈. 그리고 난 영원히 그 섬에서 혼자 사는 거야. 지금도, 나중에도."

지금 생각해도 등골이 서늘해질 정도로 무서운 꿈이었다. 하지만 꿈에서 깨면 다행히 옆에는 도영이 자고 있었고, 그러면 안도감에 가말은 울고 싶어질 정도였다.

그때 사람들 사이에서 전투복을 입은 도영이 나타나 걸어왔다. 느릿하게 불어오는 바람에 그의 머리카락이 흔들렸다.

도영은 그녀 앞으로 다가왔다. 뱀파이어가 된 후로 그의 눈은 색이 더 진해진 느낌이었다. 그 눈이 뿜는 애정이 부드럽게 물결치며 짙어지는 파도처럼 밀려왔다.

"다녀올게."

가말은 그를 올려다보고 말했다.

"죽지 않는다는 약속, 잊지 마."

그러자 도영은 가말의 손을 입가로 가져가 지그시 키스하고, 말했다.

「약속해.」

고대 사타디어로.

그가 고대 사타디어로 말할 거라고는 예상하지 못했기 때문에 가말은 눈을 살짝 크게 떴다. 아마 토라나 라토가 알려주었을 테지만…….

가말은 난데없이 몸을 숙이더니 바닥에 두 손을 짚고, 도영에게 절했다. 다들 깜짝 놀랐다. 도영도 예상치 못했던 행동을 말릴 생각하지 못하고 쳐다보았다.

이내 가말은 고개를 들고, 노예가 주인을 보는 것보다도 순종적이고 기쁨에 벅찬 눈빛으로 말했다.

하지만 사타디어로 말했기 때문에 알아듣지 못한 도영이 반사적으로 토라를 쳐다보았다. 그러자 토라가 어깨를 으쓱이고 토씨 하나 빠뜨리지 않고 통역해주었다.

"'그대는 나의 빛입니다. 넘치게 제게 오소서.'"

순간적으로 정적이 지나갔다.

"……야."

도영은 낮게 말하더니, 가말을 잡아 일으켜 세우며 어이없다는 투로 말했다.

"내가 너한테 이상한 걸 하라고 요구한 것처럼 보이잖아. 안 일어나?"

가말은 오히려 어리둥절해했다.

"우리 부족에서는 사랑하는 사람끼리 늘 하던 건데?"

도영은 멈칫하고 가말을 보았다.

"그래?"

현대인의 눈으로 보기에는 매우 이상해 보이지만 그게 또 지나치게 현대인의 잣대로 판단하는 건가 싶었다. 그런 생각을 하고 있는데 가말의 눈에 웃음기가 번졌다.

"도영은 내 빛이야."

도영은 가말의 얼굴을 감싸고 속삭였다.

"사랑해."

그리고 돌아서서 비행기로 다가가기 시작했다. 그의 뒤를 팀원들이 따랐다. 가말은 그 모습을 지켜보며 자신의 아랫배를 짚었다.

감금되어 있는 다나에에게 황금의 비로 화한 제우스가 찾아와 영웅 페르세우스를 잉태시켰듯이, 섬에 갇혀 있는 그녀에게 빛나는 남신이 와서 빛을 잉태시켰다.

그녀는 빛을 낳을 것이다.

"쉬고 있으세요."

작전이 진행되는 동안 가말이 쉬고 있을 방으로 데려다준 군인이 방 앞에서 말했다.

"소식은 계속 전해드리겠습니다."

가말은 고개를 끄덕였다.

"고마워."

그러자 군인은 살짝 묵례하고 갔다. 그 모습을 보다가 가말은 방으로 들어가 창가에 놓여 있는 의자에 앉았다. 방은 조용했고, 시계가 전자여서 옛날처럼 초침이 가는 소리도 들리지 않았다. 그저 어느 순간 소리 없이 시간이 바뀔 뿐이었다.

지잉. 그때 문이 열리는 소리가 들려 가말은 돌아보았다. 문가에 평소처럼 캐주얼한 차림을 한 토라가 서 있었다.

"확인했어. 아무도 없어."

그 말에 가말은 자리에서 일어나 그와 함께 복도로 나갔다. 큰 작전을 앞두고 모두 그쪽에 신경이 쏠려 있어서 복도에는 유난히 사람이 없었다. 그나마 둘이 함께 걸어가고 있자 지나가던, 얼굴이 낯익은 군인 하나가 알은체했다.

"토라 씨."

토라는 웃으며 말했다.

"마티가 바람을 좀 쐬고 싶다고 해서."

"네, 다녀오세요."

토라와 가말은 군인을 자연스럽게 스쳐 지나 정문을 나섰다. 작전이 벌어지는 곳은 한밤중이겠지만 이곳은 대낮이어서 여전히 햇빛이 아스팔트 바닥에 쏟아져 반짝거렸다.

"오른쪽."

토라가 작게 말해 가말은 오른쪽으로 걸어갔다. 그리고 주차장에 도착하자 토라가 빠르게 주변을 훑어보고, 검은 볼보 승용차의 트렁크를 열었다. 그러자 가말은 자연스럽게 그가 내미는 손을 잡고 트렁크에 들어가, 이미 푹신하게 깔려 있는 자리에 누웠다.

"조금만 참아."

그러고 토라는 트렁크를 닫았다. 이내 운전석 문이 닫히는 기척과 소리가 나고 차가 출발했다. 그러다가 얼마 가지 않아 멈추고, 낯선 목소리가 물었다.

"사타디 대장, 어디 가?"

정문을 지키는 헌병인 것 같았다. 얼마 전에 토라가 정문의 헌병과 친해졌다고 했었으니까.

"심부름."

토라가 웃으며 말했다.

"수고해."

헌병이 대답하고, 다시 차가 출발했다. 그리고 30여 분쯤 갔을 때였다. 차가 멈추고, 트렁크가 열렸다. 거기에는 라토가 서 있었다. 그 옆에 막 아까와 같은 옷을 입은 토라가 나타나 물었다.

"괜찮아, 마티?"

"응."

"잡아줄게."

라토가 내미는 손을 잡고 가말은 트렁크에서 나왔다.

그들이 서 있는 곳은 그냥 어딘가의 한적한 도로변이었다. 양 옆으로 거대한 메타세쿼이아 나무들이 줄지어 서 있어서 병풍을 드리운 듯 했을 뿐, 오가는 차도 없었다. 다만 가말이 내린 차 주변으로는 많은 남자들이 서 있었다. 짙은 얼굴에 검은 눈, 검은 머리카락. 그들은 한눈에도 보기에도 이투하였다.

평소와 같은 차림을 한 토라와 달리 라토는 티셔츠, 가죽 재킷에 바지까지 전부 검게 무장하고 있었다. 이투하들도 마찬가지였다. 전투복을 입은 정도는 아니지만 모두 심상치 않은 의도를 풍기는 차림이었다.

토라는 제 쌍둥이를 보고 말했다.

"조심해."

"내가 할 말이야. 덜렁대다가 잡히지 말고."

라토가 말하자 토라는 기가 찬다는 얼굴이 되었다.

"이번에 널 구해준 건 나였던 거 잊었어?"

"정확하게는 MCTC의 팀이었지."

라토는 지지 않고 말했다. 그에 토라는 고개를 저었다.

"하여간 인정할 줄 모르는 놈은……."

"라토, 토라."

가말이 단호한 투로 불렀다. 그러자 쌍둥이는 바로 농담하는 걸 그만두었다.

"가자."

그러고는 토라는 가말을 두고 이투하들만 이끌고 다시 차를 타고 사라졌다. 그리고 남은 이투하들은 라토를 보았다. 비장한 기운이 감돌았다.

"대장님."

"우리도 가자."

말하고 라토는 가말을 돌아보았다.

"마티."

가말은 고개를 끄덕였다.

"준비됐어."

그러자 라토는 나머지 일행을 데리고 메타세쿼이아 나무 사이로 들어갔다. 가면서, 가말은 뒤를 돌아보았다.

그 모습이 화면에 박제된 듯이 멈춰있었다. 렉스를 포함해 모두 심각한 얼굴로 화면을 쳐다보았다.

한 대원이 말했다.

"기지를 나설 때까지 아무도 수상하다고 생각하지 않았다고 합니다."

같이 자리에 있는 중령이 화면 속에 있는 가말을 가리키며 말했다.

"저건 강요에 의해 같이 가는 모습이 아닙니다. 오히려 라토 대장을 이끄는 모습이죠."

이 와중에도 렉스는 아무 말 없이 화면을 쳐다보고 있었다. 그게 이상해 중령이 돌아보고 불렀다.

"소장님?"

"애초에 모두 계획된 거였다면요?"

그때 렉스가 말해, 모두 그를 쳐다보았다.

"네?"

"가말은 계속 섬에서 살았다고 했습니다. 하지만 지금 와 생각해보면 그게 사실인지는 아무도 모릅니다. 그걸 증언해줄 사람이 있습니까?"

렉스의 말에 중령은 미간을 찡그리고 화면을 보았다가 그를 보았다.

"부족 사람들이……."

"그 사람들은 모두 인간입니다. '오랫동안 섬을 지켜온 존재가 있다'는 전승만 들어왔을 뿐이죠. 만약 가말이 계속 그 섬에서 살았다고 해도 바깥과 접촉하지 않았으리란 보장은 없습니다."

가말과 이반의 인연 때문에 렉스도 여태 전혀 다른 방향으로 생각해보지 않았다. 하지만 가말과 이반이 만났던 것도 역사적 사건이라고 해도 될 만큼 오래된 이야기였다. 그사이에 사람이나 상황, 혹은 사정이 변하지 않았으리란 보장은 없었다.

렉스는 계속 말했다.

"그리고 항상 이상했던 건데, 예전에 드페르 소령을 붙잡았을 때 레기온은 '대표'가 직접 본다는 이유로 소령을 이송시켰습니다. 굳이 바다를 건너서요. 그런데 아무리 소령이 유능한 대원이라고는 해도 어이없이 놓쳤죠. 인간을. 그것도 상공에서."

"그건 적기가 나타나서……."

"그 적기에 대한 정체는 아직도 찾지 못했죠. 사실 어떤 나라의 소속이었다면 저희 측에서 그렇게 열심히 찾는데 굳이 나서지 않을 이유가 없습니다."

아무도 섣불리 입을 열지 않았다. 끝내 렉스는 누구도 하고 싶어 하지 않는 질문을 했다.

"이렇게 생각해볼 수 있지 않습니까? 레기온이 일부러 드페르 소령을 사타디 섬 근처에 떨어뜨린 거라고."

그렇다면 그때 홀연히 나타나 레기온의 비행기를 공격하고 사라진 적기는 인간을 놓쳤다는 신빙성을 만들기 위해서 일부러 투입시켰다고 볼 수 있었다.

중령이 겨우 말문을 뗐다.

"하지만 왜 드페르 소령을……."

말하다가 굳이 말할 필요도 없다는 사실을 깨달은 얼굴이 되었다.

타실 프로젝트.

렉스의 눈에 심각한 빛이 스몄다.

"ISLE에 침투해서 캐리어(보균) 기술에 대해 알아내는 건 힘들죠. 반면 타실 군인들은 걸어 다니는, 말 그대로 신기술의 캐리어들입니다. 생각해보십시오. 가말처럼 엄청난 검술을 가진 루아스가 고작 인간 학자한테 기지 내에서 허무하게 납치를 당했습니다."

모두 미처 생각하지 않으려고 했던 점이 테이블 위에 올려놓아진 듯이 주목을 요했다.

"납치된 가말을 구하려다가 드페르 소령은 죽을 뻔했습니다. 그리고 소령이 죽는다는 건 보균된 바이러스가 활성화된다는 말이죠. 케리어 기술이 유효할지 알 수 있습니다."

그리고 모두 알다시피 도영은 성공적으로 루아스가 되었고, 케리어 기술은 새 가능성을 열었다.

"이 모든 게 다 지나치게 잘 짜 맞춰져 있다고 생각하지 않으십니까?"

"그럼 처음부터 소령을 이용했다는 말씀입니까?"

중령이 묻는 말에 렉스는 신중한 얼굴로 말문을 텄다.

"타실 군인이라면 아무나 상관없었겠지만…… 이왕이면 가임 혈통이 확실한 이바노프가 좋았겠죠. 일이 잘 풀리면 루아스 아이도 얻을 수 있을 테니까."

타실 프로젝트 참가자 중에서 이바노프의 피를 기증받은 건 도영이 유일했다. 그만큼 그의 위치가 독특했기 때문이기도 하지만, 어떤 피가 어떻게 발현될지 실험하기 위해 모든 군인이 각자 다른 혈통의 피를 받았기 때문이다.

렉스는 스크린에 뒤돌아보는 모습 그대로 멈춰있는 가말을 보며, 심각한 얼굴로 말했다.

"가말은 레기온의 정보원인 겁니다."

붉은 눈이 우울한 빛을 띠었다.

"소령에게 알려야 합니다. 이번 작전도 함정일 가능성이 큽니다."

14
늪

도영은 장갑의 손목 벨트를 당겨 제대로 고정했다. 그리고 창밖을 보자 하강 포인트가 가까워지고 있었다. 기체가 기류 때문에 몇 번 덜컹거리고, 입구에 서서 기다리고 있는 팀원들 사이에 긴장감이 감돌았다.

이번 작전은 아주 중요했다. 정부에게나, 이번 작전에 참여하는 팀원들에게나, 도영 개인에게나. 정부로서는 오랫동안 인류를 괴롭혀온 테러리스트를 드디어 제거할 기회였고, 팀원들에게는 이런 중요한 작전에 참여할 수 있는, 도영에게는 삼천 년간 이어진 악연의 고리를 끊을 수 있는 기회였기 때문이다. 그래서인지 한 중사마저 심각한 얼굴을 하고 있었다.

"평소만큼만 합시다."

도영이 말하자 팀은 비장하게 고개를 끄덕였다.

그때 천천히 하강이 시작되었다. 그런데 콕핏에 있는 조종사가 언뜻 고개를 들더니 말했다.

"복행•한다. 복행한다."

모두 의아하게 콧핏 쪽을 보았다.

"무슨 일입니까?"

조종사가 흘긋 어깨너머를 보고 대답했다.

"작전이 취소되었습니다. 귀환 명령입니다."

"그게 무슨……."

납득할 수는 없었지만 상부에서 내려온 명령인 이상 대원들로서는 별다른 수가 없었다. 그리고 조종사의 계급이 더 높았기 때문에 토를 달 수가 없었다.

기지로 귀환한 비행기가 착륙해 램프도어가 열리자마자 도영이 가장 먼저 내려갔다.

"왜 갑자기……."

말을 멈추었다. 렉스, 즉 소장이 손수 나와 기다리고 있었기 때문이다. 그것도 한 부대쯤 되는 헌병들과 같이. 대원들은 이게 무슨 일인가 싶어 서로를 쳐다보았다. 선두에 있는 도영이 물었다.

"무슨 일입니까?"

헌병들이 먼저 움직여 도영을 에워싸자, 도영의 눈가가 움찔했지만 섣불리 움직이진 않았다.

"걱정 마십시오. 프로세스일 뿐이니까. 혐의가 입증되지 않으면 바로 풀어줄 겁니다."

• 착륙하려고 내려오던 비행기가 착륙을 중지하고 다시 날아오름.(국립국어원 표준국어대사전)

렉스는 평소처럼 어떤 감정도 드러내지 않는 무심한 표정이었다. 특별한 친밀감은 없지만 그렇다고 적의도 보이지 않는, 지극히 사무적인 얼굴이었다.

도영은 미간을 찌푸렸다.

"혐의라뇨?"

"정보 유출에 관한 혐의입니다."

정보 유출이라니, 여전히 무슨 말인지 알 수 없었다.

"좀 이해할 수 있게 말씀해주시겠습니까?"

그러자 렉스는 정말 직접적으로 말했다.

"소령의 연인인 루아스 가말은 SN의 정보원으로 밝혀졌습니다. 본의든 타의든 소령으로부터 유출된 정보가 있는지 조사할 겁니다."

도영은 실소를 지었다.

"말도 안 되는 소리하지 마십시오. 가말은 어디 있습니까?"

하지만 렉스는 아무 말 하지 않았다. 그건 이 기지 어디서도 가말을 찾을 수 없을 거란 말의 대변이었다. 그럼에도 도영은 손을 저었다.

"뭔가 착오가 있는 겁니다. 잠깐 어딜 간 거겠죠. 아니면 저희로서는 이해할 수 없는 황당한 이유로……."

"이성적으로 생각해보십시오."

렉스는 그 말을 잘랐다.

"처음부터 뭔가 이상한 점은 없었습니까? 소령의 본능이 말하고 있는데 감정이 덮어버린 의심이 없었다고 확신할 수 있습니까?"

"소장님, 송구합니다만 이게 얼마나 말이 안 되는 이야기인지 본인도 알고 계시죠?"

"가말이 임신했습니다."

렉스는 바로 말했다. 도영은 눈살을 찌푸렸다. 아까부터 렉스가 진지함이 도를 넘은 얼굴로 뭐라고 말을 하고 있긴 하지만 도대체 알아들을 수가 없었다. 하지만 도영이 이해거나 말거나 렉스는 이어서 말했다.

"임신을 하자마자 달아난 건 한 가지로밖에 해석되지 않았습니다. 이바노프의 유전 정보를 가지고 달아난 겁니다."

여전히 무심한 붉은 눈이 도영을 똑바로 보았다.

"가말은 일부러 당신을 노린 겁니다."

엘리트 코스를 밟아 올라온 장교이자, 이바노프의 피를 기증받은 타실 군인을.

쾅! 도영이 집어던진 헬멧이 파편을 터뜨리며 튀어 올랐다.

"가말을 데려오겠습니다. 그 입으로 직접 듣겠습니다."

턱에 근육이 꿈틀거리도록 어금니를 꽉 깨문 도영이 돌아서 가려고 하자, 렉스는 일말의 표정 변화 없이 말했다.

"사단장의 권한으로 3팀을 작전에서 제외하겠습니다. 작전에는 다른 팀이 들어갑니다."

"무슨 개……!"

반사적으로 도영은 사납게 소리치다가 이를 꽉 다물었다. 렉스는 그 타이밍을 기다린 듯이 말했다.

"이렇게 감정이 격해져 있는 대원을 작전에 참여시킬 수 없습니다."

그에 도영이 렉스를 노려보고, 일촉즉발의 공기가 감돌았다. 지켜보는 이들은 숨소리조차 낼 수 없었다. 여기서 소장을 공격하면 일개 소령은 운이 좋아봐야 직위해제였다. 하지만 지금만큼은 차마 도영을 말릴 수도 없었다.

다행히, 불타오르는 눈으로 렉스를 응시하던 도영은 그냥 돌아섰다.

메타세쿼이아 나무 뒤로 나있는 공터에 아무 마크가 그려지지 않은 헬기가 내려섰다. 헬기가 일으킨 바람이 공터에서 기다리고 있는 가말과 라토, 그들을 위시한 이투하들의 머리카락과 옷깃을 흩날렸다. 이내 헬기의 문이 열리고, 무장한 남자들이 소총을 들고 내려섰다. 그 사이로 정장을 입은 폴프가 내렸다.

폴프는 바람에 흩날리는 정장 상의를 잡아 단추를 채우며 다가왔다. 그리고 라토를 포함한 이투하들이 둘러싸고 있는 가말을 보며 빙그레 웃었다.

"오랜만입니다."

가말은 살짝 고개를 끄덕였을 뿐이다. 폴프는 정중하게 헬기 쪽으로 손짓했다.

"가시죠."

그에 가말은 별말 없이 헬기 쪽으로 걸어갔다. 그리고 헬기에 오르려고 하자 폴프가 손을 내밀었다.

"홀몸도 아니신데."

"치워."

뒤에서 라토가 그 손을 밀어냈다. 그에 폴프가 한쪽 눈썹을 추켜들고 그를 보자 가말이 차갑게 말했다.

"추격대가 오고 있을 수도 있어. 여기서 이렇게 노닥거릴 시간이 있어?"

문법적으로 아무 문제가 없는 완벽한 문장으로.

폴프는 살짝 고개를 숙였다가 말했다.

"오르시죠."

가말은 라토의 에스코트를 받아 헬기에 올랐다. 이어서 헬기에 올라 자리에 앉은 폴프는 라토를 보고 물었다.

"다른 쌍둥이 분은……?"

"신경 쓰지 마. 자기 할 일을 하러 갔으니까."

가말의 말에 폴프는 입을 다물었다.

그 말인 즉 토라를 다른 곳에 잠복시켰다는 의미였다. 계약대로 함께 일을 하긴 하지만 이쪽을 완전히 믿지는 않는다는 의미였다. 현명하게도.

그때 헬기가 떠오르기 시작했다.

사방으로, 아직도 중세 시대 같은 녹음이 펼쳐져 있었다. 그 가운데 높은 지대에 잘 관리된 중세 성이 서 있었다. 그리 크지 않은 규모였지만 부드러운 연두색 융단 같은 논이 깔려 있는 유럽 시골의 전경 속에 조용히 서 있는 모습이 옛 왕족들의 별장처럼 보였다.

입구로 이어지는, 오가는 발길에 반들반들해진 돌길 양옆으로 은은한 LED 조명들이 빛났다. 그리고 그 조명들을 따라가면 닿는 뒤뜰 한편에, 쿠니스는 초조하게 서 있었다. 파티에라도 가는지 턱시도를 입고 있었는데, 그답지 않게 어느 때보다 긴장한 모습이었다.

그때 저 멀리 하늘에서 헬기가 빛을 내며 다가와 쿠니스는 다급하게 고개를 들었다. 점차 가까워진 헬기는 H 표시가 된 헬기장 위에 천천히 내려앉았다. 프로펠러가 멈추며 문이 열리자 폴프가 먼저 내리고, 라토가 내렸다. 이어서 그가 돌아서서 손을 뻗었다.

하얀 손이 나와 라토가 뻗은 손을 잡고, 바람 속에 가말이 내려섰다. 쿠니스는 폭발할 것 같은 환희를 억누르고 겨우 침착하게 말했다.

"가말, 잘 왔어."

흩날리는 머리카락 너머로 가말은 쿠니스를 돌아보았다. 그리고 천천히 눈을 감았다 뜨고, 늘 꿈속에서 봐왔던 입술로 조용히 말했다.

"쿠니스."

얼마나 이 순간을 꿈꿔왔는지, 쿠니스는 온갖 감정이 솟구쳐 차마 뒷말을 잇지 못했다. 그러자 폴프가 손을 내밀며 말했다.

"일단 들어가시죠."

쿠니스는 의향을 묻듯이 가말을 보았다. 그가 제 마음대로 행동하지 않고 먼저 남의 의사를 묻는 건 이 자리에 있는 누구도 보지 못한 모습이었다. 하지만 가말은 따로 대답하지 않고 쿠니스를 지나 걸어갔다. 이어서 라토가 쿠니스를 무표정하게 한 번 보고 그녀를 따랐다. 그 뒤를 이투하들이 누군가가 끼어들 틈을 주지 않으려는 듯이 바로 따랐다.

성 안으로 들어온 가말은 주변을 둘러보았다. 성 내부는 외관에 비해 현대식이었다. 여러 가지 색의 대리석을 써서 르네상스적인 느낌은 냈지만 리모델링을 한 지 얼마 되지 않은 티가 났다. 아마 이번 회동에 쓸 목적으로 급하게 매입했기 때문 같았다.

그때 폴프가 다가와서 흐뭇한 표정을 지으며 말했다.

"정말 훌륭하게 일을 수행해주셨습니다."

가말은 무표정하게 그를 마주 보았다.

이 일은 모두 도영이 섬에 오기 전에 시작되었다. 그들이 그녀에게 왔을 때. 바로 로열 스타가.

"붙잡아!"

숲이 소란스러웠다.

"상처를 입히지 마!"

한 용병이 소리쳤다.

"상처를 입히지 않을 수……."

퍽 소리가 나면서 막 말하던 용병이 날아갔다. 하지만 정작 그를 타격한 사람은 보이지 않았다.

반면 폴프는 경호 인력 사이에서 태연자약하게 담배를 피우고 있었다. 사방에서 수풀이 바스락거리는 와중에.

그런데 한동안 상황을 관망하던 폴프가 양복 안주머니에서 뭔가를 꺼내 들어 올렸다.

"이게 뭔지 아시겠죠?"

시력이 좋아서 한 번에 그 물건을 알아본 가말은 수풀 속에서 움찔했다. 폴프가 들어 올린 건 라토의 목걸이였다. 칼로 자른 듯이 단면이 날카로운.

사방이 조용해지자 폴프는 병력에게 물러나라는 손짓을 했다.

"저는 단지 이야기를 좀 하고 싶을 뿐입니다."

꽤 오랫동안 침묵밖에 돌아오지 않았다. 바스락. 그런데 수풀이 흔들리고, 그 사이로 가말이 나타났다. 뒤에 숨어 있는 수많은 존재들을 느낄 수 있었지만 나타나지 말라고 명령한 듯 기척만 날 뿐이었다.

"원하는 게 뭐야?"

가말은 폴프를 노려보며 물었다. 폴프는 담배를 던져 발로 껐다.

"이투하의 대장님을 붙잡느라 고생깨나 했죠. 저희 대원만 해도 다섯이 죽었습니다."

그러면서 익살스럽게 덧붙였다.

"정말 맹수가 따로 없더군요."

가말은 아무 말 하지 않았다. 며칠 전부터 토라는 실종된 라토의 소식을 찾아 섬을 나간 상태였다. 어쩌면 이들이 토라가 섬을 비우는 타이밍을 기다린 게 아닌가 싶었다.

"가말, 룩카의 딸."

폴프는 리듬을 넣어 읊조렸다.

"쿠니스 씨의 쌍둥이죠?"

가말은 이를 드러내고 으르렁거렸다.

"쿠니스가 보냈어?"

"그렇기도 하고, 아니기도 합니다. 저희는 쿠니스 씨의 사업 파트너……."

거기서 빙긋이 웃고 덧붙였다.

"같은 겁니다."

이러나저러나 쿠니스와 연관이 있다는 의미였다. 가말의 눈이 어두워졌다.

'결국…….'

쿠니스가 이곳을 찾아내고 말았다. 소름이 등허리를 훑으며 패닉이 올 것 같았지만 가말은 애써 정신을 붙잡았다. 라토도, 토라도 없는 지금 부족을 지킬 사람은 자신밖에 없었기 때문이다.

그때 폴프가 그 생각을 읽은 것처럼 말했다.

"걱정 마십시오. 쿠니스 씨는 이곳을 모릅니다."

그러고는 정장 안주머니에서 금색 명함 케이스를 꺼내, 명함을 가말이 볼 수 있도록 들어 올렸다.

"우리는 이런 사람입니다."

〈로열 스타〉

명함에 쓰여 있는 이름이었다.

"필요한 곳에 인력을 파견하는 일을 하고 있죠. 그래서 가말 씨에게 제안을 하려고 왔습니다."

그러더니 폴프는 주변을 쭉 둘러보았다.

"아름다운 곳이군요. 휴가를 보내기에는 이만한 곳이 없겠어요. 하지만 맛있는 음식도 세 번까지라는데, 이제 이런 곳에서 숨어 지내는 건 그만두고 싶지 않습니까?"

그 말은 로열 스타가, 대체 뭘 하는 자들인지는 모르겠지만, 가말과 쿠니스의 관계를 안다는 말이었다. 쿠니스가 그녀를 쫓고 있고, 가말은 그를 피해 숨어 산다는 걸.

아주 기민하다는 그런 생각이 들었다. 그 사실을 알고 있다는 말 하나로 굳이 증거가 없어도 자기들과 쿠니스의 사이를 입증하면서, 자기가 할 뒷말에 집중하게 만들었다. 폴프도 가말이 제 말에 집중한다는 걸 눈치챘는지 웃으며 말했다.

"쿠니스 씨께서도 당신이 이번 일을 해주기만 한다면 더 이상 쫓지 않겠다고 약속하셨습니다."

확실히, 그건 반응하지 않기 힘든 말이었다.

"이번…… 일?"

가말이 묻자 폴프는 다시 담배를 꺼내 물고, 이런 시대에 어울리지 않게 성냥을 꺼냈다.

"섬에 어떤 남자가 올 겁니다."

칙. 성냥개비를 긋자 확 불이 일어나며 인이 타는 냄새가 퍼졌다.

"그 사람이 당신에게 호감을 갖도록 만들어주셨으면 좋겠습니다. 가능하다면 호감 이상의 것……이면 더 좋겠고요."

거기까지 말하고는 어깨를 으쓱였다.

"그 남자와 관계를 가지라든가 하는 불미스러운 일을 요구하는 건 아닙니다. 요즘 세상에 그런 건 불법이죠. 그리고 그쪽은 인간이어서 당신에게 뭔가 하고 싶어도 할 수 없습니다. 명예를 아는 남자니까 그런 일은 없겠지만 혹시 걱정한다면 말입니다."

가말은 미간을 찌푸렸다.

"걱정하지 않아."

폴프는 동의한다는 듯 고개를 끄덕였다.

"그렇겠죠. 당신이라면. 인질이 없었다면 잡기 힘들었을 뻔했습니다."

"그럼 그 남자가 날 좋아하게 하면 된다는 거야?"

폴프는 다시 어깨를 으쓱였다.

"굳이 노력할 필요는 없으시겠지만요."

가말에게는 현대에는 존재하지 않는 핏줄의 고대적인 신비로움에 비인간적인 초월성이 더해져, 삼천 년을 넘게 살며 수많은 여자를 만났을 텐데도 대공이 아직도 그녀를 쫓고 있는 이유를 알 것 같았다. 사실 순수한 육체적인 파워로만 보면 이 자리에 있는 남자들을 전부 압도하는 육식동물이 요정처럼 청초한 얼굴을 하고 있는 건 사기에 가깝지 않은가 싶기도 했다.

"그런 걸 원하는 이유가 뭐야?"

가말은 제법 날카롭게 물었다.

"그건 영업 비밀이지만…… 솔직히 말씀드리죠. 어쨌든 영문도 모르고 휘둘리는 건 가말 씨도 원하지 않을 테고, 저희도 일을 맡긴다면 진심을 다해주는 사람이 필요하니까요."

가말은 그게 무슨 소리인지 이해하지 못했지만-말이 어려워서가 아니라 하도 같잖은 소리여서- 토를 달지 않았다.

폴프는 담배 연기를 내쉬고 입맛을 다시더니 말했다.

"인간은 바이러스에 감염되어 뱀파이어가 됩니다. 그러니까 인간을 뱀파이어로 바꾸는 바이러스가 존재한다는 말은, 그 바이러스를 분리할 수도 있다는 말이죠. 그리고 분리가 가능하다면 이용할 수가 있습니다. 생물학 무기처럼. 물론 살상을 목적으로 하는 생물학 무기 따위로만 쓰기에는 가치가 어마어마하죠. 오히려 우리가 하려는 건 사람들을 '살리는' 일입니다."

그의 눈이 웃음기를 머금고 휘어졌다.

"영원히."

가말이 뭐라고 하기 전에 폴프는 아직 끝나지 않았다는 듯이 손을 들었다.

"보세요. 당신은 얼마나 많은 사람들을 감염시키려고 해봤습니까? 절대 이투하 대장님들만은 아니겠죠. 이 섬에 살면서 두 클리엔테스 외에도 소중한 사람들이 생겼을 테니까요. 하지만 성공한 적이 없죠?"

만약 가말이 토라와 라토 외에 누군가를 감염시키는 데 성공했다면 이투하에는 더 많은 루아스가 있어야 했다. 하지만 없다는 게 그 방증이었다.

"그만큼 루아스가 된다는 건 희박한 확률을 뚫어야 하는, 상위 종으로 가기 위한 치열한 사다리 타기죠. 누가 당첨될지는 아무도 모르는. 우리는 그 사다리 타기의 룰을 완전히 바꿀 겁니다."

"그럼…… 누구나 감염에 성공하게 만들 수 있다고?"

가말은 도저히 믿을 수 없어 되물었다. 엄청난 이야기를 한 것에 비해 폴프는 심상하게 고개를 끄덕였다.

"그렇습니다. 이미 우리 쪽에서는 자연 상태의 루아스 바이러스와 차별화된, 감염 가능성을 100%로 높인 베타-루아스 바이러스에 관한 실험이 시작되었습니다. 곧 이 섬에 올 남자는 거기에 관련된 중요한 정보를 알고 있습니다. 그러니까 그 사람을 우리 편으로 만들어주셨으면 좋겠습니다."

말이 끝나고, 한동안 가말은 미간을 찌푸리고 있다가 물었다.

"왜 하필 나야?"

"접근하는 쪽에서 조금이라도 악의가 보인다면 바로 감지해낼 사람이거든요. 악의가 없으면서도 우리와 확실한 이해관계가 있고, 더불어 이득도 볼 수 있는 사람. 이 모든 복잡한 요건을 충족하는 유일한 사람이 -가말 씨였다-라고 하면 충분한 답이 되겠습니까?"

가말은 그 말의 진위를 가늠하며 폴프를 위아래로 훑었다.

"정말 그거면 돼? 그 남자가 나한테 호감을 갖게 하면."

폴프는 고개를 끄덕였다.

"그렇습니다. 일이 무사히 끝난다면 당신은 자유입니다."

그에 가말은 생각에 빠졌다.

언젠가부터, 제 목숨보다 부족이 더 중요해졌다. 하지만 폐쇄된 환경에서 사타디 부족의 인구수는 계속해 줄어만 갔다. 무엇보다 의료 혜택을 받을 수 없는 점이 컸다.

당연히 부족은 지금처럼 전통과 문화를 보존하며 살기 원했지만 사소한 병을 치료하지 못해 소중한 이들을 떠나보내는 심정은, 늘 그 광경을 지켜봐야 하는 사람이 아니면 이해할 수 없었다.

의료에 관한 한 외부의 도움이 필요하다고 토라와 라토도 인정했다. 하지만 지금처럼 자신 탓에 아무도 섬에 들어올 수 없는 상황에서는 최소한의 도움조차 받을 수 없었다.

부족은 지금처럼 사는 게 그들이 원하는 일이라고 오히려 위로해주었으나 그들이 진정으로 원해서 유지하는 것과 다른 선택지가 없는 건 전혀 다른 일이었다.

사람들에게 수호신 대접을 받고 있긴 하지만 정작 수호신다운 일은 하나도 하지 못했다. 더구나 이 일이 끝나고 쿠니스에게서 벗어나기까지 할 수 있다면…….

끝내 가말은 고개를 들고 물었다.

"그 남자는 어떤 사람인데?"

폴프는 경이로워하는 눈으로 가말의 배를 보았다.

"부탁드린 것보다 더 일을 잘 수행해주셔서 말이죠."

가말은 무표정하게 말했다.

"아이는 계약 사항에 없던 거야. 꿈도 꾸지 마."

그러자 폴프는 헬기 의자의 등받이에 등을 기댔다. 한 걸음 물러나듯이.

"하지만 궁금하긴 하군요. 드페르 소령님과 이바노프 클랜이라면 당신이 약간 과오를 저질렀어도 목숨을 걸고 아이를 보호해 줄 텐데, 굳이 돌아오신 이유가 뭔지."

"그쪽이 얼마나 날 바보로 봤는지는 모르겠지만."

그러면서 가말은 작게 코웃음을 쳤다.

"내가 가임 혈통이라는 사실쯤은 알고 있었어. 삼천 년쯤 살다 보면 이래저래 보고 듣는 게 있지. 누가 알려주지 않는다고 해서 분명한 사실을 모를까 봐?"

폴프는 눈을 가느다랗게 떴다. 확실히 편견이란 무서운 존재였다. 쿠니스에게 쫓겨 섬에서 숨어 지내왔다고 가말을 지나치게 무시했던 것 같았다.

가말은 말했다.

"생각하지 않을 수가 없었지. '왜 굳이 이 남자를 내게 갖다 붙이는 거지?' 하고. 그쪽은 악의이니 이해관계이니 말했지만 그런 말로는 삼천 년 전의 나조차도 설득시킬 수 없을 거야."

그러고는 라토 쪽으로 고갯짓했다. 진짜 그를 가리킨다기보다 그를 보고 떠올릴 수 있는 인물, 쌍둥이 토라를 의미하듯이.

"너희가 알지 못하게 토라를 시켜서 알아봤지. 도영 드페르. MCTC의 소령이라는 거 외에는 평범한 인간 남자……. 하지만 ISLE 그룹과 모종의 관계가 있다는 소문. 그렇다면 ISLE은? 플로스를 만들었고, 루아스 분야 기술의 선구자. 3년 전에 헥사 사이언스를 합병한 후로 그쪽 연구에 더 박차를 가한다는 소문이었지. 즉, 도영 드페르 이 남자의 머리나 몸속에 뭔가 너희들이 노릴 만한 게 들어 있을 거다, 생각했지."

로열 스타는 도영을 단순한 정보원쯤으로 이야기했지만 말이다.

폴프는 흥미롭다는 얼굴을 했지만 당장 무슨 말을 하진 않고 그냥 듣고 있었다. 그러자 가말이 이어 말했다.

"보균 기술 자체는 내겐 별 필요가 없었어. 하지만 그걸 통해 도영 드페르가 임신이 가능한 이바노프 혈통이 된다면 이야기는 다르지."

그런 사실들 앞에 가말은 도영을 보면서 생각할 수밖에 없었다. 만약 이 남자와 아이를 갖게 된다면-

"사타디는 죽지 않게 될 거야."

가말은 조용히 눈을 빛냈다. 폴프로서는, 제 사람들을 살게 하려는 선한 의지도 악한 행동으로 이어질 수 있다는 점이 흥미롭지 않을 수 없었다. 마지막으로 가말은 말했다.

"무엇보다 내가 그쪽 혈통의 아이를 가진 이상 이바노프는 날 어떡할 수 없어."

로열 스타도 마찬가지였다. 그들이 궁극적으로 바라는 게 베타-루아스 바이러스를 만들어내는 일이고, 거기에 대한 열쇠를 제 아이가 쥐고 있는 한 로열 스타는 그녀에게 함부로 할 수 없었다. 그래서 로열 스타가 이쪽을 보호해준다면 예전만 한 세력이 없는 쿠니스가 멋대로 굴 수 없는 건 더 자명했고 말이다.

가말은 훗 웃었다.

"미스릴을 입고 있는 거나 다름없지."

◇◇◇

문이 열리고, 헌병의 에스코트를 받아 도영이 취조실에서 나왔다. 복도에는 렉스가 보좌관만 거느린 채 기다리고 있었다.

"사안이 워낙 중대해 당분간 감시를 받을 겁니다."

도영은 아무 말 하지 않고 지나가려고 했다. 그런데 누구도 렉스가 움직이는 걸 보지 못했건만 이미 그가 도영의 팔뚝을 쥐고 있었다.

"날 똑바로 보십시오."

붉은 눈동자가 도영을 집어삼킬 듯이 타올랐다.

"정말로 몰랐던 게 맞습니까? 가말이 무슨 생각을 하고 있는지."

도영은 팔을 빼낼 노력도 하지 않고 무표정하게 말했다.

"무죄 추정의 권리는 누구에게나 있는 겁니다."

그러자 렉스는 잠깐 말없이 있다가 팔을 놓아주었다. 그제야 도영은 복도를 따라 내려갔다. 그리고 방문 앞에 도착하자 헌병이 수갑을 풀어주며 말했다.

"들어가 보셔도 좋습니다."

도영이 방으로 들어가고 뒤로 문이 닫혔다. 하지만 그는 움직이지 않았다. 아무리 신문해도 그에게서 수상한 점을 찾을 수 있었을 리 없었다. 배신당한 건 그니까.

도영은 눈을 감쌌다. 숨이 떨려왔다. 도저히 믿을 수 없었다. 모든 게 거짓말이었다니. 엉뚱한 모습, 그를 바라보는 표정, 눈빛, 모든 게…….

어디서부터 거짓말이었을까? 그를 사랑한다고 했던 것? 아니면 처음부터?

'아니.'

도영은 손을 뗐다. 그를 마주보던 그 눈빛은 거짓말일 수가 없었다. 무슨 사정이 있는 것이다. 그에게도 차마 말하지 못한 사정이. 바보같이 착한 녀석이니까 혼자 책임지려고 하는 게 분명했다.

이건 사랑에 눈이 먼 남자가 자기 합리화를 하는 게 아니었다. 만약 가말이 오로지 정보를 빼내거나 임신하기 위해 접근한 거였다면 최대한 빨리 목적을 이루려고 했을 것이다. 지금까지 지지부진하게 시간을 끌고 있을 게 아니라. 하지만 가말에겐 수많은 기회가 있었지만 지금에서야 목적을 이루고 떠났다. 시간을 끌다, 끌다 이제 더는 어쩔 수 없어서 일을 한 것처럼.

도영은 손을 내리고 방을 보았다. 한동안 머릿속에서 어지럽게 맴도는 생각들이 수학 공식처럼 짜 맞춰지고 정리되었다.

이내 별안간, 아직 입고 있는 전투복을 벗기 시작했다. 서랍 안에서 별 무늬가 없는 검은 티셔츠를 꺼내 입고 재킷을 걸쳤다. 그리고 벗은 제 전투복에서 손목 밴드를 꺼냈다.

분명히 신문 전에 모든 개인 물품을 압수당했지만 버젓이 주머니에 들어 있었다. 당연했다. 아까 렉스가 팔을 잡았을 때 줬으니까.

렉스는 표면적으로는 MCTC의 입장을 대변할 수밖에 없어 도영을 신문했지만 그도 이 일에 뭔가 석연찮은 점이 있다는 사실을 눈치챈 모양이었다. 도영에게 따로 알아보라고 무언으로 말하듯 손목 밴드를 쥐어주었다.

당장 전화를 걸자 신호음이 울리기 시작했다.

뚜르르……. 뚜르르르……. 달칵.

상대가 전화를 받았다. 그러자마자 도영은 상대가 말하길 기다리지 않고 말했다.

"한마디만 하겠습니다. 전 절대 납득할 수 없습니다."

건너편에서는 어떤 소리도 들리지 않았다. 도영은 기다렸다. 거의 고통스럽게까지 느껴지는 시간이 지나고, 목소리가 들려왔다.

[만에 하나 가말이 정말 저쪽의 정보원이라면?]

그때도 정의를 선택할 수 있는가, 이반은 그걸 묻고 있었다. 도영은 그게 그가 도와주는 대신 내거는 유일한 조건이라는 사실을 깨달았다.

"그땐……."

도영은 말을 끊었다.

"벌을 받게 할 겁니다."

그러고는 이반이 말하기 전에 단호하게 덧붙였다.

"그리고 기다릴 겁니다."

가말이 모든 형을 다 살고 나올 때까지.

그때 바깥에서 소리가 났다. 사람들이 대화하는 소리 같았다. 루아스의 청력으로도 들을 수 없도록 방음이 되어 있어서 잘 들리진 않았지만 처음에는 차분히 대화하는 것 같았다. 그러다가 바로 쿵 하고 문에 무언가 와 부딪치는 소리가 나며 벽이 흔들렸다. 그리고 문이 열리고, 누군가가 모습을 드러냈다. 어두운 복장에 캡모자를 눌러쓴…….

맥코이 하사가 고개를 살짝 들었다.

"소령님."

하지만 얼굴을 보기 전부터 이만한 덩치의 주인이 누구일지쯤은 알고 있었다.

뒤이어 그와 비슷한 복장을 한 한 중사와 크루즈 중사가 나타났다. 그리고 한 중사는 가타부타 군말 없이 말했다.

"가시죠."

이반이라면 어떻게든 도와줄 수단을 가지고 있을 거라고 생각했지만 그게 제 팀원들일 줄은 몰랐다. 이 최종 보스 같은 남자가 어디까지 손을 뻗치고 있는지 알 수 없었다.

그런 생각에도 불구하고, 지금은 기지를 벗어나는 게 더 중요했기에 우선 도영은 군말 없이 밖으로 나섰다.

한참을 달린 끝에 차가 멈춘 항구는 사방이 적막했다. 운전을 한 한 중사는 흘긋 돌아보며 말했다.

"일단 이곳으로 모시라는 이야기를 들었습니다. 이유는……."

"압니다."

도영은 말하고 차에서 내렸다. 그 뒤에서 한 중사는 맥코이 하사와 크루즈 중사를 보고 중얼거렸다.

"루아스 되고 나서 이상한 카리스마가 생기지 않았어?"

크루즈 중사는 실없는 소리에 고개를 젓고는 도영을 따라 밖으로 나섰다. 나머지 두 남자도 차에서 내렸다.

빵. 그때 뒤쪽에서 차 소리가 나더니, 윤기가 나는 검은 차가 옆에 와 멈추었다. 그리고 차의 문이 열리고 청바지에 재킷을 입은 연하가 내렸다. 그녀는 인사 따위 하지 않고 본론부터 말했다.

"그쪽 정보망에 우리 클랜은 다 얼굴이 알려져 있어. 내가 따라가봤자 들키는 역할만 할 거야."

그러고는 아직도 가끔 보안을 위해 사용하는 종이 파일을 건넸다.

"여기."

도영이 파일을 받아 펼쳐보니 맨 위에 쓰여 있는 이름이 눈에 띄었다.

〈로열 스타〉

"한마디로, 회사 모습을 한 무장단체야."

연하는 말하며 파일을 가리켰다.

"거기 보면 알겠지만 이들 소속의 함선이 올해 4월 13일 UTC(협정 세계시) 0900시경에 사타디 섬에 접근했던 기록이 있어. 정기적으로 근처 항로를 이용하는 일반 무역 함선으로 위장했기 때문에 찾는 데 시간이 좀 걸렸어."

도영이 심각한 눈으로 파일을 훑어보는 동안 연하는 계속 말했다.

"원래 로열 스타는 대공이 운영하던 SN에 무기를 대는 무기상들 중 하나였어. 그런데 3년 전 대공이 붙잡힌 이후 파편화된 SN의 지부들을 흡수하면서 규모를 키웠고……. 자금의 흐름을 추적한 결과를 보면 레기온은 사실 SN이라기보다 로열 스타에 가까워. 로열 스타가 운영하는 PMC(민간군사기업, Private Military Company)라고 봐야 하지. 대공을 교도소에서 탈출시킨 놈들도 로열 스타 소속의 용병들이었고."

이 로열 스타가 대공을 돕고 있다는 의미였다. 하지만 무슨 이유로? 마땅히 그런 의문을 가질 거라고 생각했는지 연하가 말했다.

"여기 대표가 '미스터 리'라고 알려진 인물인데, 절대 전면에 드러나지 않아. 우리도 아무리 찾아도 정체를 알 수가 없어."

"대표님이 보시겠다는군."

예전에 레기온에 붙잡혔을 때 라헬이 말했던 '대표'가 이 미스터 리라는 걸 도영은 직감적으로 알 수 있었다.

연하가 말했다.

"우리도 아직 정확하게 정체를 파악하지 못한 놈들이 뒤에 있어. 일이 잘못되면 이번엔 정말 살아 돌아오기 힘들지도 몰라."

도영은 파일을 닫았다.

"가말을 데려올 거야."

그러자 연하는 고개를 끄덕였다.

"꼭 데려와."

도영은 의외로워 하며 그녀를 보았다.

"말릴 거라고 생각했는데."

"가말은 내 친구이기도 하니까. 가말이 어떤 선택을 했더라도 거기엔 나름대로 이유가 있었을 거라고 믿어."

도영이 레기온의 정보원이었다고 하더라도 똑같이 생각했을 것이다. 이내 도영은 제 팀원들을 돌아보고 말했다.

"세 사람은 돌아가세요. 우리 팀이 사라진 걸 알면 위에서 눈치 챌 겁니다."

하지만 한 중사는 손가락을 저었다.

"이게 뭐 우정이나 동료애 같은 거라고 착각하시면 안 됩니다. 나중에 ISLE에 취직시켜달라고 미리 알랑방귀를 뀌는 거지."

그러자 맥코이 하사가 덧붙였다.

"일이 잘못되더라도 ISLE에서 전부 책임지고 뒤처리를 해준다니까 저희로서는 순전히 자본주의적이고 개인적인 판단이라 이거죠."

어쨌든 요즘 ISLE은 루아스에게는 신의 직장에 가까운 위상을 지닌 회사이니 말이다. 이반은 처음부터 도영이라면 당연히 가말을 찾으러 갈 거라고 예상하고 있었던 모양이다. 사실 그라도 연하를 찾으러 갔을 테니까.

연하는 안타까워하는 얼굴로 말했다.

"같이 못 가줘서 미안해."

"됐어. ISLE의 안주인을 끌고 다녀선 나도 자유롭게 행동하기 힘드니까."

도영이 대수로울 것 없다는 투로 말하자 연하는 심각한 얼굴을 했다.

"난 군인이야."

"알아, 멍청아."

도영은 툭 내뱉고는 몸을 돌렸다. 그제야 연하는 그가 같이 가지 못해 불편해하는 제 마음을 가볍게 해주기 위해 일부러 한 말이었다고 깨달았다.

"축하해."

막 위장용 낚싯배로 통하는 다리로 올라서는 도영을 보며 연하가 뜬금없이 말했다. 그러자 도영은 알아듣지 못하고 돌아보았다.

"뭘?"

"아이 가진 거."

그 말에 도영은 말문이 막혔다. 그러고 보니 혼란한 와중에 아무도 축하할 생각 따위는 하지 않았다. 심지어 아이 아빠인 그마저도. 팀원들도 그제야 생각이 닿은 듯 도영을 보았다. 그때 연하가 말했다.

"남자아이면 히샤가 좋아할 거야. 남동생을 갖고 싶어 하거든."

생각에 빠져 있던 도영은 말하고 배에 올랐다.

"여자아이가 좋아. 사내놈들은 충분하니까."

그건 도영이 아직 토라와 라토를 포기하지 않았다는 말이었다.

연하는 시동이 켜진 낚싯배가 서서히 어두운 바다 너머로 사라지는 모습을 오랫동안 바라보았다.

가말은 창문을 바라보고 서 있었다. 아래 내려다보이는, 잘 정

리된 프랑스식 정원에 은은하게 불이 밝혀져 있었다.

그때 자동문이 열리고 셔츠에 넥타이는 하지 않은, 검은색 정장을 갖춰 입은 라토가 들어왔다.

"마티."

가말이 돌아보았다. 그 동작에 따라 그녀가 입고 있는 연보라색 드레스에 반짝임이 흘러 바닥에 둥그렇게 고인 옷자락까지 미끄러져 내렸다. 길게 빗어 내린 머리카락에는 탐스러운 윤기가 흘렀다. 라토는 가말에게 다가가 다정하게 말했다.

"우리 마티가 예쁜 줄은 알았지만 이 정도일지 몰랐네."

가말은 이곳에 와서 처음으로 겨우 미소를 보여주었다. 라토는 물었다.

"준비됐어?"

가말은 고개를 끄덕이고, 라토가 내민 팔에 보석 반지를 낀 손을 가볍게 올렸다. 그러자 옆에 서 있는, 이 저택에 속한 여자 직원 둘이 그녀의 드레스 자락을 들고 따랐다.

두 사람은 방을 나서 고풍스러운 복도를 지나, 반원형으로 둘러 이어지는 계단을 천천히 내려갔다. 가말의 드레스 자락이 끌려오며 바위를 타고 내리는 물처럼 미끄러져 내렸다.

아래에 모인 사람들은 옛 사교계 파티에 참석한 것처럼 시가를 피우거나 샴페인을 마시며 작은 목소리로 담소를 나누고 있었다. 그러다가 계단을 내려오는 가말과 라토를 보고 말을 멈추고 쳐다보았다.

사람들 가운데 있는 쿠니스가 가말을 똑바로 보았다. 아직 앳

된 끼가 있지만 그는 정장을 입은 모습이 전혀 어색하지 않고 오히려 늘 정장을 입고 살았던 옛 귀족 같았다.

그때 폴프가 가말을 보고 감탄을 아끼지 않았다.

"과연 눈부시군요."

마침내 가말이 계단 아래 걸음을 디디자 계단 옆에 서 있는, 블라우스까지 검붉은 색인 투피스 바지 정장을 입은 라헬이 웃음기를 머금고 묵례했다. 쿠니스가 그녀를 고갯짓하며 말했다.

"이쪽은 라헬."

라헬은 중세의 남성 귀족이 인사하듯 손을 가슴께에 대고 인사했다.

"뵙게 돼서 영광입니다. 라헬입니다."

가말은 특별한 반응은 하지 않고 그녀를 스쳐 지나갔다. 그 뒤에서 라헬은 조용히 허리를 들었다. 다음으로는 머리를 올백으로 넘겨 고정한, 북유럽계로 보이는 삼십 대 후반의 백인 남자가 있었다. 남자는 빙그레 웃으며 고개를 숙였다가 들었다.

"판데르발트입니다."

네덜란드 왕국 출신으로, 옛 네덜란드인답게 상인 출신이라는 소문이 있었다. 그리고 그 소문대로 상인다운 수완으로 대공이 감옥에 있는 동안 레기온을 실질적으로 이끌던 이인자였다.

판데르발트는 가말 뒤에 있는 라토를 보았다.

"이투하의 대장님. 뵙게 되어 영광입니다."

싱긋 웃는 눈에 비정상적으로 밝은 안광이 돌았다.

"꼭 한번 뵙고 싶었습니다. 제 아이들을 특히 이투하에게 많이 잃었죠. 이투하는 정말 자비가 없는 전사들이더군요."

"테러리스트에겐 그렇지."

라토가 무심하게 대답하자 판데르발트는 엄지손톱으로 입술을 쓸었다. 긴장감 어린 공기가 감돌자 폴프가 중재하기 위해 말했다.

"대표님께선 곧 도착하신다고 합니다."

그러고는 식기가 준비된 테이블을 정중하게 가리켰다.

"모두 부디."

우선 다들 별말 없이 하나둘 자리를 찾아가 착석했다. 하지만 복잡한 이해관계가 얽힌 자들이 모여 앉은 식탁에 발랄한 담소가 오갈 리 없어, 서늘한 침묵이 감돌았다.

촛불이 타오르며 꽤 오랜 시간이 지나고 쿠니스가 말했다.

"리가 늦는군."

폴프는 살짝 고개를 숙였다.

"양해를 부탁드립니다. 워낙 바쁘신 분이다보니……."

"다른 사람은 바쁘지 않을 거 같은가 봐?"

가말이 차가운 어투로 말해, 폴프는 웃는 얼굴로 입을 다물었다.

담배 연기가 넘실거리며 허공에 퍼졌다. 테라스에서 담배를 피우고 있는 폴프에게 라헬이 다가와서 물었다.

"불 좀 빌릴 수 있을까요?"

"물론."

폴프는 정장 주머니에서 라이터를 꺼내 불을 켰다. 그러자 라헬은 검은 시가릴로를 물고 고개를 기울여 불을 붙였다.

폴프는 라이터를 닫아 주머니에 넣고 난간에 기대서서, 테라스의 유리창 너머 내부를 보았다. 세팅된 탁자 쪽에 가말을 위시한 이투하들이 모여 있었고, 쿠니스와 그 관련자들은 소파에 모여 있었다. 다들 각자 낮은 목소리로 대화하는 등 생각보다 차분한 분위기였지만 또한 무시할 수 없는 긴장감이 감돌았다.

아직 리가 도착하지 않고 있어서 다들 무작정 기다리는 상태였다. 그리고 악명 높은 테러리스트 그룹의 수장과 이투하의 여왕, 제 상사 사이에서 가장 골치가 아픈 건 폴프 쪽이었다.

폴프는 고개를 돌리고 물었다.

"대표님은?"

라헬은 고개를 저었다.

"아직요."

폴프는 한숨을 내쉬었다.

"정말 죽을 맛이군."

라헬은 어깨를 으쓱였다.

"중간 관리자는 항상 고달프죠. 힘내세요."

그러고 돌아서서 가는 그녀의 타이트한 정장 바지에 감싸인 엉덩이가 봉긋했다.

루아스니까 당연히 라헬은 육감적인 인상의 보기 드문 미녀였고, 제 동족보다 인간 남자를 좋아한다고 들었다. 명색이 이쪽이 상사였지만 서로 임무가 엇갈려서 라헬을 실제로 보는 건 몇 번 되지 않았다. 볼 때마다 서로 일로 바쁘기도 했고.

폴프는 입맛을 다셨다. 여자 루아스와 인간 남자는 섹스를 할 수 없다고 하지만 즐길 방법은 얼마든지 있었다. 인간은 항상 문제에 해답을 찾는 존재니까.

이내 폴프는 담배꽁초를 버리고 안으로 들어갔다. 그때 쿠니스가 테이블 의자에 앉아 있는 가말에게 다가가는 모습이 보였다.

쿠니스가 다가오자 라토와 이투하들이 살짝 가말을 둘러싸며 경계했다. 하지만 쿠니스는 그들이 그러는 데 개의치 않고 가말에게 말했다.

"도영 드페르를 사랑하는 줄 알았는데."

가말은 무심하게 눈짓을 한 번 했다.

"좋은 사람이었지."

정말로 그랬다. 도영을 선택할 수 있었다면 좋았겠으나 그녀에게는 지켜야 할 사람들이 있었다. 사랑 놀음을 하고 있기에는 그것이 너무 소중했다. 그녀를 악이라고 하면 악이라고 할 수 있을 테지만 그럼에도 그녀는 먼저 소중해진 사람들을 선택하지 않을 수 없었다.

쿠니스는 폴프 쪽으로 고갯짓했다.

"차라리 아이를 가지고 저놈들보다 이바노프와 거래하는 게 나았을 수도 있어."

"쿠니스."

가말은 놀라울 정도로 단호한 말투였다.

"나도, 너도 잘 알고 있잖아. 이바노프는 베타-루아스 바이러스 같은 건 만들지 않을 거라는 거."

그걸 누구보다 잘 알고 있는 쿠니스는 대답하지 않았다.

"로열 스타는 내가 원하는 걸 만들어주기로 했어. 그게 다야."

가말이 말했을 때 마침 밖에서 헬기가 내리는 소리가 들렸다. 폴프는 화색이 도는 얼굴로 말했다.

"도착하셨군요."

곧 입구가 열리고, 한 남자가 몸집이 심상치 않은 경호원들을 거느리고 들어왔다.

"이거, 늦어서 죄송합니다."

사십 대 초반쯤으로 보이는, 남색 정장을 입은 동양인 남자였다. 머리를 쓸어 넘겼고 값비싼 시계를 차고 있었지만 눈이 붉다는 걸 제외하면 특별히 눈에 띌 만한 게 없었다.

동공이 유난히 작은 편인 붉은 눈이 웃음기를 담고 좌중을 보았다. 그를 보며 쿠니스가 거두절미하고 말했다.

"리, 약속이 틀리군. 내가 베타-루아스 바이러스에 대한 연구 자료를 넘겨주면 넌 내게 가말을 보내준다고 했지. 하지만 배 속에 이바노프의 애새끼를 딸려 보낸다는 이야기는 없었잖아."

거친 말투에 가말은 미간을 좁히고, 라토와 이투하들이 바로 그녀를 보호하듯이 막아섰다. 리는 당황하지 않고 빙글거리며 웃었다.

"그건 죄송합니다만 두 분의 사랑을 제가 무슨 수로 막았겠습니까?"

그러면서 가말을 가리키고 말했다.

"그렇다면 아이는 저희가 가져도……?"

라토는 바로 사나운 표정이 되며 나직한 으르렁거림을 흘렸다. 반면 쿠니스는 무표정하게 말했다.

"가말한테 손대면 넌 죽어. 이 대역 말고 진짜 너."

리, 아니 리라고 온 남자는 움찔했다. 귀 뒤쪽에 작게 붙은 수신기는 머리카락에 가려져서 보이지 않을 텐데도……. 하지만 대역 남자는 애써 웃으며 말했다.

"걱정 마십시오. 로열 스타는 애프터서비스를 끝까지 책임지니까요. 저희가 어떡하면……."

"아니, 됐어. 계약 파기야."

쿠니스는 딱 잘랐다. 그럼에도 대역 남자는 웃음을 잃지 않았지만 그건 냉기가 감도는 웃음이었다.

"일방적인 계약 파기 시에는 무슨 일이 일어날지 잘 아시겠죠."

"네 회사가 남아 있다면 말이지."

쿠니스의 자신만만한 말에 폴프는 한숨을 내쉬었다. 결국은 이렇게 되는 건가 싶었다. 아무래도 대공은 아직 SN 시절의 향수에서 벗어나지 못하고 있는 모양이니, 그가 나설 차례였다.

"라헬."

폴프가 부르자 라헬이 앞으로 나서며 검을 뽑았다. 스릉. 날카로운 칼날이 서늘한 금속성을 울리며 모습을 드러냈다. 하지만 쿠니스는 움직이지 않았고, 그 모습을 보며 폴프가 말했다.

"총수님, 어리석은 선택을 하지 않으시길 바랍니다."

그 말에도 쿠니스는 무표정하게 대답했다.

"여기저기 붙어먹던 무기상이 한자리 제대로 차지했나 보군."

"말씀을 삼가시죠."

항상 기름처럼 미끈거리던 폴프는 처음으로 불쾌해하는 감정을 드러냈다. 미스터 리가 그래도 꽤 충성스러운 부하를 둔 모양이었다.

아무튼 쿠니스는 현재 제 위치가 이 정도라는 사실을 인정할 수밖에 없었다. 저쪽의 중간 보스쯤이나 될까 싶은 놈이 정색하고 대할 수 있는 이빨 빠진 호랑이.

라헬이 다가오며 검을 제대로 쥐자 검에 윤기가 미끄러져 내렸다. 라헬은 빙긋이 웃었다.

"불사조는 자신을 태운 재에서 다시 탄생하지."

퍽 소리가 나고 정적이 감돌았다.

툭. 담배가 바닥에 떨어졌다. 폴프는 믿을 수 없다는 듯이 제 배를 보았다. 검이 똑바로 배를 관통하고 있었다.

"그 말이 무슨 의미인 줄 알아? 결국 자기라는 거야. 다른 존재가 아니라."

말하며 라헬이 단번에 검을 잡아 뽑자 사방으로 파밧 핏자국이 튀었다. 폴프는 바닥에 무릎을 찧으며 무너졌다. 그 머리 위에서 라헬은 웃음을 터뜨렸다.

"미안, 달링. 인간 따위가 우리를 부릴 수 있을 거라고 생각했어?"

쿨럭이며 입에서 터져 나온 피가 바닥에 후두둑 떨어졌다. 폴프가 일어나려고 힘을 주다가 핏물에 미끄러지자 섬세하게 모자이크된 대리석 바닥에 핏물이 붓질하듯 그려졌다.

폴프는 배를 붙잡고 주변을 둘러보았다. 무표정한 쿠니스, 비웃음을 지은 라헬, 이 상황을 말릴 생각 따위 없는 판데르발트, 이제 보니 은근히 입구를 막아서고 있는 레기온 대원들, 그 사이에서 주춤거리며 나서지 못하고 있는 제 부하들…….

폴프는 깨달았다. 이 자리에 그의 편은 없었다. 자만했던 건 누구였던가?

그때 사람들 사이로, 눈을 부릅뜨고 있는 가말과 시선이 마주쳤다.

"살려……."

폴프는 본능적으로 그녀에게 도움을 청하며 손을 내밀었다.

"라헬."

그때 쿠니스가 말하자 라헬이 검을 그에게 건네주었다. 그러자 쿠니스는 핏자국을 그리며 애써 몸을 끌고 가는 폴프 뒤로 다가섰다. 판데르발트는 옅은 미소를 띠고 상황을 지켜보고 있을 뿐이었다. 가말은 더 참지 못하고 일어났다.

"그만해, 쿠니스."

쿠니스는 가말을 보았다. '무표정'의 절대적인 기준치가 있다면 그때 그녀를 보는 표정이 바로 그랬다.

"미안하지만 이건 이 녀석과 나 사이의 일이야."

그리고 쿠니스는 검을 치켜들었다.

"그만……!"

가말이 반사적으로 뛰쳐나가려고 하자 라토가 그녀를 붙잡으며 만류했다.

"마티!"

가말이 라토에게 붙잡혀 멈추는 순간 쿠니스가 검을 휘둘렀다. 잔인한 주인이 노예를 벌주기 위해 채찍을 휘두르듯이.

콰직! 검은 정확하게 목을 가르며 모자이크 바닥에 내리꽂혔다. 그리고 바닥에 핏물이 넘실거리며 번져갔다.

라토는 가말이 짧게 경기하듯 몸을 떠는 걸 느꼈다. 둘 다 명색이 루아스였고 부족 출신으로서 현대인처럼 살생 장면이 특별히 거북한 건 아니지만 이런 비정한 살생에는, 정말 저 사람이 가말의 핏줄이 맞나 싶을 뿐이었다.

아래를 보고 있는 쿠니스의 앞머리가 스륵 흘러내려 시간의 흐름을 일깨웠다. 그리고 쿠니스가 홱 라토를 쳐다보았다. 불을 뿜는 살의에 가말은 당장 라토를 제 뒤로 숨겼다.

쿠니스는 강렬한 살해 충동이 넘실거리는 눈으로 라토를 응시했다. 그가 당장에라도 덤벼들 것만 같아 가말은 긴장을 놓지 않았다. 하지만 쿠니스는 갑자기 기색이 바뀌었다.

"그래, 클리엔테스를 죽이면 정말 날 미워할 테지."

"그리고 아가씨의 혈통이니까요. 가임 능력이 있을 겁니다."

라헬이 흰 천으로 검을 닦으며 말했다. 동족 남자에게 관심이 없다더니 과연 사실을 적시하는 무심한 어조였다.

"리 자식은 뱀이야. 절대 모습을 드러내지 않지."

그러면서 쿠니스가 리의 대역을 쳐다보자 남자는 흠칫하며 물러섰다.

"마음 같아서는 이놈을 꼬챙이에 거꾸로 꽂아다가 돌려 보내주고 싶지만 이놈은 무슨 죄겠어? 나도 불필요한 피는 보고 싶지 않아."

그 말에 리의 대역은 안도하는 기색이었다. 그 찰나 쿠니스가 말했다.

"하지만 봐야 할 피는 봐야지."

퍽 소리가 나고 대역의 가슴을 뚫고 검이 솟구쳤다. 보통 사람이라면 화초도 이렇게 쉽게 죽이지 못할 텐데, 이제 쿠니스는 살인을 하는 데 아무런 감흥이 없어 보였다.

라토는 긴장한 얼굴로 가말을 밀며 한 걸음 물러났다. 그 모습을 본 쿠니스는 코웃음을 쳤다.

"로열 스타가 가말 네게 뭐라고 말했어? 내게서 널 보호해주겠다고? 그 같잖지도 않은 계약서 쪼가리를 내밀었겠지."

쿠니스가 검을 뽑자 리의 대역이 피를 뿜어내며 쓰러졌다.

"회사의 껍질을 쓰고는 있지만 그놈들은 하시시야(중세 아랍의 암살단)와 다름없어. 원하는 걸 얻고 나면 네 자궁까지 긁어내 빈껍데기로 만들어도 아무렇지 않을걸."

그때 문이 열리고, 대기하고 있었던 남자들이 들이닥쳤다. 모두 루아스들이었다. 그 사이에서 쿠니스는 가말을 똑바로 보고 말했다.

"고향으로 돌아가자."

"고향?"

가말은 그 단어가 뭘 의미하는지 알지 못하는 것처럼 되물었다. 왜냐하면 그들의 고향은 이미…….

"형제니 부부니 그런 모든 틀을 벗어나서 가족이 되는 거야."

쿠니스 뒤로 라헬과 판데르발트, 그리고 레기온의 대원들이 포진해있었다. 그 가운데서, 쿠니스는 아름다운 미소를 지었다.

"우리는 새로운 사타디 부족이야."

가말은 미간을 찌푸렸다.

"사타디의 이름을 더럽히지 마. 사타디는 테러리스트가 아니야."

쿠니스는 가말이 그렇게 말할 줄 알았다는 얼굴을 했다.

"역사는 이미 우리에게 '바다 민족'이라는 침략자의 낙인을 찍었어."

"그건 우리 쪽의 목소리가 없었기 때문이야."

가말이 말하자 쿠니스는 훗 웃었다.

"그래서 뭐라고 말할 건데? 우리는 선량한 민족이었다고? 아무도 침략하지 않았다고? 거짓말이라도 할 셈이야? 사타디는 땅을 갈구했어. 전사들을 보내 침략하고 약탈했지. 타와가 왜 아다위한테 널 줬다고 생각해? 타와는 아다위 쪽과 힘을 합쳐서 다른 부족들을 정복할 셈이었어. 현대의 기준으로 보면 그건 테러지."

그러고는 어깨를 으쓱였다.

"나도 이해해. 인간들은 법을 만들었지. 침략과 파괴, 약탈이 반복돼서는 문명을 쌓을 수 없으니까. 그리고 테두리 안에 사는 자들은 그 법을 존중해야 하지."

찰나 쿠니스의 표정이 변했다.

"하지만 그 테두리를 뚫고 나갈 힘이 있다면?"

그가 한 걸음 앞으로 나섰다. 반사적으로 가말은 한 걸음 물러섰다.

"그 테두리를 다시 정립할 수 있는 능력이 있다면?"

라토는 이 테러리스트 수괴에게 이상한 카리스마가 있다는 사실만큼은 인정하지 않을 수 없었다. 나름의 정의감을 지니고 있는 자들에겐 반발심을 불러일으키는 괴이한 카리스마지만 공기를 휘어잡는 힘이 있었다.

문득 쿠니스가 웃었다.

"그래도 연기는 꽤 하는구나. 이게 날 잡으려는 MCTC의 작전이라는 걸 모를 거 같아?"

가말은 인상을 썼다.

"무슨 소리야?"

"사방에 특수작전팀들이 포진해있겠지. 신호만 내리면 바로 덮칠 수 있게. 네가 임신하지 않았다는 데 걸게. 이러나저러나 미끼 역할을 시키면서 진짜 임신한 여자를 보내진 않았을 테니까."

"내겐 아이가 있어."

가말은 정말 쿠니스가 무슨 말을 하는지 모르는 얼굴로 말했다. 그러자 쿠니스는 서늘하게 웃었다.

"그러니까. 하지만 만약 네가 임신하지 않았다면 MCTC의 스파이라는 말이겠지. 일부러 하지도 않은 임신을 했다면서 여기에 왔다면 이놈을 끌어내려는 속셈이었을 테니까."

그러면서 리의 대역을 한 남자의 시신을 발로 툭 찼다.

"하지만 뱀은 껍질밖에 남겨놓지 않지."

쿠니스가 즐거운 듯이 하는 말을 들으며, 가말은 등줄기를 타고 땀이 흘러내리는 걸 느꼈다. 그 말대로, 그녀의 배 속엔 아이가 없었다. 애초에 이 모든 게 작전이었기 때문이다.

◇◇◇

도영은 다급하게 걸음을 옮겨 모퉁이 너머를 살폈다.

"일곱."

그때 뒤에서 한 중사가 불러 도영이 돌아보자 그가 진정하라는 듯 손짓했다.

"조금만 천천히……."

도영은 작게 한숨을 내쉬었다.

"미안합니다."

"마음이 급하신 건 이해합니다. 하지만 모두 없는 연기력을 다해 겨우 여기까지 끌고 온 작전을 망치실까 봐 걱정돼서 말입니다."

하여간 비꼬는 데는 따를 사람이 없었다.

"알았습니다."

하지만 차분해지려고 해봐도, 가말이 대공과 있다고 생각에 등골이 서늘했다. 대공과 미스터 리를 잡는 데 가말을 미끼로 쓰는 일 따위, 다른 수가 있었다면 절대 허락하지 않았을 일이다.

사실 이 일은 사타디 섬에서부터 시작되었다. 정확히는, 가말이 대공을 피해 섬에 숨어 살고 있다는 사실이 밝혀진 날부터.

도영은 그날의 기억을 떠올렸다.

◇◇◇

바다의 수평선에 노을이 내려 화려하게 불타올랐다. 평생 기억에 남을 만한 풍경이었지만, 오히려 섬에 갇혀 평생 보게 될까 봐 걱정했는데 다행히 마지막이었다. 도영은 드디어 섬에서 나갈 수 있다는 사실이 감개무량했다. 그런데 시선이 느껴져 돌아보니, 가말이 그를 보고 있었다. 왠지 모르게 짙은 눈으로.

"도영……."

그러고는 어렵게 말문을 뗐다.

"사람들이 왔어, 섬에."

도영은 새삼스럽게 무슨 소리인가 싶었다.

"그래, 부족이……."

그러자 가말이 고개를 저었다.

"남자들이었어. 나한테 도영이 이 섬에 올 거라고 말했어."

도영은 멈칫했다. 설마 어떤 세력의 정보원이었나 싶어 가슴이 서늘해졌지만 일단 가말이 뭔가 털어놓으려는 기색이기에 마음을 고르고 물었다.

"어디서 왔는지 알아?"

"아니. 내겐 아무것도 알려주지 않았어. 그냥 도영이 날 좋아하게 만들면 쿠니스가 다신 날 쫓지 않기로 약속했다고 했어."

"좋아하게……?"

어이가 없어 되묻자 가말은 고개를 끄덕였다.

'아니. 그냥 웃긴 일이 아니야.'

도영은 생각을 바꾸었다.

'이유가 있을 테지.'

음모를 꾸미는 흉악한 놈들이 왜 그런 커플 매니저스러운 일을 원할지 좀 더 깊이 들여다볼 필요가 있었다. 더구나 군이 섬에 숨어 살고 있는 가말을 찾아내 그녀가 제대로 해낼지도 확실하지 않은 일을 맡긴 이유가 분명히 있었다.

일을 맡는 사람이 꼭 가말이어야 했던 이유. 다른 사람은 할 수 없는데 가말이 할 수 있는 일…….

갑자기 기밀 정보 하나가 떠올랐다.

'늪의 원형 루아스 바이러스에 감염된 루아스는 가임 능력이 있다.'

즉, 가말은 임신을 할 수 있었다. 그리고 도영 자신도 가임 능력이 있는 이바노프의 피를 기증받았다. 그러니까 그가 감염을 이기기만 한다면 가임 능력을 가진 루아스가 되는 것이다.

한 마디로 두 사람 사이에는 아이가 생길 수 있었다. 그걸 깨달은 도영은 기가 찼다.

'이 자식들이 누굴 종마 취급이야.'

게다가 도영이 참여한 타실 프로젝트는 새로운 군 기술의 실험장이었다. 그가 죽고 사는 것에 따라 보균 기술의 성공 여부를 알 수 있었다.

결국 가말이 말한 '남자들'은 군 기밀을 원했다. 쿠니스 같은 형제라도 차마 죽이지 못하고 숨어 살기를 택한 가말의 절박한 심정을 이용해서.

"도영……?"

도영이 생각에 빠져 있자 가말이 불안해하며 불렀다. 그제야 도영은 고개를 들고 물었다.

"그 외에는?"

"다였어. 라토를 데리고 있겠다고 했어. 해치지 않는다고 약속했어, 일만 제대로 해주면."

"살아 있다고 확신해?"

도영으로서도 이렇게 물어야 하는 게 미안했지만 그래도 물어보지 않을 수 없었다.

"확신합니다."

옆에서 여태 지켜보고 있던 토라가 대신 대답했다.

"라토는 살아 있습니다. 단순히 그럴 거라는 소망이 아니라, 만약 라토가 마티의 클리엔테스인 걸 알았다면 인질로서 이용 가치가 있으니까 죽이진 않았을 겁니다."

그 옆에서 가말이 기가 죽어 웅얼거렸다.

"미안해."

도영은 작게 한숨을 내쉬었다.

"됐어. 너도 그땐 내가 어떤 사람인지 몰랐을 테니까."

가말은 고개를 저었다.

"남자들은 나쁜 사람이었어. 돕는다고 하면 안 됐어. 도영이 더 나쁜 사람일 수도 있었지만, 도영은 좋은 사람이었어. 그러니까 말해야 한다고 생각했어."

그러더니 가말은 느닷없이 무릎을 꿇고는 절을 했다.

"부탁할게. 제발 라토를 구해줘."

도영은 그 정수리를 보다가 말했다.

"조건이 있어."

그에 가말은 불안해하는 시선으로 그를 올려다보았다.

"조건……?"

"너도 같이 가, 밖으로."

예상치 못한 말을 듣고 가말은 토라를 보았다가 다시 도영을 보았다.

"나도……?"

"대공이 운영하던 SN은 와해됐고 그 자식은 감옥에 있어. 더 이상 네가 이 섬에 숨어 살아야 할 이유가 없잖아."

"그렇지만……."

하도 오래 섬에 숨어 산 탓에 이곳에서 나갈 수 있다는 사실이 여전히 믿기지가 않아 말을 끌고 있을 때였다.

「가세요.」

목소리가 들려왔다. 반사적으로 돌아보자, 마을 여자의 부축을 받아 온 앙엘라가 서 있었다. 부족의 다른 사람들도 함께였다.

「앙엘라.」

가말은 놀랐다.

「섬을 나가세요.」

앙엘라는 다시 똑똑히 말했다. 도영은 사타디어를 알아듣지 못해도 왠지 그녀가 무슨 말을 하는지 알 것 같았다.

「제가 기억하는 할아버지는 노환으로 기력이 많이 쇠하셨지만 그런 상태로도 할아버지께서는 큰 마티가 얼마나 섬을 나가고 싶어 하는지 자주 말씀해주셨죠. 어린아이처럼 호기심이 많은 분이라고, 자신이 바깥세상 이야기를 해줄 때 제일 눈을 빛낸다고 하셨어요.」

「하지만 내가 섬을 나가면…….」

사타디 섬을 지켜줄 사람이 없었다.

하지만 앙엘라는 살짝 고개를 저었다.

「우리는 이미 큰 마티의 덕을 많이 봤습니다. 이런 세상에서 늘 우리들끼리만 살고 싶다는 건 욕심이겠죠. 좋으나 싫으나 섬이 언제까지 숨겨진 채로 있진 않을 거란 사실은 분명하니까요. 우리는 이제 세상을 마주할 준비가 됐습니다.」

그러면서 앙엘라는 빙긋이 웃었다.

「저로서는 바깥에 살고 있을 제 친척들이 궁금하기도 하고요.」

그렇게 가말과 토라는 도영과 함께 섬을 나오게 됐다. 물론 가말이 대공과 쌍둥이란 사실을 들은 MCTC의 총사령부는 멋대로 돌아다니는 핵폭탄을 마주한 얼굴이었다. 하지만 다행히 계속 인류의 편에서 일했던 이투하가 보증이 되어, 가말은 테러리스트 수괴의 핏줄이라기보다 이투하의 수장으로 받아들여질 수 있었다.

"아무튼 연기깨나 하시던데요."

그러며 한 중사가 엄지손가락을 척 치켜들었다.

"연인에게 배신당한 남자의 억눌린 분노와 처절한 심정을 절제된 표정으로 모두 내뿜는데, 로빈 윌리엄스가 살아 돌아온 줄."

예전에 도영이 말하지 않았던가?

"드라마 수업 올 A였거든요."

도영이 웃지도 않고 한 말에 한 중사는 피식 웃었다.

"이 개고생을 하고 사느니 차라리 연예계 쪽으로 나가지 그러셨습니까?"

"개고생이 더 체질인가 보죠."

"아무래도 그런 거 같네요."

모든 건 연기였다. 대공을 잡으러 작전에 나서는 척했던 것, 기지를 벗어난 것, 연하가 서류를 건네준 것, 그때 그가 했던 말, 행동, 모든 게. 물론 남동생이 생겨서 히샤가 좋아할 거라는 말은 연하의 애드리브였지만 말이다. 안 그래도 그녀의 성격상 연기를 못할까 봐 걱정했는데 의외로 천연덕스럽게 해냈다.

결론적으로, 지금 이 자리에 있는 그들은 MCTC가 뒤로 보낸 특수작전팀이었다.

처음에 새로운 작전을 제안한 건 렉스였다.

"평범한 방법으로는 대공을 잡을 수 없습니다. 좀 더 창의적이 되어보죠."

브리핑룸에서 렉스는 좌중을 둘러보고 말했다.

"기각합니다."

물론 도영은 거절했다.

"기각이요?"

렉스는 기가 막힌 얼굴이었다. 소령이 소장을 상대로 한 말이었기 때문이다. 그럼에도 도영은 단호했다.

"가말한테 그런 위험한 일을 맡길 순 없습니다."

"하지만……."

가말이 뭐라고 하려고 했지만 도영은 바로 가만히 있으라는 듯 눈짓해서 막았다. 렉스도 도영의 반응을 예상은 했지만 한숨을 내쉬지 않을 수 없었다.

"미스터 리는, 적어도 '미스터 리'라고 불리는 이 인물은 악명 높은 무기상입니다. 수십 년간 막후에 숨어 어디에서 구했는지도 알 수 없는 온갖 종류의 무기들을 그걸 가져선 안 되는 사람들에게 팔아댔죠. 부끄러운 이야기지만 우리는 이 자의 정체조차 파악하지 못하고 있습니다. 루아스인지, 인간인데 이름을 물려받은 건지, 어디서 뭘 하고 사는지, 아무것도요."

그 정도로 리는 어둠 속에 철저하게 숨어 있었다. 누군가와 접촉할 때는 꼭 대역을 썼고, 심지어 그 대역과도 실제로는 만나지 않았다. 그렇기에 어떨 때는 차라리 살아 있는 육신이 없는 것처럼 느껴지기도 했다.

"하지만 미스터 리도 나타날 겁니다. 나타날 수밖에 없습니다. 아이를 가진 가말 씨가 있는 곳엔."

그러자 가말이 눈을 휘둥그레 뜨고 물었다.

"나 베이비 가졌어?"

도영은 진정하란 손짓을 했다.

"안 가졌어."

그사이에 렉스가 말했다.

"소령이 걱정하는 건 이해합니다. 하지만 어차피 대공이 가말 씨에게 뭔가를 할 수 있는 건 아니니까요."

"무슨 말씀입니까?"

도영이 묻자 렉스가 가말을 눈짓했다.

"일단 이것부터 말씀드리죠. 가말 씨와 대공, 두 사람은 일란성 쌍둥이입니다."

"성별이 다르지 않습니까?"

"보기 드문 남녀 일란성 쌍둥이죠. 이 경우 대체로 장애를 갖고 태어나지만 두 사람은 운이 좋았죠."

인정하기는 싫어도 대공이 '우리는 하나다.'라고 한 말이 어느 정도는 맞았다. 일란성 쌍둥이는 하나의 세포에서 시작하니까. 하지만 가말과 대공이 어떤 식으로든 연결되어 있다고 생각하면 도영은 불쾌해 미칠 지경이었다.

그런데 렉스가 말했다.

"하지만 장애가 아주 없다고 할 수는 없더군요. 대공은 불임입니다."

이번에는 도영도 당황했다.

"네?"

그때 렉스가 손짓하자 화면에 검사 결과가 떴다.

"인간이었을 때부터 불임이었던 걸로 보입니다. 인간으로 살았어도 아이는 낳지 못했을 겁니다. 그게, 예전에 대공이 우리 쪽에서 루아스 배아•를 얻으려고 했던 이유 같습니다. 본인은 만들 수 없으니까요."

모두가 할 말을 찾지 못하고 있는 사이에 렉스는 덧붙였다.

"어쩌면 성 기능 자체에 문제가 있을지도 모릅니다. 이런 건 알아보기 애매한 문제라 확인되지는 않았지만, 대공을 지켜본 교도관의 증언에 의하면 그런 쪽의 욕구나 반응을 전혀 보이지 않는다고 하더군요."

그 대목에서 도영은, 같은 남자로서는 대공이 그렇게 삐뚤어진 이유도 알 것 같았다. 괜히 역사에 대표적인 간신들이 내시였던 게 아니니까.

가말은 생각에 빠져 있다가 중얼거렸다.

"하지만 분명히 예전에 쿠니스는……."

아래에 반응이 있었는데.

생략된 말을 눈치챈 도영은 불쾌해하는 표정을 감추지 않았지만 별말은 하지 않았다. 렉스는 고개를 끄덕였다.

"사실 성기능 감퇴는 루아스들이 생각보다 흔하게 겪는 증상입니다. 굳이 성기능이 필요하지 않으니까요. 성기능이 점차 퇴화한다고 하더라도 이상하지 않습니다."

뒤에서 한 중사가 중얼거렸다.

• 체세포 분열이 일어난 이후의 개체. 사람의 경우 7주가 넘어가면 태아라고 한다.(국립국어원 표준국어대사전)

"전 그냥 루아스 안 할랍니다."

그 말은 듣지 않은 걸로 하고, 렉스는 말했다.

"하지만 성기능 감퇴가 가져오는 심리적인 문제는 본래 인간이었던 이상 불가피한 부분이죠. 대체로 성기능에서 문제를 겪는 루아스들은 심리적으로 불안정하고 난폭하며 가학적입니다. 그런 면에서 대공은 오히려 놀라울 정도로 안정적입니다. 아니, 지나치게 안정적이죠. 프로파일러의 말에 의하면 이 정도로 무감각한 건 오히려 문제가 될 수 있다더군요."

"어떤……?"

"아무것도 느낄 수 없는 거죠. 분노, 증오, 혹은 측은지심이나 슬픔까지도."

"전형적인 사이코패스군요."

도영은 단호하게 말했다.

"더 이야기할 것도 없습니다. 절대 안 됩니다. 인생의 대부분을 대공을 피해 다니는 데 썼는데, 지금 제 발로 대공을 찾아가라고요?"

그들이 그러는 동안 계속 생각에 빠져 있던 가말이 고개를 들더니, 갑자기 도영이 차고 있는 총을 가져가 그의 손에 쥐여주었다.

"곧 내가 수백 명을 죽일 수 있는 폭탄을 터뜨린다면 날 쏠 거야, 쏘지 않을 거야?"

도영은 인상을 썼다. 그 말은…….

"자기 형제가 몇백 명을 죽일 수 있는 폭탄의 기폭 장치를 들고 있다면 대령님은 어떡하실 겁니까?"

"형제를 죽이겠지."

예전에 대령과 했던 대화를 들었던 모양이다. 아니, 들었어도 상관없었다. 도영은 총을 가말에게 뺏으며 딱 잘랐다.

"말도 안 되는 가정엔 대답 안 해."

하지만 이번에는 가말도 물러서지 않았다.

"도영 말이 맞아. 난 평생 쿠……를 피해 다녔어. 도망쳤어. 이번엔 도망가지 않아. 끝낼 거야."

"결심은 훌륭하지만 타이밍을 잘못 잡았어. 일대일도 아니고 테러리스트들의 소굴에 제 발로 가겠다고?"

"아뇨. 소굴에 가는 건 아닙니다."

렉스가 끼어들었다.

"그건 아무래도 위험 부담이 크니까요. 저희로서도 구출 작전을 펼치기가 어렵죠."

"하지만……."

"들어보십시오. 저희는 미스터 리와 대공이 만나는 자리를 세팅할 겁니다. 로열 스타는 대공의 세력과 계약을 맺고 있긴 해도 긴장 관계에 있죠. 미스터 리가 그쪽의 병력이 포진한 곳에 들어갈 리가 없습니다. 반대도 마찬가지고요. 일종의 중립지대에서 만나려고 하겠죠. 가말 씨는 그 자리까지 대공과 미스터 리를 끌어내주기만 하면 됩니다."

그럼에도 도영은 인상을 쓰고 있을 뿐이었다. 그사이에 렉스가 토라와 라토를 보고 말했다.

"가말 씨를 경호할 이투하들이 필요합니다. MCTC 대원들은 만나자마자 죽일 테니까요."

반면 이투하는 용병이고, 많은 테러리스트들을 죽였던 과거지사야 어쨌든 간에 지금은 가말의 세력으로 간다면 공격할 수 없었다.

"그리고 이투하의 두 대장 중 한 분도 가말 씨를 따라가야 합니다. 두 분처럼 극진한 클리엔테스들이 파트로네스를 혼자 보낸다면 이상해 보일 테니까요. 분명히 의심할……."

말이 끝나기도 전에 라토와 토라가 동시에 대답했다.

"제가 가겠습니다."

"제가 가겠습니다."

둘은 서로를 쳐다보고 또 동시에 말했다.

"내가 갈 거야."

"내가 가."

그러다가 라토는 제 쌍둥이와 말이 통하지 않겠다고 생각했는지 렉스를 보고 말했다.

"제가 가야 합니다."

토라는 기가 찼다.

"웃기지 마. 어디서 그런 법이……."

"토라는 계속 MCTC에 있었기 때문에 작전일지도 모른다고 의심을 살 겁니다. 한때 그쪽과 손잡으려고 했던 제가 그나마 당위성이 있습니다."

라토의 말에 렉스는 고개를 끄덕였다.

"유효한 지적입니다. 그리고 토라 대장이 MCTC의 군인과 데이트하는 장면은 레기온도 봤을 겁니다. 연인이 이쪽에 있는데 갑자기 배신한다는 게 썩 당위적이진 않습니다."

"그건……."

맞는 말이라 토라는 할 말이 없었다. 그때, 팔짱을 끼고 계속 상황을 지켜보던 도영이 말했다.

"이투하는 MCTC 못지않게 SN과 레기온 대원들을 많이 죽였어. 어떻게든 너희를 손봐주고 싶어 하겠지."

"각오하고 있습니다."

라토는 비장하게 말했다. 정확하게 그 반응을 예상한 도영은 한숨을 내쉬었다.

"각오하지 마."

그때 렉스가 나섰다.

"전략적으로 이투하는 레기온으로서도 탐낼 만한 세력입니다. 그 대장을 함부로 죽이게 놔두진 않을 겁니다. 오히려 포섭하려고 하겠죠. 저번에는 로열 스타가 같은 편에 있어서 이투하를 데려오는 데 그렇게 열심이진 않았겠지만 이제는 로열 스타가 없으니까요."

그러면서 렉스는 스크린을 보았다.

"뱀의 발이라도 아쉬운 입장일 겁니다."

도영은 손목 밴드를 확인했다.

"아무튼 시간이 얼마 없습니다."

어서 가말을 데리고 탈출해야 했다.

가말의 역할은 '좌표'였다. 대공, 레기온의 수뇌부, 로열 스타를 운영하는 미스터 리라는 인물을 일망타진할 수 있는 좌표. 가말만큼 한 번에 그들을 불러낼 수 있는 인물이 또 없었기 때문이다. 특히 그녀가 이바노프의 아이를 임신했다고 하면 미스터 리도 두 발 벗고 뛰어올 거라는 계산이 있었다.

'폭풍의 언덕' 작전이 시작된 이후 그들이 이 작전 장소를 완벽하게 복제한 레플리카까지 지었다 부쉈다 하면서• 훈련한 건 이때를 대비해서였다. 사실 대공 하나를 잡기 위해서가 아니라.

그리고 그들 팀은 가말을 데리고 탈출하는 역할이었다.

한 중사가 위를 올려다보고 중얼거렸다.

"크라켄이 신났겠군요."

크라켄은 악당들을 일망타진하는 역할을 맡은 팀의 콜사인이었다. 도영은 말했다.

"저희는 저희 일에 집중하죠. 가말과 라토를 구출해야 합니다."

보통 때라면 이런 작전의 메인 이벤트에 끼지 못한다는 사실에 반발했겠지만 도영은 이번만큼은 메인 이벤트에 낄 생각조차 없었다. 지금 그의 유일한 목표는 가말을 그 자리에서 무사히 빼내는 것뿐이었다.

"타와."

• 마크 오언, 케빈 모러, 『노 이지 데이』, 이동훈, 길찾기(2013)

그때 어둠 속에서 토라가 이투하들을 데리고 나타났다.

"이동 수단들은?"

도영은 물었다.

"모두 무력화시켰어."

그러고는 토라는 인상을 쓰고 말했다.

"근데 감이 좋지 않아. 안쪽에서 움직임이 분주해."

그에 도영이 무어라 말하려는 순간이었다. 모든 대원들과 상황을 공유할 수 있는 랜드 시스템을 통해 무전이 들어왔다.

[전 세계에서 동시다발적인 테러가 일어나고 있습니다. 레기온이 자신들의 소행이라며 성명을 발표하고 있다고 합니다.]

도영은 바로 크라켄 쪽에 무전을 보냈다.

"지금 당장 돌격해야 합니다."

이 타이밍을 놓쳐선 안 됐다. 대공은 MCTC가 동요하는 틈을 만들기 위해 테러를 감행한 게 분명했다. 하지만 크라켄을 이끄는 지휘관은 다르게 생각하는 모양이었다.

[잠깐, 내부 상황이 좋지 않은 거 같아. 대기…….]

"지금 바로 들어가십시오."

[여기 명령권자는 나야.]

도영은 더 말씨름하는 걸 그만두었다. 조금도 지체할 시간이 없었다. 바로 무전을 끊고 팀에게 말했다.

"바로 들어가겠습니다."

"괜찮겠습니까?"

한 중사는 물었다. 렉스와 대립한 건 연기였지만 지금 명령 체계를 무시하면 나중에 처벌을 받을 수밖에 없었기 때문이다. 하지만 도영은 확고했다.

"가말한테 신호를 보내세요."

그때 소리가 들렸다. 아니, 정확히는 바람이 느껴졌다. 그리고 저택을 둘러싸고 있는 검은 숲이 흔들리며 떠올랐다, 숲에서 나타나는 맹수처럼 눈을 빛내는 헬기가.

빛이 번쩍이는 순간 일방적인 사냥에 가까운 사격이 시작되었다. 도영은 외쳤다.

"달려!"

◇◇◇

"지금 당장에라도 네가 임신했는지 검사할 수 있어."

쿠니스는 말했다.

로열 스타는 그를 도와주는 대가로 이쪽이 가지고 있는 '베타-루아스 바이러스에 관한 연구 자료'를 요구했다. 3년 전 베타-루아스 바이러스의 프로토타입을 연구했던 제약회사 제노아틱스가 해체되면서 감쪽같이 사라진.

그러면 로열 스타는 가말을 찾아주겠다고 약속했다. 하지만 그 제안을 받자마자 쿠니스는 로열 스타에게 다른 꿍꿍이가 있다는 사실을 눈치챘다. 나쁜 놈은 나쁜 놈을 알아보는 법이니까.

그걸 역이용하기로 했다.

가말의 성격을 생각하면 도영 드페르가 아무 죄가 없는, 심지어 사람들을 지키는 군인이라는 사실을 알게 되면 자신이 자유로워지기 위해 그를 이용하는 일은 하지 못할 거라고 확신했다. 그를 남자로 좋아하든 좋아하지 않든. 그래서 가말을 이용해 도영으로부터 정보를 빼내려는 로열 스타의 작전은 실패할 거라는 걸 처음부터 내다보았으나, 어쩌면 이용할 수 있겠다고 생각했다. 가말이 제 발로 제게 오도록.

"어쨌든 이야기는 조용한 곳에 가서 더 나누자고. 지금은 떠나야 할 때야."

쿠니스의 말에 가말은 심각한 얼굴이 되었다.

"난 아무 데도 가지 않아."

"아니, 넌 나와 가는 거야. 결혼하지 않은 여성 부족원은 가장에게 복종해야 하는 거야. 잊었어? 나는 사타디 부족장의 장남이야."

"넌 살인을 저지르고 재판을 받지 않았어. 그런 사람은 부족장의 자격이 없어."

부족장에게 후계자가 될 아들이 없거나 아들에게 흠이 있다면 부족장의 자격은 다음 대로 내려갔다. 즉, 이 상황에 원칙적으로 부족장의 자격은 가말이 낳을 아이에게 있었다.

쿠니스는 어깨를 으쓱였다.

"룰에 복종할 생각도 있어. 날 재판할 사람이 있다면."

그때 자동문이 열리고, 정장을 입고 지적인 인상을 한 젊은 여자가 들어왔다.

"의사야."

쿠니스가 경계하지 말라는 듯 말했지만 라토는 가말을 제 몸

뒤로 숨기며 이를 드러냈다.

"다가오지 마."

그러거나 말거나 쿠니스는 고갯짓했다. 그러자 레기온 대원들이 라토와 이투하들을 위험한 동물을 대하듯이 총을 겨누었다.

"저항하지 말아주십시오."

다가온 의사는 인간이었다. 꼭 인간이라면 위해를 가하지 못한다는 걸 알고 있듯이.

가말은 라토와 이투하들을 돌아보았다. 비록 베타-루아스 바이러스를 원한다는 건 작전 때문에 한 거짓말이었지만 부족 사람들이 그녀에게 소중하다는 건 사실이었다. 여기서 잃을 수는 없었다.

그사이에 의사가 가말의 팔을 잡아 피를 뽑고는 분석 기계에 넣고 버튼을 눌렀다. 결과를 기다리는 동안 라토는 재빨리 머리를 굴렸다. 뭔가 해야만 했다.

두두두두두두. 갑자기 밖에서 사격 소리가 들려, 라토는 흠칫하며 바깥을 보았다. 총소리가 날 때마다 문이 덜덜 떨려왔다. 문이 다 닫혀 있는데도 이 정도로 소리가 들린다면 일반적인 총으로 쏘는 소리는 아니었다.

하지만 쿠니스가 평온한 걸 보니 그는 이 소리의 정체를 알고 있는 것 같았다. 감이 좋지 않았다. 혹시 MCTC의 팀이 들킨 거라면…….

그때 의사가 고개를 들고 말했다.

"양성입니다."

쿠니스는 그 말을 이해하지 못한 얼굴로 의사를 돌아보았다.

"양성?"

"네. 임신하셨습니다."

가말도 의아해하는 표정을 숨길 수 없었다.

그녀는 임신하지 않았다. 작전에 들어가기 전에 몸에 이상은 없는지, 혹시 진짜로 임신은 하지 않았는지 알기 위해 ISLE에서 직접 검사를 했었기 때문이다. 그래서 의사가 같은 스파이인가 싶었다.

"임신했다고?"

쿠니스도 납득을 할 수 없는지 누차 물었다.

"거짓말하면 산 채로 사지를 찢어버릴 거야."

그러자 의사는 긴장한 얼굴로 대답했다.

"사실입니다. 원하시면 다시 검사해보셔도 괜찮습니다."

쿠니스는 가말을 돌아보고 위에서 아래로 꼼꼼히 훑었다. 그에 가말은 태연한 척 말했다.

"봐. 난 거짓말하지 않았어."

그럼에도 쿠니스는 여전히 의심이 가시지 않는지 눈을 가느다랗게 떴다.

"정말 네가 베타-루아스 바이러스를 원한다고?"

"그렇지 않으면 왜 여기 있겠어?"

가말이 천연덕스럽게 말하자 쿠니스는 잠깐 말이 없다가 중얼거렸다.

"세월은 너마저 변하게 한 걸까?"

"삼천 년이야, 쿠니스."

가말은 입가를 끌어올려 웃었다.

"바위산도 변할 세월이었잖아."

쿠니스가 가말을 주의 깊게 보는 동안 벽에 붙어 있는, 빈티지한 커다란 괘종시계에서 초침이 가는 소리가 들렸다.

달칵, 틱, 틱…….

그때였다. 라토가 울부짖었다. 그리고 그를 붙잡고 있는 루아스의 목을 후려쳤다. 바로 이투하들이 반응해 레기온 대원들을 공격하기 시작했다. 라토는 가말을 잡자마자 안아 들어 창문으로 달렸다. 가말이 놀라 외쳤다.

"라토, 왜……!"

쿠니스가 거의 그들을 믿을 뻔했는데 어째서 이러는지 알 수 없었다.

라토는 중얼거렸다.

"미안, 마티. 감이 좋지 않아."

저쪽에서 굳이 가말이 임신했다고 페이크를 쓸 이유가 없었다. 진짜로 임신한 게 아니고서야.

물론 작전 전에 모두 검사했지만 일이 잘못되려면 어떻게든 잘못되는 법이었다. 그걸 인정한다는 점에서 라토는 토라보다 현실적이었다. 이제 작전은 중요하지 않았다. 이 자리에서 무사히 탈출하는 것, 무엇보다 그게 최우선이었다.

창문에 거의 다다른 순간, 베란다에서 무장한 레기온 대원들이 총을 겨누며 나타났다. 라토는 주춤했다. 어느새 모든 입구를 포위하고 있었던 것이다.

이 정도로 많은 숫자를 상대하기에는 아무리 일당백인 이투하들이라고 해도 역부족이었다.

그때 쿠니스가 뒤로 다가오며 확신조로 말했다.

"너희도 예상하지 못했던 거야, 그렇지?"

가말은 흔들리는 눈으로 라토를 보았다. 정말로 자신이 임신했는지 의심하기 시작한 얼굴이었다.

"라토."

가말이 불안해하며 부르자 라토는 그를 겨눈 총구에서 시선을 떼지 않은 채 말했다.

"아냐, 마티. 저놈들 수법이야. 동요시키려는 거야."

하지만 다른 사람은 몰라도 가말은 라토가 긴장했다는 사실을 알 수 있었다. 그리고 그렇다는 의미는, 일이 잘못되어가고 있다는 말이었다.

"우리는 가임 혈통에 대해 불법적인 실험을 꽤 했거든."

문득 쿠니스가 말했다.

"'태어나는' 루아스들은 모체 속에 있을 때 자신들을 숨길 줄 알아. 꼭 바이러스처럼 말이야. 그래서 일반적인 검사에서는 임신 여부가 나오지 않을 때가 있지."

그러면서 싱긋 웃었다. 정말 기뻐 어쩔 줄 모르는 아이처럼.

"내가 유전자 검사 기계를 가져온 게 그 이유야."

라토는, 실로 등골이 서늘해진다는 게 어떤 의미인지 알았다.

"하지만 ISLE은 가임 혈통들을 일일이 설득하면서 도덕과 윤리, 절차에 어긋나지 않는 실험 데이터만 가지고 있겠지?"

그러고는 쿠니스는 고갯짓했다.

"데려가."

그러자 레기온 대원이 라토에게 거의 총구를 갖다 붙였다. 가말은 얼른 그 사이를 막아섰다.

"라토를 건들지 마."

"그럼 저항하지 마."

쿠니스는 눈이 번뜩거렸다.

"네가 그렇게 싸고도는 것만 해도 충분히 죽이고 싶어지니까."

그때 라토가 가말의 팔을 꽉 잡았다.

"마티, 약속했잖아."

"마티, 약속해."

작전이 시작되기 전 라토는 가말을 마주하고 말했다.

"만약 그래야 하는 순간이 오면 날 희생하겠다고."

"뭐? 말도……."

가말이 말하려고 하자 라토는 우선 말을 막고 덧붙였다.

"내가 죽겠다는 이야기가 아냐. 난 어떻게든 살아나올 거야. 이건 마티의 마음가짐에 대한 문제야. 작전을 성공시키는 데만 집중해. 약속할 수 있지?"

하지만 가말은 선뜻 대답하지 않았다.

"마티."

라토가 부드러우면서도 단호한 투로 불렀을 때에야 가말은 어쩔 수 없이 고개를 끄덕였다.

"약속해."

그때, 둘 사이에 무슨 약속이 오갔는지 대강 짐작한 쿠니스가 말했다.

"내가 네 클리엔테스를 죽이지 못할 거라고 생각하지 마. 이제는 널 잡을 미끼로 쓸 일도 없으니까."

가말의 얼굴이 흐려졌다. 알 수 있었다. 그녀가 이 자리에서 달아난다면 쿠니스는 여봐란듯이 라토를 죽이리라고.

각오가 부족했다고 하더라도 라토를 희생할 수는 없었다.

그런 가말을 보는 라토는 눈이 짙어졌다. 그도 이런 상황을 짐작하지 못했던 건 아니었다. 착하고 다정한 제 마티는 그가 위험해지는 상황을 참지 못할 테니까. 그게 단점이자 장점인 사람이었고, 그 마음씨는 가말을 이루는 중요한 요소 중 하나였다. 그래서 라토는 이 상황이 놀랍지 않았고, 어쩌면 예상하기도 했다.

레기온 대원들이 라토를 잡아당겼다. 그리고 그들이 라토에게 수갑을 채우는 동안 가말은 쿠니스를 보았다. 그는 특별히 어떤 감정을 드러내지 않는 표정이었지만 얼굴에 어렴풋이 만족감이 감돌았다. 꼭 그녀가 이렇게 행동할 줄 알았다는 듯이.

"가시죠."

레기온은 이투하들은 모두 내버려두고 가말과 라토만 옥상으로 데려갔다. 곧이어 옥상에 헬기가 바람을 일으키며 내려앉았다.

손이 뒤로 묶여 있는 라토는 흘긋 뒤를 보았다. 도영의 팀이 시간에 맞게만 온다면 이 상황을 타개할 방법은 있었다.

드드드…….

그때였다. 멀리서 폭음 같은 희미한 소리가 들려오며 건물이 진동을 일으켰다. 라토는 바닥을 내려다보았다. 육안으로도 알 수 있을 만큼 확실하게 땅 전체가 흔들렸다.

"MCTC는 오지 않아."

뒤에서 라헬이 말했다.

"여기까지 병력을 보낼 겨를은 없을 테니까."

쿵……. 쿠구궁…….

교전이 이어지는 것 같은 소리가 멈추지 않았다.

"이 소리가 들려?"

모래바람에 휘날리는 금발 사이로, 붉은 입술이 곡선을 그리며 웃었다.

"우리가 돌아온 소리."

결국 라토는 인정할 수밖에 없었다. 이번 작전은 실패했다.

쾅! 도영은 어깨로 문을 밀치고 옥상으로 뛰어나갔다. 폭풍 같은 바람이 헬기장을 휩쓸고 있었다. 바람에 섞인 굵은 알갱이들이 헬멧과 헬멧 유리에 타닥, 타다닥, 탁탁, 와 부딪쳤다. 그 사이로 이미 헬기는 잿빛 하늘 멀리 사라져가고 있었다.

"소령님!"

뒤에 온 한 중사가 외쳤다.

"당장 뒤쫓아갑니다."

도영은 지체할 것 없이 돌아서면서 소리쳤다.

◇◇◇

헬기는 하늘을 가로지르고 날아갔다. 그 창에 아래를 내려다보는 쿠니스가 비쳤다.

쿠니스는 무심히 지나가는 풍경을 내려다보며 중얼거렸다.

"왕국을 세워야겠다고 생각했어. 대도시들 중에 하나를 탈취할 수도 있었지만 역시 우리 고향이 머릿속에서 떠나지 않더라고."

"고향은 없어."

건너편 자리에 앉아 있는 가말은 심각한 얼굴로 말했다.

이제 그곳은 터키라고 부르는 나라였고, 땅도 사람들도 고향이라고 부를 수도 없을 만큼 변해버렸다.

하지만 쿠니스는 자신만만하게 말했다.

"없다면 다시 만들면 되는 거야. 우리에겐 그럴 힘이 있으니까."

"사이코 자식."

좀 떨어진 자리에 붙잡혀 앉아 있는 라토가 욕설처럼 내뱉자 쿠니스는 흘긋 그를 보았다.

"앞으로 말을 삼가도록 해. 계속 가말 옆에 있고 싶다면."

그때 거구의 흡혈귀가 본때를 보여주려는 듯이 라토를 붙잡으려고 했다. 그러자 라토는 재빨리 반응해서 피했다. 그에 또 아수라장이 되려고 하자 가말이 외쳤다.

"라토를 내버려둬!"

그러자 쿠니스가 상황을 중재하려는 듯이 말했다.

"모두 진정해. 잊었는지 모르겠지만 가말은 내 쌍둥이야. 이 세상에서 가말한테 해를 끼칠 사람의 리스트가 있다면 난 그 리스트에 올라가지도 않아."

"그럼 왜 이런 식으로 마티를 납치하는 거야? 넌 마티의 의사 따위 존중하지 않잖아."

라토가 으르렁거렸다. 그럼에도 쿠니스는 여유로운 투를 잃지 않았다.

"우리에겐 찬찬히 대화할 시간이 필요한데 아무도 그걸 존중해주지 않아서 말이야."

가말은 심각하게 말했다.

"라토를 놔줘."

쿠니스가 손짓하자 그제야 거구의 흡혈귀가 라토에게서 손을 뗐다.

"넌 도영을 죽일 뻔했어."

가말도 작전이 실패했다는 걸 인정하고 말했다. 하지만 쿠니스는 어깨를 으쓱였다.

"하지만 내 덕분에 뱀파이어가 됐으니 따지고 보면 내가 은인 아니야? 그래서 덕분에 이렇게 아이까지 가졌잖아?"

"헛소리하지 마."

라토가 끼어들었다. 그러자 쿠니스는 무표정하게 중얼거렸다.

"가족끼리 너무하네."

"누가 가족이야?"

라토는 이를 갈았다.

"감염원이 같을 뿐이야. 넌 마티가 아니라 마티를 감염시킨 늪에 감염됐으니까."

그때 가말이 나섰다.

"쿠니스. 넌 너무 많은 사람들을 아프게 했어. 죗값을 치러. 널 기다리고 있을게. 난 네 시지니까."

쿠니스는 훗 웃었다.

"맞아. 우리는 시지야. 아다드 신이 널 내게 줬어. 우리가 하나라는 사실은 변하지 않아, 영원히."

그 말이 끝나자 라헬이 아까부터 특수 케이스를 들고 다니던 대원에게서 그것을 건네받아 다가왔다. 그리고 케이스를 의자에 내려놓고 열었다. 거기에는 충전재 가운데 총처럼 생긴 철제 주사기 두 개가 놓여 있었다. 불길하게 생긴 모양새에 가말과 라토가 시선이 팔린 사이 쿠니스가 말했다.

"내게도 클리엔테스가 하나 있었어. 이름은 마르코프였지. 말이 없는 녀석이었어. 대신 비디오 게임을 잘했지. 그래서 항상 내가 졌어."

그러면서 쿠니스는 제 소매를 걷었다.

"그런데 그 녀석이 날 도와준답시고 제 몸에 폭탄을 심어서 자살 공격으로 한 번 이반 이바노프와 알렉스 야크트훈트를 시원하게 날려버렸지 뭐야?"

그러고는 라토를 눈짓했다.

"이투하 네놈은 알지? 3년 전 크루즈 폭발 사건. 안타까운 일이야. 늙은것들은 살이 질겨서 살아 나왔는데 마르코프 녀석만 죽어나갔으니."

당연히 라토는 그 사건에 대해 알았지만 순순히 대답하진 않았다.

"하고 싶은 말이 뭐야?"

"그때 이바노프 놈들을 죽일 뻔했던 물건."

마침 라헬이 주사기 하나를 꺼내 쿠니스의 팔에 바늘을 찔렀다.

"마르코프가 제 몸에 넣었던 거랑 달리 이건 심장에 가 붙어. 웬만한 방법으로는 제거할 수 없지."

그리고 라헬이 주사기의 피스톤을 내리자 푹 바람 빠지는 소리와 함께 주사기 안에 들어 있는 정체 모를 것이 쿠니스의 몸에 주사되었다.

그때 가말을 보는 붉은 눈이 빛나는 안광을 뿜었다.

"그리고 한쪽이 폭발하면 다른 쪽도 자동으로 폭발해."

쾅! 라토가 옆에 있는 레기온 대원을 벽에 처박아버리고 뛰어나갔다. 그럼에도 쿠니스는 움직이지 않았다. 반면 그를 가운데 두고 바위를 둘러 흐르는 강물처럼 레기온 대원들이 당장 달려와 라토를 바닥에 억눌렀다. 그러다 못해 몸으로 깔아뭉개다시피 했다.

"마티를 건들지 마!"

울부짖으며 라토가 일어나려고 하자 대원 둘이 더 와서 내리눌렀다. 그리고 용접기처럼 불꽃이 번쩍거리는 테이저를 그의 목에 갖다 댔다. 살이 타는 냄새가 퍼졌다. 라토는 터져 나오려는 신음을 씹어 삼켰다. 가말은 소리쳤다.

"그만해! 라토를 놔줘!"

그녀라고 마냥 소리만 치는 일이 답답하지 않을 리 없었으나 혹시 라토에게 더 위해를 가할까 봐 섣불리 공격할 수가 없었다.

그사이에 라헬이 가말의 팔을 붙잡아 당겼다. 하지만 가말은 라토를 신경 쓰느라 그녀가 그러는 줄도 몰랐다. 쿠니스는 웃었다.

"내가 살면 너도 살고 내가 죽으면 너도 죽는 거야. 우리는 시지니까. 안 그래?"

미소가 날카로웠다.

"곧 UFD(연합 사막 연방, The United Federal Desert)의 국경을 넘어가게 됩니다."

조종사인 대위가 흘긋 돌아보고 말했다. 하지만 도영은 눈에 힘을 주고 앞을 보고 있을 뿐이었다.

[식별되지 않는 외국 군용기에게 전한다.]•

• 교신 참고
https://www.youtube.com/watch?v=LL17Mj3EPJA&ab_channel=%EB%A9%94%EB%A1%9C%EB%8B%88
https://www.youtube.com/watch?v=lunow6tNQeU&ab_channel=%EB%A9%94%EB%A1%9C%EB%8B%88
https://www.youtube.com/watch?v=ZQNYAk-9sjQ&ab_channel=%EB%A9%94%EB%A1%9C%EB%8B%88

마침 교신이 들어왔다.

[해당 군용기는 국경에 접근 중이다. 기수를 돌리길 바란다.]

창밖을 보자 저 멀리 언뜻 전투기가 두 대가 따라붙어 있었다. 대위는 대답했다.

"우리는 MCTC 소속의 군용기다. 무선을 보내는 쪽의 신원을 밝혀라."

[UFD 공군이다.]

대위는 창밖에 보이는 전투기들의 기색을 살피며 교신을 보냈다.

"우리는 합법적인 군사행동으로 UFD의 영내로 들어가길 원한다. 허가 바란다."

그쪽 상부와 이야기 중인지 잠깐 침묵이 감돌고, 긴장이 감도는 분위기에서 기다렸다. 이내 다시 교신이 들어왔다.

[해당 군사행동을 불허한다. 바로 돌아가지 않으면 발포하겠다.]

"소령님."

대위가 심각한 얼굴로 돌아보고 불렀다. 하지만 도영은 후퇴를 명령하지 않고 그저 앞을 보고 있을 뿐이었다.

[마지막 경고다. 기수를 돌리지 않으면 격추하겠다.]

"소령님."

도영은 이를 꾹 물었다. 고집을 피운다고 해결될 상황이 아니었다. 이대로 밀고 들어가봤자 전 UFD 공군의 추격을 받을 뿐이었으니까. 그래서 말할 수밖에 없었다.

"돌리십시오."

바로 비행기는 호선을 그리며 반대로 기수를 돌렸다. 그사이에 도영이 심각한 얼굴로 말했다.

"UFD에서 레기온의 비행기를 요격하지 않았습니다."

그렇다는 의미는 두 가지였다. UFD 공군이 레기온의 비행기를 놓쳤거나, UFD와 레기온 사이에 모종의 이해관계가 있거나.

안타까운 건, 첫 번째는 별로 가능성이 없다는 점이었다. UFD도 그렇게 허술한 국방 시스템을 지니고 있진 않을 테니까.

"소장님."

보좌관이 와서 렉스의 귓가에 무어라 속삭였다. 그러자 렉스는 살짝 고개를 저었다.

"지금은 바쁘다고 전하십시오."

"급한 일이라고 합니다."

그에 렉스는 어쩔 수 없이 손짓했다. 그러자 모니터에 상대가 떴다.

[소장님, 꼭 말씀드릴 게 있습니다.]

그리고 상대가 하는 말을 들은 렉스는 드물게 놀란 얼굴로 되물었다.

"뭐라고 했습니까?"

상대는 고개를 끄덕였다.

[이건 저희도 정말 예상하지 못했습니다. 아무래도 루아스 배

아는…….]

"빌어먹을."

사람들은 반듯하기 이를 데 없는 소장이 욕을 다 쓰는 모습에 놀랐다.

"하필……."

중얼거리더니 렉스는 손을 내리고 화면 너머에 있는 상대에게 말했다.

"알았습니다. 들어오십시오."

그리고 전화를 끊고 보좌관에게 물었다.

"소령과 팀은?"

"곧 도착합니다."

그에 렉스는 더 말할 것 없이 밖으로 나갔다.

막 격납고 앞에는 헬기가 내려앉고 있었다. 그리고 문이 전부 열리기도 전에 도영이 박차고 내렸다.

도영은 렉스를 발견하자마자 말했다.

"UFD(연합 사막 연방)에 공조를 요청해주십시오. 1시간 내로 다시 출발하겠습니다."

"소령. 좋은 소식과 나쁜 소식이 있습니다."

렉스가 제 곁을 지나가는 도영에게 말했지만 그는 뒤돌아보지도 않았다.

"지금은 둘 다 듣고 싶지 않습니다."

"들어야 할 겁니다."

그제야 도영은 멈춰 서서 렉스를 보았다. 그러자마자 렉스는 지체 없이 말했다.

"좋은 쪽부터 말하죠. 축하합니다. 가말이 임신했습니다."

도영이 얼핏 의아해하는 표정을 짓자 렉스는 덧붙였다.

"이번엔 진짜입니다."

도영은 헛웃음을 터뜨렸다.

"이건 무슨 작전입니까?"

하지만 렉스는 아무 말도 하지 않았다. 도영은 천천히 미간을 찌푸렸다.

"하지만 작전에 들어가기 전에 검사를 하지 않았습니까?"

"이건 가설입니다만……."

그때, 지금까지는 있는 줄도 눈치채지 못했지만 렉스 바로 뒤에 서 있는, 짙은 초록색 투피스 정장을 입은 중년 여성이 말했다. 도영도 아는 얼굴이었다. ISLE 산하의 헥사 사이언스 바이오 연구소의 발레리아 홀스트 소장이었다.

"혹시 헤르페스 바이러스나 HIV(인간면역결핍 바이러스)의 메커니즘에 대해 아십니까?"

하지만 진짜 질문은 아니었기 때문에 홀스트 소장은 바로 이어 말했다.

"헤르페스 바이러스는 평소에는 숙주의 신경절에 숨어 지내고, HIV는 면역계의 공격을 받지 않도록 항원세포인 T세포를 피해 숨어 있다가 발현하죠.• 그 비슷한 기전으로, 아무래도 배아가

• 야마노우치 가즈야, 「조용한 공포로 다가온 바이러스」, 오시연, 하이픈(2020)

숨어 있었던 거 같습니다. 적에게 들키지 않기 위해."

"적이라뇨?"

이야기를 듣던 크루즈 중사가 저도 모르게 물었다. 누가 적이란 말인가? 그러자 홀스트 소장이 말했다.

"배아 입장에서는 모체 바깥에 있는 건 전부 적이 될 수 있죠. 자아는 없어도 아마 자신이 굉장히 특수한 존재라는 사실을 깨닫고 자기 보호 시스템을 작동한 게 아닌가 싶습니다."

그리고 배아로서는 자신이 숨음으로 인해 바깥 상황이 어떻게 돌아가게 되는지는 고려 대상이 아니었다. 사실 알지도 못할 테고.

"그래서 검사에서 나오지 않았던……."

"그걸 레기온은 알고 있습니까?"

도영은 홀스트 소장의 말을 끊고 물었다. 그러자 장소가 장소니만큼 홀스트 소장은 사무적인 태도를 유지하려고 노력하나 어쩔 수 없이 안타까운 기색을 보이며 고개를 끄덕였다.

"불행히도 그런 거 같습니다."

"우리 검사에는 안 나온 걸 그쪽은 어떻게 알게 된 거죠?"

상황을 파악해야 한다는 본능이 발동한 도영은 기계적인 투로 재차 물었다. 그러자 홀스트 소장이 대답했다.

"레기온 측에서 유전자 단위의 검사 기술을 썼을 가능성이 제일 높습니다."

마침내 렉스가 나섰다.

"중요한 건, 실제로 임신이 됐다는 겁니다."

드디어 이 상황이 작전도, 기분 나쁜 농담도 아니라는 사실을 깨달은 도영은 얼굴이 창백해졌다.

"그게 무슨……."

그때 목소리가 들려와 돌아보자, 막 도착한 토라가 도영과 비슷한 얼굴색을 하고 서 있었다.

"그럼 지금 아이를 가진 마티가 그 미저리 자식 손에 있다는 겁니까?"

"그렇습니다."

토라는 이보다 더 기가 찰 수는 없다는 얼굴이 되었다.

"이 상황에 나쁜 소식은 뭐죠?"

"같은 겁니다. 가말이 임신했습니다."

렉스는 쓴웃음을 짓고 덧붙였다.

"그야말로 최악의 상황이죠."

15
The Fortress

수송기는 좀비 바이러스가 휩쓸고 지나간 듯이 텅 비어 있는 공항에 착륙했다. 거기서 헬기로 바꿔 타고, 또 한참을 날아가는 내내 끝없는 모래 바다만이 펼쳐졌다.

폭탄을 심은 이후로 쿠니스는 가말에게 말을 걸지 않았다. 그저 조금 떨어진 가운데 자리에 앉아 있을 뿐이었다.

얼마나 갔는지 모래의 망망대해가 끝나는 곳에, 마침내 도시가 나타났다. 가말은 창에 붙이고 있던 얼굴을 서서히 들었다.

수평선 너머로 서서히 떠오르는 건 도시가 아니었다. 요새였다. 일순 도시처럼 보일 만큼, 저지대에서 고지대로 이어지는 성벽에 둘러싸인 거대한 요새였다. 꼭 시리아의 십자군 요새 크락 데 슈발리에와 옛 그라나다 왕국(현재 스페인)의 알함브라 궁전을 섞어놓은 모습이었다.

전체적인 형태는 적군을 막는 데 기능과 구조를 집중한 요새지만, 성벽은 왕궁을 보호하는 것처럼 육중한 삼중 구조였다. 그 안쪽으로 피아식별(아군인지 적군인지 식별하는 일)을 끝낸 지대공 미사일들이 덜컹거리며 다시 제자리로 돌아가는 모습이 보였다.

[AF-11. 착륙을 허가한다.]

헬기 조종사가 교신을 받고 조종간을 틀자 헬기가 부드럽게 호선을 그리며 성벽을 넘어갔다. 그리고 요새 가운데 광장에 내려섰다.

천천히 헬기의 프로펠러 소리가 잦아들었다.

철컹. 헬기 문이 열리고 쿠니스가 먼저 내려섰다. 이어서 옆에 앉아 있던 레기온 대원이 가말에게 말했다.

"내리시죠."

가말은 일어나 내려갔다. 밖에는 이런 기후에서 더워 보일 정도로 중무장한 사람들이 소총을 들고 포진해있었다.

요새는 겉보기엔 다소 황량했으나 내부는 진짜 중세에 지은 다른 요새와는 비교되지 않을 정도로 넓고 호사스러웠다. 바닥 전체에 색이 화려한 타일이 깔려 있고, 낮은 계단을 내려가 이어지는 네모난 중정의 연못에는 폭포가 쏟아졌다.

그리고 수많은 사람들이 모여 있었다.

"오셨습니까."

선두에 서 있는 토브(아랍 남성이 입는 겉옷)를 입은 아랍계 중년 남자가 고개를 숙여 인사했다. 그리고 그가 고개를 들자 붉은 눈이 서늘하게 빛났다.

"하심, 오랜만이군."

쿠니스가 알은체하자 하심이 정중하게 묵례했다.

"고생이 많으셨습니다."

이 요새에는 처음 와보는 쿠니스가 주변을 둘러보자 하심이 물었다.

"마음에 드십니까?"

"지낼 만하겠군."

그때 하심의 시선이 가말에게 멈추었다.

"드디어 쌍둥이분을 찾으셨군요."

그러자 쿠니스가 가말을 돌아보고 이곳의 주인처럼 말했다.

"어서 와."

"여긴……."

"우리의 새로운 고향이야."

가말은 주변을 둘러보았다. 색색의 조명이 빛나는 궁전은 오히려 로맨틱한 느낌이었다. 거기에 무장을 한 경비병들과 고급 호텔의 직원처럼 흰 제복을 입은 남녀들, 캐주얼부터 클래식까지 제멋대로 통일성 없는 옷을 입은 레기온의 간부들이 늘어서있었다.

그 가운데 쿠니스는 연회에 온 사람처럼 고급스러운 정장을 입은 상태였다. 전체적으로 어울리지 않는 사진들을 잘라 갖다 붙여놓은 것처럼 기이한 그림이었다.

가말은 다시 쿠니스에게 시선을 멈추었다.

"우린 한 번도 왕궁에 살았던 적 없어."

"곧 적응될 거야."

그렇게 말하고 쿠니스는 그녀에게 한 걸음 내디뎠다. 가말은 얼른 물러나며 제 곁에 있는 라토의 팔을 쥐었다.

"내게 다가오지 마."

쿠니스는 멈추었다. 라토도 가말을 제 뒤로 감추며 적대적인 눈빛을 숨기지 않았다. 그런 그들을 모두가 지켜보고 있었다.

'시간이 필요하겠군.'

쿠니스는 그 사실을 인정할 수밖에 없었다. 어차피 갈등의 골이 깊었기 때문에 하루아침에 관계가 개선될 수 있을 거란 생각은 하지 않았다.

"방을 안내해줄 거야. 일단 쉬어."

말하고 쿠니스는 돌아서서 갔다. 그 뒤를 레기온의 간부들이 왕의 망토처럼 전부 따라가는 모습은 어떤 의미로 장관이었다.

이내 가말과 라토 주변에는 흰옷을 입은 자들만이 남았다.

"마티."

간부들이 사라지기 기다렸다가 라토가 작게 불렀다. 가말은 그의 손을 꽉 쥐었다.

"괜찮아."

그때 흰옷을 입은 여자들이 다가와 말했다.

"방을 안내해드리겠습니다."

가말은 그들을 의아하게 보았다. 안 그래도 아까부터 신경 쓰였는데, 여기 있는 여자들은 인간이었다. 처음에는 이 요새에 잡혀 있다고 생각했지만 여자들의 얼굴에서는 특별히 두려움이나 공포가 드러나지 않았다. 오히려 자기들이 있어야 할 곳에 있는 것처럼 태연해 보였다.

"여기 잡혀 있는 거야?"

가말이 묻자 여자들은 오히려 의아하다는 얼굴을 했다.

"네? 아뇨."

"그럼 여기서 뭐해? 너횐 인간이잖아."

여자들은 여전히 질문을 이해하지 못했다. 하지만 가말을 안심시키기 위해서인지 온화한 미소를 짓고 말했다.

"사도님을 모시기 위해서입니다."

이번에는 가말이 이해하지 못했다.

"사도님?"

"네, 사도님."

"나?"

사도라는 게 자기를 말한다고 생각지도 못한 가말은 되물었다.

"왜 날 모셔?"

여자는 미소를 잃지 않았다.

"사도님께서 지상에서 지내실 때 불편함이 없도록 저희가 모시는 일은 당연하죠."

갑자기 라토가 가말의 손을 힘주어 잡아, 가말은 그를 올려다보았다. 그런데 라토의 얼굴이 심각했다. 아니, 정체가 탄로 난 뒤로 계속 심각하긴 했지만 지금은 이곳이 제 무덤이라는 이야기라도 들은 사람 같았다.

"라토?"

가말이 불렀지만 라토는 여자를 보고 물었다.

"영원교가 왜 여기 있는 거지?"

"네?"

여자들은 자신들이 대답할 수 없는 질문을 받고 당황했다. 하지만 그건 질문에 대답할 위치나 권리가 되지 않아서라기보다, 해가 뜨고 밤이 오는 것처럼 당연해서 한 번도 의문을 품어보지 않은 이치에 대해 질문을 받았기 때문이다.

"문제가 있습니까?"

그때 좀 나이 든 여자가 여자들 사이로 다가와 물었다. 길거리에서 만났다면 저도 모르게 미소를 지으며 지나가도록 자리를 비켜줬을 법한, 온화한 인상을 지닌 중년 여성이었다.

"아니야. 방이 어디라고?"

라토가 말하고, 여자들이 안내하는 대로 두 사람은 복도를 걸어갔다.

사막 한가운데에 이런 왕궁이 있으리라고는 아무도 상상할 수 없을 것 같았다. 걸어가면서 벽타일의 섬세한 아라베스크 무늬에 시선이 팔려 있다가 가말은 라토를 돌아보고 작게 물었다.

"그런데 영원교가 뭐야?"

라토는 앞서가는 여자들을 흘긋 보고 대답했다.

"뱀파이어를 추종하는 종교단체야. 특히 여자 뱀파이어를 신성시해. 임신할 수 있는 여자 뱀파이어, 자기들 말로 '사도'가 있다고 믿거든."

임신할 수 있는 여자 뱀파이어라면…….

가말은 자신을 가리켰다.

"나?"

라토는 고개를 끄덕였다.

"그리고 사도의 배에서 태어난 메시아가 자기들을 천국으로 안내할 거라고 믿어."

라토로서도 정작 자기들이 가임 혈통이라고는 상상도 하지 못했기에 얼마 전까진 그냥 별게 다 있구나 생각하고 넘겼을 뿐이다. 밖에서 가끔 영원교 신도를 마주친 적 있었지만 그쪽도 그를 지나가다 만나는 뱀파이어 이상으로 취급하지 않았고.

"그래서 영원교는 예전부터 여러 여자 뱀파이어 납치 사건에 연관되어 있어. 희생자도 여럿 있었지. 하지만 뱀파이어에 관련된 법률이 제정되기 전이라 처벌받는 일 없이 지나갔다는 거 같아. 그 이후로도 납치 사건은 몇 번 있었지만 사도님을 모시려는 거뿐이었다고 주장해서 그냥 정신 나간 사이비 교도들의 행각 정도로 받아들여졌지."

그런 이유에서 관련자들은 대부분 벌금형이나 기소유예로 방면되었다.

"나한테도 가끔 여자 신도들이 접근한 적이 있었어. 보통은 뱀파이어와 자면 영생까진 아니어도 그 기운을 얻는다고 해서 자려는 목적이었지."

"잤어?"

가말은 설마하며 물었다. 라토는 고개를 저었다.

"그럴 리가. 그런 여자들은 눈빛이 이상하거든. 뱀파이어로서 아이러니한 말이지만 내 목이라도 물어뜯을 거 같더라고. 아무튼 요즘은 조용해서 교세가 많이 기울은 줄 알았는데……."

라토는 흘긋 뒤를 돌아보았다. 거기엔 약이라도 맞은 것처럼 미소를 잃지 않는, 수많은 사람들이 따르고 있었다.

"전부 여기 모여 있었어."

긴장감이 도는 속삭임이었다.

복잡한 길을 따라 상당히 요새 깊은 곳까지 들어가서 어떤 방에 다다르자 한 여자가 라토에게 말했다.

"제자님께는 다른 방을 안내해드리겠습니다."

그를 떼어놓고 가말에게 무슨 짓을 할 줄 알고? 당연히 라토는 강경하게 말했다.

"마티 옆에 있겠어."

"그건 허락받지 못한 일입니다."

"그럼 직접 떨어뜨려 놔보라고 그래."

라토는 이를 드러내며 으르렁거렸다. 그러자 인간에 불과한 여자들은 겁먹은 기색으로 주춤거리며 물러났다. 그때 목소리가 들려왔다.

"내버려둬."

돌아보자 라헬이 걸어오고 있었다. 꼭 퇴근하는 샐러리맨처럼 목 끝까지 채우고 있던 단추를 두 개 풀고 있는 모습이었다.

"새로운 집에 와서 불안한 아이가 마마와 같이 자야겠다면 그러라고 해야지."

그러고는 가볍게 웃고 지나갔다. 라토는 미간을 찌푸렸지만 상대할 가치도 없다고 생각했기 때문에 별다른 말은 하지 않았다.

간부가 허락한 탓인지 시중을 드는 여자들도 더 뭐라고 하지 않아 라토와 가말은 같이 방으로 들어갔다. 방은 예상대로 호사스러웠다.

"새장을 정성스럽게도 준비했군."

라토는 잔뜩 비꼬았다.

밖에 보이는 중정 위로 하늘이 열려 있었다. 평범한 인간 여자라면 몰라도 가말은 충분히 뛰어나갈 수 있는데도 그물망 하나 쳐놓지 않았다는 건, 감옥은 따로 필요 없다는 말이었다. 가말을 이곳에 가두고 있는 감옥은 그녀의 가슴에 심겨 있으니까.

"목욕하시겠습니까?"

뒤따라 들어온 한 여자가 정중하게 물었다. 그에 가말은 날카롭게 말했다.

"내가 휴가라도 온 줄 알아?"

여자는 '아…….' 소리를 내며 당황하는 기색이 역력했다. 그러자 마음이 약한 가말은 바로 어쩔 줄 몰라 하며 사과하려고 했다.

"아니, 난……."

라토는 그런 그녀의 손을 꾹 쥐었다.

"됐어, 마티."

가말은 라토를 보고는 말을 삼켰다.

"난 바닥에서 잘게."

라토가 말하며 바닥에 앉았다. 그러자 남자 다섯은 누울 수 있을 것처럼 큰 침대에 앉아 있는 가말이 일어나려고 했다.

"그럼 나도……."

라토는 손을 저었다.

"임신한 여자는 바닥에서 자는 거 아니야."

"하지만 바닥 딱딱해."

그래도 라토는 카펫이 깔려 있는 바닥에 드러누웠다.

"짚 더미에서도 잤는데 이쯤이야."

사실 바닥이라고 해도 카펫이 워낙 크고 두툼해서 푹신한 베개와 이불을 가져오니 충분히 훌륭한 잠자리였다. 게다가 쓸데없이 모든 물건이 고급이라 오히려 불편할 정도로 부들거렸다.

"마티도 어서 누워."

라토가 말하자 가말은 어쩔 수 없이 침대에 누웠다. 잠시 침묵이 흐르고 그녀가 작게 중얼거렸다.

"이렇게 둘이 있는 건 오랜만이네."

"그러네."

라토도 중얼거렸다.

기억도 나지 않을 만큼 오래전에, 아마 그가 가말보다 더 나이 들어 보이게 되었을 쯤 그녀에 대한 감정이 어릴 때와 달라졌다. 그게 숲속에서만 살아와 가말 외에 여자라고는 볼일이 없어 착각한 건지, 아니면 진짜 모자가 아닌 그들 사이에 충분히 있을 만한 일이었는지, 확실하지 않았다.

한 가지 확실한 건, 만에 하나 라토에게 제 파트로네스에 대한 미련이 티끌만큼이라도 남아 있었더라도 대공을 보고는 모조리 말라버렸다.

그 집착은 광기였다. 라토는 자신이 조금이라도 대공과 비슷하다는 생각을 견딜 수 없었다. 예전에도 가말을 행복하게 해주고 싶다고 생각했지만 그조차도 원하지 않는 상대에겐 폭력일 수 있음을 깨달았다.

"이런 상황이지만 좋은 거 하나 있어."

그때 가말이 말해 라토는 침대 쪽을 돌아보고 물었다.

"뭐가?"

"라토와 같이 있는 거."

가말은 천장을 보고 있었다.

"숲속에서 혼자 사는 건 외로웠어. 어느 날 너희가 와서, 사실 너희 마티에겐 고마웠어. 너희를 내게 줘서. 나 나빠?"

그러면서 가말은 흘긋 라토를 보았다. 라토는 고개를 저었다.

"아니. 우리 마티도 차라리 고마워했을 거야. 마티가 우릴 데려가줘서."

"너희가 인간으로 죽었으면…… 아주 슬펐을 거야. 살고 싶지 않았을지도 몰라. 따라갔을 거야."

라토는 연한 눈빛으로 속삭이는 가말을 보았다.

니카와 관련된 일은 모두 제 탓이었다. 당시에는 가말이나 니카를 향한 마음이 확실하지 않았기 때문에 그로서도 혼란스러워 태도를 정확히 하지 못했다. 그리고 마음을 정할 새도 없이 니카가 일을 치고 말았고, 가말과 토라가 힘든 일을 겪어야 했다. 오히려 모든 일이 정리된 후에 깨어난 자신은 두 사람이 고통을 겪는 동안 속 편하게 누워있었던 데 다름없었다.

다시는 제 사람들에게 그런 고통을 주지 않겠다고 결심했다. 무슨 수를 써서라도 보호해주겠다고…….

그래서 혼자 부대원들을 이끌고 레기온과 접선했던 건데 도리어 인질로 잡혀버렸고, 지금도 가말을 위해 해줄 수 있는 일이라고는 살아 있는 방패 역할뿐이었다.

라토는 저도 모르게 말했다.

"미안해, 마티. 속 썩여서."

"사과하지 마."

가말이 바로 말하더니 뻐기듯이 덧붙였다.

"자식이란 원래 그런 거야."

그 말에 라토는 웃어버렸다. 이런 상황에서도 말이다.

이어서 잠깐 어색하지 않은 침묵이 잦아들었다.

"정말 아이를 가졌을까? 나."

가말이 중얼거려 라토는 물었다.

"기분이 어때?"

"믿기지 않아."

그러면서 가말은 제 배를 짚었다. 하지만 여전히 판판한 배 너머 보이지도 느껴지지도 않는 존재를 실감할 수가 없었다.

"난 좋아."

라토는 속삭였다.

"좋아?"

가말은 물으며 라토를 보았다.

"동생이 생길 거라고는 생각하지 못했는데, 동생이 생긴다니까."

"동생 가지고 싶었어?"

"그럼. 토라는 귀여운 동생하고는 거리가 멀잖아."

그러자 가말은 작게 웃었다. 라토도 따라서 웃다가 물었다.

"태명 정하지 않을 거야?"

"나중에. 도영이랑 같이."

"그럼 지금은 뭐라고 불러?"

"음……."

가말은 생각하느라 입술을 삐죽거리다가 말했다.

"베이비?"

라토는 피식 웃었다.

"그래, 일단은. 아무튼 자."

"응. 잘 자."

대화가 끊기고 가말은 돌아누웠다. 이불이 집의 것과는 촉감이 다르고, 화려하게 장식된 방이 사람을 압도하듯 공기가 무거워서 잠이 오지 않았다. 하지만 오래 긴장하고 있었기 때문인지 베이비 때문인지 어느 순간 잠들어버렸다.

이곳에서는 하인임을 나타내는 복장을 한 젊은 남자가 앞에 찻잔을 내려놓았다. 탁자 건너편에 앉은 쿠니스는 말했다.

"들어."

물론 라토는 잔을 들지 않았다.

"할 말이 뭐야?"

묻자 쿠니스는 거두절미하지 않고 말했다.

"예전에 널 가둬놨던 데에는 미스커뮤니케이션이 좀 있었어. 알다시피 그때 내가 감옥에 있어서 제대로 명령을 내릴 수 있는 상태가 아니었거든. 네가 날 어떻게 생각하는지는 잘 알고 있지만 오해를 풀었으면 해."

그러면서 쿠니스는 똑바로 라토를 보았다.

"난 실수를 저질렀어. 끔찍한 실수였지. 누누이 반성하고 있고, 다시는 그런 실수를 저지르지 않아. 내가 단순히 여자를 원하는 거였다면 이 오랜 세월 가말을 찾아다니지도 않았어. 가말은 내 하나뿐인 형제고, 이젠 유일한 가족이야."

라토는 아무 말 하지 않고 듣고 있었다. 쿠니스는 이어 말했다.

"내가 가말을 데려오는 데 무력을 동원할 수밖에 없었던 이유는 너도 잘 알 거야. 우리 사이에 대화가 필요하다는 걸 아무도 존중해주지 않거든. 그리고 너도 봤다시피 폭탄은 내 몸에도 들어 있어. 가말과 오해만 풀린다면 바로 제거할 생각이야."

그 말에도 라토는 무표정했다.

"내가 그 말을 믿어야 하나?"

"인간과 공존해서 우리가 얻는 게 뭐지?"

쿠니스는 화제를 바꾸었다.

"인간은 우리를 이용할 뿐이야. 이투하와 레기온은 목적이 같아. 원하는 건 우리만의 땅이지. 네게 레기온의 간부 자리를 주지. 이투하를 데리고 들어와."

"만약 마티와 오해를 풀고 싶다면."

라토는 강한 어조로 말문을 뗐다.

"아니, 마티와 네 사이에 어떤 오해라도 있다면 지금 당장 네가 할 일은 레기온을 해체하고 선고받은 형을 살고 나오는 거야. 하지만 넌 하지 않겠지. 이 권력과 부를 포기할 수 없을 테니까."

드륵. 라토는 의자를 밀고 일어났다.

"차라리 솔직해져. 네가 원하는 건 부와 권력, 여자라고."

그리고 서늘하게 한마디 남겨놓고 돌아서서 갔다.

"이투하는 자유를 원할 뿐이야. 죽으면 죽었지, 최악의 감옥으로 들어가는 일은 없어."

멀어지는 모습을 보며 쿠니스는 중얼거렸다.

"하여간 클리엔테스도 꼭 자기 같은 놈을."

뒤쪽 소파에 느긋하게 앉아 있는 판데르발트가 말했다.

"이투하는 제 대장들의 말이 아니면 듣지 않을 겁니다. 적의 얼굴에 피가 섞인 침을 뱉으며 죽을 놈들이죠."

"아니었다면 이런 짓까진 하지도 않았어."

쿠니스는 돌아보지 않고 회의감이 가득한 어조로 중얼거렸다. 그라고 저런 고집불통을 설득하고 싶어서 하는 게 아니었다. 종교단체든 테러단체든 단체를 운영한다는 건 싫은 일도 할 줄 알아야 한다는 의미였다.

옆 소파에 앉아 있는 라헬이 담배 연기를 내뱉고 말했다.

"제 하렘에 주시면 며칠 내로 얌전하게 만들어놓을 수 있습니다."

"고문한다고 말을 들을 놈이 아니야."

여전히 쿠니스가 돌아보지 않고 말하자 라헬은 어깨를 으쓱였다.
"프라이드가 높은 남자들은 오히려 다루기가 쉽죠. 하늘 높은 줄 모르는 프라이드를 꺾으면 바로 무너지거든요."
"관건은 그 프라이드를 어떻게 꺾느냐 하는 거 아닌가?"
창가에 서 있는 하심이 지적했다. 그러자 라헬은 살짝 고개를 옆으로 젓혔다.
"방법은 많지. 제 본래 모습이 기억나지 않을 정도로 개처럼 당해보면 생각이 달라질 거야."
쿠니스는 새삼스럽게 라헬을 보았다.
"너도 참 사이코야."
라헬은 우아한 몸짓으로 가슴에 손을 얹고 묵례했다.
"감사합니다."
농담은 여기까지 하고 쿠니스는 자리에서 일어났다.
"말로 회유할 수 없다는 건 처음부터 알았어. 다른 방법을 찾아봐야지."

"마티."
라토는 방으로 들어가며 가말을 불렀다.
"라토."
가말이 라토를 기다렸다는 듯이 곤란해하며 그를 돌아보았다. 그런 그녀는, 청순하면서도 발랄해 보이는 하늘색 드레스를 입고 있었다. 그냥 드레스가 아니라 마리 앙투아네트가 입었을 법한.
마리 앙투아네트 하면 떠오르는, 현대인의 눈으로 보면 다소

우스꽝스러운 가발은 쓰지 않았지만 머리를 복잡하게 땋아 올리고 화사하게 화장한 모습이었다. 주변에는 온갖 드레스와 화장품들이 늘어져 있었다.

라토는 미간을 찌푸렸다.

"이게 다 뭐야?"

"사도님께 옷을 입혀드리고 있었습니다."

여럿이 모여 있는 영원교 여자들 가운데 한 여자가 대답했다.

"마티는 인형이 아니야."

어제 미스터 리와 만난 성에서 드레스를 입은 건 눈속임을 위한 거였지, 도영이 아닌 여기 있는 놈들을 즐겁게 해주기 위한 게 아니었다. 하지만 가말의 성격에 무해해 보이는 인간 여자들에게 윽박을 지를 수 없었을 것이다. 제 쌍둥이를 잘 알고 있는 쿠니스가 일부러 인간 여자들을 보낸 게 아닐까 의심할 수밖에 없는 부분이었다.

가말은 자기 딴에는 화난 얼굴로 라토의 말을 따라 했다.

"인형 아니야."

짐짓 그러는 모습이 오히려 인형처럼 깜찍해서 도리어 여자들은 누가 봐도 가말을 귀여워하는 얼굴로 웃었다. 라토는 골치가 아파 중얼거렸다.

"마티……."

나이에 어울리지 않는 사랑스러움이 제 파트로네스의 장점이라지만 지금은 전혀 도움이 되지 않았다.

"잘 어울리니 된 거 아닙니까?"

그때 목소리가 들리며, 레기온의 자금책인 하심 말루프가 온갖 사람들을 이끌고 나타났다.

"멋대로 들어오지 마."

라토는 으르렁거렸다. 하지만 하심은 개의치 않고 가말의 손등에 키스하고는 뜨거운 눈으로 말했다.

"아름다우십니다."

가말이 반응하기도 전에 라토가 당장 그녀의 손을 빼내 제 소매로 입술이 닿았던 부분을 마구 닦았다.

"멋대로 만지지 마."

하심은 순식간에 텅 빈 제 손을 거두어들이고 허리를 일으켰다.

"경계하지 마십시오. 총수님께서 말씀하셨다시피 이곳에서 감히 가말 씨를 해칠 사람은 없으니까요."

라토는 코웃음을 쳤다.

"너희가 하늘이 푸르다고 해도 믿을 거 같아?"

그와는 말이 통하지 않겠다고 생각한 하심은 어깨를 으쓱이고 찾아온 본론을 말했다.

"가말 씨를 뵙기를 청합니다."

라토는 미간을 찌푸렸다.

"누가?"

"더 있겠습니까."

하심은 비웃음을 지었다.

"몸이 달을 대로 달은 로열 스타죠."

그러고는 가말을 보았다.

"살아 있는 황금을 눈앞에서 놓쳤으니까요."

양옆으로 문이 열리고, 마치 옛 중동의 왕궁처럼 호화롭고 커다란 공간이 모습을 드러냈다.

가운데 놓인 기다란 탁자에는 쿠니스와 나이 든 백인 남자가 앉아 있었다. 멋들어지게 정장을 갖춰 입은 백인 남자는 가말과 라토를 발견하고 일어나 허리를 숙여 인사했다.

"저번에는 실례가 많았습니다."

처음 보는 사람인데 자신을 알고 있는 듯한 말에 가말은 살짝 인상을 썼다가 깨달았다.

"리……?"

리, 즉 리의 대역이 싱긋 웃었다. 앉아 있는 쿠니스가 무심한 태도로 말했다.

"결국 이번에도 네가 직접 나타날 생각은 하지 않았군. 별로 사과에서 진정성이 느껴지진 않는걸."

리는 살짝 묵례했다.

"제 안전에 관련된 문제라 양해를 부탁드립니다."

"예전부터 궁금했는데 그렇게 정체를 꽁꽁 감추는 이유가 있나?"

"집안사가 좀 있다고 해두죠."

쿠니스와 가말처럼 특수한 경우가 아닌 이상 가족이 살아 있을 리 없는 루아스에게 집안사라고 한다면 파트로네스나 클리엔테스와의 문제일 가능성이 높았다. 하지만 그쪽의 집안 사정 따위 아무래도 좋아서, 쿠니스는 더 말하지 않았다. 그사이에 영원고 여자가 가말이 테이블 의자에 앉도록 도와주었다. 따라온 라토는 그냥 가말 뒤에 서 있었다.

자리가 갖춰지자 리는 가볍게 손을 맞잡고 말했다.

"단도직입적으로 말씀드리죠. 워낙 에두르는 걸 싫어하시니까요."

"말해."

쿠니스는 무표정하게 말했다.

"루아스 배아가 그쪽에 있다고 해도 레기온은 바이러스를 활용할 기술이 없습니다. 장비도, 자금도 없죠. 기술력은 저희 쪽에 있으니 협력하죠. 총수님께서 가지고 있는 제노아틱스의 베타-루아스 바이러스 연구 자료는 활용하지 못하는 이상 단순한 이론일 뿐입니다."

예고한 대로 단도직입적인 말이었지만 쿠니스는 턱을 괴고 있을 뿐 아무 반응이 없었다. 그러다가 손을 내리고 말했다.

"나도 단도직입적으로 말하지. 아쉬운 쪽은 너희들이야. 아쉬운 사람처럼 행동해."

그럼에도 리는 웃음을 잃지 않았다.

"우위라는 건 언제든 바뀔 수 있는 겁니다."

"그러니 우위를 점하고 있을 때 잘 누려야지."

"미래를 내다보지 못하시는군요."

"미래를 잘 보기 때문에 이런다는 생각은 들지 않나?"

우위를 뺏기는 일 따위 없을 거라는 자신감을 드러내는 말이었다. 그러자 리는 잠깐 말이 없더니 일어났다.

"생각이 바뀌신다면 연락 주십시오. 협상 테이블은 언제든 열려 있으니까요."

그러고는 태연히 뚜벅뚜벅 걸어나갔다. 쿠니스는 돌아보지 않고 조용히 말했다.

"시선을 떼지 마. 가말을 노릴 테니까."

뒤에 포진해있는 중간 간부들이 고개를 숙였다.

그 모습을 보며 가말은 쿠니스가 변했다는 사실을 깨달았다. 예전에는 쉽게 화를 내던 그는 더는 무작정 감정을 폭발시키지 않았다. 더 단단해져, 아주 오래 살아 비늘이 돌처럼 딱딱해진 뱀 같은 느낌이었다.

기나긴 세월은 그를 변하게 했다. 최악의 방향으로.

인간이었을 때 이미 살인을 저지른 제 핏줄은 자신이 흘린 피를 뒤집어쓰고 괴물이 되었다.

그런 쿠니스를 보고 있는 게 괴로워, 가말은 자리에서 일어났다. 그러자 쿠니스가 말했다.

「잠깐. 너한테 보여주고 싶은 게 있어.」

「방에 돌아가고 싶어.」

하지만 쿠니스는 그냥 방에 보내줄 생각이 없는 것처럼 아무런 말도 하지 않았다. 가말은 한숨을 내쉬었다.

「뭔데?」

「따라와.」

그리고 나가는 쿠니스를 따라 복도와 회랑을 지나 정원으로 갔다.

술탄이 살던 알함브라 궁전을 옮겨놓은 것 같은 온실 정원에 개방감 있게 탁 트여 있는 사방으로 바다가 내다보였다. 그야말로 절경이라고 할 만한 풍경이었지만, 가말의 마음은 조금도 움직이지 않았다.

그 가운데, 나무 한 그루가 서 있었다. 쿠니스는 그 나무로 다가섰다. 정원에는 나무가 많았지만 개중에서 그 나무가 눈에 띈 이유는, 그것만 지붕이 뚫린 온실에 하얀 울타리로 둘러져 있었기 때문이다. 소중한 것처럼.

쿠니스는 그 나무에 열려 있는 작은 초록색 열매 하나를 따서 건넸다.

「기억해? 네가 좋아하던 카리 열매야.」

가말은 열매를 건네받지 않고 미간을 찌푸렸다.

「이건…… 멸종했잖아.」

이건 언젠가 가말이 도영에게 말했던 그 나무 열매였다. 기본적으로 무화과지만 종이 달라서 현재의 것과는 모양도, 맛도 상당히 달랐다.

쿠니스는 고개를 끄덕였다.

「맞아. 언젠가 찾으려고 했더니 멸종했더라고. 유전자 기술로 최대한 비슷하게 만들어낸 거야.」

언젠가 다시 만날 그녀를 위해서.

가말은 아직 쿠니스가 들고 있는 무화과 열매를 쳐다보았다. 부드러운 바닷바람이 머리카락을 훑고 지나갔다.

「이런 게 뭔가를 바꿀 수 있을 거 같아?」

그 긴 세월…… 가말은 두려웠고, 무서웠다. 부족이 멸족하고 사람들이 죽은 게 제 탓인 것만 같아 자책하고 슬퍼했다. 그래도 쿠니스가 제가 알던 사람으로 돌아올 수만 있다면 다 괜찮았다. 진심으로.

하지만 그가 변할 수 없는 사람이라는 게 확실해진 이때, 그녀는 그를 무엇으로도 생각하고 싶지 않아졌다. 형제나, 가족이나, 설령 같은 종으로라도.

쿠니스는 입술을 비틀며 웃었다.

「그럼 내가 어떡했어야 한다는 거야? 네 앞에 겸손하게 무릎을 꿇고 청혼했다고 네가 날 받아줬을까? 다른 방법으로 가질 수 없다면 차지할 수밖에 없잖아.」

그녀를 보는 건, 어려 보이는 모습이 이상할 정도로 다 자란 '남자'의 눈이었다.

「넌 내 쌍둥이야.」

그래도 가말은 흔들리지 않는 얼굴로 말했다. 어쨌든 생물학적으로 그 사실은 변하지 않으니까.

쿠니스는 꾹 입을 다물었다.

「만약 내가 네 쌍둥이가 아니었다면?」

「만약 그랬다면…….」

가말은 생각해보았다. 한날한시에 태어난 그녀의 형제, 함께했던 어린 날들……. 지금은 기억도 희미할 만큼 어렴풋한 나날들에 기대어 그에 대한 기대를 놓지 못했던 지난날…….

마침내 가말은 똑바로 쿠니스를 보았다.

「널 죽였을 거야, 오래전에.」

쿠니스의 눈빛이 난폭해졌다.

「하지만 네겐 그럴 능력이 없었지.」

「마음이 없었던 거야, 쿠.」

뜬금없는 이름에 갑자기 쿠니스는 황당해하는, 하지만 싫어하지만은 않는 웃음을 터뜨렸다.

「뭐야, 애칭이야?」

가말은 웃지도 않고 말했다.

「도영이 네 이름을 부르는 걸 싫어하거든.」

쿠니스의 표정이 굳었지만 상관없다는 듯 가말은 돌아섰다. 몇 걸음 가는데, 온실 유리에 자신이 비쳤다. 그 뒤로 얼핏 쿠니스가 보였다. 스물 초반으로 보이는 자신에 비해 쿠니스는 여전히 열여덟 살로밖에 보이지 않았다. 늪에 빠진 날 그대로.

그래서 이제 누군가 둘을 본다면 쌍둥이는커녕 가족인가 어렴풋이 생각할 정도로밖에 닮지 않았다. 그리고 이렇게 분위기가 달라서야, 도영이 두 사람이 형제라는 사실을 바로 깨닫지 못한 것도 무리는 아니었다.

「하긴, 우린 더는 쌍둥이도 아니지.」

가말이 중얼거리자 쿠니스도 그녀가 보고 있는 유리에 시선을 멈추었다.

「네가 나이 들었으니까.」

「나한테서 뭘 봤어?」

가말은 유리에 비치는 그들을 본 채로 물었다.

「'날' 봤어?」

그게 어떤 종류의 질문인지 알 수 없어 쿠니스는 미간을 찌푸렸다.

돌아보는 눈동자가 서늘했다.

「'널' 봤다고 생각하진 않아? 조심해. 네 얼굴이 비친 연못에 빠져 죽지 않도록.」

그러고는 가말은 걸어갔다. 그러자 정원 밖에서 기다리고 있던 라토가 바로 반응했다.

"마티."

"괜찮아."

가말은 아무렇지 않은 얼굴로 라토의 팔을 잡았다. 라토는 흘긋 정원 쪽을 보았다. 그 모습을 쿠니스가 빤히 보고 있었다. 열매를 그대로 손에 쥔 채로.

라토는 고개를 돌리고 가말과 함께 복도를 내려갔다.

가말이 말없이 걸어가는 동안 라토는 그녀를 보았다. 가끔 말투와 성격 때문에 가말의 지적 능력까지 의심하는 사람들이 있지만 역시 제 모국어를 쓸 때는 그녀도 사람이 달라 보였다.

걸어가던 가말은 문득 그들이 지나가는 길에 있는 사람들이 모두 제게 고개를 숙인다는 사실을 깨달았다. 개중 아주 아름다운 남자가 있었다. 정말로 아름다워서, 잠깐 가말마저 시선을 빼앗겼다.

그는 검은색 성직 칼라가 달린 검은 사제복 같은 걸 입고 있었는데, 다른 사람들보다 한 템포 늦게 고개를 숙였다. 그것도 가말을 빤히 보면서.

"쳐다보지 마. 영원교의 사제야."

라토가 옆에서 작게 말했다. 가말은 그를 돌아보았다.

"루아스인데?"

"영원교 내에도 루아스는 있으니까. 특히 루아스 사제는 추종을 받는 상대이자 교단을 이끄는 중심 세력이라는 거 같아."

"잘생겼어."

가말은 어린아이가 사실을 말하듯이 아무 사심 없이 말했다. 라토는 고개를 끄덕였다.

"영원교 사제들은 원래 아름답기로 유명해. 안 그래도 사제 지원 조건 중에 가장 중요한 게 얼굴이란 소문이 있을 정도니까."

"진짜?"

"진짜 그렇진 않겠지. 워낙 수상한 구석이 많은 집단이니까 가까이 가지 마."

"알았어."

가말은 고개를 끄덕였다. 바깥세상에 대해서는 라토가 더 잘 알고 있기 때문에 그의 말을 따를 생각이었다.

라토는 티 나지 않게 주변을 훑었다.

요새는 복잡하고 견고했다. 밖에서 침입자가 들어오기도 힘들었지만 한 번 들어오면 거의 나갈 수 없는 미로 구조였다. 게다가 이곳은 국내 사정이 복잡하기로 유명한 UFD(연합 사막 연방)의 땅이었다. MCTC로서도 선불리 간섭할 수 없는.

대공은 이번에야말로 제 쌍둥이가 도망칠 수 없는 최적의 감옥을 준비해둔 거였다.

가말이 지내고 있는 방 앞에 도착하자 라토는 말했다.

"피곤하지? 들어가."

아무래도 다 큰 남녀가 계속 같은 방에서 지내기는 무리였기 때문에 라토는 옆방에서 지내기로 한 상태였다. '옆방'이라고 해도 한 방당 차지하는 면적이 넓어 모퉁이를 돌아가야 했으나 문제가 생긴다면 바로 뛰어올 수 있었다.

"응. 좀 잘게."

가말은 여러모로 피곤했는지 기운 없이 말하고 안으로 들어갔다. 그 뒤에 대고, 따라온 영원교 여자 둘이 마치 옛 왕궁의 시녀들이 왕족을 대하듯이 허리를 숙여 인사했다. 그 모습을 보고 라토는 제 방으로 가기 위해 돌아섰다. 그러다가 시선이 느껴져 다시 돌아보았다.

어느새 허리를 편 영원교 여자 둘이 그를 쳐다보고 있었다. 표정이 없는 얼굴로. 그러고는 라토가 돌아보자 그런 적 따위 없다는 듯 태연하게 시선을 거두고 가말의 방으로 들어갔다.

라토는 미간을 찌푸렸다. 어쩐지 영원교도인들은 체취처럼 석연치 않은 느낌을 풍겼다.

하필 데리고 있어도 저런 사이비 교도들이라니…….

'하여간 마음에 들지 않는군.'

"소장님 들어오십니다."

한 군인이 말하고 렉스가 들어왔다. 방 가운데 탁자에 둘러 앉아 있는 군인들이 모두 일어나려고 하자 렉스가 일어나지 말라 손짓하고 바로 말했다.

"시간이 없으니 바로 본론으로 들어가죠."

군인들이 다시 자리에 앉고, 벽 패널 스크린에 사진이 떴다. 레기온 요새를 찍은 위성사진과 설계도였다.

"요새는 원래 이 지방의 군벌이 지은 걸 사들여 증축한 겁니다."

"레기온이 저런 성을 만들고 있는 동안 넋 놓고 있었다는 겁니까?"

자리에 있는 휴 대위가 기막혀하며 물었다. 렉스로서도 동의했지만 일단 그는 MCTC의 입장을 대변해야 했기 때문에 말했다.

"중앙 정치의 공백이 심한 땅에서 일어나는 일이라 아무도 크게 관심을 기울이지 못했습니다."

UFD(연합 사막 연방)는 유사 이래 이합집산을 거듭하던 사막 부족들이 뜻을 모아 만든 연합국가였다. 하지만 오랜 기간 축적된 파벌 DNA가 단번에 사라질 수는 없어서, 아직도 UFD 내부는 각 부족의 이해관계가 얽혀 옛 아랍 태수(지방 제후) 시대처럼 극도로 혼란했다. 따라서 신중한 계산 없이는 공습할 수 없었다. 이미 상부에서는 당장 공습을 반대하는 목소리가 우세하고 있었다.

렉스는 말했다.

"애초에 루아스의 침입도 염두에 두고 지어서 잠입하기 쉽지 않습니다."

가운데쯤 앉아 있는 도영은 모니터를 쳐다보고 있을 뿐이었다. 요새의 설계도를 그대로 머리에 전사하듯이 눈도 깜빡이지 않고 천천히 훑었다.

저 선과 선이 연결된 어딘가에 가말이 있었다. 배 속의 아이와 함께.

"한 번 들어가면 절벽으로 뛰어내리는 방법밖엔 탈출로가 없습니다. 즉, 루아스로만 구성된 팀이 들어가야 한다는 의미입니다."

렉스의 말에 휴 대위가 미간을 찌푸리고 말했다.

"하지만 레기온 내부에도 루아스 전투원의 비율은 30%가량에 불과합니다. 대개 얼굴이 알려져 있겠죠. 낯선 루아스들이 어슬렁거리면 바로 티가 날 겁니다."

"그러니까 신속하게 움직여야죠, 들키기 전에."

"그게 최선입니까?"

휴 대위의 회의적인 어조에도 렉스의 표정은 흔들리지 않았다.

"안타깝지만 그렇죠. 불행히도 저희에겐 선택지가 많지 않습니다."

드륵. 그때 도영이 의자를 밀고 일어나더니 양쪽 허리에 손을 걸치고 말했다.

"한 팀만 있으면 됩니다."

모두 도영을 쳐다보고, 한 템포 늦게 그의 말을 이해했다. 바로 가말을 구출하러 가겠다는 의미라는 걸.

렉스는 얼굴에 특별한 기색이 나타나진 않았지만 당연히 반대했다.

"레기온 내부에 우리 쪽 정보원이 있습니다. 하지만 현재 연락 두절입니다. 대공이 돌아오면서 경비 태세를 강화했기 때문에 연락할 환경이 되지 않는 거겠죠."

즉, 지금 레기온 내부에서 무슨 일이 벌어지고 있는지 알 수 없다는 의미였다. 하지만 도영은 흔들리지 않았다.

"저 혼자서라도 가겠습니다."

"자살행위입니다."

렉스는 단호하게 말했다. 하지만 그런 말로 도영의 생각을 바꿀 수 있을 거라고는 그로서도 생각하지 않았다.

"정보원과 연락도 되지 않는다면서요? 가말이 무사한지도 알 수 없는 거 아닙니까?"

그러고는 도영은 스크린에 떠있는 설계도를 손가락으로 찌르듯이 가리켰다. 이번 일이 터지고 처음으로 감정이 실린 몸짓이었다.

"저 미친놈들 소굴에 가말을 집어넣은 게 바로 접니다."

"정확히는 작전을 승인한 저죠."

렉스가 사무적인 얼굴로 반박했지만 그건 중요하지 않다는 듯 도영은 사납게 말했다.

"저기서 무슨 일을 당하고 있는지 모르는데 가만히 앉아 기다리라는 말입니까? 정보원이 연락할 때까지?"

아무리 가말이 미끼 역할을 하겠다고 해도 허락하지 말았어야 했다. 가말의 능력을 믿기도 했고 스스로 유종의 미를 거두길 원하기도 했지만, 쿠니스의 가말에 대한 집착을 과소평가했다. 결국 제 잘못이고 실수였다.

침묵이 흘렀다. 대원들은 심각한 얼굴로 렉스와 도영이 대치한 모습을 지켜보았다.

렉스는 생각했다. MCTC에서 작전을 승인하지 않아도 도영은 개인적으로 가말을 구하러 갈 게 분명했다. 하지만 도영과의 친분을 생각하지 않더라도 타실 프로젝트를 성공시킨 그를 잃는 건 MCTC로서 큰 손실이었다.

정보원과 연락이 안 되는 게 불안 요소이긴 하지만 더한 악조건 속에서도 작전을 성공시킨 예는 많았다. 감수하지 못할 정도는 아니었다.

"좋습니다."

비로소 렉스는 말했다.

"24시간 이내로 출발하겠습니다. 준비하십시오."

그 말이 떨어지기 무섭게 대원들이 일사불란하게 일어나 브리핑룸을 나서기 시작했다.

"드페르 소령."

렉스가 불러 도영은 돌아보았다. 위로가 될 거라고 생각하진 않았지만 해줄 수 있는 말은 한 가지뿐이었다.

"가말은 무사할 겁니다."

"그래야 할 겁니다."

도영은 싸늘하게 말하고 밖으로 나섰다.

"사도님."

영원교 여자가 하늘거리는 치맛자락을 흔들며 들어와 허리를 숙여 인사하고 말했다.

"총수님께서 방문하셨습니다."

가말은 들어오라든가 말하지 않았지만 바로 쿠니스가 들어왔다. 가말은 보던 책을 내려놓으며 한숨을 내쉬었다.

「뭐야?」

그러다가 쿠니스의 뒤를 따라 들어오는 사람에게 시선이 멈추었다. 그 남자였다. 어제 복도에서 보았던, 무섭도록 잘생긴 영원교 사제.

서 있는 태도가 오히려 지나치다 싶을 정도로 바르고 묘한 기품을 풍겼다. 뱀파이어치고도 유난히 창백한 얼굴이 아름답다고 해야 할지, 섬뜩하다고 할지……. 왠지 모르게, 막상 크게 위험해 보이지 않아도 무엇보다 깊게 파고드는 메스 날을 떠올리게 했다.

그는 느리다고 느껴질 만큼 천천히, 깊게 고개를 숙였다.

"뵙게 되어 영광입니다, 사도님."

「검진할 의사야.」

쿠니스의 말에도 가말은 의심스러워하는 시선을 거두지 않았다. 그러자 쿠니스가 말했다.

「걱정 마. 이상이 없나 검사하려는 거뿐이야. 네 배 속에 있는 이바노프는 쓸모가 있으니까 해치지 않아.」

「네 조카야.」

쿠니스는 가말을 쳐다보았다. 그녀가 한 말을 이해하지 못한 것처럼. 그러자 가말은 다시 한번 똑똑히 말했다.

「네 조카라고. 그냥 이바노프가 아니라.」

하지만 쿠니스는 대답하지 않고 돌아섰다.

「갈게.」

가말은 그러고 바깥으로 나가는 뒷모습을 보았다.

사실 쿠니스에게 잡히면 생각하고 싶지도 않은 좋지 않은 일을 당할까 봐 걱정하기도 했다. 하지만 쿠니스는 그런 쪽으로는 접촉하려는 시도조차 하지 않았다. 그녀가 아이를 가진 탓인지, 혹은 정말 성적인 능력을 상실했는지.

이내 가말은 말없이 기다리고 있는 의사를 보았다.

"의사야?"

의사는 고개를 끄덕였다.

"이손이라고 합니다."

지금까지 지켜본바, 영원교인들은 이름이 이상했다. 정확히는 단순하다고 할지, 성은 없었고 남자는 거의 '손'으로 끝나는 이름, 여자는 '나'로 끝나는 이름을 썼다. 이손, 비손, 레지나, 안나 등. 꼭 소설 속에 존재하는 가상의 마을에 사는 사람들 같은 느낌이었다. 크게 틀린 이야기도 아니겠지만.

"영원교의 사제인 줄 알았어."

가말은 말했다. 그러자 이손은 살짝 눈을 내리깔고 왠지 모르게 우아해 보이는 얼굴로 대답했다.

"사제이기도 하죠. 주님께서 허락해주신 덕분에요."

"주님이 누군데?"

"사도님께 메시아님을 보내주신 분이죠."

"왜 영원교가 됐어?"

가말의 질문 폭탄에도 이손은 차분하게 대답했다.

"그게 진리기 때문이죠."

"어느 게 더 먼저 됐어? 뱀파이어, 의사?"

"뱀파이어가 되고 의사가 되었습니다. 바깥사람들은 저희 교의 생리를 이해하지 못하니까요."

결국 영원교에 의사가 필요해서 일부러 의사가 되기를 자처했다는 말이었다. 하여간 이들의 충성심에는 알 수 없는 부분이 많았다. 계속 대화하다 보면 머리가 이상해질 것 같은.

"다른 의사는 없어?"

가말은 마뜩잖아 물었다. 하지만 이손은 여전히 동요하지 않고 대답했다.

"송구합니다. 뱀파이어에 관한 의료 분야는 워낙 특수해서요. 특히 산부인과는…… 사실 존재하지 않는다는 게 더 맞겠죠. 저도 전공은 다릅니다."

"네가 내 다리 사이를 보는 건 싫은데."

가말이 불퉁하게 말하자 이손은 짧게 웃음을 터뜨렸다.

"최대한 그런 일은 없게 하겠습니다."

영원교인이 웃는 건 처음 봐서 좀 놀라웠다. 이러나저러나 여기서 베이비를 낳을 생각은 없었기 때문에 가말은 더 말하지 않았다. 아이가 잘 크고 있는지 궁금하긴 했기에.

"그럼 한번 보겠습니다."

이손은 말하며 제 가방을 열었다.

◇◇◇

제자님.

속삭임이 들렸다.

제자님.

귓가에서 빙글빙글 도는 속삭임이었다.

"제자님, 축복을."

라토는 어렴풋이 잠에서 깨어났다. 그러자 눈앞에 벌거벗은 여자 둘이 있었다. 둘 다 몸매가 아주 좋았는데 이상할 정도로 현실감이 없었다. 그래서 라토는 낯선 여자 둘이 제 침대 위에 알몸으로 앉아 있는데도 상황을 인지하지 못했다.

손을 짚고 일어서려고 했지만 이상하게 몸에 힘이 없고 머리가 어지러웠다. 꼭 약을 먹은 것처럼.

뱀파이어에게는 인간의 약이 통하지 않았다. 좋은 쪽으로든 나쁜 쪽으로든. 하지만 자기 전까지만 해도 멀쩡했는데 갑자기 이러는 건 저녁 식사에 뭔지 모를 것을 섞었다고 볼 수밖에 없었다.

"제자님, 축복을."

여자 둘이 말하며 다가올수록 라토의 전신을 타고 파도가 일었다. 피가 울렁거렸다. 꼭 피의 점성이 달라진 것처럼 끈적끈적한 느낌이었다. 아무래도 저녁 식사에 탄 건 최음제 종류였던 모양이다.

한 여자가 부드러운 손으로 얼굴을 쓸자 위험할 정도로 기분 좋은 소름이 돋았다.

"제자님……."

속삭이는 입술이 다가왔다.

어느새 제 윗옷을 벗겼는지 맨 가슴에 부들거리는 손이 미끄러져 내렸다. 여자들은 교미할 상대를 찾는 뱀처럼 음란하게 라토를 휘감아왔다. 피부와 피부가 스치고, 그는 이대로 욕정의 파도 속으로 휩쓸려갔다.

그런데 갑자기 머릿속에 섬광이 쳤다.

'마티.'

가말도 자신과 같이 저녁 식사를 했다는 사실이 떠올랐다.

가말에게도 무슨 짓을 했을지 몰랐다. 그 생각이 들자마자 몸을 지배하는 약 기운이 달아나, 라토는 다가오는 여자를 밀어내고 일어났다.

"꺅!"

그러자 한 여자가 비명을 지르며 침대 아래로 내팽개쳐졌다. 힘 조절이 잘되지 않아 생각보다 세게 밀어낸 모양이었다. 하지만 신경 쓰고 있을 겨를이 없었다. 라토는 당장 문으로 다가갔다. 다리에 힘이 풀려 잠깐 문설주를 짚었다가 겨우 복도로 나갔다. 그러자 꼭 기다리기라도 한 듯이 어디서 나타났는지 알 수 없는 여자들이 우르르 뒤따라왔다.

"제자님."

"제자님."

여자들은 주변을 맴돌며 새처럼 쫑알거렸다.

"진정하세요."

"방으로 가세요."

"저희들이 모시겠습니다."

소름이 돋을 만큼 부드러운 손으로 팔을 잡고 끌어당겼다. 꼭 토끼 떼 같은 느낌이었다. 작고 부들거려 힘을 줘서 내치는 데 죄책감이 느껴질 정도인데 귀찮고, 라토로서는 달갑지 않은 뚜렷한 목적이 느껴졌다. 몸에 감도는 약 기운 때문에 특히 더 불쾌했다.

"놔."

낮은 목소리로 말했지만 여자들은 듣지 않았다.

"제자님."

"제자님."

멈추지 않고 쫑알거리며 그를 감싸왔다. 여자들이 방해하는 데다가 몸에 힘이 들어가지 않아, 라토는 겨우 모퉁이를 넘어 가는 길이 천릿길 같았다.

몸을 지탱하기 위해 뻗은 손바닥에 벽이 닿았다. 라토는 어금니를 꾹 깨물고, 그대로 벽을 후려쳤다. 쾅! 특수 처리되어 있는 벽이 천장까지 굉음을 내며 갈라지자 여자들은 비명을 지르며 혼비백산했다.

그러자마자 경비병들이 달려왔다.

"뭐야!"

소리치며 다가오는 그들이 가말의 방을 지키는 경비병들이라는 걸 알아보았다. 그래서 라토는 그들을 밀치고 방으로 뛰어 들어갔다.

"마티!"

침대에 사람이 누웠던 흔적은 있었지만 가말이 보이지 않았다. 심장이 배까지 떨어지는 느낌이었다. 동시에 주체할 수 없는 분노가 치솟았다.

어떤 방식으로든 가말을 털끝이라도 건드렸다면 사지를 찢어버릴 것이다.

"라토, 무슨 일이야?"

그런데 뒤에서 목소리가 들렸다. 돌아보자 잠자리에 드는 차림을 한 가말이 오히려 라토의 모습에 놀란 얼굴이었다. 그녀에게 별 이상은 없어 보였지만 라토는 다급하게 물었다.

"괜찮아? 아무 일 없어?"

"화장실 다녀왔어."

가말이 어리둥절해하는 모습에 라토는 안도의 한숨을 내쉬며 옆의 의자에 주저앉았다. 그러자 가말이 얼른 달려와 그를 살폈다.

"왜 그래?"

"미안해. 계속 자."

그러고는 라토는 일어나 문으로 갔다.

"라토."

당연하지만 가말이 따라오며 걱정스럽게 불렀다. 그에 라토는 돌아보고 말했다.

"악몽을 꿨어."

그러자 가말이 부드럽게 손을 잡았다.

"같이 잘까?"

한때 이 부드러운 애정을 착각했다. 지금 생각하면 어떻게 그럴 수 있었는지 믿기지 않지만.

"걱정하지 마. 이제 악몽 정도는 괜찮으니까."

그러고는 나가는 라토를 가말이 따라가려고 하자 여자들이 막아섰다.

"사도님."

"잠깐, 라토가……."

"방에서 나가시면 안 됩니다."

"라……."

가말이 목을 빼고 부르려고 했지만 라토는 이미 방을 나선 후였다.

반면 나머지 여자들은 옷자락을 흩날리며 분분히 라토를 따라왔다. 성큼성큼 걸어가는 뒷모습이 심상치 않았는지 이번에는 시끄럽게 불러대지 않았지만 그를 그냥 내버려두지 않겠다는 뜻은 분명했다. 방으로 돌아온 라토는 그대로 문을 잠그고 들어갔다. 그러자 밖에서 여자들이 쿵쿵 문을 두드렸다.

제자님, 제자님…….

라토는 소파에 무너지듯이 앉았다. 그 상태로 한참 대답하지 않자 문밖에서 점차 기척이 사라지고, 마침내 사방이 조용해졌다. 하지만 몸속에서 일렁거리는 피는 잦아들지 않았다. 혈관 속에서 나쁜 피가 끓고 있었다.

라토는 기둥 너머로, 그의 방에 딸려 있는 정원에 있는 수영장을 보았다. 물속에서 조명이 비춰 푸른 물이 형광 안료가 들어 있는 것처럼 환하게 빛나고 있었다.

충동적으로 일어나, 바깥으로 나갔다. 그리고 옷을 입은 채 수영장의 물 아래로 이어지는 계단을 걸어 내려가 머리까지 깊이 담갔다. 미지근한 물이 몸을 감싸왔다.

촤아악. 세찬 물소리와 함께 일어나 머리를 쓸어 올렸다.

"네가 가임 혈통이라는 사실을 듣고 여자들이 미쳐버렸지 뭐야."

그때 나른한 목소리가 들려왔다. 돌아보자, 계단 위에 라헬이 서 있었다. 느릿한 밤바람에 발목까지 내려오는 검은 실크 나이트가운이 물결쳤다. 분명히 문을 잠갔는데 어떻게 들어왔는지, 제 방에라도 들어온 듯이 자연스러웠다.

잠자리에 있다가 나왔는지 처음으로 맨 얼굴을 드러내고 있었지만 꺾일 듯이 높은 하이힐을 신고 있었다. 지구라트 같은 높은 계단 위에 서 있는 모습이 마치 제물을 거두러온 고대 종교의 잔인한 여신 같았다.

"영원교 교리에 사도 외에 메시아를 출현시킬 수 있는 존재는 없지."

라헬은 말하며 계단을 내려왔다.

"하지만 뱀파이어의 아이를 임신해서 사도와 비슷한 존재가 된다는 건 영원교의 여신도들에겐 생각만 해도 오르가슴을 느낄 수 있는 일이지."

또각, 또각……. 하이힐의 굽이 부딪치는 소리가 사방으로 퍼졌다. 물처럼 매끄러운 실크 가운은 바람결에 다리를 훑으며 흩어졌다가 다시 다리에 나른하게 감겨들었다.

긴 다리가 수영장의 가장자리를 따라 라토 곁을 지나갔다. 라토는 아무 말도 하지 않고 그저 천천히 시선으로만 라헬의 발을 따랐다.

"조심해. 언젠간 강간당할지도 모르니까. 제 신앙을 위해서라면 철문도 뜯고 들어갈 여자들이거든."

라헬이 말하거나 말거나 라토는 계단을 올라 수영장을 나왔다. 바지만 입고 있는 몸을 훑으며 물이 좌르르 떨어져 내렸다. 그리고 그가 방으로 통하는 계단을 올라가는 동안 라헬이 따라오며 말했다.

"게다가 이투하에 대해서는 영원교 교리 외에는 모르는 저 무지한 여자들도 알고 있거든. 이투하는 위대한 전사들이지. 일대일로 싸워서 뱀파이어를 죽일 수 있는 유일한 인간들이고, 자기들의 대장을 위해서라면 배를 갈라 심장도 내놓는다는 충성심을 지녔지. 그리고 그런 이투하의 대장, 라토 사타디."

라토는 성가셔하는 눈으로 라헬을 돌아보았다. 하지만 그녀는 싱긋 웃으며 속삭였다.

"동시에 사도의 제자. 그런 존재의 아이를 얻을 수 있다면 철문

쯤이야 못 뜯을까?"

"예전부터 생각했지만."

라토는 드디어 입을 열었다.

"넌 말이 많아."

그리고 돌아서 가려는 그를, 갑자기 라헬이 잡았다. 아니, 그러려는 순간 라토가 도리어 그녀를 붙잡아 기둥에 밀어붙였다. 동시에 라헬이 라토의 뒷목을 잡고 한쪽 다리를 그의 허리에 걸었다. 그러면서 그녀의 검은 실크 나이트가운 옷자락이 크게 휘돌았다.

쿵. 세찬 부딪힘에 기둥이 살짝 진동했다.

밤바람이 둘을 훑고 지나갔다. 서로의 동공 안쪽이 보일 정도로 가까운 거리에 라헬이 낮게 내쉬는 숨이 느껴졌다. 향수를 들이마신 것 같은 숨이었다. 향기로웠으나 사치스럽고 지독하게 진했다. 벌어진 가운 사이로 깊이 파인 가슴골은 한 번 들어갔다가는 나올 수 없는 지옥의 골짜기 같았다.

검게 보일 정도로 짙어진 라토의 눈동자가 라헬을 담고 있었다. 곧고 단호한 성품이 들여다보이는 눈동자에 라헬은 간만에 구미가 당겼다. 구릿빛 피부를 미끄러져 내리는 물방울을 핥고 싶어져, 라토에게 위험하도록 가까이 다가갔다.

"내 하렘에 들어오면 적어도 자다가 당할 걱정은 하지 않아도 될 텐데?"

라토는 물러서지 않은 채 작게 말했다.

"꺼져."

잠깐 정적이 감돌고, 라헬은 손끝으로 라토의 어깨를 밀어내고 발을 내렸다. 그리고 스쳐 지나가며 훗 웃었다.

"역시 동족 남자들은 살까지 빳빳하다니까."

그녀의 가운 자락이 라토의 다리를 훑고 따라갔다.

이내 라헬은 방 밖으로 사라졌다. 그 모습을 보고 라토는 욕실로 들어가려다가 혹시 싶어져 문을 살짝 열고 욕실 안을 살폈다. 하지만 다행히 욕실에 숨어 있는 여자는 없었다.

저도 모르게 한숨이 나왔다. 이곳에서 목숨이 아니라 정조가 위험할 거라는 생각은 해보지 못했는데.

쾅! 그때 느닷없이 시끄러운 소리가 들리고, 방금 라헬이 나간 문을 가말이 박차고 들어왔다.

"라토!"

가말만이 아니었다. 엄청나게 많은 사람들이 웅성거리며 그녀를 따라왔다. 아마 가말이 제 방을 박차고 나오는 걸 막지 못한 사람들과 소식을 듣고 달려온 사람들 같았다.

"괜찮아? 누가 무슨 짓 했어?"

가말은 아이의 사고 소식을 들은 어머니처럼 사색이 되어 라토를 붙잡고 물었다. 아무래도 아까 그의 모습이 심상치 않았던 탓에 쫓아오려고 했는데 가지 못하게 해서 실랑이를 하느라 오는 데 시간이 걸린 듯했다.

그러다가 가말은 라토가 흠뻑 젖었다는 사실을 깨닫고 더 사색이 되었다.

"왜 이렇게 젖었어?"

라토는 가말을 진정시키기 위해 손을 잡으며 말했다.

"난 괜찮아."

별안간 좌중이 조용해졌다. 이 공기는 특정한 누군가가 나타날 때 사람들 사이에 미묘하게 감도는 신호에 가까웠다. 과연, 소란을 들은 모양인지 문가에서 쿠니스가 나타났다. 총수까지 나타나자 사방에 긴장감이 어린 침묵이 감돌았다.

쿠니스는 사방을 쭉 훑고는 젖어 있는 라토와 안절부절못하는 영원교 여자들을 보고 상황 파악을 끝냈는지 라토를 보고 말했다.

"실례했군."

이어서 옆을 돌아보고, 그와 같이 온 젊은 영원교 사제에게 말했다.

"내 손님에게 무례를 저질렀군."

그러자 사제는 라토를 향해 깊이 허리를 숙였다.

"저희 아이들을 용서해주십시오. 나쁜 뜻이 있었던 건 아니었습니다."

라토는 한숨을 내쉬었다.

"아무래도 좋으니까 다 꺼져."

"벌을 내리기 원한다면 어떤 벌이든 내려도 좋아. 잘못한 건 이 아이들이니까."

쿠니스가 말하자 영원교 여자들이 어떤 벌이라도 달게 받겠다는 양 고개를 조아렸다. 라토는 이게 21세기에 펼쳐지는 광경이라는 걸 믿을 수가 없었다.

"제발 꺼져."

그에 쿠니스가 고갯짓하자 그제야 모두 방에서 나가기 시작했다. 반면 가말은 라토의 손을 꽉 쥐며 물었다.

"정말 괜찮은 거지?"

마지막으로 쿠니스가 그 모습을 보고 밖으로 나갔다.

"마티야말로 괜찮아?"

라토가 묻자 가말은 멈칫했다.

제 두 쌍둥이 중 항상 더 섬세한 건 라토였다. 토라는 함께 있으면 즐겁고 걱정거리가 사라지는 반면, 라토는 더 깊이 마음을 알아준다는 느낌이었다. 토라의 밝고 건강한 면에 끌리는 여자가 있는가 하면 라토의 사색적이면서도 섬세한 면에 끌리는 쪽도 있었다. 그들의 부인이었던 니카는 후자였다.

"괜찮지 않아."

가말은 솔직하게 말했다.

"도영이 보고 싶어."

라토가 가볍게 안아주자, 가말은 아들의 가슴에 고개를 기대었다. 그 상태로 라토가 작게 말했다.

"소령님은 오실 거야."

"응."

그리고 가말이 몸을 떼더니 물었다.

"근데 정말 왜 이렇게 젖었어?"

거기에 대해서는 별로 이야기하고 싶지 않았으므로 라토는 가말을 놓아주고 뒤돌아가며 말했다.

"그럴 일이 있었어."

하지만 가말이 따라오며 물었다.

"여자들이 덮쳤어?"

"아니야."

라토는 저도 모르게 부정했다. 제 어머니와 성적인 이야기를 하지 않으려는 아들처럼. 하지만 가말은 듣지 않았다.

"다들 쳐다 봐. 라토는 잘생겼으니까. 하지만 여기 여자애들은 안 돼."

그에는 라토도 짧게 웃었다.

"마티 노릇하는 거야?"

그러자 가말은 자못 심각하게 말했다.

"후회했어. 안 그래도 둘이 어렸을 때 내가 성교육을 해주지 않아서……."

"마티. TMI는 그만하자. 가서 자."

라토는 얼른 말을 끊고 가말의 등을 밀었다. 가말은 라토를 두고 가는 게 탐탁지 않았지만 그는 꼭 그럴 때 얼굴이었다. 혼자 있기를 바랄 때. 그래서 어쩔 수 없이 방을 나오는데, 낯선 목소리가 그녀를 불렀다.

"사도님."

가말이 돌아보기도 전에 영원교 여자들이 부산하게 무릎을 꿇었다. 꼭 왕이라도 행차한 듯이.

뒤에는 쿠니스가 있고, 그 옆에 한 백인 남자가 서 있었다. 가운 같은 흰옷을 입고 있었는데 소식을 듣고 잠자리에서 급하게 일어나 온 모양새였다.

그는 정중하게 허리를 숙여 인사했다.

"만나뵙게 되어, 만세에 다시없을 영광입니다."

가말은 의아했다.

"넌……."

"영원교의 교주야."

쿠니스가 말했다. 그에 가말은 다시 백인 남자를 보았다.

교주는 생각보다 젊었다. 한 사십 대 정도로밖에 보이지 않았다. 게다가 인상이 온화하고 얼굴빛이 맑았다. 딱히 교주에 대해 생각해본 적이 없어서 어떻게 생겼을 거라고 상상해보지 않았지만, 막연하게나마 기대했던 얼굴은 아니었다.

가말이 뭐라고 하려는데 쿠니스가 먼저 말했다.

"시간이 늦었으니 다음에 보지."

그러자 교주는 쿠니스를 빤히 보더니 별말 없이 가말에게 고개를 숙였다.

"다음에 뵙겠습니다. 꼭 찾아주십시오."

물론 가말은 그럴 생각이 없었다. 영원교를 가까이할 생각 따위 없으니까. 특히 그 교주는 더욱. 그래서 더 말하지 않고 방으로 들어갔다. 방은 라토가 박차고 들어왔을 때 그대로 있었다.

"가보겠습니다. 쉬십시오."

영원교 여자가 허리를 숙여 인사하고 나갔다. 탁. 방문이 다시 닫히는 소리가 났다. 가보겠다고는 했지만 자다가 좀 크게 뒤척이기만 해도 당장 올 수 있는 거리에서 지키고 있다는 걸 알았다.

가말은 몸을 돌려, 지금은 일단 제 방이라고 부르는 곳을 보았다. 매끈한 윤기가 감도는 침대 시트에 달빛이 내려앉은 모습을 보다가, 창문 쪽으로 시선을 돌렸다. 음각 조각이 된 창문 밖에는 검은 바다가 넘실거렸다. 창가로 다가서 밖을 바라보고 있자니, 꼭 자신이 동화에 나오는 탑에 갇힌 공주님 같았다.

끽. 창문을 밀어 열었다. 그러자 아래에서 솟구친 바람이 얼굴에 훅 몰아쳤다. 저 멀리 달빛이 기름기처럼 보여 석유 같은 검은 물이 출렁이고 있었다.

◇◇◇

문 앞에 서 있는 두 여자가 가분히 고개를 숙였다. 그리고 그들이 열어주는 문을 넘어 이손은 안으로 들어갔다. 화려한 방 가운데 소파에 앉아 있는 교주가 고개를 들고 그를 환영했다.

"천사야."

이손은 걸어가 묵례했다. 그러자 교주는 물었다.

"메시아께서는 좀 어떠시냐?"

"사도님의 배 속에서 잘 자라고 계십니다."

이손은 정중하게 대답했고, 교주는 고개를 끄덕였다.

"메시아께서는 우리를 영원한 지복의 땅으로 이끌어주실 분이다. 틀림이 없이 잘 보살피도록 해라."

"명심하겠습니다."

여부가 있겠냐는 듯이 이손은 고개를 숙였다. 내리깐 눈에 차가운 빛이 돌았다.

◇◇◇

검은 바닷물에서 머리가 조용히 솟아올랐다. 그리고 수경 너머로 두 눈이 어둠이 내려앉은 주변을 살폈다.

바위 절벽 위에 서 있는 요새에서 빛이 뿜어져 나왔다. 옛날과 달리 전기가 들어오는 요새는 관광지에 가면 볼 수 있는 유적처럼 불이 환했다. 반면 아래쪽 바다에는 어둠이 짙어 현대에도 인공조명이 없는 곳이 얼마나 어두운지 단적으로 알 수 있었다.

그 진한 어둠이 일행이 절벽으로 다가가는 모습을 숨겨주고 있었다. 뭍으로 다가갈수록 특수부대 특유의 검은 건식 잠수복을 입은 모습이 드러나고, 검은 머리가 하나둘 더 솟아올라 따라왔다. 마치 지하의 강물에서 솟아오르는 지옥의 군대 같았다.

팀원들이 모두 뭍으로 올라서자 그들이 착용한 공기통에 연결된 마스크에서 스읍 스읍 소리가 났다.

도영이 잠수복 머리를 뒤로 벗어내고 이어서 팀원들도 잠수복을 벗었다. 모두 안에 검은 전투복을 입고 있었다.

다들 요새를 한 번 보고 말없이 잠수복을 정리했다. 접근하는 걸 들키지 않기 위해 루아스로서도 힘들 정도로 먼 거리에서부터 헤엄쳐왔기 때문에 숨을 정리하기 위해서였다.

준비를 끝내고 돌아보자 도영만 조금 다른 옷을 입고 있었다. 일반적으로 희고 얇은 성직 칼라가 아닌, 검은 칼라를 댄 영원교의 사제복이었다.

도영은 사제복 안에 입은 목 폴라를 좀 더 끌어올려 문신을 가렸다. 그 모습을 본 맥코이 하사가 영원교에서 사용한다고 들은 원형 성호를 긋고 말했다.

"저 이교도들을 모두 천국으로 인도하소서."

농담하는 걸 내버려두고, 도영은 손목 밴드의 시계를 조정하고 말했다.

"약속한 시간에 포인트에서 보죠."

맥코이 하사는 요새를 올려다보았다.

"제 발로 지옥에 걸어 들어가는 느낌이군요."

하지만 그 지옥에 가말이 있었기 때문에, 도영은 한시라도 더 빨리 그 지옥에 뛰어들지 못해 안달이 났다.

"그럼."

"조심하십시오."

도영과 팀은 헤어져서 암벽 사이로 난 가파른 길을 오르기 시작했다. 그리고 요새에 다다라 은밀하게 벽 아래로 다가갔다. 주의 깊게 소리를 듣다가 훌쩍 창가로 올라섰다. 그러고는 복도에 아무도 오지 않는 걸 확인하고 내려서자마자 늘 이곳에 살던 사람처럼 걸어가기 시작했다.

고대의 느낌을 재현한 성채는 어쩐지 을씨년스러웠다. 성채 구석구석에 빛이 닿지 않는 곳엔 유독 그늘이 짙은 느낌이었다.

지도로 확인한 바, 가말이 지내고 있는 곳은 내동의 동관이었다. 상당히 안쪽에 있는. 관건은 가짜 사제라는 걸 들키지 않고 그 안쪽까지 들어가는 것이었다.

어느 정도 걸어가다 보니 복도 모퉁이 너머에서 기척이 느껴졌다. 변장하고 있긴 해도 어지간하면 누군가와 마주치지 않는 게 좋았다. 그래서 도영은 재빨리 옆 복도로 몸을 피했다. 그리고 숨을 죽이고 있자 기척이 모퉁이 너머로 지나가는 게 느껴졌다. 그제야 도영은 다시 복도로 나가서 걸어갔다.

요새는 밖에서 보기보다 화려했다. '천일야화'에나 나오는 왕궁처럼 호화롭고, 오스만 제국의 세밀화가들이 그린 것 같은 바닥과 벽타일의 섬세한 무늬들이 신비로워 보일 정도였다.

재산을 몰수당하고 3년이나 감옥에 갇혀 있던 사람이 뽐내기에는 확실히 과한 재력이었다. 그리고 굳이 요새 내부를 이렇게까지 꾸민 게 꼭 꼬리를 뽐내는 수컷 공작처럼 가말을 향한 구애의 몸짓 같아서 도영은 기분이 나빴다. 아주.

그때 이쪽 복도 끝에서도 기척이 나고, 한 젊은 여자가 다가왔다.

'이건 피할 수 없겠군.'

생각한 도영은 아무 일 없는 듯이 걸어갔다. 다가오는 여자는 시간을 거슬러온 것같이 긴 중세풍의 옷을 입고 있었다.

피부 아래서 풍기는 냄새만 맡아도 인간이라는 걸 알 수 있었는데, 이 요새에 있는 인간은 딱 두 가지였다. 성에서 일하는 현지 고용인이거나, 영원교 신도거나.

하지만 현지 고용인은 성 아래쪽에서 잡일을 할뿐이었다. 이 시간에 성 깊은 곳에서 태연하게 다닌다면 영원교 신도일 가능성이 높았다.

그때 여자가 도영을 발견하고 빤히 쳐다보았다. 그게 무슨 의미인지 알 수 없어 도영은 살짝 긴장했지만 아무 내색하지 않고 계속 걸어갔다.

이러나저러나 여자가 영원교 신도라는 점은 확실했다. 흔히 길거리에서 만나는 사이비 교도들과 비슷한 눈빛을 하고 있었기 때문이다. 초점이 모호한, 윤기가 없이 짙은 눈.

둘이 거의 스쳐 지나갈 만큼 가까워졌다. 도영은 약간 묵례하고 여자를 지나갔다. 다행히 여자는 그를 붙잡지 않았다. 그에 도영은 안심하고 계속 걸어갔다.

저벅, 저벅, 저…….

"사제님."

여자가 불렀다. 도영은 속으로 혀를 찼지만 태연한 얼굴로 돌아보았다.

"네."

대답하자 여자는 흔히 '퍼스널 스페이스'라고 부르는 공간이 없을 만큼 가까이 다가왔다. 그리고 그를 살짝 위아래로 보더니, 그 윤기가 없이 짙은 눈에 어울리지 않는 성적인 기대를 담고 속삭였다.

"강론을 부탁드립니다."

그러면서 영혼을 빼앗긴 것같이 공허한 눈으로 싱긋 웃었다. 꼭 웃음의 의미를 모르는 인형이 웃는 걸 보는 것처럼 소름이 돋았다.

영원교 신도들은 생명의 신비를 푼다며 루아스 사제와 잔다더니 그게 사실인 모양이었다.

'이런 사이비가 또 없군.'

하지만 도영은 독실해 보이는 표정을 잃지 않고 말했다.

"지금은 일이 있어서 내일 뵙겠습니다."

"그럼 내일 어디로 찾아뵈면 될까요?"

질문에 도영은 머릿속에서 작전 브리핑에서 보았던 설계도를 떠올리고 대답했다.

"남관의 기도실로 오십시오."

그제야 여자는 고개를 숙이고 지나갔다. 안도한 도영은 다시 가던 길을 가기 시작했다.

뱀파이어 테러리스트 조직과 인간 사이비교의 동거라니, 기괴한 조합이었다. 이런 곳에 가말과 제 아이가 있다고 생각하니 한시라도 빨리 그들을 찾아 이 네오 소돔 같은 곳을 떠나고 싶었다.

그런데 문득 무슨 생각이 나 걸음을 멈추고, 도영은 멀어지고 있는 여자를 돌아보며 말했다.

"자매님."

◇◇◇

가말은 거울 앞에 앉아 있었다. 시중을 들어주는 영원교 여자 하나가 머리를 빗어주고, 다른 여자는 부위마다 따로 쓰는 오일들을 화장대에 늘어놓았다.

아침과 저녁마다 늘 반복되는 풍경이었다. 처음에는 이런 걸 왜 하느냐고 거절도 해보고 화도 내봤지만 석상미가 있는 영원교 여자들은 요지부동이었다. 그저 한 고집하는 가말도 지쳐 포기할 때까지 그 자리를 지키고 있을 뿐이었다.

영원교 여자들은 사이비일지는 모르겠지만 몸가짐이 우아하고 입이 무거웠다. 누구 하나 함부로 말을 하는 법이 없었다. 그 꾹 닫혀 있는 입안에 비밀을 품고 있는 것 같아 더 석연치 않았지만, 교육이 잘 되어 있다는 점에 있어서는 이견이 없었다.

좌우지간 덕분에 요즘 가말은 온몸에서 빛이 나다시피 했다. 머리카락도, 피부도, 매일같이 오일을 발라 마사지한 덕분에 손끝까지 반들거렸다. 여기에서는 보여줄 사람이 있는 것도 아닌데.

그때 머리카락을 빗어주는 영원교 여자가 말했다.

"사도님께서는 너무 아름다우세요."

가말은 거울 너머로 여자를 보았다. 그녀는 가말의 빛나는 머릿결을 보며 황홀한 듯이 중얼거렸다.

"그래서 소령님께 사랑을 받는 거겠죠."

"도영을 알아?"

가말이 의외로워 묻자 여자가 싱긋 웃었다.

"물론 알고 있죠. 이바노프 혈통은 모두 알고 있어요. 이반 이바노프, 알렉스 야크트훈트…… 도영 드페르."

나직이 중얼거리며 제 머리카락을 훑는 손길에 소름이 돋았다.

이바노프 클랜원은 연하도 있었지만 남자만 골라 이야기하는 게 어떤 의도를 보여주는 듯했다. 꼭, 라토의 방에 숨어들면서 노렸던 것 같은. 사실 그때 라토의 방에 여자들이 숨어들었던 일은 탓할 타이밍을 놓친 데다가 방에 들어갔던 여자들을 특정해내기가 어려워 어물쩍 넘어가게 됐다. 그런데 바로 이 여자가 라토의 정조를 노렸을 수도 있다는 생각이 들자 기분이 나빠졌다. 게다가 도영까지 묘하게 야한 어투로 언급하는 게 불쾌했다.

"그만. 됐어."

가말이 벌떡 자리에서 일어나자 여자들이 놀라 한 걸음 물러났다.

"사도님."

가말이 드레스 자락이 휘돌 정도로 세게 몸을 돌려 걸어가자 여자들이 당황해서 분분히 따라왔다.

"사도님?"

하지만 가말은 멈추지 않고 안쪽 방으로 들어가는 문을 닫고 들어갔다.

"가. 혼자 둬."

마침 오늘 쿠니스는 일이 있다고 자리를 비운 상태였다. 그건 지금 가말이 억지를 피워도 말릴 수 있는 사람이 없다는 의미였다. 물론 도망치려고 하면 바로 제제하겠지만, 제 방에 틀어박히는 정도로 레기온 대원들을 투입해 끌어내지는 않을 것이다.

평소 쿠니스는 최대한 레기온 대원들이 가말의 눈에 띄게 하지 않았다. 꼭 이곳이 진짜 왕궁처럼 보이게 하려는 듯이 시중을 들어주는 영원교 여자들과 하인들, 최소한의 경비병만 두었다. 적어도 시선이 닿는 곳에는.

"사도님."

여자들이 재차 문밖에서 불렀다.

"죄송합니다. 저희가 뭔가 불편하게 해드렸나요? 사과드리겠습니다."

"사도님, 저희에게 말씀해주세요."

가말은 한숨을 내쉬었다. 이 여자들은 끈질기기까지 했다. 하지만 이럴 때라도 저 여자들을 떼어놓지 않으면 머리가 이상해질 것 같았다.

"혼자……."

말하던 가말은 난데없이 뒤를 돌아보았다. 하지만 아무것도 바뀌지 않은 풍경이 잔잔하게 가라앉아 있었다.

"사도님?"

다시 영원교 여자가 부르는 소리가 들렸다. 그에 가말은 문을 돌아보고 말했다.

"잠깐 혼자 놔둬."

비로소 문밖이 조용해지고 여자들이 자리를 비우기 시작했다. 가말은 한숨을 내쉬고 드레스를 끌며 창가로 다가갔다.

그나마 이 방에서 바다가 잘 보인다는 게 다행이었다. 아니면 폭탄 때문이 아니더라도 가슴이 답답해서 터져버렸을 게 분명했다.

그 순간 가말은 날카로운 눈으로 홱 옆을 보았다. 그리고 화려한 장식이 된 파티션 뒤에 드리워진 커튼을 젖혔다.

"누구야!"

묵직한 벨벳 커튼이 흩날렸다가 떨어지고, 이중으로 달려 있는 레이스 베일이 흩날렸다. 그 너머로 한 남자가 나타났다.

도영이었다.

"도영……?"

가말은 멍하니 중얼거렸다.

16
절벽

"도영……?"

가말이 멍하니 중얼거리는 사이에 레이스 베일이 원래 자리로 돌아갔다. 영원교의 사제 같은 옷을 입고 있었지만 자신을 마주 보는 남자는 분명히 도영이었다. 자신이 어느새 잠들었는지, 가말은 이게 당연히 꿈일 수밖에 없다는 걸 알았다. 하지만 이토록 생생할 수 있는지 믿기지 않았다.

수많은 말이 가슴속에서 메아리쳐서, 오히려 감정에 압도되어 아무 말도 할 수가 없었다. 그래서 막연히 쳐다보고 있느라 도영이 그녀의 뒷머리를 감싸는 게 느린 그림처럼 느껴졌다.

그가 고개를 내려 키스했다.

"도……."

가말이 놀라서 말하려는데 도영은 말할 틈을 주지 않고 입술을 겹쳐왔다. 가말이 저도 모르게 밀어내려고 하자 손목을 잡으며 허리를 휘감듯이 끌어안았다. 그리고 뜨겁게 달아오른 혀로 입속을 파고들었다.

가말은 이게 꿈인지 생시인지 분간이 가지 않았다. 분명히 느낌은 꿈인데, 맞닿은 단단한 몸이나 열기는 현실이었다. 오랜만에 느끼는 감각에 저도 모르게 동조하기 시작했다.

도영이 입술을 떼고 속삭였다.

"드레스 입은 모습 처음 봐."

가말의 눈에 눈물이 일렁이며 차올랐다.

"정말 도영이야? 진짜로?"

"너무 예뻐."

거의 달뜬 눈빛으로 그답지 않은 딴소리를 하며 다시 입을 맞춰왔다. 가말도 아무래도 좋아져, 그를 끌어안았다. 도영이 키스하며 가뿐하게 그녀를 안아 올리자 드레스가 흐드러지게 물결쳤다. 그리고 도영은 침대로 가서 그녀를 눕히고 머리카락을 귀 뒤로 쓸어 넘겨주었다. 그 다정한 동작에 가말은 눈물을 참을 수 없었다.

"베이비가 있어. 기뻐. 베이비가 찾아와줬어. 도영이랑…… 마티, 타와가 되는 거야."

도영은 그녀의 이마에 키스하며 속삭였다.

"사랑해, 가말. 버텨줘서 고마워."

"도영, 난……."

"알아."

그러면서 도영은 엄지손가락으로 눈물을 닦아주었다. 가말은 그 품에 안겨 눈물을 글썽이며…….

"……여자 냄새."

툭 중얼거렸다. 도영은 멈칫하고, 가말은 인상을 찡그린 채 그를 올려다보았다.

"여자 냄새 나."

도영은 빙그레 웃었다.

"설마."

하지만 가말은 확신조로 말했다.

"이건 영원교 여자들이 쓰는 오일 냄새야."

도영도 영원교 여자한테서 무슨 나무 냄새가 난다고 생각은 했지만 그게 영원교 전용인 줄은 몰랐다. 곤란해진 그는 짐짓 웃으며 털어놓았다.

"유혹하는 척했을 뿐이야. 네가 있는 곳을 알아내려고."

"도영은 내 거야."

가말은 으르렁거리더니, 갑자기 기세가 바뀌어 눈이 젖어들며 그의 볼을 감쌌다.

"진짜 도영이구나."

애잔하고 벅찬 마음이 몰려와 도영은 지그시 가말을 보았다. 예전에는 그가 빗어주지 않으면 늘 산발이던 머리카락은 기름을 바른 듯이 차분했고 피부는 광채를 발했다. 그리고 꽃잎을 겹쳐 놓은 듯한 연분홍색 드레스는 그야말로 가말을 살아 있는 꽃처럼 보이게 했다. 안 그래도 아까 외벽을 기어 올라와 창문 너머로 들여다보니, 화려한 방 가운데 서 있는 가말이 너무 아름다웠다. 살짝 돌아보는 몸짓에 따라 빗어 내린 머리카락이 물결치며 빛나는

데, 그 광경에 넋이 나갈 정도였다.

도영은 누워있는 가말 위로 커다란 야수가 미녀에게로 몸을 굽히듯이 몸을 기울이고 입 맞추었다. 가말은 풍성한 드레스에 파묻혀 그를 받아들였다.

흐트러진 드레스 사이로 살짝 드러난 다리에도 광채가 흘러서, 도영은 그 광채를 따라 손을 미끄러트리며 물었다.

"내가 없는 데서 왜 이렇게 예뻐진 거야?"

그러자 가말은 불만을 토로하듯이 대답했다.

"자꾸 뭘 발라대니까……."

"뭘?"

"오일이나 화장품 같은 거."

"돌아가면 화장품 따위 얼마든지 사줄게."

"그런 거 귀찮아. 안 했으면 좋겠는데 내 말도 안 듣고……."

도영은 가말의 손가락을 얽어 장난하며 다정하게 물었다.

"그랬어?"

"응."

입술을 오물거리며 대답하는 모양새가 귀여워서 도영은 가말의 관자놀이에 키스하는 걸 참을 수 없었다. 그러면서 물었다.

"아기는 어때?"

"건강하대. 성별은 아직 몰라."

"아들이면 좋겠어, 딸이면 좋겠어?"

"둘 다 좋아."

"난 딸. 아들은 이미 둘이나 있잖아."

그러자 가말이 살짝 도영의 입을 막았다.

"안 돼. 베이비가 들어. 아들이면 어떡해."

그러자 도영은 입에서 손을 떼어내며 희미하게 웃었다.

"그러네."

그러고는 가말의 손바닥에 키스했다. 애정을 마구 쏟아붓는 몸짓에 가말은 자꾸만 눈이 젖어들었다.

그러다가 불현듯 정신이 들었다.

"잠깐, 근데 이러고 있을 때가……."

"사도……."

그 타이밍에 마침 영원교 여신도가 들어왔다. 아니, 그러다가 우뚝 멈추었다. 침대 위에 도사리고 있는 도영을 보고.

여자는 비명을 내지르며 밖으로 뛰쳐나갔다. 그럼에도 도영은 별로 신경 쓰는 기색이 아니어서, 가말이 벌떡 몸을 일으켰다.

"도영, 어서 달아나야 돼!"

하지만 도영은 다시 가말의 어깨를 안아서 눕혔다.

"조심해. 아이가 놀랄 수도 있잖아."

가말은 기가 막혔다. 왜 이렇게 태연한지 알 수가 없었다.

"지금 그게 중요한 게……!"

쾅! 그때 문이 부서질 듯이 열리며 하심이 토브 자락을 휘날리며 경비병들을 이끌고 들이닥쳤다. 그리고 가말과 태연하게 있는 도영을 보고 실소를 터뜨렸다.

"뜻밖이군, 드페르 소령."

그러거나 말거나 도영은 가말의 머리카락을 가지고 장난치고 있을 뿐이었다. 그런데 하심이 뭘 하기도 전에 바깥이 소란스러워지더니 라헬이 대원들을 이끌고 나타났다. 그쪽은 수비대 대장 역할을 하고 있다더니 화려한 견장이 달린 검붉은 제복을 입고 있었다. 어깨엔 금줄을 늘어뜨린 모습이 역할 놀이라도 하는 것 같았다.

"라헬."

하심이 말하자 라헬은 무심한 눈으로 흘긋 그를 보았다.

"어쩐 일로 빨랐군."

"이놈은 내 거야."

하심은 아군을 대한다고 볼 수 없을 만큼 경계심이 가득한 얼굴로 말했다.

아무래도 레기온 간부들 사이에도 알력 다툼이 있는 모양이었다. 그다지 놀라운 사실은 아니었지만.

그때 도영이 가말의 머리카락을 쓸어 넘겨주며 말했다.

"미안하지만 난 가말 거야."

하심은 '뭐야, 이 미친놈은?' 하고 말하는 눈으로 도영을 보았다. 반면 라헬은 피식 웃고 말했다.

"소령도 어지간히 미친놈이었네. 테러리스트의 아지트에 숨어 들어와서 이러고 있다니."

그러자 도영은 가말을 사랑스러워하는 눈으로 보며 말했다.

"이렇게 예쁘게 꾸민 아내를 보고 어떻게 참겠어?"

기가 찬다는 표정을 짓는 하심과 달리 라헬은 흥미롭다는 투로 말했다.

"혼인신고는 미리 했나봐. 결혼식은 좀 남았던 걸로 아는데."

"축하는 됐어."

"무슨 속셈인지는 모르겠지만 각오는 했겠지."

하심이 말하고는 제 대원들을 돌아보았다.

"끌고 가."

"뭐라고?"

쿠니스는 저도 모르게 되물었다. 그의 뒤로는 화려한 왕궁 같은 복도가 펼쳐지고, 앞에 있는 전령이 말했다.

"요새에 드페르 소령의 팀이 침입했습니다."

"어떻게……."

쿠니스는 저도 모르게 말하다가 말을 바꾸었다.

"아니, 됐어."

지금은 그게 중요한 게 아니었다.

"당장 출발한다."

그러고는 바로 몸을 돌렸다.

이번에야말로 가말이 보는 앞에서 완전히 목을 베어줄 생각이었다. 루아스가 아니라 루아스 할아버지라도 살아날 수 없도록.

"가는 겁니까?"

복도를 내려가는 중 마주친 중년 남자가 물었다. 그가 입고 있는 짙은 카키색 정복에 휘장들이 화려했다. 햇볕이 뜨거운 땅의 민족이라는 걸 알려주듯 피부가 짙었고, 허리에 의전용 장식이 된 곡도를 패용하고 있었다.

"급한 일이 생겨서. 다음에 뵙죠."

쿠니스는 일방적으로 말하고 걸어갔다. 그 뒷모습을 중년 남자는 물끄러미 쳐다보았다. 그리고 뒤돌아가며 손목 밴드를 눌러 전화를 걸었다.

"그래서 로열 스타는 얼마를 제시했다고?"

라토는 창밖을 보고 서 있었다.

가말과 그의 방은 절벽 쪽이어서 내다봐도 요새의 구조나 지형을 파악하는 데 도움이 되는 위치가 아니었다. 일부로 그런 곳으로 배정했겠지만.

게다가 절벽 쪽이라고 그냥 뛰어내릴 수도 없는 게, 바로 바다로 이어지는 절벽이 아니라 한 단 아래 다른 요새가 더 있는 구조였다.

한숨을 내쉬고 창틀을 짚고 있던 손을 거두고 몸을 돌렸다. 그러자 부유한 고대 로마인의 별장을 떠올리게 하는 벽화 앞에 이국적인 식물들이 놓여 있는 모습이 보이고…….

갑자기 공기가 수런거렸다.

아무 소리도 들리지 않았지만 기척을 느낄 수 있었다. 라토는 바로 테이블에 놓여 있는 책을 집어 원형으로 꽉 말아 쥐었다. 그리고 소리 없이 문가로 다가가, 벽에 등을 붙였다.

이쪽으로 다가오는 발걸음이 느껴졌다. 하나, 둘, 셋……. 그리고 넷. 네 명으로 이뤄진 무리였다. 네 번째는 거의 발소리가 나지 않았지만 라토의 청력이 좀 더 예민했다.

마침 한 사람이 문가에 슬쩍 나타났다. 그에 라토가 내려치려는 순간 상대가 반사적으로 총구를 겨누면서도 작은 목소리로 외쳤다.

"접니다!"

다행히 라토는 바로 그 목소리를 알아들었다. 내려치는 자세로 멈칫하자, 무장한 사람이 헬멧의 유리를 젖히고 휴 대위가 나타났다. 라토는 말아 쥐었던 책을 풀면서 손을 내렸다.

"남자 얼굴이 이렇게 반갑기는 처음이군요."

"돌을 씹어 먹은 줄 알았는데 농담도 할 줄 아는군요."

사실 MCTC의 기지에 있을 때 여러모로 마음이 힘들 때라 돌덩이처럼 굴었던 걸 인정하기에 라토는 그저 어깨를 으쓱였다. 그러자 휴 대위는 바깥을 살피며 말했다.

"어서 가죠."

"마티는 어떻게 됐습니까?"

라토가 그게 먼저라는 듯이 묻자 휴 대위가 헬멧 유리를 내리며 말했다.

"누가 구하러갔을 거 같습니까?"

하긴, 괜한 질문이었다. 라토는 걸음을 내디뎠다.

도영은 천천히 숨을 내쉬었다. 검은 안대 때문에 아무것도 보

이지 않았다. 팔은 뒤로 꺽 중세 시대의 철제 구속구 같은 수갑에 묶여 있고, 정수리 위에서 조명 빛이 느껴졌다. 주변 온도는 조금 서늘하고, 사방으로 희미한 벽돌 냄새가 났다.

눈에 쓴 검은 안대가 벗겨지자 강한 빛이 눈을 때렸다. 그 빛 사이로 하심이 서 있었다. 그리고 하심은 올가미에 잡힌 먹이를 보듯이 눈을 빛내며 말했다.

"내 궁에 온 걸 환영해, 소령."

한 걸음 뒤에 라헬이 팔짱을 끼고 서 있었다. 이곳에서는 한 걸음 물러서 있을 수밖에 없는 입장이라는 의미였다.

"호박이 덩굴째 굴러 들어왔군."

하심은 도영의 주위를 천천히 돌아 관찰하며 물었다.

"문신이 멋지군. 무슨 의미지?"

도영은 한쪽 어깨를 으쓱였다.

"간단해. '네 알 바 아냐.'"

하심은 낮게 웃음을 흘렸다.

"과연 겁이 없군."

그러고는 한 대원에게 다가가더니, 채찍 모양을 한 테이저를 건네받았다.

"그 태도를 잃지 말아줘. 사랑하는 여자를 위해 기꺼이 목을 내놓은 고귀한 정신을 가진 남자가 고통 따위에 무너진다면 실망할 거 같으니까."

하심이 손을 내리자 테이저 끝에서 파직거리며 푸른 전류가 튀었다. 공룡도 쓰러뜨릴 수 있을 만한 볼트가 흐르고 있음이 분명했다. 그럼에도 도영은 태연히 말했다.

"미안하지만 그쪽을 실망시킨다고 내가 슬플 건 없는데."

그 말은 아무래도 좋은지 하심은 훗 웃고는 테이저를 도영에게 대려 할 때였다.

"근데 한 가지 궁금한 게 있어."

느닷없이 라헬이 말했다.

"어떻게 딱 총수님이 자리를 비운 타이밍을 알았지?"

모든 게 멈추는 느낌이었다. 라헬은 싱긋 웃었다.

"배신자가 있구나."

"난 아무 말도 안 했어."

도영이 말했지만 라헬은 이미 듣고 있지 않았다.

"누굴까……. 한번 맞춰볼까?"

걸어오며 중얼거렸다. 마치 먹잇감을 어떻게 먹을까 고민하는 암컷 아나콘다처럼 섬뜩했다.

"사실 전부터 좀 수상한 점이 있었어. 정보가 새고 있다는 느낌이 들었지. 확실한 건 아니었어. 꽤 교묘했으니까. 하지만 그날, 자기가 죽을 뻔했던 날. 그날도 약간 시간차가 있었지만 우리가 가말 씨를 어디로 데려갔는지 아는 것처럼 찾아왔지. 그 정도 정보를 흘릴 수 있으려면 배신자가 아주 말단은 아닐 거야."

라헬이 도영의 뒤로 돌아가자 신고 있는 부츠의 굽이 부딪치는 소리가 울렸다. 도영은 그 소리를 좇았다.

"지금도 이렇게 쉽게 잡혔다는 건 뭔가 믿는 구석이 있다는 의미겠지. 그 '구석'이 널 탈출시켜줄 수 있거나, 내가 자리를 벗어나도록 할 수 있거나……. 그러려면 꽤 위치가 있어야 할 거야."

문득 라헬이 옆을 보았다.

"안 그래? 하심 말루프."

라헬의 시선을 받은 하심은 잠깐 이해하지 못한 얼굴이었다. 그러다가 이해하고 헛웃음을 내뱉었다.

"무슨 말도 안 되는 소리야?"

"왜 하필 소령을 네 궁으로 데려왔지?"

"내가 제일 먼저 발견했으니까."

하심은 헛웃음을 토하고 말했지만 라헬은 쉽게 넘어가지 않았다.

"수비대 대장은 나야. 하지만 왜 굳이 나한테 넘기지 않고?"

"이 요새를 더 오래 관리해온 게 누구인데?"

"그렇다면 누군가를 빼내는 건 일도 아니겠지."

하심은 뭔가 이상하게 되어간다 싶어 인상을 썼다.

"아까부터 대체 무슨 소리를 하는 거야?"

말하며 뒤를 돌아보는데 그를 보는 대원들의 눈빛이 이상했다. 하심은 기가 차 외쳤다.

"설마 저 말을 믿는 건가? 내가 인간 따위를 도울 리가 없……."

그때 라헬 뒤에 있는 대원이 무표정하게 권총을 꺼내는 동시에 하심의 이마를 노렸다. 하심은 바로 이를 드러냈다.

"죽고 싶……!"

쾅! 하고 세찬 소리와 함께 문이 열리며 병력이 밀려들기 시작했다. 놀란 하심의 경비병들이 움직이려고 했지만 라헬 쪽이 좀 더 빨랐다.

철컥. 철컥. 철컥. 하심 일행에게 총을 겨누었다.

하심은 이 상황을 믿을 수가 없었다. 도영에게 정신이 팔려 밖에서 병력이 다가오는 걸 미처 깨닫지 못하고 있었다니. 아니, 사실 라헬이 이럴 줄 몰랐다는 쪽이 맞았다. 같은 레기온의 이름 아래 있는 한 이건 반역에 가까운 행위였기 때문이다. 애초에 제 궁에 병력을 끌고 쳐들어오는 행동을 할 거라는 가능성이 조금이라도 있었다면 라헬부터 제 궁에 들이지 않았다.

"이게 무슨 짓이야!"

하심이 으르렁거렸다. 그러자 라헬 옆에 있는 대원이 총으로 똑바로 머리를 노렸다.

"당장 머리가 날아가고 싶지 않으면 순순히 굴어."

하심은 주변을 훑었다. 부지불식간에 당한 일이라 제 병력은 손도 써보지 못하고 제압당한 상황이었다.

그럼에도 하심은 코웃음을 쳤다. 그는 라헬이 왜 이러는지 알고 있었다. 한 번 잡았다가 놓친 장난감에 대한 집착 때문이었다. 고작 장난감 하나 되찾자고 충분히 이러고도 남을 또라이였으니까.

"하여간 그 몹쓸 집착은 병이군. 상담사나 찾아가봐."

더 상대하기도 짜증 나서 말하고 돌아섰다.

"데리고 꺼져."

"하심."

웃음기가 도는 섬뜩한 목소리였다. 그에 하심은 걸음을 멈추고 라헬을 돌아보았다.

"미쳤군. 총수님께서 돌아오시면 책임을 묻겠어."

"기회를 줄게. 네가 스파이가 아니라는 걸 증명해봐."

그러거나 말거나 라헬은 말했다. 성큼 걸음을 내디뎌 제 대원들이 지키고 있는 영역을 벗어나 그의 영역이라고 할 수 있는 공간으로 들어와 다가오며.

"총수님께서 이런 월권을 허락하실 거 같아?"

하심이 이를 갈았지만 라헬은 태연했다.

"다른 말은 하지 마. 네가 MCTC의 끄나풀이 아니라는 걸 증명해보라고 했어."

"그딴 걸 어떻게 증명하라는……!"

하심이 언성을 높이려고 하자 라헬은 웃지도 않고 말했다.

"해야 할 거야. 네 목숨이 걸려 있으니까."

하심은 이를 꾹 물었다. 오만한 얼굴을 한 라헬 뒤로 보이는 제 경비병들의 눈이 붉게 빛나는 것 같았다. 배신자에 대한 살의로.

"내가 인간을 도울 리가 없잖아?"

"그런 말로는 안 돼."

라헬은 팔짱을 풀고 주머니에 손을 넣었다.

"그럼 무슨 말을 하라고……."

"하심."

단호한 어조였다. 가슴 안쪽에서 깊이 올라오는, 묵직한 소리에 거부할 수 없는 카리스마가 있었다.

"난 말했어. 이건 '기회'라고."

"난……."

그제야 하심은 심각함을 느끼고 자신이 쥐고 있는 테이저를 꾹 쥐었다. 그리고 입을 열었다. 옆얼굴을 타고 땀 한 방울이 흘러내렸다. 이 상황을 어떻게 빠져나가야……. 그런데 문득, 하심은 무슨 생각이 나 외쳤다. 아니, 그러려고 했다.

촥. 얼굴에 핏줄기가 튀었다. 전혀 예상하지 못했던 타이밍이라 경비병들도 움찔했다. 이어서 하심의 목이 굴러떨어지는 모습을 보며 라헬이 훗 웃었다.

“그럴 줄 알았어.”

그리고 누구도 그녀가 언제 꺼냈는지 보지 못한 검을 흔들어 핏방울을 털어냈다. 잘린 목의 단면에서 피가 용솟음치며 사방을 덮치고, 하심의 몸이 무너졌다.

쿵. 앞으로 고꾸라진 몸 아래로 검붉은 웅덩이가 퍼졌다. 라헬은 제 장갑 한쪽을 벗어 칼을 닦아내고, 긴장한 표정이 그대로 굳어 있는 하심의 머리 옆으로 피에 얼룩진 장갑을 던졌다. 장갑은 웅덩이의 핏물을 흡수해 금세 새빨갛게 물들었다.

그 모습을 지켜보는 도영은 아무리 같은 루아스여도 한 합에 목을 잘라내는 힘과, 헌법이 보장하는 재판을 받을 권리 따위 무시하고 바로 목을 자르는 비정한 가슴에 할 말이 없었다.

부츠를 신은 발이 피 웅덩이를 헤치고 들어와 도영 앞에 섰다.

“드디어 널 손에 넣었네.”

장갑을 낀 손이 머리카락을 우악스럽게 휘감아 목을 젖혔다. 라헬은 찬찬히 그를 훑었다.

“예전에도 멋있었지만 더 멋있어졌네.”

그리고 싱긋 웃었다.

"너라면 동족이라도 괜찮을 거 같아. 아쉬워. 내가 임신만 할 수 있었어도 널 유혹하는 역할은 내 거였을 텐데 말이야."

"누가 작전을 짰는지는 모르겠지만 적어도 내 취향은 잘 간파했던 거 같네."

그 말에 라헬은 진하게 웃었다.

"난 정말 너 같은 남자들이 좋아. 너희들이 무너질 때 성취감은 이루 말할 수 없거든. 인간일 때 비하면 청순한 맛은 떨어지지만 이것도 나름대로 좋아."

싱그럽게 웃는 눈매 사이에 뱀처럼 안광이 번뜩이는 눈은, 피를 보고 흥분한 포식자의 것이었다.

"좀 거칠게 다뤄도 쉽게 부서지지 않겠지."

"미안하지만 그렇게 굴면 남자들은 다 도망가."

도영의 말에 라헬은 그의 귓가에 고개를 기울이고 속삭였다.

"그럼 난 사냥을 하지."

도영은 여전히 웃는 얼굴이었지만 어쩔 수 없이 긴장한 기색은 숨기지 못하고 라헬을 올려다보았다.

"대장님."

그때 한 대원이 다가왔다.

"가말 씨께서……."

도영이 끌려가고 제 방에 남겨진 가말은 소리쳤다.

"비켜!"

하지만 문 앞을 지키고 있는 경비병들은 묵묵부답이었다. 가말은 꾹 입술을 다물더니 한 경비병에게 다가갔다. 그에 경비병들은 경계하는 기색이었지만 특별히 뭔가를 하지는 않았다. 그런데 가말이 생각지도 못한 순간 한 경비병이 허리에 차고 있는 단검을 빼앗아, 제 목에 칼을 대었다. 그러자 경비병들은 움찔했다.

"내가 못 할 거라고 생각하지 마."

쿠니스가 없는 사이에 그녀가 자해할 틈을 주었다는 게 알려지면 그쪽도 무사하지 못하긴 마찬가지였다.

"검을 주십시오."

경비병이 말했다. 하지만 당연히 가말이 들을 거라고 생각하진 않았을 것이다.

"도영에게 안내해."

그 상태로 서로 대치하고 있는데, 경비병이 갑자기 무전을 듣더니 말했다.

"알겠습니다. 모시겠습니다."

그러고는 손을 내밀었다.

"칼을 주시죠."

"일단 가."

속이려는 걸까 봐 가말은 말했다. 그러자 경비병은 마뜩치 않긴 하지만 어쩔 수 없는 듯 앞서 갔다. 그리고 그녀를 데려간 곳은 서쪽에 있는 하심의 궁이었다.

하심의 궁은 주인의 취향을 반영하듯이 오스만의 톱카프 궁전 같은 곳이었다. 화려한 아라베스크 무늬 타일들이 사방에 빼곡하게 깔려 있고, 멀리서 겁먹은 얼굴로 쳐다보는 시녀와 하인들도 아랍 궁전에 있을 것 같은 중동인, 중동계 백인, 흑인 등이었다.

몇 번의 문을 거쳐 안으로 들어가자 양쪽으로 열리는 문이 활짝 열려 있고, 무장한 대원들이 오가는 어수선한 분위기였다.

칼을 뺏으려고 하는 레기온 대원에게 가말은 그냥 칼을 던져 주고 안으로 뛰어 들어갔다.

"도……!"

들어가자마자 익숙한 냄새가 훅 끼쳐왔다.

'피 냄새.'

가슴이 울렁거렸다. 이건 뱀파이어의 피 냄새였다. 하지만 뱀파이어를 신처럼 모시는 이곳에서 뱀파이어의 피 냄새가 날 일이…….

내부는 깜깜했고, 빛 속에 도영이 의자에 앉아 있었다. 가말은 눈을 크게 떴다.

"도영!"

달려가 정신없이 도영을 살피는데 발치에 핏물이 밟혔다.

"어디 다치……."

깜짝 놀라 말하다가 핏물이 번져오는 방향을 보고 목과 몸이 따로 노는 하심을 발견했다. 가말은 놀랐다.

"내 피가 아냐."

그때 도영이 말했다. 그제야 안심하긴 했지만 가말은 얼른 제 소매로 그의 얼굴에 묻은 피를 닦아주었다. 그러자 도영은 얼굴을 치우면서 말했다.
"피 묻어."
가말은 파르르 눈을 떨었다.
"왜……. 어떻게 여길……."
"당연히 공주님을 구하러오셨죠."
말하며 라헬이 옆에서 다가왔다.
"정말 용기가 대단하지 않나요?"
그리고 도영의 어깨에 손을 짚었다.
"보균 기술로 루아스가 된 소령님이 붙잡히면 모르모트로는 끝나지 않을 걸 알면서 직접 구하러오다니. 하긴, 직접 나서지 않고는 견딜 수 없었던 거겠죠?"
가말이 전에 없이 날카롭게 라헬의 손을 쳐냈다.
"누가 너한테 손대도 좋다고 했어?"
라헬은 피식 웃었다.
"힘."
강하게 내뱉는 그 말을 따라, 위협하듯이 두 레기온 대원이 다가왔다.
"힘이 가능하게 해주죠."
짝! 찰나 가말이 라헬의 뺨을 때렸다. 도영은 놀랐다. 아무도 반응하지 못한 속도도 속도였지만 가말이 저렇게 누군가를 때리고도 태연하다는 사실에.
라헬은 별말 없이 가말을 보았지만 그 눈엔 살의가 번들거렸다. 하지만 가말은 한 번 더 손을 날렸다. 이번에는 라헬이 팔을 잡았다. 그런데 순간 가말은 팔을 잡아 빼더니 도리어 라헬의 팔을 붙잡고 말했다.

"너 따윈 한입거리도 안 돼."

"그럼 해보시죠."

라헬은 태연한 척하고 있었지만 팔을 뺄 수 없었다.

루아스에게 혈통은 힘이었다. 그리고 그 혈통을 만드는 건 시간이었다. 견디면 견딜수록 더 단단해지는 강철처럼, 무생물도 견디기 힘든 긴 시간이 제련한 육체는 라헬로서는 상대가 되지 않았다. 사타디 혈통은 성격이 무르다는, 루아스로서는 최악의 단점이 있었지만 힘만으로는 대적할 상대가 몇 되지 않는다는 사실이 분명했다.

"도와달라고 해. 그게 네 '힘'이잖아."

가말은 여봐란듯이 말했다. 라헬은 그녀를 쳐다볼 뿐이었지만 둘 사이에 일촉즉발의 긴장감이 흘렀다.

반면 도영은 거의 감동하고 있었다. 라헬이 구두 높이를 포함해 가말보다 훨씬 큰데도 전혀 밀린다는 느낌이 들지 않았다. 오히려 압도했다. 나이답지 않게 순진한 게 가말의 매력이었지만, 이런 모습을 보니 처음으로 자전거를 타는 데 성공한 자식을 보는 기분까지 밀려왔다.

라헬이 먼저 고개를 돌리고 도영에게 말했다.

"혼자 오진 않았을 테지. 다른 팀원들은 어디 있지? 라토 대장은 이미 데리고 사라졌더군."

그 말에 가말이 놀라서 도영을 보았다. 그때 라헬이 서늘하게 웃으며 물었다.

"들키기 전에 충분히 가말 씨를 데리고 탈출할 수 있었는데 탈출하지 않은 이유가 뭐지?"

그때 도영의 모습은 뭐라고 해야 할지, 끌려오며 잡아 뜯겨 풀어 헤쳐진 옷깃 사이로 마치 종교로 대표되는 문명의 껍질 아래 숨은 야성이 드러난 듯이 목에 휘감긴 문신이 보였고, 눈에 희미하게 푸른빛이 돌았다.

◇◇◇

요새에 도착한 쿠니스가 헬기에서 내리자 바람이 코트를 휘날렸다. 헬기장에는 늘 그렇듯이 정장을 갖춰 입은 판데르발트가 기다리고 있었다.

"드페르는?"

쿠니스는 그를 지나 안으로 가며 물었다. 그러자 판데르발트가 따라오며 대답했다.

"하심의 궁에 있습니다. 가말 씨의 방에 숨어든 걸 하심이 먼저 발견하고 데려갔다는군요."

쿠니스의 걸음이 멈칫했다.

"가말의 방에 숨어들었다고?"

판데르발트는 별 기색 없이 대답했다.

"네."

쿠니스는 도영이 왜 위험을 감수하면서까지 그런, 언뜻 이해되지 않는 일을 했는지 알았다. 자신을 엿 먹이려고. 가말이 누구 여자인지 확실히 보여주려고 한 것이다.

그렇다면 쿠니스로서는 화답해줄 수밖에 없었다. 그를 한 번 죽였고, 두 번째도 죽일 사람이 누구인지.

"왜냐고?"

도영은 물었다.

"깽판 한번 쳐보려고."

순식간이었다. 수갑을 떨치고 일어난 도영이 반응할 새도 없이 라헬을 붙잡아 목에 칼을 겨누었다. 그 칼이 잃어버린 줄 알았던 제 스트라이더 SMF라는 걸 알아본, 라헬의 대원들 사이에 있는 스페츠나츠가 이를 갈았다.

안 그래도 아까 그를 알아봤던 도영이 고갯짓하며 말했다.

"안녕. 오랜만이지?"

혹시라도 스페츠나츠를 마주칠까 싶어, 섬에서 가지고 나왔던 스트라이더 SMF를 챙겨온 제 해학을 저 유머라고는 모르는 불곰이 알아줄까 싶었다. 어쨌든 스트라이더 SMF는 정확하게 목의 급소를 누르고 있었다. 루아스라도 급소를 당하면 끝이었기 때문에 라헬은 함부로 움직이지 못했다.

"비켜서."

도영이 말하자 경비병들이 주춤했다. 라헬은 눈을 내리깔며 어깨 너머를 볼 뿐 어찌하라는 명령을 내리지 않았다. 그러자 칼끝이 라헬의 목을 파고들었다. 라헬은 훗 숨을 삼켰다. 그에 경비병들은 바로 물러섰다.

"가말, 따라와."

도영은 말하고 앞서갔다. 가말은 드레스가 거치적거려서 짜증이 났지만 얼른 양손으로 들고 따랐다.

병력이 경계하며 지켜보는 사이를 지나 복도로 나섰다. 그리고 골목을 지나가는 순간, 숨어 있던 경비병이 옆에서 달려들었다.

그때 가말이 도영 앞으로 몸을 숙여 라헬이 허리에 차고 있는 검을 뽑아 곡선을 그리며 휙 겨누었다. 정확하게 목에 닿은 검 끝에, 경비병은 멈칫했다. 가말은 그를 노려보며 말했다.

"물러서."

그런 그녀를 보고 도영은 뿌듯해하는 눈빛을 숨기지 않았다.

"잘했어."

"던져!"

라헬은 그 타이밍을 놓치지 않았다. 눈치 빠르게 알아들은 경비병이 제 검을 던졌고, 라헬은 검을 받는 동시에 도영을 몸으로 밀치며 돌아 그대로 검을 빼내 올려쳤다. 엄청난 속도로 공기를 가르는 검은 피할 수 없었다.

하지만 도영은 불가능한 속도로 몸을 빼서 피했다. 그러자 라헬은 바로 안주머니에서 총을 꺼내 들어서 가말을 쐈다. 한 치의 주저도 없이.

탕! 다음 순간 도영이 가말을 몸으로 막고 있었다.

"도영!"

가말은 기겁해 외쳤다. 도영은 손을 내밀고 말했다.

"괜찮아. 방탄복 입고 있어."

"도영, 괜찮아. 나 피할 수……."

"아기가 있는데 맞기라도 하면 큰일이잖아."

그 대화를 듣던 라헬이 빙긋이 웃었다.

"헌신적이기까지. 정말 반하겠어."

"부탁인데 말아줘."

도영은 난색을 표하며 웃고는, 갑자기 눈빛이 변하더니 가말을 낚아채 뛰기 시작했다. 그리고 제 귀 뒤쪽을 누르고 말했다.

"지금입니다."

멀리 수풀 너머에 숨어 있는 맥코이 하사가 무전을 듣고 기폭 장치를 눌렀다.

쾅! 동시에 입구 아치 위에 붙은 C-4(플라스틱 폭탄)가 폭발하며 와르르 무너져 내렸다. 그 너머에서 라헬이 무어라 날카롭게 외치는 소리가 들렸다.

반면 도영은 가말을 데리고 계속 달려갔다. 가말은 이 모든 게 꿈만 같았다. 그녀를 끌며 달리는 도영, 흩날리는 드레스 자락, 가도 가도 끝이 없을 것만 같은 기다란 복도, 반복되는 무늬 때문에 마치 빙글빙글 도는 것 같은 타일들…….

그때 골목에서 팀원들이 기다렸다는 듯이 나타나 합류했다.

"어서 가죠."

맥코이 하사, 휴 대위……. 모두 루아스 대원들이었지만 도영이 작전을 함께하던 TF 팀원들이었다. 그리고 라토까지 있었다. 그를 본 가말이 외쳤다.

"라토!"

"시간에 맞췄군."

도영이 말하자 라토는 차갑게 대답했다.

"소령님은 너무 늦었습니다."

"미안하군."

도영은 순순히 사과했다.

"저쪽이다!"

모퉁이 너머에서 시끄러운 소리가 들렸다. 연락을 받고 달려온 레기온일 것이다. 도영과 팀원들은 바로 방향을 틀어 옆 골목으로 들어갔다.

그런데 복도 저편에 누군가가 서 있었다. 무표정한 얼굴을 한 이손이었다. 그리고 그가 루아스라는 걸 알아본 도영이 멈칫했다.

"이손."

가말이 그를 알아보자 도영이 그녀를 보았다. 그리고 다시 이손을 보더니, 아까 팀원에게 건네받은 총을 든 손에 꾹 힘을 주었다.

타다닥! 그때 뒤에서 달려오는 발소리가 들려왔다.

"이쪽으로."

갑자기 이손이 손짓하며 앞서갔다. 어리둥절해 바로 따라가지 않자 그가 돌아보며 재촉했다.

"시간이 없습니다."

뒤에서는 레기온 대원들이 따라오고 있었기 때문에 다른 선택지가 없어 이손을 따라갔다. 그러자 그는 얼마 가지 않아 낮은 계단을 내려가 나오는 나무문을 열고 말했다.

"어서 가십시오."

급한 상황에 이것저것 따질 새가 없어 도영은 가말을 끌고 문을 넘어갔다. 그 뒤를 팀원들이 따랐다. 하지만 이손은 따라오지 않고 문을 닫았다. 조금 지나고도 그쪽에 웅성거리는 소리가 고여서 이쪽으로 넘어오지 않는 걸 보니 이손이 적당히 둘러댄 모양이었다. 그때 도영이 속삭였다.

"아까 섹시 했어. 라헬 그 여자한테 한 방 날리는데."

"정말?"

가말은 반색하며 되물었다.

"응. 여왕님 같았어."

"도영이 그런 말을 하니까 이상해."

"나도 가끔은 해."

둘이 그러고 있는데 옆에서 달리는 휴 대위가 말했다.

"재회하시는데 죄송하지만 지옥에서 다시 재회하고 싶지 않으시면 어서 가시죠."

가말은 이제야 이게 꿈이 아니라는 걸 인정했다. 드디어 집에 갈 수 있었다. 도영과 함께 있는 '집'에. 기뻐서 눈물이 날 것 같았다. 그리고 순간 걸음을 내딛다가 깨달았다. 자신을 이 요새에 붙잡고 있는 검은 손의 존재를. 가슴에 있는 폭탄.

"잠깐……."

가말이 말하려고 했지만 모두 급박한 가운데 듣지 못했다.

"어느 쪽입니까?"

"남쪽입니다."

휴 대위가 묻고 도영이 말했다.

"나……."

가말은 다시 말하려고 했다. 하지만 그때 복도 끝에 적들이 나타났다.

"이동합니다!"

휴 대위가 외쳤다. 팀원들은 쫓아오는 적들을 물리치며 달려갔다. 요새의 구조를 철저하게 숙지하고 온 듯이 길을 막힘없이 알고 있었다.

"저쪽이다!"

하지만 외치는 소리가 나며 사방에서 적들이 밀려들기 시작했다. 팀은 주춤했다.

"그래서 이제는 어떻게 합니까?"

라토가 달려오는 적들에게서 시선을 돌리지 않고 물었다.

"옆에 봐."

그러면서 도영은 옆으로 고갯짓했다. 창 없이 뚫려 있는 창문이 보였다. 그 너머로 바다밖에 보이지 않는.

그에 라토는 황당하단 듯이 다시 도영을 돌아보았다. 그 순간 맥코이 하사가 도영에게 뭔가를 전해주고, 도영은 가말의 손목을 잡고 지나갔다. 가말이 놀란 듯이 끌려가며 뭐라고 하려고 했다.

"도영……."

지익. 도영은 맥코이 하사에게 받은 레펠을 허리에 걸고 잡아

당겨 창틀에 걸었다.

"안 뛰고 뭐해?"

그러고는 가말의 허리를 낚아채 뛰어내렸다.

허공에 내던져진 순간, 울퉁불퉁한 돌 모양 그대로 경사진 절벽과 출렁이는 회색 바다가 단숨에 가까워지기 시작했다. 찰나, 꼭 하늘로 떨어지는 것 같았다. 레펠이 빠르게 늘어지며 지이이이익 끌리는 소리가 나고, 가말의 드레스 자락이 공기의 흐름을 따라 거세게 펄럭거렸다.

연이어 팀원들과 라토가 뛰어내렸다. 여러 개의 레펠이 늘어지며 긁히는 소리가 허공을 갈랐다.

그런데 별안간 레펠에서 불길한 진동이 전해지며 몸이 훅 꺼졌다. 위에서 레펠을 잘라버린 것이다. 발이 경사로에 닿을 때 충격이 고스란히 전해져왔지만 도영은 몸을 돌려 손으로 경사로를 긁으며 미끄러져 내렸다. 돌들이 패여서 사방으로 날아올랐다.

드디어 평평한 바닥에 닿았다. 그리고 바로 뛰어나가려고 했지만, 어느새 몰려온 적군들이 그들을 크게 반원형으로 감싸고 포위망을 좁혀오기 시작했다. 도영의 팀은 주춤하며 한 걸음 물러났다.

"어떡하죠?"

전방에서 시선을 떼지 않고 휴 대위가 물었다. 도영은 가말을 제 뒤로 감추며 말했다.

"기다리세요."

"기다리라고요?"

휴 대위는 세상 황당한 소리를 들은 얼굴로 그를 보았다.

"이 상황에요?"

"기다리면 됩니다."

그러면서 도영도 한 걸음 물러나서, 살짝 설득력이 떨어졌다.

"지금 제일하면 안 되는 게 기다리는 거 같은데요."

맥코이 하사도 긴장한 얼굴로 중얼거렸다.

퍽! 갑자기 소리도 없이 적군의 머리가 날아갔다.

모두 탄환이 날아온 방향을 쳐다보았다. 요새 동쪽 건물 옥상에서 저격 소총을 겨누고 있는 남자가 보였다.

가말로서는 낯선 얼굴이었다. 스코프 뒤에 얼굴이 가려져 정확하게 보이진 않아도 아는 사람인지 아닌지 정도는 분별할 수 있었기 때문이다. 어쨌든 적의 요새라는 특성상 저격수를 심기가 어려웠을 텐데……. 라고 생각하는데, 맥코이 하사가 황당하단 듯이 중얼거렸다.

"뭐야? 스나이퍼가 어디서 나타났어?"

팀원들 모두 얼떨떨한 얼굴이었다. 다들 그 존재를 몰랐던 모양이다. 그사이에 저격수는 아직도 연기가 올라오는 것 같은, 대전차용으로도 쓸 수 있는 배럿 M82 계열 저격 소총의 총구를 옆으로 돌렸다. 그리고 레기온 대원들을 향해 무자비하게 난사하기 시작했다.

"피해!"

그에 레기온 대원들은 혼비백산하며 흩어졌다. 투다다다다다! 하지만 전차도 날려버리는 대구경 탄환들이 쏟아지자 레기온 대원들은 속수무책으로 당할 수밖에 없었다. 저격수는 놀라울 정도로 정확하고 빨랐다.

불비처럼 쏟아지는 총격 속에서 도영은 외쳤다.

"가죠!"

그 말에 따라 팀은 당장 달리기 시작했다. 저격수는 귀신같이 도영의 팀을 피해 적군들만 저격했다. 확실히 가공할 만한 실력이었다.

팀은 신속하게 아치를 지나 바깥으로 나섰다. 가말은 그제야 팀이 향하는 곳을 깨달았다.

'이쪽은…….'

절벽이었다. 하지만 요새 남쪽의 절벽은 높아서 루아스들도 뛰어내릴 엄두를 내지 못하는 곳이었다.

가말은 가슴이 두근거렸다. 정말 폭탄이 있을까? 이대로 도영을 따라가면 실제로 폭발할까? 절벽이 가까워질수록 폭탄이 카운트다운에 들어가듯이 심장이 점점 세게 두방망이질 치기 시작했다. 사실 쿠니스가 거짓말을 한 건 아닐까? 그렇게 믿고 싶었다.

드디어 절벽 끝에 다다랐다. 대원들은 멈추지 않고 그대로 뛰어내렸다. 그 순간이었다. 팍! 총알이 발치를 때렸다. 아군인 줄 알았던 저격수가 쏴 가말은 놀라 멈추었다.

"가말!"

도영이 외치며 어느새 저격수와 가말 사이를 막아서고 있었다.

'갑자기 왜…….'

생각하다가 가말은 깨달았다. 가슴에 있는 폭탄이 진짜라고 레기온 내에 있는 스파이로서 저격수가 경고해준 것이다.

"난 같이 갈 수 없어."

그 말에 도영은 가말을 돌아보았다. 가말은 울 것같이 일그러지는 표정을 참을 수가 없었다.

"내 가슴에 있어, 폭탄이."

갑자기, 도영의 눈이 사납게 일렁였다.

"그 자식 짓이겠지."

침착한 얼굴을 보고, 가말은 도영도 폭탄에 대해 알고 있었다는 사실을 깨달았다.

"사도님 방은 6층이에요."

특별히 뭘 한 건 아니었다. 그냥 으슥한 데로 데려가서 벽에 몰아넣고 도영이 낼 수 있는 최대한 그윽한 목소리로 칭찬 몇 번 해준 것뿐이었다. 그러자 영원교 여자는 홀린 듯이 털어놓았다.

도영은 싱긋 웃었다.

"고마워."

그리고 목적을 이루었으니 돌아서 가려는데, 여자가 난데없이 옷깃 한쪽을 세게 붙잡고 달뜬 얼굴로 속삭였다.

"사도님 가슴에는 폭탄이 있어요."

가분히 웃는 얼굴이 꼭 즐거워하는 것 같았다.

"총수가 기폭 장치를 가지고 있죠."

여기까지 오면서 라토도 일부러 말하지 않았던 것이다. 미처 가말의 가슴에 있는 폭탄에 대해 모르고 구출하러온 팀을 탈출시키기 위해. 가말은 떨리는 목소리를 누르고 말했다.

"쿠…… 가슴에 똑같은 게 있어. 하나가 폭발하면 나머지도 폭발해."

이대로 탈출해서 돌아가 봤자, MCTC는 적진에서 기폭 장치를 가진 폭탄이 영내에 들어오는 걸 허락하지 않을 게 분명했다. 폭발의 강도가 어느 정도일지 모르기 때문이다. 쿠니스가 가말의 몸속에 있는 폭탄을 섣불리 터뜨리진 않겠지만 MCTC는 그런 안일한 믿음을 가지지 않을 터였다.

가말은 도영을 밀며 말했다.

"가. 난 안전해."

도영은 아프도록 가말의 손목을 잡았다. 잿빛이 섞인 푸른 눈동자가 폭풍우 치는 바다처럼 넘실거렸다.

"가슴에 폭탄을 심어놨는데 안전하다고?"

가말은 울지 않으려고 노력했다. 이래서 도영이 방에 와서는 미적거렸다는 사실을 깨달았다. 그녀를 데리고 탈출하는 일이 이미 불가능하다는 걸 알았기 때문에 그 시간만이라도 함께하기 위해.

"쿠…… 옆에 있는 한 폭발하지 않아."

"일곱! 가야 합니다!"

휴 대위가 외쳤다. 가말은 재차 도영을 밀었다.

"도영을 잡으면 죽일 거야. 제발 가."

"일곱! 갑니다!"

더는 시간이 없었다. 휴 대위는 외치고 뛰었다. 가말은 라토를 돌아보고 말했다.

"라토, 너도 가."

하지만 라토는 고개를 저었다.

"마티를 여기 혼자 두고 갈 순 없어."

"가."

"시간 낭비하지 마. 난 마티 혼자 두고 가진 않으니까."

그때 도영이 라토에게 말했다.

"부탁할게."

"걱정 마세요."

그리고 도영은 타오르는 눈으로 가말을 보았다.

"내 아내와 아이를 이딴 곳에 두고 가야 하는 심정이 어떤지 알아?"

정말로, 가말을 미끼 역할로 보내지 말았어야 했다.

가말은 애타는 눈빛으로 도영의 얼굴을 쓰다듬었다.

"베이비는 내가 지킬게."

도영은 가말의 얼굴을 감싸 쥐고 뜨겁게 키스했다. 그리고 돌아서며, 그대로 다이빙했다. 가말은 다급하게 절벽 아래를 내려다보았다. 도영은 잿빛 물속으로 사라졌다. 그러고는 다시 나타나지 않았다.

"이쪽으로 갔어!"

멀리서 레기온 대원들이 외치는 소리가 들렸다. 그에 인영은 창틀에 걸쳐놓은 가방에 물건들을 재빨리 쑤셔 넣었다. 분해된 배럿 저격 소총과 흐물거리는 특수 분장 마스크였다. 눈까지 달린 모양새라 정말 사람의 얼굴 거죽을 벗겨놓은 듯한 그건 홀연히 나타났다가 사라진 스나이퍼의 얼굴을 하고 있었다.

지익. 지퍼를 잠그고 가방을 밖으로 밀자 가방은 절벽 아래로 추락해 물에 떨어졌다. 그리고 잠깐 물 위에서 흔들리다가 거품을 일으키며 잠겨 사라졌다.

타다닥. 때마침 이쪽으로 달려오는 발소리가 났다.

"어디야?!"

순간 인영이 당장 바다에서 시선을 떼고 홱 고개를 돌리자, 달빛에 언뜻 얼굴이 드러났다. 이손이었다.

그가 모퉁이를 돌아가자마자 웅성거리는 인기척이 달려왔다. 이손은 모퉁이 너머에서 그 기척을 살피다가, 어둠 속으로 녹아들어 사라졌다. 그가 사라지는 모습을 지켜보는 건 오직 요새의 그늘뿐이었다.

가말은 파도가 절벽 밑동에 와서 철썩거리며 부딪히는 모습을 보고 있었다. 그때 뒤에서 무리가 다가오는 발소리가 울렸다.

"가말."

부르는 소리에 가말은 돌아보았다. 바닷바람에 머리카락이 흩날리고, 둥그런 볼을 타고 조용히 눈물이 흘렀다.

선두에 서 있는 쿠니스가 가말에게 다가섰다. 하지만 가말은 조용히 눈물을 흘릴 뿐 아무 행동도 취하지 않았다. 쿠니스는 그 모습을 보다가 물었다.

「넌 누구도 사랑하지 않았잖아. 도영 드페르가 다른 건 뭐야?」

가말은 눈물이 윤기처럼 보이는 눈으로 그를 보았다.

「도영은 다정해. 날 죽이느니 자신이 죽을 거야.」

「그건 용서를 구했잖아.」

「널 용서했을 거야. 네가 죽인 게 나쁜이었다면.」

그 말에 쿠니스는 입을 다물었다.

「그래.」

비로소 불가피한 어떤 사실을 결국 받아들이는 사람처럼 차분한 기색으로 중얼거렸다. 그리고 영화의 장면이 바뀌듯이 갑자기 비틀린 웃음을 지었다.

「그 녀석, 꼭 죽여줄게.」

쿠니스가 고갯짓하자 레기온 대원들이 라토를 붙잡았다.

「일단은 이쪽을 처리해야겠지.」

"라토!"

가말은 놀라 당장 달려가려고 했지만 다른 대원들이 그녀를 잡았다. 가말은 쿠니스에게 외쳤다.

"라토를 놔줘!"

쿠니스는 가말에게서 시선을 떼지 않고 말했다.

"라헬."

라헬이 앞으로 나서며 허리에 차고 있는 칼을 뽑자 푸른 섬광이 퍼졌다. 불길해진 가말은 당장 하나둘 대원들을 떨치고 달려가 라토를 끌어안았다.

"라토를 건들지 마!"

그 속도가 너무 빨라서 대원들도 미처 잡지 못했을 정도였다. 가슴에 폭탄만 없었어도 그녀가 바로 이 절벽에서 뛰어내려 탈출할 수 있다는 사실을 알기 어렵지 않았다.

쿠니스는 무표정하게 말했다.

「넌 내 룰을 어겼어. 누군가는 벌을 받아야지.」

그때 대원들이 가말과 라토를 억지로 떨어뜨려놓으려고 하자 가말이 사나운 얼굴로 이를 드러냈다. 그러자 쿠니스가 말했다.

「네가 저항하면 단순히 벌을 주는 걸로는 끝나지 않을 거야.」

가말이 파랗게 질린 얼굴로 움직이지 않자 결국 대원들이 그녀를 끌어냈다. 라토 또한 얼굴이 창백하게 질렸지만 저항하지 않았다. 그 앞에 선 라헬은 회색 물보라 사이로 서늘하게 웃었다.

"비명을 질러도 돼."

꼭 그러길 바란다는 투였다. 그렇지만 라토는 한쪽 입 끝을 끌어올려 웃었다.

"설마."

라헬은 빙긋이 웃었다.

"그럴 줄 알았어."

그러고는 검을 높이 치켜들었다.

"그만둬!"

가말이 목이 찢어지도록 외쳤지만, 라헬은 내려쳤다.

타악.

가말은 울부짖었다. 그 찰나에 지금까지 중 가장 센 파도가 절벽에 부딪히며 하늘 높이 솟아올랐다. 동시에 다른 모든 소리를 삼켜버리는 굉음을 퍼뜨렸다.

타다닥! 파도가 절벽 위에 비처럼 물을 흩뿌리고 바다로 돌아갔다. 그제야 대원들은 가말을 놓아주고, 가말은 정신없이 달려갔다.

"라토! 라토-!"

라토는 무릎을 꿇은 채 팔을 붙잡고 이를 악물고 있었다. 고통을 참는 턱에 근육이 넘실거렸다. 가말은 숨이 막혀왔다. 울퉁불퉁한 바위에 핏물이 흥건했다. 뱀파이어가 된 후로 피를 보고 이렇게 정신이 아득해진 적은 없었다. 어린 라토의 손끝에 박힌 가시에도 가슴이 아팠는데, 이건 실제로 누군가가 가슴을 할퀴어 찢어내는 것 같았다. 가말은 덜덜 떨면서 팔을 내밀었다.

"피, 피를…… 피를 마셔. 라토. 어서. 여기……."

"안 돼. 마티……. 아이가……."

라토가 만류했지만 가말이 정신없이 말하며 제 팔에 상처를 내려할 때였다. 레기온 대원들이 가말을 잡았다.

"놔!"

가말은 바로 노호를 터뜨렸다. 그 기세에 밀려 레기온 대원들이 놓으려는 듯이 움찔한 순간이었다.

"밀리지 마. 아니면 이 절벽에서 밀어버릴 테니까."

쿠니스가 말해 대원들은 바로 정신을 차리고 가말을 다시 붙잡았다. 가말은 쿠니스를 노려보았다. 하지만 쿠니스는 별 변화가 없는 얼굴로 내려다보았다. 그 옆으로 폭풍 같은 파도가 철썩 솟구쳐 올랐다.

「갈수록 날 잔인하게 만드는 건 너야.」

그러고는 라토를 보았다.

「남자들이 정말 널 좋아해. 안 그래? 네 말 한마디면 지옥의 불구덩이에도 뛰어들 것처럼 충성하지. 네 쌍둥이들도 단순히 네가 파트로네스여서 이렇게까지 하는 건 아닐 텐데, 확실히 너한테 남자를 홀리는 뭔가가 있기는 한가봐.」

그렇게 말하고 무심히 덧붙였다.

「오해하지 마. 나쁜 의미는 아니니까. 일종의 카리스마 같은 걸로 생각할 수도 있겠지.」

「쿠니스. 넌 이렇게까지 끔찍한 사람은 아니었어.」

가말이 흔들리는 목소리로 말했다.

「네 안에 어떤 폭력성이 있었든 축제를 즐기고 아이들에게 웃어주던 네가 연기를 했다고는 생각하지 않아. 대체 너한테 무슨 일이 있었던 거야?」

「삼천 년이었어, 가말.」

쿠니스는 예전에 가말이 했던 말을 그대로 돌려주었다.

「삼천 년이란 세월이 내 눈앞을 스쳐 지나갔지. 네가 그 섬에서 돌덩어리처럼 자고 있는 동안.」

가말은 떨리는 숨을 삼켰다.

"차라리 날 아프게 해. 라토는 아무 잘못도 하지 않았어."

라토는 말할 것도 없었고 가말도 꼭 피의 진창에서 구른 몰골이었다. 그런 그들을 보다가 쿠니스가 한 걸음 내디뎠다. 그리고 한쪽 무릎을 꿇고 앉아, 라토의 입가에 제 팔을 갖다 댔다. 라토는 바로 그 동작이 의미하는 바를 깨달았다.

"누가 네 피 따위를."

피가 모자라 눈이 까맣게 패인 상태로도 가장 심한 저주를 내뱉는 투로 말했다. 하지만 쿠니스는 눈 하나 깜빡하지 않았다.

"네게 선택지가 있을 거 같아?"

"내 피를……."

가말이 나서려고 하자 쿠니스는 라토에게 말했다.

"배 속에 있는 이바노프만으로도 가말은 충분히 피가 모자라. 잘 알잖아?"

라토는 욕설을 내뱉었다. 하지만 어쩔 수가 없었다. 이젠 정말 정신을 잃을 것 같았기 때문이다. 피가 모자란 뱀파이어는 짐승이 되는 수밖에 없었다. 하지만 지금 그 어떤 것보다 피하고 싶은 일이 있다면, 그마저 가말의 적이 되는 일이었다.

결국 라토는 쿠니스의 손목을 깨물었다. 짐승처럼 피를 빠는 모습을 쿠니스가 조용히 지켜보며 중얼거렸다.

"그래. 뱀파이어에게 피는 거부할 수 없는 욕망이지."

라토가 고개를 들자 눈에 선득거리는 빛이 지나갔다. 피부에도 기이한 광택이 흘렀고 입가에 핏자국이 번져 있었다. 붉은 눈동자에는 살의와 범벅된 욕망이 휘몰아쳤다.

그런 짐승 같은 눈을 한 주제에, 라토는 쿠니스의 팔을 집어 던지듯이 놓고 말했다.

"마티는 동물의 피를 마시면서도 미안하다고 우는 사람이야. 넌 마티의 쌍둥이가 아냐. 마티가 벗어버린 죄고, 더러운 피지."

"라토……. 미안해. 마티가 미안해."

가말이 눈물을 글썽이며 라토의 이마에 제 이마를 대고 속삭였다. 라토는 다른 손으로 가말의 얼굴을 감싸고 엄지손가락으로 눈물을 닦았다.

"괜찮아, 마티. 이런 건 아프지 않아."

가말은 그 손을 잡고 눈물을 흘렸다. 꼭 연인처럼 보이는 두 사람을 지켜보던 쿠니스는 일어나 돌아섰다.

"네가 소중한 것들을 너무 많이 만들어서 어떤 걸 먼저 이용해야 좋을지 모를 정도야."

그러면서 뒤에 서 있는 이손에게 봐주라는 듯 고갯짓했다.

아무도 그가 아까 저격수였다는 건 모르기에 시치미를 뚝 떼고 있는 이손은 라토와 가말에게 다가가 말했다.

"상처를 봐 드리겠습니다."

하지만 가말은 상처 입은 짐승처럼 경계하며 이를 드러냈다.

"라토를 건들지 마."

"지금 팔을 붙이지 않으면 늦습니다."

이손은 차분하게 말했다.

루아스의 가공할 만한 상처 치료 능력은 잘린 사지도 금세 붙일 정도였지만 그것도 시간이 오래 지나 떨어져 나간 부위가 썩어버리면 불가능했다. 3년 전 쿠니스가 두 다리를 잃은 것처럼.

가말은 눈물이 흘러내리는 얼굴로 쿠니스를 보았다. 걸어가는 바짓단 아래로 의수가 언뜻 비쳤다. 이내 이손을 보자, 그는 조용히 기다리고 있었다.

왜인지는 몰라도 아까 이손은 도와주었다. 그리고 평소 성정으로 생각해도 이 상황에서 그녀를 속이려고 하는 건 아니라고 믿었다. 가말은 소매로 눈물을 훔치고 말했다.

"어긋나지 않게 잘 붙여줘."

이손은 고개를 끄덕였다. 그리고 그가 손짓하자 레기온 대원들이 잘린 라토의 팔을 가져왔다. 기괴한 장면이었지만 가말은 이때만큼 라토가 뱀파이어여서 다행이라고 생각한 적이 없었다.

"라토, 조금만 참아."

치과에 온 아이에게 말하듯이 하는 말에 라토는 그저 기운 없는 미소를 지을 뿐이었다.

그 상황을 뒤로하고 쿠니스는 아치를 통해 요새로 돌아가 복도를 걸어갔다. 라헬이 말없이 그 뒤를 따랐다. 그녀가 신은 구두가 타일에 부딪히는 소리가 울리고, 어느 순간 쿠니스는 돌아보지 않고 말했다.

"하심이 MCTC의 스파이였다고."

"네. 드페르 소령의 팀을 요새에 들였습니다."

라헬은 살짝 고개를 숙이고 대답했다.

"이래저래 믿을 사람이 없군."

쿠니스는 정면을 보고 중얼거렸다. 그 모습을 보다가 라헬은 물었다.

"MCTC 측에서 한 번 뚫고 들어왔는데, 기지를 옮겨야 하지 않겠습니까?"

"아니."

아주 단호한 투였다.

"다시는 뚫고 들어올 생각을 못 하게 만들어야지. 자객이 한 번 들었다고 왕국이 수도를 옮기는 일은 없으니까."

오히려 오만하기까지 한 말이었다.

젖었다가 말라 흐트러진 머리를 한 도영을 선두로 팀이 헬기에서 내렸다. 아무도 말을 꺼내지 않았다. 작전을 실패하고 돌아오는 길은 늘 그랬지만 오늘은 유난히 공기가 무거웠다. 하지만 활주로에서 기다리고 있는 렉스의 곁을 지나가는 도영은 오히려 무심해 보일 정도로 별 기색을 보이지 않았다. 그를 보며 렉스가 말했다.

"생각보다 침착하군요."

"이게 침착한 걸로 보인다면 너무 오래 사신 겁니다."

돌아보는 눈에 살의가 번뜩였다. 뱀파이어의 눈빛이었다.

평소라면 상관모독죄로 영창에라도 보내줬겠지만 상황이 상황인 만큼 렉스는 이해했다. 그라도 이런 상황이라면 제정신이 아니었을 테니까.

도영이 꾹 이를 물자 턱에 근육이 넘실거렸다.

"가말의 손을 잡았는데, 제가 놓고 와야 했습니다. 그게 어떤 기분인지 직접 겪지 않는 한 절대 모르실 겁니다."

그 옆에 있는 토라 역시 얼굴이 좋지 않았다.

"라토한테 심한 짓을 할 거야. 일부러 라토를 데리고 있는 거라고."

분위기가 침울한 가운데 렉스가 나직하게 말했다.

"머리를 썼군요. 가말과 한 몸으로 묶이면 우리가 함부로 할 수 없다는 걸 알고 일부러 폭탄을 심은 겁니다."

설마 대공이 자신과 제 쌍둥이 가슴에 폭탄을 심는 상식 밖의 행동까지 할 거라고는 예상하지 못했다. 대공을 상대할 때는 늘 최악의 상황을 예상했어야 하는 건데.

렉스는 여전히 우울한 기색이 도는 좌중을 둘러보고 말했다.

"대공은 모두가 생각하는 것처럼 단순한 미치광이가 아닙니다. 오히려 전략가에 가깝죠. 그리고 아주 대범하죠."

만약 MCTC에서 가말의 신병을 확보하게 되면 가슴에 있는 폭탄을 역이용할 수 있다는 걸 알면서도 감내했다.

"가말을 무사히 구출하려면 대공을 생포해야 합니다."

도영이 말하자 렉스는 결연하게 고개를 끄덕였다.

"우리도 더는 물러설 곳이 없습니다."

17
The Zealots•

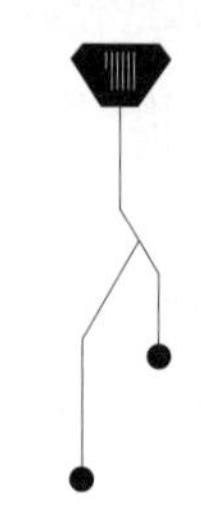

쨍그랑.

금 그릇들이 날아가 구르고 거기에 담겨 있는 음식들도 엉망으로 흩어졌다. 딱 한입밖에 먹지 않은 음식들을 모조리 내친 가말은 차갑게 말했다.

"맛없어."

식사를 하던 쿠니스는 바닥에 내팽개쳐진 음식들을 보았다가 가말을 보았다. 같이 자리한 판데르발트도 숟가락을 멈춘 채였다.

쿠니스가 무표정하게 말했다.

"어떤 셰프들이 네 저녁을 만드는 줄 알아? 네가 섬에서 먹던 음식들에 비하면 이게 맛이 없을 수는 없어."

그럼에도 가말은 싸늘하게 말했다.

• 열성분자, 광신자

"네 기준을 강요하지 마."

둘은 매일같이 저녁 식사를 하고 있었다. 회사에 출근하는 것도 아닐 텐데 쿠니스는 낮이면 어딘가로 사라졌고 저녁이 되면 어김없이 나타나 그녀를 식사 자리에 앉혔다. 거부하면 쿠니스가 그녀의 방으로 왔기 때문에 차라리 식당에 나오는 게 나았다.

이제 가말의 배는 상당히 커진 상태였다. 그녀의 외모 나이는 현대 기준으로는 아이를 가지기엔 어린 편이어서 산모치고 앳된 얼굴로 만삭 직전의 배를 한 모습이 이질적이었다. 하지만 화려한 금수가 놓인 비단 드레스를 입은 모습이 꼭 아이를 가진 옛 콘스탄티노플의 황녀를 떠올리게 했다.

"라토를 불러줘."

가말이 버릇없는 아가씨처럼 말하자 쿠니스는 한숨을 삼키고 손짓했다. 그리고 얼마 지나지 않아 라토가 식당으로 들어왔다. 그를 발견하자 내내 불퉁하던 가말의 얼굴이 밝아졌다.

"라토."

빨리 응급처치를 한 덕분에 잘렸던 라토의 팔은 다행히 잘 재생이 된 상태였다.

쿠니스는 일어나 식당 밖으로 나왔다. 판데르발트가 무릎 위에 놓아두었던 천 냅킨을 집어 탁자에 내려놓고 따랐다.

복도에서 영원교 신자들이 쿠니스를 발견하고 다급하게 고개를 숙이며 옆으로 자리를 피했다. 이 요새에서 그는 왕이나 다름없었지만 그로서도 제 쌍둥이만은 마음대로 되지 않는 모양이었다.

판데르발트는 쿠니스를 뒤따라가며 말했다.

"듣던 바와는 좀 다르시군요."

"일부러 저러는 거야."

자신이 가말은 제일 잘 알고 있다는 듯이 확신하는 투였다.

사실 삼천 년을 이어온 집착은 판데르발트로서도 이해할 수 없었다. 아무리 총수가 열여덟에서 나이를 먹는 게 멈췄어도 이 정도 얼굴에 이 권력이라면 얼마든지 다른 여자를 찾을 수 있었는데. 게다가 삼천 년 전에는 그나마 근친상간에 대한 경계수위가 낮았을지도 모르지만 현대에 와서는 단순한 터부를 넘어서 오랫동안 거부감이 축적되어 거의 밈(Meme)이 되었다.

이 모든 걸 총수도 느끼고 있을 것이다. 단지 가말을 쫓는 데 너무 오랜 시간을 보냈기에 쉽게 인정할 수 없을 뿐.

하지만 판데르발트는 현명하게 아무 말도 하지 않았다.

쿠니스가 사라지고 나서 라토가 물었다.

"이러는 게 정말 효과가 있을까?"

가말은 한숨을 내쉬었다.

"뭐라도 해봐야지."

그러더니 라토를 보고 얼굴이 흐려졌다.

"그러면서도 무서워. 너한테 무슨 짓을 하지 않을지."

확실히 공포는 지배 도구로서 효과가 있는지 라토의 팔을 잘랐던 날 이후 가말은 저항하는 데 소극적이 되었다. 겉으로 보기에는 오히려 더 반항하는 것 같았으나, 라토에게 무슨 일이 생길까 봐 결정적인 행동을 하는 데 있어서는 확신을 가지지 못했다.

라토는 그런 그녀를 안쓰러워하며 어깨를 쓰다듬었다.

"탈출 방법을 찾고 있어."

벌써 이곳에서 지낸 지 4개월이었다. 그리고 MCTC는 조용했다. 가끔은 그들을 잊어버린 게 아닐까 싶을 정도로. 하지만 가말은 믿었다. 해결 방법을 찾고 있는 거라고. 제 가슴에 있는 물건을 해결할 방법을 찾지 못하면 구출하러 와봤자 예전과 같은 결과가 나올 뿐일 테니까.

가말은 라토를 보았다.

"조심해. 네가 안전한 게 가장 중요해."

"걱정 마. 가자. 방에 데려다줄게."

가말은 라토의 팔을 잡고 일어나 그와 함께 식당을 나섰다. 그리고 회랑을 지나가는데, 저 멀리 검은 옷을 입은 무리가 보였다. 그 사이에 이손이 있었다.

이손을 포함해 영원교의 루아스 사제들은 그녀를 알아보고 살짝 묵례했다. 다들 섬뜩할 정도로 아름다워 움직이는 게 비현실적으로 보일 정도였다.

하지만 이손을 제외하고 나머지 루아스 사제들은 가말에게 다가오지 않았다. 그저 늘 석고상보다 무표정한 얼굴로 멀찍이서 지켜볼 따름이었다.

영원교에 루아스 사제는 총 네 명이라고 들었다. 셋은 모두 뱀파이어가 되기 전부터 영원교도였고, 딱 한 명만 외부인 출신이라고 했다.

여기 와서 알게 된 거지만 영원교도 인구는 다 어디서 왔나 싶을 정도로 많은 편이었다. 하지만 그 인구에 비해도 루아스가 네 명이나 된다는 건 의외였다.

"마티."

라토가 보지 말라는 듯이 나직이 불렀다.

"응."

가말은 고개를 돌렸다.

방 앞까지 바래다준 라토를 보내고 방으로 들어가자 영원교 여자들이 차를 가지고 왔다.

저번에 도영이 숨어드는 걸 제때 보고하지 못한 죄로 시중을 드는 여자들이 모두 교체된 상태였다. 그래서 최근 여자들이 교대할 때마다 새로운 얼굴이 들어왔는데, 지금도 처음 보는 젊은 여자가 바닥에 무릎을 꿇고 찻잔을 내려놓았다.

딱딱한 바닥 때문에 무릎이 아플 것 같았다. 하지만 어차피 그러지 말라고 해봤자 감히 그럴 수 없다는 둥 장황하게 늘어놓을 테니까 가말은 별말하지 않았다. 대신 말했다.

"고마워."

막 일어나던 여자가 자신에게 한 말인가 하듯이 가말을 보았다.

"제게 하신 말씀이세요?"

스물 중후반쯤, 짙은 피부가 돋보이는 라틴계 여자였다. 한쪽으로 땋은 검은 머리카락이 풍성했고 라틴계 특유의 크고 짙은 검은 눈동자를 지니고 있었다.

그런데 그녀가 하도 뜻밖이라는 반응을 보여서, 오히려 가말이 의아해졌다.

"고맙다는 말 처음 들어?"

그러자 여자는 고개를 끄덕였다.

"처음 들어요, 루아스한테는."

그들은 강하고 아름다운 초월자고, 그들에게 그녀는 인간이자 사이비 교도에 불과하니까. 상대가 자신을 어떻게 보는지 정도는 그녀도 충분히 알고 있었다.

"나쁜 뱀파이어만 만나서 그래."

천진한 말투에 여자는 짧게 웃음을 터뜨렸다.

"그럼 사도님은 착한 뱀파이어예요?"

"응. 난 착해."

영원교도라고 다 머리 한구석이 맛이 간 광신도들만 있는 건 아니어서, 가끔 이렇게 멀쩡하게 대화할 수 있는 사람도 있긴 했다. 그래봤자 몇 번 더 대화하면 사도가 어쩌고 메시아가 어쩌고 늘어놨기에 가말도 특별히 기대는 하지 않았다. 그냥 잠깐만이라도 말이 통해도 제 정신 건강에 도움을 주었다.

"드비나."

그때 다른 여자가 불렀다. 사도와 대화하지 말라고 경고하듯이. 그에 드비나는 고개를 조아리고 몸을 돌렸다.

"송구합니다."

가말은 한숨을 삼켰다. 그때 이손이 검진을 하러 들어오는 모습이 보였다. 드비나와 다른 여자는 이손에게 인사하고 밖으로 나가고, 그가 다가와 물었다.

"몸은 괜찮으십니까?"

"괜찮아."

저번에 이손이 도와준 것 때문에 가말은 어쩌면 그가 조력자가 되어줄지도 모른다고 생각하고, 단둘이 있을 때 말을 해보려고 했었다. 하지만 가말이 뭐라고 하려고 하자 이손이 눈을 내리깐 그대로 작게 말했다.

"이곳은 벽에도 귀가 있습니다."

그가 도와준 것에 대해 아무 말도 하지 말라는 의미였다. 그에 가말은 입을 다물었고, 이후로 그때 일에 대해 언급한 적이 없었다. 이손도 그녀를 도와준 적 따위 없었다는 듯이 굴었다. 그래서 가말은 그가 더 도와줄 생각이 없다는 걸 깨닫고 더는 이야기를 꺼내지 않았다.

"영양제를 좀 처방해드리겠습니다."

그러고는 막 자리에서 일어나는 이손을 보고 가말은 불렀다.

"이손."

"네."

이손이 바로 돌아보았다. 가말은 그를 빤히 보다가 시선을 돌렸다.

"아무것도 아냐."

그러자 이손은 더 말하지 않고 방을 나섰다. 가말은 그 뒷모습을 흘긋 보았다.

그때 도와줬다고 해서 아군이라는 보장은 없었다. 단순한 연민으로 도와줬을 수도 있고, 아니면 다른 속셈이 있을지도 모르니까. 이손이 영원교인 이상 쉽게 믿을 수는 없었다.

◇◇◇

이손은 복도를 걸어가다 이쪽으로 오는 영원교 여자들과 마주쳤다. 이손은 걸음을 멈추었다. 여자들도 그를 발견하고 잠깐 멈춰 서서 고개를 숙였다가 그를 지나갔다.

"자매님."

갑작스러운 부름에 여자들이 이손을 돌아보았다.

"절 좀 도와주시겠습니까?"

똑바로 그의 시선을 받은 드비나가 살짝 고개를 끄덕였다.

"네."

이어서 여자들에게서 갈라져 나와 이손을 따라왔다. 이손은 한 걸음 앞서서 걸어가 의무실로 들어갔다. 드비나가 뒤따라 들어오자 이손은 그녀를 돌아보았다. 그리고 그녀의 손목을 잡아당겼다.

"꼭 네가 사도의 시중을 들어야 해?"

불평하는 아이 같은 투에 드비나는 부드럽게 웃었다.

"교주의 동향을 파악하려면 사도 옆에 있는 게 제일 좋으니까."

그러고는 드비나는 이손의 볼을 감싸고 속삭였다.

"위험한 행동은 하지 마."

이손은 제 볼을 감싼 볼을 감싸며 쓰게 웃었다.

"여기가 어디라고 생각해?"

이곳에서는 무엇을 해도 위험할 수밖에 없다는 말이었다.

그걸 잘 알고 있는 드비나도 슬픈 미소를 지었다. 그러고는 분위기를 바꿔보려는 듯 이손의 볼을 쓰다듬으며 속삭였다.

"우리가 함께 있는 곳."

이손은 그 손에 키스하고 속삭였다.

"밤에 방으로 갈게."

"안 돼. 의심하는 사람들이 있어. 게다가 너 사제가 되고부터는 너무……."

드비나가 주저하자 이손은 즐거워하는 기색으로 물었다.

"너무?"

드비나는 그를 흘겨보았다.

"체력이 넘쳐."

이손은 지그시 그녀를 보았다.

"네가 너무 아름다우니까."

아름다운 건 이손이었다. 인간일 때부터 군계일학으로 아름다웠지만 루아스가 되고 난 후 그는…… 무어라 말할 수 없을 정도였다. 이런 존재가 자신을 사랑한다는 게 믿기지 않을 정도로.

이손은 강론이라는 이름하에 행해지는 성 교류에도 전혀 참여하지 않았다. 만약 그게 드비나 때문이라는 걸 같은 여신도들이 안다면 그녀는 용서받을 수 없으리라. 어떤 해코지를 당할지 상상만 해도 섬뜩했다. 어렸을 때 교리를 잘못 외우면 당하던 매질이나, 잘못하면 피멍이 터질 때까지 선생들에게 꼬집히던 벌과는 비교할 수 없을 것이다.

드비나는 이성에 대한 호기심을 참지 못했던 아이들이 정화의 명목으로 무슨 짓을 당했는지 똑똑히 보아왔다.

이손은 그녀의 처음이자 마지막, 그리고 유일한 사랑이었고, 이손에게 그녀도 마찬가지였다.

아무것도 모르던 사춘기 시절 오로지 서로에 대한 애정만으로 옷장에 숨어 급급하게 첫 경험을 치렀을 때부터 둘은 그들이 운명의 상대라는 걸 알았다. 그리고 그건 근 15년의 시간이 흐르는 동안 변하지 않았다. 이손이 교주에게 '선택'받아 뱀파이어가 되고도.

오래전부터 이손과 드비나는 이 지옥에서 탈출할 방법만 찾아왔다. 하지만 전 세계에 걸쳐 영원교인들 사이의 네트워크는 몹시 단단했고, 몸만 빠져나가서는 곧 다시 붙잡혀올 게 분명했다.

"머지않았어."

말하며 드비나는 이손을 끌어안았다.

"이곳을 탈출할 수 있는 날이."

"머지않았어."

이손은 그 사실을 음미하듯이 다시 한 번 더 말하며 단단한 팔로 그녀를 안았다.

이 지옥에서 둘은 서로의 유일한 안식처이자 구원이었다.

라토는 가말을 방에 데려다주고 요새의 구조를 파악하기 위해 산책하는 척 다시 길을 나섰다. 그리고 중정을 지나가다가 걸음을

멈추었다. 라헬이 팔짱을 끼고 기둥에 기대서 있었기 때문이다.

그의 시선을 느꼈는지 라헬은 돌아보고는 서늘하게 웃었다.

"팔 하나로는 부족해?"

라토는 살짝 인상을 썼다.

"움직이지 못하게 해놓고 팔 하나 자른 걸로 꽤 유세를 떠는군."

라헬은 빙긋이 웃었다.

"움직일 수 있었다면 날 이길 거 같아서?"

"자신감이 대단하군."

"마녀 리가."

라헬은 뜬금없이 말하고는 훗 웃었다.

"들어본 적 없어? 한때 클리엔테스가 열 명도 넘었던 리가 클랜의 수장이었지. 11세기에 태어나서 근 천 년을 살았어."

그리고 기둥에서 몸을 뗐다.

"내 어머니였어. 마녀라고 불렸고, 모두가 두려워했지. 어영부영 세월만 채운 네 파트로네스와는 질적으로 다르지."

어쩌다 보니 라토의 주변에는 몇천 년씩 산 유물급 뱀파이어들이 포진하고 있었지만, 사실 근 천 년을 살았다는 것 자체가 자랑스럽게 이야기할 만한 일이었다.

라토는 자신을 지나쳐가는 라헬을 돌아보고 물었다.

"원하는 게 뭐야? 이 모든 일들을 통해서?"

순간 라헬은 웃었다. 가볍고 경쾌하게 느껴지도록.

"그런 질문을 한다는 거 자체가 넌 틀렸어. 난 멋대로 구는 게 좋아. 군림하고 괴롭히는 게 내 천성이지. 네 그……."

그러면서 손가락으로 라토를 향해 원형을 그리고 이죽거렸다.

"부족에선 어땠는지 모르겠지만 내가 태어난 시대에 여자는 착하고 조신한 게 미덕이었지. 하지만 난 이해가 되지 않았어. 난 전장에 나가고 싶은데 말이야. 적의 심장에 칼을 꽂고 머리통을 깨부숴버리는 게 꿈이었지. 누구보다 잘 해낼 자신도 있었고."

라토는 잔뜩 찌푸린 얼굴이었다. 그런 반응이 우습다는 듯이 라헬은 돌아서며 코웃음을 쳤다.

"난 도대체 너 같은 것들이 감염을 이기는 이유를 모르겠어. 흡혈귀는 흡혈귀다운 놈들이 돼야지. 종의 수치야."

라토는 라헬과 대화한 것만으로도 영혼이 더럽혀진 기분이었다. 저 여자는 희망이 없었다.

남자 루아스들이 인간 여자와 관계할 때 더 조심해야 할 게 많은데도 불구하고 동족 여자보다 인간을 선호하는 데는 이유가 있었다. 동족 여자는 단순히 강한 걸 넘어 대체로 성향 자체가 저 여자 같았기 때문이다.

성차별이라기보다 일반적으로 더 부드러운 본성을 가진 여성이 감염을 이기고 일어났을 때는, 해당 인물의 성품에 대해 시사하는 바가 있는 법이었다. 그리고 일단 루아스가 되면 성별에 따른 힘의 차이도 사라지고 루아스로서의 본능이 더 강해졌다. 그래서 인간일 때 아이를 키워야 하기 때문에 자연스럽게 발달한 부드럽고 다정한 본성도 사라지기 마련이었다.

그랬기에 여자 루아스들은 일반적으로 인간들 사이에 통용되는 '여성성'의 정의와는 거리가 먼 성향을 지니고 있었다. 따라서 섹스를 할 수 있다는 것뿐이지, 보통 여자 루아스는 남자 루아스에게 이성이라기보다 동족이라는 인식이 더 컸다.

특히 저 여자는 경쟁자들을 가차 없이 처리하며 간부 자리까지 올라갔다. 피도, 눈물도 없었다. 이곳에서 지내는 동안 '라헬 대장'이 얼마나 무시무시한 뱀파이어인지는 귀가 따갑도록 들어왔다.

하지만 그런 건 아무래도 좋았다. 예나 지금이나 라토에게 가장 중요한 건 탈출 방법을 찾는 거였다. 곧 아이가 태어날 테니까. 그러니 하루라도 빨리 이곳을 탈출해 안전한 곳으로 가야 했다.

그런데 라헬이 걸어가자, 복도 끝에서 이쪽을 지켜보던 영원교 여자들이 분분히 흩어졌다. 라헬은 그들이 귀엽다는 듯이 훗 웃고는 모퉁이를 돌아 사라졌다. 그러자 영원교 여자들이 다시 슬슬 원래 자리로 모여들었다.

'저것도 문제고.'

영원교 여자들은 아직도 라토에게 뭔가 기대하고 있었다.

어떻게 쫓아내야 할까 생각하고 있는데, 누군가가 어깨를 팍 쳤다. 돌아보자, 인상이 영 좋지 못한 레기온 대원 하나가 험악한 눈으로 그를 훑고 있었다.

"눈 뜨고 다녀, 이투하."

그리고 누가 봐도 고의였던 게 분명한 말을 던지고 갔다.

안 그래도 호시탐탐 라토를 담가버리고 싶어 하는 눈빛으로 레기온 대원들이 틈틈이 주변을 맴돌았다. 무슨 발레 학교도 아니고 곧 있으면 신발에 압정이라도 넣을 기세였다.

◇◇◇

"총수님."

문이 열리고 라헬이 들어왔다.

"부르셨습니까?"

하지만 창가에 서 있는 쿠니스는 창밖에서 시선을 돌리지 않았다. 라헬은 묵묵히 기다렸다. 총수는 깊은 생각에 잠긴 듯이 보였다.

쿠니스는 회색 바다를 지켜보았다.

오랜 시간이 지나 다시 만난 가말은 여전히 아름다웠고 인간이었을 때는 없었던 깊은 분위기까지 있었지만, 오히려 옛날 같은 마음이 들지 않았다.

성기능이 멈췄기 때문인지.

아주 오래전부터 어떤 여자를 봐도 마음이 생기지 않았다. 좋아하는 마음만이 아니라 성적인 충동이라든가 '살아 있는 생물'로 여기는 어떤 마음도. 루아스든 인간이든 그에게 타인이란 부릴 수 있는가, 없는가, 두 가지로 갈릴 뿐이었다.

언젠가부터 점차 돌이 되어가고 있다……. 그런 느낌을 받았다. 그래서 자신의 얼어붙은 발끝에 불꽃을 되살릴 존재는 가말밖에 없다고 생각했다. 살아 있음을 느끼고 싶었다.

오직 그 기대만을 좇아 지금까지 버텼는데, 드디어 가말을 만났음에도 불꽃은 되살아나지 않았다. 오히려 가말이 도영 드페르나 사타디 쌍둥이와 가진 연대감을 볼수록 몸이 얼어붙었다. 그건 자신과 가말이 가졌었고, 가져야 하는 것이었다.

하지만 알고 있었다. 그걸 목 졸라 죽인 건 자신이었다.

그리고 가말을 죽인 직후 그는 무슨 생각을 했던가? 분명 그의 가슴속에 싹텄던 건 안도감이었다. 아무도 그날 밤 자신이 무슨 일을 저질렀는지 모를 거라는 안도감. 양아치들이나 할 법한 졸렬한 생각을 하고 말았다.

'난 정말 가말을 사랑했을까?'

삼천 년간 추호도 의심하지 않았던 생각에 의문이 생겼다.

"'널' 보지 않았어?"

가말의 질문이 선득하게 가슴을 치고 지나갔다.

쿠니스는 어려서부터 자신이 남들과 다르다는 사실을 알고 있었다. 그는 동물을 죽이는 데 죄책감이 없었고, 교묘하게 남들을 제 뜻대로 조종하는 일에 쾌감을 느꼈다. 하지만 가말은 정반대였다. 꼭 어느 정도 제게 있었어야 할 선하고 착한 면을 모두 가지고 떨어져나간 덩어리처럼, 다정하고 부드러운 세상의 등불 같은 존재였다.

그래서 쿠니스는 스스로는 인간적인 측은지심은 추호도 느끼지 못하면서 가말이 그러는 모습을 보면 뿌듯하고 자랑스러워졌다. 마치 제 손이 그러는 걸 보는 것처럼. 결국 그는 가말을 자신의 일부분으로 여기고 있었던 것이다.

삼천 년을 살면서 나름의 혜안을 얻은 가말이 본 게 정확했다. 그는 결국 자신을 사랑했다.

그러나 한 가지 분명한 건, 결국 가말은 그의 일부라는 사실이었다. 가말이 원래 제 것이었던 무언가를 가지고 나간 일부가 아니고서야, 그가 이렇게 원래 있어야 할 것이 없는 듯이 부족함을 느낄 리 있겠는가?

가말을 대하는 감정이 남자로서의 순수한 애욕이 아니라도 변하는 건 없었다. 애초에 그들은 하나였고, 끝까지 그럴 테니까.

"가말의 아이가 필요해."

쿠니스가 갑자기 말해, 라헬은 시선을 들었다.

"네, 로열 스타와 제대로 계약만 되면……."

"아니. 로열 스타에는 넘기지 않아. 내가 키울 거야. 가말과 도영 드페르가 키우면 아이는 제 부모처럼 공존이니 뭐니 하는 물러터진 뱀파이어가 되겠지. 내가 뱀파이어다운 뱀파이어로 키우면 되는 거야."

그러면서 쿠니스는 라헬을 돌아보았다.

"사타디와 이바노프 혈통의 순혈. 이보다 더 알맞은 레기온의 상징은 없지."

조카. 맞는 말이었다. 가말의 배 속에 있는 건 자신의 조카였다. 클리엔테스 따위는 비교할 수 없는 진정한 의미에서의 혈통. 그 아이가 자신의 진짜 분신이 될 것이다.

"가말한테서 잠시도 눈을 떼지 마. 아이를 낳을 때까지."

"명심하겠습니다."

쿠니스는 다시 몸을 돌려 창밖을 보며 말했다.

"선물을 주지. 그 녀석. 가져."

라토를 말한다는 건 바로 알아들었다. 라헬은 왼쪽 가슴에 손을 얹고 몸을 숙여 깊이 인사했다.

"감사합니다."

"방을 옮기겠습니다."

그건 통보였다.

"방을?"

라토는 물었다. 그러자 느닷없이 방으로 들어와 통보한 여자들은 어떤 감정의 실마리도 내보이지 않는 사무적인 얼굴로 대답했다.

"네. 오늘부터 다른 곳에서 지내게 되셨습니다."

라토는 미간을 찌푸렸다.

"마티는?"

"사도님께서는 함께 가시지 않습니다."

"그럼 내 대답은 알고 있겠군."

그때 목소리가 들렸다.

"총수님이 널 라헬 대장에게 줬어."

판데르발트였다.

"여긴 프라이버시도 없나?"

태연하게 제 방문 앞에 서 있는 판데르발트를 발견한 라토는 기가 차서 말하고 물었다.

"줬다는 게 무슨 말이야?"

"라헬 대장의 하렘에 들어가게 된 거라고. 이번에는 목줄을 메서라도 데려갈 테니까 괜한 저항은 하지 마."

"하렘?"

라토는 그 단어가 선뜻 와닿지 않아 중얼거렸다. 그러자 판데르발트는 어깨를 으쓱였다.

"이투하의 대장으로서는 낯설겠지만 곧 적응될 거야. 그래도 라헬 대장의 하렘에 들어가면 여기선 꽤 떵떵거리며 살 수 있어. 물론 살아나올 수 있다면 말이야."

그러더니 라토를 위아래로 훑어보았다.

"뭐, 루아스니까 괜찮겠지. 인간은 대부분 시신으로 실려나가니까."

그러고는 입구에 기다리고 있는 경비병들을 보고 나가며 웃었다.

"끌고 가려고 사슬도 준비했어?"

라토는 하늘을 보며 한숨을 내쉬었다.

"갈수록 환장할 노릇이군."

모든 간부가 그러듯이 라헬 '대장'께서는 요새 내에 독립된 공간에서 살고 있었다. 이곳 사람들이 '궁'이라고 부르는.

경비들이 지키고 있는 화려한 대문을 넘어가자 중정이 나오고, 그 너머 복도를 따라 깊은 곳으로 들어갔다. 정말 옛 왕의 하렘에라도 들어가는 것 같았다.

능사 베일이 드리워져 있는 거실로 들어가니, 반대편 입구에서 라헬이 가운인지 원피스인지 알 수 없는 흰 실크 옷을 입고 나왔다. 라헬이 이렇게 밝은색 옷을 입은 모습은 처음 보는 느낌이었다.

"어서 와, 이투하."

라헬은 짙푸른 벨벳 소파 쪽으로 고갯짓했다.

"앉아."

라토가 움직이지 않자 그를 여기까지 데려온 레기온 대원들이 위협하듯이 다가섰다. 라헬이 말했다.

"앉는 게 좋을 거야."

당장 다 때려 부수면서 뛰쳐나갈 게 아닌 한, 기분은 좋지 않지만 소란을 피워봤자 도움이 될 건 없었다. 그래서 라토는 순순히 자리에 앉았다. 그 건너편에 라헬이 앉으며 물었다.

"마실 걸 줄까?"

"됐어."

밖에 있는 경비병들에게도 들릴 정도로 확실한 거절이었건만 라헬은 개의치 않고 손짓했다. 그러자 하인 둘이 양쪽에서 들어야 하는 거대한 은쟁반을 들고 들어와 테이블에 내려놓았다. 마치 은으로 된 섬 같은 느낌이었다.

순은 쟁반 위에는 커다란 티 주전자와 세공이 섬세한 은잔, 6단 트레이가 놓여 있고, 그 위에 카테리나 데 메디치에게 진상되었을 법한 각종 쿠키와 과자들이 올려져 있었다. 중동 계열 문화에서 손님을 위해 내놓는 웰컴 티도 이 정도면 부를 과시하기 위한 의도로밖에 보이지 않았다.

하인 하나가 티를 준비하는 동안 라헬은 말했다.

“들었겠지만 총수님께서 널 나한테 줬어. 넌 이제부터 내 하렘에서 살게 될 거야.”

하인이 찻잔을 앞에 내려놓자 라토는 그걸 무심히 봤다가 라헬을 보았다.

“말하기도 입 아프지만 누구도 날 누구한테 줄 순 없어.”

“미안하지만 여기선 가능해.”

그러며 라헬은 뻐기듯이 주변을 가리켰다.

“여기까지 올라오는데 꽤 힘들었지.”

그에 라토는 무표정하게 말했다.

“생각보다 깨끗하군. 소돔과 고모라 같을 줄 알았는데.”

뭘 봐도 놀라지 말자고 각오하고 왔는데, 생각보다 평범한 곳이었다. 적어도 벌거벗은 남자들이 목줄에 메여 있진 않다는 의미에서.

“치웠어. 새 선물을 받은 기념으로.”

라헬은 대수롭잖게 대답하더니 싱긋 웃고는 발을 내리고 일어섰다.

“곧 다시 더럽혀지겠지. 티를 마시고 싶지 않다면 바로 시작하자고.”

라토로서는 티가 그렇게 중요한 거였나 싶었다. 지금이라도 다시 티를 마신다고 하면 안 될까 싶어지는데, 라헬이 앞에 와 섰다.

“이투하. 네 명성만큼 날 상대로도 오래 버티나볼까?”

말하면서 입고 있는 가운을 잡아 벌리자, 풀세트 속옷을 입은 몸이 드러났다. 원피스지만 허리 부분이 다 드러나 보이도록 레이스로 되어 있었고, 그나마도 가슴 가운데가 거의 배까지 V자로 깊이 패여 있었다. 순결해 보이는 흰색이라도 가터벨트까지 한, 지나치게 제대로 된 차림이라 오히려 무서웠다.

몇 걸음 물러나있는 하인들, 입구를 지키고 있는 경비들을 포함해 보고 있는 눈이 많았지만 라헬은 개의치 않았다. 도리어 무대 위에 선 란제리 모델처럼 허리에 손을 얹고 당당하게 자신을 드러냈다. 라토는 순간 물러날 뻔했던 자신을 다잡고-앉아 있어서 물러날 곳도 없었지만- 태연히 말했다.

"바깥 기준으로 이건 강간이야."

"여기선 내가 법이야. 심지어 총수님도 하렘에서 일어나는 일에는 간섭하지 않지."

그렇게 말하며 라헬이 팔을 내리자 매끄러운 가운이 미끄러져 바닥으로 떨어졌다.

"무서워?"

라헬은 바닥에 고인 가운을 넘어 하이힐을 부딪치며 다가왔다.

"이런 차림을 한 여자가 무섭기는 쉽지 않은데."

하지만 불행히도 그랬다.

그 말에 라헬은 가볍게 웃고는 라토의 무릎 위에 다리를 벌리고 앉았다. 마치 스트립쇼 쇼걸이 총각 파티를 하는 남자의 무릎에 앉듯이 가볍게, 흥에 겨워.

"동족 남자와 하는 건 오랜만인데 얼마나 할 수 있어? 날 만족시켜줘야 할 거야. 동족 남자와 할 때 유일한 장점은 그런 거뿐이니까."

"30초면 끝나."

라토는 웃지도 않고 말했지만 라헬은 즐거운 듯이 웃었다. 의외로 웃는 소리가 어린아이처럼 천진해서 더 무서웠다.

"그럼 아예 못하게 만들어줄 수도 있어."

눈을 내리깔며 다가오는 그녀의 팔뚝을 잡아 막았다. 그러자 라헬은 눈을 치켜뜨며 라토를 보고, 기대감으로 부풀어 오른 입술로 나직이 속삭였다.

"이투하."

찰나 라토는 이 난관을 어떻게 타개해야 할지 고민했다. 이 여자 옆이라면 어떤 정보라도 얻을 수 있지 않을까 싶어 순순히 제 발로 온 거였는데, 이건 혹을 떼려다 붙인 짝이었다.

쾅. 그런데 시끄러운 소리가 났다.

잠깐, 이러시면…….

사람들이 곤란해하는 목소리가 따라오고, 하인 복장을 한 젊은 남자가 두려워하며 입구에 나타나 말했다.

"대장님."

"무슨 일이야?"

라헬가 라토의 무릎 위에 앉은 그대로 묻자 하인은 고개를 조아렸다.

"가말 씨께서……."

그 말에 라헬은 미간을 찡그리더니 일어나 가운을 걸치고 밖으로 나갔다. 덕분에 우선 위험한 순간은 넘긴 것 같아서 라토는 속으로 안도했다.

반면 하인들의 만류에 응접실에서 기다리고 있는 가말은 라헬이 가운만 걸친 속옷 차림으로 나오자 깜짝 놀랐다. 하지만 중요한 건 그게 아니기 때문에 신경 쓰지 않고 말했다.

"라토를 놔줘."

라헬은 그 차림 그대로 소파에 다리를 꼬고 앉았다.

"이투하는 제가 받은 선물입니다."

가말은 애써 화를 참고 말했다.

"아무도 라토를 선물로 줄 순 없어."

"이곳의 왕은 할 수 있죠."

"쿠니스는 왕이 아니야. 왕은 네 눈앞에 있어."

전에 없이 단호한 투였다. 그 말에 라헬은 저도 모르게 가말의 배를 보았다.

"그분은 사타디의 왕이죠. 저희들의 왕이 되려면 배 속에서 나와 모두를 굴복시키고 자신이 알파임을 스스로 입증하실 수 있어야 합니다."

"사타디와 이바노프 혈통이 굳이 입증을 해야 해?"

"그분은 저희와는 조금 다른 방식으로 태어나는 분이니까요."

라헬은 예의는 잃지 않으려는 듯했지만 그 말에 일말의 예의도 없다는 걸 가말도 알고 듣는 사람 모두가 알았다.

그때 아까 라헬이 들어왔던 입구에서 라토가 나타났다.

"마티."

"라토!"

가말이 다급하게 달려오자 라토가 걱정스럽게 말했다.

"마티. 이런 곳엔 오지 마."

"안 다쳤어?"

가말은 다급히 라토를 훑어보며 물었다.

"아직 두 발로 서 있긴 해."

가말의 눈이 흔들리는 걸 보고 라토는 농담할 타이밍이 아니었다는 걸 깨달았다.

"마티."

그는 애끓는 목소리로 부르며 눈물을 흘리는 가말의 얼굴을 감싸 쥐었다.

"왜 울어."

"나빠."

가말은 라헬을 노려보았다.

"너희는 너무 나빠."

그러자 라헬은 심사가 뒤틀린 웃음을 지었다.

"꽤 다정하게 대해주려고 했는데요."

그 말에 가말은 울컥해 외쳤다.

"넌 라토를 아프게 했어. 도영한테도 접접거리고……!"

"마티, 집적."

라토가 작게 말을 고쳐주었다. 그에 가말은 '응?' 하고 물으며 그를 보고, 라헬은 미간을 찌푸렸다.

"제일 기분 나쁜 건 머리까지 근육으로 된 동족 남자라고 생각했는데 징징거리는 동족 여자가 있었군요."

들으란 듯이 말하며 라헬은 다리를 풀고 일어났다. 가말은 징징거린다는 단어에 기가 막혔지만 라헬이 바로 이어 말했기 때문에 말할 타이밍을 놓쳤다.

"저는 공식적으로 총수님께 이투하를 받았고 더 할 말은 없습니다. 항의할 게 있다면 잘못 찾아오셨군요. 나가는 길은 하인들이 안내해줄 겁니다. 안녕히 가십시오."

그러고는 라헬은 서늘하게 라토를 보았다.

"기분 잡쳤군. 오늘은 궁 내에서 아무 데나 가서 자도록 해."

그리고 가운을 흩날리며 안으로 사라졌다. 라토는 가말을 돌아보았다.

"마티, 괜찮아. 일단 가."

"하지만……."

"나한텐 오히려 여기가 안전할 수도 있어. 적어도 저 여자 궁이라고 하는 여기 있으면 다른 놈들이 공격하지 못할 테니까."

호시탐탐 라토를 노리는 상대들이 많은 건 가말도 알았다. 자신 때문이었다. 자신 때문에 라토와 토라가 이투하 같은 걸 만들었고, 레기온 내에 적이 많아졌으니까.

"이상한 생각하지 말고. 그런 거 아니니까."

가말이 무슨 생각을 하고 있는지 눈치챘는지 라토가 말했다. 그에 가말은 주저하다가 물었다.

"정말 괜찮아?"

"괜찮아. 어서."

"저 여자가 뭐 하려고 하면 바로 달려와. 알았지?"

결국 가말은 신신당부하고 돌아설 수밖에 없었다.

'큰일이다.'

캐시는 생각했다.

캐시 브루어. 그녀는 MCTC 내 정보활동국 산하 SAU 소속의 대위이자 특수공작원으로, 최근 불리는 이름은 라헬이었다. 그리고 지금 당혹스러운 상태였다, 매우.

'이투하 대장을 진짜 나한테 주면 어떡해?'

쿠니스가 정말 라토를 주는 시나리오는 생각해보지 못했다. 물론 제게 주면 얌전하게 만들어놓겠노라 떵떵거리긴 했다. 그렇지만 그건 오히려 이투하의 대장처럼 이용할 가치가 있는 인질을 간부의 노리개 따위로 주진 않을 거라고 확신했기 때문에 허세를 부린 거였다.

하지만 라토를 받은 한 그를 어떻게든 라헬의 '명성'에 맞게 대하지 않을 수 없었다. 그러지 않는다면 의심을 살 테니까.

지금까지 캐시는 인질들을 장난감이라는 명목으로 데려와 놀다가 죽여버린 척하면서 바깥으로 빼냈다. 하심은 그런 제 행적을 눈치채진 못해도 수상하게 여기고 있었기 때문에 처리할 수밖에 없었다. 마침 요새에 침입한 도영이 좋은 기회를 준 것이었다.

조금만 늦었어도 목이 떨어지는 건 캐시 자신이 됐을 테니까. 안 그래도 하심을 배신자로 몰아넣을 때 마지막에 하심이 그녀가 배신자라는 걸 깨달은 듯이 밝히려고 해서 바로 목을 베야만 했다.

그런 생각을 하며 캐시가 막 들어선 방은 숨이 막히도록 사치스러웠다. 방 한가운데 선 그녀는 여전히 풀세트 속옷을 입은 채로 골치가 아파 머리를 쓸어 올렸다.

'하지만 이투하 대장은 그런 식으로 빼낼 수도 없잖아.'

라토는 워낙 중요한 인질이라 혹시 죽는다고 해도 시신마저 바깥으로 버리지 않을 테니 말이다. 오히려 시신을 박제해서 어딘가에 써먹어도 써먹으려 할 게 분명했다.

"대장님."

그때 집사가 입구에 나타나 조심스럽게 말했다.

"뭐야?"

캐시는 얼른 라헬의 가면을 쓰고 불쾌하단 얼굴로 돌아보았다. 그러자 집사는 고개를 조아리고 물었다.

"이투하의 대장을 준비해둔 방으로 안내할까요?"

"그러려고 준비해둔 거 아냐?"

그러자 집사는 다시 고개를 조아리고 사라졌다. 캐시는 집사가 완전히 사라지길 기다린 후에 소파로 가 풀썩 앉았다. 그리고 황금으로 된 케이스 안에 들어 있는 담배를 꺼내 물다가 작게 욕설을 내뱉으며 도로 테이블 위에 던졌다.

"버릇 됐잖아."

개인적으로 담배는 백해무익하다고 생각하는 편이었지만 라헬 역할을 하면서 캐릭터 설정상 피우기 시작했다.

작전은 이미 오래전에 시작되었다. 레기온의 전신인 SN이 존재할 때부터.

외부에서 암살자를 들여보내는 데는 한계가 있었기 때문에, MCTC는 아예 암살자를 내부에서 키우자는 작전을 짰다.

그리고 스파이라고 의심할 여지가 없도록 아예 밑바닥에서부터 시작해 위로 올라갔다. 캐시는 자신이 MCTC의 특수공작원이라는 사실 자체를 잊어버리고 테러리스트처럼 생각하고, 말하고, 숨 쉬었다. 무려 10년이 넘도록. 비록 루아스에게 10년은 그리 긴 세월이 아니어도 자신이 아닌 무언가로 위장하고 살아가기에는 충분히 긴 시간이었다.

그리고 조직 내부의 알력 다툼이 심하다는 점을 이용해 경쟁자를 제거하는 척하며 수많은 HVT(고가치 표적. 즉 적군의 중요인물, High Value Target)들을 처리해왔다. 어찌나 열심히 일했는지 어느새 간부 자리까지 올라올 정도로.

원래 총사령부는 캐시가 이렇게까지 높이 올라가길 바라지 않았다. 간부가 된다는 건 필연적으로 눈에 띈다는 의미고, 타국 정부들이 그녀의 존재를 인지한다는 의미이기 때문이었다. 그리고 정확히 그렇게 됐기에 이번 일이 끝나고 한동안은 스파이 일을 쉬어야 했다.

'레기온이 생각보다 인력난을 겪고 있을 줄 누가 알았겠어?'

캐시는 기가 막혀 생각하고 일어나 창가로 다가갔다. 브르고뉴의 와인을 닮은 묵직한 버건디색 벨벳 커튼이 걸려 있는 창 너머로 중정이 보였다. 무장한 병력들이 무기를 숨길 생각도 하지 않은 채 경비를 서고 있었다.

애초에 스파이로 잠입할 때 캐시의 역할은 최대한 많은 HVT를 처리하는 것이었다. 하심을 처리한 것처럼. 하지만 생각보다 그녀가 실적을 내자 상부는 계획을 바꾸었다.

"총사령부는 자네에게 기대를 걸어보기로 했네. 대공을 처리할 수 있겠나?"

캐시는 할 수 있었다. 아니, 해내고야 말 것이다. 다른 누구도 아닌 자신이.

'문제는…….'

갑자기 라토가 등장한 것이었다.

그를 여느 인질들처럼 대할 수는 없었다. 이투하의 대장이라는 위치 때문만이 아니라, 캐시는 라토라는 인물을 꽤 좋아하기 때문이었다.

라토를 직접 대면한 건 그가 가말과 함께 미스터 리를 만나러 왔을 때가 처음이었는데, 차려입은 가말을 에스코트하고 계단을 내려오는 라토를 보고 캐시는 저도 모르게 휘파람을 내불 뻔했다. 짙은 피부, 짙은 눈동자, 짙은 분위기. 어느 여자가 넋을 놓고 그를 보지 않을까?

하지만 캐시에겐 라토를 괴롭히는 역할만 주어졌고, 그의 팔을 잘라야 했을 때는 정말 마뜩잖았다. 물론 '마뜩잖다'라는 표현은 그녀가 한 행동에 비해 다소 약해 보인다는 걸 알았지만, 10년간 이 복마전에 살면서 아무리 내키지 않아도 해야 할 일은 해야만 했다. 오로지 단 하나의 목표, 대공을 제거함으로써 레기온을 해체하기 위해서.

"방을 안내해드리죠."

그때 바깥에서 집사가 라토에게 말하는 소리가 들렸다. 캐시는 문 쪽을 돌아보았다.

라토는 변수였다. 그 변수가 본의 아니게 작전을 망치는 일이 없기를, 바랄 뿐이었다.

◇◇◇

다음 날 아침 라토는 식당에 앉아 있었다. 하인들이-캐시 본인으로서는 이렇게 부르고 싶지 않았지만 청동기 시대나 다름없는 이곳에서는 당연한 호칭이었다.- 깨워서 그녀가 나오기 전에 준비시켜뒀기 때문이다.

"잘 잤어?"

캐시는 라헬의 가면을 쓰고 특유의 빈정거리는 웃음을 지으며 물었다. 그러자 라토는 예상대로 차갑게 반응했다.

"잘 자길 바랐다는 게 놀랍군."

라토는 오늘도 아름다웠다.

아아, 그는 정말 아름다웠다. 루아스 특유의 얼음장 같은 아름다움에 남성스러운 숲의 정령을 떠올리게 하는 느낌이 섞여 그만의 독특한 분위기를 풍겼다. 그건 영원교의 루아스 사제들처럼 아름답지만 박제같이 차갑게 응고된 느낌과는 질적으로 달랐다.

사실 캐시는 라헬 역할을 하며 남자들을 괴롭히는 일이 실제로 즐거웠던 적은 없으나, 라토만큼은 제게 배당이 되면 좋겠다고 생각했다. 그를 귀여워해주는 일만은 꽤 즐길 수 있었기 때문이다.

그때만 해도 인질로서 라토의 가치를 생각해보면 제게 주는 일은 없을 거라고 생각했지만 상상만으로도 즐거웠다. 사이코 변태성욕자 테러리스트 역할을 하면서 그런 즐거움이라도 없으면 어디 견디겠는가?

하지만 라토가 단순한 '귀요미'가 아니라는 건 캐시도 잘 알고 있었다. 오히려 그녀는 라토를 존경했다. 역경을 견디는 태도, 적들에게 숙이지 않는 용기, 제 파트로네스를 대하는 모습을 보면 그는 좋은 루아스나 좋은 인간을 떠나서, 좋은 사람이었다.

"자네."

그때 라토 뒤에 서 있는 집사가 그의 어깨를 지그시 쥐었다. 그러지 말라고 경고하듯이. 캐시는 의자에 앉으며 말했다.

"내버려둬. 이투하는 팔딱팔딱한 맛이니까."

"내 이름은 이투하가 아냐."

라토의 말에 캐시는 나른한 웃음을 지으며 한 손으로 턱을 괴었다.

"이름으로 불러줄까, 다정하게? 라토?"

라토는 한숨을 내쉬었다.

"치워."

캐시는 웃음을 터뜨리고, 라토는 불쾌해하는 기색을 숨기지 않았다. 그사이에 하녀들이 식사를 가져와 세팅하자 캐시는 혼자 식사하기 시작했다. 라토는 그 모습을 보고 물었다.

"그런데 내 아침은 따로 주고 굳이 여기에 앉혀둔 이유가 뭐야?"

"그거야 당연하지. 노예는 주인의 즐거움이 되어야 하니까. 영광으로 여겨. 그것도 감상하는 맛이 있는 놈들이나 그렇게 하니까."

"그 '놈들' 자체가 보이지 않는데?"

캐시는 차갑게 웃었다.

"난 같은 노예들을 오래 하렘에 두지 않아."

모두 바깥으로 빼내기 때문이었다. 더구나 한 사람이라도 놔뒀다가 라토에게 쓸데없는 이야기를 하면 안 되니까 최대한 빨리 내보냈다. 하지만 속사정을 알 리 없는 라토는 대왕 지네라도 본 표정이었다.

캐시는 귀요미에게 이런 시선을 받아야 한다는 게 슬펐지만 오해를 사는 데는 이골이 났다. 스파이의 숙명 아니겠는가?

이내 캐시는 식사를 끝내고 말했다.

"오늘은 일이 있어. 늦게 올 거야."

일부러 애써 일을 잡았다. 라토를 오래 마주 보고 있는 게 그리 좋은 생각은 아닌 것 같았기 때문이다.

"외롭다고 혼자 하는 건 안 돼."

"미쳤군."

질색하는 라토를 보며 캐시는 훗 웃고는 일어나 밖으로 나섰다. 그에 라토도 그만 가보려고 일어나자 집사가 말했다.

"자네를 위해 하는 말이야. 대장님 말씀에 복종하는 게 좋아."

"이투하는 아무한테도 복종하지 않아."

마치 정언 명령처럼 뿜어져 나오는 말에 집사는 압도된 얼굴이었다. 그러자 라토는 돌아서서 걸어갔다. 그 굽히지 않는 뒷모습을 보며 집사는 혀를 내찼다.

"저 친구 죽어나가겠군."

멀어지며 캐시는 그 말을 들었다. 사실 집사는 판데르발트가 심어놓은 정보원이었다. 그녀의 일거수일투족을 밖으로 전해주고 있었기 때문에 라토를 어떤 식으로든 하지 않으면 바로 소식을 전할 것이다.

안 그래도 회랑을 걸어가는데 간부 하나가 지나가며 말했다.

"이투하의 대장을 선물로 받았다면서? 하필 너한테 가다니 불쌍하게 됐군."

그리고 회의에 들어가자 쿠니스가 물었다.

"어때? 라토 사타디는."

"자기 입장은 잘 알고 있습니다. 가말 씨만 건드리지 않는다면 조용한 편입니다."

캐시가 차분하게 대답하자 쿠니스는 말했다.

"그 뺀질거리는 다른 쌍둥이 놈보다 이쪽이 더 골치 아파. 말이 통하질 않거든."

'토라 사타디도 혀가 유연할 뿐 이쪽 말이 통할 거 같진 않은데.'

당연히 캐시는 속으로만 생각했다.

"얌전하게 만들어놓을 수 있다고 했지?"

쿠니스는 물었다.

"네."

캐시가 대답하자 쿠니스는 그녀를 보았다. 어려 보이는 외모에 비해 삼천 년이나 묵은 뱀파이어답게 눈빛에 사람을 섬뜩하게 만드는 광채가 있었다.

"기대하지."

라토는 중정의 연못가에 서 있었다. 그를 보며 캐시는 진지하게 고민했다.

'차라리 사랑하게 됐다는 설정으로 갈까?'

그렇다면 라토를 심하게 대하지 않아도 이해될 테니까. 사이코루아스의 가슴에도 순정 하나쯤은 남아 있는 설정도 괜찮아 보였다.

하지만 바로 캐시는 한숨을 삼켰다.

'아니, 그럼 일을 맡길 간부로는 믿지 않겠지.'

나약한 여성성을 보여주자마자 라이벌들이 당장 그녀를 물고 뜯어 자리에서 끌어내리려고 할 게 분명했다. 라헬은 잔인한 흡혈귀였다. 피도 눈물도 없는 테러리스트였고, 모두가 두려워하는 무자비한 존재였다. 그런 덕분에 이 자리까지 올라올 수 있었다.

캐시의 목표는 대공을 암살하는 일이었다. 여기서 무너질 수는 없었다.

'어쩌면 대공은 라헬을 의심하고 있는지도 모르지.'

성경에 나오는 뱀보다도 기민하고 영악한 놈이니까. 그녀가 라토를 데리고 어떻게 하는지 보려는 셈인지도 몰랐다.

"뭐야?"

생각하며 쳐다보고 있자 라토가 시선을 느꼈는지 돌아보고 마뜩찮게 물어 캐시는 정신을 차렸다. 그리고 얼른 라헬의 가면을 쓰고 하이힐을 부딪치며 다가갔다.

"누가 널 중정까지 나오도록 허락했어?"

"개도 그 정도 자유는 있을 텐데."

"넌 개가 아냐. 노예지."

라토는 기가 막힌 얼굴을 했다가 더 말해봐야 소용없다 싶어 캐시에게 경멸하는 시선을 쏘고 돌아섰다.

"실례했군."

캐시는 멀어지는 등을 보다가 말했다.

"이투하, 저녁 식사에 초대하지."

"거절할 수는 있는 건가?"

캐시는 빙긋이 웃었다.

"네가 뭔지 자각하게 되는 날엔 그런 질문을 하지 않겠지?"

라토는 한마디도 더 섞고 싶지 않아 하는 얼굴로 말없이 돌아 걸어갔다. 그 뒤에서 캐시는 담배를 꺼내 물며 생각했다.

'미안, 대장님. 최대한 아프지 않게 해줄게.'

결국 라토가 약간 희생하도록 하는 수밖에 없었다. 일이 끝나고 나면 MCTC에서 PTSD(외상 후 스트레스 장애) 치료와 정신상담은 지원해줄 테니까.

문득 캐시는 자신이 버릇처럼 피우고 있는 담배를 보고 속으로 입맛을 다셨다.

'난 나중에 금연클리닉이나 가야겠군.'

◇◇◇

"대장님."

식당 입구에 나타난 집사가 고개를 숙이고 말했다. 그 뒤를 라토가 따르고 있었다.

"난데없이 저녁 식사라니 무슨 속셈이지?"

그는 있는 대로 인상을 쓰고 물었다. 캐시는 피식 웃었다.

"긴장하지 마. 누구에게나 저녁 식사를 같이할 사람은 필요하잖아?"

중세의 영주들이 쓸 법한 긴 테이블 옆에 서 있는 캐시는 와인 병의 아래쪽을 잡고 직접 와인을 따랐다.

오늘 그녀는 검은 정장 같은 원피스를 입은 상태였다. 발목까지 오는 치마 한가운데에 긴 슬릿이 들어가 다리의 노출도는 짧은 치마에 못지않았지만 그나마 상의 쪽은 얌전했다.

묵직한 윤기가 도는 최고급 흑단나무 테이블에는 만찬이 차려져 있고, 촛불들이 메노라(정금 촛대. 이스라엘의 상징)보다 가지 숫자가 많은 금 촛대들 위에서 조용히 타올랐다.

캐시는 와인 병의 입구를 흰 천으로 닦아 내려놓았다. 그리고 푹신한 벨벳 쿠션이 놓인, 등받이가 높아 왕좌 같은 흑단나무 의자에 앉고는 맞은편의 의자를 가리켰다.

"앉아."

라토는 별말 없이 앉았다. 곧 제복을 입은 남자가 대구로 요리한 전식을 가져다주었다. 금장이 둘러진 식기 위에는 고급 레스토랑 못지않은 예술적인 플레이팅이 되어 있었다.

두 번째 전식이 나올 때쯤 캐시는 오크 향이 진하게 감도는 라리오하산 와인을 한 모금 마시고 내려놓았다.

"여기서 지내는 건 좀 어때?"

"끔찍해."

대화를 좀 해보려고 질문한 게 무안할 정도로 라토는 딱 잘랐다. 음식에는 죄는 없다고 생각하는지 식사를 하긴 하지만 냉담하기 그지없었다.

캐시는 조각이 섬세한 팔걸이에 팔꿈치를 대고 손가락으로 턱을 괴었다.

"누가 너한테 뭐라고 하는 것도 아니고 딱히 불편한 점은 없을 텐데? 가말 씨와도 면회하게 해주고. 이 정도면 아주 너그러운 주인 아냐?"

"여왕 거미의 둥지에서 편할 거라는 기대 자체가 헛된 거지."

캐시는 가볍게 웃었다.

"여왕 거미라, 내 면전에 대고 그렇게 말하는 사람은 처음이네."

"다 생각만 했겠지."

"다들 생각만 한 이유가 있을 텐데."

캐시는 진하게 웃으며 말했고, 라토는 입을 다물었다. 그러자 침묵이 감돌았다. 그때 마침 두 번째 전식이 나오고, 캐시는 다시 물었다.

"이투하를 만들자는 아이디어는 누가 먼저 낸 거야? 너, 아니면 그 섹시한 쌍둥이 쪽?"

알다시피 캐시가 쌍둥이 중 먼저 만난 쪽은 토라였다. 안 그래도 그를 보고 눈이 번쩍 뜨였는데, 불행히도 이미 여자가 있었다. 자기들끼리만 모를 뿐이지. 최근에는 사귀게 된 것 같지만 그 당시에는 말이다.

반면 라토는 대답하지 않고 눈을 들어 캐시를 볼 뿐이었다. 그 시선의 의미를 알 것 같아 캐시는 어깨를 으쓱이고 말했다.

"내가 너한테서 정보를 얻으려고 이런다고 생각한다면 우리의 정보력을 무시하는 거야. 이투하에 대해서는 딱히 다른 정보가 필요하지 않을 정도로 잘 알고 있어."

"하지만 우리가 마티를 보호하고 있는지는 몰랐지."

그에 캐시는 '흠' 소리를 냈다.

"할 말이 없게 하네. 하지만 저녁 식사 중이잖아. 체하려고 하니까 그 비장한 얼굴 좀 어떡할 수 없어?"

"그럼 먼저 일어나지."

그러면서 라토는 탁자를 짚으며 반쯤 일어났을 때 캐시가 말했다.

"지금 네가 일어나면 누군가는 죽어."

라토가 바로 멈칫하는 모습을 보며 캐시는 속으로 혀를 찼다.

'또 이런 데 약하고. 타고난 히어로네.'

이런 세상에서는 오래 살아남기 힘든 자질인데 말이다.

감탄하는 건지 안쓰러워하는 건지 본인도 알 수 없는 감정을 느끼며 말했다.

"성급하지 굴지 마. 메인은 코치니요 아사도야. 새끼 돼지를 통째 요리한 스페인 세고비아의 전통 요리지. 다른 데선 쉽게 맛볼 수 없는 거야."

그때 하인들이 서빙 카트를 밀고 들어왔다. 그 위에는 오벌 접시 위에 노릇하게 구워진, 살아 있을 적 모습이 그대로 남아 있는 새끼 돼지 요리가 놓여 있었다. 라토도 통째로 구워진 요리를 보고 인상을 쓸 정도로 순진한 현대인은 아니었지만, 일부러 잔인해 보이는 요리를 가져온 것 같아 기분이 유쾌하지 않았다. 하지만 이대로 나간다면 라헬이 정말 다른 사람들에게 무슨 짓을 할지 몰라 다시 자리에 앉았다.

부드러운 고기질을 보여주기 위해 접시로 자르는 전통대로 하인이 고기를 접시로 잘라 서빙 해주었다. 한입 맛보자, 캐시가 웃는 눈으로 그를 보며 물었다.

"어때?"

라토는 시선을 들지 않고 대답했다.

"묻지 마. 좋은 대답 듣기 힘들 거 안다면."

"음식은 죄가 없잖아?"

"이걸 어디서 누가 생산해서 어떻게 가져왔느냐가 중요하겠지."

"신기하네. 흡혈귀가 이런 물렁한 성격을 하고 어떻게 여태까지 살아남았는지."

이건 진짜 캐시 입장에서도 궁금했다.

불과 십여 년 전만 해도 이 세상은 흡혈귀가 살기 열악한 곳이었다. 항상 정체를 감춰야 했고, 숨어야 했으며, 들키면 살해당할지도 모른다는 위험을 감수했다. 흡혈귀들에게 어둠이 편한 건 다른 이유가 아니었다. 어둠이 그들을 감춰주기 때문이었다.

"공존했으니까."

라토는 똑바로 캐시를 보며 말했다.

"우리가 공존하길 선택하자 부족은 우릴 받아들여줬어. 그리고 바깥으로부터 오히려 우릴 보호해줬지. 우리는 거기에 대한 신의를 지켰고."

감염된 순간 캐시는 혈혈단신의 뱀파이어로서 자신이 살아남을 수 있는 방법은 하나밖에 없다는 사실을 깨달았다. 인간과 손잡는 것.

그건 물론 합리적이고 유효한 판단이었지만, 철저한 비즈니스였다. 인간과의 공존이니 협력이니 하는 말은 빛 좋은 개살구에 불과했다. 캐시가 제 몫을 하지 못하면 인간 측은 그녀를 버렸을 테고, 반대로 인간 쪽이 제 생존에 쓸모가 없다면 캐시도 관계를 끊고 사라졌을 테니까.

캐시는 입을 닦은 냅킨을 테이블 위에 던졌다. 그리고 의자를 밟고 테이블로 올라섰다. 그러고는 테이블이 런웨이라도 되는 것처럼 아직 입도 대지 않은 음식들이 담긴 값비싼 그릇들을 전부 쳐내며 태연하게 걸어갔다.

챙, 차랑, 쨰쟁, 타라랑.

그릇들이 바닥에 떨어져 나뒹구는 소리가 시끄러웠다.

그 모습을 보며 라토는 인상을 썼다. 바로 앞까지 다가온 캐시는 그를 오만하게 내려다보았다.

"라토 사타디."

그리고 테이블을 짚고 엎드려 눕자 비교적 얌전하다고 생각했던 정장 상의의 앞섶이 벌어지며 유난히 화려한 검은 레이스 속옷이 드러났다.

캐시는 과일 그릇에서 포도 한 알을 떼와 여봐란듯이 붉은 입술 사이에 밀어 넣으며 말했다.

"오늘은 기필코 너와 하려고 하는데 어떻게 생각해?"

라토는 아무 반응도 하지 않으려고 애썼다. 이 여자는 그가 반응을 보이는 걸 즐길 뿐이었다.

그때 캐시가 그나마 남은 그릇들까지 쳐내며 두 다리를 끌어와 하이힐 채로 라토의 허벅지를 밟았다.

"긴장하지 마. 처녀처럼 순진한 면이 있다는 거 아니까 처음에는 부드럽게 해줄게."

그리고 하이힐 앞굽으로 라토의 그곳을 지그시 누르며 싱긋 웃었다.

"그 다음에도 부드럽게 대해준다는 보장은 못 하겠지만."

라토는 불쾌하다는 표정으로 캐시의 다리를 치우고 일어났다. 하지만 캐시가 양손으로 그의 옷깃을 잡아 홱 끌어당겼다. 캐시는 또 그를 자극하는 말을 하기 위해 입을 열었다.

"끔찍한 여자 같으니."

그런데 라토가 먼저 거칠게 뇌까리고, 캐시의 얼굴을 움켜쥐며 키스했다.

"……!"

전혀 예상치 못한 반응에 캐시는 놀라 주춤했다.

라토는 이 여자가 싫었다. 애초에 이런 여왕 거미는 그가 좋아하는 타입도 아니었고 인간적으로도 역겹고, 끔찍했다. 이 여자는 남자들을 노예처럼 부리는 노예상에 다름없었고, 측은지심이라고는 없는 테러리스트였다. 이 여자에 비하면 니카는 차라리 애정을 갈구하는 귀여운 여동생에 불과했다.

그렇기 때문에 라토는 자신이 이 여자에게 느끼는 강렬한 충동이 이해되지 않았다.

처음부터, 도발하듯 가까이 다가온 입술에 키스하고 싶다고, 일부러 그에게 밀어붙인 육감적인 몸을 안고 싶다고 느꼈다. 향수로 목욕이라도 하는지 진한 향수 냄새와 섞인 체취가 그의 정욕을 들끓게 만들었다.

라헬이 어떤 사람인지 생각하면 등골이 서늘해지며 몸이 식었지만 이 향기를 맡고 이 몸을 느끼면 이성은 금세 또 기억상실증에 걸렸다.

어쩌면 이런 여자에게 욕정을 느끼는 자신이 실은 그렇게 끔찍한 사람이었다는 방증인지도 몰랐다.

와인 맛이 나는 입안으로 밀고 들어가는 순간 아무것도 알 수 없어졌다. 라토는 육중한 나무 테이블이 덜컹거리며 흔들릴 정도로 캐시를 밀어붙였다. 그에 캐시는 반사적으로 테이블의 가장자리를 쥐었다.

라토가 자신을 만지고 있었다. 자신이 MCTC의 스파이라는 사실을 알 리가 없는데도.

그때 캐시가 무의식중에 친 그릇이 떨어졌다. 쨍그랑. 파열음에 라토는 흠칫 정신을 차렸다. 그리고 캐시를 보더니, 욕설을 내뱉고 그녀를 밀치고 돌아섰다.

하지만 입구 앞에서 경비병들이 나가지 못하게 막아섰다. 라토가 쳐다보았지만 그들은 무표정한 얼굴로 비켜서지 않았다. 그 사이에 따라온 캐시가 라토를 붙잡아, 부딪친 등이 아프도록 옆 벽에 밀어붙였다.

"오늘은 너와 할 거라고 했잖아."

그러면서 캐시는 라토의 목덜미에 코를 묻었다.

"날 거스르지 않는 게 좋아."

그리고 목을 따라 핥아 올라가며 속삭임을 끼얹었다. 하지만 라토는 움직이지 않았다.

"시선들이 신경 쓰여?"

캐시가 짓궂은 미소를 짓고는 고갯짓하자 경비병들은 묵례하고 바로 문을 닫고 나갔다.

"하여간 처녀 같긴."

그러고는 캐시는 라토의 멱살을 잡아 확 옆에 있는 소파로 넘어뜨리고 그 위로 올라갔다. 그리고 제 옷깃을 열어젖혔다. 젖꼭지만 겨우 가리는 검은 레이스 속옷에 감싸인 모습이 음란한 젖가슴이 드러났다. 다리의 벌어진 슬릿 사이로는 브래지어와 세트인 팬티 너머로 희미하게 음부가 비쳤다.

갑자기 캐시는 양손으로 라토의 목을 휘감아 쥐었다.

"이투하."

손에 힘을 주어 꾸욱, 숨이 막혀오는 부분을 눌렀다. 하지만 라토는 저항하지 않았다. 그저 그 아름다운 눈동자로 그녀를 바라볼 뿐이었다. 이 상황에 애써 반응하지 않으려는 듯.

"아름다운 피부야."

캐시는 나직한 숨을 라토의 피부 위로 미끄러뜨리며 속삭였다.

"네 피부를 벗겨서 잘 때 덮고 자고 싶어. 그럼 항상 이런 촉감을 느끼며 잘 수 있겠지."

피부를 느끼듯이 가슴을 맞댄 채 몸을 위아래로 천천히 문질렀다. 여자 뱀처럼 야릇하고 음란한 몸짓이었다.

그제야 라토는 미간을 찡그리며 반응을 보였다.

"그런 끔찍한 생각들은 어디서 나오는 거야?"

사실 캐시도 가끔은 레퍼토리가 떨어져서 더 어떻게 말하고 행동해야 변태성욕자 같을까 고심하는 편이었다. 하지만 라토를 상대로는 굳이 고민하지 않아도 그가 주는 감각을 조금 부풀리기만 하면 됐다.

"순진한 척하지 마. 옛날에 어떤 부족들은 적의 머리 가죽을 벗겨 두개골을 보관했다고 하던데. 사타디 부족은 어땠어? 식인 같은 건?"

"사타디는 식인종이 아냐."

그 말과는 관계없이, 캐시가 갑자기 빙긋이 웃었다.

"반응하네, 아래."

"여자가 그렇게 몸을 문질러대면 고자가 아닌 한 반응해."

라토는 아래 반응이 믿기지 않을 정도로 무표정하게 말했다. 캐시는 웃음을 지었다.

"하여간 귀엽지 않아. 빨아달라고 해봐. 아픈 것도 꽤 좋아하게 될 거야."

그러면서 아래쪽으로 내려가려고 했다. 라토는 캐시의 두 팔을 잡아 밀어냈다. 하지만 캐시는 아이들끼리 장난하듯이 웃음을 터뜨리며 다시 목에 팔을 휘감아왔다. 라토는 인상을 썼다. 어찌나 싫은 티를 내는지, 캐시가 그에게 진심이었다면 상처를 받을 정도였다.

이번에 라토는 캐시의 허리를 잡아 밀어내려고 했다. 아니, 그런다고 생각하고 캐시가 가슴을 밀어붙이려고 하는 순간, 그가 브래지어를 확 끌어내렸다.

하얗게 빛나는 유방 위에 붉은 정점이 박힌 모습이 꼭 그렇게 생긴 과일 같았다. 그대로 가슴을 모아 쥐며 입안 가득 깨물었다. 캐시는 움찔했다. 라토는 거의 분을 토하듯이 조금 아플 정도로 거칠게 가슴을 깨물고 빨았다. 하지만 그마저도 강렬한 자극이 되어, 캐시는 허리를 휘며 뒤로 라토의 무릎을 짚었다.

"읏, 하……."

날씬한 배를 타고 손이 팬티 속으로 들어와 도드라진 정점을 찾아냈다. 캐시는 폭발하는 쾌감에 꽉 조아드는 정점이 아플 정도로 느껴졌다.

자신이 이렇게 제 진짜 반응을 내보일 정도로 어리숙하다고는 생각하지 않았는데, 라토가 애무하자 온몸이 덜덜 떨릴 정도였다.

"아앗……! 이투하……."

그곳을 애무할수록 가슴을 애무하는 입도 점차 부드러워져 갔다. 그래서 더 미칠 것 같았다. 손끝이 악기를 연주하듯이 정점을 문지르고, 뾰족 솟은 가슴 끝을 혀로 감쌌다가 핥고 이로 긁으며 능숙하게 애무했다.

캐시는 '제발' 하고 애원하게 될 것만 같아, 입술을 꽉 깨물었다. 눈가에 발그스름하게 열이 오르며 입술이 부풀어 올랐다. 라헬의 캐릭터 설정상 남자가 이렇게까지 진득하게 애무하도록 내버려두지 말아야 하는데, 지금은 아무 생각도 들지 않았다.

라토는 중간중간 나타나는 라헬의 반응에 참을 수 없는 기분이 들었다. 항상 말은 무섭게 하지만 정작 몸의 반응은 그를 원하는 연인 같았다. 뜨겁고, 달콤했다.

언젠가부터 뒷골을 섬뜩하게 만드는 말들도 하지 않았다. 그럴 정신이 없는지, 그러고 싶지 않은지.

그때 캐시는 겨우 정신을 차렸다. 이대로 휩쓸려 제 본 모습을 드러낼 수는 없었다.

"이제 뭘 좀 아네."

그러면서 둘이 맞닿아 있는 부분을 허리를 움직여 문질렀다.

"아아, 이투하…… 널 내게 줘. 내 안에 들어와."

이건 진심이었다, 너무나.

"이투하."

"날 그렇게 부르지 마."

라토가 잇새로 나직이 말하고 캐시를 뒤로 돌려 소파 등받이에 손을 짚고 서도록 하고 애무했다. 캐시는 짧은 신음을 터뜨렸다. 더 이상 아무 생각도 할 수 없었다. 자신이 레기온의 라헬인지, MCTC의 캐시 브루어인지도 흐릿해졌다.

삽시간에 무언가가 확 목을 감았다. 캐시는 흠칫했다. 번뜩 쳐다본 창가에 라토가 그녀 뒤에서 어느새 가져왔는지 커튼을 묶는 끈을 휘감아 쥐고 목을 조르고 있는 모습이 비쳤다.

라토는 진심으로 힘을 주었다. 캐시가 다급히 입을 벌렸지만 숨이 빨려 들어오지 않았다. 머리에 산소가 부족해지기 시작한 찰나, 캐시는 온 힘을 다해 라토를 벽에 밀어붙였다. 그 김에 테이블에 놓인 화병이 떨어져 소리를 내며 산산조각이 났다.

콰장창. 그때 충격으로 조르는 힘이 약간 느슨해졌다. 그 타이밍을 놓치지 않고 캐시는 팔꿈치로 라토의 명치를 가격했다. 그러자 라토는 끈을 놓을 정도는 아니지만 훅 숨을 들이켰다.

동시에 캐시는 바닥을 박찼다. 그리고 몸을 돌려서 위쪽 벽을 짚었다가 라토의 목에 다리를 걸었다. 라토는 그런 그녀를 잡아서 내려쳤지만, 캐시는 포기하지 않고 그를 붙잡고 같이 굴러갔다.

우당탕. 루아스 둘의 무게가 바닥을 굴러가는 소리가 시끄러웠다. 두 사람은 바닥에 굴러 흩어졌다.

"하……."

겨우 정신을 차린 캐시는 뒤도 돌아보지 않고 몸을 일으켜 달아나려고 했다. 대리석 바닥에 구두가 거칠게 미끄러졌다. 하지만 뒤에서 라토가 캐시를 덮쳐 제 몸으로 누르고 두꺼운 팔로 목을 휘감았다.

"허억……!"

불과 대장간의 신 헤파이스토스가 빚은 듯한 팔에 혈관과 근육이 꿈틀거렸다.

루아스는 성별에 따른 힘 차이가 크지 않다고 하지만 불행히도 라토가 더 강한 혈통인 데다가 개인적으로도 캐시보다 오래 살았다. 힘으로는 상대가 되지 않았다.

위기감을 느낀 캐시는 발작적으로 입을 열었다.

"라토, 난……!"

하지만 라토는 힘을 풀지 않았다. 캐시는 알았다. 곧 목뼈가 부러질 것이다. 이제는 말조차 할 수 없었다. 눈앞이 부옇게 되고 의식이 아득해지며 눈알이 뒤로 넘어갔다.

쾅!

"물러서!"

그때 고함이 들리고 경비병들이 들이닥쳤다.

"놓고 물러서!"

경비병들은 소리치며 라토에게 소총의 개머리판을 휘둘렀다. 라토는 자신을 향해 날아오는 개머리판을 붙잡고 으르렁거렸다. 그에 경비병들은 순간 압도되었지만 정신을 차리고 그를 발로 걷어찼다. 더 저항할 수도 있었지만 라토는 그럴 생각이 없었기에 순순히 비켜났다.

"콜록! 콜록, 콜록!"

캐시는 목을 잡고 기침을 토해냈다. 목에 불을 놓은 것 같았다.

정말로 요단강 너머로 오래전에 돌아가신 어머니가 손짓하는 모습을 봤다. 10년간 라헬로 살며 이런저런 목숨의 위기를 겪었지만 정말 죽기 직전까지 간 건 처음이었다.

"괜찮으십니까? 소리가 심상치 않아서 들어와봤더니……."

옆에서 집사가 호들갑을 떨며 물었다. 천천히 기침이 잦아들자, 캐시는 사람들이 지켜보고 있다는 걸 인지했다. 이런 일을 당했다면 마땅히 라헬이 해야 할 일은 하나였다.

순간 캐시는 바닥을 짚고 일어났다. 끼익, 구두가 긁히는 소리가 울렸다. 그대로 다리를 휘둘러, 경비병들이 붙잡고 있는 라토의 복부를 걷어찼다. 퍽 소리가 울렸다. 라토는 신음을 토하며 허리를 숙였다. 캐시는 흐트러진 머리를 쓸어 올리며 말했다.

"일으켜."

경비병들이 라토를 일으키자마자 고개가 돌아갈 정도로 볼을 후려쳤다. 인간이었으면 몸이 반은 날아갔을 강도였지만 라토는 별로 영향을 받지 않은 듯이 다시 고개를 바로 했다.

캐시는 눈 밑을 떨면서 웃었다. 놀란 탓에 눈 밑이 저절로 푸르르 떨려왔다.

"이투하. 난 널 죽이지 않아. 오히려 네가 살아 있다는 게 손끝, 발끝까지 아주 생생하게 느껴질 정도로 실감하게 만들지."

머리가 어질어질해서 자신이 라헬 캐릭터대로 잘 말하고 있는지 헷갈렸다. 하지만 속사정을 알 리 없는 라토는 훗 웃었다.

"네 스스로 계속 말하고 있잖아? 난 이투하야. 이투하는 아무한테도 복종하지 않아."

목청은 낮았지만 귓가에서 우렁우렁 울리는 목소리였다. 그리고 붉은 눈동자가 묵직한 빛깔로 타올랐다.

전율이 등허리를 훑었지만, 캐시는 말할 수밖에 없었다.

"목에 사슬을 매서 묶어놔. 날 화나게 만든 대가를 받게 될 거야."

◇◇◇

목을 두른, 끈으로 졸린 상처가 선명했다. 거의 검붉은 피멍처럼 보였는데 루아스로서도 며칠은 갈 상처였다. 옷으로 가릴까 생각했지만 어차피 소문은 다 퍼졌을 테고 가리는 게 더 비웃음을 살 일이라 그냥 놔두었다.

하지만 이렇게까지 대놓고 쳐다볼 줄은 몰랐다. 역시 인간적인 예의라는 걸 기대할 수 없는 놈들이었다.

간부회의에 먼저 와있는 판데르발트가 물었다.

"어제 198세의 일기로 사망할 뻔했다지?"

"사고가 좀 있었을 뿐이야."

캐시는 무표정하게 대답했다. 그러자 가운데 자리에 앉아 있는 쿠니스가 말했다.

"너도 그놈은 다루기 힘든가 보군."

"시행착오가 있지만 곧 얌전해질 겁니다."

"힘들면 말해. 이투하에게 죽은 게 한둘이어야지. 그놈을 손봐주고 싶어서 모두 안달 나 있으니까."

그렇게 말하며 판데르발트가 조용히 눈을 빛냈다.

판데르발트는 클리엔테스 중 둘을 이투하에게 잃었다. 특히 그 중 하나는 그와 고대 그리스적인 동성애 관계에 있던 상대였다.

대공이 라토를 죽이지 않는다면 판데르발트가 죽일 게 분명했다. 이제 캐시는 이건 단순히 라토를 라헬의 명성에 맞게 대하는 것 이상의 문제라는 생각이 들기 시작했다. 자신이 제대로 그를 '대접'해주지 않는다면 다른 녀석들이 그 대접을 해주려고 덤빌 테니까. 그리고 그런 일이 생기면 정말 라토의 목숨이 위험해질 것이다.

회의가 끝나고 회랑을 내려가는데, 막 지나가는 골목길에 몸을 숨기고 있는 이손이 작게 물었다.

"라토 대장을 어떡하실 셈입니까? 가말 씨가 알게 되면 반발할 겁니다."

"일단 그쪽보다 대공이 날 의심하지 못하게 해야 돼. 라토 대장을 가만히 두면 분명 의심할 테니까."

캐시는 복화술로 대답하고 아무렇지 않은 척 지나갔다.

"라토, 난……!"

라토는 어제 기억을 곱씹었다. 숨이 넘어가기 직전 라헬은 분명히 그렇게 말했다. 어제는 다급한 김에 아무 말이나 한 거라고 생각했지만 곱씹을수록 이상했다. 그때 그녀는 죽음의 목전에서 꼭 뭔가 고백하려던 사람 같았다. 눈빛도 다른 사람 같았고…….

생각하다가, 라토는 한숨을 내쉬었다.

'지나친 생각이야.'

숨이 넘어가기 직전이었으니 눈빛 정도는 얼마든지 달라 보였을 수 있었다.

생각하는 것 말고는 할 일이 없어서 이런 영양가 없는 생각까지 하게 되는 것 같았다.

이런 상태로는.

목에는 쇠목걸이가 둘러져 있고, 양 팔목에는 수갑이 채워져 있었다. 그리고 거기서 이어진 사슬은 천장으로 연결되어 도르래에 감겨 있었다. 인생은 살아봐야 한다더니 여자 집에-정확하게는 지하 감옥- 개처럼 목줄에 메여 있는 날이 올 줄은 몰랐다.

바닥에 앉아 있는 라토는 한숨을 삼키고 벽에 뒷머리를 기댔다.

'참 여자 운은 지지리도 없지. 하나는 날 찌르더니 하나는 개 취급이군.'

그것도 웃통은 왜 벗겨놓는단 말인가? 아무리 루아스가 주변 온도 변화에 덜 민감하다고 해도 이런 지하에 반쯤 벗은 채 머물고 있으면 한기가 들었다. 라헬이 앞으로 어떻게 행동할지 생각하면 한기가 드는 건 문제도 아니었지만 말이다.

어차피 그 여자를 죽일 생각은 없었다. 간부를 죽이면 일이 더 복잡해질 테니까. 하지만 그 오만한 여자에게 본때를 보여주고 싶었다. 제 생각대로 되지만은 않을 거라는.

또각.

그때 발소리가 들렸다. 하이힐 소리……. 이 발소리의 주인이 누구인지는, 라토는 정말 꼭 개가 된 것 같아 기분이 별로였지만 잘 알고 있었다. 등줄기를 타고 희미한 긴장감이 흘렀다.

벽에 비치는 그림자가 잦아들고 투 버튼의 흰 바지 정장을 입은 캐시가 나타났다. 옷차림도 화장도 완벽했지만 목에는 검붉게 피가 터지고 멍이 든 상처가 선명했다. 손가락 사이에는 담배처럼 얇은 시가릴로를 들고 있어서, 그녀 뒤를 따라 옅은 연기와 시가향이 퍼졌다.

오자마자 무서운 말들을 늘어놓으며 빈정거릴 거라고 생각했는데 그녀는 오히려 침착해 보였다. 손에 든 시가릴로에서 무심히 연기가 피어올랐다.

라토 앞에 선 캐시는 시가릴로를 한 모금 빨았다.

"안녕, 이투하."

라토는 캐시를 올려다볼 뿐 아무 말하지 않았다. 그러자 캐시는 시가릴로를 한 번 털고 말했다.

"오늘 네 덕분에 좀 웃음거리가 됐어. 그래서 고민하고 있어. 널 어떡할까."

사실 말로 겁주고 모욕하는 건 할 수 있지만 라토를 아프게 하고 싶지 않았다. 절벽에서 명령에 따라 라토의 팔을 자를 때까지만 해도 그를 잘 모를 때였다. 하지만 지금은 그가 어떤 사람인지 알고 있었다.

캐시는 대공이 라토를 일부러 자신에게 보냈다는 확신이 들었다. 그녀가 어떻게 행동하는지 보기 위해.

대공은 그녀를 믿은 적이 없었던 것이다, 처음부터.

어리고 아름다운 외모로 온갖 흉악한 놈들이 모이는 루아스 테러리스트 네트워크의 우두머리가 될 수 있었던 데에는, 이유가 있는 법이었다. 어쩌면 자만하고 있었던 건 캐시 자신이었는지도 몰랐다. 놈을 처치하는 게 바로 자신이 될 거라는 자만.

하지만 전화위복이라고, 이번 고비를 잘 넘기면 대공은 마침내 라헬을 믿게 될 테니 임무를 완수하는 일이 눈앞에 있었다. 그러니 그녀는 선택해야만 했다. 임무를 완수할지, 정에 휘둘릴지.

캐시는 바닥에 시가릴로를 던져 하이힐을 신은 발로 비벼 껐다. 그리고 아까부터 담배를 피우지 않는 다른 손에 들고 있어서 라토를 불안하게 했던, 끝부분이 네모 모양으로 넓적한 말채찍을 들었다.

"그럼 시작해볼까?"

철컹. 사슬이 당겨졌다.

라토의 몸을 타고 땀이 흘러내렸다. 이글거리는 불빛이 물과 땀으로 번들거리는 피부에 비쳤다.

캐시는 지금 이 순간도 지켜보는 자들이 있다는 걸 알았다. 비록 이 공간에는 둘뿐이었지만 진짜 이곳의 벽에는 눈이 달려 있는 게 아닐까 싶을 정도로 일거수일투족을 지켜보고 있을 것이다.

라토가 고통에 울부짖거나 용서를 빌거나, 차라리 더 반항이라도 한다면 체벌을 끝낼 수 있을 텐데, 그는 간간이 이를 악물 뿐 어떤 반응도 보이지 않았다.

캐시는 말채찍 끝으로 살이 부딪치는 소리가 울리도록 라토의 어깨를 짚었다.

"이투하, 이 정도밖에 안 돼? 슬슬 지루해지려고 하잖아."

그리고 말채찍으로 목젖이 두드러진 목을 타고 올라 턱을 쓸어 올렸다. 라토는 땀에 젖어 흐트러진 검은 머리 아래 차분한 눈으로 그녀를 마주 보았다.

'쓸데없이 고집은 세서.'

하여간 이렇게 의연하게 고통을 감내하는 모습을 보면, 반하지 않을 수가 없었다.

"꼭 내가 예수를 고문하는 로마 병사가 된 느낌이네."

말하며 캐시는 한쪽에서 타오르고 있는 화로로 다가갔다.

"그럼 로마 병사보다 내 기술이 낫다는 걸 증명하지 않을 수 없잖아. 어디 보자……."

캐시가 화로에서 달궈진 꼬챙이를 꺼내자, 그을린 화로 안에서 불을 품고 벌겋게 타오르는 숯이 자그락거렸다.

"이런저런 실험을 해보면서 루아스의 몸에 대해 몇 가지 사실을 알게 됐는데 말이야."

달궈진 꼬챙이는 보기만 해도 열기가 느껴질 정도로 새빨갛게 이글거렸다. 까르릉. 돌바닥에 긁히는 꼬챙이가 불티를 터뜨리며 다가왔다.

"화상만큼은 인간이나 루아스나 똑같은 고통을 느낀다는 거 알아? 루아스는 며칠 후면 회복돼서 상처가 남지 않지만……."

캐시는 라토의 머리채를 잡아 홱 고개를 젖혔다.

"오히려 그래서 몇 번이고 지질 수 있지. 예쁜 눈이야. 원래는 무슨 색이었지? 검은색? 그 편이 너한텐 더 어울렸을 거 같지만 이쪽도 보석 같아서 마음에 들어."

그러면서 캐시가 꼬챙이를 들자 잔인한 열기가 눈가에 일렁거렸다.

"내가 이 예쁜 눈을 뽑을 동안 네가 느낄 고통을 생각하면 꽤 즐거워."

그럼에도 불구하고 라토는 그녀를 쳐다볼 뿐 아무 말 하지 않았다. 특별히 위압되는 얼굴도 아니었다. 초조해진 캐시는 그가 무슨 반응이라도 보이길 바라며 말했다.

"전리품은 소중히 보관해둘게."

여전히 꼬챙이에서 열이 이글거리는 소리 외에는 정적이 감돌았다. 그녀를 응시하는 라토의 의연한 눈은, 아름다웠다.

탕!

돌바닥에 떨어져 부딪친 꼬챙이에서 화려한 불티가 튀어 올랐다. 그리고 꼬챙이를 쥐고 있던 손이 라토의 얼굴을 쓰다듬었다. 연인을 대하듯이 부드럽고, 나른하게.

"이투하."

캐시는 그의 볼과 입술에 달콤한 숨결을 끼얹었다.

"날 원하지?"

순간, 여태까지 꿈쩍도 않던 라토의 눈동자 깊은 곳이 떨려왔다. 그 눈 속에 그녀를 향한 욕망이 있었다. 뛰어난 오감은 그가 내쉬는 숨, 그녀의 옷자락을 따라오는 눈빛에 묻어나는 욕망을 눈치챘다.

캐시는 속삭였다.

"알아. 나 같은 여자를 원한다는 걸 인정할 수 없겠지. 하지만 욕망은 이성과는 다른 존재야."

얼굴을 쓰다듬는 손길이 부드러워 라토는 소름이 올라왔다. 이건 끔찍할 정도로 달콤한 유혹이었다.

캐시는 유혹을 멈추지 않았다.

"욕망 자체에는 선도, 악도 없어. 그저 뜨겁게 원할 뿐이지. 그 목소리를 들어봐. 자유로워질 거야."

라토는 실제로 그러고 싶은 충동을 느꼈다. 이 고통스럽고 갑갑한 억압을 벗어버리고 그만 자유로워지고 싶었다.

이 여자가 싫었다. 악의 화신 같은, 모든 게 제 뜻대로 될 거라고 믿고 있는, 그리고 이토록 그를 흔드는 여자가.

"이투하는 자유를 원하잖아?"

어둡고 뜨거운 공간에서 감각이 극대화되어 그에게 속삭이는 붉은 입술만이 존재하는 것 같았다. 성경에 나오는 뱀이 여자였다면 과연 이런 느낌이었을 거라고 생각될 만큼 라토가 이 여자에게 느끼는 욕망은 강렬했다. 그를 '라토 사타디'라는 남자로 만드는 신념이나 이성, 규칙이 모두 아무래도 좋아질 정도로 이 여자를 원했다. 멀쩡하던 사람이 어떤 배우자를 만나서 그 강렬한 악에 매혹되어 타락해버리는 이유를 이해할 수 있을 것 같았다.

쿵. 차르륵. 갑자기 팽팽하던 사슬이 풀어져 바닥에 떨어져 내리는 소리가 울렸다.

캐시는 바닥에 넘어졌다. 위를 점령한 라토의 키스는 뜨거웠다. 사방에 이글거리는 불꽃이 그들의 입안에서 춤추는 것 같았다. 맨 살이 드러난 그녀의 허벅지에 불길이 끼얹은 윤기가 흐르고, 그 너머로 남체가 꿈틀거렸다.

어둠 속에 불과 땀, 그림자가 넘실거렸다. 땅속 마그마에 덥혀진 것처럼 뜨겁고 습한 공기가 공간을 꽉 채우고 있었다. 그 가운데 청동빛으로 빛나는 짙은 갈색 피부를 타고 윤기를 발하는 땀방울들이 흘러내렸다.

라토는 천천히 고개를 들었다.

"'난' 널 원하지 않아."

하지만 그는 라토 사타디였다. 몸은 몰라도 그의 이성은 결코 이 메데이아의 현신을 원하지 않았다.

찰나 캐시의 표정이 차갑게 식고 동시에 차르르륵- 사슬이 다시 당겨지며 라토는 원래 자리로 끌려갔다. 캐시는 흐트러진 옷을 추스르며 일어났다.

"대장님. 당신은 죽게 될 거야. 모두가 시선을 돌리는 죽음의 눈을 똑바로 들여다볼 사람이거든. 지나가는 죽음도 불러들일 테지."

그러면서 돌아섰다.

"루아스가 되면서 어떻게 한 번은 피해갔는지 몰라도 말이야."

계단을 올라가는 발소리가 사라지고 나서야 라토는 눈을 감았다. 진이 다 빠지는 느낌이었다.

반면 캐시가 계단을 올라와 복도로 나오자 시원한 공기가 훅 끼쳐왔다.

온몸이 축축하고, 뭘 한 것도 아닌데 다리 사이가 얼얼했다. 어마어마한 유혹에 그녀도 그대로 휩쓸려버리고 싶었다. 라헬, 레기온, 작전, 모든 걸 잊고 오로지 라토와의 세계에 매몰되고 싶었다.

캐시는 고개를 젓고 정원을 보았다. 정원은 이곳이 사막의 한가운데라는 사실을 믿을 수 없을 정도로 푸르고 물이 넘쳤다.

라토가 라헬에게 넘어오지 않을 거라는 건 알고 있었다. 그냥, 그런 남자가 아니기 때문이었다.

얼마나 그 욕망이 대단하든 간에 라헬 같은 여자는 그의 신념과 정의에 정면으로 위배될 테니까. 결코 함께 할 수 있는 상대가 아니었다. 그리고 라토가 이쪽이 생각한 남자 그대로였다는 점에서 캐시는 유혹을 견딘 그가 자랑스럽기까지 했다.

하지만 대공은 라토를 회유할 수 없다면 죽일 셈이었다. 대공으로서도 라토를 아군으로 만들 수 있다면 좋겠지만 슬슬 그도 라토를 제 편으로 만들 방법이 없다는 사실을 깨달았을 것이다.

'궁극적인 단계에서 라토 대장은 대공에게 방해가 될 뿐이겠지.'

생각하며 캐시는 담배를 꺼내 물었다.

"소령."

부르는 소리에 도영은 고개를 돌렸다. 활주로로 정복을 입은 렉스가 걸어오고 있었다.

지평선에 해가 근근이 떠오르는 시간이라 활주로에는 묽은 일출 빛이 퍼져 있었다. 그리고 서늘한 새벽바람이 옷깃을 흩날렸다.

"어떻게 됐습니까?"

도영의 질문에 렉스는 고개를 저었다.

"결국 UFD(연합 사막 연방)가 우리 쪽 작전을 허가하지 않는다는군요. 그 요새에 민간인이 인질로 많이 잡혀 있다는 이유로."

도영은 기가 찼다.

"영원교 그 사이비들이요? 오히려 적극적인 공범이겠죠."

"영원교는 한 번도 공공에 테러를 가한 적은 없습니다."

렉스는 사무적인 얼굴로 사실을 적시했다. 보통 그들이 노린 건 여자 루아스뿐이었기 때문이다.

"가하고 나면 늦는 겁니다."

"예방이라는 건 그쪽 사전에 없는 단어니까요."

안 그래도 UFD는 저번에 가말을 구하러 갔을 때 펼쳤던 작전에 대해서도 MCTC에 정식으로 문제를 제기했다. 긴급한 작전이라 승인을 받을 시간이 없어 먼저 팀을 급파했었다고 양해를 구했지만, UFD는 받아들이지 않았다.

"한 번 더 무단으로 자기들 땅에 들어올 시에는 전쟁 선포로 받아들이겠다고 합니다."

렉스는 덧붙였다.

"MCTC는 아랍 왕국과 UFD 사이에 분쟁이 있는 서부 지역에 평화 유지군 명목으로 한 개 여단을 파견 중입니다. 중립이라고는 하지만 UFD 입장에서는 저희가 곱게 보이지 않겠죠."

그러니 괜히 MCTC의 다른 작전을 물고 늘어지는 거였다.

도영은 말없이 지평선을 보다가 물었다.

“가말은 어떻게 지내고 있다고 합니까?”

레기온 내부에 있는 정보원은 간간이 소식을 보내오고 있었다.

렉스는 대답했다.

“잘 지내고 있습니다. 여왕처럼 극진히 대한다더군요. 아이도 잘 자라고 있답니다.”

도영은 활주로를 보았다. 활주로 끝에는 해가 밝아오고 있었다.

“가말은 계속 저 해를 지켜봐왔겠죠. 수없이 뜨고 지는 걸.”

가말이 몇 번이나 혼자서 저 해를 봤을까 생각하면 기분이 이상해졌다. 슬프기도 하고, 고마워지기도 했다. 그 시간을 버텨준 게.

그리고 지금도 가말은 그 요새에서 혼자 버티고 있었다.

그때 이쪽으로 다가오는 기척을 느낀 렉스는 뒤를 돌아보고 말했다.

“오셨군요.”

도영도 돌아보았다. 격납고에서 전투복을 입은 대원들이 양복을 입은 한 남자를 위시하고 걸어오고 있었다.

렉스는 말했다.

“가봅시다. 우리의 유일한 희망이 뭐라고 할지.”

황토색 바람이 불어왔다.

그들이 이동해온 곳은 사방으로 아무것도 없는 황야였다. 멀리 수평선 가까운 곳에 흐릿하게 기지가 보였다. 기지 근처라고는 해도 그 정도로 먼 거리였다.

황야 가운데 접이식 책상이 펼쳐져 있었고, 그 위에 장비들이 세팅되어 있었다. 도영을 포함한 사람들은 거기서도 한참 떨어진 자리에 모여 서 있었다. 그 중앙에 있는 박사가 전용 핀셋으로 칩 같은 걸 들고 말했다.

"기밀이지만 얼마 전 저희 연구소에서 이걸 탈취당했습니다."

"이게 뭡니까?"

맥코이 하사가 물었다. 그러자 박사는 지금까지 무슨 이야기를 들었냐고 묻는 얼굴로 그를 보았다.

"말씀드릴 수 없습니다. 그게 기밀인 이유니까요."

"아."

그에 맥코이 하사는 머쓱한 듯 뒷머리를 긁적였다.

"본론으로 들어가죠."

도영이 말하자 박사가 계속 말했다.

"중요한 건, 얼마 전 UFD의 군사 연구 시설에서 이걸로 만든 무기가 대량으로 발견되었다는 점입니다."

"레기온이 탈취해간 게 말이죠."

휴 대위가 흥미롭다는 듯이 말하고, 도영은 허리에 손을 짚었다.

"UFD와 레기온 사이에 암묵적인 계약이 있다는 의미군요."

"UFD는 내전으로 시끄러우니까요. 자기들 땅 한구석을 쓰려고 하는 루아스들보다 그 루아스들이 제공하는 무기로 다른 파벌을 얼마나 때려잡을 수 있느냐가 더 중요하겠죠."

이교도보다 이단이 더 밉다는 논리는 옛날이나 지금이나 여전한 모양이었다.

박사는 이어 말했다.

"이게 가말 씨의 가슴에 들어간 폭탄의 원료일 가능성이 높습니다. 혈관 내부를 타고 흐를 수 있을 정도로 소형화가 가능하거든요. 그럼 모두 헤드폰을 쓰시고 물러나주십시오. 더요."

박사 말에 따라 모두 멀찍이 물러났다. 그리고 테이블이 보이지 않을 거리까지 갔을 때였다.

"폭파합니다."

박사가 말하고, 장비를 세팅해놓은 박사 팀의 프로그래머가 키보드를 누르자 빽 소리가 났다. 뭔가 단단한 것이 안에서부터 터지듯이.

그리고 테이블로부터 폭발이 일었다. 공기를 빨아들여 일순 공기가 흐르는 방향을 바꿀 정도로 거대한 폭발이었다. 사방에 뿌옇게 일어난 모래 먼지 때문에 바로 옆에 있는 사람도 제대로 보이지 않았다. 한동안 무슨 일이 일어난 건지도 알 수 없었다.

한참 후에야 파스스 연기가 가라앉기 시작했다. 그리고 연기가 걷힌 자리에, 운석이 떨어진 자리에 생기는 크레이터 같은 거대한 구멍이 나타나 있었다. 그에 맥코이 하사가 입을 떡 벌리고 기겁했다.

"이런 게 가말 씨의 가슴에 들어 있다고요?"

박사는 헤드폰을 벗으며 말했다.

"똑같은 제품은 아니니까 플러스, 마이너스가 있습니다. 주로 플러스죠. '적당히'라는 걸 모르는 놈들이니까요."

"이정도면 만 년을 산 루아스라고 해도 버틸 수 없을……."

한 중사는 저도 모르게 말하다가 도영이 듣고 있다는 걸 깨닫고 그를 흘긋 보았다. 도영은 꾹 입을 다물고 있었다. 눈이 분노로 일렁였지만, 도영은 더는 밖으로 화를 내지 않았다. 더 큰 핵폭발을 위해 우라늄을 응축시키듯이 모든 에너지를 속에 단단히 쌓아갈 뿐이었다. 가말을 구하기 전까진 어떤 것도 낭비할 수 없다는 듯이.

"그래서요?"

이내 도영은 지극히 냉정한 눈으로 물었다.

"이걸 어떡하면 무력화시킬 수 있습니까?"

가말은 보던 책을 툭 내던졌다. 이제 정말 책도 지겨웠다. 시간을 때우는 데에 있어서는 누구보다 전문가라고 자부하는데, 섬에서 나온 지 얼마나 됐다고 마냥 시간을 죽이는 일이 힘들었다. 그래서 한숨을 내쉬고 회랑 너머 정원을 바라보고 있으려니, 섬에서 살았던 적이 있었나 싶을 정도로 모든 게 멀게 느껴졌다.

요즘 라토는 정해진 시간에 라헬의 궁에서만 만날 수 있었다. 라토에게 특별히 해를 가하진 않았지만 만나는 동안에는 바로 옆에서 지켜보고 있었다. 숨만 다르게 쉬어도 눈치챌 수 있는 거리에서.

그때 갑자기 인기척이 느껴져서, 가말은 돌아보았다. 기둥 뒤에 일곱 살쯤 돼 보이는 인간 아이가 기웃거리고 있었다. 백인과 흑인의 혼혈이었는데, 큰 눈에 겁먹은 빛과 호기심이 섞여 있었다. 이곳에 있을 만한 인간 아이라면 아마 영원교 신도의 자식일 것이다.

가말은 아이를 보다가 충동적으로 손짓했다.

"이리 와."

아이는 자신에게 말하는 건지 확신하지 못하고 주변을 둘러보았다. 하지만 주변에 아무도 없자 주춤거리며 다가왔다.

가말은 조용히 기다렸다. 햇빛이 내려 그녀가 입은, 기하학적인 꽃무늬가 금수로 사금 가루처럼 박힌 비단 드레스 자락을 비추었다. 아이의 눈에 점차 두려움이 사라지고 호기심이 차올랐다.

아이는 비단 드레스에 감싸인 둥그런 가말의 배를 보고 물었다.

"있어요?"

역시 아이는 어느 아이나 귀엽고 순진했다.

"만져볼래?"

생각지도 못한 제안이었는지 아이는 놀랐다가 수줍게 고개를 끄덕였다. 가말은 빙긋이 웃었다.

"만져봐."

그러자 아이는 긴장감에 손을 쥐었다 펴고 살며시 가말의 배에 올렸다. 그 눈이 호기심으로 폭발할 듯이 반짝거렸다. 그에 가말은 웃으며 물었다.

"뭐가 느껴져?"

아이는 가말을 올려다보았다.

"메시아님이요. 저희를 영원한 지복의 나라로 이끌어주실 메시아님께서 계세요."

그 눈동자에 미처 보지 못했던 광신의 빛이 일렁였다. 가말이 흠칫 자리에서 일어나자 아이도 놀라 한 걸음 물러섰다.

"저리 가."

가말은 신음처럼 말했다. 이렇게 어린아이마저, 평범한 아이라면 단어의 뜻도 모를 말을 광신도처럼 하는 데 소름이 돋았다.

"나가!"

그때였다.

"죄송합니다, 사도님!"

드비나가 뛰어 들어오더니 몸을 던져 무릎을 꿇고 용서를 빌었다.

"부디 용서해주세요! 아직 사리를 분별하지 못하는 아이입니다! 잠깐 짐을 옮긴다고 문을 열어놨는데 거기로 들어온 모양입니다. 제 죄입니다!"

바닥에 엎드린 몸이 과할 정도로 벌벌 떨려왔다.

"일어나."

가말이 숨을 삼키고 말하자 드비나는 '정말로 이게 다인가?' 하듯이 슬그머니 눈을 들었다.

"데리고 나가줘."

그 말에 드비나는 가말이 마음이 변할까 싶었는지 얼른 아이를 데리고 사라졌다. 그제야 가말은 의자에 앉아 배를 감쌌다.

"소리 질러서 미안해."

쿠니스가 알려주지 않아서 성별은 알지 못했지만 베이비는 착했다. 투정을 잘 부리지 않고, 가끔 발차기하는 게 아니면 하도 조용해 가끔은 안에서 잘못된 건 아닌지 걱정이 될 때도 있었다.

가말은 다시 정원을 보았다. 고대 바빌론의 공중정원을 그대로 옮겨놓은 것처럼 화려하고 이국적인 식물이 가득한 아름다운 정원이었지만 여기서 베이비를 낳을 순 없었다. 이곳의 공기에는 비정하고 잔혹한 광신의 기운이 떠돌고 있었다.

'이대로는 안 돼.'

더는 기다릴 수 없었다. 도영에게 돌아가야 했다. 무슨 수를 써서라도.

그때 다시 누군가 들어오는 소리가 들리더니, 드비나가 나타나 물었다.

"따듯한 차라도 한 잔 드릴까요?"

"부탁해."

그러자 부엌으로 가서 차를 가져온 드비나는 차를 세팅하며 가말의 눈치를 보더니 말했다.

"자비를 베풀어주셔서 감사합니다."

"나 인간 안 먹어. 그렇게 떨 거 없어."

"다른 사도님들께서는…… 용서하지 않으셨거든요."

드비나는 그렇게 중얼거리며 시선을 떨구었다.

"다른 사도들이 있었어?"

그런 이야기는 들은 적이 없어 의외라 묻자 드비나는 고개를 끄덕였다.

"모두 가짜였지만요. 진짜로 임신을 할 수 있는 여자 루아스는 없었어요."

그러더니 드비나는 뭘 모르는 사람이 봤다면 순수한 경외심을 담은 것 같은 눈으로 가말을 보았다.

"진짜는 사도님뿐이십니다."

하지만 사도 같은 게 되고 싶을 리 없는 가말은 불편해하는 표정을 참지 못했다. 그러자 드비나는 살짝 고개를 숙였다.

"죄송합니다. 불편하게 해드렸군요."

그래도 드비나는 말이 통하는 편이었다. 다른 영원교 여자들은 가말이 불편해하든 말든 자기들의 사상이 너무나 빛나 차마 내뱉지 않고는 견딜 수 없다는 듯이 쏟아내는데, 드비나는 최소한 상대의 기분을 생각할 줄 알았다.

"여기, 차 드릴게요."

드비나가 차를 건네주었다. 가말은 차를 한 모금 마시고 말했다.

"너랑 이손은 평범해. 비교적."

"이손은……."

드비나는 말을 끌었다.

"이손은 제 친구였어요. 같이 자랐죠. 그리고 아버지께 선택받아 사제가 되었어요. 사제가 되는 데 성공하는 건 정말 드문 일인데, 천운이 따랐죠."

말로는 '사제가 된다'고 해도 결국 다른 루아스에게 물려 감염이 된다는 의미니까 감염에 실패할 가능성이 더 높았을 것이다.

"그런 식으로 사제가 되는 거야?"

가말이 묻자 드비나는 정신을 차린 듯 고개를 조아렸다.

"제가 쓸데없는 말을 드렸군요. 잊어주세요."

그 말에 신경 쓰지 않고 가말은 물었다.

"너도 사제가 되고 싶어?"

그러자 드비나는 고개를 저었다.

"여자는 사제가 될 수 없어요."

통계적으로 생존하는 데 유리한 개체가 감염에 성공하기 때문에 육체적인 힘이 더 강한 남자가 여자보다 루아스가 될 가능성이 높았다. 하지만 영원교 내에서 여자가 사제가 될 수 없다는 데에는 그 이유만이 아닌 성차별이 존재하는 느낌이었다. 편견일지도 모르나, 거의 남자만 루아스가 된다는 사실에 이상한 의미를 부여했을지도 모르는 일이었다. 단순히 건강한 성인 남자가 체력적으로 감염을 이길 가능성이 높을 뿐인데.

가말의 경우, 뱀파이어가 된 건 천벌이었다. 물론 뱀파이어가 되지 않았다면 도영을 만나지 못했을 테고 이런 좋은 세상이 온다는 사실도 몰랐을 테지만, 이렇게 생각할 수 있기까지는 삼천 년이나 걸렸다.

가말은 찻잔을 내려놓고 일어났다.

"라토 보러 갈래."

라헬의 궁에서만 라토를 볼 수 있기 때문에 매일 이 시간이 되면 그를 확인하러 가고 있었다.

"아."

그런데 드비나가 주춤하며 일어나는 걸, 가말은 빠르게 캐치했다.

"무슨 일 있어?"

그러자 드비나는 다급히 고개를 조아렸다.

"아닙니다."

석연치 않았지만 어차피 라토를 보면 해소될 궁금증이었다. 그래서 가말은 별말 하지 않고, 오히려 더 빠르게 라헬의 궁으로 향했다. 그리고 입구를 넘어가자 라헬의 집사가 그녀를 보고 멈칫했다. 하지만 곧 기색을 감추고 정중하게 고개를 숙여 인사했다.

"오셨습니까?"

"그 여자는?"

가말이 항상 라헬을 '그 여자' 이상으로 칭하지 않는다는 걸 알기에 집사는 별다른 말 하지 않고 안내해주었다.

라헬은 제 방 소파에 앉아 있고, 이손이 그 목에 난 상처를 봐주고 있었다. 목이 꺾이지 않은 게 신기할 정도로 시커멓게 멍이 터진 상처였다. 이런 상처를 남길 수 있는 건 프레스 기계가 아니라면 같은 루아스뿐이었다. 그것도 상당히 진심으로 목을 조른.

하지만 어쩌다가 저런 상처를 입었는지 가말로서는 알 바 아니었기에 바로 용건부터 꺼냈다.

"라토는?"

그러자 캐시는 옷을 올려 입으며 말했다.

"누가 또 저한테 이런 짓을 할 용기가 있을 거 같습니까?"

"라토가 그랬다고?"

가말은 의외라는 얼굴로 되묻다가 무슨 생각이 나 표정이 불퉁해졌다.

"라토한테 무슨 짓을 한 거야?"

캐시는 기가 차다 못해 어이가 없다는 표정을 숨기지 못했다.

"무슨 짓을 당한 건 이쪽입니다만."

"네가 라토한테 무슨 짓을 했으니 라토가 그랬겠지."

꼭 아이를 버릇없게 키우는 어머니 같은 투였지만 정확하게 사실을 꿰뚫어봐서 캐시는 할 말이 없었다. 가만히 보면 가말은 말투가 어눌해서 그렇지, 눈치가 빠르고 눈이 밝았다. 애초에 삼천 년을 살아남는 깜냥은 아무에게나 있는 게 아니라는 듯이.

아무튼 사실대로 말할 수 없는 캐시는 말을 돌렸다.

"이투하는 벌을 받고 있습니다."

"만약 라토를 다치게 했다면……."

"조심하세요. 배 속의 소중한 분이 듣고 있지 않습니까?"

라헬인 척하느라 비꼬는 투로 말했지만 사실 캐시의 진심이었다. 험한 말을 배 속의 아기가 듣기라도 하면 어쩌겠는가?

가말은 더 대화하고 싶지 않아서 물었다.

"라토는 어디 있어?"

어차피 라토의 안위를 확인하지 않고서는 가말이 얌전히 있지 않을 테니, 캐시는 말했다.

"이손."

"네."

"이투하에게 모셔다드려."

그러자 이손이 일어나 다가와 바깥쪽으로 손짓했다.

"안내해드리죠."

가말은 캐시를 한 번 보고 바깥으로 향했다.

이손이 그녀를 데려간 곳은 지하로 통하는 계단이었다.

계단을 내려갈수록 가말은 가슴이 뛰었다. 혹시 상상하기도 싫은 끔찍한 모습을 한 라토를 볼까 봐…….

비로소 계단이 끝나고 넓은 공간이 나왔다. 복층으로 된 공간이었는데 아래로 내려가는 계단이 벽을 둘러 선형으로 이어져 있었다. 지하에 이런 공간이 있다니, 이 요새는 도대체 얼마나 크고 복잡한지 알 수 없었다.

그 계단을 내려가, 감옥 안에 앉아 있는 인영을 알아보았다.

"라토!"

가말은 달려갔다. 정신없이 라토를 훑어보자 일단 겉보기에는 무사해 보였다.

"마티."

두 사람은 철창 사이로 손을 잡았다. 가말은 흔들리는 눈으로 말했다.

"왜 그랬어. 다치지 않았어?"

"안 다쳤어. 미안해. 탈출 방법은 찾지도 못하고 괜히 소란만 피워서."

아까 온 이손이 차갑고 점성이 있는 액체를 바르자 화끈거리던 등이 거짓말처럼 진정되었다. 상처는 아직 남아 있겠지만 웬일로 옷을 가져다준다 싶었다. 슬슬 가말이 궁을 방문해서 라토를 찾을 거라고 예상했으리라.

가말은 꾹 이를 물었다.

"지금 당장 쿠니스에게 가서……."

지체할 것 없이 돌아서려는데 라토가 손을 꽉 쥐었다.

"그 자식한테 아무것도 부탁하지 마."

특히 제 문제 때문에 가말이 쿠니스의 얼굴을 마주하는 일은 원치 않았다.

라토는 어깨를 으쓱였다.

"얌전히 굴면 곧 꺼내주겠지."

사실 그부터 과연 그럴지 의심스러웠지만 가말을 안심시키기 위해 말할 수밖에 없었다. 가말은 이손을 보고 말했다.

"라토를 꺼내줘."

"그건 제가 할 수 없는 일입니다."

이손은 공손하게 대답했다.

"그럼 나도 라토 옆에 있을 거야."

가말은 이미 결심한 투였지만 라토가 손을 살짝 밀며 말했다.

"가서 쉬어. 베이비를 생각해야지."

라토는 베이비의 안위를 최우선으로 생각해야 하는 상황에 제 문제에 매몰되어 있었던 사실을 반성했다. 그가 여기 갇히게 되면서 가말도 더 자유롭게 행동하지 못할 테니, 지금부터라도 라헬 그 여자에게 순종적으로 굴어 여기서 나가야 했다.

이손은 여전히 공손하게 말했다.

"지하는 차고 습기가 많습니다. 메시아의 육체적인 부분에 대해서는 저희도 모르는 게 많습니다. 최대한 몸을 조심해주셔야 합니다."

설마 가말이 이 타이밍에 임신할 거라고는 아무도 예상하지 못했기 때문에 ISLE 쪽에서도 임신이나 아이에 관해 말해준 게 없었다. 그래서 가말은 베이비가 보통 인간이나 루아스와 얼마나 다른지, 뭘 조심해야 하는지도 알지 못했다. 하지만 라토를 여기 두고 가자니 차마 발길이 떨어지지 않았다. 그 마음을 눈치챈 라토가 난색이 섞인 얼굴로 웃었다.

"미안해. 마티를 보호해준다고 따라와서 걱정만 끼쳐서. 난 항상 그러네."

"라토."

단호한 투였다.

"잊지 마. 마티는 너희의 모든 걸 받아들일 수 있어. 나한테는 미안해할 필요 없어."

밖으로 나오자 캐시가 난간에 걸터앉은 채 기다리고 있었다. 손에 담배는 쥐고 있었지만 피우는 상태는 아니었다. 가말은 그녀를 상대하고 싶지 않아 차갑게 지나갔다. 그런데 뒤에서 들려온 말이 뒤채를 잡았다.

"이 모든 일이 불합리하다고 생각하십니까? 하지만 이 모든 일이 일어나지 않도록 당신이 한 일은 뭐였죠?"

멈칫한 가말은 돌아보았다. 그러자 캐시는 구둣발 소리를 내며 다가와 앞에 섰다. 키는 그녀가 훨씬 컸기 때문에 가말은 자존심이 상했지만 올려다볼 수밖에 없었다.

"숨고, 달아나는 거? 아들들 뒤에 숨어 일이 끝나기를 기다린 거? 저토록 충성스러운 아들들이 밖에 나가 싸우고 죽어가는 동안 말이죠."

그러고는 캐시는 라헬로 살면서 버릇이 된 비웃음을 짓고 갔다. 하지만 가말은 그녀를 붙잡을 수 없었다.

아픈 곳을 찔렀다.

"마티, 우리가 쿠니스를 없앨게."

그러면서 섬을 뛰쳐나가는 라토와 토라를 가말은 내내 말렸다. 겨우 가족이 된 둘마저 잃을까 봐 걱정됐기 때문이다. 하지만 기운찬 성인 아들들은 가말의 생각대로 컨트롤이 되지 않았다. 게다가 사타디 부족의 젊은이들은 오히려 라토와 토라를 따르며 이투하 같은 걸 만들어서 종내에는 MCTC와 협력하기 시작했다.

사실 그때 이미 쿠니스는 국제 테러리스트 리더의 악명을 떨치며 정의를 위해서라도 누군가가 없애야 하는 존재가 되어 있었다. 그래서 가말도 이투하의 활동을 더 적극적으로 말릴 수 없었다고 하지만, 분명히 그건 비겁한 선택이었다. 다른 이들의 손에 제 업보를 떠넘긴 짝이었으니까.

그런 생각을 하며 방에 돌아갔는데, 시중을 들어주는 영원교 여자가 들어오는 소리가 들렸다.

가말은 여자가 움직이는 모습을 보다가 물었다.

"왜 루아스를 좋아해?"

그러자 여자는 부드럽게 웃고 말했다.

"루아스님들은 영생을 나누어주는 천사님들이니까요. 오로지 선택받은 자들만 루아스가 될 수 있습니다. 그리고 선택받은 자들은 목자가 되어 저희 신도들을 이끌어주죠, 메시아께서 강림하실 때까지."

여자의 눈 깊은 곳에도 아까 아이와 같은 맹신의 빛이 있었다. 그건 자신이 믿는 진실을 추호도 의심하지 않는 신념의 빛이었다.

가말은 지나친 관심은 가지지 않은 듯 보이도록 노력하며 다시 물었다.

"메시아가 강림하면?"

"약속의 날이 도래하면 메시아께서는 우리를 영원히 살게 해주실 겁니다."

꼭 뇌에 각인되어 있는 말을 그대로 내뱉는 투였다.

결국 영원교의 생각은 제 베이비가 베타-루아스 바이러스 그 자체라는 거였다. 100% 감염에 성공하는. 그러니까 믿는 것이다. 베이비가 물기만 하면 마법으로 변신하듯이 자신들도 뱀파이어가 될 거라고, 그렇게 영원히 살게 될 거라고.

결국 수은을 마시면 불로장생할 수 있다는 진시황의 그릇된 믿음처럼 불로불사를 찾다 못한 간절한 마음이 '메시아'를 창조한 것 같았다. 여자의 배에서 태어나는, 태생부터 '진짜' 뱀파이어라면 물기만 해도 상대를 뱀파이어로 만들 수 있을 거라고. 딱히 근거가 있는 건 아닐 테지만 믿고 싶은 대로 믿는 인간의 능력은 때로 근거나 논리를 초월하지 않던가.

라토는 영원교를 두고 '가까이해서 좋을 게 없는 자들'이라고 했다. 그건 가말도 알았다.

"너희 교주를 만나고 싶어."

하지만 이용할 수 있을 것 같았다.

18
이이제이

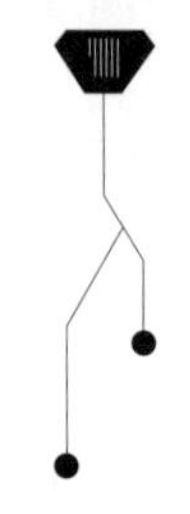

“너희 교주를 만나고 싶어.”

가말이 이런 말을 할 거라고는 생각하지 못했는지 여자는 깜짝 놀라 고개를 조아렸다.

“그건, 송구합니다. 제가 결정할 수 있는 문제가 아닙니다.”

그러고는 상기된 얼굴로 덧붙였다.

“하지만 꼭 아버지께 전해드리겠습니다.”

영원교인들은 교주를 아버지라고 불렀다.

“기뻐 마지않아 하실 겁니다. 사실 아버지께서도 사도님을 알현하고 싶어 하시는데 레기온의 총수님께서…….”

옆에 있는 나이 든 여자가 마뜩찮은 듯 쉿 소리를 냈다. 그러자 여자는 바로 입을 다물었다.

그 순간, 가말은 영원교와 레기온이 서로를 감시하고 있다는 느낌을 받았다. 이 요새 내에서 레기온이라고 우위에 서 있는 게 아니고, 영원교라고 자유로운 게 아니었다. 섬세하고 복잡한 거미줄에 얽혀 있는 것처럼 서로를 속박하고 있었다.

"이만 가보게."

나이 든 여자가 말하자 여자는 일어나 물러났다. 가말은 그 모습을 보다가 말했다.

"근데 있잖아. 지금은 21세기야."

"네?"

역시 여자는 이해하지 못했지만.

가말은 어깨를 으쓱였다.

"나보다 구식이면 안 돼."

식사 테이블에 앉은 쿠니스는 의아해하는 얼굴로 가말을 보았다.

「영원교의 교주를 만나고 싶다고?」

가말은 고개를 끄덕였다.

「만나보고 싶어.」

아무리 생각해봐도 이 요새에서 쿠니스의 눈을 피해 교주를 만날 방법은 없었다. 피해서 만났다가 들키면 또 라토에게 몹쓸 짓을 할 수도 있었다. 그렇다면 방법은 한 가지뿐이었다. 당당하게 만나는 것.

「네가 영원교의 교주는 왜?」

쿠니스는 크게 관심이 없는 어조로 물었다. 하지만 가말이 그에게 뭔가 부탁하는 건 지난 몇 달간 처음이었기 때문에 살짝 고무된 상태였다. 그래서 그런 마음을 감추기 위해 오히려 더 차갑게 말했다.

「여자들이 종교에 잘 빠지긴 하지만 영원교는 네게 위로가 될 만한 종교는 아니야. 폐쇄적인 자기들만의 집단이지.」

꼭 청동 무기를 쓸 때 남자 같은 말이었지만 가말은 별로 신경 쓰지 않았다.

「영원교의 교주는 학식이 있는 사람이라고 들었어. 특히 비의와 밀교에 조예가 깊다고. 나도 그런 쪽으로는 꽤 대화할 거리가 있으니까. 옛날엔 널 피하느라 그쪽에 몸을 의탁한 적도 있었고.」

안 그래도 영원교의 교주가 계속 가말을 만나게 해달라고 요구해와서, 쿠니스로서도 마냥 거절할 수만은 없는 상태였다.

애초에 영원교는 그를 돕는 조건으로 가말 곁에 영원교 여자들을 붙여놓는 일과, 가말과 주기적으로 만나는 걸 요구했다. 첫 번째 요구사항은 실행했지만 두 번째는 가능한 한 미루고 있었다.

사실 쿠니스라고 좋아서 그 사이비들을 곁에 두고 있는 게 아니었다. 그런 미치광이들이 필요할 정도로 세력이 많이 약해져서 억지로 끌어안고 있을 수밖에 없었기 때문이다. 3년 전 그를 잡아넣은 뒤로 MCTC는 승승장구했고, 그의 많은 협력체 중 하나에 불과한 무기상이었던 로열 스타도 그새 세를 불렸다.

영원한 세월을 허락받은 뱀파이어들이 사는 세상이라지만 변화는 어느 때보다도 빨랐다. 고작 3년 만에 게임의 판도가 완전히 바뀌어서, 기울어진 저울의 수평을 맞추기 위해 쿠니스는 모두가 쓰기 꺼려 하는 위험한 패까지 끌어들일 수밖에 없었다. 그게 바로 영원교였다.

하지만 영원교처럼 목적과 욕망이 뚜렷한 자들은 차라리 다루기 쉬운 면이 있었다. 영원한 삶 같은, 기약은 없지만 곧 이루어지리라는 희망만 계속 채워주면 되니까.

「좋아.」

쿠니스는 마침내 말했다.

「하지만 딱 한 시간이야.」

충분하지는 않아도 우선 기회를 얻어냈다는 게 중요해서, 가말은 고개를 끄덕였다. 그러자 쿠니스는 덧붙였다.

「혹시 싶어 말하지만 영원교를 이용할 생각이라면 다시 생각하는 게 좋을 거야. 영원교는 다른 데에는 관심이 없어. 메시아를 통해 자기들이 영원히 살 생각뿐이지. 쓸데없는 기대는 버려.」

그러고 쿠니스는 일어났다. 그런데 문가에 다 왔을 때쯤 뒤에서 가말이 말했다.

「혹시 말이야.」

쿠니스는 돌아보았다. 가말은 아름답고 다정한 모습이었다. 아이를 가지고 얼굴에 광채처럼 감도는 온화한 빛은 더 깊어져, 마치 세상의 불같은 느낌이었다. 신이 세상에 영원히 아름다운 무언가를 가져다놓고 싶어서 가말을 죽지 않게 했다고 과언이 아닐 정도로. 그러면서도 결연한 표정은 쿠니스가 알던 예전의 수줍고 우물쭈물하던 소녀가 아니었다.

저절로 발치에 무릎을 꿇고 싶어지는 모습으로, 가말은 말했다.

「왜 그 사람들이 자신들이 믿는 걸 믿는지 생각해본 적은 있어?」

그에 쿠니스는 누가 봐도 비웃음이 분명한 웃음을 지었다.

「영원히 살고 싶어 하는 건 인간의 본성이야. 그걸 위해서 어디까지 할 수 있는지는 각자 다르지만.」

다시 봐도, 영원교의 교주는 생각과 다른 얼굴이었다. 눈빛은 온화하고 얼굴에는 건강한 빛이 흘렀다. 그리고 불러온 가말의 배를 보는 눈이 이채를 띴다. 편견을 가지지 않고 본다면 그리 나쁜 느낌은 아니었다. 경외와 감탄을 담은 눈이었다.

「뵙게 되어 영광입니다. 찾아주실 거라고 생각했습니다.」

가말의 방에 찾아온 교주는 유창한 라틴어로 말했다.

「아니면 아람어 쪽이 더 편하신가요?」

그러면서 역시 유창한 아람어로 물었다. 그 시대 사람이라고 해도 믿을 정도의 실력이었다.

「라틴어가 나아.」

소파에 앉아 있는 가말은 대답하고 맞은편에 앉은 교주를 훑어보았다.

「젊네.」

「감사합니다. 이래 봬도 다음 달에 환갑입니다.」

그 대답에 가말은 교주를 의아하게 보았다.

「인간 아냐?」

환갑은커녕 사십도 갓 됐을까 싶어 보이는 얼굴로 교주는 부드럽게 웃었다.

「인간이죠.」

「근데 왜 이렇게 젊어?」

「감히 신앙의 힘이라고 말씀드리고 싶습니다. 제겐 근심이 없죠. 걱정도 없습니다. 오로지 신을 경배하는 마음만 있습니다.」

「네 신이 누군데?」

「오직 한 분뿐입니다.」

그러며 교주는 나직하면서도 뜨거운 어조로 말했다.

「여러 사람들이 여러 이름으로 부르지만 결국 단 하나뿐인 그분입니다. 심지어 바알이나 데미우르고스마저도 그분의 다른 이름일 뿐이니까요.」

가말은 흥미로워 말했다.

「그런 해석이 이단인 건 알아?」

「저희를 이단이라고 하는 그자들이 저희에겐 이단입니다. 숫자가 많다는 게 꼭 옳다는 말은 아니지 않습니까?」

「대다수가 믿는 데는 이유가 있지 않을까?」

그러자 교주는 온화하게 웃었다.

「저와 신학 논쟁을 하려고 보자고 하시진 않았을 거라고 생각합니다.」

생각보다 음흉하거나 음침하단 느낌은 아니었지만 사람이 기민해 보였다. 사이비 교주보다 정치인이었다면 어울렸을 것 같았다.

가말은 물었다.

「궁금한 게 있어. 영원교는 왜 '사도'가 있다고 믿는 거야?」

「신께서 세상을 창조하는 모습을 본 사람이 없다고 해서 그 사실을 모르는 이가 있습니까?」

「적어도 예언자들을 통해 이야기했다고 하긴 하지.」

그 타이밍에 교주는 차를 한 모금 마시고 이야기를 시작했다.

「부끄럽습니다만…… 전 어렸을 때부터 자주 아팠습니다. 아무도 원인을 찾지 못하는 열병을 앓았죠. 사람들은 제가 미쳤다고 했고, 또는 귀신이 들렸다고 했습니다. 하지만 정작 전 그런 게 아니란 걸 알았죠. 제 귓가에 속삭이는 목소리는 귀신 따위의 것이 아니었습니다. 신이라면 필경 날 이렇게 고통스럽게 하시는 이유가 있을 것이다, 생각했습니다.」

그러면서 교주는 가말을 지그시 보고 속삭였다.

「그리고 저는 끝내 해답을 얻었습니다.」

「예언자를 자처하는 사람들은 여럿 만나왔어. 네가 진짜 예언자라는 증거가 있어?」

요즘에는 좀 드물지만 옛날에는 길 가다 차이는 게 자칭 예언자라는 사람들이었다. 하지만 가말이 만나본 사람들 중에 진짜 예언자는 없었다, 단 한 명도.

교주는 미소를 지었다.

「사도님께서 저희에게 오셨으니까요.」

「미안한데 난 납치당했어.」

「필연의 끈은 어떻게든 맺어지기 마련입니다. 사도께서 오셨고 저희가 이렇게 함께 있다는 사실 자체가 결국 예언이 이뤄졌음을 의미하죠.」

뒤에서 영원교 여자들은 교주의 말이 거의 복음이라도 되는 표정을 짓고 있었다. 감동해서 당장에라도 무릎을 꿇고 울 것 같았다.

가말은 교주를 보다가 물었다.

「그럼 내가 뭘 해주길 바라?」

교주는 고개를 저었다.

「아무것도요. 그저 메시아를 건강하게 낳아주시기만 하면 됩니다. 저희는 그분의 충실한 종이자 영원한 벗, 믿음직한 군대가 될 것입니다.」

그러고는 우아한 몸짓으로 일어나, 가말이 앉아 있는 소파 밑의 바닥에 무릎을 꿇었다. 그리고 가말의 손을 잡고 속삭였다.

「테렌티, 앗세 수이 에우스타키스.(보라, 메시아께서 오신다.)」

고대 그리스인들이 제우스 소테르(구원자)를 보듯이 경외심에 넘치는 눈동자였다.

「처음 들어보는 언어인데.」

가말은 말했다.

「신께서 저희에게만 주신 언어니까요.」

에스페란토처럼 그들이 직접 만들어낸 인공 언어인 모양이었다.

그때 밖에서 한 레기온 대원이 들어와 말했다.

"시간이 끝났습니다."

늘 레기온 대원들이 가말을 따라다니긴 하지만 직접 말을 걸거나 나서는 법은 없었다. 그녀의 행동반경을 제약할 뿐이었다.

그런데 나서서 교주와 만나는 시간을 정확히 제약한다는 건, 확실히 레기온과 영원교가 단순한 협력 관계가 아닌 긴장 관계에 있다는 말이었다.

가말이 먼저 일어나며 말했다.

「즐거웠어.」

교주는 따라 일어나서 묵례했다.

「오히려 제가 더 즐거웠습니다.」

「다음에 또 봐. 볼 수 있다면.」

그리고 가말이 방안으로 사라지자 레기온 대원이 교주를 바깥으로 안내했다. 그에 교주는 밖으로 나와 복도를 걸어갔다. 그를 발견한 영원교 신도들이 옆으로 비켜 허리를 숙여 인사했다. 그들을 지나 구름다리를 통해 다른 건물로 건너가 여러 층 올라가서야 교주는 제 방에 도착했다.

탁. 문이 닫히고, 혼자가 된 교주는 쥐고 있는 손을 폈다. 거기에 사 등분으로 접은 쪽지가 있었다. 교주는 방에 아무도 없다는 사실을 다시 확인하고 쪽지를 펼쳐보았다.

- 밤에 아무도 모르게 만나러와.

달이 높이 떠있었다. 가말은 창가에 서서 달을 지켜보며 가만히 가슴에 손을 얹었다. 가끔은 폭탄이 정말 들어 있는지 알 수 없을 정도로 심장은 조용했다.

끽. 그때 문이 열리는 소리가 들렸다.

「사도님.」

가말이 돌아보자, 방으로 들어온 교주가 고개를 숙였다가 들며 부드러운 어조로 말했다.

「부디 제게 이토록 큰 위험을 감수하게 하신 충분한 이유가 있길 바랍니다. 제게도 레기온의 눈을 따돌리는 일은 쉽지 않았던…….」

가말로서는 레기온과 영원교 사이에 어떤 이해관계가 있는지는 몰랐지만 이 요새에서 상당한 위치에 있는 영원교의 교주라면 어떤 식으로든 만나러올 거라고 생각했다. 이러나저러나 그에게 자신은 '사도'였으니까.

「꿈속에서 아기 천사가 제게 왔습니다.」

그렇게 말하는 가말이 서 있는 자리에 달빛이 내리쬈다. 신비해 보이도록 일부러 고른 자리였다. 과연 올바른 자리 선정이었는지 교주는 갑자기 울 것 같은 표정이 되더니 덥석 가말의 손을 잡았다.

「성령이 임하셨군요.」

생각보다 교주가 격한 반응을 보여 가말은 당황했지만 덩달아 그의 손을 잡았다.

「아기 천사는 믿음이 있는 자들 가운데 절 약속의 땅으로 데려다줄 진짜 신도들을 찾으라 했습니다.」

사실 가말에게 연기하는 일쯤은 어렵지 않았다. 안 그래도 예전에는 오랫동안 인간인 척 연기해왔기 때문이다. 그리고 한창 종교가 유행할 때는 이런 말투를 쓰는 사람들을 자주 봐와서 따라 하기 어렵지 않았다.

교주는 수태고지 그림 속에 나오는, 천사 가브리엘로부터 예수가 태어날 거라는 예언을 듣는 마리아처럼 감격에 찬 얼굴로 가말을 우러러보았다. 그런 그를 내려다보며 가말은 말했다.

「또한 아기 천사는 신도의 모습을 빌린 불신자들을 경계하라고 경고했습니다. 신도여, 진실의 눈을 뜨십시오.」

「그게…… 무슨 말씀이십니까? 저희의 준비가 미흡하였나이까?」

교주는 설사 그랬을까 싶어 극도로 두려워하는 기색이었다. 그에 가말은 주변을 둘러보고, 목소리를 낮춰 속삭였다.

「사방에 적들이 가득합니다.」

「그러합니다. 그래서 저희는 이렇게 견고한 요새에 사도님을 모시…….」

가말은 교주의 손을 꽉 쥐어 그가 하는 말을 막았다.

「레기온은 가짜 신도들입니다. 그리고 기다리고 있습니다. 메시아의 탄생을 저지하여 진정한 신자들이 지복의 나라에 들어서는 일을 막기 위해.」

그러자 교주는 눈을 부릅떴다. 가말은 이어 말했다.

「레기온은 사도를 억압하고 메시아의 탄생을 저지할 적그리스도 같은 자들입니다. 보십시오. 메시아의 탄생이 저 불신자들에게 무슨 이득이 되겠습니까?」

그 말에 교주는 자신이 속고 있었다는 사실을 깨닫고 제 눈을 가리던 미몽으로부터 깨어난 사람처럼 충격을 받은 눈이었다. 그러고는 희미하게 어깨를 떨어, 가말은 하나는 알 것 같았다. 사이비인지는 몰라도 교주가 제 신앙에 꽤 진심이라고 말이다.

「그리하여 그 가짜 신도들은 뱀 같은 혀로 진정 믿음이 있는 자들을 속이고 있습니다.」

말하며 가말은 교주의 눈을 깊이 들여다보았다.

「메시아는 제 태내에 임했습니다. 그대들이 믿어야 할 진정한 사도는 누구입니까?」

◇◇◇

"드디어 내 기도가 보답을 받았구나."

방에 돌아온 교주는 흥분에 달떠 보였다. 벅차올라 어쩔 줄 몰라 하며 그가 돌아보는 곳에 이손이 서 있었다. 푸르스름한 달빛 아래 그는 빛은 듯이 아름다웠다.

"진정한 사도께서 오신 거다."

교주가 빙긋이 웃으며 손을 뻗었다.

"이리 오렴."

이손이 말없이 다가오자 교주의 눈에 온기가 스몄다.

"오늘도 아름답구나, 내 천사야."

교주가 속삭이며 매끄러운 턱을 쓸었다.

"널 천사로 만들어준 사람이 누구지?"

이손은 정면을 보며 무표정하게, 그러나 목소리만은 부드럽게 대답했다.

"아버지이십니다."

옷깃 사이로 손이 파고들었다. 그리고 헐떡이는 숨이 귓가에 흩어지며 교주가 아래로 내려갔다.

위에서 남의 일인 듯 그를 내려다보는 두 눈동자가 싸늘했다. 하지만 그 싸늘함은 뜨거운 증오보다 바닥에 기어 다니는 벌레를 보는 듯한 무관심이 섞인 혐오감에 가까웠다.

"위험한 행동을 하시는군요."

혈압계를 조작하고 있는 이손이 눈을 내리깐 채 말했다. 가말은 검진을 하러 온 그를 보았다.

그녀와 교주가 만난 일을 알고 있는 모양이었다. 하지만 이손은 영원교니까 쿠니스에게 둘이 만난 걸 말했을 거라고 생각하진 않았다.

"계시를 받았을 뿐이야."

그 말에 이손은 피식 웃었다.

"계시인가요."

가말은 흘긋 문가를 보았다. 보통 때는 영원교 여자들이 한시도 눈을 떼지 않고 지키고 있는데 지금은 이손이 있어서 그런지 여자들이 보이지 않았다.

"말씀하셔도 됩니다."

가말이 뭘 확인하는지 눈치챈 듯 이손이 말했다. 그에 가말은 그를 보고 물었다.

"너, 정말 영원교를 믿어?"

꼭 계시라는 단어를 비웃는 듯한 태도에 왠지 이손이 '진짜' 영원교도가 아닐지도 모른다는 생각이 들었다.

하지만 이손은 태연하게 말했다.

"부모님께서 영원교였기 때문에 전 태어났을 때부터 영원교 안에 있었죠. 그리고 교주에게 선택받아 사제가 되었습니다."

그러니까 누구보다 진정한 영원교인이라는 말인지, 그러고는 더 말이 없었다.

역시 이손이 배교자이길 바라는 건 허무한 바람이었다. 그래서 가말은 고개를 돌렸다.

교주…….

가말은 멈칫했다. 모든 영원교인들은 교주를 '아버지'라고 불렀다. 하지만 방금 전 이손은 그냥 '교주'라고 했다.

그걸 깨달은 가말은 다시 이손을 보았다. 그리고 여전히 속을 들여다볼 수 없는 표정을 한 그를 물끄러미 보다가 말했다.

"날 도와주지 않아도 좋아. 그냥 하나만 대답해줘."

"말씀하십시오."

"혹시 내 가슴에 있는 폭탄, 수술로 제거할 수 있어?"

"그건……."

가말이 무슨 생각을 하고 있는지 깨달은 듯 이손은 놀란 얼굴로 말하다가 입을 다물었다. 그리고 잠깐 말이 없다가, 비로소 다시 입을 열었다.

"결론부터 말씀드리면, 가능합니다."

"이이제이로군."

제 서재의 책상에 앉아 있는 캐시가 중얼거렸다.

오랑캐로 오랑캐를 친다, 가말이 전술을 알고 행동한 것은 아닐 테지만 레기온와 영원교 사이에 긴장감이 흐르고 있다는 걸 정확하게 간파하고 둘 사이를 갈라놓으려고 한 모양이었다.

그래도 이렇게 돌발행동을 할 줄은 몰랐는데, 저번에 자신이 한마디 한 것 때문일까? 그렇다면 책임감을 느끼지 않을 수 없었다. 단지 라토가 이래저래 고생하는 걸 보니-비록 불가피하게 그 고생을 자신이 시키고 있어도- 마음이 아파 저도 모르게 한마디 했을 뿐인데 말이다.

"그래도……."

캐시는 피식 웃고 말았다. 사도로 추앙받는 가말이니까 가능한 방법이었지만 그런 걸 생각했다는 자체가 꽤나 발칙하고 대범했다.

"연기를 제법 천연덕스럽게 하시더군요."

"그러게. 그런 말투는 어디서 배우신 걸까?"

말하며 캐시가 고개를 들자, 책상 앞에 이손이 서 있었다.

캐시는 말했다.

"저번에 드페르 소령님 팀이 탈출할 때 잘 해줬어. 저격 실력이 더 좋아진 거 같아."

이손은 차분하게 말했다.

"가슴에 있는 폭탄에 대한 정보를 MCTC에 제때 전달하지 못해서 일이 복잡해졌군요."

"가슴에 폭탄을 넣기 전에 가짜로 바꿔치기할까 생각도 했지만 그랬더라면 가방을 관리했던 내가 당장 의심받았겠지."

그래서 쿠니스가 가말에게 폭탄을 주사하는 걸 바로 옆에서 보면서도 막을 수 없었다.

"하지만 그 덕에 대공이 라헬을 신임하기 시작했으니 얻은 게 아주 없는 건 아냐."

중얼거린 캐시는 이손을 보고 화제를 돌렸다.

"교주가 만지는 게 두지 마. 이제 그럴 힘이 없는 것도 아니고."

이손은 무던히 대답했다.

"괜찮습니다, 만지는 거 정도는. 옛날처럼 넣을 수 있는 것도 아니니까요."

"……나도 뭐라고 대답해야 할지 알 수 없는 어두운 유머네."

캐시가 낮게 중얼거리자 이손은 어깨를 으쓱였다.

"이런 유머를 던질 수 있는 재미라도 있어야죠. 그리고 지금 교주는 제 몸보다 제가 가지고 있는 불사를 더 갈구하는 거니까요. 그걸 못내 탐욕스럽게 보면서 헐떡거리는 걸 보고 있으면 카타르시스가 느껴지거든요. 정말 감염에 성공하나 시험 삼아 다른 사제한테 물어보게 한 제 장난감이 '불사의 천사'가 되는 데 성공할 줄은 몰랐겠죠."

그러며 겨우 무표정한 얼굴을 풀고 살짝 웃는 얼굴이 섬뜩했다.

캐시는 고개를 저을 수밖에 없었다.

"어두운 과거가 널 삐뚤어지게 한 거야?"

이손은 피식 웃었다.

"아무렇지 않게 그런 걸 묻는 대장님이 좋습니다."

"난 아무렇지 않게 그런 이야기를 하는 네가 싫다. 드비나를 생각해서라도 좀 맑고 바르고 고운 걸 생각해 봐."

"그러려고 노력하고 있습니다. 얼마 전에는 여길 나가면 언덕 위에 집을 짓기로 했습니다."

"그건 너무 오그라드는 감성 아냐?"

"드비나가 그렇잖아요. 심지어 하얀 집이라고요."

말은 그렇게 해도 이손은 희미하게 웃고 있었다. 드비나와 그 이야기를 할 때가 떠오른 모양이었다.

캐시가 갑자기 진지한 얼굴로 말했다.

"미안해. 당장 교주를 죽여주지 못해서."

이손은 바로 별 기색이 없는 얼굴로 돌아가서 대답했다.

"그래 주시길 바라는 것도 아닙니다. 쓰레기도 그나마 있는 제 역할은 다 하고 죽어야죠. 어차피 교주가 죽는 모습은 꼭 이 눈으로 지켜볼 겁니다."

캐시는 절레절레 고개를 저었다.

"역시 어두워. 이런 아이로 키운 적은 없는데 말이야."

"대장님과 제가 만난 건 고작 몇 달 전이었는데요."

쿠니스가 영원교를 끌어들여 요새에 들이면서 둘이 만났기 때문이다.

캐시는 교주가 사제들 중에서도 유난히 이손을 아끼며 곁에 두는 걸 봤고, 악당의 냄새를 맡는 그녀의 능력은 비상하다 할 만한 수준이었다. 그리고 교주가 이손이 예상치 못하게 뱀파이어가 되기 전까지 저질러온 역겨운 짓을 알게 된 캐시는 혼자 활동한다는 절대적인 룰을 깨고 이손에게 손을 내밀었다. 레기온을 해체하는 일을 도와준다면 기필코 교주의 머리통을 박살 내주겠다고.

도와주는 대가로 이손이 바라는 건 딱 하나였다. 그와 드비나가 영원교의 손아귀에서 벗어나 살게 해주는 것.

레기온이나 영원교가 건재한 상황에 단순히 이 요새에서 빼내주기만 해서는 의미가 없기 때문에 이손은 기꺼이 캐시를 도왔다.

"말이 그렇다는 거지."

캐시는 손을 내젓고 말했다.

"아무튼 누가 보기 전에 이제 가 봐. 조심하고."

이손은 묵례하고 몸을 돌렸다.

"이손."

그런데 문을 나가려 할 때 캐시가 불렀다.

"다시 한번 고마워, 도와줘서."

"고맙습니다. 여기 잠입해줘서."

캐시가 아니었다면 아직 영원교에서 어떻게 벗어나야 할지 몰랐을 테니까.

말하고 이손은 방을 나왔다. 레기온 대원들이 스쳐 지나갔지만 라헬 대장의 방에서 나오는 그를 전혀 의심하는 눈으로 보지 않았다. 이손은 이 요새에서 루아스를 진찰할 수 있는 유일한 의사였기 때문이다.

복도를 지나가는, 세탁 바구니를 들고 가는 여자들 사이에 드비나가 있었다. 두 사람은 눈짓으로 인사를 건네고 조용히 스쳐 지나갔다.

지금은 서로 할 일에 집중할 때였다. 이곳을 나가기만 하면 영원히 누구의 눈치도 보지 않고 함께할 수 있으니까.

가말은 식탁에 올려져 있는 카리 열매를 보았다. 몇 번 식탁에 올라오는 걸 봤지만 여태 단 한 번도 먹은 적은 없었다.

그때 그녀가 열매를 하나 집어 먹자 맞은편에서 식사하고 있는 쿠니스는 놀랐지만 애써 내색하지 않았다.

가말은 무심한 척하는 쿠니스를 보며 생각했다. 그는 자신이 이 요새를 장악하고 있다고 생각하는지 모르겠지만, 결국 사람이 모이는 곳에는 각자의 욕망과 이해관계가 존재할 수밖에 없었다. 쿠니스가 그걸 인정하지 못하고 자신의 욕망만이 가치가 있고 중요하다는 듯이 행동하기 때문에 영원교도 자기 욕구의 실현을 위해 얼마든지 그녀를 도울 준비가 되어 있었다.

그런 생각을 하며, 가말은 다소 마음이 풀린 모습을 보여 쿠니스를 방심하도록 만들기 위해 한담을 나눌 만한 주제를 찾아 말했다.

「처음에는 네가 내게 도영을 보냈다고 생각했어. 섬에 있을 때.」

쿠니스는 같잖다는 투로 대답했다.

「로열 스타가 멋대로 한 짓이야. 내가 그런 놈을 보낼 리 없잖아.」

그 말에 가말은 의아해졌다.

「그런 놈?」

「네가 좋아하게 생긴 놈. 넌 옛날부터 곱상하게 생긴 놈들을 좋아했으니까. 란투나 아다위는 네 취향이 아니었지.」

가말은 입을 다물었다. 그건……. 사실 그걸 쿠니스가 알고 있다는 게 놀라운 건 아니었지만 그냥 인정하고 넘어갈 수는 없었다.

「아다위는 착했어.」

「착한 척한 거야. 그 녀석이 얼마나 난봉꾼이었는지는 알아? 그리고 순진한 널 골라 장가든 거야.」

그건, 확실히 삼천 년 만에 알게 된 사실이었다. 하지만 가말은 말했다.

「그게 죽어야 할 잘못은 아니었어.」

「맞아.」

의외로 쿠니스는 담담하게 인정하고 덧붙였다.

「그래도 난 죽였어.」

너무나 태연한 어투에, 순간 가말은 속이 울렁거렸다. 입덧할 시기도 지났다는 걸 생각하면 베이비 때문은 아니었다.

「이 모든 게 네겐 자랑할 일이야?」

더 이상 쿠니스에게 어떤 감정도 드러내고 싶지 않았지만 도저히 참을 수가 없었다.

「사람을 죽이고, 공포에 떨게 하고, 그게 너한테 주어진 어떤 권리라도 되는 것처럼 말하고.」

그러면서 가말은 탁자를 짚고 일어났다. 경멸을 담은 눈이 쿠니스를 향했다.

「타와는 널 부끄럽게 여길 거야, 쿠니스.」

"네가 자랑스럽다, 쿠니스."

타와는 하나뿐인 아들을 항상 자랑스럽게 여겼었다. 가말을 향한 욕망에 눈이 멀어 그가 아다위를 죽인 탓에 그 부족에게 사타디 부족 전체가 몰살당하기 전까지.

쾅!

그때 천지가 개벽하는 듯한 소리가 울렸다. 쿠니스가 탁자를 내려치자 묵직한 마호가니 탁자가 반파되며 바닥에 처박힌 소리였다. 엄청난 힘이었다.

「상관없어!」

쿠니스는 다시 만난 이래 처음으로 거친 목소리를 냈다. 그리고 흐트러진 앞머리 사이 타오르는 붉은 눈동자로 가말을 보았다.

「어차피 같은 감염원 같은 거야, 가족은. 같은 피로 연결되었지만 결국은 그게 전부지. 이름을 갖다 붙인 거뿐이야. 파트로네스와 클리엔테스처럼.」

가말은 충격을 받듯이 깨달았다. 자신은 도대체 이, 수많은 살

상자를 낸 테러리스트의 수괴에게 무얼 기대했던가?

「네가 그렇게 생각한다면.」

가말은 차갑게 말하고 몸을 돌렸다. 그 뒤에서 쿠니스는 꾹 주먹을 움켜쥐었다.

「거기 서.」

하지만 가말은 한 번 쳐다보고는 보란 듯이 가버렸다. 뒤에 남은 쿠니스는 이를 악물었다. 그러다가 곧 거칠게 얼굴을 쓸었다.

가말과는 항상 이랬다.

믿을지 모르겠지만 이번에 가말과 잘 이야기해보려고 했던 건 진심이었다. 감옥에 있는 동안 그도 많은 생각을 했기 때문이다. 충동적으로 일들을 처리해온 데 반성도 했고, 여태 해온 대로 반복해서는 가말에게 용서받을 수 없다고 깨달았다.

하지만 가말은 마주치면 도망가려고 할 뿐이고, 주변에서도 꼭 그가 그녀를 죽이기라도 할 것처럼 난리를 피웠다. 삼천 년간 가말이 살아 있기만을 바랐던 그보다 더 그녀의 생존과 안녕을 생각하는 사람이 어디 있다고?

가말이 한마디만 해주면 됐다. 널 용서한다는. 그러면 모든 걸 다시 시작할 수 있었다.

쿠니스는 가말이 나간 길을 보다가, 한숨을 내쉬고 따라갔다.

도영과 토라는 전투복을 입은 채로 휴게실 테이블에 앉아 있

었다. 각자 생각에 빠져 오랫동안 정적이 감돌았다.

문득 도영이 토라를 빤히 봐, 시선을 느낀 토라가 돌아보고 물었다.

"왜?"

"너 가말을 닮았네."

"그럴 리가……."

자신이 양아들이라는 사실을 까먹은 것도 아닐 테고 갑자기 무슨 소리인가 싶었다. 그러다가 도영이 자신에게서라도 가말의 흔적을 찾고 있다는 사실을 깨닫고 토라는 말을 멈추었다.

도영은 피곤해하는 한숨을 내쉬며 눈을 감쌌다. 토라는 안쓰러워하는 눈으로 그를 지켜보다가 물었다.

"안아줄까?"

"꺼져."

그럼에도 토라는 옆으로 가서 도영의 어깨에 팔을 둘렀다. 당장 걷어차지 않을까 싶었는데 의외로 도영은 가만히 있었다. 그리고 그 상태 그대로 물었다.

"인생에서 가장 후회하는 순간이 언제야?"

"지금?"

살다가 남자를 끌어안고 있는 상황이 올 거라고 상상이나 했겠는가? 도영은 한숨을 내쉬고 토라가 제 어깨에 두른 팔을 치웠다.

"관두자."

토라는 순순히 팔은 치웠지만 말했다.

"타와가 후회하는 순간이 언제인지 알 거 같아서 그래. 마티가 미끼 역할을 하는 데 동의한 순간이겠지."

그러자 도영은 토라를 물끄러미 보더니, 갑자기 눈이 섬뜩한 안광을 품었다.

"아니, 3년 전이야. 대공 그 새끼가 처음 잡히던 순간에 가서 죽였어야 했어."

그리고 도영은 고개를 젖혀 의자 등받이에 목 뒤를 대고 천장을 올려다보았다. 작전이 시작되기 전 어느 날의 기억이 떠올랐다.

◇◇◇

어렴풋이 잠에서 깬 도영은 눈을 떴다. 어디가 꽃밭인지 알 수 없는 꽃무늬 원피스를 입고 있는 가말이 옆에 엎드려 누운 채 턱을 괴고 그를 지켜보고 있었다.

"도영 잘 자."

나른한 오후의 햇살이 그들을 비추고, 머리맡에 있는 나무의 잎사귀들이 바람에 따라 파도를 탔다. 도영은 얼굴을 쓸어내리고 잠긴 목소리로 말했다.

"미안. 좀 피곤해서."

'폭풍의 언덕' 작전이 시작되고 매일같이 훈련하고 있어서 루아스가 된 이후로 '피곤하다'라는 걸 처음 느껴보았다. 매일 흙과 땀과 폭발물의 잔해로 범벅되어 집에 와서는 겨우 샤워만 하고 잠드는 게 일상이었다.

그러다가 딱 하루 쉴 수 있는 틈이 나서, 주민들이 피크닉을 즐기는 마을 옆 숲에 가말과 햇살이나 좀 받을까 싶어서 나온 참이었다. 하지만 따듯한 햇빛과 푹신한 잔디는 피로한 몸에 그다지 좋은 조합이 아니었다. 돗자리 위에 잠깐만 눕는다는 게 그대로 잠들어버렸다.

가말은 양팔을 겹쳐 그 위에 오른쪽 볼을 대고 누워 중얼거렸다.

"조심해."

요즘 도영이 왜 피곤한지 아는 만큼 걱정이 되는 모양이었다. 하지만 도영은 대수롭잖게 말했다.

"더 조심하면 작전을 수행할 수 없을걸."

그러자 가말은 입술을 삐죽 내밀었다.

"도영은 늘 그래. 그냥 조심한다고 하면 될걸."

"이런 면을 좋아하는 거 아니었어?"

"그건 그렇지만……."

부정도 못하고 우물거리는 모습이 귀여워서 웃음이 났다.

도영은 웃음기가 도는 눈으로 말했다.

"조심할게."

가말도 지그시 그를 보았다.

도영은 처음으로 그림을 그릴 줄 알았다면 좋겠다는 생각을 했다. 사진으로는 충분하지 않았다. 그가 보는 가말을 표현할 수 있는 건 직접 그리는 그림밖에 없는 것 같았다. 단순히 사실적인 묘사를 하고 싶은 게 아니라, 그녀가 뿜어내는 색채와 오라를 나타내고 싶었다.

누가 먼저랄 것 없이 가까이 다가가고, 입술이 맞닿았다. 도영은 부드럽게 가말의 위로 올라갔다. 그러자 가말은 팔로 그의 목을 감싸 안고, 느긋하면서도 거칠게 혀가 뒤섞였다.

다리 사이로 뚜렷한 욕망이 느껴져, 가말은 자신이 도영에게 끼치는 영향력이 기쁘고 뿌듯했다.

하지만 하늘거리는 원피스 자락을 걷어 올리는 손은 기대하지 않았다.

도영이 계속 키스하며 아래쪽에서 바지 버클을 푸는 게 느껴졌다. 가말은 설마 지금 여기서 할 생각인가 싶어 입술을 떼며 헐떡였다.

"잠깐, 여긴 밖……."

아무리 오늘이 평일이라 주민들 대부분이 출근했고, 숲속이라고 해도 주민들이 운동할 때도 이용하는 곳이어서 언제 누가 와도 이상하지 않았다.

"무슨 소리야. 또 팬티도 안 입고 있으면서."

동시에 보란 듯이 손가락이 틈을 문지르며 벌리고 들어왔다.

"그, 그건 불편해서……."

안으로 미끄러져 들어온 손가락이 민감한 살을 더듬어서 가말은 겨우 말을 흘려냈다.

"밖에 나갈 때는 입, 어……. 흣……."

"부드러워."

도영은 가말의 볼에 입술을 대고 손을 움직였다. 가말은 입을 열었다가 차마 더 말하지 못하고 뜨거운 숨을 흘렸다. 그러다 가까스로 말했다.

"사람들이 보면……."

"안 보일 거야, 원피스에 가려져서."

그러면서 도영이 허리 짓 한 번으로 끝까지 밀고 들어왔다.

"흣……!"

그를 품은 허벅지가 떨려왔다.

"하, 하지만 이러고 있는 건 보일…… 응, 읏……."

천천히 파도를 타는 움직임에 따라 가말은 출렁였다. 신음하며 목을 젖히자 햇빛이 그녀의 위로 흩어졌다.

예전이라면 도영도 밖에서 이러는 걸 오히려 좋아하지 않았지만 공기는 푸근하고 햇빛은 따듯하니 가말에 대한 애정을 참을 수가 없었다. 피어나는 꽃처럼 그의 욕망도 피어났다. 그리고 가말의 여성은 더할 나위 없이 부드러워서, 마치 따듯한 봄비를 흡수한 흙 속에 자신을 묻는 것 같았다.

"도, 도영……."

가말은 파들파들 떨었다. 도영의 어깨를 움켜쥐고 발끝으로 주름지는 담요를 밀어내며 어쩔 줄 몰라 했다.

젖가슴이 원피스 안에서 터질 듯이 팽팽하게 부풀어 올랐다. 하지만 밖이라는 의식은 있는지 도영은 다른 곳은 전혀 건드리지 않았다. 손은 단단하게 땅을 짚고 있을 뿐이었다. 그게 더 가말을 미치게 했다. 이제 그녀에게 이곳이 밖이라는 의식이 없어져 허벅지를 꽉 조이자 도영이 아플 정도로 깊이 파고들었다.

"가말……."

도영은 가말의 허벅지를 잡아 제 허리에 올려놓으며 계속해서 파고들었다. 그럴수록 신음을 참듯 꾹 다물고 있던 가말의 입술이 버긋하게 벌어졌다. 그 사이로 새의 울음소리 같은 신음이 흘러넘쳤다.

마침내 배 속에 뜨거운 씨앗들이 터져, 흘러드는 감각에 가말은 소스라치듯 몸을 떨었다.

"흣, 도영…… 도영……."

동시에 가말도 절정에 올랐다. 가말이 몸을 떠는 동안 도영은 키스하며 조금씩 더 깊이 들어왔다.

이내 가말은 진이 빠져 담요 위로 늘어지고 도영은 길게 숨을 내쉬었다. 무지개색 햇빛이 가말 위로 찬란하게 내렸다. 그 아래 볼을 발갛게 물들이고 숨을 몰아쉬는 그녀는 아름다웠다.

마치 그들이 햇빛이 내리쬐는 들판에서 수정하는 식물이 된 느낌이었다. 아마, 임신이 되었다면 이때 되었을 거라고 생각했다.

도영은 조용히 속삭였다.

"사랑해, 가말."

가말은 부드럽게 물결치는 눈으로 그를 보고 마주 속삭였다.

"사랑해, 도영."

식당을 박차고 나온 가말은 제 방으로 들어갔다.

"사도님."

드비나가 뒤따라오며 걱정스레 불렀다. 그런데 거실로 통하는 아치 아래를 지나가던 가말이 갑자기 문설주를 짚고 배를 감쌌다.

"흣."

"사도님……!"

드비나는 기겁해서 달려갔다. 하지만 가말은 괜찮다는 듯이 손을 저었다.

"괜찮아. 배가 좀 당겨."

"열을 내셔서 그런가 봐요. 어서 앉으세요."

드비나는 가까운 곳에 있는 흔들의자에 앉도록 도와주었다. 가말은 등받이에 몸을 기대고 길게 숨을 내쉬고는 배에 손을 얹었다.

"미안해."

베이비가 화내지 말라고 말하듯이 배가 땅땅했다. 그래서 가말은 배를 쓰다듬으며 열을 가라앉혔다.

"괜찮으세요?"

옆에서 드비나가 다정한 목소리로 물었다.

"도영이 보고 싶어."

심장에 그리움이 고여 썩어가고 있는 것 같아, 가말은 저도 모르게 말했다. 그러자 드비나가 다정하게 손을 잡아왔다.

"소령님도 그럴 거예요."

그렇다고 상황이 나아질 건 없었지만 누구라도 위로를 해주려고 한다는 데 가말은 조금은 마음이 풀려 말했다.

"고마워."

드비나는 작게 웃고 물었다.

"물 좀 갖다드릴까요?"

"응."

대답하자 드비나는 얼른 물을 가지러 사라졌다. 그사이 열려 있는 중정으로 들어온 햇빛이 얼굴에 와 닿아, 가말은 눈을 감았다.

조금 후 드비나가 물을 가지고 들어오다 가말이 햇빛 아래 잠든 모습을 발견했다. 그래서 그냥 뒤꿈치를 들고 조용히 뒤돌아 나왔다.

가말이 잠결에 고개를 모로 돌리자, 감은 눈꺼풀 사이로 햇빛이 아른거렸다. 어느 순간 잠이 들었는지, 도영이 볼을 감싸는 감각이 느껴졌다.

"가말."

도영은 나직한 목소리로 그녀를 불렀다. 그리고 온통 단단해 바늘 하나 들어갈 틈 없는 몸에 비해 녹을 듯이 부드러운 입술로 키스했다.

스치는 햇빛 사이로 어렴풋이 보이는, 뼈대와 핏줄이 두드러지는 목에 기하학적인 문신이 감겨 있었다.

큰 손이 천천히 가말의 얼굴을 쓰다듬고, 목을 타고 내려가 푹 파인 쇄골을 훑었다. 녹녹한 입술은 재차 맞부딪히며 봄 내음이 나는 숨을 불어넣었다. 그 머리 위로 햇빛이 꽃잎처럼 흐드러졌다.

그때 가말은 번쩍 눈을 떴다. 소름 같은 감각이 올라와 몸을 흔들고, 심장이 너무 뛰어서 숨이 거칠었다. 도영이 주었던 감각 하나까지도 전부 기억이 났다.

한편 드비나는 복도를 걸어가다가 막 이쪽으로 오는 누군가를 발견하고는 깜짝 놀라 분분히 눈을 내리깔고 옆으로 비켜섰다. 그 앞으로 쿠니스가 지나갔다. 한참 있다가 드비나는 살짝 눈을 들어 멀어지는 그의 뒷모습을 보았다. 왠지 불안한 건 기분 탓이길 바랄 뿐이었다.

쿠니스는 방으로 들어섰다. 흥분을 가라앉힌 그는 오늘만큼은 가말과 잘 이야기해보자고 결심했다. 그들의 관계, 그리고 앞으로의 계획까지. 앞으로도 이렇게 남보다 못한 관계로 지낼 수는 없었기 때문이다.

식물이 무성한 중정에 빛이 내려, 기하학적인 무늬의 바닥 타일이 오후의 햇빛을 반사하며 반짝였다. 넓은 잎을 드리운 커다란 극락조 너머로 흔들의자에 앉아 있는 가말의 옆모습이 흐릿하게 보였다.

“가말.”

부르자 가말은 무슨 일이라도 난 것처럼 흠칫 돌아보았다. 볼이 붉고 눈이 그렁거리는, 무릎을 꿇고 눈물을 흘리고 싶을 정도로 아름답고 음란한 모습이었다.

“나가.”

가말은 쉰 목소리로 말했다.

“나가.”

그리고 일어나 커튼이 드리워진 방안으로 사라졌다. 무엇 하나 널 위한 게 아니라고 말하듯이.

쿠니스는 돌아서며 실소를 지었다. 새삼 상처받을 게 있겠는가? 가말은 그의 것이었던 적이 없는데, 단 한 번도. 그리고 아마 앞으로도 영원히.

복도를 걸어가는 그의 심상치 않은 모습을 본 드비나는 얼른 반대쪽으로 뛰어갔다.

◇◇◇

문이 열리고 누군가 들어오는 소리가 들렸다. 책상에 앉아 있는 쿠니스는 고개를 들었다.

"부르셨습니까?"

들어온 판데르발트가 물었다.

"글라디에이터를 데려가."

글라디에이터는 처형자였다. 즉, 그를 누군가에게 데려가라는 의미는…….

"그놈을 끝내고 와."

그놈, 라토였다.

하지만 이런 일이 낯설지 않은 듯 판데르발트는 무심히 되물었다.

"라헬 대장의 소행으로 꾸밀까요?"

"그럴 필요 없어."

쿠니스의 눈에 스치는 이채에 광기가 비쳤다. 하지만 그건 정신을 놓은 광인의 광기라기보다, 말이 될진 모르지만 지극히 이성적인 광기였다. 자신이 무얼 하고, 그 행동의 결과에 대해 누구보다 잘 알고 있는.

"그냥 죽여."

◇◇◇

"글라디에이터를 불렀다고?"

캐시는 되묻고 심각한 얼굴로 생각에 빠졌다.

쿠니스가 처형자 글라디에이터를 불렀다는 의미는 한 가지뿐이었다. 일이 안 좋게 돌아가기 시작했다는.

이 타이밍에 쿠니스가 라토를 처리하려고 할 줄은 몰랐는데, 뭔가 심사가 수틀린 모양이었다. 결국 예정보다 빨리 움직일 수밖에 없었다.

캐시는 책상에서 열쇠를 꺼내 시선을 들었다.

"부탁해도 되겠어?"

그러면서 책상 위로 열쇠를 밀었다. 그 앞에 서 있는 드비나는 결연한 얼굴로 고개를 끄덕였다.

"물론이죠."

강철 같은 몸이라고 하지만 돌바닥에 누워 잔 탓에 몸이 뻐근했다.

라토는 계단 쪽을 바라보았다. 언제까지 여기 가둬둘 셈인지 모르겠지만 라헬이 그러고 간 이후로 이틀간 가말 외에는 아무도 찾아오지 않았다.

그런데 그때 계단을 내려오는 발소리가 들렸다. 라토는 긴장했다. 벽에 비치는 그림자가 점차 작아지며…… 한 여자가 고개를 내밀었다.

"대장님."

모르는 여자였다. 이십 대 후반쯤 돼 보이는 라틴계 여자였는데, 영원교 여신도들이 입는 옷을 입고 있었다. 하지만 보통 영원교 여자들과는 느낌이 달랐다. 다른 무엇보다 눈빛이 정상이었다.

그럼에도 정체는 알 수 없었기에 라토가 경계를 풀지 않자 드비나는 두 손을 들고 말했다.

"목에 그거, 풀어드려도 괜찮을까요?"

손가락에 열쇠가 걸린 열쇠걸이가 끼워져 있었다. 하지만 영원교 신도가 왜 자신을 풀어주려고 하는지 몰라 라토가 혼란스러워하는 얼굴로 쳐다보고만 있자 드비나는 천천히 다가왔다.

라토는 살짝 미간을 찌푸렸다. 그러자 드비나도 바로 멈추는 게, 꼭 상처 입은 동물을 대하듯이 조심스러워하는 태도가 느껴졌다. 그에 라토가 별다른 말을 하지 않자 드비나는 조금씩 다가와서 그의 목에 둘러진 쇠목걸이의 잠금을 풀어주었다. 그러고 라토가 목걸이를 빼고 일어나니 새것으로 보이는 티셔츠를 건네주었다.

"이거요. 입으세요."

티셔츠를 입자 어떻게 알았는지 사이즈가 딱 맞았다.

드비나는 손가락 하나를 세워 조용히 하라는 표시를 하고 계단을 올라갔다. 이어서 기척을 확인하고 다시 되짚어갈 수도 없을 만큼 복잡한 길을 갔다. 복도를 가로지르고 방 사이를 지나가기도 하면서.

신기한 건 언제, 누가, 어떻게 지나갈지 다 알고 있다는 점이었다. 꼭 이 요새가 의인화된 존재처럼.

끝내 라토로서는 겨우 몸을 비집고 들어갈 수 있는 작은 문을 통과하자 바깥이 나왔다. 그러자 드비나가 말했다.

"총수는 대장님을 죽일 거예요. 사도님이 보고 있는 이상 직접 죽일 수 없기 때문에 라헬 대장한테 넘긴 거죠. 적당한 때에 처리하고 '라헬 대장이 했다'고 하면 되니까요."

그리고 드비나는 라토를 살짝 밀었다.

"하지만 총수는 사도님은 건드리지 않을 거예요. 오히려 이대로라면 대장님이 사도님의 발목을 잡으시겠죠. 걱정이 되겠지만 제발 가세요. 저희가 반드시 사도님을 탈출시키겠습니다."

그리고는 돌아서서 가려고 하는 드비나에게 라토는 물었다.

"넌 누구야?"

드비나는 반쯤 돌아서서, 총명한 눈으로 라토를 보았다.

"이투하. 자유를 원하는 모두를 그렇게 부를 수 있다면 우리도 이투하입니다."

그리고 다시 안으로 사라졌다.

"이투하의 대장이 달아났다고."

집무실에 앉아 있는 쿠니스는 억양의 높낮이가 없는 어조로 말했다. 그 앞에 서 있는 캐시는 짐짓 할 말이 없다는 표정을 지었다.

"스파이가 있는 거 같습니다. 색출 중에 있습니다."

그 말을 들은 쿠니스는 천천히 손을 들어 한 손가락으로 관자놀이를 괴었다.

"이상한 일이지. 하심이 스파이라는 사실을 밝혀낸 네가 이투하의 대장을 탈출시킬 만한 스파이가 있는지 몰랐다고?"

캐시는 살짝 고개를 숙였다.

"드릴 말씀이 없습니다."

정적이 흘렀다. 잠시 후 쿠니스는 손가락을 내렸다.

"실망이군. 라토 사타디가 얼마나 중요한 인질인지 알고 있으면서 놓쳐버리다니. 널 믿고 맡겼는데."

"송구합니다."

그러자 쿠니스는 의자를 밀고 일어나며 말했다.

"대가는 알고 있겠지."

"……."

캐시는 아무 말 하지 않았다.

물론, 이곳의 룰은 잘 알고 있었다.

"이투하의 대장을 잡아오지 못하면 네가 노예가 되는 거야."

똑똑히 알아두란 듯한 말에 캐시는 묵례하며 대답했다.

"명심하겠습니다."

쿠니스가 냉담하게 그녀의 앞을 지나가고, 이어서 규칙적인 발소리가 문밖으로 사라졌다. 캐시는 좀 더 있다가 허리를 들었다. 하인들은 모두 여전히 얼어 있어, 꼭 쿠니스가 나갈 때 시간이 멈춘 것 같았다. 캐시는 옆에 서 있는 부관에게 말했다.

"준비해. 내가 직접 쫓을 테니."

캐시는 바지의 한쪽 주머니에 손을 넣고 몇 달 전 도영의 팀이 뛰어내렸던 절벽 아래를 내려다보았다.

수색대를 보냈지만 당연히 라토는 붙잡지 못했다. 붙잡을 생각 자체가 없어서 수색대를 이리저리 빙빙 돌리기만 했으니 당연했다. 지금쯤이면 라토는 무사히 요새를 빠져나갔을 것이다.

'아직 멀었군, 나도.'

임무 중에 마주친 남자 때문에 흔들려서 계획을 그르칠 수도 있는 선택을 하다니 말이다.

유일한 위안은 그 남자가 공적으로 그만한 가치가 있다는 점이었다. 이투하의 대장 라토 사타디는 죽은 상태보다 살아 있는 편이 더 공공의 이익일 테니까.

탁탁탁탁. 발소리가 들렸다. 돌아보자 다른 간부의 부대가 그녀를 에워싸고 있었다. 개중 얼굴이 낯익은 행동대장이 한 걸음 다가오며 말했다.

"무기를 주십시오."

캐시는 저항하지 않고 허리에 패용하고 있는 검을 뽑아 던졌다. 철컹. 검이 돌바닥에 부딪혀 금속성을 울렸다.

◇◇◇

복도에 서 있는 하인들이 일제히 고개를 숙였다. 그 사이로 판데르발트가 거침없이 걸어갔다.

"준비는?"

"모두 마쳤습니다."

뒤따르는 하인이 고개를 조아리며 대답하고, 문이 양옆으로 열렸다. 장식품 하나도 사치스러운 방 가운데 하인들이 소파를 중심으로 서 있었다. 그리고 캐시는 마치 주인처럼 소파 등받이에 한 팔을 걸치고 다리를 꼬고 앉아 있었다.

평소 그녀가 입지 않는, 젖꼭지의 윤곽이 보일 정도로 얇은 살구색 실크 원피스는 노예의 증거였지만 태도를 보면 누구도 그녀가 노예라고는 생각할 수 없었다.

캐시는 판데르발트가 굳이 원래는 그녀의 궁이었던 데서 이러는 이유를 알고 있었다. 자신이 주인이었던 곳에서 노예로 떨어진 데에 대한 수치심을 주기 위해서라는 걸. 하지만 그녀는 도리어 시니컬한 웃음을 지었다.

"발정 난 비버처럼 찍찍거리는 게 나한테 박고 싶어서 안달 난 건 줄 알았지."

그녀는 아직 라헬이었고, 라헬이라면 위치가 바뀌는 정도에는 개의치 않을 사람이었다.

판데르발트가 무표정한 얼굴로 손짓하자 남자들이 다가와 캐시를 붙잡았다. 그리고 판데르발트가 그녀의 볼을 후려쳤다.

아니, 그 직전에 캐시가 볼 앞에서 그 손을 잡아 막았다. 손을 잡아당기는 힘에 남자들이 우르르 끌려온 상태였다.

캐시는 여봐란듯이 빈정거렸다.

"내 직급이 좀 바뀌었다고 네 좆이라도 핥아줄 거란 기대는 하지 마."

순간 경비병들이 그녀를 붙잡아 소파 밑의 바닥에 무릎 꿇렸다. 그 모습을 내려다보며 판데르발트는 코웃음을 쳤다.

"물어뜯길 걸 아는데 미쳤다고?"

그때 경비병들이 캐시의 상체를 소파에 억눌렀다.

"하지만 안타깝게도 네 거기에는 이가 달려 있지 않지?"

판데르발트는 그녀의 뒤로 다가서며 말했다.

"루아스는 남자, 여자가 따로 없다는 헛소리들을 하지만 남자는 남자고 여자는 여자지."

정말 역겹다는 투였다. 반면 캐시는 소파에 억눌린 채로 웅얼거렸다.

"나 목이 결리는데 자세 좀 바꿔줄 수 있나?"

임무를 수행하며 비슷한 상황을 겪는 게 처음은 아니었지만 이건 정말로 싫었다. 그녀가 특별히 페미니스트는 아니어도 이런 남성우월주의 파시스트에게 당하는 일은, 차라리 사지 중 어딘가가 잘리는 쪽이 더 나았다.

"목이 부러져도 노예한테는 요구할 권리 따윈 없지."

판데르발트의 말에 캐시는 최대한 고개를 돌려 눈 끝으로 그를 보며 싱긋 웃었다.

"주인님의 자비에 부탁하는 거라면?"

"그럼 들어주고 싶은 마음이 들게 부탁해야겠지."

캐시는 웃음을 터뜨렸다.

"엿 먹어."

말이 끝나자마자 거칠게 몸이 돌려지며 퍽 소리가 울리고, 캐시의 얼굴이 거의 뒤쪽으로 돌아갔다.

주먹으로 가격당한 얼굴이 터진 것처럼 얼얼했다. 이쪽도 쓸데없이 나이만 많이 먹어서 힘이 셌다.

캐시는 고개를 원위치로 하고 웃었다.

"더 때려 봐. 이 정도로 내가 흥분할 거 같아?"

판데르발트는 캐시의 머리채를 잡아서 뒤로 홱 젖혔다. 하지만 캐시는 아픔을 느끼지 못하는 것처럼 싱그르 웃으며 말했다.

"어디 이투하의 반이라도 하나 볼까? 이투하는 정말 끝내줬지. 내 인생에 다시없을 남자였어. 이투하 이후로는 어떤 남자도 성에 차지 않을 거 같아서 큰일이야."

그럼에도 판데르발트는 별로 동요하지 않고 말했다.

"난 네 성에 차지 않을 거야."

그러더니 이를 드러내며 빙긋이 웃었다.

"살려달라고 애원하게 될 테니까 말이야."

레기온이 정말 또라이인 점은, 노예가 되면 정말 고대 시대 노예처럼 온갖 일을 다 겪도록 내버려두면서 또 공을 세우면 간부가 될 수 있는 길을 열어놨다는 것이었다. 그리고 보통 노예에서 간부 자리까지 올라갈 정도로 흉악한 심성을 가진 놈들은 간부가 되자마자 피의 복수를 시작했다. 신기하게도 그게 레기온 내에 긴장감이 유지되는 이유였고, 갈수록 더 잔인한 간부진이 탄생하는 이유였다.

판데르발트가 캐시의 머리채를 더 휘어 감으며 얼굴을 가까이 했다.

"하심은 눈치채고 있었지? 네가 MCTC의 개라는 걸."

캐시는 기가 찬다는 얼굴을 했다. 이 정도 이야기에 심장이 쿵쾅댈 정도면 애초에 스파이 노릇은 할 수 없었다. 그리고 유도 신문일 수도 있었다. 판데르발트는 훗 웃었다.

"그래서 급히 처리해버렸겠지. 총수님께서 MCTC의 개도 알아보지 못했을 거 같아?"

캐시가 무어라 하려고 했지만 판데르발트는 말할 틈을 주지 않았다.

"물론 잘 숨겼더군. 그래서 좀 걸렸지. 하지만 하심을 죽인 데서 확신했지. 하심은 배신자일 리 없었거든. 왜냐? 하심한텐 병든 딸이 있으니까. 총수님은 베타-루아스 바이러스를 완성해서 그 딸을 살려주기로 약속하셨지. 제 딸을 살리기 위해서라면 무슨 짓이라도 할 하심이 정부가 바이러스를 규제할 걸 아는데 정부 편을 들 리가 없지."

"그거 감동적인 스토리네."

캐시는 비아냥거렸다.

"하지만 정부가 방법을 바꿨다는 생각은 안 들어? 일단 우리를 해체하는 데 모든 수단과 방법을 동원하기로 했다고. 하심을 포섭해서 우리 사이에 내분을 일으킬 수 있다면 병든 여자아이 하나 루아스로 만드는 게 대수야? 그리고 보라고. 정확히 지금 우리에게 무슨 일이 일어나고 있는지."

말이 끝나자 판데르발트는 흥미롭다는 얼굴로 고개를 끄덕였다.

"과연 네가 괜히 간부 자리에까지 오른 건 아니겠지. 하지만 넌 이투하 대장을 놓아줬어. 그것만으로도 대답은 충분하지."

"죽이고 싶지 않았어."

캐시는 순순히 말했다.

"그런 남자한테 사랑에 빠지지 않기란 힘든 일이잖아."

"아, 그래? 그래서 모든 위험을 감수하고 라토 사타디를 놓아줬다?"

"맞아."

그러자 판데르발트는 캐시의 머리를 던지듯이 놓았다.

"신이 왜 여자한테 입을 주셨는지 모르겠어. 아래 구멍으로 충분했을 텐데 말이야."

그때 문이 열리고 남자들이 들어오기 시작했다. 족히 수십 명은.

"당해서 죽게 될 거야."

비정한 악어를 닮은 판데르발트의 푸른 눈에 번들거리는 웃음기가 돌았다. 가학적인 쾌감을 느끼는 얼굴이었다.

"그리고 걸레짝이 된 네 시체를 MCTC의 함선에 던져주지."

캐시는 떨리는 얼굴로 웃었다.

'빌어먹을.'

쾅. 사슬이 당겨져 캐시의 뒷머리가 침대 프레임에 부딪쳤다. 목을 고정해놓고 아래쪽만 사용할 셈 같았다.

무슨 대단한 구경이라도 난 것처럼 장사진을 이룬 남자들 사이에서 한 남자가 먼저 침대로 올라와 캐시의 다리를 끌어당겼다. 캐시가 다리를 버둥거렸지만 다른 남자가 한쪽 다리를 잡아 고정했다.

캐시는 이를 악물었다.

"그럼 내가……."

홱 다리를 끌어당겼다가 로켓처럼 다리를 쏘아 남자를 걷어찼다.

"힘을 못 쓸 줄 알아!"

그 힘이 워낙 셌기에 빽 소리가 나며 남자가 공처럼 굴러갔다. 이어서 캐시는 자유로워진 다리를 휘둘러, 제 다른 다리를 잡고 있는 남자를 후려 찼다. 남자는 방어하기 위해 타이밍에 맞게 손을 올렸지만 버티기엔 역부족이었다. 결국 침대 아래에 내리꽂히다시피 떨어졌다.

그러자마자 캐시는 얼른 몸을 일으켜 침대 프레임을 잡고 뛰어, 제 목에 걸린 사슬의 끝을 잡은 남자의 목을 다리로 감아 뒤집었다. 그리고 판데르발트를 보며 보란 듯이 다리에 힘을 주었다.

우드득. 남자의 목에서 심상치 않은 소리가 났다.

"총수님과 직접 대화하겠어."

캐시가 말하자, 제 쪽이 밀리고 있는 상황에도 연극 관람이라도 온 듯이 의자에 느긋하게 앉아 있는 판데르발트가 말했다.

"총수님이 너와 이야기할 생각이 있었다면 내게 던져줬을까?"

그리고 남자들에게 말했다.

"잡아."

캐시는 먼저 덤벼드는 루아스의 얼굴을 주먹으로 가격했다. 그리고 뒤에서 달려드는 루아스를 팔꿈치로 찍고 지지대 삼아 다른 루아스를 발로 걷어찼다. 하지만 한쪽 팔이 억류되어 있어서 몰려드는 걸 전부 막지는 못해 금방 제압당했다. 겨우 캐시를 붙잡은 남자들은 침대 매트리스에 그녀의 모양을 찍듯이 억세게 내리눌렀다.

"흐아아……."

캐시가 일어나려는 것처럼 기합을 모으자 남자들이 혼비백산해서 외쳤다.

"더 눌러!"

등에 바위산을 올려놓은 것 같았지만 캐시는 침대를 짚은 팔에 필사적으로 힘을 주었다.

몸이 부르르 떨리며 천천히 침대에서 몸이 떨어지기 시작했다. 남자들이 놀라서 캐시 위에 올라타며 내리눌렀다. 하지만 다시 말해두지만, 캐시는 혼자 힘으로 밑바닥에서 간부 자리까지 올라왔다.

"하아!"

이내 기합을 내지르며 몸을 젖혀 남자들을 옆으로 밀어내자 남자들은 엉성하게 얽혀 있던 공처럼 풀어지며 우르르 넘어지고 날아갔다. 그 틈에 사슬을 잡은 캐시의 팔에 근육이 넘실거렸다.

우득, 우드드득. 범상치 않은 소리와 함께 벽이 깨지며 사슬이 뽑혀 나왔다. 캐시는 그걸 휘둘러 막 일어나는 남자 네댓을 후려쳤다. 피와 살점이 터지며 남자들이 날아갔다.

놀라운 건, 이 상황에도 판데르발트는 웃음을 터뜨렸다.

"미친개가 따로 없군!"

그러거나 말거나 캐시는 사방에 빼곡한 남자들을 돌아보았다.

"전부 상대해준다고? 덤벼봐, 어디!"

크게 외치는 것도 아닌데 우렁우렁한 목소리가 사방을 때렸다.

고개를 드는 캐시의 온몸에 핏자국이 낭자했다. 그럼에도 판데르발트는 양복 주머니에 손을 넣고 느긋하게 서 있었다.

"허투루 간부 자리까지 온 건 아니었군."

캐시가 손을 놓자 의식이 없는 채로 멱살이 붙잡혀 있던 남자가 쿵 하고 떨어졌다.

"넌 날 이길 수 없어. 적어도 일대일로는. 넌 네 혈통의 이름을 모르니까."

판데르발트가 간부가 될 수 있었던 이유는 순전히 그 잔악함 때문이었다. 사실 라헬은 갖다 댈 수도 없을 만큼, 이 루아스는 사악하고 잔인했다.

"걱정 마. 난 너와 싸울 생각 같은 건 없으니까."

판데르발트가 무심히 하는 말에 캐시는 비웃었다.

"그래? 그럼 순순히 죽어주려고?"

그 타이밍에 벌컥 문이 열렸다. 그런 데 신경 쓸 만큼 여유로운 상황은 아니었지만 캐시는 왠지 모르게 문을 쳐다보았다.

문 앞에 나타난 아이들은 아수라장이 된 방 안 풍경에 놀란 얼굴이었다. 그들이 누구인지 캐시는 한눈에 알아보았다. 영원교 신도의 자식들이었다. 그리고 그들을 데려온 건 판데르발트의 부하들이었다.

그때 판데르발트가 말했다.

"넌 절대 어린애들은 가지고 놀지 않지. '가지고 놀 게 없다'는 이유로."

"오래 버티지 못하는 장난감은 재미없어."

캐시가 그러거나 말거나 판데르발트는 아이들 쪽으로 뚜벅뚜벅 걸어갔다.

"한때 그런 의문을 가진 적이 있지. 강한 건 무엇인가? 대답할 필요는 없어. 난 이미 내 나름대로 결론을 내렸거든. 진짜 강하다는 건 약점이 없는 거야. 하심에겐 딸이 있고 너에겐 어린애들이 있지. 외람되지만 총수님께도 가말 씨가 있고. 하지만 내겐 그런 게 없어."

그러면서 아이들 옆에 섰다.

"그래서 내가 여기 서 있는 거야."

그리고 한 여자아이에게 물었다.

"몇 살이지?"

태어나면서부터 루아스를 보고 살아온 아이는 루아스를 특별히 두려워하진 않았지만 이 상황에 압도되어 주저주저 말했다.

"여, 열넷……이요."

"충분하군."

중얼거리고는 판데르발트는 캐시를 보았다.

"네가 저항하면 이 아이가 대신 당할 거야."

하지만 캐시는 특별한 기색을 보이지 않고 말했다.

"영원교의 아이잖아. 영원교는 건드리지 않는 편이 좋을 텐데."

"부모가 직접 건네줬어. '축복'을 달라고."

그러자 캐시는 무표정한 얼굴로 말했다.

"축복 좋아하는군. 내가 직접 죽여버릴 거야."

캐시의 상사는 스파이 노릇을 하기에 그녀의 가장 큰 문제는 '성격'이라고 했다. 모름지기 스파이라면 당장 눈앞에 일어나는 불의는 보고도 참을 수 있어야 했다. 그리고 그녀는 그럴 수 없을 거라고 단언한 상사가 잘못 봤다는 걸 보여주기 위해서라도 지난 10년간 잘 참아냈는데, 이 결정적인 순간에 일을 치르고 말았다.

이렇게 작전은 날아갔지만 백 년 묵은 체증도 같이 날아가서, 사실 개인적으로는 후회가 없었다. 상부에서 알면 탄식을 하겠지만.

마침내 정체를 드러낸 캐시의 모습에 판데르발트는 피식 웃었다.

"너야 전부 상대하고도 살아남을 수 있겠지만 이 아이들은 한 명이라도 감당할 수 있을까?"

그제야 남자들이 다가서도 캐시는 움직이지 않았다. 판데르발트는 진하게 웃었다.

"그럴 줄 알았어."

한 남자가 캐시가 입고 있는 얇은 드레스의 앞섶을 잡아 힘들일 것도 없이 죽 찢어냈다. 그러자 옷이 벌어지며 크고 둥그런 맨 젖가슴이 드러났다.

이어서 캐시는 힘에 떠밀려 침대로 넘어졌다. 다가온 판데르발트는 그녀의 얼굴 옆에서 나직이 말했다.

"네가 MCTC의 개인 걸 몰랐을 때도 왠지 날 자극하는 게 있었지. 우리 중 하나인 척하지만 왠지 괴롭히고 싶어지는 느낌이 들었거든. 보통 그런 느낌은 틀리지 않아."

그 눈 속에 있는 건 욕망이었다. 단순한 성욕을 넘어 가학적인 지배욕, 소유욕, 쾌감이 뒤섞여 기이한 똬리를 틀고 있는.

그때 분위기에 압도된 한 아이가 울음을 터뜨렸다.

"울지 마."

캐시는 말하며 자신을 점령한 남자를 올려다보았다.

"별거 아니니까."

그 난리 통에도 사수했던 팬티가 찢겨져나가고, 한 남자가 캐시의 허벅지를 끌어내렸다.

스파이 노릇을 하면서 온갖 볼꼴, 못 볼꼴을 보아왔다. 이쯤은 아무것도 아니었다. 살아남을 수만 있으면 되었다. 어차피 루아스인 데 대한 이점이라고는 이런 것 외에 또 있겠는가?

그러니까 캐시는 최대한 아무 감정도 보이지 않으려고 애썼다. 판데르발트가 원하는 건 그녀가 고통스러워하는 모습일 테니까.

'하지만 차라리 그냥 고문을 받고 말지, 이건 진짜 거지 같네.'

왜 여자 거기엔 뚜껑이 없단 말인가? 마음 내키는 대로 열고 닫을 수 있는 구조였다면 애초에 세상에서 일어나는 수많은 문제들 중 80%는 해결되었을 텐데 말이다.

이 상황에서 감정적으로 멀어지기 위해 애써 다른 생각을 하고 있는데, 아래에서 통증이 느껴졌다. 캐시는 목을 들고 욕설을 내뱉었다.

"좀 살살 못해?"

남자는 순간 움찔하더니만 기가 찬다는 얼굴을 했다. 캐시는 한숨을 내쉬고 목에 힘을 풀었다. 그러다가 인상을 썼다.

"읏……."

미간에 긴 주름이 점차 깊어졌다.

별안간 캐시가 남자의 목에 팔을 감았다. 그 모습에 판데르발트는 비웃듯이 웃고는 말했다.

"그래. 차라리 받아들이는 게 덜 고통스러울 거야."

이어서 남자가 허리를 들썩이는 몸짓을 취하자, 캐시는 고통스러운 듯 남자의 옷을 꽉 말아 쥐었다.

"흣……."

남자가 푸르르 떨었다.

퍽! 끔찍한 소리가 나며 손이 가슴을 뚫고 나왔다. 예상하지 못했던 판데르발트는 눈을 크게 떴다.

남자가 스르르 옆으로 넘어가고, 그 너머로 똑바로 판데르발트를 쳐다보는 캐시의 붉은 눈이 이글거렸다.

"다음은 네 차례야."

퍽. 느닷없이 판데르발트 뒤에 있던 경호원이 날아갔다. 판데르발트가 놀라서 돌아보는 순간이었다. 어느새 나타난 라토가 그의 목을 팔뚝으로 휘감아, 공격하려고 자세를 잡는 왼쪽 경호원을 후려쳤다. 그러자마자 덤벼오는 다른 남자를 걷어찼다. 남자는 엄청난 거리를 날아서 굴러갔다.

이내 라토는 쾅 소리가 나도록 판데르발트를 바닥에 내리눌렀다. 사방이 정리되고 침묵이 감돌았다.

"왜 요새를 빠져나가지 않고……!"

정신이 든 캐시는 발작적으로 말하려고 했다.

그때 캐시가 생각하지 못한 게 있었는데, 그건 바로 라토의 성격이었다. 라토는 죽으면 죽었지, 성격상 가말을 이곳에 혼자 두고 먼저 탈출할 리가 없는 사람이었다. 그러니까 당연히 라토는 다시 되돌아왔다.

라토는 건물 사이의 골목에 몸을 숨기고 주변을 살폈다. 그때 기척이 들리고 복도 너머에서 레기온 대원들이 몰려왔다. 하지만 그를 찾는 건 아닌 것 같았다. 서두르긴 하는데 왠지 다들 좀 들뜬 기색이었기 때문이다.

그들이 나누는 대화가 들렸다.

"뭐? 라헬 대장이?"

"이젠 대장이 아니지. 노예지."

라토는 미간을 찌푸렸다.

'노예? 그 여자가? 왜?'

"파티……."

"건방진 년이……."

남자들이 가면서 소리가 점차 멀어져 더는 들리지 않았다.

라토는 남자들이 사라진, 라헬의 궁이 있는 방향을 돌아보았다. 하지만 이내 반대편으로 걸음을 돌렸다.

라헬에게 무슨 일이 있든 그로서는 알 바가 아니었다. 일단 그는 가말을 찾아야 했다.

그런데 무언가 모를 불편함에 걸음이 멈칫했다. 라토는 심각한 얼굴로 레기온 대원들이 간 방향을 돌아보았다.

겨우 풀려난 곳을 제 발로 다시 찾아가는 것만큼 미련한 짓이 어디 있겠냐마는…….

'레기온 내부에서 무슨 일이 일어나고 있는지 알아둬서 나쁠 건 없겠지.'

거기에 따라 어떻게 탈출해야 할지 변할 수도 있기 때문이었다.

애써 그렇게 생각하며 라헬의 궁으로 가니, 경비병들이 입구를 지키는 둥 마는 둥 하고 있었다. 바깥보다 안의 동향에 더 신경을 쓰는 것 같았다.

'확실히 안에서 무슨 일이 있기는 있나보군.'

생각하고 라토는 궁 뒤쪽으로 갔다. 여기서 지내는 동안 구조를 유심히 관찰했기에 어디가 어디로 통하는지 대충 알고 있었기 때문이다.

가볍게 박차고 올라 벽을 넘어갔다. 사실 경비병만 없으면 이 정도 벽은 일찍이 넘나들 수 있었다.

그런데 궁은 이상할 정도로 조용했다. 원래 라헬이 번잡스러운 걸 좋아하지 않는다고 해서 이곳에는 다른 곳에 비해 사람이 적긴 했지만, 이건 기분이 나쁠 정도로 고요했다.

그때 레기온 대원들이 라헬의 방으로 들어가는 모습이 보였다. 꼭 제 방처럼 거리낌 없이. 그게 역시 보통 때 같진 않았기에 라토는 천장으로 기어 올라갔다. 그리고 방 안 상황을 확인하고 얼이 빠졌다.

'대체 이게 무슨 상황이지?'

작가가 제 세계에 심취한 작가주의적 아방가르드풍의 그림을 봤다고 한들 이렇게 이해하기가 힘들지 않았을 것 같았다. 라헬 그 마녀 같은 여자가 입다 만 옷, 아니 차라리 입지 않느니 못한 옷을 입고 레기온의 경비병들에게 붙잡혀 있었다.

아무래도 어떤 안 좋은 일이 일어나기 직전 같은데, 라헬이 당하는 모습도 상상이 안 되거니와 왜 이런 상황이 됐는지 전후 맥락이 파악되지 않았다.

그때 침대 아래 서 있는 판데르발트가 말했다.

"넌 이투하 대장을 놓아줬어. 그것만으로도 대답은 충분하지."

그제야 라토는 좀 알 것 같았다. 아무래도 라헬이 이런 상황에 처한 이유는 자신을 놓아줬기 때문인 모양이었다. 그런데…….

'저 여자가 놓아준 거였나?'

그럼 그 정체 모를 영원교 여자는 라헬의 심부름꾼이라는 말이었다.

'그런데 왜?'

그런 생각을 하는데 라헬이 말했다.

"죽이고 싶지 않았어. 그런 남자한테 사랑에 빠지지 않기란 힘든 일이잖아."

라토는 기가 찼다. 저건 어딜 봐도 거짓말이잖은가. 판데르발트도 빈정거리는 투로 되물었다.

"아, 그래? 그래서 모든 위험을 감수하고 라토 사타디를 놓아줬다?"

"맞아."

"신이 왜 여자한테 입을 주셨는지 모르겠어. 아래 구멍으로 충분했을 텐데 말이야."

그때 문이 열리고 족히 수십 명은 되는 남자들이 들어오기 시작했다. 그리고 판데르발트는 즐거워하며 말했다.

"당해서 죽게 될 거야. 그리고 걸레짝이 된 네 시체를 MCTC의 함선에 던져주지."

◇◇◇

하지만 그런 사정을 일일이 말할 필요도, 저쪽이 알 필요도 없었다. 그래서 라토는 돌아서며 말했다.

"묶을 거 줘."

캐시는 찢어진 제 옷의 앞섶을 잡아 묶고는 굴러다니는 수갑을 가져다주었다. 그러자 판데르발트가 와락 외치려고 했다.

"이런 짓을 하고 무사할 줄……!"

"진부한 대사는 하지도 마."

그러면서 라토는 이불을 찢어 뭉쳐서 입에 집어넣고 재갈을 채웠다. 그리고 잔뜩 성이 나서 웁웁거리는 판데르발트에게 바닥에 굴러다니는 수갑을 집어 채우고 나서 캐시를 위아래로 훑었다.

"네가 MCTC의 스파이라고?"

"내 방으로 가야 해."

캐시는 대답하지 않고 문으로 가서 바깥의 소리를 살폈다. 그런데 라토가 뒤에 오더니 전혀 목소리를 죽이지 않고 물었다.

"뭐해?"

"쉿."

캐시는 당장 조용하라는 표시를 했다. 그러자 라토는 표정이 이상해지더니 문고리를 잡고 활짝 문을 열었다.

"아무도 없어."

과연 바깥에는 아무도 없었다. 정확하게는, 그들이 탈출하려는 걸 보고할 수 있는 사람은. 경비병들이 모두 바닥에 의식을 잃고 기절해있었기 때문이다. 누가 처리했는지는 분명했기에, 캐시는 기가 차서 라토를 보았다.

"지금까지 샌드백 노릇만 하고 있어서 이렇게 강할 거라고는 생각 못 했네."

"이놈 좀 부탁할게."

캐시는 판데르발트를 가리키며 말하고 밖으로 나갔다. 라토는 힘 좋은 마당쇠가 쌀부대를 들듯이 판데르발트를 어깨에 들쳐 업고 따라왔다.

옷자락을 펄럭이며 빠르게 복도를 지나 그녀의 방으로 향하는데, 갑자기 뒤에서 소리가 들렸다.

"대장님!"

집사의 목소리에 캐시는 흠칫 뒤를 돌아보았다. 과연 판데르발트가 붙인 첩자답게 워낙 인기척이 없었다. 그런데 집사만 놀란 얼굴로 서 있을 뿐 어디에서도 라토가 보이지 않아, 캐시는 한쪽 눈썹을 추켜들었다.

'어디 갔어?'

그사이에 집사가 감격한 표정으로 말했다.

"대장님, 무사하셨군요. 다행입니다. 녀석들이 절 가둬두는 바람에……."

아직 캐시가 제 정체에 대해 모른다고 생각하고 옆에 붙어 다닐 셈 같았다.

그때 캐시가 고갯짓하며 말했다.

"잡아. 판데르발트 놈 끄나풀이야."

"네?"

무슨 말인지 이해하지 못한 집사가 어리둥절해하며 돌아보려고 했을 때였다. 퍽 소리가 나며 집사가 족히 30m는 날아가 데굴데굴데굴 굴렀다.

"너무 감정이 담긴 거 아냐?"

캐시가 황당하단 듯이 말하자 여전히 판데르발트를 어깨에 얹은 채로 나타난 라토는 주먹을 내리고 무심하게 말했다.

"성가시게 구는 게 짜증 났거든."

그 심정을 이해 못 하는 건 아니었기에, 캐시는 감당할 수 없는 타격을 받고 정신을 못 차리고 있는 집사를 그냥 지나쳐 걸어갔다. 그러자 라토가 남은 손으로 집사의 목덜미를 잡아서 질질 끌고 왔다.

방에 들어가자마자 캐시는 찬장을 열어 틈새에 끼어 있는 얇고 작은 케이스를 꺼냈다. 그리고 거기서 스티커처럼 얇은 무전기를 꺼내 귀 뒤에 붙이고 말했다.

"오로라는 남쪽에서 뜨지 않는다. SAZ07183입니다. 커버가 날아갔습니다. 플랜 B, 프린스 작전을 실행합니다."

그런 캐시를 본 라토가 말했다.

"정말 놀랄 노 자군. 대공이 MCTC의 비밀 요원인 한이 있어도 그쪽은 절대 아닐 거라고 생각 했는데."

캐시는 책상 서랍에서 뭔가를 꺼내면서 말했다.

"안타깝게도 대공은 아니야. 그게 무슨 말인지 알아? 만약 잡히면 우리는 두 팔다리와 혀가 잘린 채 돼지우리에 던져 넣어지는 꼴이 차라리 나은 경우가 될 거란 의미지."

라토는 미간을 찌푸렸다.

"대체 그런 끔찍한 상상력은 어디서 오는 거야?"

그러자 캐시는 코웃음을 쳤다.

"척 부인의 고사 몰라? 아무리 착한 루아스의 입장에서 봐도 그쪽은 너무 순진해 빠졌어."

그러면서 서랍에서 꺼낸 걸 휘두르는데, 잘 보니 리모컨이었다. 말하고는 그걸 눌렀다. 그러자 정면으로 보이는 벽이 열리며 박물관에 전시해둔 듯이 수많은 무기들이 장식되어 있는 내부 벽이 나타났다.

라헬로 지내며 장점은 이런 무기들을 쌓아놓고 있어도 이상하지 않은 점이었다. 라토는 벽으로 다가가면서 기가 찬단 듯이 말했다.

"착한 루아스? 이봐, 네가 나한테 무슨 짓을 했는지 기억 안 나? PTSD 치료비는 대주나?"

"널 죽였어야 했어."

캐시는 단호하게 말했다.

"내 임무는 단 하나였어. 레기온의 완전한 해체. 그래서 난 조직 내부에서 HVT(고가치 표적)들을 경쟁자를 제거한다는 명목이나 온갖 사고사로 위장해서 처리해왔어. 그리고 마지막으로 최적의 타이밍에 대공을 제거할 예정이었지."

그러고는 캐시는 시니컬한 웃음을 지었다.

"근데 실패했지. 그걸 위해 지난 10년간 불사조 타령을 하는 사이코 파시스트 미친년 노릇을 했는데 말이야."

그 어조가 하도 신랄해서 라토는 진심으로 유감을 느꼈다.

"그럼 죽이지 그랬어."

그가 캐시를 응시하며 말하자, 둘 사이에 무어라 설명할 수 없는 공기가 흘렀다. 이상한 일이지만 라토는 캐시가 그를 죽일 수 없었다는 말을 하는 걸 듣고 싶었다. 하지만 캐시는 아무 대답도 하지 않고, 벽에서 건 홀스터를 집어 차며 말했다.

"지금쯤이면 드페르 소령님의 팀이 요새에 들어왔을 거야."

◇◇◇

"소령님."

도영은 돌아보았다. 그를 부른 건 한 중사였다.

하수구의 어둠 속에 모두 검은색 전투복으로 무장하고 마스크까지 끼고 있어서 누가 누구인지 구별할 수 없었지만, 팀원들은 몸집만 보고도 각자를 알아볼 수 있는 능력이 있었다. 이번 작전에는 인간인 대원들도 다수 참여했고, 한 중사도 그중 하나였다.

콜사인은 벌처(Vulture), 가말이 이 요새에 인질로 잡힌 지 반년 만에 드디어 성사된, 전방위적으로 팀들을 투입한 거대한 작전이었다.

"아뇨, 됐습니다. 무전에서 잡음이 들려서요."

한 중사는 귀 뒤를 두드리며 말했다. 드래건이라도 살 것처럼 커다란 동굴에 목소리가 울렸다.

"가죠."

도영은 말하고 하수구의 물을 헤치며 걸음을 내디뎠다. 그 뒤를 무장한 팀이 따랐다.

캐시는 건 홀스터를 차며 창밖을 살폈다.

"하지만 소령님의 팀이 여기까지 오려면 시간이 더 필요해."

반면 그들은 당장 탈출해야 했다. 지금쯤이면 캐시가 MCTC

의 스파이라는 사실을 쿠니스가 눈치챘을 테니까.

"그러니까 중간까지 가말 씨를 데리고 나가야 해."

그러고는 캐시는 문으로 가서 살짝 열고 바깥을 살폈다. 라토는 그런 그녀를 보다가 물었다.

"괜찮아?"

"뭘……."

캐시는 어리둥절해서 묻다가 아까 당할 뻔했던 일을 말한다는 걸 깨달았다.

"걱정해줘서 고마워. 하지만 여기 들어올 때 그보다 더한 일을 당할지도 모른다는 각오 정도는 했어."

누군가가 걱정해준 게 오랜만이라 어쩐지 머쓱했다.

"근데 옷을 갈아입는 게 낫지 않아?"

캐시는 무슨 소리인가 싶어 라토를 봤다가 자신의 옷차림을 보고 기가 찬단 표정을 지었다.

"지금 옷이 중요해?"

"뭐."

라토는 그답지 않게 어물쩍 대답했다. 그에 캐시는 순간 무슨 생각이 들어 입매를 휘며 나른한 웃음을 지었다.

"남자는 남자네. 이 상황에도 내 엉덩이가 눈에 들어오는 거 보면."

라토는 바로 불편해하는 얼굴이 되었다.

"뛰다가 걸려 넘어질까 봐 그런 거야."

"솔직히 말해도 돼. 남자가 여자 엉덩이 보는 게 이상한 것도 아니고."

그런데 라토는 이상한 생물을 보듯이 캐시를 보았다.

"어디서부터 어디까지가 네 진짜인지 모르겠군."

"진짜도 가짜도 없어."

난데없이 목소리가 끼어들었다. 돌아보자, 어느새 재갈이 풀린 판데르발트가 말하고 있었다.

"이 여자한테 진짜나 가짜가 있을 거 같아? 하이퍼리얼리즘. 원본은 한참 전에 없어지고 오로지 가짜가 가짜를 복제한다. 오래된 철학은 여전히 유효한 거지."

판데르발트에게 다가간 캐시가 그의 위에 조용히 그림자를 드리웠다.

"내가 라헬이 아니라고 해서 아예 다른 사람일 거 같아? 난 남자들이 우는 모습을 보는 걸 좋아해, 아주."

그러면서 꽉 쥐는 주먹에, 밤길의 치한이 오히려 무릎을 꿇고 살려달라고 빌 것 같은 혈관이 꿈틀거렸다. 판데르발트도 상황 판단이 되는지 입을 다물었다.

캐시는 재갈을 다시 제대로 씌우고 수갑도 다시 한번 확인했다. 혹시라도 풀어질까 봐. 그렇게 되어 판데르발트가 덤비는 일이 무서운 게 아니라, 그러면 정말 그를 죽여버릴 것 같아서였다. 하지만 판데르발트는 만약 대공을 붙잡지 못할 경우 재판정에 세울 수 있는 가장 큰 공범이었다. 최대한 살려서 데려가야 했다.

이 요새를 훤히 알고 있는 캐시 덕분에 가말의 방까지 가는 길은 순조로웠다. 하지만 방 앞을 지키고 있는 경비병들을 처리하는 게 문제였다. 그래서 방법을 강구하며 모퉁이 너머에서 지켜보고 있는데, 기색을 살피던 판데르발트가 뒷머리를 벽에 쳐서 소리를 냈다.

"너 이……!"

캐시가 돌아보고 이를 가는데 바로 경비병들이 소리를 듣고 반응했다.

"거기 누구야?"

갑자기 캐시가 뒤로 풀썩 쓰러졌다. 끈이 떨어진 인형인 양. 하도 갑작스럽게 쓰러져서 라토도 깜짝 놀라고 말았다. 그리고 바닥에 쓰러진 채 캐시는 파르르 떨면서 더듬거렸다.

"도와……."

이런 진부한 수법에 속는 상대가 있을까 싶은데, 그라도 속을 것 같았다. 연기력이 하도 뛰어나서.

"무슨 일……."

경비병이 경계하며 다가왔을 때였다. 캐시는 전광석화의 속도로 그의 멱살을 잡아당기며 목에 팔을 감아 기절시켰다. 그 모습을 보고 다른 경비병이 소리치려하자 어느새 그 앞에 나타난 라토가 경비병을 걷어찼다. 엄청난 파워에 밀려 그는 반대쪽 벽에 부딪히며 정신을 잃었다.

캐시는 기가 막혀 말했다.

"인간이었으면 즉사야."

"인간이 아니니까 됐잖아."

그러면서 라토가 뻗은 손을 캐시는 잡고 일어났다. 그리고 그녀가 모퉁이에서 판데르발트를 끌고 나왔다. 머리가 헝클어진 판데르발트는 시선으로 그녀를 찢어 죽일 듯이 노려보았다. 그래봤자 그가 할 수 있는 건 없었지만.

그사이에 라토는 문으로 가서 살짝 문을 두드렸다.

"마티."

하지만 대답이 없었다.

◇◇◇

그보다 조금 전, 가말은 침대에 앉아 있었다. 달이 비친 연못처럼 둥그런 기름 램프에 성냥불이 닿고, 심지에 가분히 불이 타올랐다. 그 빛이 비쳐 실크 침구의 표면에 윤기가 흘렀다.

램프에 불을 붙인 영원교 여자가 돌아보고 말했다.

"주무세요."

"응."

여자가 베개를 내리고 흰 원피스 잠옷을 입은 가말이 눕도록 도와주었다.

"안녕히 주무세요."

"너도 잘 자."

여자는 공손하게 묵례하고 발소리도 없는 조용한 몸짓으로 나갔다. 문이 여닫히는 소리가 들리고, 한동안 정적이 감돌았다.

가말은 이불을 걷고 일어났다. 그리고 옷장을 열어, 잠옷 위에 그대로 후드가 달린 망토를 꺼내 걸쳤다. 이곳에서는 레기온 대원들 외에는 현대의 옷을 입지 않았기 때문에 구할 수 있는 선에서 이게 그나마 가장 움직이기 편한 복장이었다.

더는 기다릴 수 없었다. 오늘 그녀는 이 요새를 나가 도영에게 돌아가기로 마음먹었다.

가말은 창가로 다가갔다. 저번에 도영이 여기로 들어왔다는 걸 알게 된 후 전류가 흐르는 철사를 친친 감아놨지만, 바다가 잘 보이지 않는다고 가말이 누차 불평하자 거두었다. 이러나저러나 가슴에 폭탄이 있으니 탈출할 수 없을 거라고 생각한 것 같았다.

가말은 아마 도영이 밟고 들어왔을 턱을 발로 디디고 밖으로 나갔다. 휘이이이이……. 거센 바닷바람이 옷자락을 흩날리고, 멀리 잠들어 있는 검은 짐승 같은 바다가 몸을 뒤채듯이 파도가 쳤다.

집에 갈 것이다, 오늘에야말로.

19
Comes the Messiah

휘이이이이……. 거센 바닷바람이 옷자락을 흩날리고, 멀리 잠들어 있는 검은 짐승 같은 바다가 몸을 뒤채듯이 파도가 쳤다. 가말은 창가에 신중하게 발을 디디고 뛰어오를 준비를 했다.

"사도님께서 차를 갖다달라고 하셔서요."

그때 밖에서 소리가 들렸다. 드비나의 목소리였다. 가말은 획 뒤를 돌아보았다. 자신은 차를 가져다달라고 한 적도 없고, 드비나는 오늘 당번도 아니었다. 과연 경비병도 그걸 지적했다.

"넌 오늘 당번이 아니잖아."

경비병 앞에 서 있는 드비나는 당황했다. 레기온의 경비병들이 이런 걸 지적한 적이 없어서 이럴 경우 미처 대비를 하지 않았기 때문이다. 하지만 자신들이 몰랐을 뿐, 말없이 다 체크하고 있었던 모양이다.

"그게……."

경비병들이 무표정한, 그래서 더 무서운 얼굴로 쳐다보고 있기에 뭐라도 말은 하려고 입을 열었다. 그때 경비병이 물었다.

"정말 차를 갖다달라고 한 거 맞아?"

"아뇨, 그게……."

드비나는 말을 더듬으면 안 된다고 생각하느라 긴장감에 자기도 모르게 살짝 목소리를 떨었다. 그러자 경비병 중 하나가 허리에 손을 올리고 말했다.

"수상한데?"

끽. 갑자기 문이 열리고 그 틈으로, 잠옷을 입은 가말이 말했다.

"아까 여자가 보낸다고 했어. 들어와."

그러고는 가말은 경비병이 뭐라고 하기도 전에 안으로 들어가 버렸다. 드비나는 경비병을 흘긋 눈짓했다. 그러자 경비병은 마뜩찮은 얼굴로 들어가보라는 고갯짓을 했다. 그에 드비나는 눈을 내리깔고 안으로 들어갔다. 그런데 가말이 보이지 않아서 침실로 가자, 입구 옆에 서 있는 그녀가 물었다.

"왜 거짓말했어?"

"라토 대장님께서 탈출하셨어요."

드비나는 바로 본론부터 말했다.

"라토가? 어떻게?"

가말은 깜짝 놀라 저도 모르게 묻다가 드비나를 이상하게 보았다.

"네가 어떻게 그런 소식을……."

"우리는 2세입니다."

그때 뒤에서 목소리가 들렸다.

전혀 기척을 느끼지 못했는데, 돌아보자 이손이 서 있었다. 하지만 그가 갑자기 나타난 데에 드비나는 놀라는 얼굴이 아니었다.

이손은 말했다.

"부모님이 영원교도였던 저희는 대개 영원교 안에서 태어났고, 밖의 세상은 알지 못합니다."

"전에 '사도'라고 왔던 여자 루아스가 있었어요."

드비나가 이어 말했다.

"자진해서 온 거 같았죠. 우린 정말 극진하게 사도를 모셨어요. 저도 그 여자가 정말 메시아를 낳을 위대한 사도라고 믿었어요, 어느 날 그 방에 불려간 제 동생이 돌아오지 않기 전까지는."

드비나의 눈이 슬퍼졌다.

"전 부모님한테 물었어요. 왜 제나가 돌아오지 않느냐고. 어머니는 저한테 그랬죠. '사도께 선택받아 그분의 일부가 되었다'고."

자극적인 단어는 하나도 없지만 무서울 정도로 역겨운 이야기였다. 바깥에선 큰 문제가 없어 보였던 영원교 내부에서는 인신공양이 일어나고 있었던 것이다.

"그 미친 눈을 보면서 난 꿈에서 깨어났어요."

그건 정말 미몽에서 깨어난 자의 명현한 눈빛이었다. 하지만 이런 이야기를 들으며 가말은 슬퍼하지 않을 수 없었다.

"슬퍼."

드비나는 고개를 저었다.

"기뻤어요, 어리석은 꿈에서 깨어날 수 있었던 점에서는. 꿈에서 깨어나기 전엔 뭔가 이상하다는 위화감조차 느끼지 않았어요. 어쩌면 그럴 수 있었을까 싶을 정도로요. 하지만 정신이 드니 한 가지는 알겠더군요. 만약 신이 있다면 저희에게 이런 끔찍한 일을 바라진 않을 거라고. 만약 그런 신이라면, 난 필요 없다고."

그렇게 말하는 드비나의 눈이 푸르게 빛났다.

그때였다. 쿵. 밖에서 무언가 쓰러지는 소리가 들렸다. 인간의 귀에도 들릴 정도라, 드비나가 문을 돌아보고 뭐라고 하려고 했다.

"쉿."

하지만 가말이 손을 내밀어 그녀를 막고, 바깥에서 나는 소리에 귀를 기울였다. 똑똑. 그때 문에서 노크 소리가 났다.

"마티."

그리고 들려오는 건 라토의 목소리였다. 가말이 얼른 문으로 가서 문을 열자 문틈으로 라토가 보였다.

"라……."

그가 무사한 걸 보고 말하려는데 라토가 먼저 문틈으로, 놀랍게도 수갑에 묶여 있는 판데르발트를 끌고 들어왔다.

"잠깐 들어갈게."

그리고 캐시가 문을 닫고 따라 들어왔다. 가말은 한 걸음 물러나며 놀란 눈으로 캐시를 보았다.

"왜 이 여자랑……."

말하다가 캐시가 하고 있는 꼴을 보고 저도 모르게 물었다.

"옷은 왜 이래?"

캐시는 진정하라는 듯이 손을 내밀고 말했다.

"전 MCTC의 정보원입니다."

가말은 미간을 찌푸리고 라토를 보았다.

"이건 무슨 장난이야?"

"장난이 아냐. 나도 기가 막히지만 MCTC의 정보원이었어."

라토까지 그렇게 말하자 가말은 이걸 믿어야 하나 말아야 하나 긴가민가했다. 하지만 일단 라토가 믿는다면 그럴 만한 근거가 충분히 있을 테고, 달라진 캐시의 말투가 설득력이 있기는 했다. 게다가 묶인 채로 그녀를 노려보는 판데르발트를 보고서는, 믿지 않기가 힘들었다.

판데르발트는 오만한 뱀파이어였다. 누군가를 속이겠다고 이런 연극에 동참할 만한 사람이 아니었다. 그것도 이렇게 치욕스러운 몰골로.

하지만 아무리 그래도 다른 사람도 아니고 그 '라헬'이 스파이였다고? 도저히 선뜻 믿기가 힘들었다.

반면 캐시는 더 입씨름하는 건 시간 낭비라고 생각하고 가말이 믿거나 말거나 말했다.

"수신 가능한 모든 채널이 차단되어 있어서 연락은 받지 못하지만 작전대로라면 지금쯤 드페르 소령님의 팀이 요새에 들어와 있을 겁니다."

가말의 눈이 흔들렸다.

'도영이…….'

오고 있다, 그녀에게.

그 사실을 곱씹고 있는데 캐시가 덧붙였다.

"하지만 팀이 여기까지 들어오길 기다리면 대공한테 붙잡힐 겁니다. 지금 바로 출발해서 중간에서 만나야 합니다. 문제는, 이쪽에는 가말 씨를 탈출시키는 데 가용 가능한 병력이 없다는 겁니다."

여태까지 캐시가 라헬로서 했던 행동들을 생각하면 실은 아군이라는 데 기뻐해야 할지, 아니면 그래도 어떤 일은 너무 심했다고 화를 내야 할지 알 수 없었지만, 어쨌든 가말은 말했다.

"있어."

그러자 라토가 의아하게 보며 물었다.

"있어?"

"그렇죠."

캐시는 피식 웃었다.

"가말 씨가 영원교를 잘 구워삶아놓은 덕에 일이 쉬워졌어요. 사도님을 위해서라면 목숨이라도 바칠 기세더라고요."

그에 라토는 인상을 쓰고 가말을 보았다.

"마티, 뭘 한 거야?"

"어……."

위험한 일을 했다는 게 이런 식으로 들키게 되어 가말은 눈을 도르륵 굴렸다. 그러자 라토가 벌컥 화를 내려고 했다.

"임산부가……!"

가말은 그를 달래기 위해 다급하게 말했다.

"아냐. 입만 털었어."

라토는 미간을 짚었다.

"그런 말은 어디서 배운 거야?"

"한 중사……."

그런다고 또 가말은 누구한테 배웠는지 따박따박 털어놓기까지 했다. 가말이 옆에 있는 줄도 모르고 그냥 제 할 말을 했을 뿐인 한 중사로서는 억울할 일이었다.

"그럼……."

캐시는 피식 웃고 시선을 돌렸다.

"드비나와 이손이 함께 가말 씨를 모시고 갈 겁니다."

그제야 라토는 드비나를 보고 중얼거렸다.

"넌……."

그도 알고 있는 얼굴이었다. 바로 그를 지하 감옥에서 빼내준 여자였다.

드비나는 라토를 보고 쓰게 웃었다.

"나가지 않으셨군요."

라토의 성격을 좀 더 생각했더라면 그런 수는 쓰지 않았겠지만, 좌우지간 제 실책이었다고 생각하며 캐시가 말했다.

"길은 드비나와 이손이 알고 있습니다."

라토는 이손을 보고 물었다.

"그럼 저번에 드페르 소령님의 팀을 도와준 저격수가 혹시 그쪽이었습니까?"

안 그래도 라헬은 그날 절벽에 있었기 때문에 더 정보원일 거라고 의심할 수 없었다. 게다가 그 저격수의 시력이나 실력을 봤을 때 적어도 인간은 아니었으니 이 상황에서 짐작되는 인물은 이손뿐이었다.

"예."

과연 이손은 고개를 끄덕였다.

캐시가 말했다.

"여기 있는 이손과 드비나를 비롯해서 탈출하기를 원하는 영원교의 아이들이 있습니다. 아이들이 제게 협력해주고 있었습니다. 지금부터 전 아이들을 데리러 갈 겁니다."

"따로 간다고?"

당연히 캐시도 같이 가는 거라고 생각했던 라토가 물었다. 그러자 캐시는 무심히 대답했다.

"아이들을 데리고 나가주기로 약속했어."

라토는 말없이 그녀를 쳐다보았다. 반면 가말은, 이제 아들의 얼굴만 봐도 그가 무슨 생각을 하는지 알 것 같아 말했다.

"같이 가."

하지만 라토는 가당치 않다는 듯이 고개를 저었다.

"아니, 난 마티를……."

"난 강해."

가말은 그 말을 끊고 말했다.

"아이들은 강하지 않아. 도와줄 사람이 필요해. 이쪽에는 이손이 있잖아."

사실 많은 아이들을 데리고 탈출하려면 혼자의 힘으로는 부쳤기 때문에 캐시는 뱀의 손이라도 필요한 상황이었기에 받아들였다.

"부탁해도 될까?"

상황이 정리됐다고 생각한 가말은 드비나를 보고 물었다.

"지금 가면 돼?"

"네."

그리고 가말은 이불 속에 뭉쳐놓았던 후드를 꺼내 입고, 라토를 가볍게 포옹했다.

"조심해, 라토."

"마티도."

그 모습을 보는 캐시는 기분이 이상했다. 그녀가 아는 파트로네스와 클리엔테스는 이런 관계가 아니었기 때문이다. 피가 흐르는 방향에 따른 철저한 서열 관계였지.

드비나가 캐시에게 말했다.

"아이들과 제 방에서 만나기로 했어요."

"비상 연락에 대한 코드는?"

"'파란고리문어'요. 반대쪽에서는 '도르카스 가젤'이라고 할 거예요."

"무슨 의미야?"

"그냥 평소에 전혀 안 쓸 거 같은 단어로 한 거죠, 뭐."

그러고는 드비나는 말했다.

"모두 데려와주세요."

캐시는 단호한 얼굴로 고개를 끄덕였다.

"걱정 마."

그러자 드비나는 가말에게 말했다.

"가요."

그리고 가말, 드비나, 이손은 밖으로 스며들 듯이 사라졌다.

◇◇◇

똑똑. 방에 도착해 캐시는 문을 두드렸다.

"파란고리문어."

"도르카스 가젤."

안에서 대답이 들려왔다. 캐시와 라토는 시선을 교환했다. 대답하는 목소리가 떨리고 있었기 때문이다. 뭔가 잘못됐다는 신호였다.

"들어오세요."

그런데 안에서 목소리가 들렸다. 캐시는 심각한 얼굴로 가만히 있다가 문을 열었다.

끼익. 방은 어두워 새어 들어오는 달빛으로만 윤곽을 확인할 수 있었다. 그래서 얼굴 한쪽에 음영이 드리워진 영원교 여자의 모습이 유난히 음산해 보였다. 여자는 허리를 꼿꼿하게 펴고 앉아 있었다.

"오셨군요."

지하실에 들어섰을 때 발목을 휘감는 한기처럼 서늘한 목소리였다.

"배신자가 라헬 대장님일 거라고는 생각하지 못했군요."

캐시는 말했다.

"쓸데없는 저항은 하지 마."

무릎을 꿇고 앉아 있는 아이들은 얼굴이 하얗게 질려 덜덜 떨고 있었다. 선으로 칭칭 휘감긴 채. 그리고 선은 저마다 들고 있는, 기폭 장치로 보이는 물건에 연결되어 있었다. 진짜 기폭 장치를 누가 들고 있는 건지 모르게 하려는 셈이었다. 보통 상황에서는 자신이 캐시의 상대가 되지 않으리라는 걸 알고.

역시 기폭 장치로 보이는 물건을 들고 있는 여자가 무표정하게 말했다.

"이 아이들은 메시아의 군대가 될 아이들입니다."

캐시는 나직이 으르렁거렸다.

"그래서 그렇게 되지 못할 바에야 폭파시켜버리겠다고?"

"메시아께서 기뻐하실 겁니다."

연신 표정이 없던 여자는 웃는 법을 모르는 듯이 기이한 웃음을 지었다. 라토는 정말로, 이 사이비 교도들이 한다는 짓이 역겨웠다.

"교주가 이러라고 했나?"

그래서 저도 모르게 거친 목소리로 묻고 말았다. 하지만 여자는 일체의 미동이 없는 얼굴로 그를 보았다.

"이 아이들은 사탄의 유혹에 넘어가 진정한 신앙을 배신하는 죄를 저질렀습니다. 정화받아야 함이 마땅합니다."

"헛소리를 잘도……!"

캐시가 걸음을 내딛자 여자가 경고했다.

"잘못 건드리면 터질 겁니다."

"그렇겠지."

캐시가 말했다. 여자도, 라토도 그게 어떤 종류의 대답인지 알 수 없었다. 그런데 갑자기 캐시가 성큼 다가가더니 여자가 들고 있는 장치를 뺏으며 목을 붙잡아 들어 올렸다.

"컥……."

"모두 손에 든 걸 내려놔."

캐시가 하는 말을 아이들은 단번에 이해하지 못했다.

"전부 가짜니까."

그제야 아이들은 주춤거리며, 진저리치듯이 기폭 장치로 보이는 것들을 내려놓았다. 그런데 정말로 폭탄은 터지지 않았다.

"어떻게……."

여자는 목이 졸려 숨을 쉴 수 없으면서도 물었다. 이렇게 쉽게 들켰다는 사실이 믿기지 않는 모양이었다.

"당연히 네가 진짜를 들고 있을 줄 알았어."

캐시는 같잖다는 듯이 말했다.

"난 너희들을 잘 알아. 제 영생을 위해서라면 자기 자식도 용광로에 던져 넣을 더러운 욕망덩어리들. 누군가 실수해서 네가 죽을지 모르는 위험 같은 건 감수할 생각 따위 없고 감수할 배짱도 없지."

그러면서 캐시는 여자의 이마에 총구를 갖다 댔다. 여자는 숨이 막혀 얼굴에 핏줄이 돋아난 채 푸르르 떨며 캐시의 손을 긁어 떼어내려고 했지만 소용이 있을 리 없었다.

캐시는 이를 드러냈다.

"내가 널 찢어발겨 죽이지 않는 유일한 이유는, 그런 노력조차 아까워서야. 이 쓰레기야."

탕.

여자의 몸이 풀썩 쓰러졌다. 그 위로 캐시는 그야말로 얼음에 다름없는 시선을 던지고 몸을 돌리고 아이들의 몸에 감겨 있는 줄을 풀기 시작했다. 라토가 와서 도우며 말했다.

"대단하네. 한 번에 간파하다니."

"괜히 10년이나 테러리스트 노릇을 하고 살았던 게 아니니까. 이놈들이 무슨 생각을 하는지는 훤해."

이내 캐시는 줄을 전부 풀어내고 아이들에게 말했다.

"가자."

둘은 아이들을 데리고 밖으로 나섰다. 한참 가는데, 발소리가 들렸다. 라토는 당장 긴장하고, 일행에게 가만히 있으라고 손짓하고 모퉁이로 다가갔다. 다가오는 건 셋뿐이었다. 충분히 제압할 수 있었다.

그런데 발소리가 멈추었다.

'눈치챘다.'

낭패였다. 상대가 이쪽이 숨어 있다는 걸 깨달은 것 같았다. 그대로 대치한 채 몇 초가 지났다. 이대로 있어서는 아까운 시간만 낭비할 뿐이라는 생각에 라토는 빠르게 모퉁이를 돌며 총을 겨누었다. 상대도 마찬가지였다.

서로 총을 겨누는 순간, 라토는 상대를 알아보았다.

"토라."

MCTC의 대원처럼 검은 전투복을 입고 있는 토라와 이투하 둘이었다.

"라토."

토라도 여기서 제 쌍둥이를 만난 줄 몰랐는지 놀란 얼굴이 되었다. 그리고 둘은 서로를 뜨겁게 끌어안았다.

"시지."

그런 두 사람을 보며 캐시는 저도 모르게 휘파람을 불었다. 둘이 쳐다보자 어깨를 으쓱이며 말했다.

"별 의미는 없었어."

라토는 말했다.

"동족한테는 관심이 없는 줄 알았는데."

캐시는 어깨를 으쓱였다.

그편이 자지 않아도 수상하게 보이지 않을 테니까 그런 척했을 뿐이다. 임무에 필요하다면 잘 수도 있지만 이 녀석 저 녀석 들락날락하게 하고 싶진 않았으니까.

"어."

갑자기 토라가 캐시를 가리켰다.

"사드 백작이 울고 갈 여자 사이코패스 또라이?"

하지만 누군가가 대답하기 전에 토라는 판데르발트가 잡혀 있는 모습을 보고, 캐시를 가리킨 손을 내리지 않고 라토를 보았다.

"그럼 레기온 내부에 있다는 스파이가……?"

"그렇다는군."

라토가 고개를 끄덕이자 토라는 감탄하는 얼굴로 캐시를 보았다.

"놀랍네. 라헬이라면 타와가 엄청 학을 떼던데."

캐시는 팔짱을 끼고 삐딱하게 섰다.

"흥미롭네요. 사드 백작이 울고 갈 여자 사이코패스 또라이라는 건 드페르 소령님이 한 말이에요?"

토라는 그제야 자신이 한 말을 깨닫고 난감해하는 웃음을 지었다.

"타와도 그쪽이 아군이라는 건 몰랐으니까."

그러고는 토라는 캐시 뒤에 있는 아이들을 발견하고 물었다.

"그럼 이 아이들은?"

"영원교의 아이들이야. 탈출하길 원해."

아이들은 스무 명쯤 됐다. 토라는 생각지 못하게 많은 인원을 감당해야 한다는 사실을 깨닫고 어떡해야 하나 싶어 머리를 쓸어 올렸다. 하지만 고민하고 있을 바에야 얼른 한 명이라도 더 빼내는 게 우선임을 깨닫고, 이내 단호하게 말했다.

"가죠. 갈 길이 머니까요."

어느 순간이었다. 토라가 팔꿈치로 라토의 옆구리를 쿡 찔렀다. 그에 라토가 돌아보자 토라는 슬쩍 물었다.

"저쪽 궁에 잡혀 있었다며?"

"그게 왜?"

"상상력을 자극하네."

그러자 라토는 토라의 머리를 툭 쳤다.

"정신없는 놈."

"솔직히 말해. 좀 즐겼지?"

"그럴 정신이 있었을 거 같아?"

라토는 시치미를 뚝 뗐다. 즐긴 건 아니지만, 토라가 자신에게 있었던 일을 알게 되면 천 년짜리 놀림감이 분명했다. 절대 모르게 해야 했다.

그때 캐시가 돌아보고 쉿 소리를 냈다.

"조용히 해요."

두 남자는 입을 다물었다. 캐시는 다시 앞을 보았다. 아이들까지 무사히 데리고 나온 건 좋았는데, 문제는 사방에 득시글한 경비 병력이었다. 특히 꼭 지나가야 하는 길목에 있는 저 많은 적들을 따돌릴 방법이 없었다.

"방법이 없네."

캐시는 중얼거렸다.

"있어."

그때 뒤에 다가온 라토가 말해, 희소식에 캐시는 돌아보았다.

"그래? 어떤……."

그런데 생각보다 라토가 가까이 다가와 있어 시선이 마주쳤다.

라토는 기분이 이상했다. 눈앞에 있는 건 분명 그를 본능과 이성 사이에서 그토록 괴롭게 만들던 얼굴이 맞는데, 표정이 달라 다른 사람 같았다. 라헬은 눈빛이 차갑고 늘 비웃음을 머금은 표정이었던 반면 이쪽은 눈이 또렷하고 결연한 얼굴이, 이런 차림을 하고 있어도 꼭 군인다웠다.

캐시와 라토는 몰랐지만 뒤에 있는 토라가 둘이 그러고 있는 모습을 보고 한쪽 눈썹을 추켜들었다.

캐시는 겨우 정신을 차리고 물었다.

"어떤 방법?"

라토도 정신을 차렸다. 이럴 때가 아니었다.

"그냥 뚫고 가는 거야."

캐시는 라토를 쳐다보았다. 하나는 알 것 같았다. 그가 장난하는 건 아니라는 점. 기가 차 말했다.

"지금 그걸 방법이라고 내놓은 거야?"

"다른 방법 있어?"

"다른 방법은 없지만 그건 더 아니지. 레기온이 무서운 게 뭔지 알아? 인간 사회의 단맛에 취해 사냥 본능도 잃어버린 일반 루아스들과 달리 이놈들은 진성 사이코패스 집단이야. 이 자식만 봐도……."

판데르발트를 가리키며 말하려는데 라토가 일어섰다.

"말 많은 건 연기가 아니었네."

"잠깐……."

캐시가 다급히 라토를 잡으려고 했지만 뒤에서 토라가 툭툭 그녀의 어깨를 두드리더니 지나갔다. '잘 봐.'라고 말하듯이.

쿵. 마지막 레기온 대원이 쓰러졌다.

캐시는 흥미롭다는 눈으로 두 남자가 싸우는 모습을 지켜보았다. 과연 이투하의 명성이 이해될 정도로 원시의 숲을 뛰어다니며 쌓은 순수한 피지컬 파워로는 루아스 중에서도 최상위 티어가 아닌가 싶었다.

그런데 캐시가 그러느라 뒤를 신경 쓰지 못하고 있을 때 그 뒤에서 판데르발트는 조용히 손을 꼼지락거렸다. 저 여자가 한 눈이 팔려 있는 지금이 유일한 기회였다.

팍!

순간 그의 얼굴 옆 벽에 케이바(Ka-bar) 단검이 날아와 박혔다. 날이 전부 벽에 파묻힐 정도로 세게.

그리고 저 멀리서 라토가 레기온 대원의 것을 뺏어서 날린 자세를 취하고 있었다. 판데르발트는 꿀꺽 침을 삼키고 수갑을 풀려던 몸짓을 멈추었다.

"뭐야?"

그 모습을 보고 캐시가 한쪽 눈썹을 추켜들었다.

저벅……. 그때 뒤쪽에서 기척이 느껴졌다. 모두 긴장하고, 당장 아이들을 제 뒤로 감추었다. 점차 발소리가 이쪽으로 가까워졌다. 발소리가 묵직해서 인간인지 루아스인지 헷갈렸지만, 어느 쪽이든 이곳에서는 피할 길이 없었기에 캐시는 케이바를 벽에서 뽑아 꾹 쥐었다. 라토와 토라, 이투하들도 모두 긴장하는 기색이었다.

그런데 나타나는 건, 익숙한 인영이었다.

그 인영을 보고 토라가 말했다.

"타와."

무장한 남자들 중 하나가 헬멧의 버튼을 눌러 앞 유리를 열었다. 도영이었다. 토라는 기가 막히다는 얼굴을 했다.

"아직 여기까지밖에 못 왔어? 호언장담하면서 갈 땐 언제고?"

덩달아 도영도 기가 찬단 얼굴이 되었다.

"어디서 놀다 왔을까 봐?"

그때 도영이 캐시를 발견했다. 캐시가 스파이라는 걸 모르는 그가 공격이라도 할까 봐 얼른 라토가 말하려고 하는데, 도영이 먼저 말했다.

"연기를 잘하더군요. 스파이가 아니라고 믿을 뻔했습니다."

모두 멈칫했다.

"알고 있었어?"

토라가 놀라 묻자 도영은 고개를 끄덕였다.

이제 와서 하는 이야기지만 저번에 요새에 잠입해서 하심의 궁에 끌려갔을 때 라헬이 그를 잡은 순간 손끝에 이상한, 오돌토돌한 감각이 스쳤다.

점자였다.

- 남쪽 절벽. 엄호.

일반 점자가 아니라 군인이라면 잘 알 수밖에 없는 모스 부호를, 손끝에 바늘로 점자처럼 찍은 것이었다. 상처가 빨리 낫는 루아스의 특성을 이용해서.

그걸 예민한 감각으로 빠르게 읽어내자마자 도영은 눈치챘다. 정보원이 누구인지.

그때 기억을 떠올리며 도영은 눈앞에 있는 캐시를 보고 말했다.

"그리고 그쪽을 만났을 때는 항상 이상하게 운이 좋았죠. 포로로 붙잡혀서 끌려가고 있는데 때마침 적기가 나타나서 비행기를 공격해준다던가."

MCTC에서는 끝까지 그날 도영이 사타디 섬 근처에 떨어지도록 도와준 적기의 정체를 찾지 못했지만 그럴 수밖에 없었던 게, 애초에 찾지 않았기 때문이다. 캐시가 동원했다는 걸 알고 있었으니까.

그 말에 토라가 덧붙였다.

"하긴, 나도 라토를 구하러갔을 때 갑자기 적 쪽의 무전이 고장 났지. 탈출할 때도 공격하는 타이밍이 한 박자씩 늦었고."

미묘해서 지금까지 눈치채지 못했지만 뒤에서 캐시가 얼마나 바빴을지 짐작할 수 있었다.

도영은 계속 말했다.

"그리고 라토 네가 라헬의 궁에 잡혀 있다는 정보가 흘러나왔을 때 이쪽이 정보원이라는 걸 확신했지."

"생각보다 유능하네요."

자신만만하게 허리에 손을 짚고 서 있는 캐시가 흥미롭다는 투로 말했다.

"생각보다?"

도영은 기가 차 되물었지만 급한 건 그게 아니니 더 묻지 않고 토라와 라토를 보고 말했다.

"어쨌든 너흰 요새를 나가."

그리고 도영은 팀에게 이동 수신호를 보냈다. 팀이 먼저 움직이고 마지막으로 옆을 지나가는 도영에게 라토는 말했다.

"만약 마티를 제때 구해 나오지 못한다면……."

아직 안에 있는 가말을 생각하면 그도 함께 가고 싶었지만 이쪽엔 아이들이 있었다. 비전투원이 더 많은 이 그룹의 특성상 더 많은 전투원이 필요했다. 게다가 이건 명색이 '작전'이라 모든 팀원들이 이미 각자 역할이 정해져 있었다. 거기에 사람이 추가되면 오히려 계획이 틀어질 수도 있다는 걸 알기 때문에 라토로서도 같이 가겠다고 주장할 수 없었다. 그래서 도영이 더 바짝 정신을 차리고 가말을 구하는 데 집중하도록 강하게 말하려했다. 그런데 말이 끝나기도 전에 도영이 코웃음을 쳤다.

"그런 걸 쓸데없는 걱정이라고 하는 거야."

그러고는 팀을 이끌고 어둠 속으로 사라졌다. 라토는 기가 차서 도영이 가는 뒷모습을 쳐다보았다.

"인간이었을 때부터 저랬어?"

옆에서 토라는 어깨를 으쓱였다.

"그게 마티를 사로잡은 비결이지."

"이쪽이에요."

드비나는 불이 꺼져 어두운 부엌으로 가말을 안내했다. 이손이 뒤에서 다른 기척이 없는지 확인하고 따라왔다.

들어온 입구 반대편 문으로 간다고 생각했는데, 드비나는 그 옆에 틈처럼 난 작은 골목을 따라갔다. 한 사람 정도 겨우 지나갈 수 있는 좁은 골목이었다. 그 끝에서 가파른 계단이 나왔다.

"요새의 고용인들만 이용하는 뒷길이에요. 조심하세요."

드비나는 말하고 앞서가서, 계단 아래에 있는 문을 열고 나갔다. 그러자 거짓말처럼 다른 건물 내부로 연결되었다. 그리고 어두운 회랑에 사람들이 모여 있는 가운데 교주가 초조한 얼굴로 기다리고 있었다. 드비나는 그쪽으로 다가갔다.

"아버지."

부르는 소리에 교주는 얼른 돌아보고 안도하는 얼굴이 되었다.

"수고했다."

그리고 가말에게 고개를 숙였다.

"걱정했습니다, 사도님."

교주와 함께 있는 신자들이 가말을 보고 작게 웅성거렸다. 신자들 중에서는 가말을 가까이서 보지 못했던 사람들도 꽤 있었기 때문이다.

"다들 조용."

소리가 커지려고 하자 교주가 말했다. 그러자 신기할 만큼 모두가 한 번에 조용해졌다. 은밀하게 탈출해야 하는데 가말은 왜 이렇게 많은 사람을 데리고 왔는지 의아했지만 일단은 아무 말 하지 않았다.

교주는 정말 자기 목숨이 걸린 것처럼 다급하게 말했다.

"사도님을 모셔. 어서."

"가시죠, 사도님."

신자들은 자기 손에 인류의 운명이 놓여 있다는 사명감을 가진 양 비장하게 말을 따랐다.

가말은 기분이 이상했다. 어쨌든 영원교가 레기온의 편을 드는 사람들이긴 하지만 진심을 다해 그녀를 보호해주려는 모습을 보자…… 뭐라고 해야 할지, 죄책감이 느껴졌다. 그녀는 오로지 이들을 이용하려고 할 뿐인데.

"뭐야?"

그런데 낯선 목소리가 들렸다. 놀라서 돌아보자 경비병들도 어리둥절한 얼굴로 서 있었다. 아무도 없어야 할 곳에 경비병들이 있었다. 그에 영원교인들은 당황했다.

"왜 이곳에……."

게다가 한 신도가 바보처럼 말했다. 그사이에 경비병들은 중앙에 있는 가말을 보고는 흠칫했다가 주변에 포진해있는 영원교인들을 둘러보았다. 그리고 빠르게 상황 판단을 끝냈는지 인상을 일그러뜨리고 총을 꺼내 들었다.

갑자기 영원교인들이 그들을 막아서며 외쳤다.

"가십시오, 사도님!"

"저희가 막겠습니다!"

경비병들은 기가 찬 얼굴이었다.

"이 조막만 한 것들이 미쳤나?"

무시하는 말이 안 그래도 타오르는 사명감에 더해 적대감에 불을 지른 것 같았다. 신도들은 더 전의를 다졌다. 그 뒤에서 교주는 신속하게 가말을 안내하며 말했다.

"가시죠. 지금 가시지 않으면 늦습니다."

얼떨결에 끌려가다시피 가면서 가말은 뒤돌아보았다. 당연하지만 인간인 영원교인들은 레기온 대원들에게 상대가 되지 않을 텐데 영원교인들은 개의치 않는 것 같았다.

모퉁이를 돈 순간 탕! 탕탕! 총소리가 났다.

소식을 들었지만 쿠니스는 별 반응을 보이지 않았다. 그저 담담히 물었다.

"판데르발트는?"

"인질로 붙잡힌 거 같습니다."

책상 앞에 서 있는, 소식을 가져온 레기온 대원이 대답했다.

사실 판데르발트는 잔인하기만 하지 큰 능력은 없는 녀석이었다. 그나마 라헬이 믿을 만했지만 스파이였다는 사실이 크게 놀랍지는 않았다.

티가 났거나 라헬이 일을 못 해서는 아니었다. 오히려 연기라고는 생각하지 못했다.

그저 어떤 사실이 밝혀지고 났을 때 이상하리만치 순순히 납득되는 '직감' 같은 게 있었을 뿐이다. 그리고 스파이라면 제 목을 노릴 거라고 생각했지만 이쪽의 목보다 중요한 일이 있었던 모양인지 이미 사라지고 없었다.

그가 세운 모래성이 점차 무너지고 있었다. 한쪽이 우르르 무너지면 다른 쪽이 와르르. 하지만 쿠니스는 개의치 않았다, 애초에 모래성이라는 걸 알고 있었기에.

쿠니스는 중얼거렸다.

"이 정도면 MCTC의 팀도 어딘가에는 있겠군."

구출 작전을 시작한 타이밍이 지나치게 좋았다. 막 로열 스타도 움직이기 시작했으니까.

로열 스타나 MCTC 둘 중 하나는 한쪽이 작전을 수행하려고 한다는 정보를 접하고, 가말을 데려가기 전에 재빨리 행동에 나섰으리라. 아마 MCTC의 작전 소식을 듣고 로열 스타가 따라나섰을 가능성이 높았다.

인질과 상황의 동향에 신경 써서 조심스럽게 행동할 MCTC에 비해, 로열 스타의 그 사람 좋은 척하는 소시오패스 미스터 리의 떨거지들은 무슨 짓을 할지 그로서도 짐작할 수 없었다.

"가말을 찾아. 당장."

쿠니스는 말했다.

"가말은 영원교가 얼마나 위험한 놈들인지 몰라."

탕! 탕! 총소리가 나고, 영원교인들은 아연한 얼굴을 했다. 간 줄 알았던 가말이 갑자기 나타나 레기온의 경비병들이 쏜 총알을 쳐냈기 때문이다.

"사도님!"

"사도님께서 저희를 위해……!"

신도들은 감격해서 외쳤다.

가말은 영원교인들을 쭉 돌아보았다. 이들은 사도를 위해서라면 목숨도 내놓을 사람들이었다. 그녀가 속이는 건 그렇다손 치더라도, 거기에 속아 목숨을 내버리게 하는 일은 없어야 했기에 말했다.

"난 사도가 아냐."

갑작스러운 말에 신도들은 어리둥절한 얼굴을 했다.

"사도님, 그게 무슨……."

"베이비는 메시아도 아니고. 그러니까 나 때문에 이러지 마. 위험해지는 일은……."

"사도님."

갑자기 이손이 말을 막으려는 듯이 강경한 투로 부르고 가말을 막아서며 속삭였다.

"지금은 때가 좋지 않습니다."

"하지만 아무것도 모르는 사람들을 이용할 수는 없어."

"아무것도 모른다고요? 정말 그런 거 같습니까?"

이손은 신도들 쪽을 고갯짓했다. 순진한 얼굴을 한 사람들이 영문을 몰라서 서로를 쳐다보고 있었다. 하지만 그들이 어떤 사람이든 죽을 걸 아는데 이대로 내버려두는 건 가말로서는 용납할 수 없었다.

"여기서부터는 나 혼자 갈 수 있어. 모두들 돌아가."

그에 이손이 뭐라고 하려는 순간이었다. 여태 가만히 있던 교주가 온화한 얼굴로 웃었다.

"전 계시를 받았습니다."

교주의 휘어진 눈매 사이로 무어라 형용할 수 없는 빛이 일렁였다.

"어렸을 때부터 환영을 보았죠. 가슴에 불의 화살을 맞은 데레사 성녀가 느꼈을 거 같은 환락 속에서, 전 감히 존엄하신 메시아의 옥안을 보았습니다. 그래서 총수를 보자마자 알았습니다. 이것이 메시아의 옥안이다."

그러고는 혼자 연극을 하듯이 고개를 저었다.

"하지만 메시아는 아직 오신 분이 아니었습니다. 모든 믿는 이들이 하늘을 우러러 보는 가운데 광휘를 뿜으며 오실 분이었죠. 그처럼 오래되고 딱딱한 화석 같은 존재일 리 없었죠."

그렇게 말하는 교주의 눈이 거의 황금색으로 빛나는 것 같았다.

"메시아의 강림이 머지않았습니다. 보십시오, 지복의 나라로 향하는 문이 열리고 있습니다."

가말은 기분이 이상했다. 아무래도 교주는 제 생각보다 더 제정신이 아닌 것 같았다.

교주는 창 너머를 보고 환희에 차 말했다.

"저 빛이 보이지 않으십니까?"

"빛?"

가말은 무슨 소리인가 싶어 밖을 보았다. 그런데 진짜 빛이 다가오고 있었다. 반응할 새도 없이 저 멀리에서부터 가까워져서 사방에 눈부신 섬광을 뿌리며 지나갔다.

쿵. 이어서 천지가 흔들렸다. 다들 놀라서 저마다 지지할 것을 붙잡으며 휘청거리거나 넘어졌다.

"드비나!"

이손이 놀라서 외치고, 옆에 있는 가말이 얼른 드비나를 잡아 주었다. 그러자 드비나는 불안에 떨리는 눈으로 천장을 보고 중얼거렸다.

"공습이에요."

공습이라면…….

"MCTC야?"

가말은 심각하게 물었다. 그러자 얼른 옆으로 다가와 드비나를 부축한 이손이 고개를 저었다.

"아뇨. 사도님이 아직 탈출하지 않았는데 공습할 리가 없습니다. 이건……."

그리고 긴장된 얼굴로 중얼거렸다.

"로열 스타입니다."

"광신보다 더한 무기는 없지."

리는 빛이 폭발하는 화면을 보며 중얼거렸다.

"어떤 신념에 몰입하다 보면 맨손으로도 사람을 찢어 죽일 수 있는 법이니까. 저 광신도들만큼은 나도 설득시킬 수 없을 정도거든."

옆에 서 있는, 정장을 입은 젊은 여자가 리를 흘긋 보고 말했다.

"고양이라도 쓰다듬고 있으셔야 할 거 같군요."

리는 피식 웃었다.

"하긴, 완전히 악당의 포지션이군."

그리고 화면을 보자, 폭격기가 떨어뜨린 폭탄을 얻어맞은 쪽에서 검은 연기가 올라오는 요새가 보였다. 리는 손등으로 가볍게 한쪽 턱을 괴고 웃었다.

"어쨌든 아이만 있으면 돼."

여기저기서 '태어나는 루아스'를 노리고 있지만 무지한 자들은 태어나는 루아스의 가치를 반이라도 제대로 알고 있을까? 저건 유기물 형태로 태어나는 금에 다름없었다.

"저 광신도들 말마따나 저 배 속에 있는 건 메시아일지도 모르겠어."

그러면서 리는 여자를 보았다. 화면에서 쏟아져 나오는 빛을 비춘 눈이 기묘한 윤광을 발했다.

"우리 프로젝트의 앞날을 밝혀줄 메시아."

"자, 이제 메시아께서 강림하실 시간입니다."

교주는 근엄하게 선포했다.

"지엄하신 분께서 저희를 구원하여 지복의 나라로 인도하실 겁니다."

그러자 영원교 신도들이 포위망을 좁혀왔다. 드비나는 긴장된 얼굴로 주변을 보았다.

"다가오지 마."

말하며 가말은 주춤 물러났다. 하필 영원교인들은 모두 인간이어서 공격할 수가 없었다. 교주는 영원교인들 너머에서 말했다.

"고통은 없을 겁니다. 메시아가 오시는 길에 고통 같은 감정은 어울리지 않죠. 오로지 황홀감과 전율만이 있을 겁니다."

"내 베이비야. 메시아 따위가 아냐."

가말의 말에 교주는 슬퍼 보이는 얼굴이 되었다.

"사도께서 어찌 메시아의 존재를 부정하실 수 있단 말입니까?"

그러더니 갑자기 무슨 생각이 난 듯이 눈을 반짝였다.

"그렇군요. 당신이 가짜 사도였군요."

그 말이 떨어지기 무섭게 신도들의 기색이 바뀌었다. 마치 영화에서 조종당하는 사람들이 한꺼번에 표정이 변하는 것처럼 가말을 보는 눈빛의 온도가 달라졌다. 영원교 교리에 그런 이야기가 있었기 때문이다, 메시아가 가짜 사도의 억압을 뚫고 강림한다는.

교주는 손가락 끝으로 찌를 듯이 가말을 가리켰다.

"메시아께선 메시아의 탄생을 저지하는 가짜 사도의 껍질을 뚫고 강림하시는 것이다. 진짜 사도는 영생 그 자체이시니, 저 육체는 메시아의 탄생을 방해하는 껍데기일 뿐이다!"

그가 천명하자 신도들이 웅성거렸다.

"가짜 사도다."

"가짜 사도야."

영원교인들이 거리를 좁혀오자 드비나는 주춤거리며 물러났다. 순간 그녀를 뒤로 밀어내며, 가말이 순식간에 한 영원교인이 들고 있는 마체테(정글도)를 빼어 들어 겨누었다. 그에 영원교인들은 깜짝 놀라 멈춰 섰다.

"비켜서."

가말은 강경하게 말했다.

베이비를 지켜야 했다. 지금 이 자리에서 그럴 수 있는 사람은 그녀뿐이니까.

순결하리만치 흰 옷을 입은 아름다운 임산부가 마체테를 든 모습은 합성한 그림인 양 이상했지만, 그만큼 생각지 못한 조합이 주는 위압감이 있었다. 게다가 그들을 마주한 새파란 칼날이 마치 뱀파이어의 이빨처럼 공격할 의지가 충만해 보여, 영원교인들은 머뭇거리며 한두 걸음 물러났다.

가말은 그들에게서 시선을 떼지 않고 말했다.

"드비나, 이손. 따라와."

그러면서 대치한 영원교 사이로 지나갔다.

모퉁이를 너머 가며 가말은 다급하게 물었다.

"어디서 수술해?"

"수술이요?"

드비나는 어리둥절해서 물었다. 가말이 그녀를 돌아보았다.

"가슴에 있는 폭탄을 제거하는 거 말이야."

"말도 안 돼요."

갑자기 드비나가 반박했다.

"그런 게 가능할 리 없잖아요."

"이손이 가능하다고, 해준다고 했어."

그 소리에 드비나는 오히려 더 의아한 얼굴을 했다.

"무슨 소리를……. 이손은 내과 의사예요."

그 소리에 가말이 더 어리둥절했다.

"날 진찰했잖아?"

"검사만 이손이 할 뿐, 메시아는 산파가 받기로 했어요. 그리고 애초에 우리 교는 외과 수술이 금지되어 있어요."

"수술로 폭탄을 제거할 수 있습니다. 하지만 제가 수술할 수 있다는 걸, 누구한테도 말씀하시면 안 됩니다."

예전에 이손은 그렇게 말했었다. 그리고 누구보다 순진한 부분이 있는 가말은 그 말을 철석같이 믿었다.

철컥.

"멈춰 서세요."

등골이 서늘해져, 가말은 돌아보았다. 그리고 드비나를 똑바로 겨누고 있는 총구를 발견했다.

"이손……."

드비나는 제게 총구를 겨눈 이손을 보며 덜덜 떨었다. 하지만 이손은 눈 하나 깜빡하지 않았다.

"왜, 이러는 거야?"

그때 교주와 영원교인들이 모퉁이를 넘어왔다. 그사이에 이손이 말했다.

"루아스 바이러스가 필요해."

그들을 보는 교주의 눈빛이 음험한 즐거움으로 빛났다. 마치

이 상황을 예상이라도 하고 있었던 듯이.

"어째서……!"

드비나는 울음 같은 목소리를 터뜨렸다. 가말의 미간에 심각한 빛이 스몄다.

"베이비는 바이러스가 아냐."

기다 아니다 이손은 대답하지 않았지만 가말은 눈치챘다. 이손은 다른 영원교들 같은 단순한 광신도가 아니었다. 과학과 의술을 배웠고, 스스로 뱀파이어가 되었기에 신을 향한 신실한 믿음만으로는 영생에 대한 기도가 보답받을 수 없다는 걸 알 것이다.

그러니까, 로열 스타가 만들어준다고 약속한 게 분명했다. 베타-루아스 바이러스를.

그리고 그걸 얻는 과정에서 교주를 도와야 한다고 해도 받아들인 모양이었다.

"사도님, 칼을 주세요."

이손이 말하자 영원교인 하나가 타이밍을 보다가 얼른 가말의 손에서 마체테를 빼어들었다.

이손은 드비나의 팔뚝을 잡아당기며 관자놀이에 바로 총구를 붙였다.

"이손……."

드비나는 목소리를 떨었다.

"로열 스타는 사기꾼 집단이야."

가말이 심각하게 말했지만 이손은 흔들리지 않았다.

"당신 가슴에 있는 폭탄을 누가 만들었을 거 같습니까?"

로열 스타인 모양이었다. 놀랍진 않았지만.

“넌 이미 뱀파이어잖아. 베타-루아스 바이러스 같은 게 왜 필요해?”

가말은 정말로 이해되지 않아서 물었다. 그러자 그 순간 드비나를 향해있던 총구가 가말을 겨누었다.

“만약 당신의 아이가 100년밖에 살지 못하는 인간이라면, 루아스 바이러스가 필요하지 않겠습니까?”

그 말은…….

“이손! 너 설마……!”

드비나는 기겁했다. 이손은 쓴웃음을 지었다.

“드비나. 난 네가 필요해.”

“하지만 이런 방식은……!”

그럼에도 불구하고 처음에 드비나를 인질로 삼은 건, 드비나를 인질로 잡으면 가말이 절대로 공격하지 못할 거라는 확신이 있었기 때문이다.

교주가 만족한 듯 나서며 말했다.

“가자, 천사야.”

이런 상황이지만 이손을 그렇게 부르는데 소름이 돋았다.

이손은 총구의 방향을 가말의 머리에 고정한 채 말했다.

“우리는 당신 아이가 필요할 뿐입니다. 머리가 날아가고 싶지 않다면 말을 따라주십시오.”

저번에 도령의 팀을 엄호한 저격수가 이손이었다면 그 실력은 보지 않아도 충분했다. 가말은 등을 타고 땀이 흐르는 걸 느꼈다.

만약 이대로 영원교인들을 따라가면, 무슨 일이 일어날지 알 수 없었다. 하지만 혼자 도망간다면…….

드비나를 보았다. 그녀는 창백하게 질려 희미하게 떨고 있었다. 두려움과 불안, 배신감, 그럼에도 막연하게 놓을 수 없는 연인에 대한 믿음이 뒤섞인 진흙탕 같은 얼굴이었다.

안내자가 발목을 잡게 되는 이런 상황은 캐시도 예상하지 못했겠지만, 드비나를 혼자 두고 갈 수는 없었다.

한 사제가 그녀를 잡아끌었다.

"손 떼."

그때 목소리가 들렸다. 모두 멈칫했다. 복도 한가운데에, 쿠니스가 서 있었다.

쿠니스는 가말을 쭉 훑어 내렸다.

"옛날과 똑같은 꼴이구나. 힘을 가지고도 붙잡혀 있는 꼴이라니."

영원교 신도들이 머뭇거렸다. 이손도 쿠니스가 이렇게 빨리 나타날 거라고 예상하지 못했기에 주춤거리면서, 드비나를 보호하며 물러났다. 하지만 쿠니스는 다른 건 전부 신경 쓰지 않고 가말에게 말했다.

"네가 저항하지 않으면 아이가 위험해져. 그래도 순진한 소리를 하고 있을 거야? 그래서 아이를 지킬 수 있어? 모두가 너한테서 아이를 뺏으려고 발광하는 이 상황에?"

그리고 제 대원들에게 말했다.

"가말을 데려와."

그가 살짝 턱을 당기자 눈에 윤광이 돌았다.

"그리고 전부 죽여버려."

그가 데려온 레기온 대원들이 걸음을 내디뎠다. 그리고 살육이 시작되었다.

그 모습을 바라보는 쿠니스의 안에 있는 광기가 불을 뿜었다. 모두, 죽여버릴 것이다. 그와 가말을 갈라놓으려는 모든 것을 다 없애버리고 그가 울타리를 세운 지상낙원에서 영원히 살 셈이었다.

"안 돼. 그만둬!"

가말이 외쳤다.

"동정하지 마."

하지만 쿠니스는 눈 하나 깜짝하지 않았다, 늘 그렇듯.

"저 인간들이 어떤 놈들인지 알아? 여자 루아스들을 붙잡아 사도인지 확인한다면서 온갖 방법으로 죽였어. 여자 루아스들 숫자가 적은 데는 저놈들이 한몫하기도 했을걸."

그 말에 가말은 충격을 받았다.

"아니야."

이손에게 끌려 뒤쪽으로 물러나있는 드비나가 신음처럼 말했다.

"드비나."

이손이 팔을 잡아당기며 말리려고 했지만 드비나는 그를 떨치려고 하며 고집스럽게 말했다.

"가짜 사도들은 떠났어. 제나를 죽인 루아스 빼고는 전부 사도가 아니라는 게 밝혀지니까 도망을……."

그러자 쿠니스는 기도 차지 않다는 듯이 웃었다.

"정말 그렇게 생각한다면 넌 되다 만 영원교군."

그러고는 가말을 보고 여봐란듯이 비릿한 미소를 지었다.

"이 악으로 가득한 세상에 아이를 내놔도 되겠어?"

개구리가 벌레를 먹고 그 개구리를 뱀이 잡아먹는 게 생태계의 이치였다. 하지만 이건, 개구리가 뱀을 잡아다 해부까지 해놓고 잡아먹은 끔찍한 꼴이었다. 가말은 신물이 올라오는 것만 같았다.

"흐아아아!"

그때였다. 괴성이 들리고 반대편에서 한 남자가 나타났다. 영원교 신도임을 나타내는 하얀 옷을 입고 있는.

그런데 마치 약이라도 한 것처럼 벌겋게 달아오른 눈을 하고 인간이 낼 수 없을 듯한 섬뜩한 소리를 내지르며 달려왔다. 하지만 한 레기온 대원이 그를 간단히 붙잡아 막았다.

쾅. 찰나 영원교 신도가 소리를 내며 폭발하며 잔해와 폭발 에너지가 덮쳐왔다.

쿠니스의 눈가가 움찔했다. 폭발 반경이 그리 크진 않았지만 끔찍한 소리와 함께 반대편 벽에 날아가 부딪친 레기온 대원의 앞부분이 전부 탄 채였다. 영원히 산다는 게 어떤 물리력 앞에서도 멀쩡하다는 의미는 아니었기 때문이다.

"가시죠."

다른 레기온 대원이 다소 다급한 어조로 쿠니스에게 말했다. 일단은 자리를 피하는 게 좋을 것 같아, 쿠니스는 걸음을 돌렸다. 그런데 이번에는 다른 쪽 골목에서 영원교 신도들이 나타났다.

아까 폭발한 신도를 봤을 때는 괴성에 정신이 팔려 깨닫지 못했지만, 이제는 옷이 이상한 모양으로 부풀어 있다는 사실을 알 수 있었다. 저마다 옷 안에 폭탄을 감추고 있는 거였다.

부리부리한 눈을 한 그들이 분연히 떨치고 일어난 의병처럼 저벅저벅 걷다가 달려오기 시작했다. 그러자 레기온 대원들도 주춤했다, 분명히. 하지만 인간 따위에게 겁먹었다는 사실을 본인들이 믿고 싶지 않은 듯이 이를 드러내며 달려갔다.

두 세력이 부딪쳤다. 쾅. 그리고 영원교 신도는 어김없이 폭발했다.

쾅. 콰앙. 쾅. 여기저기서 여러 차례 폭발했다. 복도에 뿌연 연기가 가득 차 한 치 앞이 제대로 보이지 않을 정도였다.

신념으로 위장한 광신을 갑옷처럼 두른 자들은 두려워하지 않았다. 그러자 아예 공포를 느끼지 못하는 자살특공대의 공격에 레기온이 점차 밀리기 시작했다. 영원교가 덤비면 폭발한다는 걸 알기 때문에 두려워하는 기색이 돌았다.

그때 아무도, 심지어 쿠니스도 눈치채지 못했지만 가말의 안색이 나빠지기 시작했다.

"읏……."

가말은 신음하며 배를 짚었다. 배에 통증이 느껴졌다. 여태까지 한 번도 느껴본 적 없는 통증이었다.

탕. 타다당. 총알 세례가 끊이지 않았다.

이런 식으로는 시간을 너무 뺏겼다. 그래서 도영은 모퉁이 너머 전방을 살피며 적의 숫자를 셌다. 그가 그러고 있자 옆에 있는 한 중사가 회의적으로 말했다.

"관광 오셨어요? 구경은 나중에 하시죠."

"주세요."

다짜고짜 도영은 그가 들고 있는 대구경 산탄을 가져가며 말했다.

"엄호해주십시오."

팀원들은 의아한 기색이었지만 리더의 말이었으므로 군말 없이 자세를 잡았다. 도영은 산탄을 어깨에 걸치고 전방을 살폈다. 그 모습을 보며 맥코이 하사가 걱정스럽게 말했다.

"아무래도 어려울 거 같습니다. 사각지대가 너무 많……."

꽤 옛날에, 렉스가 그런 말을 했던 적이 있었다.

"뱀파이어의 육체는 생각보다 많은 일을 할 수 있습니다. 하지만 다들 원래는 인간이었기 때문에 정신이 그 한계를 쉽게 넘지 못할 뿐이죠. '인간이었으니까 이만큼밖에 뛸 수 없다'는 생각을 버려야 한다는 의미입니다."

할 수 있다.

도영은 신기할 만큼 그 사실을 믿었다. 반복해서 꾸준히 쌓아온 실력이 끝내 빛을 발하는 것처럼, 모든 게 눈앞으로 훅 다가오는 듯이 가깝게 보였다.

똑바로 목표물을 노리고 방아쇠를 당겼다.

한 적군의 헬멧 유리가 터져나갔다. 10게이지 대구경 산탄을 가슴으로 얻어맞은 적군은 거의 한 바퀴를 돌아 바닥에 뒷머리를 찧으며 넘어졌다. 그러자 다급하게 피하려던 다른 적군은 배에 탄을 맞고 뒤에 오는 제 아군과 함께 날아갔다.

텅, 텅, 텅. 탄피가 소리를 내며 바닥에 떨어져 반동을 일으키고 튀어 올랐다.

파괴력이 높은 반면 정확성은 떨어지는 산탄이 한 발도 남김 없이 적군을 때렸다. 여러 차례 산탄을 쏘는, 보통 사람이었다면 이미 나자빠졌을 만한 반동에 도영의 팔이 흔들렸다.

철컥. 방아쇠가 더 이상 당겨지지 않았다. 탄환이 떨어진 것이다. 적 하나가 그 틈을 놓치지 않고 달려왔다.

팀원들이 당장 지원사격을 하기 위해 방아쇠에 건 손가락에 힘을 주었다. 그 순간 도영이 그대로 총을 휘둘러 적을 후려쳤다.

빽! 적은 날아가 벽에 부딪혔다가 부서지는 소리와 함께 바닥에 쓰러졌다.

연이어 뒤에 오는 적의 목살을 잡아 바닥에 내려찍었다. 적은 말 그대로 바닥에 처박혔다. 그리고 그다음에 오는 남자는 앉은 자세 그대로 산탄총을 휘둘러 쳤다.

비로소 복도에 일어서 있는 적군은 없었다. 도영은 조용히 일어섰다. 다들 그 광경을 멍하니 쳐다보았다.

루아스가 된 지 얼마 되지 않았는데 이렇게까지 몸을 다룰 줄 아는 사람은 여태 본 적이 없었다. 작전을 준비하면서 훈련을 많이 하긴 했지만, 이건 거의 사기 수준이었다.

"와우."

맥코이 하사가 저도 모르게 중얼거렸다.

"일당백이라는 게 이런 말이네요. 저희가 없어도 충분하겠는데요?"

"작전을 혼자서 할 수 있는 거 봤습니까?"

도영이 무심히 말하자 팀원들은 휘파람을 불었다.

"반하겠네."

"어서 가죠."

도영은 마음이 급했다. 공기 중에서 가말의 존재감이 느껴졌다. 당장에라도 손이 닿을 것 같이.

"읏……."

그제야 쿠니스가 눈치채고 가말을 보았다가 심상치 않아 보이는 상태를 발견했다. 그리고 옆에 있는 대원을 보고 물었다.

"아직 출산하려면 날짜가 남았잖아."

"충격을 받아서 그런 거 같습니다."

확실히 이 모든 게 임산부가 보기에 좋은 광경은 아니었다.

그때 갑자기 가말이 쿠니스의 손을 덥석 잡았다. 그에 쿠니스는 소스라치게 놀랐다. 가말과 이렇게 닿은 게 삼천 년 만이었던

가, 아니면 언젠가 있기는 있었던가, 잘 기억이 나지 않았다.

가말이 고개를 들었다. 하얗게 질린 얼굴에 거의 푸른 기운이 돌았다.

"쿠니스."

그 눈 속에 고통과 두려움이 휘몰아쳤다. 가말은 밀려오는 고통을 참는 듯이 말했다.

"난 강해지려고 노력했어. 혼자서만 살았어. 아무도 끌어들이고 싶지 않았어."

그 긴 세월이 눈앞을 스쳐 지나갔다. 늘 인적이 없는 곳으로, 누구도 상처 입히지 않을 곳으로, 숨고 피했던 나날들……. 가말의 눈에 윤기 같은 물기가 맴돌았다.

"하지만 나 혼자서는 안 돼."

가말은 손 위에 뼈대가 도드라지도록 쿠니스를 잡은 손에 힘을 주었다. 통증을 참기 위해, 무너지지 않기 위해.

"베이비는 작고 약해. 모두가 지켜줘야 돼."

쿠니스는 그대로 석상이 되어버린 것 같이 가말을 쳐다볼 뿐이었다.

그때 쾅 소리가 나면서 쿠니스가 날아갔다. 가말은 놀랄 새도 없었다. 바로 옆에 있던 레기온 간부가 연기가 올라오는 반자동 산탄총을 겨누고 있었기 때문이다.

"정말 네 쌍둥이 타령은 질렸어."

간부는 가말을 고갯짓하며 다른 대원들에게 말했다.

"챙겨. 탈출한다."

쿠니스를 배신한 레기온 대원들이 가말의 양팔을 잡아 일으켜 세웠다. 가말은 힘겹게 입술을 떼었다.

"왜……."

간부는 가말이 그렇게 물을 줄 알았다는 듯, 그리고 정말 그렇게 묻는 그녀의 순진함을 비웃듯이 웃었다.

"로열 스타가 꽤 큰돈을 약속했거든. 우리는 영원히 사는 만큼 많은 돈이 필요하잖아?"

가말은 통증 때문에 떨리는 숨을 몰아쉬었다.

이곳은 지옥이었다. 지옥이 있다면 이런 모습일 수밖에 없었다. 서로가 서로를 배신하고, 광기와 비인간성의 기차를 타고 영원히 멈추지 않는 레이스를 하는.

그리고 자신은 이 지옥을 멈출 힘이 없었다.

"끝내고 와."

간부가 저편에 쓰러져 있는 쿠니스를 고갯짓하며 제 대원에게 말했다. 그러자 대원이 쿠니스에게 다가갔다.

순간, 퍽 소리가 났다. 그리고 대원의 등 뒤로 펄떡이는 심장이 그대로 튀어나왔다. 맨손으로 가슴을 뚫어버린 거였다.

"컥…… ㅋ……."

쿠니스가 손을 잡아 빼자 대원의 입으로 핏물이 꿀럭꿀럭 넘쳐흘렀다. 그리고 대원은 옆으로 쿵 소리를 내며 넘어갔다.

"정말 싫은 게 뭔지 알아?"

철퍽. 쿠니스가 바닥에 흥건한 피 웅덩이를 밟자 파문이 번졌다. 압도된 루아스들은 저도 모르게 주춤했다.

"뱀파이어가 된 놈들은 자기가 뭐나 되는 줄 안다는 거야. 생존한 적자라고 생각하지. 암이 사람 가리는 거 봤어? 그 정도 우연에 우쭐하지 말라고."

말하며 쿠니스는 죽은 대원이 떨어뜨린 창을 집어 들었다.

"다 죽여버리고 싶어지니까."

한 루아스가 외쳤다.

"쏴!"

쿠니스는 창을 허공에 살짝 띄웠다가 다시 잡아 그대로 내쏘았다. 퍽! 속도가 너무 빨라 피할 새도 없이 삽시간에 창이 그 루아스를 꿰뚫었다.

간부 일행이 소총을 난사하며 소리쳤다.

"빨리, 데려가!"

남자들이 가말을 잡아끌었지만 그녀는 통증 때문에 저항할 수가 없었다.

반면 쿠니스는 덤벼오는 적들을 창으로 후려쳤다. 괜히 국제 테러리스트 네트워크의 리더 자리에 있었던 게 아니라는 듯 그는 압도적이고, 무엇보다 자비가 없었다.

"멈춰."

갑자기 목소리가 들려, 쿠니스는 멈칫했다. 그리고 돌아보자, 간부 하나가 가말의 머리에 총을 겨누며 비웃음을 지었다.

"어디 머리가 날아간 사도의 배 속에서도 메시아가 제대로 태어날 수 있나볼까?"

그리고 주저하지 않고 방아쇠를 당겼다. 퍽. 살덩어리가 날아갔다.

가말 앞에 쿠니스가 무릎을 꿇고 있었다. 탄환을 막은 손의 손가락 두 개가 날아간 데다가 손바닥도 반밖에 남지 않았다.

"애초에 넌 총수 재목이 아니었어."

간부는 말하고 그대로 쿠니스의 허벅지에 총을 쐈다. 그러자 쿠니스는 한쪽으로 무릎을 꿇으며 무너졌다. 그 모습을 보며 간부는 침을 뱉듯이 말했다.

"네 쌍둥이나 찾으며 징징거리는 애였지."

"그만……."

그 모습을 지켜보는 가말은 눈이 까맣게 패여 웅얼거렸다. 하지만 간부는 총알을 장전하고 쿠니스의 머리에 겨누었다.

쿠니스가 눈을 들었다.

"뭐 하나 잊고 있지 않아?"

간부는 뭔가 자신이 놓쳤나 싶어서 흠칫 긴장했다. 쿠니스는 방심할 수 없는 상대였기 때문이다.

그때 소리가 들렸다. 척, 척척척……. 마치 군대가 진군하는 것 같은, 일체의 어긋남이 없는 규칙적인 발소리.

이어서 복도 모퉁이를 돌아 영원교인들이 나타났다. 셀 수도 없이 많이.

쿠니스는 웃음을 터뜨렸다.

"인간은 수가 많아. 그게 제일 문제지."

복도 건너편에서 나타난 영원교는 어깨에 익숙한 물건을 지고 있었다. RPG였다. 그리고 쾅 소리와 함께 불꽃을 뿜으며 탄환이 날아오기 시작했다. 간부는 눈을 크게 떴다.

"이런 좁은 곳에서 저 미친 새……!"

RPG가 터지며 폭음이 천지를 울렸다.

한 치 앞도 보이지 않을 만큼 두꺼운 연기 사이로 잔해가 후두둑 투둑 떨어져 내렸다. 연기가 조금씩 가시면서, 끔찍한 풍경이 드러났다. 오로지 재와 피의 색밖에 보이지 않았다.

그 와중에 쿠니스가 가말을 덮고 있었다. 그가 고개를 들자 머리에서 화산재처럼 두터운 잿빛 먼지가 후두두 떨어졌다.

다친 곳은 없어 보였지만 가말은 눈빛이 흐렸다. 아름다운 검은 머리는 둔탁한 잿빛으로 덮였고 흰 원피스도 먼지와 여기저기서 튄 피로 엉망이었다. 그리고 얼굴은 식은땀에 젖어 파랗게 질려 있었다.

그 모습이 진흙과 피가 묻은 신부복을 입은 어린 가말과 겹쳐졌다. 그가 목 졸라 죽인.

그때 머리맡에 발들이 멈춰 서서, 쿠니스는 올려다보았다. 아까의 자살특공대와는 다르게 제대로 무장한 영원교 신도들이었다. 그리고 선두에 선 사람이 상태가 좋지 않아 보이는 가말을 보고 말했다.

"곧 태어나겠군."

광신도 같지 않아 보이는 평범한 투였다.

치이익. 갑자기 그 남자 주변으로 바람 빠지는 소리가 나며 부옇게 안개가 퍼졌다. 쿠니스는 의아했다. 생화학 무기라고 하기에는 남자 본인도 딱히 방독면을 쓰고 있지 않았고, 마약성 약물이라고 하기에는 루아스에게는 인간의 약이 듣지…….

순간 눈앞이 일렁였다. 토기가 치밀 정도로 어지러워서 앞으로 고꾸라질 뻔했다. 쿠니스는 얼른 제 코와 입을 막았다.

이게 뭔지 알 수가 없었다. 꼭, 3년 전에 블란두스 박사의 아들 스테판 블란두스가 퍼뜨린 바이러스 같았다. 다만 그 바이러스는 접촉한 지 얼마 지나지 않아 온몸의 구멍에서 피를 뿜어내며 죽을 정도로 치명적이었다. 그러니 그건 아니었다.

"효과는 확실하군."

쿠니스가 어지러워하는 모습을 보고 남자가 만족한 듯이 말했다.

"이게 뭐지?"

친절하게 대답해줄 상대도 아니고 이런 질문이 의미가 없다는 걸 알면서도 쿠니스는 저도 모르게 묻고 말았다.

남자는 훗 웃었다.

"……파나케이아.• 뱀파이어라는 질병을 치료해줄 기적의 여인이지."

이 녀석, 영원교도인이 아니었다. 루아스를 영생의 천사라고 생각하는 영원교가 루아스를 질병에 비유할 리가 없으니까. 영원교 사이에 숨어든 로열 스타가 분명했다.

"아직 대량생산이 불가능하다는 게 아쉬울 뿐이지."

어떤 약물을 여신에 비유하는 것 같았다.

• 그리스 신화에서 치료의 여신

사실 인간은 계속해서 루아스를 제 뜻대로 할 수 있는 물질들을 만들어내고 있었다. 뭐가 나왔다 한들 놀랄 것도 없었다.

그때 뒤에서 방독면을 쓴 남자들이 다가왔다. 이손을 포함한 영원교의 사제들이었다. 이 약 때문에 뒤로 빠져 있었던 모양이다.

"너……."

쿠니스는 힘겹게 중얼거렸다. 그때 이손이 고갯짓하고, 뒤에 있는 사내들이 도끼를 들고 앞으로 나섰다. 하지만 쿠니스는 어지럽긴 해도 움직이지 못할 정도는 아니었다. 그가 움직이려고 하자, 가말을 인질로 붙잡고 있는 남자가 경고하듯이 그녀의 관자놀이에 총구를 갖다 붙였다.

"움직이지 마."

약물 때문에 가말은 더 정신을 차리지 못하는 것 같았다. 눈이 거의 까라져 뜨지 못했다. 의식이 왔다 갔다 하는 와중에 약을 더 마신 모양이었다.

쿠니스는 눈에 힘을 주고 말했다.

"감히 사도님을 다치게 하려고?"

하지만 로열 스타의 스파이는 웃었다.

"아이를 낳는 데 다리는 필요 없잖아?"

확실히 로열 스타에서 보냈다면 가말의 안위 따위 신경 쓰지 않고 배라도 갈라 아이를 꺼내갈 놈이었다.

휙! 협박에 쿠니스가 반응하지 못하는 사이 도끼가 날아왔다. 하지만 아슬아슬하게 피할 수 있었다. 그래서 날카로운 도끼날이 간발의 차로 그를 비켜 뒷벽을 때렸다. 까랑! 그러자마자 바로 가말의 다리를 향해 도끼를 내려치는 다른 남자가 보였다.

"네가 피하면 사도님이 다치는 거야!"

남자가 외치는 소리에 쿠니스가 멈칫하자 날아온 도끼가 정확히 오른쪽 의족에 꽂혀, 쿠니스는 한쪽으로 휘청거렸다. 그러자 영원교도인들이 바로 그를 벽에 밀어붙이고 목과 턱 사이에 도끼날을 갖다 붙였다. 다급한 몸짓에 힘이 들어가서 인간이었다면 목이 반쯤은 잘렸을 것이다.

겨우 쿠니스가 제압되자 이손이 다가오며 주머니에서 정체 모를 주사기를 꺼내 뚜껑을 열어, 쿠니스의 팔뚝에 주사기를 꽂았다. 주사기 내부의 액체가 쭉 주사되었다.

"……!"

반응이 나타나기까지는 채 1분도 걸리지 않았다. 쿠니스가 발작적으로 허리를 꺾으며 토악질하자 이손은 냉큼 물러섰다.

말 그대로 속이 뒤집어지는 것 같았다. 지구상에 존재하는 모든 병균에 면역이 있는 몸이라 이런 역병이 든 것 같은 느낌은 실로 오랜만이었는데, 그만큼 더 적응되지 않았다.

쿠니스는 숨을 몰아쉬며 고개를 들었다. 그사이에 이손이 가말을 안아 들고 있었다. 정말 다리쯤은 잘라내도 개의치 않을 것 같던 태도에 비해 조심스러운 손길이었다.

사람들 사이로 한 신도가 휠체어를 끌고 나타났다. 그리고 영원교 신도들은 사제들의 도움을 받아, 몸을 가누지 못하는 쿠니스를 끌어다가 거칠게 휠체어에 앉혔다. 그에 이손이 말했다.

"조심해. 가슴에 폭탄이 있으니까."

이내 휠체어를 밀어 어딘가로 이동하기 시작했다.

'아이러니하군.'

쿠니스는 흐린 시야 사이로 생각했다. 이런 목적으로 폭탄을 심은 건 아닌데 그 덕분에 당장은 살게 됐으니. 이쪽 가슴에 폭탄이 없었더라면 바로 이 자리에서 그를 죽였을 것이다.

이손이 안고 가는 가말이 보였다. 그녀는 축 늘어져 정신을 차리지 못했다.

◇◇◇

"요새 내부의 상황이 좋지 않은 거 같습니다."

비서의 말에 이반은 돌아보았다.

"렉스는?"

"총사령부를 설득하는 중입니다. 그쪽에서 출격을 허락하지 않는다는군요."

옆에서 기다리고 있던 연하가 나섰다.

"UFD(연합 사막 연방)와의 이해관계 때문일 거예요."

이번 일은 무서울 정도로 3년 전 형제단 사건과 닮은 점이 있었다. 그건 결국 MCTC의 지도 세력이 형제단 사건 때 배운 점이 그다지 없다는 의미였다.

"이반. 그 아이도 이바노프예요."

연하는 심각한 어조로 말했다. 아직 태어나지는 않았어도 도영의 아이 역시 엄연히 이바노프 클랜원이었고, 클랜원을 건드린다는 건 그 클랜에 대한 전쟁 선포에 가까운 일이었다.

"말하지 않아도……."

그러면서 이반은 천천히 팔짱을 풀었다.

"이미 화는 충분히 났어."

나직한 목소리가 마치 으르렁거리는 것 같았다.

◇◇◇

"태어나길 기다릴 시간이 없습니다. 바로 아이만 꺼내서 가야 합니다."

어렴풋이 목소리가 들렸다. 몸이 조금씩 흔들리는 느낌에 가말은 얼핏 정신을 차렸다.

"꼭 의식을 치러야겠습니까? 지금 꺼낼 수 있는데."

처음에 들린 목소리가 난색을 표하며 말했다.

"신도들에게는 메시아가 강림하는 장엄한 장면을 목격할 자격이 있습니다."

대답하는 건 교주……의 목소리 같았다, 웃음기가 밴.

그러고는 교주는 물었다.

"메시아는 어디로 가져가죠?"

"바로 연구소로 갑니다."

"보안은 확실한 거 맞습니까?"

교주가 다시 묻자 처음에 들었던 목소리가 말했다.

"그 연구소의 소재지를 찾기보다 우주로 떠내려간 쓰레기를 찾는 게 더 빠를 겁니다."

"그럼 바이러스는 언제쯤……."

겨우 정신이 좀 들어, 가말은 흐릿한 눈을 떴다. 누군가가 그녀를 안아 들고 있었다.

"깨셨습니까?"

그녀를 안은 채 내려다보며 묻는 건 이손이었다. 주변에는 온통 흰 옷을 입은 영원교도인들이 그들을 둘러싸고 걷고 있었다. 사제들도 전부 같이 있었다. 그 가운데 교주가 보이고, 그 옆에 역시 영원교도 옷을 입은 못 보던 젊은 남자가 있었다.

"속이…… 나빠."

가말은 웅얼거렸다. 그러자 교주 옆에 있는 남자가 말했다.

"흡입한 약이 치명적인 양은 아니었으니까 걱정하지 않으셔도 됩니다."

아까 교주와 대화하던 목소리였다.

약…….

"베이비는……."

가말은 납을 마신 것처럼 무겁고 차가운 손끝으로 배를 더듬어 감쌌다. 다행히 아직 그 안에 몸을 웅크리고 있는 작은 존재가 느껴졌다.

"영향은 없을 겁니다."

적어도 그 말에는 안심이 되었지만, 무슨 일인가가 일어나고 있는 건 분명해 가말은 정신을 차리려고 애썼다. 그때 영원교 무리가 천장의 아치를 넘어 어떤 공간으로 들어갔다.

"닫으십시오."

한 사제가 말하자 신도들이 일사불란하게 지렛대를 끼워 문을 닫고 고정했다.

무거워 자꾸만 까라지려는 정신을 겨우 붙잡고 있는 가말은 놀랐다. 그곳에 하나같이 흰옷을 갖춰 입은 영원교인들이 모두 모여 있었기 때문이다. '모두'라고 알 수 있는 이유는, 모든 사람이 다 모이지 않고서는 이런 인파를 만들어낼 수 없을 테니까.

가말을 안은 이손이 신도들 사이로 나아가자 사람들이 저마다 기도를 하거나 머리를 조아렸다. 머리가 어지럽고, 광경이 현실 같지 않은 면이 있어서 가말은 이게 꿈인지 생시인지 헷갈렸다.

이내 이손이 가말을 제단에 내려놓고, 나머지 세 사제들은 제단을 둘러섰다. 이어서 누군가가 그녀의 이마에 손을 얹었다. 가말이 흐릿한 눈을 떠보자, 도영이었다. 가말은 웃으며 그에게 손을 뻗었다.

"도영……."

마침내 도영이 온 것이다. 꼭 다시 태어나서 만나는 것처럼 오랜 시간이 지난 느낌이었다.

그런데 점차 도영이 흰 주교복을 입은 교주로 바뀌었다. 교주 옆에는 여자 넷이 서 있었는데, 마치 중세의 수도자 같은 흰 수도복을 입고 베일처럼 보이는 마스크를 써서 눈밖에 보이지 않았다.

개중 둘이 다가와 가말의 손목에 수갑을 채우더니 제단에 박힌 고리에 연결했다. 반면 나머지 여자들이 황금색 향로를 흔들자, 진자처럼 움직이는 향로에서 연기가 피어나며 기묘한 향이 퍼졌다. 그럴수록 가말은 더 정신이 몽롱해졌다.

'일어나야 하는데…….'

생각했지만, 생각만 할 수 있을 뿐이었다.

수갑을 채우고 난 여자 하나가 가위로 가말의 원피스를 자르기 시작했다.

서걱, 서걱……. 가위가 위로 올라갈수록 알처럼 둥그런 배가 모습을 드러냈다. 그것을 본 교주는 이상한 안광이 빛나는 눈으로 웃었다. 하지만 그걸 보기에는 이미 가말은 다시 의식을 잃은 채였다. 교주가 손을 내밀자 다른 여자가 메스를 건네주었다. 그러자 교주는 꼭 주술을 행하듯이 무어라 중얼거리며 가말의 명치에 손을 얹었다. 영원교 신도들은 공간이 울릴 정도로 큰 소리로 기도하기 시작했다.

제단 위로 핏물이 주르르 흘러내렸다.

"흣……!"

비명에 가까운 소리가 울렸다.

그런데 피는, 가말이 붙잡고 있는 한 여자의 어깨에서 흘러내렸다. 가말은 약 기운 때문에 감기는 눈을 억지로 뜬 채 이를 악물고 말했다.

"베이비를…… 건들지 마……."

여자는 부들부들 떨며 고통에 찬 기괴한 신음을 터뜨렸다. 반면 교주는 어느새 물러섰는지 몇 걸음 뒤에 있는 상태였다.

멀리서 그 모습을 지켜보는 드비나의 눈이 흔들렸다. 지금이라도 가말을 돕고 싶었지만 그녀는 평범한 인간이었다. 할 수 있는 일이 없었다.

"물러서."

교주가 말하자 여자는 물러서다가 바닥에 넘어져 신음했다. 그러자 다른 여자들이 그녀를 일으켜 세워 데려갔다. 하지만 걱정해서라기보다 방해가 되지 않도록 치우는 느낌에 가까웠다.

"괜찮습니다."

교주는 가말에게 속삭였다.

"두려워하실 거 없습니다."

가말은 기진맥진해 제단 위에 늘어졌다. 기운이 없어서 더 이상 저항하기가 힘들었다. 그때 누군가가 손을 잡아왔다. 차갑고, 부드러운 손이었다.

"당신은 살려드리겠습니다. 필요한 건 아이뿐입니다."

이손이 가말 위로 몸을 기울이고 속삭였다.

"소령님께 돌아가고 싶으시죠? 그럼 저항하지 마세요."

도영……에게…….

가말은 멍하니 생각했다.

하지만 베이비도 같이 가야 해.

"메시아께서는 수많은 사람들을 살릴 겁니다. 그렇게 메시아의 진정한 복됨을 행하실 것입니다."

귓가에 소리가 울리고, 물에 빠진 듯 숨이 제대로 쉬어지지 않았다. 이손은 천천히 가말이 까라질 때까지 손을 붙잡고 있었다. 그리고 땀에 젖어 흐트러진 머리카락 몇 가닥을 다정하게 쓸어 넘겼다. 이런 모습으로도 사도는 아름다웠다. 순수하고, 선했다.

진실로 메시아를 낳을 성모다웠다. 만약 그가 영원교의 헛소리를 믿는다면 정말 그렇게 믿었을 것이다.

"움직이지 마."

갑자기 쿠니스가 말했다.

돌아보자, 쿠니스는 어느새 채워져 있던 족쇄를 풀어내고 제 가슴 위에 손을 올려놓고 있었다. 의족도 잘라냈고 팔을 묶어놨다고 제대로 지켜보는 사람이 없었기 때문에 가능했던 모양이다.

이 광신도들도 그가 충분히 폭탄을 터뜨릴 만한 사람이라는 걸 알 터였다. 과연 그렇게 생각하는지 긴장감이 맴돌았다.

"그걸 터뜨리면 사도님도 위험해집니다."

교주는 천천히 말했다.

"네놈들이 몹쓸 짓을 하게 두는 거보다는 낫지."

그러면서 쿠니스는 교주 뒤에 서 있는 로열 스타의 정보원을 흘긋 보았다. 지금은 조용히 서 있지만 아이를 꺼내자마자 혼란을 틈타 데리고 도망갈 걸 알았다.

그때 교주가 코웃음을 쳤다.

"당신은 그걸 터뜨리지 못합니다."

그러고는 어떻게든 '메시아'를 꺼낼 셈인지 가말의 배에 메스를 가져다 댔다. 쿠니스는 미간에 힘을 주었다. 기민한 놈이라 사람의 마음을 읽는 일 정도는 아무것도 아닌 모양이었다.

어떡해야……. 생각하고 있는 찰나, 갑자기 목소리가 들렸다.

"메시아를 가진 진짜 사도가 누구입니까?"

모두가 그 목소리를 따라 고개를 돌렸다. 시선들이 향해간 끝에, 한 무리의 신도들이 지키고 있는 드비나가 두려움에 파랗게 질린 그러나 결연한 얼굴을 하고 있었다.

"드비나."

이손이 놀라서 말했다. 하지만 드비나는 그를 쳐다보지 않고, 애써 마음을 다잡았다. 여기서 나서지 않는다면 자신은 만약 이 지옥을 혼자 살아나간다 하더라도 제정신으로 살 수 없었다. 그리고 이런 자들도 자기 때문에 목숨을 잃어선 안 된다고 걱정해준 게 가말이었다. 가말의 다정함이 그녀를 움직이게 만들었다.

드비나는 강하게 말했다.

"교주야말로 가짜 사도입니다."

"드비나!"

이손이 단전에서 터져 나오는 목소리로 그녀를 불렀다. 하지만 드비나는 그쪽은 쳐다보지도 않고 계속 말했다.

"메시아를 가진 진짜 사도 대신 가짜 사도를 따르는 자들은 영생을 얻을 수 없습니다. 영원히 이 지옥 같은 현세를 벗어나지 못하고 맴돌 겁니다."

어차피 영원교인들에게 메시아가 없다거나 하는 말은 통하지 않았다. 그건 그들 사이에 있었던 드비나 스스로 제일 잘 알았다. 지금은 그저 교주가 그들의 진정한 목자가 아님을 알려주기만 하면 됐다.

과연, 영원교들 사이에서 술렁거림이 일었다. 그 가운데서 드비나는 꼿꼿하게 고개를 들고, 미간에 주름을 잡고 있는 교주를 마주 보았다. 하지만 교주는 당황하지 않고 말했다.

"난 그대들을 이 천국의 문 앞까지 이끌었습니다. 지복의 나라로 향하는 문 바로 앞에서 사탄의 속삭임에 넘어가 모든 일을 수포로 만들 셈입니까?"

역시 교주는 쉬운 자가 아니었다. 신도들은 다시 웅성이며, 감히 그들을 유혹하려고 했던 사탄에 대한 적의감에 찬 눈으로 드비나를 보았다. 드비나는 두려웠지만 그럴수록 고개를 더 꼿꼿하게 들었다.

"모든 건 유리알처럼 투명하고 간단한 문제입니다. 누가 메시아를 품고 있고, 누가 감언이설로 그대들을 유혹하고 있습니까?"

드비나는 이겼다는 사실을 직감했다. 하지만 논리적으로 이겼다는 게 교주를 막는 데 성공했다는 의미는 아니라는 걸, 다음 순간 알았다.

"메시아께서 모든 걸 대답해주실 겁니다!"

교주는 칼을 든 손을 높이 쳐들고 그대로 가말의 가슴을 향해 내리꽂았다. 드비나는 경악해 눈을 크게 떴다. 동시에 쿠니스가 벽을 짚으며 일어서려고 했지만 몸에 힘이 들어가지 않아서 손이 벽에서 미끄러지며 넘어졌다. 그는 저도 모르게 욕설을 터뜨렸다.

"젠장……!"

아무도 들어올 수 없도록 문은 단단하게 잠겨 있었고, 여기서 교주를 막을 수 있는 사람은 없었다.

탁!

그때 어떤 손이 교주의 팔목을 잡아 막았다.

20
폭풍 속에서

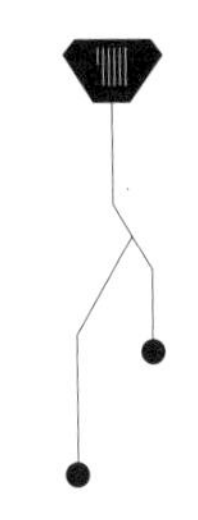

교주를 막은 건 이손이었다.

"천사야."

무표정한 이손에게 팔목이 잡힌 교주도 당황했다. 하지만 이손이 말없이 그의 손에서 메스를 빼앗았다.

"이손."

드비나는 눈물을 글썽거리며 안도했다. 역시 그는 이런 끔찍한 짓을 저지를 사람이 아니었다. 그도 깨달았을 것이다, 이렇게 해서 바이러스를 얻어봤자 그들이 행복해질 수 없다는 걸.

"메시아를 죽일 셈입니까?"

그런데 이손이 한 말에, 드비나는 누군가가 복부를 걷어찬 것만 같았다.

"그래. 네 손으로 해야지."

교주는 고개를 끄덕였다.

"네가 진정으로 메시아를 강림시킬 사도구나."

신도들이 외치기 시작했다.

"테렌티, 앗세 수이 에우스타키스!"

"테렌티, 앗세 수이 에우스타키스!"

천편일률적인 목소리가 공간을 웅웅 울려왔다. 그 가운데서 이손은 제 손에 있는 메스를 보았다. 표면에 둔탁한 윤기가 미끄러져 내렸다. 그 너머로 둥그런 배가 보였다. 하느님의 빛나는 도시가 서 있는 언덕 같은.

천국으로 향하는 문이 그곳에 있었다.

"시간이 없어."

뒤에서 로열 스타의 스파이가 재촉했다.

"이손!"

드비나가 애원조로 외쳤다. 그러지 말라는 듯이, 돌아올 수 없는 강을 넘지 말라는 듯이.

"이손, 제발……! 난 바라지 않아. 영생 같은 거……!"

이손은 드비나를 보고, 울 듯이 웃었다.

"날 이곳에 혼자 내버려두고 가지 마."

이 지상에.

그들이 꿈꾸는 언덕은 따듯한 햇볕이 내리쬐고 바다가 내다보이는 평화로운 곳이었다. 둘이 함께하는……. 하지만 그곳은 영원할 수 없었다. 드비나가 영원하지 않기에.

이손은 천천히 배로 메스를 가져갔다.

드비나도 한동안 왜 그랬느냐고 화내더라도 곧 바이러스를 받아들일 거라고 믿었다. 결국 그가 한 모든 일이 그녀와 함께하기 위한 일이었다는 걸 깨달을 테니까.

메스가 배에 닿고, 피부가 빼끔히 벌어지며 피가 배어났다.

콰장창!

창을 뚫고 비산하는 유리 파편들과 함께 검은 인영이 들이닥쳤다. 동시에 가말 옆에 있는 영원교 신도 하나가 총에 맞아 뒤로 날아갔다.

이어서 검은 인영은 바닥에 내려서기도 전에 가말을 에워싸고 있는 영원교 신도들을 하나씩 신속하게 맞췄다. 검은 전투복 때문에 머리카락 한 올 보이지 않아도 목표물을 정확히 맞춘 동체 시력은 루아스였다.

이손만 손으로 총알을 쳐내 막았다. 분명히 로열 스타가 MCTC를 막겠다고 했는데……!

나머지 창들을 뚫고 다른 검은 인영들이 들이닥쳤다. 지이이익- 그리고 라펠이 끌리는 소리와 함께 바닥에 착지하지마자 경비병들을 정확하게 쏴서 순식간에 제압했다.

"움직이지 마!"

군인들이 영원교 신도들에게 총을 겨누며 소리쳤다. 안 그래도 남아 있는 영원교 신도들은 거의 비전투원이었기 때문에 놀라서 얼어붙었다.

창을 뚫고 들어온 군인들은 이손에게도, 쿠니스의 머리에도 총을 겨누었다.

"두 손 들어."

쿠니스는 코웃음을 치고 가슴에서 손을 빼내 두 손이 보이도록 들었다. 그렇게 순식간에 교주와 영원교 신도들, 쿠니스까지 제압했다. 그때 가장 처음 창을 뚫고 들어왔던 군인, 도영이 헬멧을 벗어던지며 제단으로 달려갔다.

"가말!"

하지만 가말은 반응이 없었다.

"가말!"

여러 차례 부르자 겨우 가말은 흐릿하게 눈을 뜨고 도영을 올려다보았다. 하지만 제 눈앞에 있는 게 진짜 도영이라는 사실이 믿기지 않았다.

"가말."

도영도 믿을 수가 없기는 마찬가지였다. 가말의 꼴은 엉망이었다. 재와 피를 뒤집어쓴 채로 무슨 약이라도 잘못 먹었는지 숨은 거칠고, 가위로 잘린 잠옷 같은 원피스가 벌어져 거의 가슴이 보일 지경이었다. 하지만 분노 따위에 정신이 팔려 있을 상황이 아니었다. 도영은 가말의 옷을 여며주고 애써 목소리를 억누르고 속삭였다.

"미안해."

그제야 가말은 깨달았다. 볼을 감싼 건 도영의 손이었다. 이번엔, 진짜였다.

가말은 숨이 찬 듯이 입술을 달싹였다.

"베이비가……."

도영이 당장 손짓하자 군인들이 일사불란하게 각자 메고 온

장비들을 내려놓기 시작했다. 그리고 두 군인은 각자 등에 짐처럼 메고 온 사람들을 고정하고 있는 끈의 버클을 풀어냈다. 등에 업혀 있던 한 사람이 비틀거리며 바닥에 내려섰다. 전신을 가리는 전투복을 입고 있어도 근육질이라는 게 보이는 군인에 비해 다소 왜소해 보이는 사람이었다.

그를 내려준 한 대원이 물었다.

"괜찮으십니까? 선생님."

"좀 어지럽지만 괜찮습니다."

의사는 대답했다. 그사이에 다른 군인들이 사방에 연기가 뿌옇게 일어나도록 소독 스프레이를 뿌리기 시작했다. 모두 사전에 준비한 대로였다.

의사는 폭탄이 터지는 혹시 모를 경우를 대비해 EOD(폭발물처리, Explosive Ordnance Disposal) 대원의 도움을 받아 방폭복을 입으며 말했다.

"좀 더 꼼꼼하게 뿌리세요. 아래까지."

그 옆에서 마취 전문의도 도움을 받아 서둘러 방폭복을 입고 있었다. 여전히 마취는, 특히 루아스를 마취하는 일은 생각보다 전문성이 필요한 기술이었기 때문에 마취 전문의까지 동행해야 했다.

제단이 금세 수술대의 모습을 갖추는 걸 보며 도영이 의사에게 물었다.

"하실 수 있겠습니까?"

사실 그야말로 도박이었다, 이 자리에서 가슴의 폭탄을 수술로 제거하겠다는 건. 그럼에도 도영은 이 방법을 택할 수밖에 없었다. 이보다 더 확실한 방법이 없었기에.

"해봐야죠."

의사는 간호사 역할을 하는 팀원이 펼쳐준 장갑을 끼느라 돌아보지도 않고 대답했다. 그리고 가말에게 링거를 연결하는 동안 마취 전문의가 그녀의 입에 산소마스크를 씌웠다. 아니, 씌우려고 하자 가말이 무어라 더듬거렸다.

"드비나……. 구해……."

모두 가말의 손끝이 가리키는 곳을 돌아보았다. 그 끝에 있는 드비나는 깜짝 놀랐다. 저런 상태가 되어서도 그녀를 신경 쓴다는 사실에.

가말은 정말 착했다, 그녀가 말했던 대로.

"드비나 씨?"

한 중사가 물었다.

"네."

대답하고 드비나는 주춤거리며 일어섰다.

"이쪽으로 오시겠습니까?"

"드비나."

그때 크루즈 중사가 겨눈 총구 너머에 있는 이손이 가지 말라는 듯이 간절하게 불렀다. 드비나는 그를 보았다.

"모두 널 위한 거였어."

그렇게 말하는 이손은 정말로 애절해 보였다. 아름답고 헌신적으로 보이기까지 하는 모습이었다.

드비나는 무너질 듯한 미소를 지었다.

"날 위해서였다고 하지 마. 정말 날 위해서였다면, 계속 널 두고 가지 말라는 이야기만 하지는 않았을 테니까."

이손은, 그녀의 사랑은 왜 몰랐을까? 어떤 일을 저질러도, 심지어 살인을 저질렀어도 그에게 그럴 만한 이유만 있었더라면 그녀는 받아들여 줬을 테지만, 단순한 이기심으로 한 행동은 어떤 말로도 정당화되지 않는다는 걸.

드비나는 냉정하게 돌아서서 걸어갔다.

"드비……."

이손이 한 걸음 내디디며 붙잡으려고 했지만, 경계하고 있던 크루즈 중사가 멈추라는 듯이 총을 가까이해 그는 멈추었다.

"괜찮겠습니까?"

마침내 가말이 잠들자 의사가 마지막으로 확인하듯이 도영을 보고 물었다. 도영은 고개를 끄덕였다.

"시작하세요."

"시작하겠습니다."

의사는 지체하지 않고 수술을 시작했다. 이미 가말의 가슴에 나있는 상처에 메스를 누르고 거침없이 갈랐다. 베인 자리에서 핏물이 소용돌이치듯이 고였다가 양옆으로 흘러넘쳤다.

정적이 감도는 가운데 수술 도구가 부딪치는 소리만이 울려 퍼졌다. 그런데 어느 순간, 군중 가운데 있는 한 신도가 들썩거렸다. 대원들은 바로 그쪽으로 총구를 돌리며 경계했다.

"끄으……."

그 신도는 천천히 경기를 일으키더니 거품을 물고 뒤집어졌다.

"끄으읍! 읍!"

다른 신도들 역시 당황해 웅성거렸다.

"일곱."

그걸 본 휴 대위가 심각한 투로 도영을 불렀다. 도영은 그대로 대기하란 의미로 손을 내밀고 계단을 내려갔다. 불타오르는 전쟁의 신이 강림하는 모습을 보는 인간들처럼, 영원교 신도들은 자리가 비좁아서 비키지는 못하고 옆으로 움찔거리며 몸을 젖혔다. 그 사이로 갈라지듯 길이 나, 기절한 신도에게까지 이어졌다.

신도는 간질 환자인지 눈을 까뒤집고 바닥에 쓰러져 있었다. 도영은 그 앞에 한쪽 무릎을 꿇고 앉아 목의 맥박을 확인했다. 그 순간 남자의 뒤집혔던 눈이 원래대로 돌아오더니 남자가 몸 아래 숨기고 있던 칼을 내질렀다.

그래봤자 인간이 하는 공격이었다. 도영은 어렵지 않게 팔을 잡아 막았다.

"가만히……."

그런데 그때를 노린 듯이 다른 신도가 도영을 뒤에서 덮쳐들었다. 아니, 신도가 아니었다. 목을 옭죄는 팔은 인간이 아니라 루아스의 것이었다. 평신도로 위장하고 있던 영원교 사제였다.

"가만히 있어."

한 사제가 으르렁거리며 말했다.

"덤벼!"

이어서 두 남자가 외치며 도영을 양옆에서 덮쳐들었다. 그들은 인간이었기 때문에 도영은 순간적으로 공격하지 못했다.

"잡아!"

도영이 밀린다고 생각했는지 다른 사람들도 다급하게 일어나 덤비기 시작했다. 여자나 노인 가릴 것 없이.

"일곱!"

팀원들이 놀라서 소리쳤다. 그때 다른 곳에서 한 영원교도인이 벌떡 일어나 사자후 같은 소리를 내질렀다.

"하아아아!"

그러자 영원교인들은 대답했다, 작동이 멈췄던 기계에 전류가 흘러 벌떡 깨어난 것처럼.

"테렌티, 앗세 수이 에우스타키스!"

끊는 부분 하나 다르지 않아서 정말 한 사람이 여러 목소리로 말하는 것 같았다. 그리고 영원교인들은 일제히 제단으로 달려가기 시작했다. 팀원들은 당장 방어태세를 갖추었다.

"멈춰!"

탕! 탕탕! 허공에 시험 사격을 했지만 아무도 멈추지 않았다.

"쏩니다!"

팀원들은 외치자마자 대응하기 시작했다.

탕, 탕! 두 차례 총성이 울렸다. 그리고 다리에 총을 맞은 신도가 넘어지고 어깨에 맞은 신도는 바닥을 구르며 비명을 질렀다.

"흐흑!"

"끄으윽!"

하지만 놀랍게도 다른 영원교인들은 멈추지 않았다. 따라서 팀원들은 다시 발포할 수밖에 없었다.

여러 번 총성이 울렸다. 급소는 피해서 총을 쐈기 때문에 죽은 사람은 없었지만, 보통 노약자라고 하는 사람들까지 하얀 계단을 피로 물들이며 기어 올라왔다. 그 광경이 주는 비주얼 쇼크는 산전수전을 겪은 군인들마저 동요시키기에 충분했다. 기세가 밀리는 건 그 찰나면 충분했다.

맥코이 하사가 기가 질려 외쳤다.

"저 이 장면 좀비 영화에서 본 거 같습니다!"

방어선이 점차 뒤로 밀려 팀원들의 등이 제단을 두른 비닐에 닿았다. 그러자 비닐 안에 있는 의사가 시선을 들지도 않고 소리쳤다.

"들어오면 안 됩니다!"

"들어가면 안 되는 걸 몰라서 이러는 거 같습니까?"

팀원들은 총을 쏘는 걸 멈추지 않으며 소리쳤다.

반면 사제들에게 붙잡혀 있는 도영은 이를 꽉 물었다. 그리고 어깨 너머로 한 사제의 멱살을 붙잡는 동시에 그대로 팔의 힘으로만 휘둘러 바닥에 내리찍었다. 쾅! 그 반동으로 그에게 매달려 있던 사람들이 우르르 떨어져나가고 굉음과 함께 바닥이 잔해를 토해내며 갈라졌다.

이어서 도영은 다시 사제의 멱살과 배를 잡고 위로 들어 올렸다. 그에, 도영과 무게가 비슷하거나 더 나갈 루아스가 맥을 추지 못하고 허공에서 버둥거렸다.

"하앗!"

그 찰나 다른 사제가 그에게 덤벼들었다. 온 힘을 다해 들이받았지만 도영은 조금 흔들렸을 뿐, 제자리를 지키고 서 있었다. 오히려 들고 있는 사제로 다른 사제를 내리찍었다.

그 힘이 얼마나 셌던지 그를 들이받았던 사제가 바닥에 처박혀버렸다. 그리고 도영은 들고 있는 사제를 벽을 향해 내던졌다. 날아간 사제는 벽에 파묻히듯이 박혀버렸다. 쿠웅!

차르르……. 벽에서 잔해가 떨어져 내렸다.

"흣……."

사제가 신음하면서도 급하게 몸을 일으키려고 할 때, 척척척 다가오는 워커 발소리가 들렸다.

도영은 사제의 멱살을 잡아 끌어올려 그의 이마에 대고 총구를 겨누었다. 놀란 사제가 버둥거렸지만 멱살을 잡은 손은 꿈쩍도 하지 않았다.

"자, 잠깐……!"

사제가 다급하게 말했으나 도영은 이를 드러내고 으르렁거렸다.

"저 세상으로 꺼져버려."

쾅! 흡사 폭발물이 터지는 듯한 소리와 함께 사제는 기괴할 정도로 고개를 뒤로 꺾은 채 움직이지 않았다. 그 아래로 걸쭉한 핏물이 주르르 흘렀다.

다른 사제는 자기의 상대가 되지 않겠다 싶었는지 타이밍을 보다가 빠르게 창을 향해 달렸다. 퍽! 소리와 함께 얼마 가지 못해 머리가 폭발했다. 사방으로 분해되는 잔해를 맞은 영원교인들은 비명을 내지르며 혼비백산했다.

"아악!"

"꺄아악!"

도영은 총구를 내리고, 아직 들고 있는 시신을 내던졌다. 쿵. 무거운 루아스의 시신이 바닥에 떨어져 철근처럼 묵직한 소리를 울렸다.

같은 루아스라고 해도 사이비 사제들 따위는 전혀 그의 상대가 되지 않았다. 전쟁의 신 같은 기백에 눌려 다들 찍소리도 내지 못하는 사이, 멀리서 한 중사가 중얼거렸다.

"와우. 무파사인 줄."

그런데 도영이 갑자기 교주가 보이지 않는다는 사실을 깨닫고는 돌아보고 물었다.

"교주는 어디 있습니까?"

"네? 여기……."

없었다.

돌아본 자리에 교주는 감쪽같이 사라진 후였다. 대신 창가에 그가 입었던 주교복이 버려져 있고, 레펠이 창밖 아래쪽으로 내려져 있었다.

도영이 쿠니스를 보자 그가 비웃음을 띠고 말했다.

"SEALs(네이비 씰) 훈련을 받았다더군."

도영은 황당해서 되물었다.

"도망치는 걸 그냥 보고 있었다고?"

쿠니스는 어깨를 으쓱였다.

"그냥 보고 있지 않을 이유도 없어서."

"이 개새……!"

큰 소리가 터졌다. 한 중사는 당장에라도 총을 쏠 것처럼 쿠니스에게 겨누었다.

"여덟!"

도영이 날카롭게 외쳤다. 그러자 한 중사는 오히려 버럭 소리쳤다.

"이 새끼 때문에 죽은 사람이 얼마나 되는 줄 아십니까?"

"더 화가 나야 할 저도 있습니다."

도영은 조용히 말했다. 하지만 한 중사는 총구를 쿠니스에게서 돌리지 않았고, 쿠니스는 태연하게 총구를 마주하고 있을 뿐이었다.

"여덟."

도영은 조용히 한 중사를 한 번 더 불렀다.

그라고 딱히 쿠니스를 살려두고 싶어서 이러는 게 아니었다. 심장이 멈추면 폭탄이 폭발할지도 모르기 때문에 리스크를 감수하지 않을 뿐이었다.

한 중사도 그걸 충분히 알고 있었다. 이를 꽉 깨물더니 내치듯이 총구를 내렸다.

"어후……!"

그러고는 쿠니스를 더러운 것처럼 쳐다보며 거칠게 중얼거렸다.

"그래. 삼천 년이나 살아남으려면 운이 더럽게 좋아야 했겠지. 운도 좋은 새끼."

그럼에도 쿠니스는 특별히 어떤 감정을 느끼지 못하는 얼굴이었다. 그에 한 중사는 더 화가 나는 것 같았지만 더 상대하지 않기로 했는지 몸을 돌렸다.

쿵. 느닷없이 문에서 소리가 들렸다. 다들 재빨리 돌아보았다. 팀원들에게 익숙한 이 소리는, 배터링 램(문을 강제로 열 때 쓰는 거대한 군용 망치)으로 칠 때 나는 거였다. 모두 문 너머 상대가 누구인지 깨달았다.

'로열 스타.'

벌써 여기까지 도착한 모양이었다.

이반은 길게 뻗은 복도를 거침없이 나아갔다. 그리고 복도 끝에 MCTC의 마크가 새겨진 자동문이 열리자 들어섰다.

"이바노프 씨."

화면 앞에 앉아 있는 렉스가 돌아보며 일어났다. 화면에는 옷을 잘 갖춰 입은 사람들이 떠있었는데, 이반은 그들을 보며 바로 말했다.

"이번 공습을 반대한다면 저희 ISLE은 MCTC와의 모든 관계를 끊겠습니다."

렉스는 살짝 눈을 크게 떴다. 이반이 이쪽에게 상의도 하지 않고 이런 행동을 한 건 처음 있는 일이었다. 이런 극단적인 방법까지 불사할 거라고 생각하지 못한 간부들도 술렁였다.

[우리를 협박하는 겁니까?]

MCTC의 사무총장이 미간에 주름을 잡고 물었다.

"네. 협박입니다."

이반은 주저하지 않았다.

"레기온은 인류의 안전을 심각하게 위협합니다. 그리고 레기온이 있기 때문에 인간들은 우리를 근본적으로 믿지 못하죠. 테러리스트의 종자라고."

언성은 조금도 높이지 않았지만 오히려 그게 더 위협적인 어조로 들렸다.

"저희는 더 이상 그런 불합리한 일반화를 참지 않겠습니다."

사무총장은 지그시 이반을 지켜보다가 물었다.

[당신들이라고 MCTC 없이 생존할 수 있을 거 같습니까?]

이반은 무표정한 얼굴로 말했다.

"레기온이 설치도록 내버려두는 한 별로 안전하지도 않은데 우리들만의 왕국이라도 세우는 편이 나을지 모르죠."

그의 과거를 안다면 그 말이 단순한 위협으로만 들리지 않을 거라고 생각했다. 과연 정적이 감돌았다.

[꽤 무리하시는군요.]

마침내 사무총장이 중얼거렸다. 이반은 여전히 특별한 감정을 드러내지 않았다.

"그만큼 사활을 걸었다고 봐주시면 좋겠군요."

사무총장이 어깨를 으쓱였다.

[이바노프 씨께서 쩔쩔매는 모습을 보는 것도 나쁘진 않군요.]

어딜 봐서 쩔쩔매는 모습이라는 건지?

그런 생각이 들겠지만 렉스가 봐도 이 정도면 이반으로서는 꽤 무리하고 있었다. 나이가 들면서 이런, 엉킨 실을 단번에 잘라 버리는 식으로는 일하지 않게 된 지 오래됐는데 말이다.

게다가 이렇게 강성으로 나가면 나중에 이쪽을 길들이겠다고 저들이 어떤 식으로 나올지 알 수 없었다. 하지만 그건 다음의 이야기이고, 지금은 구해야 할 생명들이 걸려 있었다.

이반이 아무 말하지 않고 있자, 사무총장이 말했다.

[전 찬성합니다.]

다른 사람들이 웅성거렸지만 사무총장은 개의치 않고 말했다.

[대공을 끝낼 수 있다면 UFD와 척을 지는 것 정도는, 그리 심각한 문제가 아닙니다. UFD는 오히려 우리를 이용하고 있는 겁니다. MCTC도 어떻게 하지 못한다는 이미지로 프로파간다를 펼치는 거죠.]

아랍 왕국과 사이가 좋지 않아 전쟁 직전에 있는 UFD로서는 '터프가이'의 이미지가 필요했기 때문이다. 물론, 로열 스타가 제공하는 무기에 더불어.

[그쪽 싸움에 우리 등이 터질 필요는 없죠.]

사무총장은 여태까지 속 썩인 게 허무할 만큼 간단하게 말했다.

[출격을 허가하겠습니다.]

이반은 걸음을 돌렸다. 그 뒤에서 사무총장이 말했다.

[부디 늦지 않기를 바랄 뿐입니다.]

진심인지 비꼬는 건지 알 수 없는 말이었다.

◇◇◇

도영이 제단을 돌아보자, 제단을 두른 비닐 너머로 아직 수술이 한창이었다.

다시 쿵 하고 배터링 램이 문을 때리는 데 따라 건물까지 희미하게 흔들렸다. 의사도 불안해졌는지 시선을 들기에 도영이 말했다.

"박사님은 박사님 일에 집중하십시오."

의사는 대장의 말을 들은 팀원처럼 다시 환부에 집중했다.

다행히 문은 쉽게 열릴 것 같지 않았다. 밖에서 들어오기 힘들게 하려고 레기온이 철제로 달아놓은 문이 아이러니하게 그들을 지켜주고 있는 셈이었다.

그사이 쿠니스는 도영을 훑어보았다. 철근을 씹어 먹었는지 무슨 몸이 금속을 녹여서 거푸집에 부어 만들어놓은 주물처럼 지금 모양 그대로 태어난, 완벽하고 매끄러운 느낌이었다. 뒤에는 이바노프 클랜이 버티고 있고, 그 스스로는 장차 MCTC의 지도부로 나아갈 것이다. 이제 가말을 건드릴 수 있는 존재는 없는 거나 마찬가지였다. 쿠니스 자신 역시도.

"옮깁니다."

마침내 EOD(폭발물 처리) 대원이 말했다. 그리고 방폭 장갑을 낀 손으로 조심히 들어 올린 검은 핏덩이 속의 폭탄은 육안으로는 잘 보이지도 않았다.

반면 문 너머가 조용했다. 불길하도록. 그 순간이었다. 쾅. 폭음과 함께 건물이 와르르 흔들렸다. 팀원들이 얼른 넘어지려고 하는 비닐 거치대를 붙잡았다.

그럼에도 철제문은 아직 버티고 있었다.

"더럽게 튼튼하게 만들었군."

한 중사는 기가 차서 말했다. 만약 그들이 바깥에서 브리칭하는 입장이었다면 적잖이 골치 아팠을 거라는 데 감정이입이 된 탓이었다. 하지만 결국 문이 열리는 건 시간문제였다.

그때 쿠니스가 자리를 박차고, 한 중사를 향해 덤벼들었다. 순간 한 중사가 놀라서 돌아보는 모습이 느린 그림 같았다. 맥코이 하사가 겨우 반응해서 총을 꺼내 들었지만 미처 발포할 새가 없었다.

눈을 부릅뜨고 있는 한 중사 볼 옆으로 훅 바람이 끼쳤다.

그를 지나쳐간 쿠니스는 한 중사 뒤에 있는 남자를 덮쳐들었다. 탕! 탕! 놀란 남자가 여러 차례 총을 쏴서 쿠니스의 몸이 들썩였지만 그는 개의치 않았다. 거의 살점이 뜯겨나가도록 남자의 목덜미를 물고 피를 빨았다. 루아스보다 좀비 같은 모습에 다들 기겁했다.

이내 쿠니스가 희번덕이는 눈을 들었다.

"이놈은 두고 가."

두고 가라고 해도, 이미 남자는 눈을 뜬 채 숨이 끊겨 있었다. 아니, 희미하게 움찔거리는 걸 보니 아직 숨이 붙어 있긴 했지만 금세 움직임이 잦아들었다.

"로열 스타의 스파이 같습니다."

휴 대위가 말했다.

"바깥에서 문을 여는 데 시간이 지체되자 안에서 문을 열어주려고 한 거 같습니다."

안 그래도 휴 대위는 막 수상한 움직임을 감지하고 스파이를 제지하려고 했는지 총을 쏘려는 모양으로 쥐고 있었다. 그사이에 쿠니스는 몸을 굴려 바닥에 드러누웠다.

"끝났습니다."

그때 의사가 그렇게나 기다리던 말을 했다. 크루즈 중사가 돌아보고 안도의 한숨과 함께 중얼거렸다.

"신의 음성 같군요."

의사는 간호사 역할을 하는 대원이 비닐을 벗겨준 특수 패드를 건네받아, 가말의 가슴에 난 수술 자리에 붙였다.

"잠깐 동안은 봉합 자리를 잡아줄 겁니다."

그사이에 EOD 대원은 입구가 양옆으로 열리는 수트케이스 같은 BCC(폭발물 처리 가방, Bomb Containment Chamber)에 폭탄을 넣었다. 탁. 입구를 닫고, 시간을 벌기 위해 액체질소를 부어 얼렸다. 그러고는 그 자리에 그대로 놓아두었다.

그사이 도영은 조심스러운 손길로, 그대로 산소마스크를 쓰고 있는 가말을 안아 들었다. 제단에서 머리가 마지막으로 떨어지며 머리카락이 흘러내렸다가 떠올랐다.

팀원들이 미리 특수 제작해 준비해온 띠로 도영의 몸에 가말을 고정하는 걸 도와주었다.

"팔을 좀 들어주십시오."

"됐습니까?"

"네."

그러는 동안 쿠니스는 가말을 보았다. 가말이 당장에라도 눈을 뜨고 그를 볼 것 같았다. 하지만 파랗게 질려 의식을 잃은 가말은 눈을 뜨지 않았다. 그리고 도영이 돌아서자, 가말이 가려졌다.

그때 도영이 쿠니스를 이대로 두고 가려는 셈이라고 깨달은 한 중사가 그를 보고는 인상을 쓰고 말했다.

"정말 그냥 두고 가실 겁니까? 저 새끼는 분명히 살아나 또 어디선가 기어 나올 겁니다. 대왕 바퀴벌레 같은 자식이니까요."

"저 폭탄을 들고 갈 순 없습니다."

도영은 아무 감정도 가지지 않은 목소리로 대답하고 무전을 보냈다.

"이동합니다."

[대기 중입니다.]

헬기 승무원이 대답했다.

창가로 다가간 도영은 창틀로 올라섰다. 핑! 갑자기 총알이 날아와, 당장 몸을 피했다. 그리고 흘긋 아래를 보자 헬기를 향해 총을 난사하고 있는 레기온 대원들이 보였다. 지휘 체계가 무너졌을 텐데도 달아나지 않고 공격하는 모습이 그래도 어중이떠중이 모임은 아니었다는 의미였다.

팅, 파박! 팍! 레기온 대원들이 재차 총을 쏘자 탄환들이 금속제 창틀에 튀고 벽에 박혔다. 그에 공격을 피하느라 헬기가 휘청거리며 사다리가 멀어졌다.

"저 자식들이."

한 중사는 뇌까리고 총을 겨누려고 했다.

"제가 하겠습니다."

그때 맥코이 하사가 나서서, 창가에 소총을 올리고 총구를 겨누었다.

"엄호하겠습니다. 올라가세요."

도영은 타이밍을 노리다가 다시 다가온 줄사다리를 잡고 올라가기 시작했다. 그때였다. 건너편 옥상에서 저격수가 난간에 소총을 겨누며 나타났다. 그 총구는 정확히 도영을 노리고 있었다.

"저기!"

한 중사가 눈을 크게 뜨고 외쳤다. 맥코이 하사는 동요하지 않고 저격수를 정확히 겨누었다. 그런데 저격수 옆에서 다른 레기온 대원들이 이쪽으로 총을 쏴대서, 맥코이 하사는 잠깐 총을 거두고 몸을 숨길 수밖에 없었다. 그 순간 저격수가 도영을 향해 발포했다.

사다리를 올라가고 있는 도영도 그걸 보았다. 그리고 거의 본능적으로 몸을 돌려 탄환을 제 몸으로 맞았다.

"……!"

고통에 줄사다리를 꽉 쥐자 줄사다리가 크게 출렁거렸다. 루아스라도 총에 맞는 고통은 상상 이상이었다.

"소령님!"

아래에서 팀원들이 외쳤다.

거센 바람에 머리카락이 거칠게 흩날리는 가운데, 도영은 순간적으로 품속에 있는 가말을 보았다. 폭풍같이 몰아치는 바람 속에서도 조용히 눈을 감은 가말은 평화로워 보였다. 아무 문제도, 아픔도 없이.

쿠니스한테 정말 고마운 점은, 그가 루아스가 되는 계기를 만들어준 것이었다. 몸으로라도 가말을 보호할 수 있도록.

총에 맞은 자리가 불타는 것 같았지만 도영은 이를 악물고 사다리를 타고 올라가기 시작했다. 핑! 그때 다시 총알이 날아왔다. 바로 맥코이 하사가 그 저격수를 맞췄지만 도영은 아래에서 일어나는 일은 신경 쓰지 않았다. 오로지 가말을 몸으로 보호한 채 위로 올라가는 데에만 집중했다.

마침내 헬기 승무원이 도영의 손을 잡아 끌어 올려주었다. 하나의 병원을 방불케 하는 닥터 헬기 내부의 모습이 보이고, 대기하고 있던 의료진이 다가왔다.

"소령님."

"폭탄은 무사히 제거했습니다."

말하며 도영은 제 몸에 가말을 묶은 띠를 풀어냈다. 그러자 가말은 미끄러져 그녀를 받아주는 의료진의 손으로 넘어갔다. 의료진은 지체 없이 가말을 처치하기 시작했다.

나머지 팀원들도 속속들이 올라와 승무원들이 끌어 올려주었다. 드비나는 한 중사가 데리고 올라왔다. 그리고 맥코이 하사가 아직 치료를 받지 않고 있는 도영을 보고 물었다.

"총에 맞은 건 좀 어떠십니까?"

그때 한 의사가 도영이 총에 맞은 걸 발견하고 다가왔다.

"처치해드릴게요."

도영은 의료진에게 둘러싸인 가말을 보았다. 의료진의 손에 맡겼으니 그가 더 할 수 있는 건 없었다.

전투복 상의의 지퍼를 내리고 어깨 뒤로 벗었다. 그리고 티셔츠까지 벗자 오른쪽 옆구리 복근 근육 틈새에 총상이 나있었다.

의사가 상처를 확인하고 말했다.

"주요 장기는 피해서 맞았기 때문에 생명이 위독한 정도는 아니지만……."

그러면서 도영을 보았지만 그는 듣고 있지 않았다. 총에 맞은 사람이라고는 보이지 않는 모습으로 창 너머로 멀어져가는 요새를 보고 있었다. 그런 채로 도영은 무전을 보냈다.

"벌처(Vulture), 전원 탈출 완료."

◇◇◇

[벌처(Vulture), 전원 탈출 완료.]

무전이 울렸다. 그에 렉스는 고개를 끄덕이고 옆을 보았다. 그러자 그곳에 서 있는 공군 대령이 말했다.

"AC-130B 1번기, 출격을 허가합니다."

그리고 대령은 성호를 긋고 작게 중얼거렸다.

"저 죄인들의 죄를 주님께서 판단하시길."

렉스는 대령을 보고 물었다.

"종교가 있습니까?"

대령은 믿음직스러워 보이는 근엄한, 그러나 분노가 엿보이는 얼굴로 말했다.

"가톨릭입니다."

그 말로 충분해서 렉스는 더 묻지 않았다.

쾅! 철제문이 폭발하듯이 문이 열리며 로열 스타의 용병들이 밀고 들어왔다. 대부분은 경계하며 안을 살피고, 몇은 소리치면서 쿠니스에게 총을 겨누었다. 그때 용병들이 어지러운 제단과 바닥에 내려져 있는, 액체질소로 얼어 있는 BCC 특수 가방을 보았다. 그리고 뭔가 깨달은 모양이었다. 시끄럽게 소리치며 손짓했다.

"폭탄이다! 후퇴해!"

"후퇴! 당장 나가!"

그러고는 들어온 만큼 순식간에 빠져나갔다.

쿠니스는 허공을 보았다. 쿵, 쿠구궁……. 타다다……. 멀리서 어렴풋이 소리가 들려왔다.

로열 스타는 여기에 꽤 많은 병력을 보냈을 것이다. 꽤 사활을 거는 것 같았으니. 그 말인즉, 다른 건 몰라도 여기가 날아가면 로열 스타는 제대로 엿 먹일 수 있다는 의미였다.

귓가에 어렸을 때 마티가 엄하게 말하던 소리가 들리는 것 같았다.

"쿠니스, 가말을 괴롭히지 말라고 했잖니."

그럼 그는 항상 상황을 벗어나기 위해 다시는 그러지 않겠다고 진심도 아닌 말을 하고는 했다.

그 말을, 쿠니스는 난생처음 진심으로 중얼거렸다.

"마티, 미안해요. 다신 가말을 괴롭히지 않을게요."

쿠니스는 조용히 눈을 감았다. 가슴이 번쩍이며 터져 오르는 순간, 특수 가방 또한 빛을 뿜어내며 터져 올랐다.

폭탄 두 개가 동시에 폭발했다. 그리고 폭음이 모든 걸 삼켜버렸다.

◇◇◇

리는 말문이 막혀 불을 뿜듯이 빛나는 화면을 쳐다보았다. 한참이나 망연히 있다가 낭패감에 젖어 혀를 내찼다.

"이런, 이런……. '바루스여, 내 군단을 돌려다오.' 총독 바루스가 토이토부르크 숲에서 게르만족에게 패해 세 개 군단을 잃었을 때 아우구스투스가 그렇게 울었던 심정이 이해되는군요."

사단급 병력을 전부 잃다니.

리는 손자국을 남길 듯이 깊이 관자놀이를 주물렀다. 대공은 제 목숨을 대가로 그를 제대로 엿 먹였다.

'역시 그런 또라이를 막다른 길까지 몰아넣는 게 아닌데.'

이쪽한테 너무 화가 나서 자폭한 건지, 아니면 어떡해도 제 목적을 이룰 수 없자 다 파투 놓아버린 건지.

지금까지 리는 대공을 잘 안다고 확신하고 있었다. 대공처럼 제 욕망에 솔직한 놈들은 살고 싶다는 욕망에도 충실한 편이어서, 제 목숨을 거는 일 따위 절대 하지 않았다. 실제로 그런 내적 동력이 그를 삼천 년이나 살아남게 했을 테고.

그렇기에 대공이 요새를 날려버릴 거라는 생각 따위 하지 않고 일을 진행했다. 하지만 삼천 년을 살아남은 지독한 노인네가 하필 오늘 제 목숨과 함께 요새를 날려버릴 줄이야?

리는 입가를 짚고 반대쪽을 쳐다보았다.

'가말이군.'

대공에겐 제 쌍둥이가 있었다. 물론 그녀에게 참회를 한다든가 용서를 구한다든가 그런 건 아니라고 믿었다. 그렇게 호락호락했다면 삼천 년이나 집착하지도 않았을 테니까.

'그냥 이제 아무래도 좋아졌을 테지.'

단순히 살기를 그만둔 것이다.

덕분에 골치가 아파져 리는 후, 한숨을 내쉬었다.

"어디서부터 손실을 메꿔야 할지 감도 안 오는군."

그때 문이 열리고, 정장을 입은 젊은 여자가 들어와서 말했다.

"이동하셔야 합니다. 이바노프의 ISLE 쪽에서 냄새를 맡았습니다. 병력이 오고 있습니다."

"역시 너무 깊이 개입했던 거 같군요. 욕심이 나서 좀 밀어붙였더니."

리는 다시 화면을 쳐다보았다. 폭발의 여파로 아무것도 보이지 않았다. 하지만 분명한 건 요새가 거의 흔적도 남지 않았을 거라는 점이었다. 제 병력을 포함해 요새를 시원하게 날려버린 저

물건을 레기온에 판 게 자신이었으니 그 효력은 잘 알았다.

끽. 리는 의자를 밀고 일어섰다.

"이렇게 된 이상 마지막 방법밖에 남지 않았군요."

그리고 문을 나서기 전, 화면을 돌아보고 중얼거렸다.

"다시 오겠습니다, 곧."

바위 틈새를 깎아 만든 듯이 좁고 가파른 돌계단을 내려가자 해변이 나타났다. 해변이라기보다 절벽 바로 아래 세 명이나 발을 디디고 설까 한 좁은 공간이었다. 거기에 고속정 한 척이 밧줄에 묶여서 출렁거리는 물 위에 떠있었다.

이투하들이 밧줄을 끌어당겨 배를 끌고 왔다.

"어서."

캐시는 아이들에게 손짓했다. 그러자 아이들은 배에 다급하게 하나둘 올라갔다. 이어서 토라와 이투하들이 올라가고 라토가 따랐다. 그리고 라토가 돌아서서 캐시에게 손을 내밀었다.

"자."

캐시는 그 손을 잡고 마지막으로 배에 올랐다.

이내 배가 호선을 그리며 돌아서 매끄럽게 강을 횡단해 나아갔다. 어두운 강물에 일그러지는 달이 비치고, 배가 물을 가르며 불어오는 바람이 머리카락을 휘날렸다.

요새가 눈을 내리깔아 내려다보듯이 우뚝 서 있는 절벽이 점차 멀어지고 있었다. 캐시가 거길 쳐다보고 있자, 뒤에서 라토가 말했다.

"무사히 탈출했군."

캐시는 시선을 돌리지 않고 중얼거렸다.

"믿기지 않아, 저길 빠져나왔다는 게."

단순히 지금 몸이 빠져나왔다는 것만이 아니라, 레기온에 잠입해있던 지난 세월을 의미하는 것 같았다.

라토는 캐시를 보았다. 저기서 그녀는 아주 많은 걸 보았을 것이다. 언뜻 봐도 실제로는 상당히 다혈질인 듯한데, 잘못되었다는 걸 알면서도 그녀가 나설 수 없는 많은 불의, 사건, 사람……. 지난 10년간 어떤 세월을 보내야 했는지, 짐작도 가지 않았다.

그때였다. 절벽 위에 그림자가 아른거리나 싶더니 레기온 대원들이 나타났다. 그리고 이쪽을 가리키며 서로 무어라 대화했다. 이어서 잠깐 사라졌다가 무언가를 들고 나타났다. 그 모습을 본 캐시는 눈을 크게 뜨고 소리쳤다.

"폭탄이야! 뛰어!"

끝까지 곱게는 보낼 생각이 없는 모양이었다.

세 루아스와 이투하 둘은 각기 아이들을 안고 바닷물 속으로 뛰어들었다. 그 찰나에 아이들을 우선시하느라 아무도 판데르발트를 챙기지 않아 그는 그냥 그대로 밀려서 뒤로 넘어갔다.

"잠……!"

쿵! 동시에 허공에서 폭발음이 울리며 어두운 바닷속이 순간 불을 밝힌 듯이 밝아졌다. 폭발의 찰나 아이들을 제 몸을 감싼 라토는 등이 뜨거워지는 게 느껴졌다.

얼마 지나지 않아 품속에 있는 한 아이가 더 숨을 참지 못하고 거품을 토해내며 괴로워했다. 라토는 어쩔 수 없이 물을 박차고 수면으로 솟구쳐 올랐다. 그러자 지옥의 열탕처럼 불에 타는 잔해들이 떠다니는 수면에, 좀 떨어진 곳에서 토라가 물을 뚫고 나타났다.

"나머지는?"

라토는 물었다. 토라는 주변을 둘러보며 고개를 저었다.

"모르겠어."

"일단 해변으로 가자."

두 남자는 아이들을 데리고 헤엄쳐서 해변으로 올라섰다. 다행히 저편에서 캐시와 이투하들이 나머지 아이들을 데리고 올라섰다.

캐시는 젖은 머리를 쓸어 올렸다. 살색 드레스가 물에 젖어 휘감겨 있어서 정말 아무것도 입지 않은 것처럼 굴곡을 드러낸 몸이 비쳤지만 그녀는 제 상태 따위 신경 쓰지 않고 물었다.

"아이들은? 전부 있어?"

"다 있어."

라토가 숫자를 세고 말하는 동안 토라는 무전을 보냈다.

"웨일 둘, 무사히 탈출했습니다. 벌처 쪽은 어떻게 됐습니까?"

무전을 듣고는 토라는 안도하는 표정이 되었다.

"좌표를 보내죠."

"마티는?"

라토가 묻자 토라는 고갯짓으로 하늘을 가리켰다.

"이미 기지로 가는 중."

한숨 돌린 캐시가 갑자기 주변을 둘러보고 물었다.

"잠깐, 그 자식은?"

판데르발트를 의미한다는 건 바로 깨달았지만, 정말로 그를 찾을 수 없었다. 라토는 애석해하며 말했다.

"떨어뜨린 모양이야."

캐시는 혀를 내찼다.

10년간 하는 짓을 지켜보며 저 새끼만은 꼭 법정에 세우겠다고 결심했건만. 그게 안 되면 혼란을 틈타 목이라도 따주겠다고.

하여간 악운은 있는 놈이었다.

어쨌든 지금으로서는 별수가 없으니 캐시는 아이들을 보고 말했다.

"가자, 얘들아."

그리고 아이들을 데리고 걸어가기 시작했다.

"어디 가?"

그 등에 대고 라토가 물었다. 그러자 캐시는 그가 세상에서 제일 한심한 질문을 한 것처럼 돌아보고 말했다.

"갈 길. 설마 그쪽도 미아보호소까지 데려다줘야 해?"

그러고 캐시는 갔다. 토라가 그 모습을 지켜보다가 말했다.

"멋진 여자네."

"저 여잔 안 돼."

라토는 딱 잘라 말했다. 철썩, 그런 라토의 어깨에 젖은 장갑이 날아와 부딪쳤다.

“행여 자인이 오해할 만한 말은 하지 말라고. 객관적인 평가였어.”

“왜, 서머 중위가 화낼까 봐?”

“아니, 총 맞을까 봐.”

그러고는 토라는 엄지손가락을 젖혀 캐시가 사라진 방향을 가리켰다.

“연락처라도 물어보지?”

“괜찮아. 또 만날 거야.”

라토는 뒤돌아보지 않았다.

“어디선가.”

도영은 요새가 폭발하는 불길에 사로잡히는 모습을 보았다.

“워우…….”

팀원들 모두 얼이 빠져 그 모습을 지켜보다가 한 중사가 놀란 소리를 내고, 휴 대위가 놀랍다는 듯이 중얼거렸다.

“그 정도로 소형화된 폭탄이 이 정도 폭발력이라니…….”

아무리 두 개가 동시에 터진 위력이라고 해도 레기온은 대체 뭘 만들어낸 건지 섬뜩할 정도였다.

“소령님!”

그때 의료진이 다급하게 말했다. 당장 돌아보자, 의료진 사이로 누워있는 가말이 얼핏 눈을 뜨고 있었다. 도영은 당장 다가가 불렀다.

"가말."

가말은 어떻게 된 일인지 감이 잡히지 않는지 천장을 올려다보는 눈이 몽롱했다. 인간이었다면 며칠간 아예 눈을 뜰 수 없었겠지만 루아스의 육체가 잠깐이나마 정신을 차리게 한 것 같았다.

그러다가 도영을 발견한 가말의 눈이 일렁였다. 도영은 애써 웃으며 땀에 젖은 가말의 앞 머리카락을 쓸어 올렸다. 꼭 한 생을 건너 만난 것같이 느껴졌다.

가말의 눈에 뭉클 고인 눈물이 옆얼굴을 타고 흘러내렸다. 드디어 안도하는 그녀를 보며 도영은 가슴이 미어졌다. 그마저 눈물이 날 것 같은 기분이었다.

도영은 가말의 손에 꾹 제 입술을 눌렀다.

"잘 견뎠어."

가말은 눈물이 넘실거리는 눈으로 그를 보다가 산소마스크 너머로 입술을 달싹였다. '쿠'라고 말하는 입 모양이었다. 도영은 속삭였다.

"너한테 미안하다고 전해주라고 했어."

물론 대공은 그런 말 따위 하지 않았지만 가말이 더 이상 대공을 생각하지 않고 살 수 있다면 도영은 그런 거짓말쯤은 얼마든지 할 수 있었다.

의사가 옆에서 작게 말했다.

"바로 수술에 들어가야 할 거 같습니다."

그에 가말의 눈빛이 흔들리자 도영이 속삭였다.

"걱정하지 마. 베이비는 내가 지키고 있을 테니까."

가말은 애써 웃고, 눈을 감았다.

좌악. 철퍽. 판데르발트는 숨을 몰아쉬며 어두운 물을 헤치고 뭍으로 올라섰다. 혼란한 와중에 겨우 수갑을 끊어내고 도망칠 수 있었다. 마지막에 레기온 대원이 IED(사제 폭탄)을 던지지 않았다면 꼼짝없이 MCTC에 끌려갔을 거라고 생각하니 등골이 서늘했다.

쿵. 그때 만 건너에 서 있는 요새가 폭발하며 불길에 사로잡혔다. 이쪽 뭍에 닿는 물까지 파동을 일으키며 덜덜 떨릴 정도였다. 그 모습을 보며 판데르발트는 중얼거렸다.

"결국 다 날려버렸군."

별로 놀랄 일은 아니었다. 삼천 년이나 산 탓인지 쿠니스는 어딘지 아슬아슬한 면이 있었기 때문이다. 게다가 제 쌍둥이에게 지나치게 집착해서 무슨 일을 벌여도 벌이겠구나 싶었다. 하지만 옆에 있으면서 챙길 건 모두 챙겼기 때문에, 이쪽으로서는 손해 보는 장사는 아니었다.

결국 뱀파이어들을 움직이는 것도 돈이라는 게 아이러니하지만 따지고 보면 뱀파이어란 오래 사는 인간에 불과할 뿐이니까. 욕망의 크기나 종류는 다를 수 있어도 재질은 같을 수밖에 없었다.

판데르발트는 불타오르는 요새를 뒤로하고 돌아섰다. 파사삭. 그때 수풀이 거칠게 흔들려 판데르발트는 흠칫 긴장하며 돌아보았다.

'설마 벌써 쫓아온 건…….'

그런데 수풀 사이로 나타나는 건, 교주였다. 치렁거리는 옷은 벗어 던지고 까만 전투복을 입고 있어 얼핏 보면 교주인지 모를 정도였지만, 어쨌든 알아보았다.

그는 함께 탈출한 영원교인들 여럿과 사제 둘과 함께 있었다.

짝! 갑자기 교주가 한 사제의 뺨을 후려쳤다.

"이런 일도 제대로 못 해!"

이손은 고개가 돌아간 채 아무런 말하지 않았다. 그러자 교주는 다시 한번 이손의 뺨을 쳤다.

"네가 조금만 빨리 메시아를 꺼냈어도!"

그때, 옆에 있는 다른 사제의 눈빛이 변했다.

그는 유일한 외부인 출신 사제였다. 그랬기에 아까 난리 통에도 적극적으로 나서지 않고 상황을 방관하고 있었고, 따라서 도영에게 죽지 않았다. 그리고 교주가 탈출할 때 얼른 같이 탈출할 수 있었다.

"이봐."

사제는 침을 탁 뱉었다.

"난 네 창녀들이 좋았을 뿐이야."

"뭐……."

교주는 흠칫해서 한 걸음 물러났다. 사제는 그만큼 그에게 다가갔다.

"평범한 여자들이랑 다르게 날 무서워하기보다 거의 신으로 여겼거든. 무슨 짓을 해도 사제님, 사제님, 하면서 내 발을 핥아댔지. 근데 그 머리에 나사 하나 나간 느낌도 이제 슬슬 지겨워져서 그만 접고 떠날까 했지. 이번 사도가 귀여워서 한 번 하고."

정말 천사인 듯 아름답고 우아했던 얼굴이 천박해 보였다. 교주가 위압된 듯이 아무 말도 하지 못하자 사제는 피식 웃고는 이손을 보았다.

"너도 이제 그만 다른 데 알아 봐. 이딴 미친 인간 뒤치다꺼리……."

그 순간 이손이 거대한 데저트이글(자동권총)을 꺼내 사제의 머리를 쏴버렸다.

퍽!

모두 깜짝 놀라 화들짝 물러났다. 하지만 그대로 사방으로 피를 흩뿌리며 뒤로 넘어가는 몸을 보는 눈은, 지극히 무감각했다.

"자, 잘했다! 천사야."

교주가 신나서 말했다. 하지만 슥 그를 보는 눈빛에, 교주도 느꼈다. 무언가 잘못되었다는 걸. 하지만 교주는 내색하지 않고 얼른 돌아섰다.

"어, 어서 가자."

그러고는 여태 지켜보고 있던 판데르발트를 발견하고 흠칫해서 멈춰 섰다.

"판데르발트 씨."

하지만 본능인 듯 교주는 바로 눈매를 휘며 웃었다.

"무사히 탈출하셨군요."

쿠니스 그 늙은이는 애초에 총수 재목이 아니었다고 하지만 이 미치광이의 놀음에 놀아나 자신이 이 꼴이 됐다고 생각하니 판데르발트는 가슴속에서 살의가 왁다글 들끓었다. 그래서 한껏 이를 드러냈다.

그 적의에, 교주와 함께 탈출한 영원교인들은 비명을 내지르며 흩어져 달아나기 시작했다. 다들 뛰어나가는 서슬에 교주는 그 자리에서 그대로 뒤로 넘어졌다. 아무리 군인 훈련을 받았다고 해도 환갑이 넘은 나이였다. 제 마음처럼 달려 도망칠 수 없는 게 당연했다.

반면 이손은 가만히 서 있었다.

"자, 잠깐……!"

교주가 엉덩이 걸음으로 물러나며 다급히 외쳤다.

"메시아는 어디 있지?"

그 말을 끊고, 판데르발트는 물었다. 교주는 그게 무슨 말인지 이해하지 못한 얼굴로 그를 올려다보았다. 그러자 판데르발트는 나직이 말을 갈아 내뱉었다.

"널 영원히 살게 해줄 메시아는 어디 있냐고?"

희끄무레한 달무리가 진 달을 등진 판데르발트를 올려다보는 눈이 마치 거대한 깨달음을 얻은 듯이 크게 뜨였다. 그리고 교주는 희열에 차 외쳤다.

"계시를 받았습니다. 그건 바로……!"

이건 또 뭔가 싫어서 판데르발트는 기가 찼다가, 피식 웃었다.

"적어도 일관성은 있군."

그리고 짐승이 입을 벌리자 날카로운 두 흉기가 붉게 웃는 입술 사이에서 빛났다. 제 말이 통하지 않는다는 걸 깨달은 교주는 정신없이 기어가서 이손의 무릎에 매달렸다.

"처, 천사야! 날 살려다오!"

하지만 이손은 교주를 무관심한 눈으로 내려다볼 뿐이었다.

늘 교주를 산채로 씹어 죽이고 싶었다. 그러나 드비나를 루아스로 만들어야 한다는 목표가 생기자, 자신을 강간하고 동의도 없이 이런 몸으로 만든 자조차도 오로지 이용할 수 있는 수단과 방법으로밖에 여겨지지 않았다. 그리고 오랫동안 그렇게 생각해 왔기 때문인지 제게 매달리는 교주가 밉다거나 증오스럽다는 생각이 들기는커녕 귀찮은 버러지로밖에 보이지 않았다.

이손에게 자신을 도와줄 생각 따위 없다는 걸 깨달은 교주는 과호흡을 일으킬 듯이 숨을 몰아쉬었다.

"네, 네가 어떻게……! 널 천사로 만들어준 게 누구인데……!"

뒤에서 판데르발트가 피식 웃었다.

"늑대인 줄도 모르고 데리고 다니는 얼간이가 교주랍시고 설치는 꼴이 아주 볼만했지."

교주는 다급하게 가슴을 더듬어 권총을 꺼내 들었다. 탕! 하지만 판데르발트는 당연히 손쉽게 피하고 교주의 멱살을 잡아 올렸다.

와직. 목이 물렸는데도 교주는 어디선가 단검을 꺼내 마구 그를 찍어댔다. 하지만 피부의 결이 맞지 않아서 칼이 자꾸 미끄러져 튕겨나갔다. 그래도 교주는 계속해서 단검을 휘둘렀다. 포기를 모르는 끈기만은 높이 사줄 만했다.

"…… 놔! 이, 이 괴물……!"

메시아 타령을 할 때는 언제고 이제는 살겠다고 교주가 악을 쓰며 다시 한번 단검을 찔렀다. 그 손을, 판데르발트가 덥석 붙잡았다.

우드득. 불길한 소리가 났다. 교주는 듣기에도 고통스러운 소리를 끊길 듯이 내질렀다.

"끄아아……."

몸이 경련을 일으키듯 잘게 펄떡거렸다.

그리고 제법 시간이 지나고, 판데르발트는 천천히 고개를 들었다. 턱을 타고 핏물이 뚝뚝 떨어졌다. 눈이 윤광을 머금어 깨질 듯이 청명하게 빛나고, 목에서 나직한 울음이 올라왔다.

악인에게도 악인의 피가 더 맛있다는 게 아이러니하지만, 온갖 추잡한 짓을 일삼으며 세상이 제 것인 양 뻐기던 놈이 제 이빨 아래 벌벌 떨며 죽어가는 감각이 최고의 쾌락을 선사했다.

눈도 감지 못하고 숨을 거둔 교주를, 길을 가다가 내버리는 아이스크림 껍질인 양 내던졌다.

숲속으로 달아난 사냥감들을 더 쫓고 싶었지만 마냥 여기서 시간을 허비할 수는 없었다. 판데르발트는 혀로 입가를 핥고 이손을 보았다.

"곧 잡으러 올 텐데."

하지만 이손은 망연히 선 채로 움직이지 않았다. 넋이 나가버린 녀석 따위 제 알 바 아니었기에 판데르발트는 돌아서 걸어갔다. 그리고 수풀 너머로 사라졌다.

아니, 그러려는 찰나 파사삭 수풀이 흔들렸다.

"넌 이쪽이야."

동시에 나타나는 건, 아까 그대로 찢어진 드레스 차림을 한 캐시였다. 판데르발트는 주춤하며 물러났다. 하지만 미처 달아나려고 자세를 잡기도 전에 캐시 뒤로 MCTC의 군인들이 빼곡히 나타났다.

셀 수도 없이 많은 총구가 먹잇감, 판데르발트를 향했다. 그 가운데서 캐시는 입매를 늘어뜨리며 진한 웃음을 지었다. 눈이 퍼렇게 빛났다.

"미안. 내가 남자한테 집착하는 편이거든."

아까보다 더 제대로 포박당한 판데르발트가 대원들에게 끌려갔다. 그리고 캐시는 그 자리에 그대로 서 있는 이손을 보았다. 그는 동상이 되어버린 것 같았다.

"저와 드비나는 태어날 때부터 같이 있었습니다."

이손은 멍하니 중얼거렸다.

"단 한 번도 떨어진 적이 없죠. 교주에게 그런 일을 당할 때도 드비나는 같이 울어줬습니다. 자기가 강하지 않아서 미안하다면서……. 그런데 언젠가 드비나가 죽고 언젠가는 저 혼자 남겨진다니……. 무서웠습니다. 그 생각만 하면 너무 무서워서 잠도 오지 않을 지경이었죠."

캐시가 듣든 말든 독백 무대를 하는 배우처럼 읊조렸다.

"감염에 실패할 확률 자체가 없는 바이러스……. 말도 안 된다는 걸 알면서도, 어쩌면 진짜 가능할지도 모른다는 생각이 들었습니다. 그 가능성을 놓을 수가 없었습니다."

순간 이손의 눈빛이 달라졌다.

"게다가 레기온의 그 쓰레기 같은 놈들도 루아스가 되어 영원히 사는데, 어째서 드비나가 죽어야 한단 말입니까?"

"그 질문에는 내가 대답할 수 없지만……."

캐시는 차분하게 입을 열었다.

"한 가지는 말해줄 수 있어. 그래도 네가 쓰레기 짓을 하는 게 정당화되지는 않는다는 거."

거기에는 할 말이 없는지 이손은 꾹 입을 다물었다.

지난 10년간 정보원으로 활동하며 누구에게도 정체를 털어놓지 않았던 캐시가 이손을 믿었던 이유는 다른 게 아니었다. 드비나를 생각하는 마음 때문이었다. 이손이라면 드비나를 위해서라도 악해지지 않을 거라고 생각했다.

아직도 자신이 얼마나 인간의 본성에 대해 통찰력이 부족한지 알려주는 증거가 아닌가?

모순적이게도 이타적인 마음은 오히려 자신의 악한 행동을 정당화할 수 있기 때문에 더 위험한 부분이 있다는 걸 간과했다.

"남을 희생해서라도 네 행복을 잃기 싫었겠지."

캐시는 말했다.

"그 대가로 넌 영원히 드비나를 잃었어. 그게 네가 절대 잃고 싶지 않았던 걸 텐데 말이야."

그리고 차갑게 돌아섰다.

이손은 제 얼굴을 감쌌다. 오열이 터져 나왔다.

그는 마치 아이처럼 무너져 울음을 터뜨렸다. 이손을 뒤로 하고 걸어가는 캐시는 가슴이 답답했다. 대공은 제거되었고 레기온은 이제 재기 불가능한 수준인 데다 로열 스타도 적잖은 타격을 입었지만, 지난 10년간 이런 결말을 기대한 건 아니었다. 적어도 피해자를 피해자라고 부를 수 있는 결과를 원했다.

로열 스타 같은 악한 자들이 혼자 남겨지길 두려워하는 약한 마음을 파고들어 이간질한 것이다. 하지만 이러나저러나 이손은 하지 않을 수도 있었던 선택을 했고, 거기에 대한 벌을 받는 건 그의 몫이었다.

그런데 걸어가던 캐시는 앞에 나타난 누군가를 보고 멈칫했다. 분주하게 움직이는 군인들과 플래시라이트 사이로, 드비나가 서 있었다.

드비나는 무너지는 얼굴로 웃고는 캐시를 지나쳐 걸어갔다. 하지만 캐시는 그녀를 제지하지 않고 내버려 두었다.

드비나는 이손에게 다가가, 그 앞에 무릎을 꿇고 웅크린 몸을 끌어안았다. 흠칫 고개를 든 이손은 자신을 안은 사람을 보고 놀랐다.

"드비…… 나……."

그런 그를 보고 드비나는 울음기가 섞인 목소리로 속삭였다.

"그래도 내가 널 어떻게 버려? 너한테 나밖에 없듯이 나한테도 너밖에 없는걸. 우리는 결국 이렇게 이기적인 사람들이겠지."

그리고 드비나는 꽉 이손을 안았다.

"네가 없는 세상을…… 상상할 수가 없어."

현실을 믿을 수 없는 듯했던 이손은 악몽에서 깨어난 아이처럼 그녀를 부둥켜안고 울었다.

"미안해, 미안……."

"괜찮아. 모두 나쁜 꿈일 뿐이니까. 곧 꿈에서 깰 거야."

계속해 속삭이며 드비나는 꾹 울음을 삼켰다.

"무서워하지 마. 혼자가 아냐."

캐시는 돌아섰다. 로열 스타의 공범이었던 데에 대한 사법적인 벌은 받겠지만 이손에게는 드비나가 돌아서던 모습이 가장 큰 벌과 참회의 계기가 될 거라고 믿어 의심치 않았다.

◇◇◇

가말은 눈을 떴다. 그러자 고풍스러운 천장이 눈에 들어왔다.

그녀가 누워있는 곳은 반은 저택 같고 반은 병원 같았다. 방 가운데 놓인 침대 주변으로 온갖 기계들이 모여 있고, 그로부터 뻗어져 나온 선들이 그녀에게 연결되어 있었다.

정신이 멍해서 한동안 천장을 쳐다보고 있는데, 침대 아래쪽 의자에 앉아 있는 여자가 가말이 눈을 뜨고 있는 걸 발견하고는 벌떡 일어났다.

"일어나셨군요."

가말은 여자를 돌아보았다. 처음 보는 얼굴이 간병인 같았는데, 여자가 말했다.

"잠시만요. 선생님을 부를게요."

그리고 여자가 전화를 하는 동안 가말은 멍하니 있다가, 본능적으로 배에 손을 올렸다. 그런데 납작했다. 심장이 덜컥 내려앉았다.

"베이비가……."

"괜찮아요."

그때 옆에 나타난 다른 여자가 손을 잡았다. 의사 가운을 입고 있는 걸 보니 그녀가 의사인 모양이었다.

"무사해요."

가슴께에 안도감이 번져갔다. 그사이에 의사가 가말을 확인해 보고 말했다.

"보름 동안 의식이 없으셨어요."

"베이비는 살아 있는 거지?"

가말이 묻자 의사는 고개를 끄덕였다.

"건강합니다."

"어디 있어……?"

"소령님께서 데리고 계세요. 모셔오겠……."

하지만 그 말이 다 끝나기도 전에 가말이 힘겹게 몸을 일으켰다.

"내가 갈게."

의사는 굳이 말리지 않고 손짓했다.

"휠체어를 가져와주세요."

그러자 남자 간호사 둘이 다가와서 가말을 부축해주었다. 덕분에 가말은 비교적 쉽게 휠체어에 앉아 말했다.

"고마워."

간호사 하나가 휠체어를 밀어주었다. 그리고 복도를 지나, 입구가 열려 있는 거실 같은 공간에 도착했다.

공간에는 한눈에도 아기 용품이 가득했다. 비어 있는 요람이 있었고, 그 옆에 있는 일인용 소파에 익숙한 뒷모습이 앉아 있었다.

그런데 소리를 들었을 텐데도 도영은 움직이지 않았다. 대신 그의 가슴 쪽에서 뭔가가 꿈틀거리더니, 발차기를 하듯 아기의 발이 쑥 튀어나왔다.

천천히 다가가 보자 도영은 고개를 모로 돌리고 잠들어 있었다. 청바지에 검은 티셔츠를 입고 있었고, 맨발이었다. 허벅지에 걸쳐놓은 손이 총이 아니라 젖병을 들고 있는 모습이 희한했다.

그가 안고 있는 아기가 옴지락거리며 가말을 보았다. 이렇게 어린데도 붉은 눈동자가 명현했다. 그 눈으로, 자신이 태어난 배를 아는지 아기는 울지도 않고 가말을 관찰하듯이 빤히 쳐다보았다.

가말은 벅차오르는 눈으로 아기를 보다가 작게 속삭였다.

"안녕."

그 소리에 도영이 잠에서 깼는지 부스스 눈을 떴다. 그리고 앞에 있는 가말을 보고는 움찔하더니, 피곤한 듯 눈가를 쓸었다.

"깜짝이야."

그리고 도영은 버릇처럼 아기를 제대로 안으며 뒤에 서 있는 간호사를 보고는 다시 가말을 보고 물었다.

"언제 깨어난 거야?"

“지금.”

“몸은 괜찮아?”

도영은 가말의 볼을 감싸며 물었다. 가말은 고개를 끄덕였다. 그리고 아래에서 둘이 하는 양을 구경하듯 쳐다보고 있는 아기를 보았다.

“베이비야.”

아기가 난생처음 보는 신기한 물건이라도 되는 것 같은 투였다. 그러자 도영이 제 품에 있는 아기를 보며 말했다.

“이 녀석이 울음을 멈추질 않아서 최근에 잠을 제대로 잔 적이 없어. 엄마가 없는 걸 알았나 봐.”

그러면서 도영이 아이에게 손가락을 가져가자 아이는 작은 손으로 손가락을 움켜쥐었다. 그에 가말은 더는 참지 못하고 못내 안달이 나는 얼굴로 물었다.

“안아봐도 돼?”

“네 배에서 나온걸.”

그러며 도영은 가말에게 아기를 안겨주었다. 가말은 조심스럽게 아기를 받아 안았다. 품에 생각보다 묵직하게 들어앉는 무게가 신기하고, 경이로웠다.

가말은 벅차서 아기를 보다가 그대로 안은 채 한 손으로 휠체어를 움직여서 테라스로 갔다.

“어디 가?”

도영이 의아해하며 따라오는 사이에, 가말은 아기를 햇빛에 비추듯이 위로 들어 올렸다. 검은 머리카락이 햇빛에 비춰 반짝거렸다. 붉은 눈동자는 이미 뭔가를 아는 것처럼 가말을 응시했다.

그때 도영이 다가와서 아이에게 손을 뻗으며 기막혀했다.

"인마, 라이온 킹이냐."

"봐."

가말은 아이에게서 시선을 떼지 않고 도영에게 보라고 말하듯이 살짝 고갯짓했다.

"사타디야."

고대 사타디 부족은 오래전에 대가 끊겼다. 역사에 이름조차 남지 않았다. 하지만 새로운 사타디가 탄생했다. 항상 부족의 번영을 신경 썼던, 그래서 무리해서라도 유력 부족의 아다워와 그녀를 결혼시키려고 했던 아버지가 살아 있었다면 아이를 안고 눈물이라도 흘렸을 게 분명했다.

시간의 유속 속에 잠들었던 사타디는 현대에 다시 깨어났다. 이 아이가 사타디의 이름을 계승할 것이다.

그런데 도영이 가말의 머리에 손을 얹고 말했다.

"드페르다."

그리고 도영은 가말을 데리고 안으로 들어가 의자에 앉으며 그녀를 제 무릎 위에 올려놓았다. 정확히는 가말이 안고 있는 아이까지. 그러고는 물었다.

"이름은 뭐로 할 거야?"

"이름?"

"아직 안 정했으니까."

가말은 아이를 보았다가 다시 도영을 보았다. 여러 일이 있어서 이름에 대해서는 한 번도 생각해볼 겨를이 없었지만 이상하리만치 딱 하나의 이름이 떠올랐다.

"타유. 사타디어로 별이란 뜻이야."

도영은 고개를 끄덕였다.

"좋네. 사내애 이름이 너무 예쁘지 않나 싶긴 하지만 괜찮겠지, 뭐."

그 말에 가말은 놀라서 아이를 보았다. 그러자 아이도 커다란 눈을 깜빡이며 그녀를 마주 보았다.

"남자애야? 여자앤 줄 알았어."

그 정도로 아이는 예뻤다. 게다가 쿠니스가 아이의 성별을 가르쳐주지 않았기 때문에 가말은 지금에야 처음으로 아이의 성별을 알았다.

그 말에 도영이 아이의 겨드랑이를 잡고 들었다.

"드페르가의 장남 타유 드페르 군을 소개하지."

허공에 몸이 뜨자 놀아주는 거라고 생각했는지 타유는 다리를 휘저으며 좋아했다.

"그럼 이름 바꿀래?"

도영의 질문에 가말은 좀 생각하다가 고개를 저었다.

"아니, 타유는 타유야. 별은 태양의 아이니까."

그러자 도영은 웃으며 그녀에게 키스했다.

"마티!"

그때 입구에서 편한 캐주얼 차림을 한 토라와 라토가 나타났다. 가말이 깨어났다는 소식을 듣고 온 모양이었다. 도영이 엄지

손가락을 젖혀 그들을 가리키고 말했다.

"네 상태가 심각해서 타유를 제왕절개로 꺼내는 수밖에 없었어. 이 거대한 피 두 통이 있지 않았더라면 위험했을 거야."

"거대한 피 통이라니, 어지럽도록 피를 뽑아주고 받는 취급이 고작 이런 거야?"

토라는 기가 차다는 듯이 말했다. 그러자 가말이 다정한 눈으로 토라와 라토, 둘을 보고 말했다.

"고마워, 토라, 라토."

라토가 소파에 앉아 가말과 시선의 높이를 맞추고 말했다.

"우리가 마티의 클리엔테스라는 게 이번만큼 다행이었던 적이 없어."

그때 타유가 라토에게 한 손을 뻗고 옴지락거렸다. 가말은 타유를 봤다가 쌍둥이를 보고 말했다.

"타유야. 너희의 동생."

토라와 라토는 이미 타유를 만나봤겠지만 이름을 짓고 나서는 처음이었기 때문이다. 라토가 타유의 작은 손을 가볍게 쥐고 말했다.

"이투하가 타유를 지킬 거야."

그 사실에 자부심을 느끼듯이. 그런데 도영이 기가 막힌다는 어조로 말했다.

"갓 태어난 내 아들한테 멋대로 군대를 붙이지 마."

"마티와 이투하는 뗄 수 없는 관계입니다. 타유도 마찬가지고."

가말이 잠들어 있는 사이에 라토는 제법 도영에게 편하게 말하게 된 모양이었다. 둘 사이에 은근히 존재하던 벽이 사라진 걸 느낄 수 있었다. 어쨌든 가말은 두 남자가 친해지는 게 시간문제라는 걸 알고 있었다. 좀 더 상식적이라는 면에서 오히려 도영은 토라보다 라토와 비슷한 점이 있었으니까.

"아니."

가말의 말에 세 남자, 아니 타유까지 네 남자가 무슨 말인가 궁금해하듯이 그녀를 보았다. 그 시선을 받으며 가말은 활짝 웃었다.

"가족이야."

에필로그

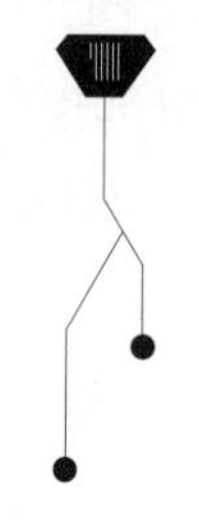

“신혼여행?”

가말은 되물었다.

“응. 못 갔었으니까.”

소파에 앉아 있는 도영이 말하자 가말은 제 품 안에 있는 타유를 보다가 다시 도영을 보았다.

“타유도 같이 가?”

그 질문에 도영은 기가 찬다는 기색을 숨기지 않았다.

“신혼여행의 의미를 알긴 알아?”

“가고 싶긴 한데…….”

가말이 말끝을 흐리며 웅얼거리는 이유를, 딱히 말하지 않아도 도영은 알았다. 여행은 가고 싶지만 타유와 떨어지기가 싫은 거였다.

처음에는 태어나자마자 떨어져 있어서 그런지 둘이 좀 데면데

면하더니 이제는 서로 죽고 못사는 사이가 되어 있었다. 가말은 어딜 가나 타유와 딱 붙어 다녔고, 타유도 로봇을 조종하는 파일럿인 양 제 엄마를 한 몸으로 여겼다.

"너 타유의 버릇을 망치고 있는 거야."

도영은 엄하게 말했다.

"괜찮아. 타유는 귀여우니까."

그러면서 가말은 타유를 꼭 안았다. 타유는 즐거운지 아기 특유의 한없이 맑은 웃음을 터뜨렸다. 하지만 도영은 회의적인 투로 말했다.

"지금이야 그렇지, 나중에 시커먼 사내자식이 돼도 귀여울 거 같아?"

"응."

한 치의 의심도 없는 얼굴에 도영은 고개를 저었다.

"너한테야 그렇겠지."

사실 가말이 어떤 엄마가 될지, 라토와 토라의 어리광을 전부 들어줄 때부터 알아봤어야 했다. 그게 나쁘다는 건 아니지만, 아무래도 타유의 미래를 생각하면 이쪽이 좀 더 엄해지지 않을 수 없었다.

"아부."

그때 타유가 도영에게 팔을 뻗으며 옹알거렸다. 안아달라는 거였다. 이 어린 폭군의 말을 어떻게 거절할까? 도영이 안아들자 타유는 좋아하며 그에게 안겨들었다.

타유는 또래와 비교하면 그리 크지 않아서 제 아빠에게 안긴 모습이 그야말로 사시나무에 매달린 매미 같았다. 아니, 도영이 사시나무보다는 거목 같으니 거목에 매달린 매미라고 할까.

하지만 타유는 정말로 예뻐서, 이렇게 어려도 오히려 미인이라는 편이 맞았다. 과장 하나 없이 지나가던 사람들이 모두 걸음을 멈추고 돌아볼 정도였다. 검은 머리와 붉은 눈의 조합이 주는 시각적인 파워에 더불어, 특히 가말에게 안겨 있으면 둘이 함께 발하는 미인의 위압감에 다들 말문을 잃고는 했다.

사실 이 얼굴로 슬퍼하는 표정이라도 지으면 도영부터 뭘 안 해줄 수가 없었다. 늘 어리광을 들어주지 말라고 잔소리하는 입장으로서 가말에게는 비밀이지만.

"어디로 가는데?"

가말은 타유와 떨어지긴 싫어도 선뜻 포기는 안 되는지 물었다. 그에 도영은 타유를 안고 부엌으로 가며 말했다.

"어차피 안 갈 거 아냐?"

정곡을 찔려 가말은 우물거렸다.

"타유가 너무 어려."

도영은 더 할 말이 없는지 어깨를 으쓱이고 온장고에서 분유병을 꺼냈다. 특별히 기분 나빠 하는 기색은 아니었다.

가말은 갑자기 좋은 생각이 나서 물었다.

"타유 다 크고 갈까?"

"신혼여행이라니까."

문이 조용히 열리고, 문틈으로 빛이 새어 들어왔다. 그 빛이 아기 이불 위에 자고 있는 타유와 그 옆에서 바닥에 잠들어 있는 가말을 비추었다. 또 타유 방에 함께 있다가 저도 모르게 잠든 모양이었다.

도영은 다가가 타유를 조심히 안아들었다. 타유는 조금 뒤척였지만 아기 침대에 내려놓을 때까지 깨지 않았다.

타유에게 이불을 덮어주고 볼을 가볍게 쓰다듬었다. 포동포동한 볼이 부드러웠다.

가끔 자신이 이렇게 사랑스럽고 귀여운 존재를 만들었다는 사실이 믿기지 않을 때가 있었다. 그런데 이런 제 아들을 두고 메시아니 뭐니 했던 걸 생각하면 기가 막힐 정도였다. 태어날 때 난리로 타유를 잃을 뻔했을 수도 있다고 생각하면 이미 죽은 놈들을 다시 살려서 죽이고 싶을 지경이었다. 사실 그때는 자식이 생겼다는 현실감이 들지 않아 아이보다 가말을 구하려는 마음이 컸으나, 지금은 언젠가 자신의 인생에 타유가 없는 시절이 있었나 싶었다.

도영은 타유에게서 미련이 남은 손을 떼고 돌아서서 가말의 목과 무릎 아래로 팔을 넣어 안아들었다.

"응……."

안아드는 느낌에 가말이 살짝 깨어났다.

"미안……. 타유가 안 자서……."

"괜찮아. 계속 자."

도영이 말하자 가말은 다시 잠들었다. 최근에 타유 때문에 수면 부족이 심한 탓이었다. 게다가 이제 더 이상 가말은 자다가 작은 소리에 소스라치며 깨지 않았다. 다가오는 발소리에 놀라지도 않았다. 이제 그녀에게 세상은 안심하고 잠들어도 되는 곳이 됐으니까.

그때 복도 끝에 침실 문이 보였다. 하지만 도영은 침실로 들어가지 않고 그대로 지나쳐 걸어갔다.

헬기장에 헬기가 내려앉았다. 소음이 발생되지 않는 모델이어서 프로펠러가 돌아갈 때도 옛날처럼 굉음이 나지는 않아 조용한 편이었다.

헬기 승무원이 문을 열어주고, 도영이 잠든 가말을 안은 채 가방을 메고 내렸다. 그러자 헬기 승무원은 눈치껏 손짓으로만 인사하고 헬기의 문을 닫았다. 피곤하긴 했는지 가말은 이 와중에도 세상모르고 잠들어 있었다. 일부러 그럴 때를 노리기도 했지만.

헬기장에서 바로 이어지는 계단을 올라가는 동안 등 뒤로는 검은 바닷물에 은색 달빛이 일렁였다.

섬은 지긋지긋하다고 했지만, 결국 둘이 조용히 시간을 보낼 수 있는 건 섬이어서 결국 아일을 빌렸다.

"신혼여행 중에는 그 위로 비행기도 날아다니지 않을 겁니다."

렉스는 그렇게 약속했다.

달빛 아래 절벽 끝에 서 있는 저택은 희고 매끄러운 게 꼭 진주 같았다. 굉장히 미니멀하고 모던한 디자인이라 외계의 우주선이

나 그 자체로 예술작품처럼 보였다. 없잖아 호화 리조트 같은 느낌도 있었다.

이곳에는 원래 이반이 혼자 지내던 작은 집이 있었는데, 이바노프 클랜에 구성원이 많아지면서 모두 한 번에 방문해도 괜찮은 저택을 지었다. 하지만 지금은 아무도 없어서 저택은 차분하게 가라앉아 있었다.

걸어가는 대로 켜지는 은은한 조명을 따라 방으로 들어갔다. 방은 좀 더 아늑한 분위기였다. 방 내부에 거실이 따로 있고, 그 안쪽으로 침실이 나왔다. 그리고 가운데 있는 커다란 침대에 전면 창을 통해서 달빛이 은은하게 들어와 내려앉았다.

도영은 침대에 가말을 내려놓고, 선물의 포장을 벗기는 기분으로 그녀가 입고 있는 원피스를 잡아 위로 벗겨냈다. 집에 있는 한 가말은 위든 아래든 속옷 따위 입지 않아서, 지금도 바로 매끄러운 알몸이 드러났다.

드디어 가말이 얼핏 깨어났다.

"타유는……?"

역시 정신이 들자마자 타유부터 찾았다.

"그 녀석은 잊어."

도영은 꼭 다른 남자를 잊으라는 투로 말하고 가말의 가슴을 부드럽게 움켜쥐었다. 가말은 작게 신음 소리를 냈다.

"내가 없었으면 타유를 낳을 수도 없었다는 걸 알긴 아는 거야?"

도영은 분을 토했다. 물론 아들을 사랑하지만 그도 제 젖먹이 아들만큼이나 아내의 애정이 필요했다.

그런데 타유만 떼어놓고 온 걸 알게 되면 당장 돌아가겠다고 할 줄 알았는데, 가말은 의외로 그러기는커녕 그를 물끄러미 보았다.

"타유는 도영을 닮았으니까."

"그거야 당연하지."

사실 타유가 어느 쪽을 더 닮았느냐고 하면 가말이지만 유전자는 신기해서 또 도영도 상당히 닮은 편이었다.

"어린 도영 같아."

그러면서 가말은 유혹하듯 폭신한 침대에 좀 더 몸을 묻었다.

"난 모르는."

도영은 어이가 없는 동시에 그 몸짓에서 눈을 뗄 수 없어 시선을 고정한 채로 말했다.

"당장 돌아가겠다고 할 줄 알았는데."

만약 그런다면 몸으로 막으려고 했다. 당연히 무력이 아니라 말 그대로 '몸'으로.

"난 엄마야."

가말은 부드럽게 몸을 돌려 도영의 위로 올라오며 속삭였다.

"하지만 도영의 아내이기도 해."

그러면서 도영이 입고 있는 티셔츠를 끌어올려 머리 위로 벗겨 던졌다. 어지간한 노력으로는 생기지 않는 미세한 근육까지 자잘하게 돋은 몸을 보는 눈이 욕망의 빛을 띠었다.

남편. 내 아이의 아버지.

최근 그를 정의하는, 섹시하다기보다 안온함을 주는 단어들이 이상하게 오히려 욕망을 일깨웠다.

도영은 천천히 가말의 허리를 쓸어 올렸다. 두 손 안에 다 잡힐 것처럼 체구가 작고 가녀린 느낌이었지만 동시에 단단하고 유연했다. 가말은 무인도에서 처음 만난 날로부터 외모적으로는 전혀 변하지 않았지만, 신기하게도 느낌은 조금 변했다. 좀 더 풍만하고 성숙한 느낌이었다. 특히 달빛이 비치는 젖가슴이 팽팽하고 묵직해 보이는 느낌이 참기 힘들었다.

자식에 대한 본능이 아니라 남자를 향한 본능으로 터질 듯이 부풀어 있는 가슴을 욕심껏 움켜쥐며 젖꼭지를 아프지 않게 깨물었다. 그러자 가말은 목을 젖히며 신음했다.

그녀를 침대에 눕히고 납작한 배를 따라 입술을 미끄러뜨렸다. 그리고 부드럽게 냄새를 맡았다. 통통한 살 사이로 물씬 젖은 냄새가 났다. 피와는 또 다른 생명의 액체에 대한 갈증이 끓어올랐다.

"응……."

가말은 침대에 등을 묻으며 신음했다.

"돌아누워 봐."

그 말에 가말은 몸을 돌리며 엉덩이를 살짝 치켜들었다. 그 사이로 빼끔히 갈라진 짙은 분홍색 속살이 보였다. 지금 그가 어떤 상태인지 알면서 이렇게 유혹하고, 하여간 사람을 못 살게 굴었다.

도영은 손가락으로 속살을 가르며 등 뒤로 몸을 기울였다.

"옛날처럼 해볼까?"

그러고는 허리를 쥐고 그의 것을 맞대고 미끄덩거리는 액을

묻히듯이 앞뒤로 움직였다.

"응, 들어……와……. 비비기만 하는 건……."

그 말에도 도영은 비비기만 할 뿐이었다. 그도 옛날에는 어떻게 이걸로 참았던가 싶을 만큼 성에 차지 않았지만 가말은 대놓고 불만족스러워하는 소리를 터뜨렸다. 그리고 직접 그의 위로 올라오며 칭얼거렸다.

"비비는 건 옛날에 충분히 했어."

그러고는 스스로 그를 찾아 내려앉으며 허리를 휘어 가슴을 밀어붙였다.

"응, 으응……!"

도영은 천천히 리듬을 타는 등을 쓸어 올렸다. 그리고 옴지락거리는 엉덩이까지 쓸어내렸다가 허리를 감싸 쥐었다. 쌓이긴 쌓였는지 이런 귀여운 몸짓에도 금세 사정의 기운이 느껴졌다.

"응, 도영……."

그건 가말도 마찬가지인 것 같았다. 도영은 발갛게 달아오른 볼을 엄지손가락으로 쓸고 감싸 쥐며 낮은 목소리로 물었다.

"벌써 할 거 같아?"

가말은 아직도 약간은 부끄러워하는 얼굴로 고개를 끄덕끄덕했다. 그에 도영은 그대로 가말을 눕히며 두 다리를 잡아 치켜들고 치고 들어갔다.

"아…… 아……! 도영……!"

가말은 목을 젖히며 바로 절정에 올랐다.

"응……! 읏……."

다리로 허리를 감싸오며 몸을 떨었다. 그 찰나에 도영도 몸을 굳히며 가말 안에 모두 토해냈다. 이때의 느낌은, 너무 좋아서 무어라 형용하기가 힘들었다.

도영은 잠깐 멈춰서 키스하며 거칠게 혀를 뒤섞었다. 뜨거운 숨이 흩어졌다. 한 번의 사정으로는 어림도 없었기에 가말 안에서 다시 딱딱해지기 시작했다. 그동안에도 가말은 그에게 매달려 몸을 비비며 말을 쏟아냈다.

"응, 좋아, 도영, 좋아."

뒤얽히는 혀 사이로 부서진 말들이 쏟아져 나왔다. 도영은 제 몸으로 가말을 덮고 허리를 흔들었다.

가말은 몸을 뒤틀며 다시 절정에 올랐다.

"으응, 잠깐……."

그동안에도 도영이 멈추지 않자 거의 발버둥 치며 벗어나려고 하다가 다른 차원의 절정에 오르듯이 몸을 떨었다. 그러면서 이미 엉망이 된 시트를 휘감아 쥐며 녹아내리듯 늘어졌다.

도영은 뼈가 없는 듯이 흐늘거리는 몸을 잡아 다시 흔들기 시작했다. 가말은 몸을 뒤채며 벗어나려고 했다.

"앗……. 잠, 깐……."

물론 도영은 기다리지 않았다. 그러자 안에서 흘러나온 것으로 질퍽한 늪 같은 여성이 그에게 찔릴 때마다 움찔거리며 점차 힘을 주어 조여왔다. 본능적으로 반응하는 여성이 그렇게 귀여울 수가 없었다.

도영은 말했다.

"항상 말로는 힘들다, 기다려라 하지만 이렇게 좋아할 거면서."

"그, 그건 도영이 그렇게…… 움직이니까……."

"말했잖아. 예뻐하는 걸 그만둘 수 없다고."

그러면서 도영은 움직이기 시작했다.

"흣…… 흐, 읏……."

평소라면 이쯤에 이미 앓는 소리를 하기 시작했을 텐데, 최근 타유 때문에 하지 못했더니 가말도 쌓인 모양이었다. 아직 한 번도 그만하라는 소리를 하지 않았다. 오히려 더 적극적으로 그에게 몸을 비벼왔다. 게다가 주변에 아무도 없다는 걸 아는지 소리도 제법 쩌렁쩌렁하게 내지르는 게 귀여웠다.

새벽빛이 침대 끝에 내려앉았다. 창밖으로 보이는 바다에는 벌써 아침이 밝아오고 있었다.

새어 들어오는 빛에 봉긋한 곡선을 그리는 엉덩이의 솜털이 은빛으로 은은하게 빛났다. 한쪽으로 누워 머리를 괴고 있는 도영은 엉덩이까지 이어지는 아찔한 굴곡을 손바닥으로 쓸어내렸다.

샤워를 하고 나와 둘 다 몸은 깨끗한 상태였다.

지금 생각해보니 만약 사타디 섬에 떨어졌을 때 가말하고 사랑을 나눌 수 있었다면 매일 이러고 있느라 아예 섬에서 나오지 않았을 것 같았다. 그런 면에서 보면 그때는 관계를 맺을 수 없었던 게 다행이라고 할지.

도영은 훑어 내리는 손을 멈추지 않고 물었다.

"이럴 거면서 왜 싫다고 했어?"

신혼여행 소리에 주저한 게 누구였는지 알 수 없을 정도로 오늘은 가말이 최대의 지구력을 발휘한 날이었다. 최근 타유 때문에 사랑을 나누지 못했더니 가말도 쌓였는지, 그녀가 이렇게 적극적으로 반응하게 된다면 한동안 참는 것도 나쁠 건 없었다.

가말은 모은 양팔 위에 턱을 괸 채로 그를 보고는 대답했다.

"타유가 어리니까."

"나도 어려."

가말이 '응?' 하고 되묻듯이 도영을 보자 그가 말했다.

"내가 너보다 삼천 년은 연하야."

그건…… 사실이었지만, 한 번도 그런 식으로 생각한 적은 없었다.

"그럼 누나 말 잘 들어."

여봐란듯이 하는 말에 도영은 피식 웃었다.

"어떻게 잘 들을까?"

"일단……."

가말은 고민했다.

"내 발에 키스해."

어디서 이상한 영화를 본 모양이었다. 하지만 도영은 몸을 숙여 가말의 발에 키스했다.

"그리고?"

"그리고……."

가말은 더 뭐라고 해야 할지 몰라 우물거렸다. 그러자 도영은 그녀의 발가락에 손가락을 얽어 장난치며 웃음을 머금고 물었다.

"끝이야?"

근육질을 한 어른의 몸을 드러내놓은 채로 그녀가 귀엽다는 듯이 하는 말에 가말은 오기가 들었다. 안 그래도 예전에 섬에서 그녀가 '남자를 많이 만나봤다'고 주장했을 때 도영은 자기는 아무것도 모른다며 가르쳐달라고 오히려 그녀를 놀렸다. 하지만 이제는 그녀도-다 도영과 관계를 맺으면서 연습하게 된 거지만- 옛날 같지 않았다.

가말은 말했다.

"핥아."

순간 도영의 눈에 불꽃이 피어오르더니 도영은 혀로 엄지발가락을 감으며 츠읍 빨았다. 가말은 간지럽기도 하고 왠지 엉덩이 뒤쪽이 근질거리는 기분이었지만 단호하게 말했다.

"더."

도영은 그 말대로 종아리를 타고 올라왔다. 그답지 않게 순종적인 모습에 가말은 어쩐지 배 속이 근질거리고, 도영의 목에 있는 문신이 꼭 제 것임을 새긴 표식 같아서 야릇한 흥분이 올라왔다.

갑자기 도영의 옆머리를 잡았다. 그리고 당겨, 그에게 키스하고 아래로 내려가며 문신을 핥았다. 예전처럼 상처를 보듬듯이 바들거리며 애처롭게 핥는 게 아니라, 제 소유물을 탐하듯이 격하게.

그러고는 그를 올라타고 달뜬 숨을 뿜어내며 울대를 거의 삼킬 듯이 했다. 누가 그를 뺏어가기라도 할까 봐 걱정하듯이 두 팔로 친친 휘감고, 턱을 타고 귀까지 잔뜩 핥았다.

"도영, 하아, 도영……."

오히려 타유 때문에 더 참고 있었던 건 가말이었던 듯이 흥분을 참지 못하고 몸을 비벼오는데, 도영은 가말이 흥분한 모습을 더 즐기고 싶으면서도 더는 버틸 수 없었다.

단전에서부터 열기가 치미는 느낌에 도영은 침대가 부서지는 소리가 날 정도로 움직이기 시작했다. 하지만 뭘 고려해서 이렇게 튼튼하게 만들었는지 침대는 부서지지 않았고, 가말은 자지러졌다. 그녀가 뿜어내는 윤활유로 배와 허벅지까지 미끈거릴 정도였다.

이내 도영이 움직임을 멈추었을 때, 실제로 그의 몸 위로 일렁이며 올라오는 김이 보일 정도였다. 우아한 손짓 같은 김이 그의 어깨와 몸을 쓸고 허공으로 녹아 사라졌다.

가말은 거의 눈이 풀어져 몽롱했다. 도영은 그 옆에 몸을 굴려 누웠다.

서서히 열이 식고, 도영은 가말의 손가락에 키스하며 꼭 애정을 확인하고 싶어 하는 연인 같은 투로 물었다.

"나랑 하고 싶었어?"

"도영을 훔쳐봤어."

가말도 그의 어깨를 쓰다듬으며 대답했다. 안 그래도 그녀는 남편의 몸을 좋아하니까 말이다. 넓은 어깨라든가 단단한 가슴, 손끝을 튕기듯이 우둘투둘한 복부, 날씬한 허리…… 마치 근육을 압축시킨 갑옷을 입은 듯한 몸을 손이 훑고 내려갔다.

지금 손이 하듯이 눈이 항상 그의 몸을 탐했다.

"하지만 그때마다 타유가 있어서……."

"타유가 조금 더 크면 베이비시터를 쓸까?"

도영은 속삭였다. 가말은 고개를 저었다.

"안 돼. 타유가 크는 모습을 볼 수 있는 건 특별한 일이야. 난 엄마니까……."

이럴 때는 어찌나 단호한지, 거의 신념에 가까웠다.

도영은 가말의 허리를 끌어당기며 속삭였다.

"낮에는. 밤에는 내 아내야."

"좋아. 도영이 아내라고 해주는 거."

둘 외에 누가 있는 것도 아닌데 왠지 속삭이고 있을 때였다. 삐. 스피커에서 소리가 나고 목소리가 들렸다.

[아침 식사를 들일까요?]

도영은 그쪽을 돌아보고 대답했다.

"부탁드립니다."

가말이 의아해하며 물었다.

"사람들이 있어?"

"평소에는 다른 동에 있어."

그리고 도영은 일어나 트레이닝바지와 티셔츠를 주워 입었다.

"배고프지? 이렇게 된 거 아침 먹고 자자."

가말도 군말 없이 포대를 뒤집어쓰듯 원피스를 입었다. 여기 와서는 침대에서 벗어난 적이 없어 상당히 배가 고팠기 때문이다.

방에 딸린 거실로 나가자, 햇빛이 잘 드는 자리에 놓인 테이블에 우렁각시가 다녀간 듯이 이미 아침이 전부 준비되어 있었다.

가말은 얼른 자리에 앉았다.

"먹어도 돼? 배고파."

"먹어."

그러자 가말은 빠르게 먹기 시작했다. 도영도 식사를 시작했는데, 그가 빵 하나를 먹는 동안 가말은 음식을 흡수하다시피 했다.

"천천히 먹어."

그에 도영이 한마디 했지만 이미 귀에 들리지 않는 것 같았다.

"웅."

안 그래도 가말은 무인도에서 혼자 살았던 기간이 길어서 식사 예절이 그리 좋지 않았는데-쭈그려 앉아 허겁지겁 먹거나 그냥 손으로 집어먹거나- 타유가 보고 배울까 봐 최근 들어 많이 고친 상태였다. 하지만 허기진 탓인지 옛날 버릇이 그대로 나왔다.

계란프라이를 손으로 집어 한입에 먹고 기름이 묻은 손가락을 빨기에 도영은 기가 찼다.

"하여간 넌……."

입가에 묻은 기름을 닦아주는데 가말이 눈을 들었다. 도영은 손을 멈추었다.

무슨 마법처럼 암묵적인 합의가 일어나 손가락이 입속으로 미끄러져 들어가고, 가말은 그를 한 번 보고 눈을 내리깔며 손가락을 핥았다.

혀가 음란하게 손가락을 휘감아왔다. 처음에 어쩔 줄 모르던 때에 비하면 감격스러울 정도로 다른 움직임이었다.

가말은 점액이 부딪치는 소리가 나도록 빨았다. 도영은 천천히 손가락을 뺐다가 너무 깊지 않게 집어넣었다.

"이리 와."

말하자 홀린 듯이 다가오는 가말을 제 무릎 위에 올리고 입을 맞추었다. 막 먹은 음식 맛이 났지만 개의치 않고 깊이 키스했다. 그리고 그대로 고무줄 바지의 앞섶만 살짝 내려 그의 것을 꺼내 열려 있는 가말의 안으로 찾아 들어갔다. 조금 전까지만 해도 그에게 시달린 곳은 움찔거리며 그를 감싸왔다.

도영이 원피스의 끈 한쪽을 잡아채 끌어내리자 둥글고 묵직한 젖가슴 한쪽이 드러났다. 그리고 그가 가말을 위아래로 흔들 때마다 출렁거렸다. 도영은 그를 조여오는 가말의 그곳에, 눈앞을 어지럽히는 광경에 머리가 아찔해져왔다.

가말을 붙잡고 일어나며 테이블 위에 있는 식기들을 전부 쓸어냈다. 챙! 채쟁! 식기가 바닥에 떨어져 나뒹구는 소리가 시끄러웠다. 하지만 개의치 않고 가말을 테이블 위에 올리고 무아지경으로 치고 들어갔다.

"앗, 아……!"

그들은 결국 잠들지 못했다.

제대로 신혼여행을 온 기분이 났다.

섬 전체를 빌렸지만 둘은 이틀 내내 방에서 한 발자국도 나가지 않았다. 어차피 방 안에 필요한 것은 전부 있었다. 통창 너머로 바다가 바로 내다보이는 욕조까지.

가말은 욕조의 가장자리에 팔을 겹치고 그 위에 얼굴을 대고 노을이 지는 바다를 지켜보았다. 수평선 너머로 넘어가는 해가 마지막으로 화려하게 타올랐다.

"예쁘다."

옆에 앉아 있는 도영은 젖은 손으로 머리를 쓸어 올리고 말했다.

"그러네."

그러고는 욕조가에 턱을 괴고 잔잔한 수평선을 보며 중얼거렸다.

"뭔가 다 꿈같네."

"꿈이야."

가말이 단언하기에 쳐다보자, 그녀는 수평선에서 시선을 떼지 않고 말했다.

"일어날 거라고 상상도 못했던 일."

노을이 비치는 연한 옆얼굴이 애잔하고 사랑스러웠다. 그에 도영은 그녀의 어깨를 쓰다듬으며 키스했다. 가말도 욕조 가장자리에서 팔을 떼면서 몸을 돌려 화답해왔다.

도영이 부드럽게 그녀의 가슴을 쥐며 말했다.

"욕조를 짚어."

가말은 더듬더듬 욕조를 짚었다. 그러자 도영은 그녀의 허리를 당겨 자세를 잡게 하고 여성을 벌리고 들어왔다.

두꺼운 것이 이미 미끄러운 통로를 타고 쑥 밀려들어왔다.

말캉한 엉덩이를 터트릴 듯 움켜쥐고 거칠게 앞뒤로 오갔다.

가말은 팽팽한 가죽끈인 양 그를 졸라왔다.

"응……! 도영…… 도…… 아……!"

투명 통창 때문에 꼭 바깥에서 하는 기분이었지만 개의치 않았다. 가말의 몸에서 물기를 훑어내듯이 계속 위아래로 쓰다듬으며 움직였다.

"아앗, 도영……. 못 참겠……."

참을 수 없는 건 그였다. 가말 안에서 뜨거운 감각이 팍 터지자 가말은 후드득 몸을 떨었다. 그리고 휘청거리며 무너지는 몸을 도영이 받아서 물속에 앉았다.

가말은 가쁜 숨을 몰아쉬었다. 탕과 정사의 열기로 온몸이 짙은 핑크빛으로 물들어 있었다. 몇 번째인지도 모를 관계를 맺는 동안 씹히고 빨린 젖꼭지는 빨갛고 통통하게 불어 있었고, 눈은 잔뜩 젖어 있었다.

도영은 그녀의 다리 사이로 손을 집어넣었다.

"흣……."

가말은 젖은 눈으로 그를 보았다. 혀가 뒤섞이며 입술이 깊이 겹쳐졌다.

둘은 살이 퉁퉁 불을 정도가 되어서야 겨우 욕실에서 나왔다. 목욕 가운을 입은 가말은 기진맥진해서 거실 소파에 가 드러눕더니 천장을 보고 중얼거렸다.

"맹수의 코털을 건드렸어."

어디서 그런 표현은 배웠는지, 도영은 기가 찼다.

"내가 맹수냐?"

"아니, 짐승."

삐. 그때 스피커에서 소리가 났다.

[실례합니다. 강 소위님께서 급한 일이라고 하시네요.]

"연결해주세요."

도영이 대답하자 스피커 너머로 연하가 말했다.

[미안해. 타유가 너무 울어서.]

연하가 말했다.

아무래도 타유를 엘리오와 사랑에게 단독으로 맡기긴 무리여서 신혼여행 기간 동안에는 연하가 맡아주고 있었다.

"알았어. 와."

[이미 왔어.]

연하는 말하고 덧붙였다.

[들어갈게. 옷만 입어.]

어련히 알몸 상태로 있을 거라고 생각했는지 말하고 전화를 끊었다. 그러자 가말이 반색하며 물었다.

"타유 온대?"

도영으로서는 아쉽지 않은 건 아니었지만 아무리 신혼여행을 오래 즐기고 싶어도 타유가 이틀 이상 버티지 못할 거라고 생각하긴 했다. 그래도 삼일이나 버텼으니 타유 나름대로는 부모를 배려해준 셈이었다.

"응."

도영이 말하자 가말은 얼른 일어나 옷을 입었다.

얼마 지나지 않아 헬기장에 헬기가 내려앉았다. 그리고 연하가 아직 울고 있는 타유를 안고 내렸다.

"타유."

가말은 가장 좋아하는 인형을 안는 아이처럼 타유를 품에 꼭 안았다. 그제야 타유는 눈물로 얼룩덜룩한 얼굴로 웃었다. 그러자 가말은 자신이 울 것처럼 속삭였다.

"울지 마, 울보."

그때였다.

"가말, 도영!"

소리치며 헬기에서 히샤가 폴짝 뛰어내려 달려왔다.

"히샤!"

연하가 외치고는 도영을 보고 난색이 어린 웃음을 지었다.

"미안해. 하도 같이 오고 싶다고 해서. 헬기에서 내리지 않기로 약속했는데."

타유처럼 검은 머리에 붉은 눈을 가진 히샤는 여섯 살치고 키가 크고 다부진 체형을 지닌, 누가 봐도 이반의 아들이었다. 제 어머니는 느낌만 살짝 있을 뿐이었다.

"나 타유랑 잘 놀아줬어."

하지만 그렇게 말하며 활짝 웃는 얼굴은 꼭 연하 같았다.

"고마워, 히샤."

가말이 웃으며 말하자 히샤는 수줍어하더니 쌩하니 달려갔다. 그러자 타유가 그쪽을 보며 자신도 달리고 싶다는 듯이 옹알이를 했다.

마지막으로 헬기에서 내린 캐주얼한 차림을 한 이반이 느긋하게 걸어오는 모습을 보고 가말이 말했다.

"온 가족이 출동했네."

"여기 들렀다가 밥 먹으러 갈까 싶어서."

연하의 말에 도영이 말했다.

"안 그래도 우리도 먹으려던 참이었어. 먹고 가."

"신혼여행인데 괜찮겠어?"

"이미 많이 즐겼어."

그러자 연하는 대놓고 질색했다.

"그걸 굳이 알려줄 필요는 없어."

하여간 친구란 아무리 세월이 흘러도 이렇게 다정한 존재였다.

"히샤, 이리 와."

연하가 외치자 저쪽으로 달려가던 히샤가 다시 돌아와서 먼저 일행이 가려는 계단 아래로 폴짝폴짝 뛰어갔다.

"기운차네."

그 모습을 보며 도영이 말하자 연하가 고개를 저었다.

"말도 마. 쫓아다니다 보면 골병 들어."

"타유도 저러려나?"

"타유는 지금도 얌전한 편이잖아. 히샤는 이맘때쯤에 이미 뭐……."

제 아들이라 차마 소리 내어 말하지 않아도 걸어 다니는 재앙이었다는 게 비밀도 아니었다. 그나마 뒷수습이 가능한 귀여운 재앙이었다는 게 다행이었다.

그런 대화를 나누며 같이 계단을 타고 바닷가로 내려가자 해변에 천막이 서 있었다. 그 아래 테이블이 세팅되어 있고, 요리사와 조수, 웨이터들이 기다리고 있었다.

단아하면서도 고급스러운 식기와 무늬가 섬세한 크리스털 잔, 밀랍으로 빚어 뭉그러진 모양 그대로 굳힌 초에는 리본 장식이 되어 있었고, 테이블 곳곳에 꽃이 올려져 있었다. 기울어가는 노을을 배경으로 그야말로 로맨틱한 풍경이었다.

"우와."

가말이 타유를 안고 다가가며 감탄했다.

"언제 준비했어?"

"말만 하면 준비해주는걸."

도영은 대수롭잖게 말했고 이반이 말했다.

"같이 먹기 미안할 정도인데."

그러자 도영은 자리에 앉으며 대답했다.

"왠지 이쯤이면 누가 와도 올 거 같았습니다."

그들 클랜은 워낙 대가족이니까 말이다.

이 저택에서 일하는 요리사가 이반과 연하를 알아보고 인사했다.

"오셨습니까?"

모두 자리에 앉자 웨이터들이 여름의 해변과 어울리는 화이트와인을 따라주었다.

"고마워요."

각자 웨이터들에게 인사하고 잔을 들었다. 그리고 가볍게 건배하고 식사하기 시작했다. 넓은 해변에 생선을 굽는 맛있는 냄새가 퍼졌다.

"좋네."

연하는 와인잔을 양손으로 쥐고 노을이 지는 걸 보고 있더니 이반에게 말했다.

"우리도 가끔 이렇게 해변에서 저녁 먹어요. 다들 불러서."

"좋지."

히샤는 타유를 데리고 해변의 모래에 앉아서 놀고 있었다. 히샤는 두꺼비집을 만들었고, 타유는 모래의 감각이 신기한지 작은 손으로 만지작거렸다. 집중하느라 입술을 내밀고 있는 타유의 둥그런 볼에 솜털이 은빛으로 빛났다.

"히샤, 타유 모래는 먹지 못하게 해."

도영이 말하자 히샤가 타유의 손을 잡아 모래를 털어주었다.

"타유, 지지."

하지만 타유는 고집이 돋았는지 오히려 옹알이하면서 히샤에게 하지 말라는 듯이 손을 흔들었다. 그러자 히샤는 과장을 보태 호들갑을 떨었다.

"으악, 너 왜 이렇게 힘이 세."

"내가 가야겠다."

도영이 가서 타유를 안아들고 온몸에 묻은 모래를 털어주었다. 그리고 천막으로 돌아오려고 하니 타유는 아직 모래사장을 떠나기 싫은지 '아앙, 앙' 하고 옹알이를 했다. 그에 도영은 어쩔 수 없이 타유를 데리고 히샤와 함께 놀았다.

히샤가 높이 들어 올린 손에서 모래가 흩어져 내리며 노을빛에 비쳐 사금가루처럼 반짝거렸다. 그 어느 날, 생명이 싹트는 해변에 조용히 밀려들었을 모래처럼.

"잘했어."

그 모습을 보며 갑자기 이반이 말했다.

"살기를 포기하지 않아서."

가말은 이반을 보았다. 예전에 만났을 때 아직 푸르던 이반의 눈은 혼란스럽고 어두웠으나, 지금 붉은 눈은 훨씬 부드럽고 안온한 빛을 띠었다. 그 눈으로 그는 말했다.

"이 나이쯤 되니 살다보면 어떤 식으로든 죽었을 때보다는 나아진다는 걸 깨닫게 되더라고. 시간은 좀 걸리더라도."

가말의 눈에 부드러우면서도 단호한 빛이 어렸다.

"포기하지 않아."

〈완결〉

외전
파도

캐시는 신중하게 사방을 살폈다.

파티에 참석한 사람들은 모두 삼삼오오 모여 대화를 나누고 있었다. 회장에는 클래식 선율이 감돌고, 황금색 아기 천사상이 세워진 중앙 분수에서는 물이 흘렀다. 그리고 천장에 달린 5층짜리 샹들리에는 빛을 반사하며 무지개색으로 반짝거렸다.

아직 타깃은 눈에 띄지 않았다.

캐시는 가느다란 샴페인 잔을 기울여 입술을 가리고 중얼거렸다.

"아직 '윌리엄'은 보이지 않습니다."

그리고 돌아서다가 누군가와 부딪칠 뻔했다.

"죄송…."

반사적으로 사과하며 상대를 본 순간, 캐시는 놀라 눈을 크게 떴다. 여기서 마주칠 거라고 생각지도 못했던 인물 리스트의 가장 첫 번째 인물이 역시 놀란 얼굴로 그녀를 마주 보고 있었기 때문이다. 라토였다.

"라헬."

그 역시 놀란 얼굴이었는데, 파티에 참석한 사람처럼 짙은 남색 정장을 입고 머리를 쓸어 넘긴 상태였다. 원주민 혈통이 섞인 젊은 사업가 같은 느낌이었다.

캐시는 가까스로 정신을 차리고 물었다.

"여기서 뭐하는 거야?"

라토도 정신을 차렸다.

"보다시피 파티에 참석했지."

"네가 이런 곳엔 무슨 연이 있어서?"

캐시가 기가 찬 투로 묻자 라토도 같은 어조로 말했다.

"들었는지 모르겠지만 이투하는 MCTC의 정식부대로 편성됐어."

"하지만 넌 대장을 그만뒀잖아."

캐시가 말하자 라토는 의외의 사실을 깨달은 얼굴이 되었다.

"내 소식은 듣고 있었나 보네."

그러면서 새삼스러워하는 눈으로 그녀를 위아래로 훑고 물었다.

"잘 지냈어? 보기 힘들던데."

오랫동안 테러리스트 그룹에 잠복해있었던 만큼 캐시는 다시 일하기까지 회복과 관찰 기간도 길었다. 그리고 마침내 임무에 나가도 좋다는 판정을 받고 일을 시작한 지 얼마 되지 않은 참이었다. 그사이에 몇 번 라토가 그녀를 만나고 싶어 한다는 이야기는 전해 들었지만, 일부러 연락하지 않았다.

"예전 모습이 생각나지 않을 정도로 다른 모습이네."

라토는 감탄을 아끼지 않았다.

레기온에 있을 때 라헬이-여전히 그는 캐시의 본명을 몰랐기에- 마릴린 먼로가 생각나는 육감적인 육식과 미녀 스타일이었다면, 지금은 살이 빠져서 늘씬한 모델 스타일에 가까웠다. 불타오르는 붉은 블론드에, 컬러 렌즈를 꼈는지 선명한 청록색 눈동자가 강렬했지만 이쪽은 예전 모습에 비하면 청순한 편이었다.

반면 캐시는 이 예상치 못한 만남에 압도되어 얼떨떨해하는 얼굴로 라토를 보고 있기만 했다.

[무슨 일입니까?]

그때 팀원이 무전 너머로 물어 캐시는 정신을 차렸다. 그리고 목소리를 최대한 낮추고 말했다.

"라토 사타디를 마주쳤습니다."

[이투하 대장을?]

"위치로 돌려보내겠습니다."

"난 위치가 없는데?"

라토가 유유자적하게 대꾸하는 말에 캐시는 나직이 으르렁거렸다.

"아무 데나 가!"

하지만 라토는 가기는커녕 물었다.

"언제 끝나?"

캐시는 어이가 없었다.

"내가 지금 학교에 강의라도 들으러 온 것처럼 보여?"

날카롭게 반응하거나 말거나 라토는 물었다.

"끝나고 약속 있어?"

"있어."

캐시가 대번에 대답하자 라토는 난색 어린 웃음을 지었다.

"언제 끝날지도 모른다면서 약속을 잡아놨다고?"

"그거야 내 사정이지."

도도하게 말하는데, 갑자기 라토 뒤로 다가온 남자가 말했다.

"사타디 씨."

라토와 캐시는 동시에 남자를 보았다.

"크로포드 씨."

라토는 남자를 알은체했다. 캐시 역시 그를 알아보았다. 이번 임무의 타깃 '윌리엄'이었으니까.

그때 크로포드가 캐시를 보았다.

"이쪽은……?"

라토가 뭐라고 대답하려는 순간, 캐시는 자연스럽게 그에게 팔짱을 끼며 고혹적인 미소를 지었다.

"분명하지 않나요?"

바로 목소리 톤도 바뀌는 걸 보고 라토는 감탄할 수밖에 없었다. 이건 연기력이 좋다고 할지, 레기온에 있을 때 라헬이나 지금 방금 전까지의 모습이 전혀 떠오르지 않을 정도였다. 말 그대로 다른 가죽을 뒤집어쓴 것 같았다.

그 사실을 알 리 없는 크로포드는 탄성을 터뜨렸다.

"역시 사타디 씨군요. 이렇게 보기 드물게 아름다운 분과 파트너라니."

"저도 크로포드 씨에 대해 자주 들었습니다."

캐시가 은은한 웃음을 머금고 말하자 크로포드는 흥미롭다는 듯이 물었다.

"저에 대해 알고 계신가요?"

"누가 모를까요?"

미소 좋고.

캐시는 입술을 말아 올려 웃으며 일이 잘되어가고 있음을 직감했다. 그런데 그때, 옆에 가만히 서 있던 라토가 느닷없이 캐시의 어깨를 감싸 안았다. 제 것에 손을 올리듯이 당당하게.

"확실히 제 파트너처럼 아름다운 사람은 찾기 힘들죠."

캐시는 왜 다 된 밥에 코를 빠뜨리느냐는 듯이 한쪽 눈썹을 치켜들고 라토를 보았지만, 그는 모르는 척했다. 그러자 크로포드는 수컷 사이의 미묘한 적대감을 느끼고 한 걸음 물러서기로 한 모양인지 묵례하고 갔다.

"그럼 또 뵙죠."

크로포드가 가고 나서 캐시는 라토의 손을 어깨에서 밀어내며 물었다.

"요즘 뭘 하고 다니는 거야?"

라토가 크로포드를 안다는 건 뭔가 캐시로서는 모르는 커넥션이 있다는 의미이기 때문이다. 과연 라토는 말했다.

"사업을 좀."

"네가?"

라토는 한쪽 어깨를 으쓱였다.

"먹고살아야 하니까."

이투하의 제일 목표는 대공을 제거하는 거였으니 이제 라토가 굳이 이투하를 이끌 필요가 없었다. 토라는 생각보다 군인이 적성에 맞는지 이투하에 남기로 했지만 라토는 다른 길을 찾았다.

그때 라토가 크로포드가 사라진 쪽을 고갯짓하고 물었다.

"그러는 저쪽은 뭐가 문제야? 원래 그렇게 느낌이 좋은 사람은 아니었지만."

"영원교 잔당이야. 바깥에서 도와주던 사람 중 하나지."

"아, 죽여버리고 싶네."

중얼거리고는 라토는 물었다.

"도와줄까?"

"민간인은 가서 와인이나 마셔."

어린아이가 무모한 짓을 하려는 걸 말리는 어른처럼 가차 없는 어조였지만 라토는 빙긋이 웃었다. 이 상황을 즐기는 것처럼.

"너무하네."

그 얼굴이 매력적이라 캐시는 잠깐 할 말을 잃었다.

오랜만에 봐도 라토는 아름다웠다. 꼭 이래야 하나 싶을 만큼.

문득 제 생각을 깨달은 캐시는 손을 내젓고 걸어가기 시작했다. 그런데 라토가 따라와서, 그녀는 한쪽 눈썹을 추켜들고 물었다.

"왜 따라와?"

"그래도 저런 남자를 유혹할 셈은 아니지?"

라토가 넌지시 묻는 말에 캐시는 웃음을 띠고 말했다.

"필요하다면 그래야지."

그러고는 걸어갔다. 그제야 라토는 따라오지 않았다. 캐시는 속으로 안도의 한숨을 삼켰다.

캐시는 호텔 복도를 걸어갔다. 걸음을 디딜 때마다 뼛속에서부터 섹시함을 끌어올리며 유혹할 준비를 하고 크로포드의 방으로 향했다.

"근데."

갑자기 목소리가 들려, 캐시는 흠칫하고 옆을 보았다. 언제 왔는지 라토가 한 방문 앞에 턱이 들어간 부분에 팔짱을 끼고 기대선 채로 말했다.

"크로포드, 게이야."

"뭐?"

[뭐?]

정말 듣지 못했던 정보라서 캐시는 저도 모르게 대답했다. 무선 너머에 있는 팀원도.

"그런 정보는 듣지 못했는데?"

캐시는 팀원에게 물었다.

[확인해보겠습니다.]

그사이에 라토가 한쪽 어깨를 으쓱이고 말했다.

"계속 나한테 추파를 던지던데."

요즘 같은 세상에도 게이임을 숨기고 있다면 아마 재산 상속에 관한 문제가 걸려 있는 모양이었다. 즉, 절대 들키면 안 된다는 말.

그래봤자 민간인이 숨기고 있는 거, 알아내려고 했다면 충분히 알아낼 수 있었다. 캐시는 골치가 아파 이마를 짚었다.

"일 제대로 안 하지."

결국 아까 크로포드가 보이던 수컷의 미묘한 적대감은 자신을 두고 보인 게 아니라, 자신을 상대로 라토를 두고 나타낸 거였다는 의미였다. 캐시는 자신이 그걸 눈치채지 못할 정도로 이 남자한테 정신이 팔려 있었다니, 믿을 수가 없었다.

"어떡할 셈이었는데?"

라토는 물끄러미 캐시를 보며 물었다.

"당연히 유혹해서 정신 못 차리게 한 다음에 묶어놓고 죄다 털어놓으라고 탈탈 털 셈…."

말하고 있는데 난데없이 라토가 캐시의 팔을 잡고 끌어당겼다. 그리고 그녀를 자기가 서 있던 턱 부분에 집어넣는 동시에, 캐시가 서 있던 자리로 물 흐르듯이 가 섰다.

마침 모퉁이에서 돌아온 크로포드가 호텔 복도에 서 있는 라토를 보고 놀란 얼굴이 되었다.

"사타디 씨."

"크로포드 씨."

라토는 그를 알은체했다.

"여기서 뭘……?"

크로포드는 애써 아닌 척하지만 기대감이 섞인 투로 물었다.

'진짜 게이잖아.'

숨어 있는 캐시는 속으로 생각하며 눈알을 굴렸다.

"크로포드 씨를 기다렸습니다."

라토는 담담하지만 왠지 모르게 상대를 기대하게 만드는 은근한 투로 대답했다. 의외로 연기깨나 했다.

"절…? 무슨 하실 말씀이라도 있습니까?"

크로포드가 놀란, 그러나 기대감이 비치는 투로 물었다. 그러자 라토는 그 기대감에 화답하듯이 대답했다.

"사람이 많은 곳에서는 크로포드 씨와 제대로 대화할 수 없어서요."

"우연이군요. 저도 그렇게 생각했는데……."

그러면서 크로포드가 은근슬쩍 다가오는 기척이 났다. 캐시는 라토의 뒷목에 닭살이 돋은 걸 보았다.

그때 라토가 뒤쪽으로 캐시에게 뭔가 건네주었다. 호텔 방의 열쇠였다. 그것을 본 캐시는 그가 무슨 말을 하는지 바로 깨달았다.

"이런 말이 어떻게 들릴진 모르겠지만 전 사타디 씨를 처음 봤을 때부터……."

말하며 크로포드가 라토의 어깨에 손을 얹은 순간이었다. 라토가 크로포드의 목을 휘감아 끌어당기는 동시에 캐시는 열쇠를 찍어 호텔 방문을 열었다. 두 사람-정확하게는 크로포드까지 세 사람-은 춤추듯이 매끄럽게 돌아 호텔 방 안으로 빨려가듯이 들어갔다.

탕. 문이 닫히자 호텔 복도는 아무 일도 없었던 듯이 고요해졌다.

반면 호텔 방 안은 크로포드가 발버둥을 쳐서 그걸 억누르느라고 난리통이었다. 이내 라토가 크로포드의 목을 쳐서 기절시켜 크로포드가 축 늘어지자 의자에 앉혀놓고 옷으로 묶었다.

힘 조절을 하느라 세게 맞지 않았는지 크로포드는 금방 다시 정신을 차렸다.

"자, 그럼 순순히……."

캐시는 그 앞에 서서 말했다.

"교주가 숨겨놓은 계좌에 대해 순순히 털어놓을 리는 당연히 없겠지? 몇 대 맞고 시작할래?"

그러자 크로포드는 독기를 가득 담은 눈으로 캐시를 찢어 죽일 듯이 쳐다보았다.

쾅! 그때 방문을 때리는 소리가 났다.

"뭐……!"

캐시는 깜짝 놀라 돌아보았다.

쾅! 쾅! 밖에서 문을 두드리는 소리가 시끄러웠다. 이건 분명히 안에 누가 있는지 알고 두드리는 소리였다. 과연 밖에서 크로포드의 경호원으로 짐작되는 남자들이 외쳤다.

"당장 열어!"

"안에 있는 거 알아!"

"여길 어떻게……."

라토도 의외여서 말하다가 캐시를 보고 무언가 깨달은 얼굴이 되었다.

"너 오른쪽 귀걸이는?"

그 말에 캐시는 홱 제 오른쪽 귀를 짚었다. 아무것도 없었다.

엘리베이터에서 매무새를 체크할 때까지만 해도 하고 있었으니 아까 크로포드를 끌어당기며 방문 앞에 떨어뜨렸을 가능성이 가장 높았다. 그에 캐시는 뜨악했다. 뉴비일 때도 하지 않은 실수건만!

라토가 나타나 정신이 없었다고 변명하고 싶었지만 이건 명백히 제 실수였다.

"망할!"

캐시는 거칠게 외쳤다. 쾅! 다시 문이 울렸다. 그걸 보며 라토가 물었다.

"잡히면 어떻게 돼?"

"어떻게 되긴!"

어느새 방 한쪽으로 간 캐시는 수백 킬로는 나갈 묵직한 책상을 질질 끌고 오며 말했다. 책상에서 물건들이 와르르 떨어졌다.

"저번에 말한 척 부인 꼴이 나겠지!"

그러면서 캐시는 책상을 휘둘러 던졌다. 책상이 날아가 유리에 부딪히며 천지가 무너지는 것 같은 굉음이 울렸다. 하지만 창문은 깨지지 않고 책상만 뒤집히며 떨어져 다시 굉음이 울려 퍼졌다.

"루아스의 힘을 고려하지 않고 호텔을 잡았을 거 같아?"

라토가 그러거나 말거나 캐시는 주변을 둘러보았다. 호텔에 무기를 들고 들어올 수 없어서 총 하나 없는 상황에 대포도 막아낼 듯한 저 방탄유리를 깰 만한 게 없었다. 그런데 급하게 시선을 거두다가, 라토에게 멈추었다.

"사타디!"

캐시는 외쳤다.

"뭐?"

라토는 알아듣지 못하고 반문했다.

"사타디!"

하지만 캐시는 무작정 소리쳤다.

"뭐, 왜?"

라토도 덩달아 급해져 되묻자 캐시는 답답하다는 듯이 창문을 가리키며 외쳤다.

"사타디 혈통을 어디다 쓸 거냐고! 뚫어!"

이쪽을 뭐라고 생각하는 건지 라토는 기가 막혔지만 다른 수가 없었다. 머리를 한 번 쓸어 올리고 유리로 몸을 던졌다.

쿵. 분명히 소리는 호텔 전체가 흔들리는 것 같았는데 창문은 꿈쩍도 하지 않았다. 정말 무슨 다이아몬드를 갈아 넣었나 싶은 강도였다. 라토는 다시 몸을 던졌다. 하지만 여전히 유리는 깨지지 않았다.

라토는 어깨를 쓰다듬으며 중얼거렸다.

"아픈데."

"저 문이 열리면 어깨가 아픈 걸로 끝날까?"

노예 감독관 같은 말투에 라토는 고개를 내저었다.

"이게 무슨 난리인지 모르겠군."

그로서는 차나 한잔 같이하고 싶을 뿐인데 라헬만 만나면 늘

쫓기거나 달아나거나 뭔가 깨지고 폭발하는 것 같았다. 하여간 지루할 틈이 없다 못해 스릴이 과했다.

이제 밖에서 경호원들이 문을 뜯어내기 시작했다. 라토는 다시 창을 향해 몸을 던졌다. 캐시는 초조해서, 틈이 벌어지기 시작한 방문을 돌아봤다가 다시 라토를 보았다. 하지만 여전히 창은 꿈쩍도 하지 않았다.

아니, 지금까지와 똑같이 아무 일도 일어나지 않는 것 같았으나 라토의 어깨가 닿은 부분에서 조금씩 균열이 일기 시작했다.

그 찰나, 라토는 유리에 캐시가 이쪽으로 몸을 던지는 모습이 비치는 걸 보았다.

"잠……!"

그가 놀라 소리치려는 순간이었다. 캐시가 옆으로 창문을 들이받았다.

쾅! 정확히 동시에 호텔 방문이 열리며, 창 전체에 균열이 일었다. 그리고 창이 깨지며 두 사람은 기우뚱 넘어갔다.

촤아악. 유리의 파편들이 비처럼 쏟아지며 두 사람도 쏟아져 내렸다. 검은 바닷물을 향해.

뒤늦게 경호원들이 위에서 내려다보고 소리쳤다.

"쫓아!"

라토는 물을 헤치고 해변으로 올라섰다. 그러며 옆을 보니, 캐시도 막 물에서 몸을 내밀고 있었다. 반은 기어서 뭍으로 올라오는데 긴 드레스 자락이 다리에 휘감겨 걷기가 불편한지 걸음걸이가 뒤뚱거렸다. 그에 라토는 저도 모르게 웃고 말았다.

"뭘 웃어?"

그러자 캐시가 뾰쪽하게 말하고는 머리를 잡아 뒤로 벗어냈다.

"가발이었어?"

라토는 조금 놀랐다. 캐시가 손으로 탈탈 털어내는 머리는 검었고 거의 남자처럼 짧았기 때문이었다.

"라헬 때는 염색한 거였지만."

캐시가 무심히 말하며 옆으로 지나가자, 거의 엉덩이 윗부분까지 시원하게 패인 드레스 뒷부분에 하얗게 드러나 있는 등의 라인이 아찔했다.

라헬일 때는 저런 옷은 입지 않았다. 풀세트 속옷이나 원피스 같은 옷들을 입긴 했지만 그때는 캐릭터 설정상 오히려 무서운 편이었고 표정이나 말투 때문에 여성스럽다는 느낌은 들지 않았다.

그러고 보면 확실히 연기력이 좋은 것 같았다. 같은 얼굴인데도 전혀 다른 느낌을 주는 걸 보면.

그때 도로에 차 한 대가 옆에 와 섰다. 운전석에는 길가다가 마주치면 회계사라고 생각할 것 같은 남자가 타고 있었는데, 캐시는 작별 인사도 하지 않고 뒷자리에 올랐다. 그리고 라토는, 자연스럽게 반대편으로 탔다.

"뭐야?"

캐시는 한쪽 눈썹을 홀쩍 휘면서 물었다. 하지만 라토는 태연했다.

"이 꼴로 돌아갈 순 없잖아."

"내가 어디 가는 줄 알고?"

그때 무전이 들어왔다.

[데려와.]

캐시는 한숨을 내쉬었다.

그들이 도착한 곳은 인근의 주택가였다. 안으로 들어가자, 평화로워 보이는 외견에 비해 꼭 다른 세계에 떨어진 듯이 각자 일로 바쁜 컨트롤 룸의 전경이 펼쳐졌다.

"작전을 아주 시원하게 말아 드셨군."

문이 열리자마자 팔짱을 끼고 서 있는 남자가 말했다. 캐시와 함께 들어온 라토는 반갑게 그를 알은체했다.

"오랜만입니다, 대위님. 아, 이번에 소령 진급하셨다고 했죠."

소령은 팔짱을 풀고 그러나 엄한 표정을 잃지 않고 라토를 보았다.

"대장님. 이런 식으로 작전에 개입하시는 건 매우 부적절하다는 걸 아시지 않습니까?"

라토가 이투하의 대장일 때 알았던 소령은 그를 예전 직함으로 부르면서도 단호하게 말했다. 하지만 라토는 뭐라고 할 마음이 들지 않을 만큼 매력적으로 웃었다.

"미안합니다. 돕고 싶었는데."

"게이라는 걸 체크하지 못한 일차적인 잘못은 저희에게 있지만 그렇다고……."

소령이 한창 말하는 중이었지만 라토의 시선은 이미 안으로 들어가는 캐시를 따라가고 있었다.

"대장님?"

"네."

소령이 불렀을 때에야 라토는 돌아보았다. 그러자 소령은 더 말해봐야 소용이 없다는 걸 알았는지 한숨을 내쉬고 말했다.

"일단 그렇게 계실 순 없을 테니 옷을 빌려드리죠."

"감사합니다."

샤워하고 나오자 티셔츠에 청바지 차림을 한 캐시가 부엌에서 차를 끓이고 있었다. 짧은 머리 아래로 드러난 목덜미가 희고 곧았다.

"자."

그때 캐시가 돌아보고 라토에게 찻잔을 건넸다.

"고마워."

라토가 찻잔을 받아들고 인사하자 캐시는 싱크대에 기대서 차를 마셨다. 그 모습을 보고 있자니 확실히 레기온에 있을 때보다 살이 빠지긴 했는지 좀 더 날카로워진 느낌이었다.

"살이 빠졌네."

라토는 말했다. 캐시는 별 기색 없는 투로 대답했다.

"오히려 그때 일부러 찌운 거였어."

"왜?"

"육감적으로 보이려고."

말하는 어조가 덤덤했다. 라토는 이게 진짜 라헬이라는 사실을 깨달았다. 육감적이고 고혹적인 여성성을 의도적으로 발산하는 라헬보다, 오히려 무관심해보일 정도로 시크하고 담백한 이쪽이.

"근데 집에 안 가?"

캐시의 질문에 라토는 어깨를 으쓱였다.

"차 불렀어. 올 때까지만 신세 질게."

그러자 캐시는 할 말이 없는 듯 입을 다물었다. 라토는 그런 그녀를 보다가 물었다.

"원래 이름이 뭐야?"

캐시는 기가 막힌다는 얼굴을 숨기지 않았다.

"스파이가 제 본명을 알려주는 거 봤어?"

"계속 라헬이라고 부를 수는 없잖아."

"불러. 상관없으니까."

그러고는 캐시는 찻잔을 든 팔에 다른 손을 걸치고 물었다.

"요즘 사업한다는 건 뭐야?"

"'존의 신비한 여행.'"

라토가 난데없는 말을 하자 캐시는 의아해하는 눈으로 그를 보았다.

"베스트셀러 말이야?"

사타디 부족에 대해 밝혀지고, 그 부족 사이에 살면서 소설 형식으로 기록을 남긴 글이 이미 오래전에 출판됐다는 게 알려지며 글은 뒤늦게 어마어마한 베스트셀러가 되었다. 물론 출판되었을 때 빛을 못 봤을 뿐 글 자체가 좋은 덕분이었다. 얼핏 보면 동화 같지만 인간과 문명사회에 대한 독특한 통찰력이 있는 글이라고 들었다.

라토는 말했다.

"그 책 자체는 나온 지 오래돼서 공공저작물이 됐지만 요하네스가 발표하지 않은 원고가 우리한테 남아 있었거든. 예전에는 '존의 신비한 여행'이 워낙 망해서 다른 출판사에서 받아주지 않았지. 참고로 우리 회사 공동대표는 앙엘라 할머니야. 일은 전부 내가 하지만."

기억할지 모르겠지만 앙엘라는 요하네스의 증손녀로, 요즘에는 바깥 세계에 살고 있는 요하네스의 후손을 찾아서 교류하며 지내고 있었다.

옛날에 요하네스의 가문은 유산 문제로 박 터지게 싸웠지만 이미 그 유산은 고갈된 지 오래고, 후손들은 평범한 중산층 가정으로 살아가고 있었다. 그래서 놀라면서도 앙엘라를 반갑게 환영해주었다는 해피엔딩을 맞았다.

반면 사타디 부족은 그대로 섬에서 지내고 있었다. 일단은 이투하와 관련되어 군사 지역으로 설정되어 있기 때문에 전문가들만 연구 목적으로 섬에 들어갈 수 있을 뿐이었다. 하지만 밖으로 나오는 부족 사람들도 꽤 있어, 바깥 세계와 교류는 점차 활발해지고 있었다.

"그런데 사업을 하면서 그렇게 크로포드와 척을 져도 돼?"

그때 캐시가 물었다. 비즈니스를 하며 여러 분야에서 영향력을 발휘하는 크로포드가와 척을 진다면 좋을 게 하나도 없었기 때문이다. 하지만 라토는 어깨를 으쓱였다.

"나도 협박당해서 어쩔 수 없었다고 하지."

"게이라니, 내가 유혹하러 들어갔으면 어떤 얼굴을 했을까?"

캐시는 생각하니 기가 막혀 중얼거렸다.

"자신이 이성애자가 아니라서 안타깝다고 생각했겠지."

그리고 라토는 그녀를 지그시 보며 말했다.

"만나고 싶었어."

오랜 친구를 대하듯 따듯한 어조였다. 그에 캐시는 머그잔을 꾹 쥐었다가, 몸을 돌려 뒤쪽 싱크대에 머그잔을 내려놓았다.

"피차 볼일은 끝났잖아."

말하고 캐시는 라토를 지나 부엌을 나가려고 했다. 라토가 문턱을 짚어 길을 막았다. 캐시가 저도 모르게 옆으로 물러나려다가 문설주에 등을 부딪치자, 라토는 그녀의 얼굴 위에 그늘을 드리우고 말했다.

"그래? 난 이제 시작이라고 생각했는데."

이렇게 될 줄 알았다, 라토를 다시 만나게 되면. 그래서 캐시는 그를 의도적으로 피해왔다.

"네가 진짜 라헬이 아니라는 걸 알게 됐을 때……."

라토는 부드러운 목소리로 말했다.

"신을 믿고 싶어졌어."

"흔들다리 효과 같은 거야."

캐시는 애써 차가운 태도를 보였지만 라토는 부드러우면서도 단호한 얼굴로 말했다.

"흔들다리는 멈췄어, 오래전에. 하지만 여전히 널 만나고 싶었어."

"난 네가 생각하는 사람이 아니야."

그러자 라토는 흥미롭다는 얼굴이 되었다.

"내가 널 어떻게 생각하는지 알고?"

"어떻게 생각하든 똑같아. 난 실체가 없으니까."

그 말에 라토는 눈을 내리깔고는, 성적인 암시가 느껴지는 목소리로 나직하게 말했다.

"내겐 그렇게 느껴지지 않는데."

그때 헛기침 소리가 들리고, 문가에 서 있는 한 팀원이 끼어들고 싶지는 않지만 어쩔 수 없이 제 일을 해야 한다는 얼굴로 말했다.

"대장님. 차가 왔습니다."

그에 라토는 팀원 쪽을 보았다가 캐시를 보고 말했다.

"나중에 봐."

그러고는 팀원에게 고맙다고 인사하고 지나갔다. 캐시는 자신이 이렇게까지 긴장하고 있는 줄도 몰랐는데 온몸에서 긴장감이 빠지는 느낌이었다.

라토는 전화번호를 물어보지 않았다. 물어봤다 하더라도 가르쳐주지 않았을 테지만, 이걸로 그와 그녀 사이에 접점은 없었다. 다시 볼 일은 없었다.

팀원은 흘긋 캐시를 보았다.

"네가 저런 남자를 거절할 줄은 몰랐네."

"'저런 남자'에도 급이 있는 법이니까."

캐시가 차갑게 말하고 돌아서자 뒤에서 팀원은 중얼거렸다.

"너무 좋은 건 또 싫다는 심보는 뭐야?"

◇◇◇

"토라는?"

막 들어서는 라토를 보며, 막 퇴근했는지 아직 군복을 입고 있는 도영이 물었다.

"데이트. 서머 중위가 휴가 나왔거든."

라토는 대답하고 도영을 지나쳐 거실로 갔다. 그러자 안에서 기저귀를 찬 타유가 기어 나왔다.

"타유."

부르자 타유는 까마득히 높이 있는 라토에게 한 손을 뻗으며 옹알거렸다.

"빠."

도영은 기가 차다는 표정을 했다.

"그쪽은 네 '빠'가 아냐."

그러고는 라토를 보고 말했다.

"토라한테는 안 그러는데 왜 너만 보면 '빠'야?"

"자기가 배 속에 있을 때 팔 할은 키운 사람이 나라는 걸 아나 보지."

둘이 대화하고 있자 타유가 다시 자신을 보라는 듯이 손짓하며 옹알이했다.

"빠."

그에 라토가 안아 들자 타유는 그에게 폭 안겼다.

"타유."

라토는 정말로 제 어린 남동생을 사랑했다. 우스갯소리로 자신이 팔 할은 키웠다고 하긴 하지만 이렇게까지 특별한 감정을 가지게 될 줄은 그도 몰랐다. 타유도 라토가 가진 애정을 아는 것처럼 그를 따라서, 토라가 질투할 정도였다.

"라토 왔어?"

그때 가말이 거실로 오며 물었다. 라토는 아일랜드에 올려놓은 케이크 상자를 고갯짓하며 말했다.

"마티 좋아하는 케이크 사왔어."

가말은 케이크 상자를 보더니 얼굴이 밝아졌다.

"여기 케이크 맛있어."

"냉장고에 넣어둬."

"응."

그러고는 가말은 케이크를 들고 부엌 쪽으로 사라졌다. 도영은 그쪽을 흘긋 보더니 말하고 갔다.

"타유 좀 봐줘. 옷 갈아입고 올게."

그 모습을 보며, 라토는 두 사람이 적어도 30분 내로는 돌아오지 않을 걸 알았다. 어쨌든 라토가 있으면 타유가 얌전하기 때문에 라토 찬스를 자주 쓰는 편이었기 때문이다.

라토는 타유를 보고 중얼거렸다.

"너도 곧 동생이 생기겠네."

하지만 이해하지 못한 타유는 옹알거리며 손을 휘저었다. 그에 라토가 소파 위에 올려져 있는 문어 인형을 들어 쥐여주자 타유는 그걸 물고 빨았다.

한참 뒤에 편한 티셔츠와 바지로 옷을 갈아입은 도영이 다시 나타났다. 가볍게 샤워도 한 걸 보니, 라토가 예상한 대로인 것 같았다.

한쪽 팔로 타유를 안고 분유를 데우고 있는 라토는 대수롭잖게 물었다.

"둘째 낳으려고 노력 중이야?"

도영은 어깨를 으쓱일 뿐이었다. 타유는 이제 라토와 충분히 있었는지 도영에게 손을 뻗으며 안아달라는 몸짓을 했다. 그러자 도영은 아들을 안으며 말했다.

"네가 있으니까 편하네. 우리 집에 취직 안 할래?"

"나쁠 거 없지. 지금 연봉만 맞춰주면 돼."

진심이었건만 도영은 군인 월급이 뻔한 걸 알면서 라토가 괜한 소리를 한다고 생각했는지 고개를 저었다.

"왜 갑자기 이렇게 돈독이 올랐어?"

"누군가는 이 집을 책임져야지."

"내가 곧 죽을 노인처럼 보여? 세상 쓸데없는 걱정이야."

라토는 어깨를 으쓱이고 주제를 돌렸다.

"라헬을 마주쳤어."

"여자 사드 백작?"

도영이 바로 되묻는 말에 라토는 기가 찼다.

"그건 연기였잖아."

"하지만 그 여자한테 다른 인격이 있다는 게 도저히 안 믿겨서."

"달라, 전혀."

표정이나 말투, 심지어 눈빛마저도 레기온의 라헬이라고 할 만한 구석이 없었다. 같은 얼굴로 이렇게까지 다른 느낌을 줄 수 있다는 게 신기할 정도로.

그런 생각을 하고 있는 라토를 보며 도영이 흥미롭다는 얼굴로 물었다.

"취향이 그쪽이었어?"

"그건 연기였다니까."

"라헬은 안 돼."

갑자기 나타난 가말이 끼어들었다. 그녀도 아까와 옷이 달랐고, 바디워시 냄새가 났다.

"잡아먹혀."

알고 보니 아군이었다고 하지만 반년 전 레기온 요새에서 마지막으로 보고 만나지 못했으니 가말에게 캐시의 이미지는 라헬 그대로였다.

"무서워."

솔직히 말하자면 요새에 잡혀 있을 때는 애써 지지 않는 척했지만 가말도 라헬에게 위압되었던 게 사실이었다.

라토는 어깨를 으쓱였다.

"오히려 나한테 관심이 없어 보였어."

"라토한테? 왜?"

가말은 꼭 우리 아들이 어디가 어때서 그러느냐는 듯이 되물었다.

"그러게."

그 말에 가말은 오히려 무언가 느낀 듯이 고개를 갸웃하고 물었다.

"라토는 관심 있어?"

라토는 빙긋이 웃었다.

"응. 많이."

그러자 가말은 느닷없이 타유를 들어서 마주 보고는 말했다.

"타유, 라토는 취향이 이상한 거였어."

"아니야."

"이상해. 이상해."

라토가 말했지만 가말은 고개를 절레절레 저으며 중얼거리고 타유를 안은 채 거실 밖으로 사라졌다. 그러자 도영이 라토에게 물었다.

"그래서 연락처는 받았어?"

"아니. 알려줄 거 같지도 않았고."

캐시의 눈에는 대문짝만하게 '접근 금지'라고 쓰여 있었기 때문이다. 대충 왜 그러는지 알아서 그래도 별로 상관없었지만.

아마 자신이 그녀의 본모습을 모른다고 생각하는 게 분명했다. 어쨌든 라헬로서 만났으니까. 하지만 라토는 자신의 본능을 믿었다. 캐시가 라헬인 줄 알았을 때도 그녀에게 흔들리는 걸 막을 수 없었는데, 실은 라헬이 아군의 스파이였다는 지금 상황은 신이 그를 가엾게 여겨 은총을 내려준 거나 마찬가지였다.

그리고 파티에서 짧게 봤을 때도 은근히 다혈질인 성격이나 시니컬한 유머 센스가 재미있다고 느꼈다.

"연락처도 모르면 어떻게 다시 만나게? 찾기 쉽지 않을 텐데."

도영의 말에 라토는 말했다.

"찾을 수 있을 거 같아."

"그래?"

"그 여자는 악당이 있는 곳에 나타나니까."

도영은 기가 차다는 듯이 웃었다.

"히어로냐, 무슨."

비명 소리가 울렸다. 불길이 치솟았다.

캐시는 번쩍 눈을 떴다. 어두운 천장에 블라인드 사이로 스며들어온 빛이 넘실거렸다. 몸은 땀범벅이었다.

'꿈…….'

너무 오래 라헬로 살았던 모양이다. 괜찮다고, 늘 하던 일이라고 별거 없이 생각했지만 라헬의 그림자는 불시에 캐시를 습격했다. 라헬 역할을 하며 보고 들었던 것, 겪었던 일, 심지어 자신이 불가피하게 저지를 수밖에 없었던 일들이 망령이 되어 꿈속까지 따라왔다. 제정신인 사람이 겪기에는 지난 10여 년은 아무래도 쉽지 않았다.

몸을 일으킨 캐시는 땀에 젖은 이마를 쓸어 올리고 말했다.

"커튼을 걷어줘."

홈 AI가 자동으로 커튼을 걷자 창문 너머로 해가 떠오르는 도시가 보였다. 캐시는 이불을 걷고 언더웨어만 걸친 차림으로 창가로 다가가서 도시를 내려다보았다.

사랑은 사랑으로 잊고, 일은 일로 잊어야 하는 법. 그녀는 일을 해야 했다.

푸른 바다에 눈부신 햇빛이 쏟아져 딱 항해하기 좋은 날씨였다. 캐시는 양 허리에 손을 얹고 바다를 바라보며 햇빛을 만끽했다.

그때 뒤에 다가오는 기척에 돌아보고, 폴로 티셔츠를 입고 선글라스를 쓴, 어딜 봐도 '졸부'라고 쓰여 있는 남자를 보고 활짝 웃었다.

"이고르, 달링!"

지금 캐시는 아슬아슬하도록 짧은 미니스커트에 검은 오프숄더 탑을 입고 스트랩 하이힐을 신은 데다, 가슴까지 오는 긴 금발머리와 화려한 화장을 하고 있어 전혀 다른 사람처럼 보였다. 방금 전까지 캐시와 대화했더라도 이 모습으로 나타나면 알아보지 못할 정도였다. 말투도 어렴풋이 미국 남부 사투리 억양이 섞여 있는 게, 도시에 상경해서 사투리를 고치려고 노력한 티가 나는 느낌을 주었다.

"달링, 좋아?"

이고르는 캐시를 귀엽다는 듯이 보며 물었다.

"엄청!"

그러면서 둘은 거의 한 몸처럼 얽혀서 카페로 들어갔다. 그 뒤를, 이런 날씨에도 검은 양복을 입은 경호원 넷이 따랐다. 그리고 카페 안에서도 그들이 성벽처럼 둘러싸고 지켜보고 있었지만 캐시와 이고르는 개의치 않고 자기들의 세계에 빠져서 애정을 나누다가, 이고르가 일어났다.

"잠깐 화장실 다녀올게."

"빨리 와."

경호원들은 이고르를 따라가고, 캐시는 흘러내려 간 탑을 겨드랑이 근처에서 잡아 추켜올렸다. 그리고 핸드백을 열고 립스틱을 꺼내 다시 발랐다.

그때 누군가가 앞에 와 앉아서, 캐시는 팩트의 뚜껑을 닫으며 고개를 들었다.

"벌써 왔……."

라토였다.

캐시는 저도 모르게 놀라는 반응을 보일 뻔했지만 겨우 얼굴을 수습하고 그냥 모르는 사람을 보듯이 쳐다볼 수 있었다.

휴일을 맞은 사업가처럼 면바지에 얇은 셔츠를 입고 있는 라토는 흥미롭다는 얼굴로 그녀를 보았다.

"이번엔 저 친구랑 사귀는 역할이야? 저번보다 하드코어 하네."

미치고 환장할 노릇이었다. 캐시는 흘긋 주변을 살피고 상당히 실력이 좋은 복화술로 물었다.

"여긴 어떻게 온 거야?"

그러자 라토는 태연히 이고르가 사라진 방향을 고갯짓했다.

"저 친구랑 친해지는 데 애 좀 썼지."

"루아스 무기 밀매업자랑?"

캐시는 기가 차서 말하고, 머리를 쓸어 넘기는 척하며 입을 가리고 잘 들으란 듯이 말했다.

"저놈이 어떤 인간인지 알아? 이고르 볼긴이 밀수하는 물건은 루아스도 벌집으로 만들어버리는 것들이라고. 당장 저놈이 차고 있는 작은 새 같은 권총만 해도 고작 9mm 탄환으로도 루아스의 피부를 뚫는……."

하지만 라토는 가볍게 어깨를 으쓱이고 말했다.

"그래봤자 레기온보다 무서울 거 같진 않은데."

그때 이고르가 라토의 어깨를 짚으며 옆자리에 앉았다.

"왔어?"

그리고 캐시를 보고 말했다.

"달링, 인사해. 내 친구야."

친구? 친구우? 뒷동네 무기상과 라토 사타디가 친구라고? 이거야말로 개소리였다.

라토는 웃으며 캐시에게 손을 내밀었다.

"처음 뵙겠습니다. 피터 로빈슨입니다."

피터 로빈슨? 캐시는 대놓고 웃을 뻔했다. 그건 무슨 가명이야?

그런 생각은 어쨌거나, 캐시는 선글라스 너머로 라토를 보며 새침하게 말했다.

"만날지 안 만날지는 아직 정하지 않았는데요."

그러자 이고르가 호탕하게 웃으며 라토의 어깨를 두드렸다.

"이해해. 우리 제인이 낯을 좀 가리거든."

"제인."

라토는 감탄한 투로 나직이 말했다.

"예쁜 이름이군요."

그러자 이고르는 웃음을 터뜨렸다.

"자네가 그렇게 말하면 설레지 않을 여자가 없겠어."

캐시는 기가 막혔다. 이 인간은 무기상이라는 작자가 라토 사타디를 모른단 말인가? 아무리 이투하를 그만뒀다고 해도 상대는 라토 사타디란 말이다. 라토 사타디!

그런 생각을 하며, 캐시는 순도 100%의 백치미를 뿜는 미소를 지었다.

"가요, 달링."

이고르는 일어나 캐시의 어깨에 팔을 둘렀다.

"가자고. 오늘 끝내줄 거야."

그 말을 들은 캐시는 신을 찾고 싶은 심정으로, 아무것도 모른단 어조로 물었다.

"같이 가요?"

그러자 이고르는 꼭 파티에 가는 십 대 같은 말투로 말했다.

"당연하지. 이 친구 얼굴을 보라고. 여자들이 아주 자지러질걸."

사실 그 말에 의구심 따위를 가지진 않았지만 오히려 그래서 캐시는 더 화가 났다. 돈 많은 남자와 결혼, 그게 안 되면 세컨드가 되는 게 삶의 목적인 그 계집애들이 라토한테 집적거리게 두라고?

하지만 캐시는 제 안에 존재하는 온갖 의지를 모아, 이 작자가 밀수하는 미사일을 얼굴에 갖다 박아주고 생각하면서 웃었다.

"달링 때문에 자지러지겠죠."

이고르는 캐시를 귀여워 죽겠단 얼굴로 보며 그녀의 엉덩이를 움켜쥐었다. 캐시는 흠칫했다. 평소라면 어디 한번 실컷 만져보라고 오히려 들이 밀어줄 텐데, 라토가 뒤에 있는 걸 아는 지금으로서는 몸이 뻣뻣하게 굳어버렸다.

왠지 뒤가 켕겼지만 차마 돌아볼 수는 없었다.

라토는 캐시가 이고르와 뭘 하든 계속 지켜볼 뿐이었다. 조용히, 집요하게.

특별히 뭘 하진 않았지만 라토가 계속 쳐다보고 있다는 건 알 수 있어, 캐시는 신경이 쓰여 미칠 것 같았다. 대놓고 바람을 피우는 여자가 된 느낌이었다. 둘이 사귀는 사이도 아닌데! 오히려 지금 애인은 이고르 쪽이었다.

이고르는 캐시를 트로피처럼 딱 옆구리에 끼고 어깨에 팔을 두른 채 다른 남자들과 떠들고 있었다. 그러다가 캐시가 계속 삐거덕거리는 게 이상했던지-당연히 이상했겠지만- 물었다.

"달링. 어디 아파?"

캐시는 애써 웃음을 지었다.

"아니에요, 달링. 화장실 좀 다녀올게요."

그러고는 이고르에게 뽀뽀하고 일어나 화장실로 갔다.

라토는 그 모습을 봤다가 이고르 쪽을 보았다. 이고르는 웃으며 제 친구의 어깨를 주먹으로 쳤다. 동료들과 휴일을 즐기는 청년 사업가 같은 모습이었지만 같이 있는 친구들은 전부 잡아다주면 MCTC가 즐거워할 만한 상대들이었다. 어쨌든 지금 자신은 민간인이니까 그쪽까지는 알 바 아니었지만….

"이리 와, 피터."

그때 이고르가 헤드록을 걸듯이 어깨동무를 하며 라토를 끌어당겼다.

"이번에 운동하다가 알게 됐는데 진짜 괜찮은 친구야."

그러면서 이고르는 수십 년은 알고 지낸 불알친구를 대하듯이 라토의 어깨를 툭툭 쳤다.

자리에 있는 사람들과 인사를 나누고 있는데 캐시가 돌아오는 소리가 들렸다. 흘긋 보자 캐시는 어느새 이고르와 같은 자리에 있는 라토를 보더니, 이고르의 어깨를 짚고 말했다.

"달링, 나 두통이 있어서……. 방에서 잠깐 쉬다 와도 괜찮을까요?"

"난 같이 못 가줄 거 같은데 괜찮겠어?"

사람들이 있으니까. 오히려 그걸 알기 때문에 하는 말이었다.

"그럼요. 괜찮아요."

그리고 캐시는 선실을 나갔다. 그러는 도중에 이미 이고르와 그 친구들은 서로 떠드느라 시끄러웠다. 라토는 한동안 가만히 있다가 아무도 그를 신경 쓰지 않을 때쯤 일어나 선실을 나왔다. 그리고 캐시가 묵는 선실이 어디인지 알고 있기에 그쪽으로 갔다. 가는 길에 복도에 지키고 서 있는 경호원이 무표정한 얼굴로 그를 눈짓했지만 특별히 제지하지는 않았다. 그래서 라토는 선실로 가 가볍게 문을 두드리고 말했다.

"진통제 가져왔어."

그러자 자동으로 문이 열려 라토가 안으로 들어가 봤지만 황금색으로 번쩍거리는 실내에 캐시는 보이지 않았다. 그래서 방으로 다가가는 순간, 모퉁이 너머에서 손이 쑥 나와서 멱살을 쥐고 끌어당겨 벽으로 밀어붙였다. 그리고 캐시가 타오르는 눈으로 그를 올려다보며 잇새로 외쳤다.

"내가 지금 진짜로 남자 꼬셔서 노는 것처럼 보여? 엄연히 일하고 있는 거라고!"

"알아. 그래서 가만히 있잖아."

라토는 무표정하게 말했다. 그녀는 자신이 얼마나 참고 있는지 짐작도 못 할 것이다.

하지만 캐시는 기가 차다는 얼굴을 하더니 더 말할 것도 없다는 듯이 손을 저으며 돌아섰다.

"네가 있으니까 집중이 안 돼. 당장 일이 생긴 척하고 배에서 내려."

"왜 집중이 안 돼?"

라토는 뜬금없이 물었다. 캐시는 그걸 말이라고 하냐는 듯이 그를 쳐다보았다.

"그거야 당연히……."

바람피우는 아내를 방관하는 남편처럼 쳐다보고 있으니까. 그리고 이쪽은 남편 앞에서 다른 남자와 놀아나는 여자처럼 켕기니까. 하지만 말할 수가 없었다. 그렇게 말한다는 건 둘 사이에 있는, 캐시가 애써 무시하고 있지만 무엇보다 명백하게 존재하는 '썸싱'에 대해서 인정한다는 의미였기 때문이다.

갑자기 라토가 한 걸음 다가오며 물었다.

"왜?"

저도 모르게 위압되어 물러나다가 캐시는 하이힐을 잘못 디뎌서 꼴사납게 휘청거렸다. 진짜 어리바리한 제인 노리스가 된 것처럼. 그러자 라토는 은근히 눈을 내리깔았다.

"지금 널 보면 네가 라헬이었다는 게 믿기지 않아."

캐시는 라토를 막기 위해 손을 내밀었다.

"네 말대로 지금 난 제인 노리스야. 이고르 볼긴의 애인이라고."

그런데 라토가 그 손을 잡고는 손바닥에 키스했다.

"그럼 난 제인 노리스를 유혹하면 돼?"

캐시가 반사적으로 손을 잡아당겨 빼려고 했지만 라토는 오히려 그녀의 손을 입가에 문지르며 다른 손으로 그녀 뒤에 있는 벽을 짚었다. 그림자를 드리우고 다가오는 그를, 캐시는 제 일이 아닌 듯이 멍하니 쳐다보다가 라토가 거의 닿으려고 할 때 정신을 차리고 고개를 돌렸다. 하지만 라토는 개의치 않고 캐시의 머리카락에 코를 묻었다. 귓가와 목을 타고 퍼지는 나직한 숨에 소름이 돋았다.

그녀를 감싼 큰 몸에서 기분 좋은 향수 냄새가 났다. 그제야 캐시는 그와 단둘이 있는 게 오히려 좋지 않은 선택이었다는 걸 깨달았다.

"이러고 있을 때가 아니……."

애써 라토를 밀어내고 벗어나는데, 그가 와락 허리를 안고 위험할 정도로 가까운 거리에서 지그시 그녀를 들여다보았다. 맞닿은 몸이 뜨겁고, 낮은 숨이 느껴졌다.

라토는 그러고 있을 뿐이었다. 그런데 순간 무슨 일이 일어났는지, 캐시는 그에게 키스했다. 라토는 바로 키스를 되돌려주었다. 두 사람은 엎치락뒤치락하며 키스하기 시작했다. 그 사이로 라토가 으르렁거렸다.

"이고르 자식의 손가락을 하나, 하나 부러뜨려도 속이 풀릴 거 같지 않아."

다시 생각해도 이가 갈리는지 목소리가 음험하게 낮았다. 캐시는 라토를 밀어 소파에 앉히고 위로 올라가, 그의 셔츠를 잡아 어깨 뒤로 밀어냈다.

잠깐 떨어져서 서로를 봤다가, 누가 먼저랄 것 없이 다시 허겁지겁 키스했다. 캐시는 아무 생각도 할 수 없었다. 자신이 누구인지, 어디에 있는지조차 떠오르지 않았다. 오랫동안 그녀를 갈증에 시달리게 한 이 남자를 모조리 들이마시고 싶을 뿐이었다.

라토는 거침없이 팬티 위로 그녀를 더듬었다. 그리고 귓불을 깨물고 귀를 핥으며 절절 끓는 뜨거운 속삭임을 불어넣었다.

"네 안에 들어가고 싶어."

"안, 안 돼……."

캐시는 흐릿해진 이성 속에서 겨우 현실의 끈을 붙잡고 웅얼거렸다. 하지만 그 목소리에 설득력이라고는 없었다.

"들어가게 해줘."

라토는 팬티 위로 도드라진 부분을 야릇하게 손가락 등으로 쓸며 돌부처도 녹일 듯한 목소리로 애원했다.

"네 안에 가득……."

캐시는 부르르 몸을 떨었다. 귓속에 꿀을 왕창 집어넣듯이, 목소리가 스며든 귀를 타고 혀뿌리를 스쳐 가슴께까지 단맛이 퍼지는 것 같았다.

"너무 오래 참았어."

이윽고 라토가 목을 타고 가슴께로 내려가, 한쪽 젖가슴을 제 것인 양 움켜쥐고 가슴 둔덕을 핥았다. 캐시는 젖꼭지가 너무 빳빳해져 아플 지경이었다.

똑똑. 노크 소리가 천둥처럼 울렸다.

"달링."

이고르의 목소리였다. 캐시는 흠칫했다. 반면 제 어깨 너머를 본 라토는 쯧 혀를 찼다.

쯧 혀를 찼다!

오히려 덕분에 캐시는 정신을 차릴 수 있었다.

"갈게요."

캐시는 당장 라토를 밀어내고 매무새를 정돈했다. 그리고 방 밖으로 나가, 라토가 들어오며 어느새 자동 개폐 기능을 껐는지 잠겨 있는 선실의 문을 열었다. 앞에 이고르가 서 있었다.

"문이 잠겨 있네?"

"그러게요. 안 건드렸는데."

갑자기 이고르는 표정이 묘해지더니 물었다.

"괜찮아? 얼굴이 붉은데."

"열이 좀 나는 거 같아요."

"로빈슨이 약을 가져다줬다며?"

순간 캐시는 로빈슨은 누구인가 어리둥절해하다가 깨닫고 말했다.

"자기 방으로 돌아갔어요."

그러자 이고르가 옆에 있는 경호원을 보았고, 경호원은 무표정한 얼굴로 말했다.

"나가는 모습은 보지 못했습니다."

그러자마자 캐시는 기가 차단 듯이 그를 쏘아붙이기 시작했다.

"그것도 못 보고 뭐 했어요? 월급을 날로 먹는 거야, 뭐야?"

앙칼지게 말하고는 이고르를 보았다.

"월급 맞죠? 주급인가?"

하지만 이고르는 휩쓸리지 않고 안으로 걸음을 디뎠다.

"잠깐 안 좀 볼게."

"이고르, 날 못 믿는 거예……."

캐시가 반박했지만 이고르는 그녀를 밀고 안으로 들어갔다. 경호원들이 따라 들어와 선실 내부를 샅샅이 훑었다. 하지만 라토는 보이지 않았고, 그제야 이고르는 캐시를 보고 싱긋 웃었다.

"미안, 달링. 내 직업이 워낙 그렇잖아."

"그래도 그렇지, 날 뭐로 생각하는 거예요?"

캐시는 새침하게 말했다.

"섹시한 우리 자기지."

그러고는 이고르는 그녀의 허리를 끌어안았다. 그러자 경호원들이 자리를 비켜주려는 듯 밖으로 나갔다. 캐시는 이고르를 보며 눈을 흘겼다.

"날 의심해놓고."

"내가 정말 자기를 믿지 않았으면 노크도 하지 않았을 거 알잖아?"

그 말에 캐시는 부러 입술을 삐죽였다. 머리로는 화가 풀리지 않았지만 감정은 반쯤 풀린 여자처럼. 그러자 이고르는 은근히 허리를 감싸며 몸을 밀어붙였다. 캐시는 그의 가슴을 짚고 눈을 내리깔았다.

"밤에요."

이고르는 빙긋이 웃었다.

"단호한 모습도 섹시해."

그러고는 이고르는 방을 나가며 말했다.

"쉬고 있어."

캐시는 이고르가 정말 가는지 확인하기 위해 한참 귀를 기울이며 서 있었다. 그때 뒤에서 라토가 그녀의 어깨에 턱을 기대며 그녀를 안고는 느긋한 투로 물었다.

"이 상황에 바람은 어느 쪽이야?"

캐시는 정말 두통이 올 것 같았다. 어쩌다 자신이 이 바람 같은 바람 아닌 어처구니없는 상황에 놓이게 됐는지, 여기서 더 기가 막힌 건 두 남자 다 진짜로 사귀는 사이는 아니라는 점이었다. 어쨌든 라토도 사귀기로 한 건 아니었으니까.

"농담할 때가 아니야."

라토를 밀어내며 돌아보자 그는 여전히 흐트러진 차림 그대로였다. 머리도 그녀가 흐트러뜨린 그대로 있어서, 이런 때에마저도 섹시해 보였다. 하지만 이제는 정신을 차릴 때였다. 캐시는 단호하게 말했다.

"이고르 저놈이 네가 자기 여자랑 놀아난 걸 알면 널 어떻게든 죽여버릴 거야. 이투하라는 바람막이도 없는 네가 상대가 될 거 같아?"

그러면서 문을 열고 복도를 양쪽으로 살핀 다음 라토를 밖으로 밀었다. 그러자 라토는 순순히 가나 싶더니 돌아보고 말했다.

"아무리 일이라고 해도 선은 지켜."

이고르와 자지 말라는 말이었다.

캐시는 미소를 지었다.

"그래. 전 임무에서 만난 사람과는 선을 지켜야지. 잘 가, 라토 사타디. 즐거웠어."

라토가 뭔가 말하려고 했지만 캐시는 문을 닫았다.

캐시는 갑판 난간에 팔을 걸친 채 어두운 바다를 바라보고 있었다. 밤바람은 쌀쌀했다. 이 몸이 되고 나서는 온도의 변화에 무감각해졌지만 그래도 이렇게 갑판에 오래 서 있다 보면 한기가 느껴졌다. 아니면 여전히 팬티가 보이도록 짧은 치마를 입고 있어서 그런지.

오히려 라헬 때는 이렇게 짧은 치마는 입지 않았기 때문에 다리 사이가 썰렁한 느낌이 어색했다.

한편 뒤에 있는 선실은 제정신인 사람이 없을 정도로 다들 약에든 술에든 취해서, 아직도 음악과 말소리로 시끌벅적했다.

"달링."

그때 한 손에 술병을 든 이고르가 뒤에서 허리를 안아왔다.

"여기서 뭐해?"

캐시도 술을 좀 마신 상태지만 훅 술 냄새가 끼쳐왔다.

"더워서요."

캐시는 갑판 난간에서 팔을 떼고 그를 마주 보았다.

"자러 갈까?"

술을 마실 만큼 마시자 다른 게 동하는지 이고르는 은근한 투로 몸을 밀어붙이며 물었다. 사실 이고르가 생긴 건 나쁘지 않았지만 실제로 어떤 놈인지 생각하면 이렇게 마주하고 있는 제 비위에 감탄이 나올 정도였다.

둘이 같이 복도에 들어서는데 이쪽으로 오는 라토가 보였다. 그냥 무시하고 지나가고 싶었지만 이고르가 먼저 그에게 말을 걸었다.

"로빈슨, 자러 가는 길이야?"

"응."

"아까 그 여자는? 오늘 꼭 너랑 자겠다는 기세던데."

안 그래도 오늘 저녁 내내 러시아 여자 하나가 눈살이 찌푸려질 정도로 대놓고 라토한테 집적거려서 으슥한 곳에 끌고 가 손봐주려다가 참았다. 그와 선을 긋기로 한 입장이니까.

라토는 어깨를 으쓱였다.

"내 취향은 아니어서."

"네 취향이 뭔데?"

"글쎄……."

도끼병일지도 모르겠지만 캐시는 라토가 말을 끌면서 왠지 자신을 시선으로 따라 내리는 것같이 느껴졌다. 이고르가 눈치채지 못한 걸 보면 아닐 수도 있긴 한데, 라토는 조금 웃으며 말을 마쳤다.

"팔색조 같은 사람."

그 말에 이고르는 대놓고 웃음을 터뜨렸다.

"팔색조? 그건 어떤 여자야? 새 같다는 거야?"

"본인은 알겠지."

그러고는 라토는 희미하게 웃으며 지나갔다. 기분이 이상해지게 하는 미소였다. 남자든 여자든.

이고르는 가면서 캐시를 떠보듯이 말했다.

"여자라면 모두 저 친구를 좋아할 수밖에 없겠지."

"그렇겠죠."

캐시는 순순히 말하고 빙긋이 웃었다.

“나한텐 달링밖에 없지만.”

그러자 이고르는 웃으며 캐시의 어깨를 감싸 안았다. 캐시는 허락하듯 그에게 고개를 기대었다.

이고르와 잘 생각까진 없었지만 베갯머리송사로 정보를 끌어내는 게 오히려 일을 빨리 끝낼 수 있는 방법일지도 몰랐다.

방문이 열리자 캐빈에는 은은하게 불이 켜져 있었다.

“목욕할까?”

이고르가 느끼하게 물었지만 같이 목욕하는 그림을 상상만 해도 토가 나올 것 같았다.

“그건 다음에.”

그러고는 캐시는 그의 가슴을 밀어 침대에 쓰러뜨렸다.

“오늘은 기대해도 좋아요.”

안 그래도 이고르는 기대하는 눈치였다. 혼을 쏙 빼놔주겠다고 캐시는 결심하고 옷깃을 잡았다.

이런 일들을 하는 게 그녀로서도 달갑지 않았으나 미인계가 일을 해결하는 데 있어 가장 확실하고 빠른 길인 건 예로부터 사실이었다. 그리고 이건 공식적인 임무이기 때문에 라토도 방해할 수 없었다. 지금은 MCTC 소속이 아니라고 해도 이투하 대장이었던 과거를 생각하면.

캐시가 옷깃을 잡아 벌렸다.

쾅.

그때 바깥에서 굉음이 났다. 이고르는 홱 바깥쪽을 보았다. 사람들이 마구 달려가는 소리가 들리고, 무전기에서 외침이 들려왔다.

[습격입니다!]

이런 상황이 낯설지 않은지 이고르는 옷도 걸치지 않고 바로 총을 챙겨 뛰어나갔다. 캐시는 얼떨떨한 척하다가 그가 사라지자마자 일어나서 바깥을 살폈다.

MCTC는 아닐 거라고 생각했다. 그녀가 작전 중이라는 사실을 아는데 이렇게 들이닥칠 리 없으니까.

'이고르 놈과 라이벌 관계에 있는 세력인가?'

그 타이밍에 문밖에서 이쪽으로 접근하는 기척이 느껴졌다. 훈련받은 기척이었다. 캐시는 공격할까 말까 고민했다. 섣불리 정체를 드러내기에는 상대에 대한 정보가 없었기 때문이다.

쾅. 고민하는 사이에 문이 굉음을 내며 열리고 중무장한 사람들이 들이닥쳤다. 캐시는 얼른 양손을 들어 올리고, 최대한 '남자나 낚아서 놀려고 했다가 이상한 일에 말려들었음을 직감한 여자' 같은 얼굴을 하고 결백한 어조로 말했다.

"전 아무것도 몰라요."

흐트러진 머리카락에 가슴께와 허벅지가 훤히 드러난 옷차림을 보면 설득력이 있었다.

군인 중 하나가 손짓하자 군인들이 캐시를 방에서 끌어냈다. 그들은 무장하고 있을 뿐 옷에 특징이 없어 어디 소속인지 알 수가 없었다. 그리고 군인들은 복도를 내려가 요트 아래 멈춰 있는 고속정에 캐시를 태웠다. 그녀로서는 신원을 밝힐 수도 없고 답답한 노릇이었다.

"저기, 난 그냥 아는 사이……."

캐시가 말하려고 했지만 군인들은 듣지 않았다. 개중 한 사람이 수신호를 취하자 캐시를 태운 고속정이 뱃머리를 돌리기 시작했다.

탕! 그때 총성이 울리고 갑판 위에서 이고르의 부하들이 총을 쏴댔다. 군인들은 바로 대응 사격하기 시작했다.

"꺅!"

캐시는 비명을 내지르며 고개를 감쌌다. 마음 같아서는 총을 빼앗아 직접 쏘고 싶었지만 아직은 상황을 지켜봐야 할 때였다.

총성이 오가는 가운데 고속정이 물을 가르며 출발했다.

달려가는 고속정 안에서 캐시는 주저앉은-주저앉은 척하고 있는- 그대로 상황을 살폈다. 거리가 꽤 멀어졌음에도 습격자들은 여전히 복면을 하고 있어 정체가 파악되지 않았다.

이내 고속정은 이고르의 것보다 작지만 충분히 큰 요트 옆에서 멈추었다. 그리고 군인들이 캐시에게 말했다.

"일어나."

캐시는 지금이라도 제압하고 달아날까 생각했지만 일단 배에 병력이 더 있는 것 같지는 않아 순순히 배를 옮겨 탔다.

촤악. 그때 배 뒤쪽에서 물소리가 나고 발판을 밟고 갑판으로 누군가가 올라섰다. 하나가 아니었다. 군용 잠수복을 입은 세 명이 연달아 올라왔는데, 개중에서 가장 키가 큰 남자가 잠수복 헤드를 벗었다. 라토였다.

아니, 토라였다. 순간 캐시는 라토와 똑같은 얼굴이 잠수복을 벗고 머리를 쓸어 올리는 이미지의 파워에 압도될 뻔했지만 토라라는 사실을 깨닫고 목에 핏대를 세우고 소리쳤다.

"토라 씨! 이게 무슨 짓이에요?"

"연기 잘하던데요? 역시."

토라가 하도 태연해서 캐시는 기가 막혔다.

"이건 명백하게 작전 방해……."

촥. 그때 뒤쪽 발판에서 다시 물소리가 들렸다. 그리고 라토가 올라섰다. 맨몸으로 헤엄쳐왔는지 아까 차림 그대로였다.

라토는 머리를 쓸어 올리고 캐시를 보았다. 그에 캐시는 아닐 거라고 믿고 싶었지만 부정하기 힘든 한 가지 가설을 받아들일 수밖에 없었다. 라토가 일부러 작전을 파투 놓은 거라고.

그사이에 라토가 토라를 보고 말했다.

"수고했어. 고마워."

토라는 어깨를 으쓱였다.

"껌이었지."

캐시는 기가 차서 라토에게 물었다.

"그럼 당신이 꾸민 일이야?"

그러자 라토는 뻔뻔할 정도로 당당하게 말했다.

"네가 다른 놈과 자는 걸 수수방관할 만큼 정신없는 놈은 아냐."

"뭐……."

캐시는 말문이 막혔다. 주변에서 '오오…….' 소리가 울렸다. 정신을 차릴 새도 없이 라토가 다가와 팔을 잡아당겨 걸어가기 시작했다.

"뭐…… 왜……."

저도 모르게 끌려가면서 묻자 라토가 그녀를 한 번 보고 말했다.

"다른 놈의 수중에서 널 구해온 남자가 뭘 할 거 같은데?"

그때 헬멧을 벗은 나머지 대원들 중 익숙한 얼굴이 눈에 띄었다.

"서머 중위……."

막 부르려는데 라토가 잡아당겨 캐시는 끌려갔다. 자인은 그 뒤에 말했다.

"오랜만입니다. 이런 식으로 다시 뵙게 될 줄은 몰랐네요."

"아니, 난……."

엇박자로 발을 디디며 라토에게 끌려가는 캐시는 말을 끝내지 못하고 캐빈 안으로 들어갔다.

반면 토라가 자인을 돌아보고 물었다.

"사드 여백작이랑 아는 사이야?"

자인은 고개를 끄덕였다.

"내가 막 SAU에 들어왔을 때 만난 적 있어. 라헬 역할을 하러 가기 직전이었지."

그런데 토라는 뭔가 느끼고 물었다.

"별로 안 좋아해?"

자인은 어깨를 으쓱였다. 자인이 SAU에 처음 발령받았을 때 캐시가 그녀의 면전에 이렇게 말한 적이 있었다.

"인간 여자는 안 돼. 한 대 맞으면 골로 갈 텐데 데리고 뭘 하란 말이야?"

자인은 무심히 말하고 돌아섰다.

"일적으로는 존경하지만."

라토는 캐시를 호텔 방 같은 선실의 욕실로 밀어 넣었다. 겨우 정신을 수습한 캐시는 따지기 시작했다.

"너 정말 막가기로 한 거야? 아무리 네가 MCTC를 그만뒀다고 하더라도 이렇게 작전을 파투 놓는 건……."

갑자기 라토가 성큼 다가와서 캐시는 얼떨결에 한 걸음 물러나다가 샤워부스 안으로 들어갔다. 그러자 인기척을 감지한 샤워헤드에서 자동으로 물줄기가 쏟아지기 시작했다. 캐시는 젖은 머리를 쓸어 올렸다.

"라토……."

"이야기는 나중에 해."

라토는 물기가 어린 짙은 눈동자로 그녀를 응시했다.

"널 원해."

캐시는 기가 차다는 얼굴을 하더니, 그의 멱살을 잡아당기며 험악한 얼굴로 물었다.

"지금 장난해?"

그리고 키스했다.

라토를 처음 봤을 때부터 원했다. 꿈속에서도 그를 보았다. 낮에도 정신이 들면 그를 생각하고 있었고, 백일몽을 꾸듯이 레기온 요새에서 그와 같이 있었던 모든 순간을 복기했다. 그가 자신을 쳐다보는 눈빛, 생긴 모양, 맞닿았던 피부의 감촉…….

스파이로서 그녀는 일탈하지 않는 모범생이었지만 아무리 착한 개도 본능적인 식욕 앞에서는 참는 데 한계가 있었다. 그러니까 그녀도 이제는 더는, 참을 수 없었다.

두 입술이 거칠게 맞부딪히며 비벼졌다. 헐떡이는 숨 사이로 타액이 뒤섞이는 소리가 울려 퍼졌다.

라토가 캐시를 벽으로 밀어붙이며 다리를 들어 스트랩 구두를 벗겨냈다. 구두가 바닥에 떨어져 구르고, 그의 손은 다시 다리를 타고 올라와 치마 아래로 파고들었다.

이어서 라토가 손을 들자, 그의 손가락에 골반 옆에서 끈으로 묶는 티 팬티가 걸려 있었다.

"그 자식한테 선물이라도 주려고 했어?"

더 이상 말은 하고 싶지 않아 캐시는 라토를 잡아당겨 키스하며 그가 입고 있는 셔츠를 뒤로 벗겼다. 그러자 단추들이 그의 몸에 와 부딪혔다가 튕겨나가는 물방울들과 함께 와라락 터져나갔다.

라토가 엉덩이를 잡아 안으며 밀려드는 순간 캐시는 목을 젖히며 비명을 내질렀다. 그가 내부를 꿰뚫는 느낌이 벼락에 맞은 것만 같았다.

라토도 흥분해서 몸짓이 거칠었지만 캐시는 고통 따위 느껴지지 않았다.

"라토……!"

라토는 캐시를 제 온몸으로 밀어붙이고 거의 본능적인 몸짓을 퍼부었다. 그가 쳐올리는 데에 발이 살짝 들릴 정도였다. 어느새 캐시가 튼튼한 근육질의 허벅지에 올라타고 있는 형국이었지만 그는 무게를 느끼지 못하는 것 같았다. 마치 그를 고문했던, 뜨겁고 어두운 감옥이 떠오르는 수증기 속에서 그녀를 온통 들쑤셨다.

"라헬."

라토가 달아오른 목소리로 부르는 이름을 들은 캐시는 저도 모르게 말했다.

"캐시야."

"캐시."

라토는 기다렸다는 듯이 캐시를 불렀다. 마치 늘 그 이름으로 알아왔던 것처럼. 그리고 다시 입 맞추었다.

캐시는 라토를 터뜨리려는 듯이 끌어안고 몸을 떨었다. 입술 새로 흐느끼는 소리가 새어나왔다. 그러며 그가 느슨하게 걸치고 있는 셔츠의 목덜미 쪽을 붙잡고 끌어내려서 거의 등이 드러나고, 그 위로 물이 쏟아졌다. 걷잡을 수 없는 열기로 머리가 어질어질했다.

그때 라토가 그녀를 놓아주는가 싶더니, 끌어당겨 엎드리게 하고는 뒤에서 단번에 뚫고 들어왔다.

"흣……!"

"캐시."

그도 칼에 찔린 듯이 숨찬 소리를 겨우 내뱉었다. 그러고는 단단히 허리를 움켜쥐고 그녀를 앞뒤로 흔들었다. 물과 점액이 부딪치는 소리가 시끄러웠다.

달빛이 엉망이 된 시트 위를 물들이고, 침대가 거칠게 흔들렸다. 라토는 황홀했다. 캐시가 그를 올라탄 채 그의 무릎을 쥐고 탄력적으로 몸을 흔들고 있었다. 달빛에 비춘 둥그런 젖가슴이 출렁이며 흔들렸다.

캐시는 부르르 떨며 입술을 깨물었다.

"라토……. 좋아, 여기……."

그녀가 움직일 때마다 반짝이는 음모 사이로 그가 나타났다 사라졌다. 이보다 더한 절경이 있을까 싶었다.

라토는 캐시를 끌어안아 그녀의 등에 제 가슴을 맞대고 누웠다. 그리고 그녀에게 키스하며 한 손으로 젖가슴을 감싸 쥐고 젖꼭지를 조몰락거리자 캐시는 살짝 허리를 뒤틀었다.

"으응, 하지 마……."

"가슴으로 많이 느끼네. 엄청 젖어."

"아, 그만……."

라토는 참을 수 없어 아래로 내려가 다리를 벌렸다.

"싫어……."

캐시는 귀여운 목소리를 내며 그의 머리를 밀어내려고 했다. 그 목소리가 더 참을 수 없게 해, 라토는 뜨거운 숨을 뿜으며 녹진녹진한 여성을 잔뜩 핥고 빨았다.

"라토, 응……!"

츠읍 츱 욕심껏 빨아대자 캐시는 몸을 떨며 신음했다.

라토는 다시 캐시 속으로 파고들었다. 그러자 그녀는 거의 절정에 오르는 것 같은 신음을 내지르며 그를 받아들였다.

의외로 신음과 반응을 아끼지 않는 편이어서, 라토는 더 흥분이 되고 머리가 어질했다.

“하아, 캐시.”

“좋아. 좋아아…….”

캐시가 라토의 등을 아프지 않게 긁으며 고양이처럼 가르랑거렸다. 그리고 부드럽고도 탄탄한 허벅지를 조이며 재촉하듯 힘을 주는데 라토는 정신이 아찔했다.

“감개무량하네. 내가 여기 들어오기까지 고생했던 걸 생각하면.”

“말은 바로 해. 내 거기, 들어오려고 했던, 고생이 아니라…….”

말이 많은 건 설정이 아니었는지 캐시는 숨을 할딱이면서도 말하려고 했다. 라토는 그냥 허리를 밀어붙였다. 그러자 캐시는 목을 젖히며 교성을 흘렸다. 입안을 훑으며 혀를 잡아채 쪽쪽 빨며 라토는 거칠게 캐시 속으로 밀고 들어갔다. 등골이 오싹오싹하고 머리 가죽까지 쭈뼛쭈뼛했다.

“앗, 아……! 아……!”

캐시가 목을 놓고 울었다. 그제야 라토는 아파할지도 모른다는 생각이 들어 멈추었다. 그러자 캐시는 몸을 휘감아오며 칭얼거렸다.

“더 해줘……. 더 세게…….”

품 안의 몸이 결코 약하지 않다는 사실을 잊고 있었다. 그가 상대를 배려해 참을 필요 없다는 사실에 이상한 기분이 들었다. 하지만 그만큼 자유로워지는 기분에, 라토는 마음껏 정신을 놓았다.

캐시는 얼핏 잠에서 깨어났다. 엉망이 된 시트에 달빛이 내려앉아 있고, 뒤에서는 라토가 그녀를 가두듯이 끌어안고 있었다. 아직 어두운 캐빈에는 서늘한 공기가 감돌고 있었다.

깨어 있었는지 라토가 허벅지에서 허리로 쓸어 올리며 말했다.

"살이 많이 빠졌네."

맨살이 스치는 느낌이 좋았다.

"좀 찌워."

캐시는 흘긋 어깨 너머를 보았다.

"마른 건 싫어?"

"이렇게 늘씬한 것도 좋지만 살이 좀 있는 게 좋아."

그러면서 라토가 캐시 위로 몸을 기울여 지그시 눌러왔다. 캐시는 그 느낌이 너무 좋아서 오히려 생각했다.

'결국 저지르고 말았군.'

하지만 뭐가 잘못됐는지 알 수 없다는 더 문제였다. 꼭 오래전부터 제 자리는 여기였던 것 같았다.

그때 갑자기 생각이 나, 살짝 고개를 들고 말하려고 했다.

"이고르 볼긴은……."

그러자 라토가 어깨를 쓰다듬으며 말했다.

"붙잡았어."

하지만 캐시는 마냥 기뻐하지 않았다.

"그 자식한테는 엄청난 변호인단이 붙어 있어. 이렇게 붙잡아 봐야 금방 다시 나올 거야. 확실하게 증거를 확보해야……."

"이제 네 손을 떠난 이야기야."

그러고는 라토가 그녀를 지그시 보며 말했다.

"보고 싶었어."

그게 진심이라는 걸 너무 잘 알아서, 캐시는 오히려 다른 질문을 했다.

"드페르 소령님의 아들은 잘 커?"

"하루가 다르게. 엄청 귀여워."

캐시는 피식 웃었다.

"소령님과 가말 씨 사이에서 태어났는데 오죽하겠어."

"한번 보러와. 기억은 못 할 테지만 그래도 배 속에 있는 내내 알고 지냈는데."

라토와 캐시 사이에는 많은 차이가 있었지만 개중에서도 가장 큰 차이 중 하나는 그에게는 대가족이라고 할 만한 가족이 있고, 그녀는 정확히 반대라는 점이었다. 캐시는 평생 가족이라고 부를 만한 걸 가져본 적이 없었다.

미리 말해두지만 스파이에게 모두가 기대하는 것처럼 어두운 과거지사가 있는 건 아니었다. 단지 부모는 캐시가 어렸을 때, 지금 생각하면 단순한 이질이 아니었나 싶은 간단한 병을 제때 치료하지 못하는 바람에 죽었고, 이후 그녀는 이모 부부 집에 맡겨졌다.

이모 부부는 나쁜 사람들은 아니었으나 경제 사정이 여의치 않아 곧 캐시를 고아원에 맡길 수밖에 없었다. 뭐, 그 시절에는 다들 그렇게 살았으니까.

캐시는 어깨를 으쓱이고 말했다.

"첫 조카는 다 그런가. 타오 대위도 제 조카라면 껌뻑 넘어가던데.”

“첫 조카는 아냐.”

그런데 라토가 말했다.

“응? 토라 씨는…….”

캐시가 반문하려고 하자 라토는 진지하게 고민하는 얼굴로 말했다.

“아니, 그쪽은 공동 자식이라고 해야 하나.”

그러더니 캐시를 보고 말했다.

“가끔 여자애였을까 남자애였을까 궁금해. 그땐 태어나기 전에는 알 수 있는 방법이 없었으니까.”

캐시는 관자놀이를 괴었다.

“그쪽도 이쪽 못지않게 사정이 심란하네.”

하지만 궁금해지는 건 어쩔 수 없었다. 그럼 그 니카란 계집애는 사타디 쌍둥이랑 동시에 즐겼다는 건가?

풍성한 이불 위에 누워있는 모습이 돌산을 깎아 조각해낸 것 같은 라토를 보자, 캐시는 제 안에 있는 라헬이 올라오려는 기분이었다.

‘죽어 마땅했지.’

라토가 두 명 있는 기분을 그 못돼먹은 계집애가 즐겼다고 생각하면 화가 나지 않을 수 없었다. 그래서 라토를 물끄러미 보며 물었다.

“혹시 셋이 같이 한 적 있어?”

“뭐?”

라토는 생각지도 못한 질문을 들은 것처럼 돌아보더니 찡그린 웃음을 지었다.

"없어. 그때부터 난 좀 그런 게 개인적이라고 생각했거든."

그러고는 그녀를 물끄러미 보며 말했다.

"내 사정에 대해서 잘 알고 있는 거 같네."

캐시는 대답하지 않고 어깨를 으쓱였다. 스파이로서 이 정도 정보력은 갖춰야 하지 않겠는가.

그러자 라토는 물었다.

"넌 어떻게 감염됐어?"

"난 배우였어."

캐시는 생각보다 쉽게 대답했다.

"배우?"

라토는 되물었다. 의외라기보다 납득이 돼서. 사실 연기력이 좋다는 생각은 계속했으니까.

캐시는 고개를 끄덕였다.

"연기를 아주 잘하는."

"보통 본인 입으로 그런 이야기는 안 하지 않나."

라토는 중얼거렸다.

"이야기 들어 봐. 내가 얼마나 연기를 잘하는 배우였는지 인정할 수밖에 없을 테니까."

그에 라토는 흥미로워 말했다.

"듣고 있어."

캐시는 1886년, 미국에 이주해온 독일인 가정에서 태어났다.

'도금 시대'라는 이름이 붙을 만큼 당시 일부 상류층은 갓 태동하는 자본주의의 수혜를 받아 부유한 삶을 누렸지만 그녀를 포함한 대다수 사람들은 지독하게 가난한 시대였다.

"다들 힘든 때였지만 그래도 난 단역이나마 연기를 하고 살 수 있어서 남들보다는 사정이 나았어. 무명이어서 다음 끼니가 걱정될 정도로 끔찍하게 가난했지만 뭐, 크게 문제되진 않았어. 돈이 없으면 며칠 굶는 것쯤은. 그런 거 보면 꽤 심지가 굳고 긍정적인 성격이었나 봐."

그러더니 캐시는 꼭 남의 이야기를 하듯이 먼 곳을 보며 중얼거렸다.

"그런데 삼 개월이라던가."

라토가 쳐다보자 캐시는 어깨를 으쓱이고 말했다.

"백혈병. 당시에는 진단되는 게 드문 일이었지. 그래서인지 모두 그러더라고. 보통 아무 이유 없이 시름시름 앓다가 죽는데, 난 신이 신변 정리를 할 수 있는 시간을 준 거라고. 행운이라고 여기라고. 그게 어떻게 행운일 수가 있어? 더 이상 무대에 설 수가 없는데. 그런데 어느 날 밤늦게 퇴근하는 길에 뱀파이어를 만났어. 정확하게는, 습격당했지."

"물렸어?"

캐시는 고개를 저었다.

"날 구해준 사람들이 있었어. 그 사람들은 뭔가…… 익숙한 느낌이었지. 그런 존재를 상대하는 게."

그리고 남자들은 그녀를 호텔로 데려갔다. 물론 '보호'라고 말했지만 '감금'이라는 게 더 정확했다. 다만 그녀로서는 평생 들어와볼 엄두조차 못 낼 고급 호텔 방에 묵게 하고 신체적으로는 어떤 위협도 가하지 않았을 뿐이다. 오히려 이해되지 않을 정도로 극진하게 대접해줘서, 순진했던 그때는 정말 그들이 그녀를 보호해준다고 믿었다.

"어느 날 차림이 훌륭한 남자가 오더니 내게 그랬지."

"무대에 서보지 않겠습니까?"

캐시는 라토를 보았다.

"그 남자가 누구였을 거 같아?"

"뱀파이어요?"

캐시는 기가 막혀 물었다. 맞은편 소파에 앉아 있는 남자가 미친 게 아닌가 싶었다.

나이는 사십 대 초반쯤 되었고, 사업가처럼 훌륭한 정장을 갖춰 입은 그는 자신의 이름을 '프레데릭'이라고 소개했다. 사실 본명이었다고 생각하진 않았지만 어쨌든 그 개인의 이름이 중요한 건 아니었고, 그가 무엇을 대표하는가가 중요했는데 당시에는 몰랐지만 SIS(영국의 비밀정보부)였다. 훗날 MCTC의 전신이 되는.

하지만 프레데릭이 완전히 미국인 같은 억양을 썼기 때문에 당시에는 영국인일 거라고 생각하지 못했다.

프레데릭은 담배에 불을 붙이고 연기를 길게 내쉬었다.

"흡혈귀, 드라큘라, 노스페라투……. 이름은 어떻게 부르셔도 좋습니다. 중요한 건, 그런 존재가 실존한다는 사실입니다."

지금 생각해보면 별로 놀라운 일도 아니지만 정부는 이미 루아스의 존재가 밝혀지기 전부터 그들에 대해 알고 있었다. 반면 그때 캐시는 지극히 인간이었고, 전설로 전해지는 흡혈귀에 대해서는 어렴풋한 개념으로밖에 알지 못했다.

그러니까 프레데릭이 아무리 믿음직스러운 차림을 하고 있었더라도 헛소리라고 치부했을 것이다, 며칠 전에 그녀를 공격하려던 '존재'를 실제로 보지만 않았더라면.

게다가 프레데릭은 시종일관 캐시가 만나온 사람들 중에 가장 진지하다 할 만한 표정을 유지했다. 저게 연기라면 배우를 해야 할 사람은 그녀가 아니라 그일 정도로.

프레데릭은 담배 연기를 내쉬고 말했다.

"얼마 전에 저희는 한 클랜의 둥지를 발견했습니다. 참고로 클랜은 피를 공유해준 흡혈귀를 중심으로 하는 씨족을 의미합니다."

무슨 말인지 캐시가 잘 이해하지 못한다는 게 분명했지만 그래도 프레데릭은 자기 할 말을 할 따름이었다.

"다른 클랜들과 다르게 이 클랜이 특이한 점은, 사람들을 모아서 최대한 많이 자기들과 같은 '감염자'로 만들고 있다는 겁니다. 그래서 저희는 여기에 '감염 희망자'로 들어갈 배우가 필요합니다."

"그럼 그냥…… 군인들을 보내면 되지 않나요? 그런 게 있다면 뭔가 조치를 취해야 하는 게 아닌가요?"

"저희는 '정보'가 필요한 거니까요. 그자들이 무슨 생각을 하는지, 어디까지 대화가 통하는지, 지능은 있는지. 적들이 어떤 자들인지 알아야 대책을 세울 수 있지 않겠습니까?"

그러니까 내부로 들어갈 정보원이 필요하다는 의미였다. 그래, 여기까지는 백 보 양보해서 이해할 수 있었다. 그런데 왜 하필 그런 일을 자신에게 제안하는지, 캐시는 이해가 되지 않았다.

"하지만 제가 어떻게 그런 일을……."

프레데릭은 캐시를 쭉 훑어 내렸다.

"저희는 진짜 간절한 사람이 필요합니다. 뱀파이어들이 보기에도 위험을 감수할 정도로 간절한 사정이 있는 사람, 그리고 실제로도 뒤로 물러설 곳이 없는 사람."

캐시는 그가 자신이 시한부 목숨이라는 걸 알고 있다는 사실을 깨달았다. 게다가 그녀는 고아니까. 일이 실패해서 죽더라도 후환이 없었다. 그렇게 생각하니 자신이 봐도 오히려 그녀는 이 시나리오에 가장 잘 어울리는 배우가 아닌가 싶었다.

그때 프레데릭이 담배 연기를 길게 내쉬자 주변으로 연기가 부옇게 퍼졌다.

"조금이라도 연기라는 게 티 난다면 바로 그 자리에서 죽게 될 겁니다."

캐시가 말문이 막힌 얼굴로 쳐다보고만 있는데, 프레데릭이 무심히 물었다.

"어때요, 국가를 위해 일해보시겠습니까?"

그런데 무슨 일인지, 머리가 더 생각하기도 전에 캐시의 입은 이미 대답하고 있었다.

"좋아요."

"내 안에서 생명력 같은 게 불을 뿜었던 거 같아."

사실 인류를 위해서였다고 할 수는 없었다. 자신이 뭐라고 인류의 미래를 걱정한단 말인가? 그저 시한부 판정을 받은 가난한 무명 배우일 뿐이었는데.

"조금만 연기를 잘못해도 목숨을 잃는 무대……. 내 연기력을 시험해보기에는 그만한 무대가 없었지. 어차피 삼 개월짜리 목숨이었어. 그사이에 누가 날 유명한 배우로 만들어줄 수도, 내 꿈의 무대에 세워줄 수도 없었지. 그러니까 그건 내가 할 수 있는 최고의 선택이었어."

캐시는 과거에서 돌아오듯 시선을 돌려 라토를 보았다. 라토는 눈도 깜빡이지 않고 그녀를 지켜보고 있었다.

캐시는 계속 말했다.

"지금은 키도 컸고 몸도 만들었기 때문에 그렇게 보이지 않겠지만 그때 난 아주 클래식한 백인 미녀였어. 금발에 푸른 눈, 날씬한 몸, 순진해 보이는 얼굴, 약간의 병색……."

라토는 인간이었을 때 캐시를 어렵지 않게 상상할 수 있었다. 사실 지금도 가면처럼 진한 화장을 지운 얼굴은 오히려 어려 보일 정도였으니까.

"그게 날 선택한 이유였겠지. 아름답고 무해해 보이는 느낌. 흡혈귀들이 찾는 먹잇감의 이미지 그대로 말이야."

◇◇◇

"여왕님께 인사를 올려라."

남자는 말하고 돌아보고는 고개를 조아렸다.

"이번 감염 희망자 중 하나입니다."

캐시는 몸을 떨었다.

무서울 거라고, 상상하는 이상일 거라고 몇 번이나 이야기를 들었다. 하지만 실제로 마주한 리가 클랜의 여왕은, 눈의 여왕이 실존한다면 과연 이런 느낌이었을까 싶었다. 얼음으로 깎은 듯한 푸른 눈동자가 내뿜는 차가운 냉기가 실제로 보이는 것 같았다.

그레이트홀의 의자에 앉아 있는 리가는 막연하게 생각했던 괴물보다 옛 귀족 가문의 부인처럼 보였다. 혹은 중세 시대의 왕비나. 아예 감정을 느끼지 못하는 것 같은 얼굴이었지만 극단적으로 인간미가 없는 느낌이 오히려 우아하게 느껴졌다.

이것이 근 천 년을 살았다는 흡혈귀, 마녀 리가…….

"이, 인사드립니다."

캐시는 떨림을 감추지 못하고 인사했다. 하지만 리가는 내려다볼 뿐, 아무런 말도 하지 않았다.

"리가 클랜은 아예 하나의 마을입니다."

캐시를 잠입시킬 준비를 하며 프레데릭은 그렇게 말했다.

그리스 산지의 시골 동네는 현대에도 교통과 인프라가 제대로 되지 않은 곳이 많았다. 그러니 도시에서는 열차가 증기를 뿜으며 다니는 반면 산이 많고 길이 험한 이런 시골에는 아직 연락도 제대로 닿지 않았다. 그리고 그만큼 외진 곳이기에, 리가 클랜이 소리 소문도 없이 마을 하나를 장악하고 있을 수 있었다.

"그곳에서 마녀 리가를 위시하고 절대적인 권력을 누리고 있죠."

마을을 내려다보는 절벽에 성이 하나 서 있었고, 여왕과 그 친위대들은 그곳에서 살았다. 그리고 리가 클랜은 주기적으로 은밀하게 '감염 희망자'를 모아서 마을에 들였는데, 돌아오는 사람은 없었다.

이곳에 잠입해보니, 인간들은 아래 마을에 지내며 성에 들어가는 자원과 인력을 대고 있었다. 정말로 중세 시대의 영지처럼.

"그곳에서 보고 듣는 모든 걸 전해주십시오."

프레데릭은 당부했다.

캐시가 생각하고 있는 그때 리가가 입술을 달싹였다. 그게 전부였지만 그녀가 앉은 의자 옆에 보좌관처럼 서 있는 아름다운 남자 흡혈귀가 알아들은 것처럼 캐시를 보고 물었다.

"네 이름을 물으신다."

캐시는 얼른 고개를 조아리고 말했다.

"캐시 브루어입니다."

그러자 리가는 움직이는 소리도 들리지 않을 만큼 부드럽게 일어나, 커튼이 드리워진 안으로 사라졌다. 이름을 묻고는 갑자기 가버린다니 대체 무슨 맥락인지 알 수 없었지만 남자 흡혈귀가 뱀 같은 눈동자로 돌아보고 피식 웃었다.

"네가 마음에 드신 거 같구나. 행운이군."

"그곳은…… 복마전이었어."

캐시는 침대 한곳에 시선을 맞추고 중얼거렸다.

"레기온 요새가 차라리 귀여워 보일 정도였지. 피의 주지육림……. 그런 말이 더 어울렸을 거야. 난 그곳에서 아주 많은 걸 봤어."

그 눈에 고통이 어른거렸다.

"리가 마을에 사는 인간들은 두 가지 부류로 나뉘었어. 여기저기서 소문을 듣고 감염되기를 희망하며 자발적으로 오는 '희망자'와 끌려온 '먹이'. 그곳에서 먹이들은 한마디로 2등 시민이었어. 리가 클랜을 위해서 일해야 한다는 건 둘 다 같았지만 먹이들은 전쟁 포로처럼 강제로 동원되다가 어느 날 갑자기 사라져서 더는 보이지 않았지."

그때나 지금이나 감염을 이기는 자는 극소수였다. 그럼에도 감염 희망자는 끊이지 않고 리가 마을을 찾았다. 어디서 이렇게 소문을 듣고 오는 건지 알 수 없을 정도로.

희망자들 중에서 아주 드물게 감염을 이긴 자들은 예수의 열두 사도에 버금가는 클리엔테스의 자리에 올라 클랜의 권력자가 되었다.

"그곳에서 리가는 마치 신 같았어. 그저 무심한 눈으로 모든 걸 내려다볼 뿐이었지. 리가가 스스로 나서는 일은 없었지만 그럴 필요도 없었어. 많은 클리엔테스들이 모두 알아서 해줬으니까."

어스름한 빛 아래 캐시는 책상에 앉아 있었다. 캐시는 마침내 펜을 들어 편지를 쓰기 시작했다.

어떤 사명감이나 책임감을 가지고 이 마을에 들어온 건 아니었지만, 이곳에서 일어나는 일들을 보고 있으면 없던 인류애도 생길 지경이었다.

애초에 그녀가 고아가 된 것, 시한부의 삶을 살게 된 것, 모든 조건이 맞아 이곳에 정보원으로 들어오게 된 것까지 유기적으로 연결되어 하나의 운명적인 결론을 가리키고 있는 것 같았다. 어쩌면 모든 게 이 순간을 위해서였을지도 몰랐다.

그렇게 생각하자 희한하게도, 사명감이라고 할 만한 것이 가슴에 싹 텄다.

- 없애버려요.

캐시는 편지를 마쳤다.

- 이 지옥을.

“오늘을 축하합시다.”

한 클리엔테스가 웃으며 하는 말에 모두가 샴페인을 들어서 부딪쳤다.

웃기게도 리가 클랜은 ‘오늘’을 축하했다. 어느 날 난데없이 파티를 열고는, 리가에게는 수만 번 반복되었을 오늘이 무슨 특별한 날이라도 되는 것처럼 떠들썩하게 축하했다. 영원히 살 수 있으면서 꼭 내일이라고는 없는 사람들같이.

당연히 향락과 쾌락을 즐기기 위한 구실에 불과했다. 어느 날 크게 판을 벌이고 놀고 싶으면 오늘을 축하한다며 모여 먹고 마시고 소돔과 고모라의 주민들이 부러워할 만한 밤을 보냈다.

이곳에서 고용인처럼 일하고 있는 캐시는 사람들 사이로 음식을 날랐다. 그러면서 술과 분위기에 잔뜩 취한 사람들을 지켜보았다.

- 시간은 자정입니다. 그때까지는 꼭 탈출해야 합니다.

며칠 전 연락을 담당하는 다른 정보원을 통해 보낸 답장에서 프레데릭은 당부했다. 그러고는 짧고 확실한 메시지를 덧붙였다.

- 그 자리에는 아무것도 남지 않게 될 테니까요.

가운데 자리에 앉아 있는 리가는 눈부시도록 아름다웠다. 캐시는 배우 생활을 하며 옛날 의복에 익숙했기 때문에 리가가 고대 그리스의 이오닉 키톤 스타일로 드레스를 입었다는 걸 알았다.

금발 머리를 땋아 말아 올려 헤어밴드로 고정한 머리도 꼭 그녀를 키프로스 바다에서 태어난 아프로디테처럼 보이게 했다. 표정이나 눈빛은 여전히 차가운 북해의 여신 같았지만.

때때로 캐시는 리가가 살아는 있는지 궁금했다. 한동안은 말도 못 하는 게 아닐까 싶었지만 간간이 말은 했기 때문에 벙어리가 아니라는 걸 알았다.

리가처럼 오래 살면 권태에 빠지다 못해 거기에 침식되어 서서히 말라가고 있는 느낌을 주게 되는지도 몰랐다.

저도 모르게 그렇게 생각한 캐시는 제 생각을 비웃었다.

'웃기는군.'

이곳에서 리가는 절대적인 권위를 누렸다. 그녀의 클리엔테스들이 구해오는 부와 먹이가 넘쳤고, 인간들은 그녀를 경외했다. 뭐가 모자라 권태를 느끼겠는가?

어쨌든 너무 빨리 자리를 뜨면 수상하게 여길지도 몰랐다. 음식을 서빙하는 일이 끝나면 시중을 드는 사람들만 다 빠질 때가 오는데, 그게 기회였다. 인질들을 풀어주고 같이 빠져나가면, 이곳은 지상에서 사라질 것이다.

갑자기 한 클리엔테스가 고개를 들고 중얼거렸다.

"이상한 소리가 들려."

그럴 리 없었다. 아직 자정까지는 한 시간이나 남아 있었기 때문이다. 실제로 캐시는 아무 소리도 듣지 못했다. 뭐가 잘못됐을까 싶어서 가슴이 두근거렸지만 애써 아무 기색도 내비치지 않고 걸음을 옮겼다.

쾅! 그때 천장 한구석이 폭발했다. 사람들이 비명을 질렀다. 캐시도 깜짝 놀라 머리를 감싸 쥐며 몸을 숙였다.

'왜 벌써 폭발이……!'

하지만 논리적으로 결론을 도출하기 전에 본능이 느꼈다. 지금 당장 이곳을 빠져나가야 한다고.

곧이어 사람들이 비명을 지르며 달아나기 시작했다. 캐시도 아수라장 사이에 섞여서 달리기 시작했다.

그런데 순간 리가에게 시선이 멈추었다. 그녀는 아무 일도 일어나지 않은 듯이 그 자리에 그대로 앉아 있었다.

시선이 마주쳤다-라고 느꼈다. 설마 이런 거리에서, 이 수많은 사람들 사이에서 그럴 리가 없지만…….

리가가 입술을 달싹였다.

전부…….

이런 상황에서도 캐시는 저도 모르게 천천히 움직이는 입술을 따라 읽었다.

죽여버려.

처음으로, 리가의 푸른 눈에 감정이 뜨겁게 타올랐다. 그 찰나 캐시는 사람들에 휩쓸려서 떠내려가듯이 달릴 수밖에 없었다.

홱! 갑자기 누군가가 아프도록 팔뚝을 붙잡고 돌려세웠다.

"너지!"

리가 클랜의 클리엔테스 중 한 명인 흡혈귀였다.

흡혈귀는 으르렁거렸다.

"역시 네년이 스파이였어!"

예전부터 은연중에 캐시를 의심해온 듯 확신에 찬 투였다. 하지만 그녀가 뭐라고 변명하거나 부정할 새도 없었다.

와직. 흡혈귀는 분을 토하듯이 캐시의 목을 물었다. 거대한 이빨이 몸을 통째로 깨무는 것 같은 충격이 전해져, 캐시는 스스로 비명을 질렀는지 알 수도 없었다. 이어서 그가 영혼까지 빨아낼 것처럼 사납게 피를 빠는 느낌이 고통스러워 버둥거렸지만 압도적인 힘의 차이를 극복할 수가 없었다.

흡혈귀가 눈을 희번덕거리더니, 갑자기 제 손목을 물어뜯어 상처를 내고는 그녀의 입가에 갖다댔다.

"마셔."

말도 안 됐다. 이 행위가 뭘 의미하는지 잘 알고 있는 캐시는 무기력하게 피를 빨렸던 것에 비해 거칠게 저항했다.

"마셔!"

흡혈귀가 소리치며 캐시의 입가에 피를 칠하듯이 손목을 억지로 밀어붙였다. 그리고 그녀의 고개를 들어서, 캐시는 저도 모르게 꿀꺽 삼키고 말았다.

이내 흡혈귀는 캐시를 쓰레기 버리듯 내던졌다. 그녀는 거의 허공을 붕 날아서 바닥에 떨어졌다.

축 늘어진 캐시를 보면서 흡혈귀는 경멸과 증오를 담아 말하고 돌아섰다.

"고통에 몸부림치다가 죽어버려."

그가 사라지는 너머로 아득하게 폭음과 굉음, 땅의 진동이 따라왔다. 하지만 캐시는 더는 아무것도 알 수 없었다.

"눈을 떴을 때 난 흙 속에 파묻혀 있었어."

캐시는 그때를 회상하며 중얼거렸다.

"흙을 긁어 내 몸을 끄집어내는 데 꼬박 열흘이 걸렸어. 인간이었다면 당연히 불가능했지만 그때 이미 난 뱀파이어였으니까."

압도적인 허기와 갈증 속에서 흙을 씹어 삼키며 보낸 열흘은 지금까지도 캐시가 겪은 중에 가장 끔찍한 시간이었다. 하지만 그녀가 일반적인 '흡혈귀'가 되지 않고 인간성을 유지할 수 있었던 이유는 오히려 그 시간 덕분이었다. 열흘 동안 홀로 괴물 같은 허기와 싸우면서, 결코 자신이 봐왔던 흡혈귀가 되지 않으리라고 결심하고 또 결심하며 결국 그 괴물을 이기고 흙을 뚫고 나왔다.

긴 이야기 끝에 캐시는 길게 숨을 내쉬고 라토를 보았다. 그리고 분위기를 환기시키기 위해 어깨를 으쓱였다.

"내 생각이지만 리가는 사람들을 감염시키면서 '흡혈귀가 될 만한 놈'들을 모으고 있었던 거 같아. 한꺼번에 데려가려고. 정확한 이유는 모르겠지만 환멸을 느꼈던 건 분명한 거 같아."

리가는 이미 오래전에 흙으로 돌아갔으니 제 입으로 정확한 이유를 알려주는 날은 없겠지만, 그래서 캐시가 스파이라는 걸 알면서도 그냥 내버려뒀던 모양이다.

"겨우 살아나온 그 길로 도망갔어. 그 큰 클랜의 둥지를 한꺼번에 날려버린 인간들이 내게는 무슨 짓을 할지 걱정됐거든. 그런데 도망 다닐수록 한 가지가 확실해지더라고. 클랜도 없는 나 같은 어중이 뱀파이어는 혼자 살아남을 수 없다는 거."

게다가 캐시는 흔하지 않은 여자 뱀파이어여서 남자 뱀파이어들은 그녀가 동족 여자라는 걸 알자마자 이상한 호기심을 가졌다. 따라서 그녀에게 동족 남자는 인간 남자보다 더 위험한 존재였다. 그렇다고 인간 남자도 대안은 될 수 없었지만.

"그래서?"

라토는 어두운 눈으로 물었다.

◇◇◇

식당 건물에서 나온 프레데릭은 담배 연기를 내쉬었다. 무언가 다가온다고 눈치챈 순간 이미 늦었다. 쾅! 누군가가 뒷목을 잡는 동시에 벽으로 밀어붙였다.

손톱 끝은 정확하게 목의 급소를 누르고 있었다.

그를 공격한 건 부랑자였다. 아니, 부랑자처럼 계절감 없이 여기저기서 주운 것 같은 헤진 옷들을 껴입은 캐시였다.

"약속한 시간보다 빨랐어!"

캐시는 으르렁거렸다.

"그곳에 대해 아는 사람을 살려둘 수는 없었으니까요."

급소가 눌려 있는 사람답지 않게 프레데릭은 태연한 투로 말했다.

"어차피 삼 개월짜리 목숨 아니었습니까?"

"단 삼 분 남은 목숨이라도 네가 결정할 권리는 없어."

"그래서 고소라도 하시게요?"

프레데릭은 물끄러미 그녀를 보며 물었다.

"그 모습으로?"

눈에 비인간적인 안광이 번뜩거리는 모습은 어딜 봐도 '평범'하지 않았다. 게다가 몇 달 동안 길거리를 헤매고 다닌 탓에 예전 모습이라고는 남아 있지 않았다. 호텔 방에서 만났을 때만 해도 수수하지만 깨끗한 옷을 입은 청순한 인상의 미녀였는데, 지금은 무엇보다 눈빛이 평범한 사람이라면 품지 못할 살기를 띠었다.

"운이 좋군요. 그 과정에서 살아남는 사람은 정말 몇 없다고 하던데. 생각보다 삶에 대한 의지가 강한 분이었나 봅니다."

프레데릭은 정말 감탄한 투였다.

인간들은 그때 이미 감염에 대해서도 알고 있었던 것이다. 비록 '감염'이라고 부르지 않았을지언정.

철컥. 갑자기 캐시의 뒤통수에 서늘한 감각이 느껴졌다. 눈 끝으로 흘긋 뒤를 보자 프레데릭처럼 차림이 좋은 사내가 총을 겨누고 있었다. 그 역시 무표정한 얼굴이, 이제는 캐시 역시 속하게 된 '그런 존재'들을 상대하는 데 익숙해 보였다.

"하나 더 제안하죠."

그사이에 프레데릭은 말했다.

"저희와 일하시겠습니까? 이번에는 정규직으로."

이미 알아봤지만 정말로 상종 못할 인간이었다. 캐시는 그의 멱살을 던지듯이 놓고 돌아섰다.

"생매장될 뻔 해놓고 네 말을 믿을 거라고 생각한다면 미친 거야."

"혼자서는 살아남을 수 없을 겁니다."

뒤에서 프레데릭이 말했다.

"특히 여자 '그것'은 별로 없거든요. 어딜 가나 눈에 띄겠죠. 피를 구하기도 어려울 테고."

"네 알 바 아냐."

"저희가 저번에 당신을 희생했던 건 당신의 가치가 거기까지였기 때문입니다."

캐시는 코웃음을 쳤다.

"만약 가치가 없어지면? 또 이번처럼 버릴 거 아닌가?"

"없어지지 않을 겁니다."

프레데릭은 단언했다.

"당신은 '그것'이 되었으니까요."

캐시는 희번덕거리는 눈으로 그를 보았다.

"가치에 따라 사람을 판단하는 곳을 어떻게 믿으라는 거야?"

날카롭게 쏘아붙였지만 프레데릭은 동요하지 않았다.

"가치에 따라 사람을 판단하지 않는 곳이 있습니까? 그런 곳은 구빈원뿐입니다. 그리고 구빈원에 간 사람들이 보통 어떻게 되는지 잘 알고 있지 않습니까?"

"웃기지 마. 너희는 아무 죄 없는 인질들까지 죽였어. 그런 끔찍한……."

프레데릭은 갑자기 박수를 쳤다.

"합격입니다."

캐시는 이렇게 기가 찰 수가 없었다.

"정신 나갔어?"

"말투가 많이 거칠어지셨군요. 거리 생활이 힘들었을 거란 건 인정하겠지만요. 어쨌든 인류애까지 갖추셨군요."

그에 캐시는 사나운 눈빛을 던졌다.

"그러니까 너희 같은 위선자들과는 볼일 따위……."

"인질들은 미리 구출했습니다."

프레데릭이 말을 자르고 한 말에, 캐시는 멈칫했다. 프레데릭은 덧붙였다.

"원하신다면 확인시켜드릴 수 있습니다. 저희가 희생시키려고 한 건 브루어 씨 한 명뿐입니다."

캐시가 그저 쳐다보고만 있자 프레데릭은 이어 말했다.

"애초에 저희가 원하는 건 '그것'들의 파멸이나 박멸이 아닙니다. 적어도 아직까지는요. 많은 범죄를 저지른 리가 클랜은 인류의 안전을 위해서라도 단죄하는 수밖에 없었지만, 저희도 지켜보고 있죠. 장막이 걷혔을 때 어떤 무대가 펼쳐질지 상상하면서. 그럼, 무대에 서보시겠습니까?"

"죽여버리고 싶네."

라토는 사납게 중얼거렸다. 캐시는 피식 웃었다.

"이미 죽었어."

인간이었으니까.

프레데릭은 유능한 대원이었지만 루아스가 되려는 생각 따위는 없었다. 그때만 해도 SIS의 대원들은 인간으로서 살고 죽는 데에 프라이드를 가지고 있었기 때문이다. 개인보다 국가 같은 공리주의적인 개념들이 앞선 세상이었으니 인간으로서 인류를 위해 싸운다는 데 자부심을 가졌다.

"인간 사회에서 살기 위해선 내겐 한 가지 방법밖에 없다는 걸 알았어. 인간들의 배우가 되는 거."

캐시는 말했다.

"알고 보니, 이미 정부에 협력하는 뱀파이어들이 꽤 있었던 거지."

조금만 생각해보면, 뱀파이어가 실존한다는 사실이 밝혀졌을 때 인류가 아무 실험이나 정보 없이 뱀파이어들을 받아들였을 리가 없었다. 이미 대체 식품만 있으면 뱀파이어들과 공존할 수 있겠다는 판단이 섰기 때문에 그런 대처를 했던 거였다. 모두 예전부터 정보를 모아준 캐시 같은 특수공작원들 덕분이었다.

"난 너한테서 아무것도 원하지 않아."

그렇게 말하는 라토의 눈이 진지했다. 캐시가 왜 제 과거 이야기를 했는지 눈치챈 모양이었다.

영원히 무대에 설 수 있는 대가로 캐시는 평범한 삶을 바쳤다. 하지만 그걸 후회한 적은 없었다.

"내가 어떤 일들을 해왔는지 상상이나 해? 지난 10년간 가능한 한 피해 규모를 줄일 수 있다면 줄였지만 그러지 못한 일들은 그냥 저질러왔어."

단순히 그 역할을 '연기'하는 것으로는 기민한 놈들을 속일 수 없었기 때문이다. 캐시는 철저하게 그들 중 하나가 돼야만 했다.

"어떤 정보원의 임무는 사상자를 줄이는 거였고 어떤 정보원은 정보를 빼돌리는 거였겠지만 내 임무는 내부에서부터 레기온을 해체하는 거였지. 난 오로지 그 임무에만 집중했어."

캐시의 눈이 어두워졌다.

"봤잖아. 내가 네 눈앞에서 폴프를 죽이는 거."

"끔찍한 녀석이었어."

라토의 말에 캐시는 어깨를 으쓱였다.

"그 말에 이견이 있는 건 아니지만 누구한테나 재판을 받을 권리는 있으니까. 하지만 그 타이밍에 내가 나서서 폴프를 죽이지 않았다면 의심스러워 보였을 거야. 그리고 난 네 팔을 잘랐던 사람이야. 트라우마가 지끈거리지 않아?"

"트라우마 같은 거 없어. 그리고 그때 네가 얼마나 고통스러웠을지 아니까."

그 말대로, 캐시는 고통스러웠다. 절벽에서 가말을 위해 기꺼이 그런 고통을 감내하겠다는 결연한 얼굴을 한 라토를 보니 그때 차라리 그를 붙잡고 있는 레기온 대원의 목을 베어버리고 싶었다.

캐시는 라토의 얼굴을 쓰다듬으며 속삭였다.

"이투하."

그렇게 부름으로써, 오로지 자유를 위해 투쟁했던 라토와 아무리 정의를 위해서라도 떳떳하지 못한 일들을 해왔던 자신 사이에 선을 그었다.

"우린 어울리지 않아."

하지만 라토는 캐시의 손을 잡아 손바닥에 키스했다.

"그날 밤, 영원교의 여자 신도들이 내 방에 들어왔던 날, 너한테 키스하고 싶었어. 끔찍한 여자라고 생각했지만 이상하게."

사실 라헬 모습을 한 캐시를 처음 본 순간에 그의 본능이 알았다. 눈앞에 있는 여자가 제 짝이라고.

그때는 가말과 주변 상황을 신경 쓰느라 정확하게 인식하진 못했으나, 라헬 캐릭터에 맞게 살짝 비웃음을 띤 캐시와 눈이 마주친 찰나 흐른 전율을 기억했다. 그 후로는 라헬이 보여준 모습에 기가 질려버려 첫눈에 받았던 인상은 잊어버렸지만.

그 말에 캐시는 삐뚤어진 웃음을 지었다.

"왜 괜찮은 건데? 마조히스트야?"

"욕망은 이성하고 다른 거잖아."

라헬이었을 때 했던 말이었다. 불길이 타오르는 그 지하 감옥에서.

"너도 날 원한다는 거 알고 있어."

캐시가 말하려고 입을 여는 타이밍에 라토는 덧붙였다.

"아니라고 해 봐."

어떻게 이 얼굴을 보며 거부의 말을 할 수 있겠는가?

지그시 그녀를 보는 눈동자에 모든 게 아무래도 좋아질 것 같았다. 하지만 그래선 안 됐다. 제 일이나 국가를 위해서가 아니라, 라토를 위해서.

그 타이밍에 라토가 키스했다. 부드럽게 빨아 당기는 입속으로 속절없이 끌려 들어갔다. 어쨌든 오늘 그들은 함께 있으니까, 그걸 핑계로 삼아도 괜찮을 거라고 믿었다.

라토가 살짝 입술을 떼고 속삭였다.

"예전처럼 몸으로 문질러줘."

레기온 요새에 있었을 때 제 마음대로 반응할 수 없었던 게 아쉬워서 그런지 간밤에 라토는 종종 그때 했던 자세나 말들을 해줄 것을 요구했다. 그러면 캐시는 라토가 원하는 대로 할 수밖에 없었다.

지금도, 예전에 제 궁이라고 불렀던 곳에서 라토의 무릎 위에 올라타고 그랬듯이 그의 가슴에 맞닿아 있는 젖가슴을 천천히 위아래로 문질렀다. 예전에는 딱딱하게 굳어서 미동도 하지 않았던 라토는 기분 좋은 듯 낮게 숨을 내쉬었다. 그러면서 좀 더 채근하듯이 캐시의 등허리를 쓰다듬었다.

단단하게 모양이 잡혀 있는 근육질의 가슴에 젖꼭지가 스치는 느낌이 짜릿했다. 캐시는 어느새 잔뜩 몰두해 발정기의 동물처럼 몸을 문질러댔다. 점차 숨이 거칠어지고, 맞닿는 면적이 넓어질수록 오히려 더 안달이 났다.

라토는 와락 그녀의 허벅지를 붙잡아 제 위로 끌어안고는 깊이 밀고 들어왔다.

"흣……. 라토……."

캐시는 바르르 떨었다.

"뜨거워, 캐시."

라토는 귓가에 뜨겁고 낮은 속삭임을 불어넣었다.

캐시는 잠에서 깨어났다. 옆에 가만히 가라앉아 있는 라토는 드디어 잠든 것 같았다.

라토는 밤새 그녀를 길들였다. 그의 몸짓에, 리듬에. 그녀의 피부에 문신을 새기듯이 공을 들여 천천히, 집요하게. 그녀의 몸이 라토 사타디라는 남자를 다시는 잊을 수 없게.

캐시는 조심히 침대에서 빠져나와 옷장을 열었다. 자신이 원래 입고 있던 옷은 어젯밤 난리 속에서 찢긴 후여서 옷장에 들어 있는 더플백에서 라토의 티셔츠와 반바지를 꺼내 입었다.

그때 뒤에서 라토가 뒤척였다. 캐시는 숨도 내쉬지 않고 가만히 있다가 라토가 잠잠해졌을 때에야 캐빈을 나왔다. 그리고 복도에서 샌들을 신고 갑판으로 올라가 배 뒤쪽으로 갔다. 후미의 계단 아래 석유처럼 검은 물이 넘실거리고 있었다.

"도망가시는 건가요?"

뒤에서 들린 목소리에 캐시는 무표정하게 돌아보았다.

"작전상 후퇴라고 해두지."

자인이 서 있었다. 막 샤워를 하고 나온 모습이, 유난히 일찍 깬 것 같았다. 아마 토라와 함께.

자인은 이해되지 않는다는 투로 물었다.

"두 사람은 같은 루아스니까 문제될 게 없지 않나요?"

"중위, 세상을 보는 시선이 너무 일차원적인 거 아냐?"

캐시는 자인이 태어나기 아주 오래 전부터 누군가와 사귄 적이 없었다. 달콤한 미소와 유혹적인 말, 가벼운 농담이 섞이지 않은 종류로는.

자인은 삐딱하게 섰다.

"제겐 그것만 해결돼도 문제없을 거 같아서 말이죠."

"그건 중위 문제고."

그 말에 자인은 욕을 하는 입 모양을 했다. 캐시는 자인을 위아래로 훑었다.

"지금 욕하려고 한 거 같은데?"

자인은 빙긋이 웃었다.

"설마요."

아무래도 좋아서 캐시는 손을 흔들고 돌아섰다.

"그럼 난 이만."

그러고는 내려가다가, 문득 돌아보았다.

"무섭지 않아? 중위가 토라 대장보다 먼저 죽을 텐데. 타실 프로젝트가 성공할 가능성은 희박하고."

얼마 전 자인은 2차 타실 프로젝트에 자원해서 루아스 바이러스의 보균자가 되었다. 물론 거기에 관련된 건 기밀이었지만, 캐시는 꽤 단계가 높은 기밀에까지 접근할 자격이 있었다.

"무서워요."

자인은 바로 대답했다.

"하지만 '앞 유리에 파리 몇 마리가 묻었다고 머스탱을 끌지 않을 건 아니지 않아요?' 머스탱은, 머스탱이니까요."

그에 캐시는 잠깐 생각에 잠기더니, 자인을 보았다.

"프린세스 다이어리라니, 영화 취향이 의외네."

그러고는 돌아서서 바닷속으로 다이빙했다. 그리고 다시 나타나지 않았다. 무심한 바닷바람이 불어오고, 자인은 중얼거렸다.

"자기도 봤으면서."

그러고 나서 뒤를 돌아보았다.

"가게 내버려두는 거예요? 다시 찾기 어려울 텐데요. 숨는 거

하나는 도가 튼 사람이라서."

어느새 문설주에 기대서 있는 라토가 팔짱을 풀며 아까 캐시가 서 있던 자리로 나왔다.

"준비할 시간은 줘야죠."

"무슨 준비요?"

물었지만 라토는 캐시가 뛰어든 자리를 보며 아무 말이 없었다. 눈빛은 흡사 사색에 빠진 철학자 같았지만, 실상은 저 자리에 어울리는 덫을 그려보는 사냥꾼이었다.

자인은 돌아가며 말했다.

"가끔은 토라와 라토 씨가 얼마나 닮았는지에 대해 깜짝 놀라지만, 가끔은 이렇게 다를 수 있나 싶어서 놀랄 때도 있어요."

"브루어 대위."

책상에 앉아 있는 중령은 말했다.

"자네 남자친구가 상부, 그것도 심지어 알렉스 야크트훈트 소장님을 통해서 뭐라고 전했는지 아나?"

책상 앞에 서 있는 캐시는 속으로 온갖 욕을 퍼부었다.

그 민간인이 커넥션이 좋다는 사실을 잊고 있었다. 아니, 알았지만 설마 이렇게까지 치사하게 나올 줄은 몰랐다는 편이 더 맞았다.

"전……."

캐시가 말문을 떼자 중령은 손을 내밀어 막았다.

"기다려. 제일 멋진 부분이 남았으니까. 자네 남자친구가 이렇게 전했지. 브루어 대위에게 위험한 일을 시키지 말아달라고."

캐시는 속으로 욕을 뚜드려 부었다. 라토 사타디, 이 새…….

"……드릴 말씀이 없습니다. 다만 사타디 전 대장님은 제 남자친구가 아닙니다."

"그럼 뭔가?"

"제 스토커……라고 해두죠."

중령은 웃지 않았다.

"어쩌다 이투하의 전 대장 같은 사람을 스토커로 두게 됐는지 모르겠군."

"레기온에 있을 때 제가 좀 잘 대해드렸죠."

중령은 한숨을 내쉬었다.

"연애는 다른 데 가서 하게."

"아니, 연애 같은 게……."

캐시가 말하려는데 중령이 말했다.

"당분간 임무에서 배제하겠네."

"네? 중령님!"

"뭐?"

캐시가 깜짝 놀라 부르자 중령은 해볼 말이 있으면 해보라는 듯 똑바로 그녀를 보았다. 하지만 남자 관리를 잘못해서 이런 상황을 만들어놓은 캐시가 할 수 있는 말이 있을 리 없었다. 그래서 반박의 말을 꾹 삼키고 말했다.

"아닙니다."

"그럼 가보게."

"네, 가보겠습니다."

라토 사타디를 조지러.

캐시는 비장하게 돌아섰다.

쾅. 세찬 소리를 내며 사무실의 문이 열리고 목소리가 들이닥쳤다.

"라토!"

하지만 책상에 앉아 있는 라토는 느긋했다.

캐시가 잘 숨을지 몰라도 그로서는 특별히 걱정하진 않았다. 그녀가 찾아오도록 만들면 됐으니까. 그리고 정확하게 그렇게 되었고.

그렇게 생각하며 돌아보자, 가죽 재킷에 청바지를 입은 캐시가 분노한 얼굴로 성큼성큼 다가오고 있었다. 순간 알아보지 못할 뻔했다. 안 그래도 남자처럼 짧게 깎은 머리에다가 한 번도 그녀가 입은 적 없는 차림이어서.

캐시는 거의 라토의 턱밑까지 와서 이글거리는 눈으로 올려다보았다.

"이렇게 멋대로 굴면 어떡해? 그건 내 일이야!"

전혀 다른 느낌이었지만 캐시의 이런 모습마저도 섹시했다. 그리고 라토는 드디어 그녀의 본모습을 마주했다는 느낌이 들었다.

"그건 진짜 네가 하고 싶었던 일이 아니잖아."

라토가 불쑥 내뱉은 말에 캐시는 멈칫했다. 그리고 꾹 주먹을 쥐고 그를 노려보았다.

"내가 너한테 옛날이야기를 해준 건 이렇게 이용하라고 한 게 아니야."

"너에게 최선이 뭔지 고민해본 거라고 생각해줘."

"내 최선을 왜 네가 고민해? 내가 일곱 살짜리처럼 보여?"

"설마."

라토는 말도 안 된다는 듯이 말했다. 그리고 자신을 보는 시선에 저도 모르게 배 속에서 뜨거운 기운이 올라오려고 해서, 캐시는 눈을 찡그렸다.

이건 그녀가 생각한 방향이 아니었다. 분명히 화가 머리끝까지 난 채로 왔는데 은근한 눈빛 한 번에 몸이 뜨거워지려고 하다니? 자신이 이렇게 쉬운 여자였나 싶어서 기가 막힐 정도였다.

하지만 의외로 라토가 먼저 그 시선을 거두고 진지한 투로 말했다.

"넌 연기를 해야 하는 사람이야. 그건 뭘 모르는 내가 봐도 알겠어."

"그러니까 이 일을 선택한 거야."

"아니."

라토는 단언했다.

"떠밀려서 타협한 거지."

캐시의 눈가가 꿈틀했다. 하지만 라토는 멈추지 않고 계속 말했다.

"시대가 그랬으니까. 어쩔 수 없는 일이기도 했지. 하지만 너나

나나 정부에 이만큼 봉사했으면 됐잖아. 이젠 정말 네가 원하는 일을 해."

그러면서 라토는 캐시의 손을 잡아 거기에 키스하고 눈을 들어 그녀를 보았다.

"그리고 내게 와."

그의 눈에, 그의 말에 압도되는 기분이었다.

"캐시……."

살짝 내리깐 그의 눈에 은밀한 느낌이 돌기 시작했다.

라토는 낮은 목소리로 속삭이며 다가왔다. 캐시는 홀린 듯이, 아니 정말로 홀려서 라토를 쳐다보았다. 그러다가 거의 다가온 그를 밀어냈다.

"이건 잘못됐어."

"뭐가?"

물었지만 대답하지 않고 캐시는 뒤돌아서 가기 시작했다. 그 뒤에 대고 라토는 말했다.

"내일 같이 저녁 먹을래? 제리즈로 와. 8시에."

"웃기지 마. 안 가."

그렇게 말하고 캐시는 문을 박차고 나갔다. 하지만 라토는 개의치 않고 그 뒤에 대고 말했다.

"기다릴게."

그러고 나서 내선 전화로 비서에게 말했다.

"내일 8시에 제리즈 예약해줘. 두 사람."

◇◇◇

생각지 않게 휴가를 보내게 된 캐시는 할 일이 없어서 침대에 엎드려 누워있었다. 늘 일을 하면서 살았다보니 오히려 이렇게 휴식 시간이 주어지면 그녀는 뭘 할지 갈피를 잡지 못했다. 라헬 역할을 끝내고 회복 기간을 가질 때도 좀이 쑤셔서 죽는 줄 알았는데, 라토 덕분에 더 푹 쉬게 되었다.

캐시는 한숨을 쉬며 돌아누워 천장을 보았다.

가족이라는 원초적인 관계조차 가져본 적 없는 그녀는 애초에 누군가와 진지하게 관계를 맺는 기능 자체가 고장 난 사람이었다. 그러니 라토와도 잘 될 리가 없었다.

그런데…….

'떠밀려서 타협했다.'

라토의 그 말에 불쑥 찔린 느낌이 든 이유는, 모든 걸 '어쩔 수 없다'고 생각하고 살아온 그녀의 태도를 지적하는 것 같았기 때문이다.

불행한 시대에 태어난 것도, 중병에 걸렸던 것도, 뱀파이어가 된 것도 그녀가 제어할 능력이 없는 '어쩔 수 없는 일'이었고, 심지어 스파이로 산 것도 생존을 위해 불가피한 선택이었다. 그럼에도 자신이 당면한 상황에 최선을 다해왔지만, 흐름을 타고 최선을 다해서 헤엄쳐가는 일이 흐름을 역류해가는 일보다 쉬웠던 건 사실이었다.

거세어서 빠져나올 생각조차 하지 못했던 흐름도 시간이 지나며 잦아들었지만, 혹시 그녀는 심해에 사는 어종처럼 극한의 환경에 적응해서 오히려 평범한 곳으로 나올 생각도 하지 못하고 있었던 게 아닐까?

'기가 막히네.'

캐시는 헛웃음을 지었다. 이제는 하다 하다 본인의 가치관까지 흔들고 있었다, 라토 사타디 이 남자는.

아무래도 그냥 두면 안 될 것 같아서, 캐시는 벌떡 일어났다.

타운 내 최고의 레스토랑으로 꼽히는 제리즈는 모던한 분위기였다. 그중 한 테이블에 혼자 앉아 있는 라토는 넥타이를 하지 않은 어두운 정장 차림을 한 채 머리를 쓸어 넘겼고, 연한 머스크 계열의 향수 냄새를 풍겼다.

그때 웨이터의 안내를 받아서 한 여자가 걸어 들어왔다. 물을 한 모금 마시고 입구 쪽을 본 라토는 그녀를 발견했다. 가발이겠지만 마릴린 먼로 같은 밝은 금발에 붉은 새틴 원피스를 입고 진한 화장을 한, 풀 세팅을 한 모습이라 잠깐 알아보지 못할 뻔했지만, 캐시였다.

"안녕."

어딘지 표정은 새침했지만 오늘 캐시는 숨이 막히도록 아름다웠다. 라토는 일어나 캐시를 에스코트해 자리에 앉게 도와주었다. 그러자 캐시는 에스코트를 거절하지 않고 자리에 앉았다.

"아름다워."

라토가 말하자 캐시는 새침한 표정을 풀지 않고 그를 위아래로 보고는 말했다.

"멋있게 하고 왔네."

"첫 데이트니까."

반면 캐시는 예상외로 꾸미고 와서, 라토는 조금 기대해봐도 되는 건가 싶었다. 눈앞에 있는, 오프숄더 드레스여서 바싹 끌어모은 가슴이 아찔했다.

물론 오늘은 같이 자려고 하는 건 아니었다. 그녀에게 몸만 탐한다는 인상은 주고 싶지 않았기 때문이다.

오늘 캐시가 너무 아름다워서 쉽지 않겠지만 최선을 다할 생각이었다. 그리고 이렇게 마주 보고 앉아 느긋하게 대화해본 적이 없어서, 대화를 좀 나눠보고 싶었다. 같이 이런저런 사건을 겪어서 성격이나 성품은 바닥까지 들여다본 느낌이지만 오히려 사소한 취향이나 선호도는 알지 못했기 때문이다. 아니, 그러고 보니 하나 알긴 했다.

마침 웨이터가 다가와 물었다.

"주문하시겠습니까?"

"새우 좋아하지?"

라토가 메뉴판을 들며 말하자 캐시는 무슨 소리냐는 듯이 그를 보았다.

"인간이었을 때 새우 알레르기가 있었어서 그런지 지금도 별로 좋아하진 않아."

그 말에 라토가 오히려 의아했다.

"그때 새우를 엄청 먹지 않았어?"

레기온 요새에 있을 때 라헬이 식사 때마다 새우를 먹는 걸 보고 어렴풋이 새우를 좋아하나 보다 생각한 적이 있어서 기억하고 있었다.

캐시는 '아아' 소리를 내었다.

"그런 척한 거지."

식성까지 연기한 걸 보면 존경스럽다고 해야 할지, 레기온이 그녀의 연기에 완전히 속았던 것도 무리는 아니다 싶었다.

어쨌든 주문을 하고 나서 라토는 물었다.

"별일 없었어?"

"있을 리가 없지. 누구 덕분에 푹 쉬는 중이라."

날이 선 말에 라토는 말했다.

"내 변명을 해보자면 중령님이 그렇게까지 할 줄은 몰랐어. 그냥 좀 덜 힘든 일을 시켜달라고 부탁한 건데, 나름 정중하게."

"여기가 유치원이야?"

"하지만 라헬 일이 끝난 지 얼마 되지도 않았고."

캐시가 쳐다보자 라토는 그녀가 자신을 약하게 생각한다고 여기고 쳐다보는 시선이라고 생각하고 설명했다.

"힘들 만한 일이었잖아, 누구에게나. 레기온에 숨어 있었던 기간도 길었고. 라헬로서 많은 일을 했어야만 할 테니까."

그리고 라토는 진지한 눈으로 그녀를 마주 보고 말했다.

"그런 걸 감내할 수 있는 널 존경해."

이렇게 순수하게 느낀 바를 말하는 남자는 처음이었기에 캐시는 순간 머쓱하면서도 수줍어졌다. 하지만 그런 마음을 들키고 싶지 않았기 때문에 오히려 회의적인 어조로 말했다.

"목적이 수단을 정당화할 수 없다고 생각하진 않나 봐."

"그건 다시 한번 사과할게."

캐시는 샴페인을 들어 마셨다.

'왜 아무렇지 않게 사과하는 거야?'

더 이상 화를 내기도 애매하게 말이다.

라토가 성격이 차분한 편인 건 알았지만 이렇게 어른스럽기까지 해버리면, 자꾸 심장이 벌떡거렸다. 그녀는 의지할 곳 없이 살아서 어른스럽고 의지하고 싶어지는 사람이라면 더 끌리는 구석이 있었기 때문이다.

'하여간 혈혈단신으로 산 애들은 이게 문제야. 마음 주는 데 이렇게 쉬울 수가 없다니까.'

캐시는 자신을 지나칠 정도로 객관적으로 바라본 후에 속으로 심기일전하고 다시 라토를 보았다. 그러자 이런 치열한 마음을 알 리 없는 라토가 물었다.

"캐시라면 캐서린이야, 카산드라야?"

"카산드라."

"저주를 받아서 늘 맞는 예언을 해도 아무도 믿지 않는 여자 예언자. 과연 어울리네."

캐시는 황당하단 듯이 말했다.

"남의 이름에서 이상한 의미 찾지 마. 그냥 그 당시엔 카산드라란 이름이 유행이었어."

그리고 살짝 짜증을 섞어 머리를 쓸어 올렸다.

"지금이야 촌스럽지만."

"예뻐."

그런데 라토가 말했다.

"고전적이고. 어울려."

딱히 깊은 의미가 있을 것도 없는 칭찬이었는데 캐시는 심장이 가슴의 문을 열고 벌컥 튀어나올 것 같아 괜히 또 샴페인을 들어 마셨다. 하여간 심장에 좋지 않은 남자였다.

라토는 캐시와 같이 있는 시간이 즐거웠다. 때로 굉장히 시니컬해지기는 해도 그녀는 기본적으로 위트가 있는 사람이고, 대화가 잘 통했다. 관심이 있는 주제가 나오면 생각보다 쉽게 흥분해서 언성을 높이거나 동작이 커지는 모습이 새롭고 좋았다. 확실히 그녀를 알게 되면 더 좋아질 거라는 예상은 틀리지 않았다.

"여기."

라토는 돌아서며 와인 잔을 건넸다. 캐시는 아일랜드 탁자 앞에서 잔을 건네받았다.

식사를 끝내고 와인을 한 잔 더 같이 하기 위해 그의 집으로 온 참이었다. 오늘 밤만은 질척거리는 남자가 되지 않으려고 식사까지만 같이 해도 만족할 셈이었는데, 의외로 와인을 더 마시자고 제안한 건 캐시였다.

그녀는 여전히 몸매를 드러내는 드레스에 구두까지 그대로 신고 있어서 와인을 들고 있는 모습이 꼭 광고 모델 같았다.

캐시는 집을 둘러보고 말했다.

"집이 크네."

라토는 와인을 마시며 대답했다.

"여기서 오래 살려고."

가족이 생길 수도 있고 말이다.

물론 오늘에서야 첫 데이트를 한 상황에서 그런, 여자가 버선발로 도망갈 수 있는 말은 하지 않았다.

그사이에 캐시는 잔을 들고 창가로 걸어가 도시가 내려다보이는 바깥 풍경을 바라보며 와인을 마셨다.

"안 그래도 타와가 저녁 한번 먹으러 오라고 하더라고."

옆으로 다가온 라토가 말했다. 캐시는 그를 돌아보았다.

"드페르 소령님이?"

"응."

캐시는 그, 사람들이 북적거리는 집에 자신이 저녁을 먹으러 가는 그림이 상상이 되지 않았다. 하지만 그런 이야기는 하지 않고 피식 웃었다.

"생각하면 생각할수록 이상한 집이야, 그쪽. 사백 살은 어린 양아버지라니."

라토는 어깨를 으쓱였다.

"재밌잖아."

그때 둘의 시선이 마주쳤다. 순식간에 그들을 감싼 공기의 질이 달라지며, 천천히 고개가 가까워졌다.

옆에 서 있는, 높이가 높은 장식장에 자연스럽게 와인 잔을 내려놓은 라토는 드러난 어깨를 쓰다듬으며 입을 맞춰왔다. 캐시도 입술을 열고 그를 받아들였다. 처음 하는 키스처럼 다정하고 부드러웠다.

이내 라토가 입술을 뗐다.

“즐거웠어, 오늘. 피곤할 텐데 이만…….”

그러면서 캐시를 놓아주었다. 그 순간이었다.

“농담해?”

캐시가 턱, 뒷목을 잡았다.

“난 너랑 하러 왔어.”

그렇게 말하자마자 라토를 끌어당기며 입술을 갖다 박았다. 라토는 언제 참을 생각을 했냐는 양 적극적으로 키스를 돌려주었다. 그리고 두 사람은 저녁을 먹지 않은 사람들처럼 키스했다.

혀를 삼킬 듯이 빨아대며 키스하다가, 라토는 애써 그녀의 어깨를 잡아서 떼어놓았다.

“그보다 더 많은 걸 하러 왔길 바랐는데.”

“닥치고 키스해.”

캐시는 호방하게 와인을 한 입에 다 털어놓고는 잔을 테이블에 내려놓고 그를 밀어붙였다. 그리고 라토를 소파에 앉히는 동시에 그의 위에 올라와 앉았다.

라토는 그런 캐시를 붙잡고 말했다.

“캐시, 난 정말 너와 진지하게 사귀고 싶어.”

“말 많은 남자는 인기 없어.”

웬일로 순순히 약속 장소에 나왔다 싶었더니 무슨 의도인지 알 것 같았다. 둘 사이를 몸뿐인 관계로 정의하려는 모양이었다.

그사이에 캐시는 움푹 패여 그림자가 뚜렷한 복부에 키스하며 아래로 내려갔다. 그리고 별 어려움 없이 라토의 허리띠를 끌렀다.

드로어즈 위로 곡선을 그리는 모양새가 뚜렷했다. 페니스가 뿜는 페로몬의 향이 그녀를 점차 흥분하게 만들었다.

"캐시."

그때 라토가 만류하려는 듯 손을 잡았으나 캐시는 그 손을 쳐내고 드로어즈를 끌어내렸다. 잠깐 꼭 다이아몬드 반지를 본 신부 같은 얼굴이 지나갔지만 캐시는 짐짓 냉정하게 말했다.

"이건 원나잇이야. 철저하게 몸만 있는 거라고."

"캐시……."

캐시가 몸을 일으키더니 제 드레스 아래로 손을 넣어 팬티를 끌어 내렸다. 라토는 작게 숨을 삼켰다. 기름한 허벅지를 타고, 왜 입은 건지 의아할 정도로 작은 검은 레이스 티 팬티가 돌돌 말려서 더 작아진 상태로 미끄러져 내려왔다.

그때라도 말리자면 말릴 수 있었겠지만, 라토는 더는 저항할 힘이 없었다. 캐시가 성욕이라고는 없는 수도승 같은 얼굴을 하고 있어도 그녀를 안고 싶을 텐데 이렇게까지 해버리면…….

순간 라토는 캐시를 잡아당겨 소파에 눕히며 그대로 파고들었다.

뜨거운 여성이 그를 품는 감각에 라토는 전율했다. 그 스스로 이렇게 절제력이 없는 사람이었나 싶을 만큼, 라토는 제 욕구에 저항할 생각이 조금도 들지 않았다.

그는 거칠게 움직이기 시작했다.

"아, 라토……!"

캐시는 거침없이 신음을 터뜨리며 허리에 다리를 감아왔다.

하나였던가, 둘이었던가, 캐시는 생각했다. 처음부터 하나였을지도 몰랐다, 그들은. 더는 둘 사이의 경계가 어디인지 알 수 없었다. 녹아서 서로에게 흘러 그대로 접합되어버린 것 같았다.

라토는 마치 오늘 밤은 그녀를 조금도 쉬게 내버려두지 않겠다고 결심이라도 한 사람처럼 옴짝달싹 못하게 짓누르고 몰아붙였다.

"라토……."

캐시는 라토의 얼굴을 감싸 쥐고 입술을 문지르며 재차 토해냈다.

"라토……. 좋아……."

철저하게 몸만 있다고 하기에는 몸짓이 달콤했다.

라토가 눈을 들자 눈 속에 번득이는 살기가 있었다. 붉은 입술 사이로 송곳니도 자라있었다. 욕망이 폭발하는 끝에 피를 갈구하는 본능마저 살아난 것처럼. 아마 그녀도 비슷한 상태일 거라고 생각했다.

"캐시."

목소리에는 주술의 기운이 넘실거렸다. 캐시는 그 힘에 홀린 듯이 더 이상 현실감이 없었다. 이 감각의 세계에 존재하는 건 둘뿐이었다.

반타블랙처럼 검은 머리카락 사이로 손을 넣어 움켜쥐었다. 짙은 피부를 타고 땀방울이 흘렀다. 마법을 부리는 것처럼 요사스럽게 선명한 붉은 눈동자가 휘몰아치고, 모피가 없을 뿐이지 맹수의 것 같은 근육이 우아하게 꿈틀거렸다. 캐시는 맹수를 어르듯이 근육이 넘실대는 등을 쓰다듬어 내렸다.

캐시는 새벽녘에 깨어났다. 라토는 옆에 잠들어 있었다.

또 체력의 한계까지 짜내 밤을 보내고 난 뒤라 눈을 뜨고도 멍했다. 그래서 한동안 캐시는 자신을 꿀단지처럼 안고 있는 라토를 멍하니 응시했다.

달빛이 내려앉는 얼굴이 아름다웠다. 하늘을 물들이며 잦아드는 노을을 볼 때처럼 영원히 이곳에 있고 싶어지도록 만드는 광경이었다. 하지만 지평선에 해는 밝아오고 있었고, 그녀는 이제 사라질 시간이었다. 그들 사이는 밤만으로 충분했다.

캐시는 이불을 들추고 살그머니 빠져…….

철컹. 손목이 당겨졌다. 놀라 돌아보자 한쪽 손목에 채워진 수갑의 줄이 침대 프레임에 연결되어 있었다.

"뭐……."

그 소리가 라토를 깨웠는지 그는 부스스 눈을 뜨고, 황당하단 얼굴을 하고 있는 캐시를 보았다. 그에 캐시는 다그쳐 물었다.

"라토, 이게 뭐야?"

라토는 캐시가 눈앞에 내미는 수갑을 보더니, 뒤에서 그녀를 끌어안고 베개에 머리를 묻었다.

"새벽에 빠져나가는 건 버릇이야?"

"이거 풀어. 뭐하는 짓이야?"

"아침에 풀어줄게."

"지금 당장……."

그러거나 말거나 라토는 캐시의 배를 쓰다듬으며 속삭였다.

"어젯밤에 끝내줬어."

나직한 목소리가 귓가에 전율을 일으켰다. 하지만 캐시는 애써 정신을 차리고 몸을 뒤틀며 빠져나가려고 했다.

"라토, 이거……."

그때 라토가 캐시의 골반을 붙잡아 몸을 비벼왔다.

"하지 마."

캐시가 밀어내려고 했지만 라토가 꽉 끌어안고 귀 뒤에 입술을 대고 속삭였다.

"내 피부를 덮고 자고 싶다고 했잖아. 이러면 좋아?"

"그땐 연기를 한 거라고. 그때 이야기는 그만……."

하지만 피부끼리 스치는 느낌이 자극적이었다. 캐시는 점차 흥분돼서 숨이 거칠어졌다. 그사이에 라토는 캐시를 엎드려 눕히고 다른 손목까지 수갑을 채워 고정했다.

"라……!"

캐시가 놀라 일어나려고 하자 라토는 제 몸으로 내리눌렀다. 인간 남자라면 힘들일 것도 없이 밀어내고 일어났겠으나 돌덩이를 얹은 듯이 묵직한 무게감이 낯설고, 기분 좋았다.

라토가 하는 모든 행동에 기분이 좋아지는 게 이쯤이면 라토의 문제인지 자신의 문제인지 알 수 없었다.

그 틈에 라토는 더 본격적으로 몸을 문질렀다. 그러다가 남성이 여성을 벌리고 쑥 밀고 들어왔다.

"앗……."

캐시는 목을 웅크리며 신음을 토했다. 라토는 나직이 숨을 내쉬었다.

"좋아, 캐시."

그러면서 웃음기 섞인 목소리로 말했다.

"이러니까 네가 내 포로가 된 거 같네."

캐시는 엉덩이를 치켜든 자세로 겨우 아래를 보았다.

"장난할 때가 아니야. 이건 감금……."

그때 라토가 허리를 앞으로 한 번 밀었다. 안으로 물씬 밀려들어오는 느낌에 캐시는 이를 꽉 깨물었다.

"나랑 섹스하러 왔다며."

"충분……."

그 말은 듣는 둥 마는 둥 라토가 엉덩이를 쓰다듬으며 말했다.

"힘을 풀어 봐. 너무 조여."

그러고는 캐시를 돌려 눕혔다. 그 바람에 그녀는 손목이 X자로 교차되며 더 거동하기가 불편해졌다.

라토는 꼭 말을 타듯이 움직였다. 세차게 들이쳤다가 어느 순간 정반대로 부드럽게 어르고 달래면서 정신을 쏙 빼놨다. 꼭 길들이는 듯한 몸짓이어서, 캐시는 더듬거렸다.

"그런, 식으로, 조련하듯이 하지……."

"넌 사와나야. 조련되지 않아."

라토는 기다렸다는 듯이 말했다. 이 와중에도 캐시는 낯선 단어가 의아해 물었다.

"사와나?"

"파도."

라토는 손을 들어 손가락에 사분히 키스하고 말했다.

"파도를 탈 수 있어도 아무도 파도를 가지지는 못해. 우리 부족에게 파도는 신성한 존재야. 바다의 연인인 아름다운 여인이고, 유연하면서도 강한 전사지."

그리고 캐시의 얼굴을 감싸고 뜨거운 숨과 함께 다가오며 속삭였다.

"내게 넌 사와나의 현신 같아."

그런 기분을 아는가? 평범한 현실 사람이라면 결코 하지 못할 발언에 속이 부끄러운 느낌이 드는 동시에, 상대로서는 진심이라고밖에 느껴지지 않는 뜨거운 찬사에 좋아지는, 이율배반적인 감정이 치솟는 기분.

정말로, 졌다. 오히려 파도 앞에 선 사람은 이쪽인 듯이 저항할 의지마저 잃고 말았다.

환한 빛이 발치에 쏟아졌다. 라토는 여전히 캐시를 안은 채 잠들어 있었고 그녀는 근육질의 가슴에 머리를 기댄 채였다. 얼마나 푹 잤는지 몸이 개운했다. 이렇게 정신줄을 놓고 오래 잔 게 언제가 마지막이었는지도 기억 나지 않았다. 라토도 아주 푹 자고 있었다.

캐시는 고개를 들고 라토를 흔들어 깨웠다.

"라토, 이거 풀어."

"응……?"

라토는 잠결에 그게 무슨 소리인지 모르다가 캐시가 눈앞에 내민 수갑을 보고 깨달은 얼굴을 했다. 그리고 수갑을 더듬어 안쪽에 있는 버튼을 누르니 수갑이 거짓말처럼 풀렸다. 그에 캐시가 황당하게 쳐다보자 라토는 어깨를 으쓱였다.

"장난감이니까."

캐시는 기가 찼지만 일단 볼일이 급해서 화장실로 달려갔다.

이내 볼일을 보고 나오자 라토는 바지만 입은 채 부엌에서 물을 마시고 있었다. 그리고 캐시를 보고 늘 그래왔던 사람처럼 물었다.

"마실 거 줄까?"

캐시는 뭐라고 할 줄 모르다가 어색하게 대답했다.

"물."

라토가 물을 따르는 동안 캐시는 피부의 모공이 보일 정도로 환한 집 가운데서 어쩔 줄 모르고 서 있다가, 계속 그러고 있을 수는 없어 일단 아일랜드 탁자에 어물쩍 앉았다. 그러자 라토가 물잔을 건네주었다.

"여기."

"고마워."

라토는 웃더니 아침을 하려는지 프라이팬을 인덕션 위에 올렸다. 캐시는 지금 이 상황을 믿을 수가 없었다.

이게 뭐람. 연인도 아니고.

그때 라토가 돌아보고 물었다.

"계란?"

캐시는 골치가 아파 이마를 감싸고 말했다.

"써니 사이드 업."

그러자 라토는 뒤돌아서 요리하기 시작했다. 캐시는 모든 여자의 환상 속에 나올 것 같은 뒷모습을 잠깐 지켜보았다.

곧 라토가 앞에 접시를 내려놓아, 캐시는 김이 올라오는 계란을 쳐다보았다. 하얀 이불 위에 노른자가 봉긋하게 올라앉은 모습이 완벽한 써니 사이드 업이었다.

"안 먹어?"

그냥 쳐다보고 있자 라토가 의아해하며 물었다. 그 타이밍에 캐시는 고개를 들고 말했다.

"우린 미래가 없어."

그에 라토는 싱크대를 한 손으로 짚고 자신을 가리켰다.

"루아스."

이어서 캐시를 가리켰다.

"루아스. 왜 미래가 없어? 영원히 있는 거 같은데."

그러고는 라토는 다가와서 캐시가 앉아 있는 의자를 당겨 자신을 마주 보게 만들었다.

"네가 처음부터 날 원했다는 걸 알고 있어."

캐시는 한쪽 눈썹을 추켜들었다.

"라헬 연기할 때 했던 말을 언제까지 써먹을 거야?"

라토는 웃더니 물었다.

"날 거부하려는 진짜 이유가 뭐야?"

"난……."

캐시는 말을 꺼내놓고 한참 그대로 앉아 있었다. 라토는 인내심 있게 기다렸다. 부족의 아이들을 많이 대해봐서 속내를 고백하려는 아이들에겐 시간을 줘야 한다는 걸 알고 있었기 때문이다.

"제대로 된 관계를 가져본 적이 없어."

결국 캐시는 털어놓았다. 그리고 라토가 뭐라고 하려고 하자 손을 내밀고 말했다.

"난 감염되는 순간부터 스파이로 살았어. 누굴 진득하게 만날 상황이 아니었지. 분명히 망치고 말 거야. 본능적인 끌림, 섹스어필, 그건 얼마든지 감당할 수 있어. 하지만 관계가 시작되면……."

기왕 말하기 시작한 거 캐시는 가감 없이 모두 말했다.

"너도 날 잡은 걸 후회하게 될걸. 내 별명이 괜히 카트리나가 아니거든."

지금까지도 회자될 정도로 커다란 피해를 입혔던 허리케인 말이다.

"나도 마찬가지야."

라토는 말했다.

"섬. 마티. 니카. 잊었어? 밖에 나갔을 때 여자들을 만나긴 했지만 워낙 내 상황이 그러니까 제대로 된 관계는 가질 수가 없었지."

"초보자들끼리 만나서 엉망으로 뒤뚱거리는 꼴이 볼만하겠어."

캐시가 빈정거렸지만 라토는 어깨를 으쓱였다.

"다 그렇게 살더라고. 적어도 한 가지 분명한 건 있어. 난 운명이라고 확신하는 상대를 만났다는 거."

"오글거리게 뭐야 진짜."

캐시가 불평하는 아이처럼 투덜거리자 라토는 웃었다. 그리고 캐시의 손가락을 쥐고 그 위에 키스했다.

"이제 그만 빛으로 나와, 카산드라 브루어."

붉은 눈에 애정이 넘실거렸다.

"원래 네가 있어야 할 곳으로."

사람들 사이에서 캐시가 웃음을 터뜨렸다. 라토는 그 모습을 바라보았다. 그녀가 '리어 왕'의 코델리아 공주를 재해석해서 직접 연출하고 연기한 연극의 뒤풀이 자리였다.

무대는 훌륭했다. 어젯밤만 해도 토할 것 같다고 난리더니 무대 위에 오르자 언제 그랬냐는 듯이 돌변했다. 그녀보다 더 독창적으로 코델리아 공주를 연기하는 배우는 당분간 또 없을 거라고, 라토는 확신했다. 원래도 연기를 잘했을 거라고 생각하지만 스파이 일을 하며 목숨을 걸고 다진 연기력은 상상에 의존할 수밖에 없는 다른 배우들과 수준이 달랐다.

"깜짝 놀랐네."

라토 옆에 있는 토라가 말했다.

"무슨 연기를 그렇게 잘해?"

"여자 사드 백작이 괜히 나온 건 아니었네."

도영이 거들었다. 그 옆에 앉아 있는 가말도 인정하는 얼굴로 말했다.

"이제 라토 취향, 인정해줄게."

연극을 보기 위해 타유는 보모에게 맡겨놓고 간만에 부부끼리 외출해서 타유는 자리에 없었다.

토라는 라토를 보고 물었다.

"그래서 스파이 일은 그만뒀어?"

"응."

캐시만큼 실적이 좋은 정보원도 드물어서 상부는 진심으로 아쉬워했으나, 그녀가 워낙 오래 복무했다는 걸 아는 터라 애써 붙잡지는 않았다.

"그럼 이제부터는 배우 활동을 하는 거야?"

토라의 질문에 라토는 고개를 저었다.

"당분간은 좀 쉬어야겠지."

라헬 역할을 하기 전부터도 적을 많이 만들어놓은 탓이었다. 그래서 일단 지금으로서는 가끔 소규모 연극 무대에 서는 걸로 만족할 수밖에 없었다. 하지만 라토는 캐시가 배우로서 명성을 떨치는 건 시간문제라고 생각했다. 사람들은 그녀의 재능을 알아볼 것이다. 알아볼 수밖에 없었다. 무대 위에서 그녀는 그야말로 빛났으니까.

그때 자인이 캐시에게 다가가 말했다.

“멋있었어요.”

“서머 중위.”

캐시는 의외라는 투로 말했다.

“중위가 이렇게 솔직한 편인지 몰랐네.”

자인은 어깨를 으쓱였다. 그에 캐시는 갑자기 말했다.

“그때 한 말은 미안해.”

캐시가 기억하고 있으리라고 생각하지 않았기 때문에 의외였다.

“나름대로 걱정해준 말이라고 생각해요.”

자인이 말하자 캐시는 웃으며 이랬다.

“그렇게 생각해주면 고맙고.”

그에 자인은 찡그린 웃음을 지었다.

그때 대화 내용은 어쨌거나, 둘이 이야기하는 모습을 보며 토라가 말했다.

“황홀하군.”

곁에 있는 라토는 더 동감할 수 없었다.

그때 갑자기 가말이 일어나더니, 두 사람 쪽으로 다가가기 시작했다.

“어디 가?”

도영이 물었지만 가말은 대답하지 않고 계속 걸어갔다. 그에 자리에 남은 세 남자는 영문을 몰라 서로를 쳐다보았다.

가말이 다가오자 자인과 캐시는 그녀를 보았다. 그러자 가말은 큰 결심을 한 듯이 말했다.

"마티라고 불러도 돼."

자인과 캐시는 순간 말문이 막힌 듯이 가말을 보았다. 그러고 보니…….

스물다섯쯤으로 보인다고 하지만 말투와 특유의 분위기 탓에 더 어려 보이는 이 미녀가 둘의 '시어머니'였다.

자인과 캐시는 서로를 한 번 쳐다보더니, 동시에 말했다.

"사양할게요."

그러자 가말은 바로 실망한 얼굴이 되었다.

"왜?"

거의 눈물을 그렁거리는 얼굴 앞에서 두 군인은 어쩔 줄 몰라 했다. 그러다가 결국 캐시가 먼저 한숨을 내쉬고 말했다.

"알았어요, 마티."

그러고는 자인에게 눈짓했다. 자인은 반박하고 싶은 얼굴이더니 다시 가말을 보고는 포기하고 말했다.

"네, 마티."

그제야 가말은 활짝 웃었다.

"딸들이 생겼어."

〈외전 완결〉